戲非戲226

風起隴西

馬伯庸——著

高寶書版集團

目錄

◆目錄◆

序章

當王雙意識到自己處於危險境地的時候，一切都已經太遲了。

首先他注意到兩側山嶺上閃耀著一些不自然的光亮，那絕不是鎧甲或者兵刃所反射出的陽光，光亮範圍很大，這應該是來自於某種金屬物體。緊接著，從光芒的方向傳來一陣低沉而緩慢的鏗鏘聲，這些聲音聽起來像被逐漸繃緊的鐵弦。出於一名軍人的直覺，他本能地嗅出了一絲不祥的味道。

「停止追擊，這裡太狹窄了，快向後退！」

王雙撥馬轉身，大聲喊道。他周圍一共有一千名左右的魏國騎兵，這支部隊現在置身於一個狹窄的山谷之中，兩側灰白色的山壁向中央傾斜擠壓，迫使他們排成一列長長的縱隊。訓練有素的騎兵們聽到命令，紛紛調轉馬頭，後隊變前隊，然後有條不紊地依次朝谷口退去。不過這種有秩序的撤退並沒有持續多久，王雙很快聽到頭頂上傳來了一聲帶著蜀人口音的呼號，他下意識地抬起頭，向右側的山谷頂端望去。這一次他看清楚了，一百多名弩手一字排開，每個人手中都拿著一具寬頭弩機，弩箭在陽光下冷冷地睥睨著下方的騎兵，金屬箭頭閃爍著危險的光芒。

「不好……」

王雙還沒來得及把話說完，幾百枝弩箭就已經呼嘯而下，鋪天蓋地的陰影宛如飛蝗。魏軍的隊形登時被這突如其來的攻擊打散，幾十名士兵未及反應就被射倒在地，一些距離弩車較近的騎兵甚至被連人帶馬釘在了山壁之上，激起血花四濺。

還沒等魏軍從震驚中恢復過來，第二陣密集的射擊接踵而至，然後是第三陣、第四陣，第五陣……這種氣勢徹底震撼了魏軍，整個隊伍登時亂成了一團，在突如其來的猛烈打擊下顯得茫然失措。當第八陣齊射結束的時候，魏軍已經徹底崩潰了；原本整齊的騎兵隊變成了一團驚恐的人與戰馬的集合，一邊發著絕望的叫喊、一邊朝著谷口倉皇地湧去，沿途有很多士兵與馬匹被從四面八方射來的箭攢成刺蝟；蜀軍的弩手雖然只有一百多人，但射出的弩箭卻已經有幾千枝，一浪接著一浪吞噬著魏軍的生命。

「這到底是些什麼東西?!」王雙驚惶地大吼道，在他的軍旅生涯之中，還從來沒見過火力和頻率都如此密集的弩箭射擊。

沒有人回答他這個問題，因為沒有人知道。沐浴在箭雨下的士兵，一半根本顧不上去思考，另外一半則永遠喪失了思考的可能。王雙身邊的護衛在短短一瞬間就減少了三分之一，他甚至親眼看到一名親兵的眼睛被勁弩射穿，就這麼瞪大了眼睛仰面倒地。

王雙情知現在局勢已經無法控制，他只能硬著頭皮隨士兵們向谷口逃去。「只要順利逃出去，在開闊地重整兵力，就還有希望。」王雙想，同時拚命忍住痛楚。在剛才的襲擊中他身中了三箭，所幸都不是致命傷。比起那些士兵來說，身為主將的王雙還算幸運，雖然幾支弩箭牢牢地釘在了他的後心與左臂上，但厚重的盆領與披膊甲冑卻沒讓箭鏃刺穿皮膚。

蜀軍可怕的攻勢仍舊沒有停歇的預兆，箭影遮天蔽日，有如一張死亡的大網籠罩下來。蜀軍使用的弩機威力奇大，即使魏軍拿自己的坐騎當盾牌，也會被連人帶馬一起射中。王雙再也顧不得大將的尊嚴，他撇下戰馬與長槍，狼狽地手腳並用朝谷道口爬去。兩側的騎士成為了他保命的掩體，那些不幸的士兵被射成了箭垛，從馬上直直摔下來，他們的指揮官則趁這個間隙向谷口沒命地奔去。

憑藉著自己厚重的甲冑與運氣，王雙終於僥倖衝到谷口。他驚魂未定地回首望去，看到山谷中已經變成了人間活生生的修羅場：谷中屍橫遍野，幾乎沒有任何仍舊站立著的生物，到處彌漫著煙塵與刺鼻的血腥，呻吟聲卻很少——在如此狹窄的谷道之間，絕大多數人與馬匹都是被十幾支箭從不同的角度洞穿，當場死亡。

王雙心有餘悸地抬起頭，谷頂兩側蜀軍士兵仍舊手持閃著寒光的弩機向下睥睨，搜尋著可能的生還者。這些相貌奇特的鐵製物體顯示出了前所未有的殺人效率。從魏軍中伏到現在只不過只有一炷香的時間，但這支千人的騎兵隊已經近乎全軍覆沒。

這時候，王雙看到了一面寫著「漢」的大纛，還有無數穿著赭黃色軍裝的蜀軍士兵朝他圍過來。眼見逃生無望，他絕望地大吼一聲，拔出劍來，瞪著血紅色的眼睛向著敵人衝去。在下一個瞬間，他被蜀軍的四支長矛從不同方向刺穿了身體，然後另外一名士兵衝上來手起刀落，將這名魏國大將的腦袋一刀斬落……

魏太和三年一月，大將軍曹真向皇帝曹睿進了一份奏表——後來這份奏表被當作朝廷的正式公告發布——奏表中說：「繼年初在街亭取得大捷之後，近日魏軍在陳倉城前又成功阻止了蜀國的野心，諸葛亮的軍事計畫第二次破產。大魏在皇帝陛下與上天的護佑之下又一次取得了輝煌的勝利。」

這份奏表給宮廷的歲末慶典帶來了更多的喜慶色彩，曹睿和他身邊的人為此津津樂道了很久。當然，在奏表中曹真並沒有提到將軍王雙在追擊撤退敵軍時不幸戰死；他認為這種煞風景的事沒必要說給皇帝陛下聽，那只是一次戰術上的小小失誤。

而在遙遠的益州，用石灰封好的王雙首級被專程送到了成都，這讓對北伐失敗耿耿於懷的皇帝劉禪多少有些釋然。

於是，在這一年的年末，秦嶺兩邊的人們以不同程度的好心情迎來了魏的太和三年與蜀的建興七年。

第一部 漢中十一天

第一章　潛伏與忠誠

魏太和三年二月六日，魏國天水郡上邽城。

陳恭在辰時梆子敲響時準時邁出家門。他頭上戴著一頂斗笠，身上穿的藏青色長衫有些褪色但洗得卻很乾淨，腰間掛一個布包，裡面裝的是筆墨紙硯。陳恭仔細地檢查了一下裝備，然後將門鎖好，推開院門走出去。

「陳主記，您這麼早就要出去啊？」陳恭對門的鄰居看到他出來，打了一個招呼。

「是啊，非常時期嘛。」

陳恭也微笑著回答。蜀魏兩國去年打了兩次大仗，今後也隨時可能爆發戰爭，這讓處於前線地帶的上邽城隨時都有可能面臨敵人威脅，不得不積極備戰，他們這些太守府的官吏自然也就忙得不可開交。

「您這身裝束，是打算出遠門嗎？」鄰居問。

「哦，今天有個集市，馬太守派我去收購一批騾馬來以充軍用。」陳恭解釋說。鄰居哦了一聲，兩個人又寒暄了幾句，然後各自告辭。

大街上人很多，其中很大一部分比例是身覆黑甲的魏軍士兵，他們排成長長的隊伍來回巡視街上的一舉一動，整齊劃一的步伐在黃土街面上發出槖槖的響聲，彷彿在提醒過往的行人：現在是戰時。

上邽位於祁山以北的天水郡，是前往涼州的咽喉之地，戰略位置相當重要。為了應付蜀軍隨時可能出現的進攻，魏軍不得不將整個隴西防禦的重心轉移到了這裡。於是上邽成為了實質上的隴西地區魏軍總司令部，目前駐紮著雍州刺史郭淮的一萬兩千名士兵——而上邽本身的居民也不過兩萬多而已。

陳恭繞過這些軍人，直接來到了馬販子們所在的城東榷場。很多來自西涼和朔北的馬販子在這裡活動，他們都嗅到了戰爭的氣味，知道自己的貨物能賣個好價錢。

一靠近騾馬榷場，就能聞到一股刺鼻的馬糞味，各式品種的駿馬在分隔成一間一間的木圍欄中打著響鼻，欄杆上掛著樹皮製成的掛牌，上面用墨字寫著產地及馬的雌雄、年齒，馬販子則抱臂站在一旁，向路過的每一個人吆喝自己馬匹的優點；在旁邊更為簡陋的圍欄裡賣的則是驢和騾子，那些地方就遠沒馬欄那麼華麗。賣馬的多是羌人與匈奴人，造型比較怪異；而賣驢和騾子的則以中原商人為主。

面對這些馬匹，陳恭似乎有些心不在焉，只是一遍又一遍地在各個圍欄之間走來走去，拿不定主意。終於，他注意到一家賣驢圍欄上掛出的牌子有些奇特，那個牌子在「驢」字的斜上方用淡墨輕輕地點了一滴，像是在寫字時無意灑上去的，不仔細看根本看不出。陳恭又兜了幾個圈子，從這家賣驢圍欄隔壁右起第四家問起價錢，一家一家問下來，最後來到了這一家圍欄前面。

「這驢可是有主的？」

陳恭大聲問，驢主這時匆忙走過來，點頭哈腰，連連稱是。這是個瘦小乾枯的中原漢子，年紀不大卻滿臉皺紋，頭髮上沾滿了稻草渣。

「大爺，我這頭驢賣五斛粟，要不就是兩匹帛。」

「這太貴了，能便宜些嗎？」

驢主趕緊擺出一張苦相，攤開兩隻手。「大爺您行行好，這裡是隴西，可比不上咱們舊都富庶哇。」聽到驢主這麼說，陳恭的眼神裡閃過一道銳利的光芒，稍現即逝，他緩緩回答道：「你說的舊都是哪一個，洛陽還是長安？」

「當然是長安，赤帝的居所。」

「唔……」

陳恭聽到他這麼說，下意識地環顧四周，發現沒人注意到他們兩個的談話。於是陳恭讓驢主將驢子牽出，從懷裡掏出五串大錢交給他。驢主千恩萬謝地接過錢，還殷勤地為驢子套上了一套馱具。

兩個人目光交錯，都會意地點了點頭。

陳恭牽著驢子走到一處沒人的角落，將它背上的馱具取下。這副馱具形狀是一個扁梯形，裡側用柳木圍成一個框架，外面再用熟牛皮蒙住，頗為堅韌，可以耐住長途跋涉。陳恭把手伸到馱具的底座沿著邊縫來回撫摩，很快就發現其中一邊的牛皮是可以掀開的；他看看四下無人，將牛皮小心翼翼地掀起一角，然後把手伸進馱具的空腹中，取出一張折疊好的麻紙。陳恭將麻紙揣到懷裡的夾層中，接著把牛皮按原樣蒙好，若無其事地牽著驢走出來。

接下來他又走訪了幾家驢馬販子的圍欄，買了三頭驢、兩頭騾子和兩匹馬。等到太陽落山的時候，陳恭將買來的所有牲畜趕到太守府的馬廄，謝絕了同僚一起去喝酒的建議，直接回到了自己的家。

他目前是單身，鄰居們都知道他的妻子在搬來天水郡之前就病死了，而他一直沒有續弦的打算，現在只有一個又聾又啞的老僕人幫他料理家務。

回到家以後，老僕人為陳恭端來一碗加了香菜與菜豆的羊肉羹，還有兩條煮熟的地瓜。陳恭接過碗，揮揮手讓他下去休息，自己則走進臥室，把房門都掩上。臥室不大，屋子的兩側全是書架，上面擺放著厚薄不均的諸多卷帙；靠窗的是一張床，床邊還擺著一張紅漆几案，旁邊是一扇繪著跳七盤舞的舞女的屏風。

當確認屋子裡只有他一個人以後，陳恭把屏風拉到自己身後，然後跪到几案前點燃蠟燭，掏出了藏在衣服夾層中的麻紙。

麻紙上密密麻麻全都是用蠅頭隸體寫的字，其中分列了魏國政務外交、軍隊駐防、經濟變革、人事調動、民心波動等諸多領域的二十餘條情報，相當詳盡，其中不少條都屬於機密資料。而這些只有尚書、中書兩省和相府高級官員才有許可權調閱的資料，現在卻在這個天水太守府小小的主記眼前一覽無遺。

事實上，除了天水太守府主記之外，陳恭還有另外一個祕密身分，那就是蜀漢丞相府司聞曹駐天水地區的間諜，主管關隴地區曹魏情報的搜集工作。

司聞曹是蜀國特有的祕密情報部門，隸屬於丞相府，素以精幹和效率著稱；其功能就是對敵國情況進行搜集、傳遞、整理並加以分析。蜀漢一向極為重視情報工作，諸葛丞相認為良好的情報工作可以彌補蜀軍在絕對數量上的劣勢。因此，早在南征期間，諸葛亮就委派參軍馬謖在漢中親自指導對魏國的情報工作。馬謖以劉璋、張魯時期的舊班底為基礎，設立了司聞曹，並逐漸建立起了一套針對曹魏的縝密情報網絡。而陳恭從事的則是最為危險的臥底工作，像他這樣在敵國境內以假身分活動的第一線情報人員被稱為間諜。

陳恭出身於涼州安定郡，一直到十幾歲才隨父親遷移到成都。正因為如此，他被當時主管情報事務的馬謖看中；經過一番嚴格的訓練之後，他被派遣到了雍涼擔任間諜。事實證明馬謖的眼光相當準確，陳恭在這個位置上表現得相當優異，不僅一直保持著情報網絡的順利運作，而且還混進了天水太守府擔任門下書佐的職位；等到第一次北伐結束後，他被拔擢為主記，從此可以接觸到更高級別的資料，這無疑讓他的價值大增。

現在陳恭握著的這一份情報是從鄴城送出來的，蜀漢在那裡有一名高階間諜，代號為「赤帝」；「赤帝」會定期透過預定方式傳送一批情報過來，陳恭在上邽城內——原本是冀城——設立了一個中轉站，負責將這些情報轉送至漢中的首府南鄭，那裡是丞相幕府的所在地。

在各國公務機構仍舊普遍使用竹簡的時候，蜀國的間諜已經開始使用麻紙這種相對比較奢侈的載體來傳送情報了，因為它比較柔軟適合折疊，容易藏匿在各種隱祕的地方，且價格比縑帛要便宜。

陳恭仔細地閱讀了一遍，將這二十餘條情報歸類。根據蜀國司聞曹的術語，有些情報屬於「硬」資料，比如鄴城衛戍部隊數量、關中地區屯田歲入、出使吳國的使臣姓名等，這些東西可以直接彙報；但有些情報是屬於「軟」資料，比如隴西地區軍事指揮官的調動、朝廷官員的升遷或者新頒布的法令等。面對後一種情報，陳恭不能簡單地轉交給南鄭，他必須要加上自己的分析和見解，並指出這一情報可能引發的後果和對蜀國的影響；如果是涉及到重要的官員調動，還得將當事人的詳細履歷、性格特徵以及風評附上。

其實從理論上來說，這些工作不屬於間諜的職權範圍，間諜只是情報的傳輸者，分析情報是司聞曹下屬的軍謀司負責的。但由於有些軟情報只能由瞭解曹魏內部情勢的人分析才會有價值，所以在實踐上這類情報都是要經過陳恭的再處理，做出結論後才能送交南鄭。這一過程被間諜們稱為「回爐」。蜀漢第一次北伐失敗以後，隴西地區的情報網絡遭到了嚴重破壞，很多地下人員紛紛被捕，於是碩果僅存的陳恭在情報分析這方面就愈發顯得重要了。

這一次的情報大部分都屬於硬情報，不必再回一遍爐了。陳恭想到這裡，心情覺得有些輕鬆；他每一次對情報進行回爐的時候，都有些惶恐不安，深怕因自己的一時判斷失誤而造成蜀國的巨大損失。這時候，他注意到了麻紙上的最後一條情報。

比起前面洋洋灑灑的大段資料，這一條情報顯得很簡潔。不過陳恭知道，簡潔往往意味著不完全，這就需要他來補全。這一條情報是這樣寫的：「據信近日應淮之請遣給事中一名赴隴名闕。」這是簡寫的方式，將句子完全展開以後的意思是：從可靠管道得知，最近朝廷應郭淮的要求派遣了一名給事中前往隴西天水地區，名字不詳。

面對這一條情報，陳恭皺起了眉頭。給事中屬於內朝官，是留在皇帝身邊以備顧問的，除非是隨駕，否則極少會離開京城前往地方上，與軍方也少有業務上的來往；然而現在情報顯示有一名給事中單獨前往天水，而且還是應天水地區軍隊最高負責人郭淮的特別要求，這就不得不叫人感到疑惑了。

「究竟這是為了什麼呢？給事中的職權與軍方幾乎不重合，魏國也從來沒有皇帝委派給事中視察軍隊的先例。」陳恭對自己說：「看來必須要設法弄清楚派來的給事中到底是誰才行。」

他的直覺告訴他這將是一件相當重大的事件。因為即使是潛伏在鄴城的「赤帝」也無法知道這名給事中的身分，說明此行保密程度相當地高，而保密程度高的東西從來都是非常重要的。

陳恭再一次仔細地閱讀了一遍情報，然後將這份麻紙丟進火爐裡。這二十幾件事已經全部印在了他的腦子裡，資料已經不再需要。盡量減少可能暴露身分的痕跡，這是一名間諜在敵人內部生存的準則。

第二天陳恭早早起身，簡單地做了清潔後就推門走了出去。這時間本該是朝日初升，可天色依舊昏暗，抬頭可見一層陰鬱的雲彩籠罩在上邽，彷彿完全停滯了一般。

主記本來是在太守府專門的地點辦公，但是現在太守府除了太守馬遵的房間以外都被郭淮的部下徵用，於是這些文職幕僚們不得不去借城內平民的房子。陳恭辦公的主記室是在一個草料場旁邊的木屋中，這個地點並不算好，在大風天氣裡經常會有草屑飛到屋子裡；陳恭之所以選擇這裡，是因為此處離收藏朝廷資料與檔案的書佐台比較近。要知道，作為一名肩負著分析工作的間諜，他必須擁有一個龐大的資料庫。

他先到主記室點卯。今天出勤的同僚並不多，很多人被派出去籌措物資還沒回來，還有幾個人尚未起床，整間大屋子裡唯一一個伏在案几上奮筆疾書的是孫令。陳恭認識他，這人有些才氣，只是恃才傲物，兩年前因為肆意臧否人物而被趕出京城，左遷到天水郡做文學祭酒。在大部分人心目中，在天水這種戰事頻繁的地方做文學祭酒是一件很可笑的事，因此孫令一直鬱鬱不得志。

「喲，政卿，你起得好早啊。」

陳恭一邊放下傘，一邊朝他打招呼。孫令沒有抬頭，仍舊筆下如飛。陳恭知道他的脾氣，也不以為意，走到自己的案几前，取出凍硬的毛筆擱在炭火盆上慢慢地燎。大約過了一炷香的工夫，孫令才長出一口氣，啪地一聲把毛筆擲下去，好像是終於完成了什麼艱苦的工作。

這時候孫令才意識到陳恭的存在，陳恭唔了一聲，慢條斯理地研著墨，徐徐道：「是呀，「文禮，剛才你叫我？」

不過你全神貫注，沒聽到。」

孫令不好意思地搔了搔頭，拿起寫滿草書的白紙遞到陳恭面前，道：「我正忙著出去提木料呢。」

「提木料？」陳恭驚訝地問道：「怎麼這一次上頭派你去把木料運出上邽嗎？」

根據軍方的命令，戰略物資——尤其是木材和糧草——要最大限度地集中到上邽，現在居然還有木材從上邽流出到別的地方，這不能不讓陳恭感到奇怪。

「對。不好不好，時間來不及了，不跟你多說了，你保重。」孫令一邊手忙腳亂地把奏章草稿收拾好，一邊披上棉袍，整好幅巾，與陳恭拱手告別。

送走孫令之後，陳恭回到案几前，開始思考那名神祕的給事中的事情。首先要弄清楚的是朝廷中的給事中到底有哪些人，給事中的名單一旦搞清楚，就可以把那個人的身分範圍縮小很多。恰好就在這時，魏亮一腳踏進門來。

魏亮是天水郡太守府的門下書佐，五十多歲，全身最醒目的就是他那個碩大的酒糟鼻子，以至於很多人懷疑他有西域血統。保管檔案的書佐台正好是他的職權範圍，陳恭剛才就一直在等他。這傢伙嗜好喝酒，經常喝得醉醺醺的；看他一進門那副迷糊的樣子，就知道昨天晚上又偷喝酒了。

陳恭湊到他面前，小聲說道：「喂，你昨天晚上是不是又偷酒喝啦？」魏亮先是擺擺手，晃著腦袋說怎麼會怎麼會，然後打了一個酒嗝，這才壓低嗓門道：「文禮，昨天我碰見個高興事，所以多喝了幾杯，你可千萬別說出去啊，要是被郭大人聽見了可不大好。」

他口中的郭大人是指雍州刺史郭淮。郭淮是目前魏軍在隴西地區防務工作的最高負責人，他年輕時代曾經在夏侯淵麾下任中層軍官，是個典型的軍人，不苟言笑，作風嚴謹而樸素，所以太守府的文官都怕他。

陳恭拍拍他肩膀，笑道：「呵呵，放心，我自然不會去告密，只是你要記得少喝幾杯，貪杯誤事。」

「我一個門下書佐，能有什麼事情可誤？最多是書佐台的文書讓老鼠啃壞罷了。」魏亮嘟嘟囔囔道，陳恭見時機合適，就對魏亮說他需要去書佐台調閱幾份關於存糧與牲畜庫存狀況的資料。魏亮一聽，滿口答應，從懷裡掏出自己的印章交給陳恭讓他自己去，然後趴到桌上，叫雜役速速熱一份醒酒湯來。

陳恭拿著魏亮的印章走出屋子，心裡一陣感慨。馬遵在天水太守的位子上已經幹了四年多，是個怯懦無能的高級官僚，於是手下的這些官吏大部分都跟太守一樣庸庸碌碌，要麼就是心不在焉。諸葛丞相第一次北伐的初期對手就是這些人，難怪蜀軍會勢如破竹了。

書佐台就在主記室後街的右邊盡頭，這裡不與其他房屋相接，一條很淺的溝渠環繞屋子一圈，為的是避免火災蔓延到這裡損壞文件資料。為陳恭開門的是一位老書吏，陳恭把魏亮的印章給他看了一眼，老書吏點點頭，從腰間摸索出一串黃銅鑰匙交給陳恭，然後自己縮回到門房裡繼續烤火。

陳恭穿過一條走廊，拿鑰匙打開檔案室，推門走了進去。這間屋子很大，採光也很好，只是非常寒冷。十幾個木製書架排成一排，上面擺滿了天水郡歷年來的文書、公告、來往書信和其他檔案，塵土安靜地積在幾乎所有的竹簡上，灰白色調的卷帙書脊給整個環境增添了幾分寒氣。

陳恭沒去碰這些發霉的東西，那都不是他的目標。他想找的是去年——也就是太和二年——九月份的一份百官賀表。他記得在太和二年的九月份，皇帝曹睿將皇子曹穆封為繁陽王；按照慣例，皇族子弟第一次有了自己的食邑以後，百官會進一份賀表給皇帝，祝賀皇族的屏藩愈加雄厚。這份賀表上會署上幾乎全部朝廷官員的名字，並抄送各地府郡以示天下同喜。因此天水郡應該也保存了一份，只要查閱賀表抄件的署名名單就能知道現任給事中的都有誰。

這份工作沒什麼難度，這份賀表剛剛歸檔不久，何況謙帛本身又用黃紙鑲裱了金邊，因此在書架上相當醒目，陳恭幾乎是一下子就找到了。

他聚攏兩手呵了呵熱氣，又跺了跺腳，然後伸手把賀表取出來迅速展開。和他預想的一樣，賀表洋洋灑灑寫了足有幾千字，在卷幅的右側用小字寫著進賀百官的職位、姓名與籍貫。這份賀表是去年九月份，距離現在只有五個月不到，人事上應該不會有太大變動，可以拿來作參考。

「給事中」這個官職多用於加官，很多朝廷大員都會被皇帝授予這個職位以示榮譽，比如大將軍曹真、中書監劉放、博士蘇林等等，他們的職銜中都掛著一個「給事中」的名。而這些都不是陳恭所要鎖定的目標。他想要找的，是一個以「給事中」為正官的人。

經過排查，陳恭找到了五名現任給事中，他背下他們的名字和籍貫，然後把賀表擱回原處。目前的成果就只有這樣了，至於究竟那位神祕的給事中是這五人中的誰，還要等獲取進一步情報才能做出判斷。

這些工作完成以後，陳恭迫不及待地退出了這間房子，因為實在是太冷了。他把鑰匙交還給老書吏，然後離開了書佐台。這時候天上累積的陰雲似乎還沒有降雪的跡象，忽然之間，陳恭覺得身後似乎有一雙眼睛在窺視著他，他轉過頭去，卻看到街道上空蕩蕩的，一個人也沒有。

第二章　忠誠與犧牲

郭淮緩慢地搓動手指，用嚴厲的眼神盯著天水太守馬遵。後者不停地用袖子擦著額頭的汗水，彷彿被議事廳裡燃著精炭的獬獸銅爐烤化了一般。

過了好半天，他才抬起頭，結結巴巴地說道：

「伯……伯濟弄錯了吧？這上邽城內，怎麼會有蜀軍的探子呢？」

「哦，可是我的人已經握有確實的證據，證明上邽城內至少有一個在祕密運作的蜀軍情報網。」郭淮不緊不慢地說，聲音卻透著沉穩的力道。他是上邽城真正的統治者，馬遵這樣的顢頇之輩向來是不被放在眼裡的。

馬遵繼續擦拭著汗水，還試圖挽回自己的面子。「如果真的存在這麼一個情報網的話，我的人應該會覺察到，他們……」

「問題是他們並沒有覺察到。」郭淮毫不客氣地打斷他的話。「閣下的部曲都是在當地招募，他們的武勇值得尊敬，但在諜報事務方面顯然缺乏訓練。當然，這是題外話……毅定！」

郭淮猛然提高聲音，門應聲而開，一名身著整齊甲胄的年輕武將推門走了進來。他走到議事廳中央，把身體挺得筆直，頭頂赤紅色的卻敵冠高高揚起，固定皮胸甲的兩側條帶繫得一絲不苟。

「這是我的族侄，叫郭剛，字毅定。今年二十四歲，在我軍中充任牙門將。」郭淮伸出右手介紹，郭剛向兩位軍政要人各行了一個禮，下巴揚起，眼神自始至終不看馬遵，神情高傲而又漠然。

「真是少年才俊，少年才俊。」馬遵討好地說道。

「他現在還有一個身分，就是間軍司馬，專門負責調查蜀國在天水地區的諜報活動。」郭淮說，馬遵大為吃驚，軍方在天水郡設立了反間諜的機構，卻沒通知身為太守的他，他感覺自己被愚弄了。

「怎……怎麼我從來就沒聽過這回事？」

「哦，間軍司馬是一個非公開的職位，他直接向鄴城的中書省負責，不受地方管轄。」郭淮故意慢慢點出「中書省」三字，看起來很有效果；馬遵的臉由蒼白轉為灰白，中書省是朝廷中樞，這個怯懦的官僚是絕不敢對朝廷有什麼意見的。

「唔，毅定，你說吧。」郭淮見馬遵回復了沉默，於是衝郭剛抬了抬下巴。

「是！」

郭剛的聲音和他的名字一樣，生硬堅實，有如黃河冬季的冰棱一般。「在一月十二日，我軍在上邽與鹵城之間的山路截獲了一批從漢中過來的私鹽販子，在他們的貨物中發現了二十枚偽造的軍用與政用權杖，還有兩枚天水郡守的印章，當然，也是假的。」

郭淮略帶同情地看了馬遵一眼，後者蜷縮在几案後面，表情尷尬。

「根據私鹽販子的供認，他們出發前接受了蜀軍一大筆報酬，蜀軍要求將這些貨物送至冀城，並賣給特定人物。一月十五日，我派遣了兩名間軍司馬的成員化裝成私鹽販子前往冀城，在一月二十日成功地與目標人物接上了頭。我們擒獲了這個人，然後發現這名當地人是受上邽某一位官員的雇傭。經過他的指認，我們最後在一月二十八日終於確定了那一位官員的身分。」

馬遵開始不安地絞起手指，首先是偽造的太守府印章，然後是一名變節的官員，他開始懷疑今天是否是自己的大凶之日。

郭剛的語調缺乏抑揚頓挫的變化，但卻有一種類似鐵器撞擊的鏗鏘之感。

「從一月二十九日起，我們立刻安排了對那名官員的監視。從被監視的那一天起，這個人在上邽城內先後接觸了五次我軍士兵、下級軍官以及士族軍戶，經過事後對被接觸者的盤問，我們發現這個人的詢問技巧很巧妙，而且其目的被掩飾得很好。他感興趣的是我軍在武都、陰平兩地駐防兵力數量，還有天水地區的主要囤糧地點分布。值得一提的是，在監視期間，他還曾經外出過一次，我們懷疑他是與其他潛伏者交換情報。毫無疑問，這是一名蜀國安插在上邽的夜梟。」

看到馬遵迷惑不解的眼神，郭淮解釋說「夜梟」是魏國情報部門稱呼一名敵國間諜的習慣用語。聽完彙報，馬遵吞下一口口水，不安地問道：「那麼這個人是誰，是太守府的官員嗎？」

郭剛點了點頭。

馬遵一下子變得很激動，他捶了捶案几，大聲道：「居然還有這樣無恥的事情發生，是誰？告訴我，我立刻去叫人把他捉起來！」很明顯，他想用憤怒來掩蓋自己的尷尬。

「不用了。」郭淮冷冷地說道：「我們軍方已經有了計畫。根據縠定的判斷，近期內他會與上邽的另外一名夜梟碰面，到時候我們會把他們一網打盡。馬太守，你只要到時候調動郡府部曲在周邊配合我們就可以了。」

馬遵現在的心中屈辱、惱火、尷尬與驚恐混雜一鍋，讓他的面部肌肉一陣陣地抽動。自己再怎麼說也是名義上的天水地區最高長官，可現在卻在自己的地盤上被人一腳踢開，這是一個極大的侮辱。可他又能做什麼呢？對方是握有軍權的雍州刺史，還有一個中書省的直屬間軍司馬。

馬遵最後選擇了忍，他咬咬牙，捏著自己腰間佩帶的玉搖，盡量讓自己露出笑容。

「好的，我會吩咐下去。」

「請注意，馬太守，這件事除了你不許有第二個人知道，太守府的人都不太可靠。」

郭淮這一句提醒無疑又是一記響亮的耳光，在馬遵有所反應之前，他站起身來，拿起擱在身旁的小尖鏟攪動了一下銅爐中的紅炭，讓火更旺盛一些。這是一個明顯的送客令，於是馬遵不得不起身告辭，恨恨地離去。

等到馬遵的身影消失以後，郭剛這才開口對郭淮說道：「叔父，朝廷怎麼會容忍如此無能的人擔任如此重要的職位？」

「毅定，朝廷之事，自有天子進行定奪，我們只要做好份內的事就夠了。」郭淮走到他面前，直視著自己的侄子。「身為間軍司馬，是不能有政治傾向的。有了政治傾向，就會有了偏見與盲區，這兩者是敵國間諜賴以生存的基礎。」

「是，侄兒知道了。」

「很好。你下去計畫行動細節吧。」

「侄兒已經安排好人選了，這一次參與行動的核心人數不會超過六人。周邊支援人員在行動前一刻才會被告知具體目的。」

郭淮點了點頭，示意他可以離開了。

郭剛以無懈可擊的姿勢抱了抱拳，然後轉身走出議事廳。

現在議事廳中只剩郭淮一個人，他回到案几旁，扯開掛在後壁的黃布，一幅相當詳盡的隴西地圖占據了大半個牆壁。他從地圖的左邊踱到右邊，又從右邊踱到左邊，還不時從爐底拿出一截炭棍在地圖上畫幾筆。很明顯，現在他思考的事遠比追捕蜀國夜梟重要。

魏太和三年，二月十日。

陳恭覺得自己有必要出去一趟。他一直設法找出那一名給事中的真實身分，但是毫無結果；準確地說，可能性很多，但是沒有一種可能性上升到可靠的程度。二月十五日就是他例行向南鄭彙報情報的日子，如果在這之前這份情報「回爐」工作還無法完成的話，那就完全沒有意義了。

他決定去找一下「白帝」，「白帝」是隱藏在上邽城內的另外一名間諜，他也許會有一些有價值的情報管道。陳恭和「白帝」兩個人本來並不相識，蜀國司聞曹的工作原則是：第一線工作的間諜們彼此隔絕，單線縱向作業，絕不發生橫向聯繫。這樣諜報效率會變低，但可以保證當一名間諜被捕後不會對其他情報線造成損害。司聞曹就和他們所效忠的諸葛丞相一樣，謹慎到了有些保守的地步。

在第一次北伐失敗後的蜀國情報網大潰滅中，陳恭和「白帝」因為一次意外的審查而發現了彼此的身分——陳恭一直覺得這很諷刺。兩個人都幸運地在那次魏國的大清洗中活了下來，從此知道了對方的存在。他們兩個平時極少見面，但保持著一種獨特的聯絡方式。

陳恭在二月十日晚上來到上邽城內的步軍校場，在木製的轅門右下角立起了三塊小石頭，然後在三塊石頭頂端又加了一塊，不過這一塊的底部用墨事先塗過了。把這一切做完以後，陳恭重新消失在夜幕裡。

第二天下午他藉故去太守府辦事，又路過一次校場，看到那個不起眼的造型起了變化：在頂端的石頭被翻了過來，將塗著墨的一面朝上。看來「白帝」有回覆了。

二月十二日，陳恭在巳時過去一半的時候離開家門，前往早就約定好的接頭地點。他希望能從「白帝」那裡得到一些他所不知道的情報，這也許有助於瞭解那名給事中的身分。

走過兩條街，陳恭看到兩名士兵各執長槍靠著街口的牆壁說話。陳恭認出他們是馬遵太守的手下，心中有些奇怪。他注意到在附近的酒肆裡也坐著幾名士兵，他們卻沒有喝酒。又走過一條街道，陳恭轉向左邊，看到街道右側的里弄門口有士兵在把守。這裡一直都有人把守，但是今天的守衛比平時多了一倍。其中一名士兵看到了陳恭，友善地打了個招呼。

「陳主記，您這是去哪兒啊。」

「嗨，還不是那些庫存的事。上頭整天催著要拿出本清楚的帳簿來。」

陳恭開始抱怨，抱怨上司是與同僚增進感情最好的手段。果然，士兵同情地點了點頭，也歎息道：「是啊，我們本來今日輪休的，可現在卻被忽然調到這裡來不能離開，隨時候命。」

「隨時候命？」陳恭心中畫出一個大問號。「為什麼？」

「我們是奉命在這裡待機，至於要幹什麼，上頭可沒說。」

陳恭又與士兵隨意敷衍了幾句，然後藉故離開了。不知道為什麼，他開始覺得心中不安，但還是繼續朝著預定的接頭地點走去……

「確認就是這個人嗎？」

郭剛站在一堵土牆後面，他的一名部下剛剛把頭探出去又縮了回來。他聽到上司的問話後，點了點頭。「沒錯，肯定就是他。」這時街對面在房頂負責監視的人忽然將一面綠旗向西面搖擺了三下。

「目標開始向西移動。」

收到這個消息，郭剛下意識地抿緊了嘴，對已經換好平民裝束的幾名部下說：「你們兩個，超前一步從別的街口繞到他前面；你們兩個就跟在他後面，不可被他發現。」

四名部下喏了一聲，離開了土牆。而郭剛則轉身爬上一個高達二十丈的塔樓，在那裡他可以俯瞰整個城西區。就他個人而言，他很喜歡這種居高臨下、將所有的事都盡收眼底的感覺。

陳恭沒有注意到遠處的塔樓上多了一個不懷好意的窺視者，他仍舊保持著平常的步調朝前走去。前方有兩名婦人在水渠前砸著衣物，一個苦力扛著兩個大口袋吃力地行走，幾個小孩子跑到街中央去逗一隻死去的蜻蜓，被路過的馬車夫大聲斥責。向陽的牆邊靠著幾名懶散的軍士，簡陋的皮甲攤在他們膝蓋上，內襯朝上，其中一個聚精會神地挑著蝨子。一切都顯得很正常。

「這位官爺，來喝些雜碎湯暖暖身子吧。」

街旁小店裡的老闆探出頭來吆喝，一股濃郁的羊肉香味順著門縫冒出來。陳恭沒停下，他抬頭看了看日頭，稍微加快了一點腳步，轉彎向右走去。

與此同時，郭剛雙手撐著塔樓邊緣朝下望去，身體前傾，眼睛如鷹隼般的銳利。目標現在轉過了一個彎，朝著集市的方向去了。兩名部下在他身後遠遠地跟著，另外兩名則從側面與他並行。

的。

「快點鳴叫吧，夜梟。」郭剛喃喃說道，不由自主地握緊了拳頭。當初郭淮推薦他擔任間軍司馬的時候，很多人以他太過年輕為理由而反對；他急欲要向所有人證明，叔叔的安排是正確的。

一隊巡邏的士兵忽然在目標人物前面走過，寬大的甲冑與飛揚的塵土遮擋住了郭剛的視線。郭剛瞪圓了雙眼，恨恨地在心裡罵道：「該死的，快走開！」

等到隊伍開過去以後，郭剛發現目標不見了。他大吃一驚，目標一定是進入了某一個視線無法觸及的死角。在這個時候，遠在塔樓上的郭剛鞭長莫及，只能寄希望於他的部下。

他命令身後的傳令兵將塔樓上的旗子換成綠邊紅底的貔貅牙旗，這個旗語表示塔樓無法看到目標，要求跟蹤者立刻回報方位。同時傳令兵還敲了一下鼓，以提醒跟蹤者注意。

三名部下很快就各自發回了暗號：目標人物從眼前消失了。郭剛拳頭握得更緊了，目標究竟在哪裡？如果他是刻意消失的話，是不是說他已經發現了追蹤者？一連串疑問混雜著懊惱湧上郭剛的心頭，一層細微的汗水出現在他的額頭。

好在這種情況沒有持續太久，郭剛很快發現第四名部下正朝著塔樓舞動了三次右手，然後指了指旁邊的牛記酒肆。這說明目標進入了酒肆，而且還沒出來。

「一定就是在那裡接頭！」

郭剛立刻做出了判斷，他命令將代表著「繼續追蹤」的杏黃旗懸掛上去，然後飛快地跑下塔樓。二十名從馬遵太守那裡調撥來的士兵正在樓下整裝待命，郭剛做了一個手勢叫他們跟上，然後飛身上馬，朝著牛記酒肆而去……

……陳恭慢慢地踱進牛記酒肆，這是上邽城內唯一的一家酒肆，最近因為駐軍的增多而生意興隆。此刻正是快接近正午的時候，很多人都來到這裡喝上一杯以驅驅身上的寒意，樓上坐的多是太守府的官員和軍官，樓下則是普通士卒與平民。

肩膀上搭著白毛巾的夥計熱情地把他迎進來，陳恭擺擺手，表示自己上去就可以了。於是夥計走到門口去招呼別的客人，陳恭自己則順著樓梯來到二樓。他邁上了二樓，環顧了一圈周圍的環境，大約有二十幾位客人在吃飯或者談天，很是熱鬧。忽然之間，陳恭甫感覺到有一道奇異的視線在注視著自己。他下意識地回頭朝一樓的樓梯口望去，渾身的血液一下子彷彿被徹底凝固住了……

「陳主記，您裡面請！」

……郭剛率領著士兵衝到牛記酒肆前，這副架勢讓過往的行人非常驚訝，紛紛駐足觀看。他下了馬，命令立刻將這家酒肆團團包圍，一個人也不許離開。在周邊，更多的士兵把以這個酒肆為圓心半徑二里以內的城區也都封鎖起來。三名負責跟蹤的部下趕到了現場，報告說第四個人已經尾隨目標進入了酒樓二樓。

「我們是不是等他與另外一隻梟接觸以後再上樓去抓？」其中一名部下建議道。

「不必了！」郭剛回答：「現在酒肆附近二里之內都被我們控制，他們兩個人一個也逃不掉！」

說完郭剛一揮手，率領著十名精悍步卒衝進了酒肆。兩名步卒首先占領了後門，其他人則和郭剛迅速地衝到樓梯口。一名夥計恰好端著空盤走下來，郭剛一腳踹開那個倒楣鬼，正欲上樓，一抬頭恰好看到了站在樓梯半截的目標。郭剛立刻拔出刀大叫道：「還不快快束手就擒！」

站在樓上的「白帝」露出輕蔑的笑容，他張開了嘴，大聲高喊了一句。

「復興漢室！」

喊完這一句，他整個人突然直挺挺地倒了下來。樓梯十分狹窄，郭剛立刻和倒下來的「白帝」抱了個滿懷，兩人滾下兩三層台階，才被後面的士兵接住。郭剛狼狽地擺脫「白帝」站起身來，這時他才感覺到胸口一陣刺疼，低頭一看，一柄精緻的小匕首刺入了自己的胸膛，所幸被戎衣內襯的板甲所阻擋，只有刀尖稍微刺入肌膚。

郭剛連忙將躺在地上的「白帝」胸襟拉開，果然，在「白帝」的左胸上刺著另外一柄匕首。旁邊一名士卒蹲下身子探了探他的鼻息，又把了把他的脈搏，搖搖頭。

「可惡……」

郭剛憤怒地把匕首摔到了地上，心中充滿了無限的懊惱。

……陳恭面無表情地朝自己家走去，背後牛記酒肆傳來的喧嘩已經逐漸遠去，但他脊梁滲出的冷汗被風一吹卻異常冰冷。

剛才他一上二樓，就看到「白帝」坐在靠窗的位子。陳恭本想走過去，但「白帝」向他投來嚴厲的一瞥，然後把視線轉過去一邊，似乎從不認識他。陳恭立刻覺察到事情有些不對，他回過頭去，在樓梯的木扶手上看到了兩道右傾的斜線。這個暗號意味著：「事已洩，速逃」，是緊急級別最高的警告。

於是陳恭轉身下樓，頭也不回地離開了牛記酒肆。就在他走出大約二里地以外的時候，大隊士兵忽然出現在街道，在他身後封鎖了每一條街道的出口。很快他就得知，「白帝」暴露了，而且在刺殺郭剛未遂後自盡。

「白帝」的死，讓陳恭惋惜不已，他甚至不知道這位殉難同僚的名字，陳恭現在感覺自己愈發孤單了。

白帝的死亡還引發了更嚴重的後果：曹魏自第一次北伐之後為了杜絕間諜活動，實行了嚴厲的戶籍管制制度。無論民戶還是士族軍戶都必須在當地郡府登記造冊，並且經常複查。這使得蜀國極難再安插新的間諜進來，因為一個在當地戶籍上沒有註冊的陌生人很快就會被發現。因此真正能夠發揮作用的就只有在北伐前就潛伏下來的間諜，比如陳恭和「白帝」，而這樣的人死一個少一個，無法補充。白帝的死給蜀漢對魏的情報活動蒙上了一層陰影。

而同樣沮喪的還有郭剛。他挖出的這名間諜身分已經查清了，名字叫谷正，字中則，在太守府任副都尉，級別相當地高。谷正的意外死亡，導致他身後的情報網無從查起，也很難評估他對魏國已經造成的危害到底有多大；更可惜的是，另外一名夜梟也徹底銷聲匿跡，以後再想要找出他來可就不容易了。事後魏軍對牛記酒肆和附近的路人進行了反覆排查，沒有任何結果。

這一次行動對於雙方來說，都是一次刻骨銘心的失敗。

二月十二日，也就是行動當天的深夜。宵禁後的上邽城除了哨樓以外的地方都已經陷入了沉寂，只有城外軍營中的大帳還燭火搖曳，可以依稀看到兩個人的影子。

「你派去跟蹤目標的人太多了，這會讓目標有更多機會發現被盯梢。」

「是。」

「在目標脫離了視線後，你的反應有些過度。這是被盯梢者經常要的一個小圈套，突然之間消失，然後藉此觀察周圍環境，看是否有人驚慌失措，以此來判斷自己是否真的被盯梢。」

「是。」

「還有，你的判斷太武斷了。如果目標的接頭地點不在牛記酒肆的話，那麼你的提前行動就會讓整個計畫暴露——事實上也正是如此。」

「是。」

「最重要的一點，你不該在目標接觸接頭人之前就貿然行動。你忘記了這次行動的目標是什麼。」

「是。」

郭淮每說一條，就豎起一根指頭；他沒有責罵郭剛，只是平靜地一條一條地歷數這個年輕人所犯的錯誤。郭淮知道，對於極為重視名譽的郭剛來說，這比用皮鞭抽他還要有效果。

郭剛左手抱著自己的卻敵冠，垂頭立在郭淮之側，對於自己叔父的每一句訓話他都以極為清晰的「是」字做答，同時狠狠地咬自己的下嘴唇。一道鮮血已經從嘴角逐漸流了出來。

「毅正，你要知道，我們肩負的任務很重大。蜀國無時無刻不覬覦著我國的疆土，我們的任何一次閃失都有可能造成嚴重後果，讓敵人的計畫得逞。」郭淮說，同時披上氈衣，慢慢走到帳口，將兩邊的幕簾緊了緊，重新把束繩結在一起，用力一拉，兩片幕簾立刻綳到了一起，外面的寒風一點也吹不進來。

「雖然蜀國現在還沒有什麼軍事上的動靜，但這場戰爭實際上已經在暗面打響了。」郭淮說到這裡，看了看仍舊垂著頭的郭剛。「這就是為什麼我當初請求曹真將軍把你派來天水的緣故。現在是一場水面下的戰爭，而你則是這場戰爭的主角。」

「明白了，叔父！我這就去重新提審和谷正有關的嫌疑人，我一定會把另外一隻夜梟也挖出來！」

郭淮伸出右手阻住正欲離開的郭剛。「這件事交給你手下去作就可以了。現在我們還有另外一件更重要的事情，這是目前最優先考慮的。軍方需要間軍司馬的全力協助。」

說完，他從懷裡取出了一份薄薄的謙帛，遞給了郭剛。後者看完以後，眉毛高挑，卻沒有做任何評論，他只是簡單地把絹紙交給郭淮，然後回答。

「叔父，你會得到的。」

第三章　犧牲與陰謀

魏太和三年，二月十三日。

陳恭沒有把自己過分地沉浸在「白帝」的死亡中。同僚的死值得悲傷，但不能因此而影響到任務。「白帝」雖然已經不在，但他可能還有一批資料存放在祕密地點。要知道，「白帝」在太守府中任副都尉的職務，輔佐都尉管理天水地方部隊。這個軍職——即使只是地方軍隊而非中央軍——可以獲得許多極有價值的情報。

有鑑於此，陳恭決定去把這批文件弄到手，這是告慰「白帝」最好的方式。

這一天主記室的工作異常繁忙，部分原因是間軍司馬郭剛的副將要徹查昨天牛記酒肆內所有人的戶籍。陳恭和他的同事從上午辰時一直忙到下午未時，這才將被調查者的全部戶籍抄錄一遍。大家抄得腰酸背疼，紛紛伸起懶腰，叫苦連天。

「文禮啊，你能不能叫人替我把這些東西送去，我實在是太累了。」

魏亮愁眉苦臉地把抄錄好的戶籍冊子推到陳恭面前，今天的工作量對魏亮來說確實是相當大。陳恭本來想推給手下的文吏去辦，忽然之間卻心念一動，問道：「那邊要求把戶籍圖冊送去哪裡？」

「哦，讓我看看。」魏亮在紛亂的桌子上翻了半天，最後翻出一張公文。「是這個，在兵器庫與山神廟之間的那條街，右起第三間……呵呵，還真巧，那裡正好就是那個蜀國間諜的家。」

「戶籍是重要文件，還是我親自跑一趟吧。」陳恭說，隨即站起身來。魏亮千恩萬謝，殷勤地把罩袍與毛帽遞給陳恭，並親自給他開了門。

把調查組的駐地設在犯人家裡，這個是郭剛的副手督軍從事林良的主意。林良認為現在大軍雲集上邽，各處房子都很緊張，調查者住犯人家裡可以省去許多麻煩；其次，調查者還可以順便對犯人家裡進行徹底的搜查。郭剛忙於其他事務，於是林良就成了針對間諜谷正後續調查的負責人。

陳恭帶著戶籍名冊來到「白帝」的宅邸，心中感慨萬千，沒有想到第一次拜訪居然是以這樣的形式出現。這是一間普通的磚房，和上邽大多數房子一樣分成廳、東西兩處廂房，院子裡有馬廄，大概這是因為他曾經擔任副都尉的關係。

守在門口的士兵簡單地查看了一下陳恭的權杖與簽印，就放他進來，告訴他林良在西廂房辦公。陳恭帶著這一大摞戶籍名冊吃力地走到西廂房，敲了敲門。

「請進。」

屋子裡傳來一個聲音。陳恭放下名冊，把門推開走進去，看到一名體態略胖的矮個將領正雙手抄胸仔細地端詳著牆壁。

「林大人，戶籍名冊送到了。」

「好，就擱到書架邊上吧。」林良回頭漫不經心地交代了一句，他看了看陳恭又說道：

「哎呀，您是主記陳恭陳大人吧？」

「正是在下。」

林良趕緊走過來一抱拳，道：「您真是太客氣了，這種事只要交給那些文吏或者僕役來做就好了。」跟郭淮、郭剛不同，林良對待這些太守府的官員都很客氣，也很熱情。因此陳恭也客氣地回了一禮，回答說：「茲事體大，干係深重，怎麼能交給下人來做呢。」

「言之有理，言之有理。」林良連連點頭，看得出他對這種認真負責的態度很滿意。陳恭把名冊一一解開繩子，裝作有意無意地問道：「聽說這個間諜在這裡已經潛伏很久了？」

林良拿起案几上的酒杯啜了一口，恨恨說道：「是啊，也不知道這些年裡他到底送出去多少情報。」

「嘖嘖……好傢伙，這牆裡該藏著多少文書。」陳恭跟著發出感歎。

「哈哈哈哈，陳大人又怎麼會知道谷正會把文書藏在牆壁裡？」

陳恭裝出一種對間諜工作完全外行的酸文人口吻。「當年秦皇嬴政焚書坑儒，孔子之孫孔鮒可就是把經書藏進牆裡的。」

這副扮相看來完全把林良騙住了，他哈哈大笑起來，臉部肌肉隨著笑聲一顫一顫。笑罷後，林良這才說道：「陳大人這就外行了，真正的間諜，是不會做這麼幼稚的事情。告訴您一件事，我們一進屋子就把這裡翻了個底朝天，別說牆壁夾層，就連地板青磚我們都掀開來看過。」

「那結果呢？」

陳恭問，林良做了一個一無所獲的手勢。

「我猜也是。」陳恭心裡想，同時大大地鬆了一口氣，至少這些東西還沒有落入敵人手裡。不過這也產生了一些困難，「白帝」的居所和辦公地點肯定都已經被徹底搜查過了，既然這些地方都沒有文件，那麼他會把它們藏在哪裡呢？

帶著這些疑問，陳恭告辭林良，回到了主記室。一進屋子，他看到前兩天去運輸木材的孫令回來了。孫令鼻子凍得通紅，正一邊拍打著自己的布袍子，一邊向身邊的魏亮絮絮叨叨地抱怨。

「陳主記，別來無恙。」

孫令見陳恭進來，趕緊做了個揖；而魏亮則殷勤地為他撣了撣身上的土，然後說：「我正和政卿說呢，他錯過了一場大熱鬧。」

孫令平時最喜歡這些東西，一提起來就精神煥發。「哎呀哎呀，是啊，聽說在我離開這幾天，郭將軍挖出來一個蜀國的間諜，還是咱們太守府的副都尉，這可真是難以置信。」

「是啊，誰也沒想到。」陳恭簡單地回答道，對於這件事他可不想做太多評論。而孫令則繼續喋喋不休地說：「那位郭將軍也是寒族出身吧？你看，誰說寒族出不了人才！讓九品中正去死吧！」

孫令還想繼續往下說，卻被魏亮攔住了。「哎，哎，政卿兄，今天天寒，你我再叫上陳主記咱們去喝上幾杯，權當為你洗塵。咱們在席上可以長談。」

對於這一建議，孫令自然是舉雙手贊成，而陳恭想了一下，也答應了。他並不喜歡喝酒，但酒確實是個好東西，有時候在酒席上得到的情報要比在宮廷暗格裡得到的還要多。

上邽城內唯一的酒肆就是牛記，老闆和夥計們已經通過了審查回來開業。昨天的間諜事件非但沒讓生意冷清，反而有更多的客人帶著好奇的心態前來參觀，門面比往常更熱鬧許多。

陳恭和孫令、魏亮三人來到酒肆選定二樓靠窗雅座，分座次坐定，陳恭恰好坐在了靠窗的位置。

孫令叫來夥計，一臉興奮地問道：「夥計，聽說你們這裡昨天出了件大事。」這個夥計也是個惟恐天下不亂之人，他把毛巾往右肩上「啪」地一搭，比劃著雙手給他講起來。這夥計口才很好，講得繪聲繪色，抑揚頓挫，不光是孫令、魏亮，就連鄰桌的客人也都把腦袋湊過來聽。

「那一陣樓梯聲有如一連串春雷，郭大人噔噔噔幾步衝到樓梯口，不覺啊了一聲，倒抽一口冷氣。在他面前，正坐著一個人！此人一張四方寬臉，兩道濃墨掃把眉，鼻高嘴闊，兩道如電目光唰唰直射向郭剛。饒這郭將軍久歷沙場，一時間竟也動彈不得，欲知此人究竟是誰……」

「後來呢？」孫令幾個人聽得入神，催他繼續說下去。夥計一見觀眾熱情，十分得意，先是故意截口不說，又看大家胃口全吊起來了，這才猛地一拍桌子，嚇得眾人都下意識地朝後靠了一下，他才一指陳恭說道：「此人正是西蜀間諜谷正，當日坐的正是這位客官的位置！」

眾人哦了一聲，都把目光投向陳恭。陳恭笑道：「沒想到這個彩頭是被我得了。」魏亮斟滿一杯酒，舉到陳恭面前說：「陳主記，既然得了彩頭，那這杯酒您是非乾不可了。」

「好，好，我乾！」陳恭接過酒杯，略一高舉，心中默念「白帝」名諱，一飲而盡，算是遙祭這位同僚。那個夥計本來還想再說下去，結果被樓下老闆喝罵了一聲，只得悻悻下樓。酒客們則各自回席，繼續飲酒談天。

陳恭等三人你一杯、我一杯，不覺都喝得有些眼酣耳熱。聊著聊著，孫令開始大發牢騷，陳恭心想果然還是這些文人牢騷最多。

「本朝應該是才盡其用，這才是王道之途；如今居然叫我堂堂一個太學出身的人去押運木材，真是荒唐，荒唐。」

孫令拿著酒杯含糊地嘟囔著，魏亮端起銅勺給他又舀了一杯，寬慰道：「冀城總比上邽富庶，酒肆比這裡多，歌伎也比這裡漂亮。你過去也算享幾天福。」

「呸！什麼呀！」孫令恨恨地往地上吐了口口水。「什麼冀城啊。我去的地方，是冀城附近的一個山溝！狼都不拉屎的地方，除了石頭什麼都沒有。」

陳恭一聽，立刻接口問道：「可你不是送木材去冀城嗎？」孫令「哼」了一聲，又喝乾一杯酒，說道：「本來說好是去冀城的，可等我押送的木材車隊到了距冀城邊上三十里的地方時，忽然來了一隊士兵，說是奉了郭都督的命令，讓我們改道往山裡走。結果這一走就走進山溝裡去了。」

「那裡一點人煙也沒有？」

「也不能說沒有吧。那山溝底部是塊挺大的平地，我到的時候已經有十幾頂帳子擱在那裡，有不少人在打地基，壘石牆，好像是要建個營地似的。」

陳恭從魏亮手裡接過銅勺，親自給孫令舀了一勺熱酒，繼續問：「那你看清楚那營地裡有什麼沒有？」

「嗨！提到這個我就有氣，那些傢伙根本目中無人。他們讓我們把木材送到山溝的道口，然後就不讓我們往前走了，是另外有一批人把木材和鐵錠都運進去。」

「還有鐵錠？」

「對啊，和我一起到的還有一隊運送鐵錠的車隊，從關內送過來的，大約有二、三十輛。不光是他們，還有運石灰的、運薪草的、運煤石的，在山溝口擺了一大片……」孫令連續喝了幾大杯，口齒有些不清了。「我那時候忽然要小解，心想我堂堂一個孝廉，豈能被別人看到這麼不雅的事，於是就跑去很遠的山坡凹地。這才無意中看到了營地裡的東西。」

「那營地裡面有些什麼？」魏亮插了一句嘴。

「不知道，除了帳子我光看見一排排的土窯子，跟墳包似的真不吉利。」

「得，得，好歹您都回來了，多喝一杯。那些人吶，就讓他們在山溝裡待著吧。」

「就是，哦，對了，那個軍官還讓我保密，你們可別說，說出去啊……」

於是孫令與魏亮兩個人又開始推杯換盞起來，陳恭只是象徵性地與他們喝了幾杯，腦子裡卻在飛快地轉動著。從剛才孫令的話裡分析，很明顯這是一個規模很大的手工作坊。既然從關內運來這麼多的鐵錠，而且又處於郭淮的直接管理下，這個作坊毫無疑問是用來生產軍器的。那些所謂的「土窯子」極有可能就是指冶鐵用的爐子。

問題是，魏軍在這個時候設立這麼一個大規模的軍器作坊，而且還要保密，到底是出於什麼目的呢？

陳恭一邊想著，一邊啜著酒。他本來酒量也不大，這麼幾杯酒下肚已經讓腦子有些暈了。這時候天色已晚，陳恭想把窗子關上，起身時卻一不小心將懸在腰間的佩囊掉在了案几底下。他暗罵自己不小心，俯下身子去摸，案几很矮，底部距離地面並不高，所以摸起來格外費勁。摸了好半天，他的手這才碰到佩囊的穗子，再一抬，手磕到了案几的底部。

他的指頭感覺到了什麼，木制的案几底部似乎有些凹凸不平。最初陳恭以為只是製作上的粗糙，但後來發現這些凹凸似乎是有規律的。他抬起身子，慢慢把手掌朝上貼到底部，慢慢地摩挲，逐漸弄清楚了那些凹凸的真正意義。

那些凹凸是些刮痕，由兩道右傾的斜線還有兩個頭尾兩聯的圓圈組成。即使有人把整個案几翻過來，也只會以為是誰無意中造成的，但是陳恭認出了那兩道只有蜀國間諜才能識別出來的「警示」斜線，而那兩個圓圈卻不知道是什麼意思。不過有一點可以肯定，這些應該是「白帝」在酒肆用隨身攜帶的匕首刻出來的，他知道自己無法逃脫，也不可能與陳恭接觸，於是就用這種方式向陳恭傳達某種資訊。

三人吃罷了酒，恰好塔樓上的司昏鼓「咚咚咚」響了三聲，再有半個時辰就要宵禁了，鼓聲是提醒所有居民都盡快回到自己家裡去。三個人結了帳，各自拜別後朝三個方向走去。

陳恭的家距離牛記不算特別遠，他想讓入夜的冷風把自己的酒氣吹散些，就一個人慢慢地踱著步回家。轉了幾個彎，他忽然看到前面那家街角賣羊雜碎湯的小店居然還開著門。

「這位官爺，來喝些雜碎湯暖暖身子吧。」

老闆從門裡探出頭來吆喝一聲。陳恭擺擺手，示意不要，正待要走，卻猛然看到這家羊雜碎店前杆子上飄揚著一面髒兮兮的幌子；就著夕陽西下的最後一抹餘暉，他可以看到幌子上有「羊湯」二字，而這兩個字被嵌套進了兩個首尾相聯的黃色圓圈中。

陳恭如同被雷打過一般，這難道就是「白帝」臨死前所要傳達的訊息？難道說這家羊雜碎店就是「白帝」身後情報網中的一個環節？他稍微整理了一下思緒，然後走進了這家小店鋪。

這家店很小，大概只有普通人家一間半廂房那麼大。屋子裡面是一口碩大的鐵鍋，裡面咕嘟咕嘟正煮著醬黃色的濃湯，灶邊的牆已經被熏得油黑；鍋邊擺著一大堆做燃料的麥梗，不時有麥屑飛進鍋裡，混雜在說不清是什麼器官的羊雜碎中。房子大樑上則用鐵鉤掛著兩頭被切去了一半的羊，幾把木柄的薄刃屠刀擺在一旁，整個屋子充滿了羊肉的膻味。

「大人您請坐，請坐。」

老闆殷勤地搬來一個油膩的草墊。陳恭沒有坐下，他仔細端詳著老闆，這老闆大約五十多歲，兩邊的顴骨發紅，臉上的溝壑縱橫，眼睛夾雜在皺紋中幾乎分辨不出來，一口歪斜的大黃牙。

「大人您要點什麼？我這就給您去盛。」

「當年洛陽一別，已經二十年，至今思之司馬相如《上林賦》的曼妙，仍舊讓人神往。」陳恭說道，老闆像是沒聽見一樣，自顧轉過身去灶台裡取出一個粗瓷大碗，用一塊布擦了擦，擱到了大鍋旁邊。陳恭又把話說了一遍，他還是沒說話，但動作明顯已經放慢了。

這是一套公用暗語。這套暗語每一位間諜和他的情報網絡都知道，專門用於兩條獨立的情報線的彼此識別。

過了一陣，老闆默默地轉過身來，對陳恭用一種哀痛的語氣說：「不要說了，我知道了。」陳恭一愣，按照規章，標準的回答應該是：「《上林賦》雖然曼妙，卻不如《七發》慷慨。」老闆這麼說，他不知道該怎麼接下去。這時候老闆將灶台旁的麥梗推到一邊去，然後取下鼓風箱的木杆與頂套，從裡面取出一疊寫滿了字的紙來。

「這就是你要的東西吧？」

陳恭遲疑地接過紙，翻開來看，裡面都是曹魏軍事方面的資料，看來這裡果然是「白帝」存放文件的祕密地點。老闆蹲回在地上，重新將鼓風箱裝回去，拉動木杆，灶下的火燃燒得更旺了。

「我不懂你們的什麼暗語，不過谷大人交代過，如果他出了事，就把這些東西交給說出這句話的人。」

「唔……」陳恭不知道這時候該說什麼好。「谷大人的死，對於我們復興漢室的事業是一個很大的損失，我也十分痛心。但是我們的工作還要繼續，從今天起，我來接替他在情報管道中的位置，你們向我負責。」

老闆苦笑著搖了搖頭，隨手扯了一把麥梗扔進灶裡。「什麼復興啊，漢室啊，這些我都不懂。我只是個老百姓罷了。」

「那你……」

「谷大人救過我一命，所以我才會隨著他來到這上邽城。我所做的一切，都只是為了報他的恩情。現在他已經死了，他的遺願也已經了結，我想我也該回到西邊我的族人那裡，人死是要歸根的。」他的聲音就像是枯黃的落葉，充滿了頹唐與哀傷，沒有什麼活力。

陳恭這才驚覺這位老人原來是羌族人。老人站起身來，拿起大勺子在鍋裡攪動了一番，將香氣四溢的羊雜碎倒進大碗中，然後用布把邊緣抹乾淨，找了一片蒲葉蓋到碗上，交給陳恭。

「既然您拿到了東西，那這家店明日就要關了，以後還請大人好自為之吧。」

說完以後老人轉回身去，重新蹲到灶台邊上，陳恭看不到他的表情。遠處塔樓的鼓聲又再次響起，這是催促居民們快快回去家中。於是陳恭默默地離開了這間店，而老人並沒有出門相送。

回到家裡，陳恭把門關好，點起了蠟燭開始逐一審視「白帝」谷正遺留下來的資料。

這些文件包括曹魏軍隊的內部通告、訓令、會議記錄、人事調動等，價值相當地高；而且更為難得的是，它們不僅是關於天水郡府地方部隊的情況，而且很多是涉及到中央軍——比如郭淮軍團——的動向。要取得這些資料得需要多麼大的勇氣與智慧啊，陳恭半是敬佩半是感傷地想。

在谷正的資料中，有幾份太和三年年初時的軍議記錄，那是當時郭淮召集地方部隊與中央軍將領的會議記錄副本。陳恭注意到，郭淮在會議上反覆強調了弩機在戰爭中所起到的作用，並舉出了在第二次衛國戰爭——即蜀國的第二次北伐戰爭——中王雙被殺的戰例，他甚至直言不諱地說魏軍與蜀軍在弩機技術上的差異是十年。

另外幾份軍方內部下達的訓令則顯示：儘管王雙陣亡這一事件被朝廷最大程度地淡化了，但軍方對這一失利是非常重視的，曾經派人專門去陳倉進行調查。調查的結果讓軍方高層大吃一驚，王雙的全軍覆沒完全是因為蜀軍擁有一種攻擊力與射擊頻率都強於所有已知型號弩機的新武器。這一結果讓魏軍高層中的有識之士坐立不安。

「這是當然的，我國或許國力不如魏國，但在技術上絕對是處於壓倒性的優勢地位。」陳恭不無得意地想，諸葛丞相在技術方面的投入是魏、蜀、吳三國中比例最高的，「方技強軍」的戰略讓蜀軍在技術上遠遠超過其他兩國。

這些資料都被編了號，並按日期排列整齊，這說明谷正是一個心思縝密的人。陳恭慢慢翻閱著這些資料，希望從裡面能找到那名給事中的身分，可惜沒有任何一份資料給予他答案——至少沒有給予他明確的答案。

陳恭失望地放下紙，打算去找些東西來喝，順便撥了撥燭花。忽然，他注意到了在這堆東西的最後一頁是一份標明為太和三年二月十日乙酉的資料。從日期來看，這是最新的一份資料，也恐怕是谷正在生前最後一份成果。

這份文件是郭淮以雍州刺史的身分下達給天水太守府五兵曹的公文。郭淮在這份公文裡要求天水太守府從鄴城轉調一份編號為「甲辰肆伍壹陸貳肆」的官員檔案，列入府郡諸曹官員的編制中。郭淮在公文裡強調，這次調動以非公開的形式進行，只傳達到官秩兩百石以上的官吏一級。

在普通人眼裡，這只是一份枯燥的文書，但在熟知曹魏官僚組織內部運作的陳恭眼中，這裡卻隱藏著許多東西。

魏國的官吏檔案均以天干地支外加數字來編號：「甲」字開頭是內朝官員；「乙」字開頭的是中央外朝官員；「丙」字以後則是諸州郡地方官。這份人事檔案開頭為「甲」字，說明他是一名內朝官員。而「辰」則表明他是現任官吏。接下來的前三位數字「肆伍壹」代表的是扶風郡，也就是此人的籍貫所在，後三位則是他的分類號。

從習慣上，曹魏的官吏在調任升遷時，人事檔案一定要跟隨本人，所以這次檔案調動的背後隱藏著一名內朝官員前往天水郡的事實。奇怪的是，這一次的檔案調動來自於郭淮將軍的命令，很明顯這名官員來到隴西是因應軍方的需求，然而檔案卻要被納入屬於文職的府郡諸曹編制之中。這個細節暗示這名官員確實是文職官吏。

在公文中，郭淮既沒有提這名官員的名字，也沒有提到他的職位，只是給出了一個檔案編號。很明顯郭淮即使對天水太守府也是有所保留的，足見這次調動的保密級別有多麼的高。

陳恭看到這裡，幾乎可以確定這名官員就是他一直在找的給事中。給事中是內朝文官，近期內也確實有一名給事中前往天水——而且是在極端保密的情況下進行的，這也與公文吻合。

那麼關鍵就是，這名給事中究竟是誰？

陳恭閉上眼睛，慢慢地回憶當日他所看到的那五名給事中的資料，很快就得出了一個結論：那五人之中，籍貫是扶風郡的只有一個人，他的名字叫做馬鈞，字德衡。

一想到那名給事中居然會是馬鈞，陳恭不禁悚然一驚，一股涼氣從腳底升到胸腔。

馬鈞是曹魏朝廷中著名的、也是僅有的一位技術官僚。他在機械方面的造詣早就為人所共知，因此皇帝曹睿徵召他為給事中，並成立了一個屬於內朝編制的機技曹，由馬鈞任主管。

機技曹名義上是為了研製更為先進的技術兵器，但實際上日常工作卻只是為皇帝曹睿造一些有趣的活動人偶，或者改良一些用於玩賞的小東西。機技曹成立後唯一對軍方做出的貢獻，就是馬鈞設計的一種未命名的發石車。這種兵器威力巨大，如果大規模裝備部隊的話將會增進魏軍的攻堅能力；可惜皇帝對這個不感興趣，軍方也就不好說什麼，再加上一批好談玄學的官僚故意阻撓，這種型號的發石車最終夭折在圖紙設計階段。

儘管馬鈞在朝中一直不為人重視，但他的能力還是得到了軍方的關注與賞識。陳恭敏銳地感覺到，這一次馬鈞被郭淮特意徵召到天水來，說明魏軍一定存在著一種新兵器，而且即將——或者計畫——裝備部隊，需要借重馬鈞在技術上的天分。

在冀城附近山溝裡的那間正在籌建的大型兵器作坊，很可能就是與這件事有很深的關聯。

「那麼魏軍的新式武器，會不會是弩機呢？」

陳恭心想，從其他幾份資料裡可以看出，自從王雙戰死以後，魏國軍方一直對蜀國的新型弩機有一種恐懼感，不排除他們把這種危機感轉化成了對弩機的強烈興趣。

他忽然想到了什麼，急忙找出「白帝」的資料嘩嘩地翻閱，最後把目光停在了一份標記為太和三年一月十日辛未的文件上面。這是一次軍方內部的動員大會，郭淮在這次會議上暗示說魏軍在幾個月內就會擁有與蜀軍匹敵的能力，王雙的悲劇將不再發生。

陳恭第一次閱讀的時候，以為這只是說明魏軍也許只是簡單地增派兵力。但結合馬鈞的調動、軍器作坊的設立和魏軍方對弩機的濃厚興趣，他意識到這也許意味著一個更加可怕的計畫。

雖然陳恭沒有涉足過武器研究這一領域，但是他也知道一點常識：要想在一、兩個月內提出一種新式武器，讓它通過理論論證、樣品測試、定型、調試，並且達到適合批量生產的成熟設計，這是絕對不可能的事情——即使有馬鈞這樣的天才在也是不可能的，這是一項複雜的系統工程，而曹魏沒有一個可靠的研究體系。

唯一能實現這一目標的辦法只有在現有技術的基礎上進行小的改進，或者直接使用現有技術。眾所周知，魏國的技術儲備不足以做到這一點，擁有成熟弩箭技術的只有蜀國。但這種敏感技術蜀國甚至不會告訴它的盟友東吳，遑論死敵曹魏。

對於處於完全敵對狀態的兩國來說，「進口」技術的辦法只有一個，那就是偷竊。去蜀國偷。

陳恭徹夜未眠，他將自己所有這些推測都寫進了報告中，並在結尾處警告南鄭如果對這件事掉以輕心，會導致非常嚴重的後果。在可預見的將來，蜀國會一直處於戰略攻勢。如果魏軍順利從蜀國偷取並掌握了先進的弩機技術，防禦將會更加有效率，屆時北伐的難度會上升到一個可怕的程度。

當他忙完這一切的時候，天邊已經開始泛出魚肚白了。陳恭將報告小心地折好，擱到飯盒底部的夾層裡，然後推門出去呼吸了一口新鮮空氣。今天是二月十四日，他總算在這之前完成了這份至關重要的報告。

在正午之前，陳恭趕到了上邽城外的某一個小山丘上，將這份報告藏到了特定的一棵樹下。一個時辰以後，化裝成蜀錦商販的司聞曹情報人員來到這裡，將報告取出，藏到一個特製的空心馬蹄鐵中，然後把這個馬蹄鐵釘到一匹馱馬的前腿。

接下來，他牽著馱馬回到商隊中，和其他許多商販一起繞過大路循著秦嶺小路返回了漢中。陳恭望著遠處縱橫巍峨的秦嶺山脈，心想：「接下來的工作，就看南鄭司聞曹那些傢伙的了。」

與此同時，在同一所城裡，另外一個人也凝望著遠方的大山，但他心中所想的，卻是與陳恭完全相反的事情。

第四章　陰謀與行動

陳恭的報告抵達蜀國司聞曹是在十天以後，也就是二月二十四日。

雖然魏、蜀兩國處於敵對狀態，但經濟上卻不能忽視對方的存在。魏國需要益州的井鹽、蜀錦、蜀姜，蜀國則需要中原地帶的藥材、毛皮、香料和手製品。因此總是有小規模的商販往返於秦嶺兩邊，對此兩國邊防軍都睜一隻眼閉一隻眼，默許了這種商貿往來。

蜀國的情報員就混雜在這樣一群商販中，從上邽一路南下，經鹵城、祁山堡、青封一線跨越秦嶺，接著轉往東南方向的武街，並在這裡渡過西漢水，進入蜀軍實際控制區域。陳恭的報告在這裡被轉交給特別驛使，以最快的速度送至蜀國情報工作的核心機構——南鄭司聞曹。

首先接觸到這份資料的就是司聞曹的副長馮膺。他看完這份資料，拿起銅扣帶敲了敲香爐的邊緣，香爐發出兩聲清脆的撞擊聲。門外的侍衛立刻推門進來，問他有何吩咐。

「唔，立刻通知姚曹掾、司聞司的陰輯、馬信、靖安司的荀詡，哦，對了，還有軍謀司狐忠。叫他們立刻趕到道觀議事。」

「明白了。」

「記得要口頭通知，不要寫下來。告訴他們，這是緊急召集。」

「是。」

侍衛轉身走了出去。馮膺用雙手使勁搓了搓臉，長長地出了一口氣。他將案几上的筆墨紙硯都整理好，把喝了一半的茶水倒進暖爐裡，然後拿著陳恭的報告離開住所，前往「道觀」。

「道觀」的官方名稱叫做司聞曹副司，位於南鄭城東的一處富家住宅，背靠青山，宅子側面還有一條清澈小溪。因為這處宅子曾經是五斗米教的一處祭堂，所以習慣上大家都以「道觀」稱呼副司，而副司的工作人員則被稱為「道士」——在很多場合這幾乎成為一個正式稱呼。

從理論上來講，司聞曹隸屬於尚書台，因此其正司設於成都。但大家心裡都清楚所謂的「司聞曹正司」不過是一個社交機構，正司的人大部分時間只是在安撫擁有好奇心的朝廷官僚罷了。真正發揮作用的則是設在南鄭的副司。

馮膺來到副司以後直奔議事廳，這個議事廳是在「道觀」後山開鑿出的一個石室，沒有窗戶，只要關上石門，就別想有任何外人能偷聽到裡面的談話。

「這一次，看來會有大事發生。」

馮膺走進議事廳，望著眼前五張空蕩蕩的案几，不無憂慮地想到，同時感覺到很興奮。這個年屆四十的情報官僚有著一個寬大平整的額頭，據相士說這乃是福祿之格。現在他差不多走到了自己人生的十字路口，司聞曹副長的官秩是兩百石，這對於蜀國官僚來說是一個重要的門檻，如果能夠進一步由副轉正，那麼以後的仕途將會大有空間；如果失敗的話，那恐怕只能留在這個位置上終老一生了。

為此馮膺一方面盼望能有一個大的事件好藉以積累功勳，另一方面卻祈禱不要出什麼亂子。幸運——或者不幸——的是，情報系統總是不缺乏大事件或者大亂子。為此他只能謹慎加謹慎。

他並沒有等多久，很快與會者們陸續也出現在石室中。

今天出席的全部都是情報部門的高級官員們。最先到達的是司聞司丞陰輯，這是個頭髮已經花白了的長髯老者，身材雖矮但行動卻矯健得好像是個年輕人。他所執掌的司聞司是司聞曹中最重要的部門，蜀國在國外的一切情報活動都由司聞司來負責策劃與執行，另外安插別國的間諜的訓練、潛伏、聯絡、調度、後方支援等實務性工作也是司聞司的負責範圍。由於隴西地區在情報戰中的特殊地位，因此分管隴西事務的雍涼分司從事馬信也隨同陰輯一同出現。

接下來出現的是軍謀司的從事狐忠。這是馮膺自己負責的部門，主要是對得到的情報進行比較、辯偽、解析等。這個部門沒有司聞司的工作那麼驚險，甚至可以說是乏味，對成員的要求不是膽量，而是敏銳的觀察力與縝密的思維。這兩個優點都能在年屆而立的狐忠身上體現出來，那種對資料出色的分析能力甚至得到過諸葛丞相的讚賞。

緊跟著狐忠進來的是靖安司從事荀詡，他一進門就衝在座的人抱了抱拳，然後樂呵呵地坐到了狐忠旁邊。靖安司司丞王全最近剛剛因病去世，新的任命還沒有下來，於是只好由從事荀詡出席。司聞司主要對外，而靖安司則是對內，內務安全是這個司的最大課題。按理說這個機構的負責人應該是個強勢的領導者，可目前的最高負責人荀詡卻是個性格隨和的樂天派，雖然能力不錯，可馮膺一直懷疑他是否能勝任這個專門得罪自己人的工作。

當他們都坐定以後，司聞曹的最高長官左曹掾姚柚才邁著方步走進石室。這個老頭子已經統治了司聞曹五年，在他那副肥胖的體態背後是一個冷峻嚴苛的法家門徒。在他的統治下，整個司聞曹的人情味和浪漫主義基本上被榨乾了，剩下的只有冷酷的效率——不過這對於情報部門來說未必是壞事。

馮膺見人都到齊了，咳嗽了一聲，頷首叫侍衛從外面將石門關起來。

「諸位，這次叫大家來，是因為我剛剛收到了一份來自上邽的報告。」馮膺一邊說著，一邊將那份報告的謄本分發給五個人。「如果這份報告屬實的話，我想我們現在正面臨著一個很大的危機。」

五個人都沒有立即回答，埋頭仔細閱讀陳恭的報告。大約過了一炷香的功夫，所有人都抬起頭，表示已經看完了，每個人的臉上都露出了不安與疑惑的表情。

「這份報告的來源可靠嗎？」姚柚皺著眉頭問道，看得出他很在意。

馮膺回答：「可靠，這是來自於我們潛伏在天水的一位間諜『黑帝』。」而負責隴西事務的馬信立刻做了補充。「黑帝是我們最優秀的間諜之一，他提供的東西，無論是硬情報還是軟情報，品質都相當地高，分析也很精準。」

「如果我處在他的位置上，也會得出和他一樣的結論。」狐忠慢條斯理地說道，同時習慣性地用右手捏了捏鼻樑，這是長時間用眼過度所產生的後遺症。

「既然來源是可靠的，那就是說魏國將會派遣一批間諜潛入我國偷竊弩機技術……」姚柚用手指慢慢地敲著案几的桌面，在狹窄的石室裡發出渾濁的咚咚聲。這可不是個好消息。

馮膺點了點頭，繼續說道：「馬鈞的調令是在二月十日，冀城軍器作坊建設的啟動不會遲於一月二十日。考慮到魏國驛馬的文書傳送速度和關中隴西之間的地理距離，那麼整個偷竊計畫應該是在一月十日左右啟動的。」

「那豈不是說……」陰輯不安地將身體前傾。

「是的，那名，或者那批魏國的間諜恐怕已經潛入我國，並且開始活動了。」馮膺停頓了一下，還加了一句。「如果我們運氣不夠好，也許他們已經得手，正在返回天水的路上也說不定。」

馮膺侃侃而談，他有意將局勢估計得比實際嚴重。於是屋子裡的人立刻都把視線集中在負責反間諜工作的荀詡身上。

荀詡撓了撓頭，放下手中的謄本說道：「我覺得不可能，我們靖安司在漢中的監控相當嚴厲。而且負責製作弩機的工匠以及弩機圖紙全部都在軍方嚴密控制之下。魏國的間諜即使一月中旬就從鄴城出發，以最快速度到達南鄭也已經是二月下旬了。在這麼短的時間內他想站穩腳跟都很難，遑論突破我們的保護去竊取弩機技術了。」

「那你的意見是？」姚柚瞇起眼睛看了看馮膺的表情，轉向荀詡問道。

「我的判斷是，魏國的間諜應該是剛剛進入我國境內，正處於立足未穩的階段。我想我們應該可以趁這個機會把他或者他們揪出來。」荀詡毫不猶豫地回答，然後把目光投向陰輯與馬信。「如果你們在隴西的人能深入魏軍內部探明這個計畫的細節……」

「不要開玩笑了！」陰輯不滿地打斷荀詡的話。「我們已經失去了一名貴重的間諜，這是無法彌補的損失。不能讓我的人去冒這個險，萬一有什麼閃失，隴西地區可就變成我軍的情報盲區了。」

荀詡還想再爭辯，陰輯點點他的腦袋，用長輩教訓晚輩的口氣道：「不要忘記三郡吶。」

與會的人聽到這句話，都陷入了沉默之中。

三郡在語法上只是一個普通的數量詞與行政區量詞，但對於司聞曹的人來說這兩個字還意味著更多的東西。一年之前，諸葛丞相第一次對魏國發動了軍事進攻。當時司聞曹的主管是參軍馬謖。在軍事進攻之前，司聞曹就在情報戰中取得了大捷，經過縝密細緻的祕密工作，他們成功地策反了魏國三個郡的太守，並透過假情報讓曹軍的主力軍團開赴了斜谷，讓整個戰局為之一變。原本屬於魏國境內的隴西地區在一夜之間就成為了蜀軍的主場。

諷刺的是，當正式戰役打響後，卻正是馬謖導致了整個北伐戰役的崩潰。這一次並不只是軍事行動的失敗，也是蜀國情報網的毀滅。三郡反正的時候，馬謖出於炫耀或是急於求成的心態，一反情報工作低調的鐵律，命令當地情報人員明目張膽地高調行事，而且動員規模十分巨大，用一位已經退下來的前情報人員的話來說：「那簡直就是一次祕密情報人員搞的公開武裝遊行。」

這一舉措不能說完全沒有效果，它確實向策反對象展現出了蜀軍的實力，迫使他們做出了選擇。但當軍事失敗的時候，這些跑到陽光下活躍的人來不及退回到黑暗中，許多人被捕，並在獄中死去；也有不少人叛變到魏國那邊，這進一步加深了蜀國的損失，因為這些級別很高的叛變者掌握著不少重要情報——但能對這些被拋棄的人苛求什麼？——只有很少一部分人及時撤退回了漢中。

這個損失十分巨大，一直到現在，司聞曹在隴西地區的情報能力也沒能恢復到戰前的水準。因此，三郡對於司聞曹來說，既是榮耀的勳績，也是苦澀的回憶。這個事件並不會在人們嘴邊掛著，可每一個司聞曹的人都把它當做一種刻骨銘心的經驗。

「說得不錯，這個險我們不能冒。」

姚柚做了結論，於是荀詡悻悻地閉上嘴。議事室裡的人都陷入沉默中，這種沉默最終被狐忠打破，他抖了抖手裡的紙，就像是平常在軍謀司分析情報一樣慢條斯理地說道：「竊取弩機技術有兩種途徑，一是弄到設計圖紙或者弩機實物；二是綁架或者買通工匠返回隴西。第二種途徑難度太大了，從魏軍調派馬鈞這件事來看的話，魏軍恐怕會把目標直接鎖定在弩機圖紙或者實物上，等到手以後交給馬鈞來解析與複製。」

「實物的話，就得看他們想偷的弩機有多大了。他們有興趣的究竟是哪一種型號的弩機？」馮膺又問道。

荀詡撇撇嘴，用顯而易見的抱怨口氣說道：「這個需要跟軍方的人確認以後才知道……軍方的傢伙們都是些小家子氣，他們研發出了什麼新武器從來不會和我們溝通；只有機密被洩露以後他們才會氣勢洶洶地來指責我們保密不嚴格，可我們連保什麼密都不知道。」

「荀從事，看起來你需要重新評估一下你的團隊了……」馮膺的批評點到為止，接著他把頭轉向姚柚。「趙大人，要不要請丞相府的人出面與軍方協調一下？」

「……你覺得請出楊長史來，會對整個事情有幫助？」

姚柚反問道，其他五個人臉上都浮現出苦笑。司聞曹與蜀國軍方的不合是人所共知的，這其中一半原因是兩個部門的行事風格天然有著矛盾，另外一半原因則是因為兩位主管。司聞曹最早的直屬上司是馬謖，自從他死以後，接替他主管情報事務的是丞相府的長史楊儀。楊儀與軍方的最高負責人丞相司馬魏延關係勢同水火，結果導致司聞曹和軍方之間也是齟齬頻生。

馬信這時候說：「我與馬岱將軍算是同宗，不如就讓我去與軍方交涉，也許會比較順利。」姚柚考慮了一下，回答道：「話是這麼說，可你還在負責隴西地區的情報工作；目前我軍有可能在春季再發動一次攻勢，北方的偵察工作不能懈怠。這樣吧，你寫一封信給馬岱將軍，讓荀從事出面就可以了。」

荀詡衝馬信一拱手。「有勞馬大人了。」

姚柚見商議得差不多了，於是做了總結。「那麼，目前工作就從兩方面入手，一方面徹查一遍近期內從隴西方向進入漢中的可疑人物；一方面嚴密監控弩機圖紙的存放地和製作工匠的動向。這兩件事都需要軍方的協助才行……荀從事，你們靖安司的人手夠嗎？是否還需要從其他部門調些人來？」

荀詡直言不諱地回答：「執行具體任務的一線人員越多越好，高層主管越少越好。」

「就這些？」

「還有，我希望能從軍謀司調幾名腦子靈光的參與協助。」

「沒問題，我派最好的人過去。」狐忠點點頭。

這時候馮膺不失時機地插話道：「既然軍謀司也要參與，那麼為了兩個部門協調起見，我也來替荀從事分擔一些必要的工作吧。」

姚柚唔了一聲，回答說：「也好，慨然，你就親自抓一下這件事吧。」馮膺恭敬地低頭稱「是」，然後略帶著得意對荀詡說道：「荀從事，你要隨時向我彙報最新進展。」

「遵命。」荀詡不大情願地回答，同時暗自嘀咕了一句。「到底還是派了一個高層主管下來。」

一直以來，不乏有充滿了好奇心和責任感的官僚對靖安司的工作指手畫腳，對這些人，靖安司都是客氣地表示會慎重考慮他們的建議，然後繼續做自己的事。內務安全部門有自己的矜持，他們自信在整個蜀國範圍內不會有人比他們更加專業，對於那些外行，他們只保持著適度的尊敬。

「很好，那麼你們去做吧。用任何手段都可以，一定要阻止這個計畫。」姚柚站起身來，為此次會議做了總結。「我希望幾天以後，我給楊長史與諸葛丞相帶去的是朱邊公文。」

蜀國的公文分為綠、朱、玄與紫四色套邊，以此來進行不同資料的分類。朱色套邊的公文一般都意味著大捷或者值得公開宣揚的好消息。

會議結束後，五個人將報告交還到馮膺手裡，馮膺就地在火爐中銷毀了全部謄本，只留了原件。然後大家離開石室，荀詡和狐忠走在最後面。

「守義，這一次多謝你了。」荀詡拍拍狐忠的肩膀。狐忠只是微微一笑。荀詡舉起兩個食指比到了一起。「我一直希望軍謀司與靖安司能夠合作一次，軍謀司的人腦子靈光但是四體不勤，靖安司的人肌肉發達但不夠聰明，兩邊合作，軍謀司負責策劃，靖安司的人負責執行，那真是相彰得宜。」

「我倒很想看看由靖安司策劃，軍謀司執行是什麼效果……」狐忠回答，他開玩笑的時候也是一臉認真。

「只要馮大人不要心血來潮就好……」荀詡歎息著說，他對馮本人沒什麼惡感，但很不喜歡別人對他的工作指手畫腳。

兩個人並肩走到道觀的外院，荀詡朝後面看了一眼，壓低聲音道：「……其實啊，守義，剛才有一句話我在會上一直沒說，就是怕馮大人又添亂。」

「讓我猜一下，你是懷疑漢中內部還有一隻大號老鼠？」狐忠的句子雖然是疑問句，但口氣卻很肯定。

「聰明。」荀詡滿意地抽動了一下鼻翼，隨即換了一副憂思的表情。「光憑一兩個臨時滲入我國的間諜就想偷到圖紙或者實物，這絕對不可能。既然郭淮這傢伙這麼有自信，說明在漢中肯定會有協助盜竊者的同夥，並且級別很高，搞不好那隻老鼠就是丞相府的官員，也許就在今天的會議之中……」

說到這裡，荀詡攤開手露出一副無辜的表情。「可這種話你叫我怎麼在會上說出口。」

「那非鬧得天翻地覆不可，如果不慎重，靖安司的名聲會一落千丈。」狐忠表示贊同。

「哦，這點倒不用擔心，現在靖安司的名聲已經沒法再低落了。」

兩個人一邊說一邊走到「道觀」的門口，荀詡看看天色，不無遺憾地說道：「本來想找你去喝酒，不過現在有事要做了。等哪日事情解決了，我們好好喝上幾杯。」

「一切都是為了復興漢室。」狐忠簡單地做了回應，對於喝酒的邀請不置可否。

兩個人就此告別，荀詡目送著狐忠的背影消失在官道上，然後叫來侍衛，讓他把靖安司所有的人叫過來開會。

「告訴他們，現在有老鼠給我們抓了。」

荀詡說完以後，整整自己的衣襟和幅巾，回到「道觀」裡面，心中暗自希望他們這些貓能夠稱職。他目前是一個人隻身在漢中工作，妻子與五歲的兒子都住在成都，所以對他來說漢中的「家」沒有什麼意義，更多時候他長駐在「道觀」之內，忙碌起來就不會想家了。

同一時間，在距離南鄭二百四十里以外的崎嶇山道上，一個人正背著一個藍格包裹慢慢走著。這個人大約四十歲，身材矮小，甚至還有些佝僂，皮膚黝黑而粗糙。他的頭上紮著一圈蒿草蓬——這是益州老百姓外出時的愛戴的東西，幾乎不費什麼錢，既能遮陽，又可避雨——腰間掛著一個盛水的木葫蘆，隨著晃動發出「洸洸」的水聲。他的粗布衣衫上滿是塵土與補丁，在這樣的天氣裡顯得有些單薄。

他拄著防狼用的尖木棍一步一步朝著山上走去。這時候，從他的身後傳來一陣車輪輾地的隆隆聲，很快一輛運貨用的平板雙馬車從他的身邊跑了過去，掀起陣陣塵土。

他衝車子揮了揮手，車夫拉緊韁繩將馬勒住，然後轉過頭來對著那人喊道：「喂，有什麼事嗎？」他走到車子旁邊有些拘謹地說：「這位兄台，能不能捎我一段路呢？」

「沒問題。」車夫豪爽地拍了拍胸脯。「你要去哪裡？」

「給我送到西鄉吧，謝謝了。」這個人的川音很重，聽起來像是巴西那邊過來的。

「成，我正要去南鄉送桑樹株，正好路過西鄉。」車夫說完翹起大拇指朝車後晃了晃，那裡橫放著十幾株用布包住根部的桑樹幼苗。他挪了挪屁股，伸出手把這個人拽上車，然後一甩鞭子，兩匹馬拉著大車繼續朝前跑去。

無論哪一個時代，運貨的車夫都是最為健談的，這個車夫也不例外。甫一開車，他就喋喋不休地聊了起來。

「我叫秦澤，是棉竹人。不過這副身板經常被人說成是徐州人，哈哈。不過中原我沒去過，不知道跟我們益州比怎麼樣。哎，對了，你叫什麼？」

「哦，我姓李，叫李安。」路人回答得很拘謹，可能是因為長途跋涉的疲勞所致。

「看你這身樣子，是從很遠的地方來的吧？」

「我是從安康那邊過來的。」

車夫聽到這個地名，瞪圓了眼睛看了看他，半天才歎了口氣，用一種憐憫的口氣說道：

「看出來了，你是個落商戶吧。」

「能揀了條命回來，已經不錯了。」李安苦笑著回答。

安康也叫西城，位於南鄭東南三百多里的漢水下游，距離上庸不遠。自從孟達被司馬懿打敗以後，那裡一直就是魏國控制的區域。雖然蜀、魏兩國處於政治上的交戰狀態，可民間的貿易在政府的默許下一直沒有停止。相比起隴西的烽火連年，魏興、上庸、安康一線的邊境一直比較平靜，再加上靠近沔水與漢水，運輸極為便利，因此頗得商人們的青睞。

不光是富賈，連一些貧民都會經常帶小宗貨物偷入魏國境內販賣。但後一種情況既不會給官方帶來豐厚的利潤，還容易滋生治安與外交問題，因此一直處於被打擊之列。經常有小商販被沒收全部貨物，被迫一文不名地回鄉，這樣的人被稱為「落商戶」。

這個叫李安的人從安康回來，顯然就是一名落商戶。

「這年頭，做什麼都不容易吶。」秦澤隨手從車邊扯下一根稻草含到嘴裡。「我家兄弟三個全被抽調到漢中去當兵，我算運氣好，被派來做車夫。家裡只剩下六十多歲的老母和三個女人耕田，那日子也是過得緊巴巴。」

「是啊……」李安把身上的包裹緊了緊，隱藏在蒿草蓬陰影下的表情看不清楚。

車子到達西鄉是在傍晚太陽快落山的時候。官道在西鄉城城東十里處被一處險峻的關隘截斷，每一個過往的人都必須要在這個關口查驗才能進入漢中地區。這會兒已經快要關門了，急於換班下崗的士兵對這麼晚還出現的兩個人沒什麼好氣。

「你們這輛車，停下檢查。」

守關士兵將長槍橫過來架在關口兩側的木角上，對著李安與秦澤喝道。秦澤忙不迭地把馬車停下來，將車閘拉住，從懷裡掏出本鄉鄉佐頒發的名刺符交給士兵，這一小塊帛上面寫著他的名字，大致相貌、籍貫、戶口種類以及鄉里的印鑑。士兵查看了一遍，沒發現什麼破綻，抬起頭注意到了站在一旁的李安。

「你們是一起的嗎？」

「不是，他是半路搭我車去西鄉的人，我們也是今天才認識。」秦澤好心地沒提李安是落商戶的事，怕會給他帶來麻煩。

士兵聽了秦澤的話，走到李安面前，用懷疑的目光打量了他一番，大聲喝道：「喂，你的名刺。」

李安從懷裡摸出一張皺巴巴的名刺遞給士兵，名刺表明他來自巴西。士兵疑惑地問道：「你是巴西人，為什麼要來漢中？」李安老老實實地回答：「我是個落商戶，現在身家全賠進去了，我只好去投奔我在漢中的兄弟。」

士兵看起來似乎不太相信他，讓他站好雙手伸開，然後開始搜身。李安的包裹裡只是些舊衣物、乾糧、一頂風帳和一把柴刀。士兵檢查了一下他的身上，除了幾個蝨子什麼也沒找到；心有未甘的士兵拿起他腰間的葫蘆打開蓋子晃了晃，一股水聲傳來。

這時候從關內走來兩名士兵，他們衝這裡喊道：「二子，你幹嘛呢？趕緊下崗咱們喝酒去了，今天老張他家裡捎來了兩罈好酒。」

「好咧好咧。」那士兵悻悻站起身來，把名刺交還給李安，將長槍豎起來，催促他們二人快快過去。兩個人千恩萬謝，趕著車通過了關卡。在他們的身後，沉重漆黑的兩扇關門「轟」地一聲關上了。

又走出去五里路光景，馬車來到一個三岔路口。秦澤將馬車停住，對李安說：「兄弟，我就只能把你送到這裡了，我連夜朝南走回南鄉了，你多保重。」

「你也多保重。」李安回答。

秦澤呼哨一聲，駕著馬車很快消失在夜色裡。李安目送他身影完全消失以後，忽然挺直了背，恢復成一個正常體型的人。他迅速跑到路旁的一片樹叢裡蹲下，打開包裹將裡面的柴刀取出來，卸掉刀柄，裡面暗藏的是一個帶有古怪鋸齒的小鐵片、一張新的名刺和一道花紋奇特的黃紙符；接下來李安又拿出葫蘆，用指甲將葫蘆底部的青漆刮掉，輕輕一轉，整個葫蘆的底部被完整地卸了下來。

葫蘆的底部藏著的是一種褐色的液體，李安將這種液體倒在手心上搓了搓，然後塗抹在臉上。很快他臉上的黝黑全部消失了，取而代之的是一張白皙的臉龐。

李安站起身來，把包裹打開，取出裡面的舊衣物撕開麻布外襯，在衣服的襯裡藏著的是另外一件盤領右衽的短袖絲衫；而在風帳裡他找到了一條大口直襠褲、一條幅巾與一條帶馬蹄環的皮腰帶。

他把這些穿好，新的名刺符與黃紙符揣在懷裡，然後將剩下的衣物與包裹聚攏到一起燒掉。這些工作做完之後，「李安」朝著西鄉城走去，途中他看到一匹驛使快馬擦肩而過，向著他剛才經過的關隘而去。當「李安」來到西鄉城的時候，城門已經關閉了，他只好在城下的驛館過夜。

驛館的老卒子為他端來一碗燒酒，順口問道：「客人是從哪裡來的呀？」

「哦，我從成都來，我叫糜沖。」

「李安」接過碗，微笑著回答，這個時候，他已經完全是一口成都口音了。

第五章　行動與調研

就在「李安」抵達西鄉的同一時刻，荀詡已經完成了靖安司的佈置，寫著「防賊潛入，嚴查名刺」的緊急文書也已經以最快的速度送至了各地城市隘口。方才與李安擦身而過的就是其中的一匹。

南鄭附近的各縣各鄉也被要求重新清點一遍民冊，對來歷不明的陌生人要嚴加防範。至於靖安司本身，他們已經在各處交通要道與重要城市安插了便衣臥底，甚至還派駐了幾名精幹的「道士」潛伏在驛館與客棧中。不過靖安司的整個安排明顯呈現北密南疏的狀況，因為他們覺得敵人會從北面過來。

當這一切工作都交代完成後，荀詡指示一名侍衛前往司聞司找隴西分司的馬信取信，這封信將有助於促進靖安司與軍方合作愉快。

接下來，荀詡離開道觀，徑直來到城中衛戍營的駐地，請門口的衛兵通報一聲。很快從營地裡走出一位身穿便服的魁梧將軍，他一見荀詡就高興地大聲笑道：「哈，孝和，什麼風把你吹來了？」

「我聽說你昨天被老婆打了，過來安慰你一下。」

「老子就知道，你是打算來笑話我的吧？」

「放心，絕對不是，內務部門的人哪來的幽默感？」

兩個人哈哈大笑，互相拍了拍對方手臂。這名將軍名字叫成藩，四十歲，主管南鄭的城內衛戍工作，是個粗線條的豪爽漢子，也是荀詡在軍中唯一的好朋友。成藩在南鄭也算得上小有名氣，不過不是因為他的大嗓門，而是因為他老婆是個出了名的悍婦。

成藩把荀詡讓進營帳，然後將衣服前襟解開，袒露著胸腹大剌剌地躺回到木榻上，側身問道：「孝和你忽然來找我做什麼？」

「哦，是這樣，我想打聽一下你們軍方誰比較好打交道。」荀詡早就習慣了他的作風，也不以為意。

「誰好打交道？你幹嘛？打算轉業當軍人？」

「不能告訴你，你知道我工作性質的。別囉嗦，快說吧。」

成藩捏了捏嘴邊的短髭，冷哼一聲。「天下居然還有這麼求人的。」荀詡回答：「那我只好去找嫂夫人求情了。」成藩一聽連忙從木榻上爬了起來。「喂，孝和，君子仁德，你可不能太絕啊。」荀詡笑著拍拍他肩膀，擺了個促狹的表情。「說吧。」

成藩悻悻躺回到木榻上。「你也是知道的，我們軍方和你們司聞曹一向不太對盤。你若是想求他們辦事，很棘手。」

「所以這不是來找你問問麼，哪幾個手裡有實權而且好說話的高級將領？」

「頭一個是張裔將軍。張老將軍人特別和善，對誰都客客氣氣的，不過他最近身體不太好，已經回成都養病去了。還有就是王平，他最近才升上來，所以不大會得罪人……哦，對了，他是個大老粗，不過對讀書人挺客氣的，明天好像是他在司馬府值班……找誰也不能找魏延，他現在恨不得把整個司聞曹連同你們的上司楊儀一起全吃了。」

「我知道了。」荀詡點了點頭，站起身來。「那我心裡有底了，我還有事，先走了。」

成藩也知道靖安司工作起來沒日沒夜，毫無規律，於是也沒強留，只說：「有時間找我來咱們一起喝酒。」

「如果嫂夫人不介意的話……」荀詡笑著回答，然後趁成藩咆哮之前離開了營帳。

次日，也就是二月二十五日，荀詡正式訪問了軍方設在南鄭城中的司馬府。

果然如成藩所說，今天負責接待的是參軍王平。他身材高大，相貌卻很平凡，乍一看更像是一個溫和的酒肆大叔。然而荀詡知道這個人怠慢不得，王平現在是軍中炙手可熱的人物，去年街亭之戰中他是馬謖的副將，因反對馬謖的戰術而名聲大噪。在所有參戰武將包括諸葛丞相都被降職處分的同時，王平卻被升了官。

兩個人一見面，彼此先寒暄客套了一番。然後荀詡向他說明了陳恭的報告，並提出靖安司要對歸軍方管理的軍器諸坊進行調查。當然，荀詡沒說得如此直白，他把強硬的「調查」換成了「巡檢」。

王平聽了以後，露出為難的表情；他背著手在屋子裡踱了兩圈，猛地回身對荀詡說：「魏國果然要來偷我軍的弩機？」

「千真萬確。」

「想不到他們居然使出了如此卑鄙的手段！」王平低聲罵道。荀詡一見對方認同，立刻見縫插針。「所以我們必須速速採取措施，以免釀成嚴重後果。」

「唔，你說得很有道理，不過……」王平朝荀詡伸出了手。「能不能把那份『黑帝』的報告先給我看一下。事關重大，我必須得謹慎一點。」

「呃……這份報告現在屬於機密，所有的謄本已經全部銷毀了，目前原本大概是在諸葛丞相那裡，我想最遲下午就會轉發給魏延將軍吧。」

「哦……那就得等魏將軍親自審核了，我沒有批准進入軍器諸坊的許可權。」王平面有難色。

「可是，事情很緊急啊，魏國間諜已經進入了我國境內，現在也許已經抵達南鄭了。」

「我知道，可軍方有軍方的規矩，這我無能為力。」王平說，他看荀詡臉色不太好看，趕緊用寬慰的語氣說道：「荀從事，你也知道，魏將軍和你們楊參軍之間……」

荀詡挪動了一下腳，無可奈何地笑了笑，很明顯王平是怕捲入魏、楊二人的爭鬥中去，不敢擅自行動。這時王平又說：「你現在最好提交一份調查方向和具體調查的專案。我會轉交給魏將軍，只要魏將軍那裡一批覆，你就可以立即開始了。」

「那真是麻煩您了。」荀詡從懷裡拿出一份早就寫好的調查提綱。王平接過來一看，其中主要目標是負責研發武器的軍技司和負責製造兵器的軍器坊。荀詡的意圖很明顯，所有與弩機有接觸的人都要排查一遍。

「我瞭解了，那麼就請你在這裡等候，我這就送到魏將軍那裡去。」

王平說完，轉身離開了。荀詡在司馬府的會客廳內等了大約有一個半時辰，一名傳令兵才匆忙趕到廳中對荀詡說：「王平將軍說要見你。」

荀詡站起身來，隨傳令兵來到王平的屋中，見王平臉色看起來很不錯。他一見荀詡，就大聲說道：「荀從事，你運氣不錯，魏將軍已經批准了你進入那兩個部門調查的申請。」

「這是當然的，就算是派系鬥爭，也不能不分輕重耽誤了大事吧……」荀詡心裡想，嘴上卻連連感謝。想來魏延也是受到了來自諸葛丞相本人的壓力，才同意得如此之快。

「不過在你調查的時候，必須要有我們軍方的人陪同才行。」王平說，荀詡點點頭，這是在預料之中的事情。「還有，調查必須以不干擾正常工作為前提。我想你也知道，我軍正在籌備一次新的作戰，各方面都很繁忙。如果因此一未經確認的間諜事件而讓整個戰役拖延，這個罪名就大了。」

荀詡相信這最後一句話是魏延本人說的，王平只不過是用比較溫和的方式轉述了一遍而已。魏延曾經不只一次在不同場合表示——靖安司乃至整個司聞曹都是些喜歡小題大作、只會躲在安全的地方中傷別人、拖人後腿的猴子。

「能不能請馬岱將軍陪同呢？」荀詡直截了當地問道，如果是平北將軍馬岱的話，應該不會太過為難調查人員才是。王平考慮了一下，同意了。

荀詡以前跟馬岱打過一次交道。那還是在九年以前，那時候荀詡還只是靖安司的一名執事。當時劉備還在位。江陽太守彭羕遊說驃騎將軍馬超造反，被馬超密報給了劉備。劉備立即拘捕了彭羕，同時密令靖安司調查馬超以及他的從弟馬岱是否確有謀反跡象。荀詡參與了針對他們兄弟兩個的調查，得出的結論是——馬氏兄弟對自己不被信任的處境瞭解得很清楚，因此一直謹小慎微，處於不安定的惶恐之中；以這樣的心理狀態是不可能謀反的。

等到荀詡再次看到馬岱的時候，他不禁感慨起來。這九年以來，馬岱看起來卻像老了十多歲，四十多歲的人兩鬢就已經斑白，眼角與額頭層層疊疊的皺紋折射出這個人的憂思，兩隻眼睛疲憊不堪，看得出，他仍舊沒走出那種心理陰影。

「馬將軍，我是靖安司的荀詡。」

荀詡自我介紹，他發現馬岱聽到靖安司三個字的時候，身體不由得後退了一步，眼神裡有些莫名的恐懼。他趕緊又加了一句。「這一次調查陪同工作就有勞您了。」

「好說，好說。」馬岱回答，聲音特別地輕，甚至有些討好的語氣在裡面。

「哦，對了，這是馬信託我給您帶的信。」荀詡從懷裡拿出信封遞給他，馬岱當即把信拆開，刻意讀了一遍，讓荀詡能聽得到，然後才重新折好，揣進懷裡，對荀詡說：「荀從事，我們走吧。」

司馬府的門外早就停好了一輛赭色的馬車，這是軍方專用的顏色。馬岱與荀詡登上車，車夫吆喝一聲，馬車飛馳而去。

馬岱很客氣地問道：「不知荀從事打算從哪裡查起來？」荀詡想了一下，說：「軍技司吧，必須先弄清楚敵人覬覦的究竟是哪一種型號的弩機，才好有重點地進行保護。」

「好的。」馬岱點點頭，指示車夫朝軍技司駛去。馬車很快就從東門出了城，大約行進了十五里路，忽然離開官道，從全無道路痕跡的野地朝著某一個山坡底下開去，周圍一片荒涼，連隻鳥或者狼都看不到。

「軍技司的位置倒是很隱祕嘛。」

「唔，這裡與官道之間的路都被掩平，種上花草。外人無論如何也是找不到的。」

很快馬車來到了一條山嶺之上，這裡是典型的漢中地貌，放眼過去是一片裸露在地表的岩石場，灰色的岩石大小不一，造型各異，只有在岩石縫隙裡才頑強地生長著一些綠色植物。馬車就在這裡停住了。

「我們到了。」馬岱對荀詡說。荀詡迷惑地環顧四周，忽然在右手邊十幾步開外的地方發現了一個洞穴的黑色入口，入口恰好是在一塊突起的岩石下面，與整個山坡夾成一個銳角。

荀詡和馬岱走到那個洞穴口，荀詡注意到附近的岩石表面都是沙沙棱棱的，只有洞穴旁的岩石表面異常地光滑，看起來經常有人從這裡進出。

他正在觀察的時候，兩名身穿甲冑的士兵手持環首刀從洞穴裡爬出來，對他們說道：「兩位大人，請出示你們的印鑑。」

馬岱從懷裡取出一個半截的虎符，士兵接過去交給洞穴下的一名士兵，很快下面的人傳來話：「虎符對上了，檢驗無誤。」士兵聽到這句話，就對二人做了一個請進的手勢。荀詡暗暗讚賞不已，看來這裡的保安工作做得很紮實。

一進洞穴，是一個平緩的下坡，上面還被人鑿出了兩排淺淺的台階，延伸成一條狹窄的小路。小路兩側全都是岩石，上面鑿有兩排凹進去的小坑，裡面點的是蠟燭。荀詡並不覺得憋悶，反而覺得有陰冷的風迎面吹過來，這個洞穴一定還有通過岩石縫隙的通風口。

一路上經過了數個拐彎，每一個拐彎都有一名士兵查驗兩個人的虎符，並搖動銅鈴通知下一個站口的警衛。在經過一個稍微寬闊一點的迴廊時，馬岱和荀詡還被搜了身，搜身的警衛解釋說這是規定，來到這裡的人除了諸葛丞相以外都必須要搜身，即使是魏延也不例外。

「除了諸葛丞相以外？」荀詡脫口而出。「那如果是皇帝陛下呢？」

士兵沒料到他會問這麼個問題，一時間尷尬得不知如何回答是好。站在一旁的馬岱聽到以後嚇了一跳，臉色被這個玩笑嚇得有些發白。

大約走了兩百步，小路的盡頭轉過一個彎後，荀詡的視線一下子豁然開朗。裡面是一個巨大的不規則空間，大到足可以裝下三個到四個「道觀」。花崗石穹頂有光線從岩石縫隙照射下來，讓裡面毫不黑暗；在這個廳的四周還有很多凹進去的小洞窟，就好像是用花崗岩堆砌成的天然小房間。

更難得的是，這個完全看不見窗戶的山洞裡居然絲毫不悶，走在裡面絲毫不感覺憋屈。

「是不是有隱藏的通風口？」荀詡好奇地問道。馬岱沒有回答，他似乎還沒從剛才的玩笑裡回過神來。

這個大廳裡相當熱鬧，裡面擺放著許多造型奇特的機械，有木製的也有銅製的，許多穿著黑袍的人在這些東西之間走來走去，不時停下腳步俯身查看，另外一些人則手持著毛筆與紙抄錄著什麼。在更遠處的洞穴裡閃著紅光與叮叮鏗鏗的敲擊聲，那應該是軍技司專屬的冶煉房。

正在兩人左右觀察的當口，一個身穿黑袍、身材矮小的老人走了過來，他將手裡的一個零件交給身旁的人，然後疑惑地注視著荀詡，彷彿他就是來竊取機密的小偷一樣。

「這一位是靖安司的荀從事，本次拜訪已經得到了批准，這是准許文件。」

馬岱將虎符與文件遞給老人，老人接過去仔細地看了又看，實在找不到什麼破綻，只好把它交還給馬岱，樣子不是很開心。

「我先聲明，今天的談話我會全部做記錄，並上呈給魏將軍的。」老人皺著眉頭說。

「只要您不賣給魏、吳國，就不在我的職權管轄範圍之內了。」荀詡知道身為靖安司的人，幽默感是最要不得的東西，但還是忍不住開了一個玩笑。

很明顯老人沒體會到其中的幽默，他只是將手上的鹿皮手套脫下來隨手掛到鉤子上，然後揮了揮手。「這邊走。」

兩個人隨他來到了大廳旁的一個洞穴裡，這個洞穴一人多高，裡面的面積大約有二十步乘三十步，除了一張簡陋的木榻和一支銅製的燭台以外，其他地方散落著全是各式各樣的圖紙與資料。

老頭拉起布幔遮住洞口，然後回過身來嘶啞著嗓子說：「我是軍技司的主管譙峻，你們找我有什麼事？」

「是這樣……」馬岱將前因後果說了一遍。「……特奉了魏將軍指示，要求我們協助荀從事的調查工作。」

「唔，我知道了。」譙峻似乎對這種事絲毫都不關心，他把目光轉到荀詡身上。「你想知道些什麼？」

「我軍現在裝備的弩機究竟有哪些？」

譙峻斜眼看看荀詡，用嘲諷的口氣說：「我以為你們靖安司對這些事情早就瞭若指掌呢。」

「我們希望能聽到專家的意見。」

譙峻冷冷哼了一聲，顯然這個恭維沒起什麼作用，他說道：「荀從事，你問了一個很大的問題。自從建興四年我軍技司成立以來，一共開發了三十幾款弩機，其中最後裝備成軍的也有十幾種。你不劃定範圍的話，我很難回答。」

「那麼，現役的弩機都有哪幾種型號？」

「現在我軍弩兵的制式裝備大約有五、六種，其中大部分屬於單兵用臂張連弩，一部分部隊還裝備了蹶張式弩車用來加強攻擊力；也有一部分單機弩，不過一般只裝備近衛部隊；哦，對了，還有專門出口至東吳的商用型側竹弓弩……」說到這裡，譙峻很得意。「東吳的軍隊寧可進口我們的側竹弓弩，也不願意用他們自已的吳、越弩。」

「在去年年底，伏擊王雙軍所使用的弩機具體型號是？」

「哦，你說那次啊。那一次負責伏擊的是姜維的部隊吧？」譙峻向馬岱確認，馬岱點了點頭。「我想想，那次戰事中他們應該裝備有十五台『蜀都』級的蹶張弩車與兩百具『元戎』級的臂張連弩。這兩種型號都是軍技司的最新成果，設計方向就是在不增加重量的前提下增加齊射密度與頻率。從實戰來看效果很好。」

說完，譙峻翻出兩份木櫝遞給荀詡，荀詡拿起其中的一張，上面寫道：「蜀都級精銅製蹶張弩機，編號『益漢陸玖貳』。投射力十五石，一次齊射可發射十支中型鐵鏃弩箭，射程千步。在做靶場測試的時候，『蜀都』曾經在八百步的距離內用一支弩箭射穿四個間距為兩尺的馬蹄靶。」

譙峻得意地用指頭點了點這段話，強調說：「看到了麼，四個馬蹄靶，一箭。我們使用的是全銅製的骨架結構，可以比以前的弩機多承受五石左右的力道；而且外形改成了後斜梯形，基座上加裝了八個活輪，移動和適應地形的能力都有所提升；在望山與扣弦之間還多了一個扭舵，可以提高五成的射擊精度……總之這跟傳統的弩機完全不同，威力不在同一個數量級。」

譙峻一提到武器，就立刻健談起來。

「有這麼厲害？」荀詡吃驚地說。

「當然，以前我軍幾代弩機，比如『銅川』、『蠶叢』以及現役的主力『巴岳』級，與曹魏的裝備相比，只是在個別數據上占有優勢，而現在的『蜀都』則全面超越了敵人。」

「那麼『元戎』呢？」

「『元戎』當初設計的時候，就是為了取代現在軍中使用的單兵式臂張連弩。以往的弩機都是強調連續射速，這樣子不能說錯，但是破壞力就不夠令人滿意。因為實戰中既要求弩機的持續發射，也要強調瞬間的破壞力與破壞範圍，這樣才能在第一時間壓制住敵人。所以應軍方的特別要求，我們設計了能夠彌補這一缺陷的『元戎』。它和『蜀都』一樣，一次可以齊射十支弩箭——當然，元戎使用的是八寸鐵杆弩箭——這樣可以在瞬間產生相當大的殺傷力。至於射擊頻率，雖然比以前降低了一些，但這可以用三排輪射的戰術來彌補。」

「換句話說，如果真的存在讓曹魏動心不惜一切代價要得到的武器，那麼只能是『元戎』與『蜀都』？」

「不錯，這是目前同類軍器中性能最為優越的。」譙峻反覆強調這一點。「哦，對了，元戎是在諸葛丞相親自指導下研發出來的，他真是個天才。」

荀詡沉默不語，他心想錯不了了，魏國的目標一定就是這兩個型號的弩機。

「這兩種武器的設計圖紙是存放在這裡嗎？」

「一共有三份圖紙，一份在軍技司、一份在軍器坊總務，還有一份存放在丞相府。」

荀詡今天對軍方如此開誠布公的態度幾乎有些感動了，他摸摸鼻子，提出了一個得寸進尺的要求。「能看一下實物嗎？」

「有這個必要嗎？」譙峻有點遲疑地反問道。

「看過實物後，有助於加深對這兩種武器的印象。反正它們已經裝備部隊了，沒什麼祕密可言吧？」

譙峻不太情願地點了點頭，帶著他們來到另外一個洞穴。這裡擺放著好幾台機械，上面都蒙著桑麻蓬布。譙峻將其中一朵蓬布掀開，裡面是一具鋥光瓦亮的精銅弩車，車體扁平，內中槓桿交錯卻絲毫不亂，顯示出它製作的精良程度，弩車頂端還放著一塊牌子，上寫「蜀都」二字。荀詡圍著弩機轉了一圈，又伸開雙臂按在弩車兩根支柱上用力，發現弩機只移動了一點就不動了。

「沒用的，這台弩機至少要三個人才能移動，如果有畜力的話，也得要兩個人帶住兩側。」

荀詡悻悻地把雙臂收回來，叉在腰間。「那這東西可以拆卸嗎？」

「拆卸？別開玩笑了，沒受過專門訓練的人無論如何也是拆不開的。」

荀詡望著這個大傢伙點了點頭，至少企圖偷走「蜀都」實物的計畫是不可能的。

「麻煩你再給我看一下『元戎』好嗎？」

譙峻從旁邊拿起一個長條布包，將罩布取下，裡面是一具精緻的寬頭連弩。譙峻把它遞給荀詡，荀詡接過來以後掂了掂，發現並不很重，一個普通人完全可以單手帶走。

「這個呢，可以拆卸的嗎？」

「當然，設計的時候就是以方便性為重點的。這具連弩可以拆卸為十二個部件，很適合單兵攜帶。」

聽完譙竣的介紹，荀詡皺著眉頭拿著手裡的弩機反覆地看，譙峻彷彿看穿了他的心思，不滿地啞著嗓子說道：「你難道擔心有人把這東西偷出去嗎？放心好了，我這裡的安全措施是最可靠的。」

「我們靖安司的工作前提就是假定所有的安全措施都是不可靠的。」

荀詡平靜地回答，隨手把弩機擱回到布包上。

從軍技司的洞穴出來以後，天色已晚，荀詡與馬岱坐著來時的馬車返回南鄭。在路上馬岱忽然問道：「荀從事是在擔心魏國的那名間諜會以竊取元戎弩實物為目標嗎？」

「啊，算是吧。圖紙、實物和工匠……這三樣即使只得到一樣，也會被馬鈞那種天才技師成功複製出來的啊。」荀詡把腦袋向後仰過去，閉上眼睛，隨著馬車的顛簸上下顫動。

「荀從事有些多慮了。」馬岱拍拍馬車的橫檔。「像這樣的技術兵器，軍中都嚴格做了編號，每日核查。戰爭期間我不敢保證，但只要是在蜀國境內，一旦缺少了一張弩，會被立刻發現的。」

「哦。」

「圖紙的保管也相當嚴密，無論在是哪一處圖紙的存放點，都需要魏延將軍、張裔將軍和諸葛丞相三個人的連署才能調閱，而且他們三個人還必須在調閱命令上放有自己的祕密標記。要想偽造這麼一份文書，是不可能的。」

「唔……」

「至於工匠，就更不要說了。你心裡也該清楚帶一名弩機工匠返回隴西的難度。」

荀詡換了個更舒服的姿勢，把雙手枕到了腦袋後面。「馬將軍，你對軍中的事務瞭解頗多啊。」

「這是當然的，我也是軍人。」

「俗話說得好，關東出相，關西出將，將軍不愧是雍涼出身的。」

荀詡不經意地隨口問了一句，原本他是想奉承奉承馬岱，拉攏一下關係。可沒想到馬岱聽到這個，臉唰地變了顏色，拂袖道：「我雖然出身雍涼，卻也是與曹賊不兩立的大漢將軍。」

「用不著這麼急於表明決心吧……」荀詡自覺沒趣，只好整整自己的冠纓，以此來掩飾自己的尷尬。大概馬岱認為這樣的話由一個靖安司的官員來說，明顯是懷疑他這個雍涼出身，又握有大量軍事機密的將領可能會叛逃曹魏。

馬岱很清楚，各級官員的舉動與言論也在靖安司的監視之列，當年的廖立事件就是靖安司的傑作。

馬車繼續朝前開去，四個輪子輾壓著凹凸地面發出喀拉喀拉的聲音；此時天色已晚，星星與月亮已經朦朧可見，而遠處的晚霞還沒從天邊殘退乾淨。兩側半明半暗的岩石與山嶺不斷向後倒退，車上的兩個人都陷入了沉默。

忽然之間，荀詡想到一件有趣的事。馬岱何以如此敏感呢？當年他與族兄馬超前來投奔劉備的時候，由於身分特殊，兄弟二人總是怕被人懷疑要謀反，因而心懷畏懼，這可以理解；現在已經過去了十多年，昭烈皇帝已死，諸葛丞相當政。諸葛丞相雖沒怎麼提拔馬岱，但仍舊把他當作一名稱職的高級指揮官，給予了充分的信任——從馬岱能夠前往軍技司這麼機密的地方就可以看出來——那麼他為什麼還是提心吊膽，總怕被人懷疑自己忠誠度呢？

「這還真值得玩味一下。」荀詡斜著眼睛看了看馬岱，對方一言不發地看著前方，月光下他的臉頗為蒼白。

很快馬車轉上了官道，平坦的路面讓馬車奔馳的速度更快了。荀詡已經看不太清兩側的景物，於是索性閉上眼睛，思考下一步的行動。就在他閉上眼睛的時候，車夫一甩鞭子，馬車「唰」地一聲從一隊商販側面超了過去，讓隊伍裡的一頭驢子驚得尥起蹶子來。

「前面是怎麼趕車的！大黑天的還跑那麼快，不怕翻進懸崖摔死！」

其中一名商人指著絕塵而去的馬車罵道，同伴趕緊捂住了他的嘴。「喂，小聲點，你看清楚沒有？那是赭色的馬車，是軍車，你找死啊。」

旁邊幾個人忙著安撫焦躁的驢子，可驢子打著響鼻怎麼都不肯聽話，上顛下跳，背上的兩馱貨物眼看就要顛散了。這時隊伍裡一個穿著土褐色絲衫的人走到驢子跟前，右手按住驢脖子，左手按住驢臀，雙手發力，驢子立刻被壓住了。旁邊有人塞過來一把麥穗，驢子一口嚼住，不再鬧騰。

「多虧了麋沖先生呀，多謝多謝。」商人千恩萬謝。被稱為麋沖的那個人笑了笑，把手拍了兩拍。

「不用客氣，大家同行上路，總得互相照應。前面就快到南鄭了，可別在最後一段道上出什麼紕漏。」

「是呀是呀。」商人忙不迭地點了點頭。

於是商隊再度重新上路，接下來的十幾里路沒發生任何事情。他們很幸運地在城門關閉前進入了城內。隊伍在城內廣場稍微停留了一下，商人好心地問道：「麋先生不跟我們一起去住客棧嗎？我認識這裡的客棧老闆，能給便宜點。」

「不了，有朋友來接我。」麋沖客氣地謝絕了商人的邀請，於是兩人拱手道別。等到商隊離開以後，麋沖自己轉向了右邊的大街，向前走過了三個路口又轉左，他似乎對南鄭城的環境相當熟悉。有好幾隊巡邏隊與他擦肩而過，但都沒注意到他。

麋沖一直走到一家寫著恆德米店的店鋪前才停下腳，他走到店門前拍了拍門。一個米店夥計沒好氣地打開窗子嚷道：「沒看見這裡已經上門板了嗎？明天再來吧。」

「能不能幫幫忙，我只要買五斗米就夠了。」糜沖露出懇求的表情。

「多少斗？」夥計斜著眼睛問道。

「五斗，不多也不少，多一分您給去點，少一分您給添點。」

夥計掏掏耳朵，不耐煩地說：「好吧，你等會兒，這人真麻煩，五斗米還非今天買不可。」過了一陣，就聽到門裡一陣卸門板的響動，然後門開了。

「快進來吧。」

夥計催促道。糜沖邁步進去，門在他身後關上了。隨後夥計張望了一下外面的情況，轉頭打量了一番糜沖，換了一副表情說：「北邊來的？」

「正是。」

「師君可還好？」

「一切安康。」

糜沖說完，從懷裡拿出那張畫著奇怪花紋的黃符紙，遞給夥計。夥計雙手顫抖著接過去打開符紙，表情一下子變得十分激動，撲通一聲跪在地上，口中不住唸著什麼。

這時候從後屋走出了三名赤裸著上身、頭紮皂巾的男子，還有兩名未著簪的長髮女子，一老一少。他們一進屋子，就與夥計一同跪倒在地，對著符紙不斷叩頭，兩名女子甚至嚶嚶哭泣起來。糜沖立在一旁，一言未發。

最後夥計站起身來將黃符恭敬地收好，把其他哭泣的人攙扶起來，這才對糜沖說道：「我乃是五斗米道的祭酒黃預。漢中不聞師君垂訓很久，今日多謝大人送符信到此，叫我等復聽師君聖言。」

「唔，閬中侯希望你們能盡力協助我，這樣他老人家也會很高興的。」糜沖找了個位子坐下。

「使君命令，我們自然是無有不從。」黃預抱拳大聲道：「漢中米道鬼卒現在有數千人，祭酒百人，全都奉使君號令。」

糜沖白淨的臉上浮現出一絲笑意。

第六章　調研與信仰

二月二十六日，上午，「道觀」。

「你是說，你懷疑五斗米教與這一次的間諜事件有關係？」

馮膺拿著荀詡的報告，皺起眉頭表示自己的態度。荀詡答道：「是的，根據我們以往的經驗，五斗米教曾經被曹魏情報部門當做祕密管道使用，沒有理由不認為他們會再利用一次。在第五和第六枚竹簡上，您可以查到相關的背景資料。」

馮膺陰沉著臉沒有回答，而是機械地翻開了第五枚竹簡。

五斗米教是當年張魯統治時候流行於漢中的宗教，教主張魯自稱為「師君」，教內中層管理人員稱為「祭酒」，而普通的信徒則稱為「鬼卒」。五斗米教信徒遍及漢中全境，根深蒂固。張魯投降曹操遷居到關中以後，五斗米教遭到了蜀國的嚴厲打擊，但仍頑強地在民間生存下來。漢中地區仍舊有許多信徒們搞地下集會，來遙拜已經被曹操封為閬中侯的張魯。等到張魯死後，他的兒子張富繼承了閬中侯的爵位，漢中的信徒們認為他是教宗的繼承人，轉奉他為新的師君。

「目前張富就在洛陽居住，假如曹魏派間諜前來的話，應該會打著他的旗號來換取信徒們的合作。」

荀詡恭敬地把雙手垂在兩側，希望能換取這位主管的首肯。沒有他的批准，靖安司沒法採取大規模的行動。

馮膺把竹簡擱到了案几上。「這份報告我會考慮的，但現在我們恐怕更加需要的是審慎。」

「為什麼？」荀詡大聲問。馮膺不喜歡他這種直言不諱的態度。硬梆梆地回答：「你忘了嗎？上次勉縣只是逮捕了一名涉嫌殺牛的五斗米信徒，結果就導致一個村的信徒圍攻縣尉。我軍在四月份就要對曹魏發動一次新的攻勢，一定要確保後方的穩定。」

馮膺把「穩定」二字咬得很清晰，他可不希望現在出什麼大亂子。

荀詡有些怒火中燒，他有些不客氣地說道：「我會很『穩定』地去查五斗米教，請您放心。」

「清查五斗米教需要耗費大量的人力資源。比起這個未經確定的推測，設法保護好弩機技術的源頭才是更重要的吧？」馮膺在手裡轉著毛筆，慢條斯理地回答，他見荀詡臉色不太好，又補充道：「你的建議我會提請丞相府審議的。牽涉到宗教事務，就不是我們司聞曹就能做主的了。」說完隨手把這份報告丟到了後面的竹簡堆裡。

荀詡知道那意味著什麼，這份報告會被壓到汗牛充棟的竹簡之間，逐漸被人遺忘，直到幾百年後的某一天被人挖出來，到那時候，無論是五斗米教還是蜀國，恐怕都已經滅亡很久了。

他見無法說服馮膺，只得憤憤地離開道觀。馮膺對他的排擠已經到了如此露骨的地步，這讓他異常憤怒。迎面狐忠走過來，他見荀詡氣色不好，過去打了個招呼。荀詡將報告的事說給他聽，狐忠聽罷後笑了笑：「荀孝和啊荀孝和，你該好好瞭解一下官僚世界才是。」

「我一直以為只要知道誰通敵、誰賣國就夠了。」

狐忠促狹似的擠擠眼睛：「那可是一個充滿了含沙射影和閒話的世界，等著我們去挖掘呢。」

「嘿，這可是我們靖安司的工作……」荀詡有些狼狽地回答。

「你要的人我下午就把他們調過去，他們可都是些能幹的傢伙……」狐忠看到馮膺在朝這個方向看來，故意提高嗓音說，然後壓低了嗓門：「去查查了去年戊字開頭的巡察記錄，你會有些收穫的。」

回到自己的辦公處，荀詡派人取來了建興六年靖安司對蜀漢官員的巡察記錄。這些竹簡上都蒙著厚厚的灰塵，將荀詡周圍三尺以內的空間塞滿，彷彿一圈竹製的城牆。

原則上蜀漢禁止對自己的官員進行監視，但會不定期地派人對一些特定人物——比如馬岱、姜維以及一些低階的隴西籍將領與官員——進行「巡察」。

透過整整一個下午的翻閱，他終於發現了一直想找的東西。這是在去年九月二十六日的巡察記錄，監視者的報告裡顯示，在那天有一男一女兩名身分不明的五斗米教徒前往馬岱的宅邸，談話的內容不詳，但最後那兩名教徒被馬岱趕出來，馬岱卻沒有報官。在這份報告的結尾有馮膺的批閱：「閱，不上。」意為這不重要，直接歸檔即可，不必上轉。

「狐忠這傢伙還真是厲害……」

荀詡拿著這份材料，不禁大為感慨。狐忠負責情報解析工作，這份資料他見過並不奇怪，但他居然可以把去年一份並不重要的報告編號與內容都記得清清楚楚，這就不能不讓人感歎了。

「報告！」

這時一名侍衛來到門口，神情有些緊張。

「唔？怎麼了？」荀詡把竹簡擱下，抬頭望去。

「我們前去調查弩機工匠戶籍的人出事了。」

荀詡一驚，連忙問道：「傷亡如何？」

「我們的人被打傷了兩個，其中一名還傷得挺嚴重。」

「對方是誰？」荀詡疑惑地問道，靖安司的對手多是躲躲藏藏的間諜和叛賊，所以調查人員被公開襲擊是極少有的事情。

「呃……」侍衛遲疑了一下，在荀詡的逼視下才吞吞吐吐地說道：「是……是魏延將軍的部下。」

荀詡覺得腦袋「嗡」地一聲脹大起來……

……就在同一時間，南鄭城內的東區第三個十字街口處發生了一起小小的交通意外。一輛拉著乾糞餅與草木灰的笨重牛車忽然失去了控制，與剛巧路過的一位官員的坐騎相撞。趕車的農民大概還沒有弄明白被衝撞者的身分，用濃重的漢中口音破口大罵。憤怒的護衛們一擁而上，將那這個吃了豹子膽的莽人揪下車來。官員走到農民面前剛要說些什麼，那個農民卻突然衝到面前抓住他手臂，官員吃驚地向後退去，並重重地搧了這個僭越者一耳光。

眾護衛又是一通拳打腳踢，將農民推到一旁去，然後揚長而去。一直到官員的隊伍走遠，可憐的農民才悻悻地從地上爬起來，揉揉被打痛的胳膊與背，將牛車重新套起來，一邊小聲咒罵，一邊在周圍好奇路人的圍觀下離開。路人見事情已經平息了，也就一哄而散。這種事司空見慣，連做為茶餘飯後的談資都沒什麼價值。

在與農民相反的方向，那名官員騎在馬上微微欠著身子，以便遮住身後隨從的視線，然後他慢慢張開緊握的右拳，掌心是一團紙，上面寫的是：「預備地點甲，明日午時」。

糜沖與內線終於接上了頭。

南鄭城向西去沔陽方向十里靠近沔水右畔有一處盆地，當地人稱神仙溝；整個盆地呈半月形，其間溝壑縱橫，呈現出典型的漢中地貌。因為神仙溝不適宜通行，所以本來沿著沔水連接沔陽與南鄭的官道在這裡拐了一個彎，從北側繞過盆地才繼續前行。當年曹操入侵漢中的時候，為了拱衛南鄭，張魯的弟弟張衛在神仙溝中設置了一個大營。後來張魯投降，這個大營隨之荒廢，能拿的全被當地老百姓拿走，只剩下斷垣殘壁。有人說這裡中陷外凸，縱溝橫鎖，正是一個「困」局，因此老百姓們都逐漸不再靠近，連蜀漢官方都敬而遠之，任由其破敗下去。

不過今天神仙溝中的廢棄營地中卻出現了幾個久違的人類。他們都是一副平民打扮，站在這片廢墟之間，似乎在等候著什麼。

「你們兩個，去那邊望風，你們兩個去另外一邊，碰到什麼可疑的動靜，就立刻通知我。」黃預指示四名五斗米教的信徒四處把風，然後不放心地看了看左右，對站在他身旁的糜沖說道：「糜先生，那個人說的確實是這個時辰嗎？」

「唔，我們只管安心等候就好。『燭龍』大人一定會來的。」

糜沖抿住嘴，雙目直直地盯著廢墟中的某一處。一陣風吹過，殘破的營帳殘片呼呼地舒展開來，發出「啪啪」的聲音，讓置身其中的人油然生出一種空寂的不安感。

黃預不安地看著四周，儘管已經做了周密的部署，他始終還是覺得有些忐忑。這是從蜀漢占領漢中以後，他所留下來的心理焦慮症。黃預是五斗米教的熱情崇拜者，他的夢想就是在師尊的率領下建立一個純粹的和諧之國。當師尊隨曹魏軍隊撤出漢中以後，他留下來負責領導剩下的教徒，並在蜀國屢次打擊之下，頑強地維持著五斗米教的地下活動。

當黃預在四年前得知張魯去世的消息，一度難過到想要自殺，覺得自己已經失去了生存意義。但很快曹魏派人過來祕密聯絡他，告訴他張魯的兒子張富繼承了其父的職位。那個人說皇帝曹睿親口允諾天下統一以後，會促成五斗米教在張富的旗幟下復興，於是黃預的希望重新燃燒起來。這一次糜沖的到來讓黃預看到了曙光，他認為曹魏的這次行動將會是復興五斗米教的前奏。

當太陽劃過天頂的時候，「燭龍」終於出現了。看著這個穿著蜀國官服的人一步步走過來，即使是糜沖，也不禁緊張地舔了舔嘴唇。「燭龍」是魏國情報部門最寶貴也最隱祕的一筆財富，他在蜀漢內部身居高位，向魏國提供過很多價值極高的情報，但卻很少有人知道他的存在——為確保安全，他很少參與魏國在蜀國的其他間諜活動；這一次為了獲取弩機技術，郭剛與郭淮才得以動用「燭龍」來配合行動。

「銜燭而行，以照幽明。」遠處的燭龍傳來暗語。

「日安不到，燭龍何照？」

糜沖一邊回應，一邊揮了揮手，黃預心領神會，低聲叮囑了一句「糜先生當心」，然後垂頭走遠。見到黃預離開，「燭龍」這才走近，他開門見山地問道：「你就是從北邊來的嗎？」糜沖明白兩個人見面時間越短，被發現的風險越小，於是也言簡意賅將郭剛的計畫介紹了一下。

「呵呵，他的胃口還真不小呢。」「燭龍」評論說：「不過計畫還算周詳，很有想像力。」

「只要一得到相關資料，我就可以立刻著手準備。」

「唔，你所需要的資料和裝備我可以提供，不過你要小心，靖安司的人已經進駐了各個要害部門，他們嗅到了一絲氣味。」

「影響會有多大？」

「目前他們所知的不多，只能做有些缺乏明確目的性的寬泛監視，對此次行動的周邊或許會造成些麻煩，但影響不了核心計畫。」

「那就好。」

「整個行動必須在三月十六日之前完成。不要小看那些靖安司的人，他們和在秦嶺地區的蜀軍一樣糾纏不休。」

「不過他們會一無所獲的。」從糜沖的表情裡看不出他指的是靖安司還是蜀軍。

接下來兩個人約定了傳遞情報和裝備的方式，隨即結束了會面。他們並沒有確定下一次的會面時間，那樣風險太大。糜沖在臨出發前得到過明確的指示，「燭龍」的工作只是提供情報來源，不參加具體行動。

為了避免被人發現，一直到「燭龍」走後一個時辰，糜沖和黃預才離開神仙溝，他們與在官道附近放羊的五斗米信徒會合，一起動身返回南鄭。來到南鄭城門的時候，糜沖發現守城的士兵正在急急忙忙地將城門口的木柵搬開，並將要進城的老百姓趕到道路的兩旁。過了一會兒，一扇中門隆隆地被人從裡面推開。

平時南鄭城只開側門供平民進出，只有碰到有緊急公務時才會將大門打開。「肯定是出了什麼事了。」糜沖站在人群中想。彷彿為了印證他的猜想似的，很快城門另外一側響起急促的馬蹄聲，在城樓甬道中迴響，格外的清晰。隨後五、六名騎士飛奔出南鄭城，消失在大路盡頭，但從他們的服飾來看似乎並不是軍方的。

「也許是哪幾個倒楣的文部官員吧。」糜沖事不關己地想，然後轉身隨著人群湧入南鄭城。

糜沖猜對了，這的確是個倒楣的文職官員，而且非常倒楣，因為他即將要面對的麻煩來自於軍方。一想到這一點，騎在馬上狂奔的荀詡就變得很沮喪。

昨天，也就是二月二十五日，荀詡從軍技司返回以後，就立刻派遣了兩名靖安司的高階人員攜帶魏延簽發的准許文件離開南鄭，前往第六弩機作坊進行工匠的戶籍調查。

蜀國在漢中設有八處軍器作坊，其中前五個作坊負責普通軍器鍛造，第七、第八作坊負責生產後勤用具及大型基建設備；而第六弩機作坊則與它們不同。該坊位於南鄭東三十里處沔水附近的某一個山坳中，整體規模並不大，但技術能力很高，「蜀都」與「元戎」的軍用型主要就是由該作坊生產。為了方便管理與保密，工匠的聚集群落與弩機作坊安置在一起，有專門的軍隊監管。

問題就出在監管的軍隊上。那兩名靖安司的人抵達第六弩機作坊後吃了閉門羹，監管部隊的負責人黃襲斷然拒絕了他們調閱工匠戶籍的要求，聲稱這不對外開放。靖安司的人強行要求進入，並威脅說要將黃襲以「妨害調查」的罪名拘捕。結果雙方發生爭執，兩名調查人員被黃襲的護衛打傷，並被關押起來。

荀詡是在趕去的路上瞭解到這些情況的，他覺得有些奇怪，因為那兩名調查人員是攜帶著魏延親自簽發的准許文書，黃襲怎麼敢違抗呢？還是說，在他的背後另有人在作梗……

黃襲這個人，荀詡雖然不熟但卻很瞭解。在第一次北伐的時候，黃襲擔任的是馬謖的副將，在街亭一役中僥倖生還，但被降職處分，從第一線指揮官左遷到這個窮鄉僻壤的作坊來當監工。關於他的傳聞有很多，因為同樣身為馬謖副將的張休與李盛都被處死，只有他活了下來；

有人說他是用了大量的賄賂，不過這說法只停留在流言的階段，沒有得到過證實。

抵達第六弩機作坊所在的山麓後，荀詡視野裡的景色明顯大為不同，綠色的草地就被灰白色的沙礫與土石所取代。斑駁路面上滿是寬窄不同的車轍印。道路的兩側只有幾簇稀疏的灌木，更多的是散亂的泥土堆與廢礦石，視野裡一片蒼白，細微的粉塵顆粒飄揚在空氣中，讓人呼吸起來備感艱難。一條彎曲的人工河流沿著道路在左側流過，裹著泥漿的昏黃河水給路過的人們帶來更多的窒息感。

作坊的入口處是兩座被挖掘成奇怪形狀的石山，中間夾著兩扇鏽跡斑斑的鐵製大門，被十幾名身披重鎧的士兵守衛著。荀詡騎到門口勒住韁繩，拿出虎符叫士兵開門。士兵很不屑地瞪了他一眼，故意懶洋洋地回答：「黃大人交代過，現在是非常時期，沒有魏將軍的批文誰也不能進入。」

荀詡勃然大怒，即使是軍方，也不能如此蔑視靖安司的長官。他大聲喝斥道：「放肆！你這是在妨害公務！論律當斬！」

士兵一下子被荀詡的態度震住了，他拿不準來者到底是什麼身分，囂張的態度有所收斂，但還是拒絕開門。

「我不需要進去，你去通報黃襲，就說靖安司從事荀詡求見。」荀詡沉著臉說道。士兵聽到這個官銜，嚇得臉都白了，趕緊哈了哈腰，鑽回門裡去。

過了兩炷香的功夫，作坊區的大門打開，兩隊手持長矛與寬刀的士兵魚貫而出，分列兩旁，接著一名穿著甲冑、留著短髭鼠鬚的將軍騎著馬從中間走出來，荀詡認出他就是黃襲。

兩個人只是簡單地向對方點了點頭，都沒有下馬，這暗示著雙方的立場都十分強硬。最先開腔的是黃襲，荀詡能感覺他語氣裡那種左遷者特有的陰陽怪氣。

「真是有勞荀從事了，來到我們這個鄉下地方。」

「無妨，聽說我們的人和貴方發生了一點矛盾，我是特意來說明的。」交換過一段寒暄後，直接切入到實質性問題。荀詡直截了當地問道：「我的下屬昨天到達這裡以後被您扣留，請問是什麼原因？」

「哦，他們企圖非法進入工作區。」黃襲裝出一副毫不知情的樣子，雙手一攤。「您知道，這裡是保密等級很高的地區，我們不能隨便讓人進來。」

「可如果我沒弄錯，他們應該攜帶有魏延將軍的准許文件。」

黃襲似乎早料到荀詡會這樣問，他從懷裡掏出那份文件遞給荀詡，然後皮笑肉不笑地說：「您指的是這份吧，我確實是完全按照規章來辦理的。」

「您打傷兩名靖安司的工作人員並把他們扣留了十二個時辰，然後您稱之為按規章來辦理？」

「全看您怎麼理解了。」黃襲聳聳肩。荀詡打開准許文書，指出「特准入軍技、軍器諸坊」的字樣給黃襲看。黃襲「哦」了一聲，指出另外一行字說道：「我想荀從事一定是對這份文件有了誤解。」

荀詡循著他的指頭望去，原來那句話前面還有幾個字寫的是「於日常狀態期間」。

「這又怎麼了？難道現在不是日常狀態嗎？」

黃襲大為得意，他早就在等著荀詡說這句話：「如果您在兩天之前來，那麼這份文件是有效的。可惜昨天早上起我們接到丞相府的訓令，宣布蜀軍進入全動員狀態。相信您也聽說了，我軍即將要展開新的戰略進攻，所以……」

「但是軍技司我們卻被放行了。」

「性質不同，軍技司只是負責武器研發，而我們軍器諸坊卻是必須緊隨野戰部隊步調。」

「藉口。」荀詡心想，口頭上卻一時挑不出什麼毛病。軍隊和靖安司的隔閡由來已久，彼此都在給對方吃癟，現在這個狀況只不過是爭端的延續罷了。

「我們必須要檢查工匠的戶籍記錄，我們懷疑有魏國的間諜近期內會對作坊刺探情報。」

「這點不勞貴司操心，我們的保安措施是沒有瑕疵的，您只要管好您自己的下屬就夠了。」

面對這一句嘲諷，荀詡真有點遏止不住自己的怒氣。他勉強壓住，一字一頓地盯著黃襲道：「你可知道，你現在的行為是在任由敵人竊取我軍的機密情報。」

「您也需要弄明白，您現在是在拖延軍器坊生產計畫，也就是在拖延整個軍事計畫。」黃襲不甘示弱。兩個人身後的隨從們都怒目以對，有性急的士兵已經「唰」地將刀拔出。荀詡的隨從人數少，也沒有攜帶武器，儘管仍舊挺胸而立，但氣勢上卻差了幾分。

雙方僵持了許久，山谷氣氛異常緊張，但總算沒有釀成肢體衝突。

荀詡克制住了揍黃襲一拳的衝動，他知道自己肯定打不過。黃襲自己也清楚，如果兩邊真的動起手來，就算僥倖勝了，也會有軍法擺在那裡等著處置——毆打兩名情報人員和毆打靖安司的從事可不是一個概念。於是雙方默契地各退了一步，荀詡要求黃襲釋放那兩名被關押的部下，對此黃襲沒有拒絕，不過在鬆綁的時候多加了一句。「我們軍方保留控告他們擅自進入保密區域的權力。」荀詡裝作沒聽見。

兩手空空的荀詡回到南鄭，他進城的時候恰好看到成藩站在城樓上巡視。成藩一看荀詡，有點緊張地衝他揮了揮手。荀詡下馬吩咐其他人在一旁等候，然後自己登上城樓，在半截碰到成藩正朝下走。成藩伸手把荀詡攔住，左右看看沒人，壓低聲音說：「可不得了，出大事了。」

「怎麼？」

「我剛才在司馬府聽說你們靖安司和軍方的人打起來了。」

「真是壞事傳千里。」荀詡心裡感歎道。

成藩從懷裡掏出一張公文：「我剛接到一份通知，說如果你返回南鄭後要立即通知你前往司聞曹報到。」

「啊，我知道了。」

「多加小心。」成藩提醒他。「這次的事可不小。」

荀詡忐忑不安地從城樓走下來，撥轉馬頭，直奔「道觀」而去。

當他到達「道觀」的時候，看到姚柚、馮膺、陰輯、馬信、狐忠幾個人都在議事廳等候。大家的面色都不太好看，其中尤以馮膺的臉色最為陰沉。在這群司聞曹高級官員的身邊，是一位身材矮小的中年人，這個人的臉形是一個典型的倒置銳角三角形，下巴尖削，眼窩深陷，眼睛彷彿受到高聳顴骨與寬闊額頭的上下積壓，變成了兩條向兩側傾斜的縫隙，勾勒出令人感覺十分壓抑的線條。

但是這個人卻不能小覷。荀詡趕緊整整衣襟與幅巾，走過去深施一禮，恭敬地說道：「楊參軍。」他正是司聞曹最高負責人丞相府參軍楊儀。

「孝和吶，事情辦得怎麼樣了？」楊儀和顏悅色地問道。荀詡看看馮膺怨恨的眼色，覺得自己沒什麼選擇，於是將事情一五一十地說了一遍。看來楊儀是在城裡聽到什麼風聲，於是立刻趕來查問的。

說完以後，荀詡抬起頭去看楊儀的臉色，心中暗叫不妙。他知道這位上司是個睚眥必報的人，尤其是這一次，令他的部門丟臉的是他死對頭的下屬，楊儀會有什麼反應，荀詡實在是難以猜度。

楊儀慢慢用手墊起下巴，臉上似笑非笑。「孝和，你現在立刻寫一份報告給我，盡量簡潔點，但一定要概括全部要點。」荀詡不敢不從，於是趕緊退到旁邊的記室，鋪開一張素紙，伏案寫起來。外面沒有腳步聲，想來其他官員全都站在楊儀身後不敢離開。

等到荀詡寫完拿出去交給楊儀，楊儀看了一遍，唔了一聲，將其折好放到袍袖裡，然後起身離開了「道觀」，其他什麼話也沒說。

等到楊儀一走，這群官員才鬆了一口氣。馮膺氣得指著荀詡鼻子顫聲道：「你，你看看你做的什麼好事！」

「調查工匠戶籍，排查其中有可能與魏國間諜接觸的人。」荀詡平靜地回答。

馮膺怒氣沖沖地說：「你現在把事情搞得一團糟，讓我們這些在上面的人很被動！」

姚柚這時伸出手攔住馮膺。「慨然，不要說了，此事也與孝和無太大責任。我看是軍方那些傢伙欺人太甚。」馮膺這才罷手，仍舊怒目以對。狐忠站在荀詡身旁還是那副輕鬆的口氣：「孝和，這回你可厲害了，挑起了司聞曹與軍方的全面對抗呀。」

「我若有這麼大能耐，早抓到老鼠了……」荀詡沒好氣地回答。馬信本想過去拍拍他肩膀，但看到馮膺的怒目就把手縮回去，他在司聞曹裡算是個老好人，人挺熱心，就是沒什麼魄力，老愛看上司眼色行事。

姚柚不喜歡閒談，他直接問道：「無用的話不要說，孝和，你目前查到些什麼嗎？」

「剛剛確定了弩機技術可能洩露的三個源頭，其中軍技司我們已經保護起來了。其他兩個源頭如您所見，軍器諸坊被拒絕入內，而配置了弩機的部隊就更不要說了。」

「魏國老鼠的行蹤呢？」

「已經通知各個關口嚴查，南鄭的各大客棧與酒樓等公共場所也布下了暗哨。目前還沒有什麼收穫。」荀詡又死性不改地加了一句。「放心，我們會捉到老鼠的，只要我們有耐心……與配合的合作夥伴。」

「這個時候就不要說這樣的話了……」陰輯不太高興地教訓道，荀詡對於這位情報工作的老前輩不敢不尊敬，於是乖乖閉上嘴。

陰輯咳嗽了一聲，像是給學員上課一樣緩緩說道：「以我們在隴西的經驗，派駐一名與當地居民有相同文化背景——比如我們就曾經發展過羌人——的間諜往往會更容易在當地得到支援，所以我建議你最好去查一查五斗米教的信徒，也許曹魏的同行們思路跟我們一致。」

荀詡看了馮膺一眼，不知出於什麼心理，回答道：「已經針對這種可能調查過了，基本排除了這種可能。」馮膺在一旁露出如釋重任的表情。

「說起來……楊參軍怎麼沒聽完孝和的報告就走了。」馬信張望了一下門口，姚柚接口冷冷地說道：「這不是他關心的，楊大人還有更重要的事要做呢……」

他的口氣說不上是陳述事實還是諷刺。

第七章　信仰與衝突

諸葛丞相的丞相府位於南鄭城的正南，一圈高大的圍牆將其與外面的城區隔開；圍牆全部由四指厚的青磚築成，異常厚實。府外連接著城內的所有主要衢道，四角還有四棟十九丈高的哨塔，日夜有衛士監控。當年這裡曾經是張魯祭天的場所，後來被改做了丞相府在漢中的治所。丞相府最早的辦公地點是設在南鄭城正中的張魯寢宮，後來謹慎的諸葛丞相為避免被人說有割據之心，便從寢宮搬到了現在的地方。

蜀國的首都在成都，但每當諸葛丞相到漢中主持國務的時候，這裡就是整個蜀國的實質心臟。不過這棟建築本身並不像它的功能那麼華麗，只不過是三排普通的磚石結構平房，以平實的瓦頂走廊連接，全部漆成了冷色調。每一棟房子之間都種著三棵桑樹，門前日夜十二個時辰備有快馬與信使。這從一個側面顯示出丞相府的行政效率與務實態度。

楊儀來到丞相府大門前的時候，已經接近午夜時分。不過按照丞相府的作息表，現在仍舊是辦公時間，所以當楊儀提出要求見諸葛丞相的時候，侍衛一點也沒有露出驚訝的神色。

楊儀接受完檢查以後走進大門，輕車熟路地沿著長長的走廊向諸葛亮的書房走去，內心滿懷怒氣。荀詡在第六弩機作坊的遭遇讓他極為惱火。楊儀這個人氣量狹小，又精神敏感，容不得別人對他的勢力範圍有哪怕是一點置疑。這一次的丟臉事件尤其不能被楊儀接受，因為與司聞曹對抗的軍方背後是他的死對頭魏延。

魏延與楊儀的恩怨最早要追溯到先主劉備時期。當時楊儀是蜀漢荊州軍區負責人前將軍關羽的幕僚，後來他得到先主劉備的賞識而得以升遷為左將軍兵曹掾；等到劉備進位漢中王以後，他進一步升至尚書，一時極為風光。大約同一時期，一直在軍中默默無聞的魏延忽然嶄露頭角，被劉備委以保衛漢中的重任，從一介中級軍官一躍而成為鎮守漢中的鎮遠將軍。他的傳奇經歷成為了公眾的焦點，讓楊儀的故事為人所淡忘。

從那時候起，楊儀就開始對魏延懷有妒恨之心。蜀吳開戰以後，楊儀得罪了頂頭上司尚書令劉巴，以「健康原因」被任命為弘農太守——這是一個帶有黑色幽默的頭銜，因為弘農處於曹魏的勢力範圍；這時候主持蜀漢北部邊境防務工作的魏延卻在軍中贏得了很高的口碑，地位日升，這讓楊儀的妒恨增加了數倍。

劉備敗死白帝城之後，蜀國正式進入了諸葛亮時代。諸葛亮看中了楊儀的物流統籌才能，於是將他調來丞相府處理屯田、物資運輸與管理等瑣碎的後勤事務；而魏延則作為漢中及隴西地區的軍事專家被納入諸葛亮的幕僚中來。這是兩個人第一次面對面地共事，魏延從第一眼起就極為厭惡楊儀，於是兩個人幾乎在一瞬間就變得水火不容。

諸葛亮一直企圖彌補這一裂痕，但最多只能讓這兩個人在他面前稍微收斂一點，背地裡還是竭盡全力給對方難堪。曾經有一次，無奈的諸葛亮問魏延：「你到底為什麼如此討厭威公（楊儀的字），難道是天生的嗎？」

「是天生的。」魏延認認真真答道。

黃襲毆打靖安司的調查人員，這在楊儀看來無異於是魏延在抽他的臉，他甚至感覺到臉上已經開始抽搐了。

「一定要讓這個該死的奴才付出代價！」

楊儀惡狠狠地自言自語，然後朝地上啐了口痰。

他走到諸葛亮的書房前，看到書房前還亮著燈，諸葛丞相是少有的勤勉官僚，每天要一直工作到凌晨才會稍作休息。於是他請門童前去通報一聲，門童看了看他，臉上浮現出奇怪的尷尬表情。「楊參軍，丞相等您多時了。」

楊儀微微詫異了一下，抬腿朝屋子裡走。他另外一條腿還沒邁進門檻，一抬頭，就立刻明白為什麼門童的表情如此奇特了。

只見諸葛丞相端坐在一張紅檀案几之後，身披禦寒用的絨裘，手搖白鵝扇；在他旁邊站的是一個身披甲冑的黑臉膛大漢，正是魏延魏文長。

「……」

楊儀和魏延目光交錯，兩個人都沒有說話。與楊儀不同的是，魏延臉上掛著一絲遮掩不住的得意。諸葛丞相放下鵝毛扇，雙手攤開向下擺了擺，示意兩個人落座。楊儀反應比較快，先跪到了左邊，魏延只好選擇了右邊。

「威公，今天在第六弩機作坊的事，我已經聽說過了。」諸葛丞相和藹地說道，楊儀將身體前傾，急道：「丞相，不要聽魏延的一面之詞，那個傢伙分明是在袒護下屬犯罪！」

魏延眼睛一瞪，霍地站起身來叫道：「鼠輩，你想惡人先告狀嗎？」楊儀不理他，繼續對諸葛丞相說：「靖安司的人是循正常程序要求檢閱戶籍，結果黃襲以種種理由刁難，不僅打傷調查人員，還非法羈押，簡直不把律令放在眼裡。」

「少在這裡胡說八道！分明是你們要強行闖入，干擾我軍作戰準備工作。」

魏延嚷道，看他的表情，就像是要吃了楊儀一樣。諸葛丞相趕緊拿起鵝毛扇橫在兩人之間，語氣加重。「你們兩個，都給我冷靜點！」兩個人這才悻悻跪回去，魏延還把手按在佩劍把上，作勢要拔劍嚇唬楊儀。

「現在我們最大的敵人是北方的曹魏，需要全軍上下齊心一致，才能取得勝利。你們兩個整日內鬥，在蜀軍內部製造對立，這豈不是讓親者痛而仇者快嗎？」諸葛丞相語氣溫和，態度卻十分嚴厲。「靖安司和軍器諸坊雖然分工不同，但都是為皇帝陛下效忠。弩機作坊的事情，就是個誤會。」

諸葛丞相為這件事定了性，但楊儀不甘心，仍舊辯解道：「丞相，大概您還不瞭解這件事的嚴重性。目前有身分不明的魏國間諜在南鄭活動，伺機要偷取我軍最新型弩機技術。如果不盡快揪他出來，恐怕後果不堪設想。」

魏延冷笑一聲，做了個不屑的手勢。「那你們現在有什麼成果？老子家的狗都比你們捉到的老鼠多……丞相，為了準備即將開始的春季攻勢，弩機等技術兵器在諸軍裝備所占的比例必須達到四成到四成五，軍器坊的生產進度一刻都不能耽擱。」

這次輪到楊儀不屑了。「庸碌之輩，若是我去管理，這個指標早就達到了。」

「呸！王平的無當軍前天很多人食物中毒，是誰供應的糧草，又是誰負責的品管？」

「誰知道呢，也許是什麼人嫉妒王平將軍的功績，故意去給他下毒吧。」

楊儀別有深意地斜眼瞥著魏延，鬍子一翹一翹，顯然對自己的反擊很得意。兩次北伐，王平是蜀軍中唯一得到晉升的將領，而魏延不僅自己提出的軍事計畫被否決，而且也因蜀軍的敗北而被降職。軍中一直有流言說魏延對王平懷有不滿。

魏延聽到他這句話，一下子勃然大怒，起身一腳踢開案几，兩大步衝到楊儀跟前，伸出巨掌一把掐住楊儀纖細的脖子，唰地一聲拔出佩劍將劍刃橫在了他的咽喉處。

「你這狗奴才！你再說一遍！」

兵鋒就在自己要害之處，楊儀的臉色一下子變成慘綠，嘴唇大幅度地顫抖著，卻什麼也說不出來。諸葛丞相沒料到魏延動作這麼快，先是一驚，然後才急忙喝道：「魏延！你在做什麼！快把他放下來！」

聽到丞相的喝斥，魏延拿劍刃在他咽喉處比劃了一下，這才鬆開手。楊儀一下子癱在了地上，掙扎著爬到諸葛丞相身邊，驚魂未定地抱住小腿喘息道：「丞相救我，丞相救我……」剛才還洋洋得意的他現在一下子涕淚縱流，狼狽到了極點。作為一名終日只在後方與文書打交道的技術官僚，這種劍刃頂在咽喉的真實威脅感讓他的恐懼被無限放大。

「文長，持械威脅官吏，你該知道後果吧？」

諸葛丞相沉著臉斥道，這個鹵莽的傢伙居然在他面前做這樣的事，丞相覺得就連自己的權威也被挑戰了。魏延聽了丞相的話，乖乖地放下佩劍，單腿跪在地上，做出服罪的姿態，眼睛卻一直盯著楊儀，津津有味地欣賞著他的醜態。

諸葛丞相低頭看看蠕動的楊儀，無聲地歎了一口氣……

這件事第二天在南鄭城中不脛而走，很快人人都知道丞相府的楊參軍被魏延將軍嚇哭了，一時成為街頭巷尾最為熱門的話題。諸葛丞相並不想把這件事公開，於是只對魏延做了內部懲戒；不過魏延和其他軍人似乎把這當做一種榮耀，屢屢炫耀。

相對的，整個司聞曹和靖安司的人都覺得抬不起頭，跟著這個上司一起丟人。不過這也不完全是壞事，作為這起事件的後果之一，軍方終於批准靖安司進入第六弩機坊調查工匠檔案——有人說這是迫於諸葛丞相的壓力，不過軍方的人堅持認為這是因為「看完雜耍後總該付帳的」。

無論怎樣，這對荀詡的工作來說是個正面影響。正好狐忠派來支援工作的兩名軍謀司情報分析員也前來報到，於是在二月二十七日，荀詡派遣他們前往第六弩機作坊，重新做戶籍分析。

在送走了他們之後，荀詡立刻派心腹去祕密召喚靖安司的都尉裴緒。他在心裡一直醞釀著一個計畫，目前的工作沒有實質進展，他需要一個大突破，所以必須要主動一點才行。

裴緒今年二十五歲，籍貫是河東聞喜，從小隨父母移居益州，兩年前加入靖安司工作。除了幽默感以外，裴緒與上司還算有默契；他做事一絲不苟，擅於計算，一直負責行動組的計畫設計。除此以外他還會一些格鬥的技巧與丹青繪圖，後一項據說是祖傳技藝。

「荀從事，您找我？」

裴緒一進門就問道，荀詡點點頭。裴緒今天穿的是一件素色的短襟，兩個袖口與手肘處都沾著墨水，顯然他剛才正在忙於圖上作業。

「你那邊工作忙得怎麼樣了？」荀詡叫人給他上了一杯茶。

「還算順利，已經繪好了南鄭三個城區的地圖，只是因為分率設定太高，所以進度比較慢。」

「呵呵，你的製圖技藝果然精湛，連諸葛丞相都稱讚不已。」

裴緒不好意思地笑了笑，謙遜地回答。「哪裡，這都是我河東老家世代相傳的『製圖六體』，我只不過是加以應用而已。」

他們都不知道，在距離他們一千多里以外的河東聞喜，裴緒同族一位叫裴秀的五歲少年將在幾十年後將「製圖六體」發揚光大。

一杯茶喝完，荀詡切入了正題，他把自己的計畫透露給裴緒。裴緒聽完以後，頗有些震驚，他不敢相信似的望著荀詡，半天沒有說話。

「你覺得這計畫可行嗎？」

聽到荀詡的問話，裴緒艱難地點了點頭。「從技術上來說，是沒有問題的。可您也知道，現在這種環境之下，風險太大了，昨天不才剛鬧出楊參軍的事情？現在再去刺激軍方……」

「風險總比兵出子午谷小一點吧。」荀詡笑著說。兵出子午谷是一個蜀中的典故——在第一次北伐開始前，魏延曾經提出取道西漢水下游的子午谷襲取長安的計畫，這個計畫因為風險太大而被諸葛丞相否決。從此「兵出子午谷」在蜀國就成為高風險的代名詞。

「但這牽涉到五斗米教，馮大人知道這件事嗎？」

「我告訴他我不會碰五斗米教……」荀詡狡黠地笑了笑。「不過我沒保證不去調查他們。」裴緒開始覺得額頭有汗水流下，自己這位上司的膽量有些太大了。

荀詡又為他倒了一杯茶，誠懇地說：「叔治，我只是想盡快把老鼠揪出來，其他一切問題都是次要的，你必須要協助我。」面對這個要求，裴緒猶豫了一下，最終還是年輕人的熱情占了上風。「好的，我會盡力而為。」

「很好，多謝了。你立刻去行動組找幾個可靠的人，就說執行保密任務，把他們叫過來。你們將組成一個獨立的行動組，只向我負責。」

「明白了。」

「你預估一下可能的形勢，盡快擬訂幾份不同情況下的行動備案。必要的裝備我會調撥給你。」

「好的，需要細節嗎？」

「暫時不需要，我會親自去處理前期工作，完成以後你們再商議具體的行動細節。」荀詡說到這裡，強調道：「這一切都必須在保密狀態下進行，即使是靖安司的其他人也不能知情。如果被馮大人知道，那就肯定夭折了……當然，你放心，我會承擔一切責任。」

「一切都為了漢室的復興。」裴緒嚴肅地回答。這句口號自第一次北伐以來，一直為廣大少壯派的軍官與官吏所喜歡。

「很好，你去準備吧。」

「還有一個問題。」

「是什麼？」

「我們行動組的代號是什麼？」

「……呃，第五台吧。」

靖安司編制一共有四個台，第一台分管盯梢、監視與搜集情報；第二台分管鑑定筆跡、文書以及心理畫像；第三台負責具體的追捕行動；第四台則提供後勤支援和與其他司的聯絡應接工作。荀詡的意思很明顯，裴緒的這個組將是靖安司內隱形的第五台。

裴緒走了以後，荀詡又處理了幾件其他的工作，各地目前核查戶籍的工作還沒完成，關卡也沒有可疑人物的報告，潛伏在魏國的「黑帝」陳恭下一份情報預定要三月份才能到手。荀詡看得眼睛發酸，不得不擱下卷宗揉揉眼睛，不由得歎息一聲：他一直覺得靖安司的工作就像是清道夫，無論怎麼辛苦勞動，別人都看不出來，可一旦罷手不幹，別人就立刻看出來了。

他看看外面天色，起身從身後的竹架上取出一個木盒，裡面裝的是一疊裁成八寸見方的謙帛，這是荀詡一直以來從自己俸祿中節餘出來的私人收藏。他取出一張小心地鋪到案几上，然後提起毛筆開始寫信。這不是公文也不是報告，而是寫給他成都妻兒的家書。

對荀詡來說，這就是最好的休息了。

到了下午，荀詡命人給成藩遞了一張帖子，說希望能夠一起喝一杯。後者愉快地答應了。

荀詡選擇的吃飯地點是在自己家中。他一個人住，從來不開伙，直接從外面訂了酒菜送到家裡。成藩和酒菜差不多同一時間抵達，一進門就大讚酒香。兩個人互相寒暄了幾句，就開始推杯換盞起來。

酒過三巡，成藩面色微紅，扯開前襟，衝荀詡又舉起了杯子。「孝和啊，你怎麼今天想起來找我吃飯？」荀詡笑著拿起銅勺為他又斟了一杯酒，這才說道：「實不相瞞，我這一次是想請你幫個忙。」

「哦哦，說吧，只要我老婆不反對，一定幫到底。」

「是這樣，您和馬岱將軍關係不錯吧？」

「是啊，我也是扶風茂陵人。不過我這一支很早就入蜀了，不像馬超、馬岱一族差不多都死完，呵呵。」

荀詡看看左右無人，對成藩說：「我想請你為我引薦一下馬岱將軍，我想跟他交個朋友。」

「什麼?!」成藩聞言大驚，抬起頭來直視著荀詡。「孝和你……」

「怎麼？」

「你難道沒聽說昨天楊儀的事嗎？現在軍方和司聞曹之間的關係夠麻煩的了，你去見馬將軍，那不是添亂嗎？楊儀和魏將軍誰也饒不了你。」

「嘿，沒關係吧，你看咱們倆不也一樣在一起喝酒嗎？我找馬將軍是有點私事而已。」

「這……」

荀詡見成藩面露躊躇，又說道：「只要成兄不說，我不說，馬岱將軍不說，還不都是一樣？來，飲下這杯。」

「可是……」成藩仍舊下不了決心，他惟恐被魏延知道會對他進行報復，也怕被楊儀穿了小鞋——南鄭衛戍部隊的物資供給全由他來負責——這位參軍的氣量在整個蜀漢是盡人皆知的。

「其實也不用成兄您出面，只消與馬岱將軍修書一封，我自己去拜會便是。」

「那，那好吧。」

成藩這才下了決心。

二月二十八日，荀詡早早起來，來到「道觀」交代了一下工作，攜帶著幾份文書，與兩名身穿戎裝的靖安司小吏前往馬岱將軍的寓所。

馬岱的寓所是一間極普通的民房，與其他將軍的宅邸相比顯得頗為寒酸。門前的柱子漆面殘破，門楣輪廓模糊，就連一般人家掛的紅燈籠與象徵吉祥的穀穗也沒有。走在巷道裡的人稍不留神就有可能錯過這間房子，因為它實在太不顯眼了。屋主若非是極度貧窮，就是個性自閉惟恐引起別人注意。

蜀國靖安司除了注重實證搜集，心理研究也被視為一個重要領域。從一個人的舉止行為與表情言談就可以分析出他的心理狀態，這對於反間諜工作與審訊十分有用。這個理論的最早宣導者是東漢末年的名士汝南人許劭。當時許劭以識人而著稱，實際上就是透過觀察對方行為來判斷其心理狀態，進而對整個人的人品進行評測。這種理論最初只是用來品評人物，後來被跟隨劉備的荊州學者傳入蜀中，被蜀漢司聞曹逐漸發展成一門獨豎一幟的輔助技術。

從一開始注意到馬岱開始，荀詡就覺得這個人一直承受著很大的壓力，而且這種壓力來自於內心的恐惶。上次兩個人一同前往軍技司之後，荀詡更確信這一點。他前幾天叫專門人員為馬岱做了一次心理畫像，得出的結論是——馬岱目前處於一種不安的狀態，對於他的處境缺乏足夠的安全感與信任。他的謹慎、自閉以及低調，是為了避免吸引外界過度注意而讓自己不安感上升而採取的自我保護。他有可能患有某種胃病或者失眠。

不過心理畫像也指出：這種心理狀態不大可能是源自於馬岱的歷史。雖然馬岱有政治流亡的背景，並一度遭到懷疑，但那種心理陰影不足以解釋他現在的這種狀況。結論是，當前一定存在著一個讓馬岱坐立不安的因素。荀詡知道那是什麼。

三個人來到馬岱宅子的門前，荀詡先退到一旁，讓那兩名穿著戎裝的小吏先去敲門。門響五聲以後，馬岱親自開了門，他一看門前站的是兩名戎裝小吏，臉色登時不太對勁。

「馬岱將軍嗎？卑職是司聞曹靖安司的。」

其中一人掏出權杖，一聽這個名字，馬岱身體一晃，勉強鎮住心神，強笑道：「兩位不知有什麼事？」

「是這樣，我們想問您一些關於非法組織五斗米教的事情。」

「這……我與他們素無來往。」

「但有證人證明您在去年九月二十六日曾經與至少兩名信徒進行過接觸。」

「……」

馬岱看起來似乎要暈過去，右手扶住門框幾乎站立不住。荀詡覺得時機差不多了，裝作毫不知情的樣子走過去，爽朗地打了個招呼。

「哎，馬將軍，別來無恙！」

馬岱抬頭看了看他，又看看兩名官吏，臉色更蒼白了。荀詡對兩名小吏說：「唔？你們來馬將軍的府上做什麼？」兩名小吏將事情原委一說，荀詡沉下臉色，喝道：「放肆，馬將軍是國家柱石，你們怎麼未經調查就擅自對高級將領進行懷疑？」

兩名小吏被荀詡訓得唯唯諾諾，馬岱在一旁聽見，總算稍微恢復了一點精神。

「這種事豈能不慎重，把那份記錄交給我，我來親自處理，你們回去吧！」

荀詡說完話，伸手從他們腰間取出那份監視記錄，揮手讓他們離開，然後回頭衝馬岱安慰一笑。馬岱趕緊把他迎進屋去，將門重新閂好。

馬岱的屋裡擺設與外面風格一樣，都是能多樸素就有多樸素。唯一醒目的是掛在廳堂正中的兩幅畫像，一幅是馬騰、另外一幅是馬超，兩個人胯下駿馬，手中長槍，英姿勃發。在畫像下面是一尊香爐和兩塊牌位。

馬岱特意取出一塊茵毯擱到上位，請荀詡坐下，搓著雙手問道：「荀大人怎麼會忽然想到來造訪我這裡？」

「噢，我是成藩成大人引薦來的，上次軍技司承蒙照顧，一直想找閣下好好暢談一下。」

荀詡一邊說著，一邊從懷裡將成藩的信遞給馬岱。馬岱看罷了信，心稍微安定了一些。能認識一個靖安司的朋友，總比不認識得好。

兩個人又寒暄了一陣，荀詡巧妙地利用談話間隙切入正題：「不過馬大人怎麼會和五斗米教信徒扯上關係？」

「這……並沒有任何關係。」馬岱剛放下去的心又提上來了。荀詡疑惑地看了他一眼，又看了看手裡的監視記錄，輕輕歎了一口氣。

荀詡這種慢慢施加壓力的策略顯然奏效了，馬岱屬於極為敏感的人，愛從細節動作來判斷對方的暗示，因此只要用一系列細微的動作，就可以把壓力不露痕跡地傳遞到馬岱身上。

「馬將軍，您知道我的職責，如果沒有令各方都滿意的解釋，這件事我很難把它掩蓋過去……尤其是最近司聞曹和軍方又發生了一點誤會，我的上司對這方面的東西似乎更感興趣了。」

這一番半真半假、半軟半硬的話把馬岱的心理防線衝得七零八落。馬岱不知道，這條監視記錄早就被標記為「不轉檔」；他也不知道荀詡是背著馮膺與整個靖安司來搞這件事的。假如稍有不慎，首先倒楣的不是馬岱，而是荀詡。荀詡就像是一個西域的雜耍藝人，利用馬岱的恐慌在心理鋼絲上走著平衡。

馬岱拘謹地把茶杯與果碟朝荀詡挪了挪，小聲說道：「荀大人……咳……其實，事情不是你們想像那樣的。」

荀詡知道對方已經鬆動，這一次冒險他成功了。

「那麼，真相是如何呢？」

「是這樣……」馬岱跪回到案几之後，用一種乾癟枯澀的語調說道：「去年九月初的時候，我有一天在家門之前發現有人擱了一片傳單，上面寫著五斗米教的符文，大概是吧，我也不清楚。當時我嚇了一跳，就把那東西燒掉了，誰也沒說，後來幾天，這些東西每天都出現，我就有點害怕，你知道的……到了九月二十六日，忽然有兩個人來拜訪我，一男一女。」

「唔，和記錄符合。」荀詡心想。

「他們自稱是五斗米教的鬼卒，宣稱身上帶有我當年的同僚龐德的書信。」

「龐德早在建安二十四年就戰死在荊州了。」

「是這樣的，我也很清楚，於是根本就沒相信。那兩個人的目的是希望我能夠暗通曹魏，為他們充當內線，並許諾以涼州刺史與鄉侯的職爵。我深受先主與諸葛丞相大恩，怎麼可能會聽從他們的話，當然是一口回絕。他們就離開了，就這些。」

「你當時怎麼沒有立即上報？」

馬岱露出苦笑。「荀大人，我跟您說實話，我是怕上報以後，就無時無刻不被你們靖安司的人審查，就算查不出什麼，也會被懷疑。我是害怕呀。」

「唉，馬兄你真是多慮了。」荀詡一邊安慰他，一邊心裡想：「五斗米教的人眼光還真毒，他們算準了馬岱不會舉報，這才大搖大擺地前來，然後大搖大擺地離開。看來魏國利用五斗米教的餘黨在漢中建立情報網的事，又一次得到了證實。」

「我可是全跟荀大人您說了。」

「哦……」荀詡慢慢端起茶杯，啜了一口茶。「我說馬兄，還缺點什麼吧？」

「沒，真的沒有了啊？」

「他們離開的時候，就沒給你留什麼祕密聯絡方式嗎？」

諜報工作的基本常識之一就是保持情報通道的暢通。像馬岱這種優柔寡斷又不敢公開祕密的人，負責拉攏的間諜即使這一次不成功，也一定會留一個單向的聯絡方式，以便日後當目標回心轉意時可以重新接上線。馬岱在荀詡這種資深情報官員面前想隱瞞這些東西是不可能的，光憑他游離的眼神，荀詡就能判斷出他還沒倒乾淨。

「哦，對，對，我倒忘記了。」馬岱尷尬地笑起來。「他們說如果哪天有這方面的意願，就去南鄭城西區駐馬店旁邊那個玄武池旁的梧桐樹下，用紅布條纏住石碑旁的樹根。自會有人跟我聯絡。」

說完這些，馬岱擦了擦脖子上的汗，道：「荀大人，我這回可是真的都說了。」

「哦……」

荀詡知道這一次馬岱確實是都交代了，但從技術上來說，他卻仍舊要表現得將信將疑，以保持壓力。荀詡在馬岱忐忑不安的目光下悠悠喝完了茶，用袖口抹了抹嘴，閉目養了一會兒，這才慢慢說道：「馬兄，我們靖安司知道您忠貞不二。只是眾議未定，你也知道流言的厲害，三人能成虎，到時候演變成什麼樣子，誰都不知道。從我個人來說，也不願見馬兄你背上這些汙名。」

「所言極是，極是。」

「所以呢，我想了一個好辦法。馬兄你不妨與我們靖安司合作，只要你引出那兩名五斗米教的信徒，我以靖安司司長的名義擔保，您的檔案將會是乾乾淨淨，一個汙點也沒有。」

馬岱這時候已經是對荀詡言聽計從，只是一味點頭「是」、「是」。荀詡不無自嘲地想：「現在在我擅自行動的罪名以外，恐怕又可以加一條恐嚇高級軍官了，若是被魏延知道，非把我腦袋砍掉不可。」

馬岱這時候又支支吾吾地說：「不過……荀大人，我有個要求，我和您合作這件事，絕對不能公開，誰也不可以說。」

「這是當然的，只要我們合作愉快，這件事就不會有其他任何人知道。」

荀詡拿著架子點頭，心裡卻暗笑：「就算你不說這點，我也會讓你保密的。若是公開出去，我比你死得更早。」

「那到底什麼時候開始呢？」馬岱問。對他來說，越早完成越好，這樣他就無須擔驚受怕了。

「具體的行動細節，我稍後會派人來通知你……放心，都是內部可靠的人，嘴牢得很。」

說完這些，荀詡起身表示差不多要走了，目的已經完全達到，渾然不知內情的馬岱忙不迭地在後面恭送。

走出大門以後，荀詡這才長長地吁了一口氣，這一次的賭博看來是他勝了。不過這只是第一把，賭博遊戲仍舊沒有結束。他從馬岱這根線可以找到五斗米教的餘黨，那麼那些餘黨是否真的與曹魏派過來的間諜有勾結呢？如果沒有，那荀詡就在一個毫無結果的方向上做無用功。

「不過沒所謂，反正現在做所有的事都是無用功。」

荀詡對自己說，然後就釋然了，情報部門像他這樣的樂天派是很少見的。

在同一天，荀詡派遣的兩名軍謀司調查員抵達了第六弩機作坊，但他們不得不策馬站在路邊捂住鼻子耐心等待，因為一隊運載生豬、野雞、野鴨以及牠們腥臭糞便的馬車正在熱熱鬧鬧地開進作坊營地。這是定期為作坊運送補給食品的車隊，車夫和雜役都是應差本屆徭役的附近村鎮農民。

車隊在作坊的校場停穩以後，頭紮布巾的農民們紛紛跳下車，按照隨車官員的指示開始搬運食品。為了增加效率，作坊的負責人也派了一部分工匠去幫忙。這些工匠有很多是漢中籍的，跟應差的農民們是老鄉，有些人甚至是親戚，於是他們一邊幹活一邊興奮地互相交談、喊叫，或者託對方給家裡人帶個話；在他們背後，被人從舒服的圈欄中驅趕出來的生豬們大聲嘶叫，拱成一團；大嗓門的野鴨無法拍動被繩索縛住的翅膀，於是把一腔憤怒也「嘎嘎」地吼起來；轅馬厭惡地打起響鼻，想盡快離開。一時間整個校場各種聲音響成一片，既熱鬧又混亂。

其中有十幾個農夫負責搬運蔬菜，他們每人扛著一袋乾菜，排成一列縱隊魚貫朝糧倉走去。忽然，隊伍中的一個穿著破爛黑衫的傢伙一腳踏上一泡豬屎，「哎呀」一聲整個身體重重地滑倒在地，滾到了旁邊一輛大車的底下。過了一小會兒，這個倒楣鬼才從大車底下晃晃悠悠地爬起來，從地上撿起乾菜袋子繼續搬運，但他的衣服卻比摔倒前乾淨了許多。又過了一會，從同一輛大車的另外一側，一名滿身泥汙的農夫也慢慢爬了起來，他若無其事地加入到勞動中來。在這一片混亂之中，這個細節根本沒有人注意到，衛兵們光是看豬與鴨子就已經眼花繚亂了。

裝卸工作持續了足足半天，最後這場混亂總算在中午飯開始前結束了。精疲力盡的農民們幾口吃掉分發的粗食，然後紛紛爬到車上去呼呼大睡。得不著休息的車夫們一邊罵罵咧咧，一邊將擱在大車底下的飼料槽抬起來裝回車上，準備出發。這些只比薄棺材小一號的灰色木槽原本是放在車後放飼料的，車夫在出發前把它們都吊到了大車底部以便騰出空間給貨物，空車返回時才重新將這些笨重的傢伙放回車後。

其中一輛大車的飼料槽裡面的草料只有三分之一，明顯比別的車要少。早已有疲憊的農夫相中了這塊好地方，一上車就爬進去躺在鬆軟的草裡打起鼾來。車隊離開作坊的時候，盡責的衛兵仔細清點了進入和離開的人數，前後相符，然後揮揮手拉開木柵欄，讓他們離開。

在第六弩機作坊的糧倉裡，穿著黑色衣衫的糜沖安靜地藏在堆積如山的乾菜與粟米袋子之間，等待著夜晚的降臨。

第八章　衝突與意外

南鄭城西區的駐馬店既是一個功能性建築，又是一個地理名詞。這裡有一處公立的馬車大店，專門用來給各地來往南鄭的車夫們投宿。於是，這個區域逐漸以這個大店為中心發展起一批酒肆、雜貨店、磨房、鐵匠鋪、小集市和畜力榷場，慢慢形成了一個頗為繁榮興盛的平民聚集區。相比起威嚴肅殺的蜀軍營和丞相府，這裡顯得破落簡陋，卻終日洋溢著幾分活力。

馬岱忐忑不安地在人群中穿行，為了掩人耳目，他穿著一套粗布衣服，還用一塊揭布蒙住面部。在他周圍十分喧鬧，滿載貨物的雙轅大車隆隆地碾過黃土街面，街道兩側小販在叫賣著烤紅薯、白水醃魚和混了薑片與鹽的開水，還不時有小孩子舉著風箏跑過。

他對這一切都熟視無睹，低著頭匆匆地朝著「玄武池」走去。

「玄武池」實際上只是一個二里見方的小池塘，池塘裡的水面經常泛起稻草、布片、食物殘渣和汙物，偶爾還會有女人的月經帶。池塘旁邊的大梧桐樹下煞有其事地立了一塊石碑，上面用隸書寫著「玄武池」三個字。這個小池塘是哪朝哪代挖建而成的已經無史可考，究竟是誰給它起了這麼一個名字也無據可查。不過駐馬店附近的居民不會在意這些事，漢中這地方水源稀少，他們能有這麼一個池塘用來洗澡、洗衣服、甚至燒飯，就已經很幸運了，至於池塘究竟該叫什麼名字，他們並不關心。

馬岱來到池塘邊的槐樹下，四下看看。左邊兩個平民蹲在樹根上聊天，右邊一群小孩子興高采烈地挖著蚯蚓；遠處一家酒肆的姑娘正在為酒客們舀酒，鄰近的鐵匠鋪打鐵聲不絕於耳。樹上的烏鴉啞啞地叫著。他深吸一口氣，從懷裡掏出一根紅綢緞，彎下腰裝作繫鞋帶，將那綢緞繫在了槐樹下最靠近石碑的樹根上。

這一個簡單的動作似乎就消耗掉了馬岱全部的體力，他匆忙直起腰，略顯慌張地按原路返回。當他離開池塘邊回到街道上時，忽然一個聲音從他背後傳來。

「馬將軍終於想通了嗎？」

馬岱急忙回過頭去，看到一位少女站在背後笑盈盈地看著他。這名女子二十歲上下，梳著百合髻，身穿素絹襦裙，還有一條綠綢帶繫紮腰間，典型的酒肆女打扮。

「是……是你啊……」

「去年一別，馬將軍別來無恙？」少女問道，笑容明豔，誰也不會想到她竟是五斗米教的鬼卒。馬岱訕訕點頭，也不敢多做回答，拿眼光朝側面瞄去。兩名靖安司的人站在遠處看著他，其中一個人是裴緒。

「這裡說話不太方便，且去我家酒肆一坐吧。」少女說。

「你家的酒肆？」

「就在邊上，大人如不嫌棄，可到那裡一坐，與我爹爹慢談。」少女說到這裡，袖手一指，「那裡沒什麼人，大人盡可放心。」

馬岱隨少女的指頭望去，恰好看到池塘邊的酒鋪子「柳吉」招牌，才意識到她就是剛才那個酒肆女子。酒肆櫃台與池塘之間只有幾棵稀疏的小樹，她只消端坐在櫃檯上就能輕易監視玄武池的動靜，難怪可以這麼快就覺察到馬岱的出現。

「哦，怎麼說呢，是這樣，我只是想警告你們不要再接近我，否則我會把你們都舉報。」馬岱按照事先荀詡的交代裝出嚴厲的樣子說道，然後不等少女有什麼回應，就迅速轉身離開了。少女沒料到他一下子會說出這樣的話，不禁一愣。她雙手抱在胸前看著他離開的背影，敷著白粉的俏臉露出一絲莫名其妙的表情。

站在遠遠街角的裴緒看到這一切，揮了揮手，對另外一名部下說：「走吧，目標已經確認，今天的任務就到此為止。」

「可是……馬岱將軍就這麼走了？難道不該讓他裝作與他們合作的樣子，進一步獲取情報嗎？」那名部下迷惑不解地問，他是被裴緒徵召進第五台的一個人，名字叫廖會，年紀同裴緒差不多大。

裴緒最後瞄了一眼那家柳吉酒肆，回答說：「馬岱畢竟是軍方的人，迫於荀大人的威嚇才與我們合作。如果被魏延或者楊儀或者其他任何一個人知道這層合作關係，我們就有大麻煩了。所以他只要能引誘出潛伏的鬼卒就足夠了。」

「接下來我們該怎麼做？」

「嘿嘿，那就要看荀大人的口味如何了。」裴緒笑著說，他心裡已經有了一個腹案。

裴緒與廖會回到「道觀」，立刻祕報給荀詡。荀詡接到裴緒的報告後，指示立刻查明一切關於柳吉酒肆的資料，然後自己動身去見馬岱。在馬岱家裡，荀詡向他保證靖安司會對這件事保持完全的緘默，後者千恩萬謝，渾然沒有覺察到自己被騙了。

等到荀詡從馬岱家返回「道觀」，裴緒率領的第五台已經整理好了柳吉酒肆的背景資料。

根據資料，酒肆的主人叫柳敏，五十二歲，男性，原籍漢中南鄉，戶籍種類為軍戶。他妻子早亡，有兩個兒子與一個女兒。大兒子柳成在建安二十三年被曹操軍徵召，次年戰死於定軍山；小兒子柳藥目前隸屬陳式將軍的直屬部隊，任屯長，在陽平關北秦嶺南麓的赤岸屯田。柳敏的女兒叫柳螢，今年十九歲，未婚，隨父親在柳吉酒肆做接待工作。

裴緒還弄到了一些官方檔案上找不到的東西：柳螢在當地頗有聲望，很受歡迎。不少士兵和將領為了排遣服役期間的乏味生活，經常跑去柳吉酒肆看她，引發過不只一次爭風吃醋的鬥毆事件。

「可是按規定，軍戶籍的女子十六歲就必須嫁給軍人，怎麼她現在還未婚？」荀詡問。

「有謠言說一位身分頗高的官員也很仰慕她。她曾經上書說自己要侍奉老父，希望能延緩出嫁的時間。那名官員樂於見到她保持單身，於是就對民官施加影響，讓她的申請得到通過，還得了個孝女的榮譽稱號。」

荀詡嘖嘖兩聲，感歎道：「你們連這種東西都打聽得到？」裴緒回頭看了看站在後面的第五台成員，笑著回答：「因為我們台內也有她的仰慕者，每個月都會為了她而去柳吉喝酒。」其中一大半人臉色發紅，情不自禁地低下了頭，只有一個人昂著頭一動未動。

「今天是三月一日，時間刻不容緩。普通的手段奏效太慢，我們要冒險嘗試一下比較極端的辦法。」

荀詡搓搓手指，強調說，他強烈地預感到那個隱藏在黑暗中的敵人已經開始蠢動了。

「我已經計畫好了，相信這個辦法應該會取得好的效果。」裴緒遞給荀詡一份計畫書。荀詡翻開來看了看，滿意地點點頭。「唔，這和我的想法差不多，就這麼辦吧，英雄救美，好！」

裴緒的計畫是利用人類最原始的感情之一：愛情。他瞭解到柳螢每兩天都會出城一趟，去官營酒窯領取當日的份額——私人釀酒在蜀國是被嚴厲禁止，只能由官營酒窯生產為數不多的新酒，各地酒肆按配額領取——她一般要接近傍晚才會返回南鄭。裴緒計畫由第五台的幾個人化裝成閒人前去糾纏她，再派另外一個人冒充軍中都尉解救，以此得到她的信任，然後伺機獲取情報。

由於時代所限，蜀國靖安司在應付敵人女性間諜方面經驗不足，因為根本沒有女性在政府及軍中擔任職位。他們只有過幾次訓練女性間諜去誘惑敵方將領的案例。派遣男性調查員去接近女間諜，這是史無前例的一次。荀詡認為已經沒有時間慢慢談情說愛，一定要讓柳螢在最短時間內落入圈套，必須採取極端手法，裴緒就根據這一精神擬訂了這一計畫。

「那麼馬忠、廖會、高堂秉，你們三個就化裝成糾纏者；至於解救者的工作，就交給我們英俊的阿社爾好了。」荀詡分派任務。

大夥轟地笑了，那個叫阿社爾的小夥子不好意思地抓了抓頭。他是南蠻人，諸葛丞相在南蠻徵召「無當飛軍」時他也應徵入伍，後因在情報領域表現出眾而被分配到了靖安司工作。他有著古銅色的強壯肌肉和一張娃娃臉，身材高大，頗得漢中女性們的青睞，是這一次行動最好的人選了。

忽然，高堂秉舉起手，他是隊伍裡唯一一個一直昂著頭保持著嚴肅表情的人。

「我有一個問題。」

「問吧。」

「為什麼我們不直接捉拿柳敏、柳螢父女，我認為拷問也可以獲得我們所要的情報。」

「問題是他們現在對魏國間諜的事瞭解多少我們根本不知道，得放長線釣大魚。」裴緒回答，高堂秉默默地點點頭，退回到隊伍裡，不再作聲。

荀詡走到他們面前依次拍了拍肩膀，用激勵的語氣說道：「這一次就看你們這些靖安司精英的了。」

「一切都為了漢室的復興。」四個年輕人齊聲說道。

正當靖安司的青年們高喊出這句口號的同時，老何正在這條標語之下辛勤地幹著活。這條標語用石灰寫在了第六弩機作坊的牆壁上，字體極大，每一次作坊負責人訓話的時候都會指著牆上的這十個字叫他們這些工匠反覆唸上幾遍。

老何是第六弩機作坊的一名甲級工匠，他工作的部門負責組裝「元戎」，也生產「蜀都」。這兩種武器雖然威力巨大，製造起來也異常麻煩，需要一絲不苟和極度的耐心。最近軍方催得很緊，老何平均一天要埋在零件堆裡做上六、七個時辰，往往下工的時候整個人已經直不起腰來。他對此有些不滿，繁重的勞動讓他感覺自己快被累死了，一看見弩機的零件就禁不住湧起厭惡之感。有時候，老何甚至想乾脆自己站到試射的弩機面前，讓弩箭把自己射穿算了——作為一名弩機的工匠，他知道這機器完全有能力做到這一點。

他這種心態從昨天開始有了轉變。昨天運送食品的車隊來到第六弩機作坊，其中一個人是他的遠房親戚，名字叫于程。于程以前是個五斗米教徒，在運送食品的時候，他偷偷遞給了老何一張揉在手心裡的紙。老何回到宿舍以後才敢展開來看，上面寫的是：「今夜糧倉見」。

老何不知道這是什麼意思，于程什麼都沒說，只是衝他使了一個眼色。到了晚上，忙活了一天的工匠們紛紛回床休息。老何輾轉反側，最後還是決定按照紙條說的去看看。他從床上爬起來，對旁邊的人說去起夜，然後披上衣服悄悄地走出門去。作坊的佈局他非常熟悉，知道怎樣走能避免巡邏隊和哨塔的視線，他七拐八拐就在衛兵毫無覺察的情況下到達了糧倉。

糧倉門口沒有衛兵，他悄悄打開門，走進糧倉內部，黑暗中只看得到堆積如山的糧食袋子。老何不知道該怎麼辦才好，只得四處走一下，還不時咳嗽一聲。這時在他背後忽然出現了一個人，把老何嚇得魂不附體，幾乎要大聲喊叫起來。那人衝過來把他嘴捂住，按到角落。

「噓，自己人。」

老何驚訝地瞪大眼睛，現在他的眼睛逐漸適應了黑暗，能勉強看清來人的臉。這是一張完全陌生的臉孔，而這個穿著黑衣服的人自稱是自己人。

「你是誰……」老何膽怯地問。

「我是誰並不重要，重要的是你想不想？」陌生人的雙眼有一種極尖銳的穿透力，老何有些不敢與他對視。

「我想不想什麼？」

「你想不想離開這個鬼地方，去過富足的生活？」

老何臉色有些蒼白，這個人究竟在說些什麼？黑衣人又接著說：「你是否願意在這個荒唐的國度裡終老一生？」

「喂，這種大逆不道的話不要亂說！」老何結結巴巴地斥責道，同時心跳開始加速。

陌生人笑了笑，上前一步，像是在說耳語一樣對他說道：「你就這麼忍心看著你的妻兒在北地受人欺凌，過著沒有丈夫與父親的孤苦生活？」

這句話沉重地打擊了老何，他一下子感覺到頭有些暈眩，兩滴濁淚不由自主地流出來。他原本是扶風人，當年魏太祖武皇帝曹操討伐漢中，他和他的家人隨軍來到南鄭。結果魏與蜀爭奪漢中失敗，被迫將漢中百姓向關內遷移。他的家人也在遷移之列，而他卻因為夏侯淵將軍的失敗而被蜀軍俘虜，接著一直以工匠身分工作到了現在。

「你到底是誰？」

「實不相瞞，在下是魏國派來的使者，特意來迎你回去。」

「別開玩笑了，我只是一個小小的工匠，怎麼可能會找上我。」老何不敢相信。

陌生人指指外面。「因為你擁有我們所不知道的東西：製造弩機的技能。現在我國十分想拿到『元戎』和『蜀都』兩件武器的製造工藝，你一定瞭解。」

「這……這可是叛國罪啊……要殺頭的。」

「呵呵，叛國？叛什麼國？你本是我大魏之人，只不過是流落蜀國罷了。現在你只是回歸故土。」陌生人停頓一下，繼續說道：「如果你肯回去，我們可以讓你做弩機作坊的曹掾，另有厚祿相贈，還保證你們一家可團圓。」

老何看起來有些動心，但他苦笑著說：「回歸？說得輕巧啊，我怎麼回去，我連這個作坊的柵欄都不能靠近，外面管制那麼森嚴。」黑衣人做了個放心的手勢，說道：「這一點你不用擔心，只要你有回歸之意，逃跑計畫我自會籌畫的。你的遠房表哥于程是五斗米教信徒，他們會全力協助，你盡可以放心。」

「我憑什麼要相信你？」

「你不需要相信我，我提供給你一個機會，至於要不要就全看你自己了。」黑衣人指指門外遠處的哨塔。「你若不信，就去那邊告發我好了，然後在這裡當一輩子工匠。」

黑衣人最終說服了老何，一方面是因為黑衣人的眼神與話語有很強的說服力，另一方面老何覺得自己沒有什麼選擇。兩個人大略談了一下如何逃跑的細節問題，黑衣人還詳細地詢問了他關於弩機圖紙存放地點的事。老何說自己只是一名工匠，只有在需要的時候才能申請拿圖紙來參考一下，平時很少有機會接觸得到。他上一次看到圖紙還是在軍器坊總司。

這一切商談完畢以後，黑衣人退回到黑暗中去，他將在這片狹窄的空間裡靜待另外六個時辰，等待接頭的人來把他弄出去。老何則滿懷著期待與惶惑離開糧倉，為他今後幾天的逃亡計畫做心理和生理上的準備。

第二天，也就是三月一日，老何和其他工匠早早被監工叫起來開始幹活。吃早飯的時候，老何瞥了一眼糧倉，心想那個傢伙一定還在裡面吧。如果換成自己，在那種狹窄黑暗的地方不吃不喝呆上兩天，他非瘋了不可。想到這裡，老何對他多了一層敬畏。

到了中午，裝滿了食物的大車又隆隆地開了進來。這並不尋常，因為通常第六弩機作坊每八天才會運送一次糧食，而昨天剛剛補給過一次。據押糧官說，這是一位高層人士特別的關照，希望以此來激勵士氣，盡快完成軍方的任務。主管黃襲雖然覺得奇怪，但多些糧食也沒什麼不好。衛兵們檢查了一遍，都是些上好的肉類，甚至還有幾罈酒。於是作坊的人高高興興打開營門，讓車隊進來。

但一個問題很快就出現了，糧倉裡已經裝滿了東西，新運進來的物資裝不下了。這時候一個自稱叫黃預的里長建議說不如直接把車隊開到糧倉門口，然後由他手下的農夫負責重新整理一下存貨。黃預保證整個工作肯定在落日之前完成，黃襲欣然同意了。

於是黃預率領著他的手下將馬車趕至糧倉前，將倉庫裡的東西重新抬出，接著按照不同的食品種類分門別類。這是一件相當累人的活，二十多名農夫前後不停地搬運，沒有停手的時候。作坊的長官有些過意不去，問是否需要派些工匠來幫忙，黃預回答說不敢耽誤工期，婉言拒絕了。

大約收拾了一個半時辰，黃預又向黃襲報告說倉庫裡清理出許多過期無法食用的食品。黃襲心想幸虧檢查出來，不然若是工匠誤食那可就要耽誤工期了，趕緊要求他們給清掃出去。黃預說這些東西雖然人不能吃，但拿回去可以餵豬，黃襲正愁沒地方扔，於是忙不迭地答應了。

於是黃預指揮手下人將倉庫裡發霉的食物成袋子成袋子地扔到車上，再將新鮮食物抬進倉庫裡去。足足又持續了一個半時辰，搬運工作才算徹底做完。農夫們都已經累得說不出來話，只能一個個橫躺在馬車上靠著裝著腐爛食物的袋子喘氣。

車隊離開的時候，營門的衛兵一手捏住鼻子，一手厭惡地用長槍碰了碰那些腐臭的垃圾袋，隨手就放行了。黃襲滿意地在核准文書上蓋了章，說有機會一定在上頭替這一期的徭役多說幾句好話。

車隊開出第六弩機作坊大約十里，黃預喝令全車轉下官道，到旁邊的一片樹林中休息，讓轅馬飲水。此時夕陽已西，車隊被樹林遮擋，沒有舉火，即使是從二十步以外看也看不清其動靜。忽然，某一輛馬車上的一個袋子動了一下，黃預走過去將袋口繩索解開，把已經在糧倉裡潛伏了兩天的糜沖扶了出來。他神色有些憔悴，肌肉僵硬，但精神還好。黃預取來水將他身上腐爛食物都沖乾淨，又拿出一些乾糧與清水給他吃下去。

黃預沒有問糜沖會面是否成功，他相信如果是這個人來做，一定會成功的。

與此同時，在距離這個車隊停留處十七里以外的南鄭城中，柳螢正在狹窄的巷道中行走。

她剛剛去官營酒窯領取了配額，叫人送回了柳吉酒肆，然後她又與窯主討價還價了半天，終於多爭取到下一窯配額增加五罈。結果因此而耽誤了點時間，現在距離宵禁還有一小會兒，她加快了腳步，希望能在天黑前回到家中。

在她的身後，四名男子保持著一段距離，緊緊跟著。其中三個平民打扮的是馬忠、廖會、高堂秉，而旁邊那個南蠻人阿社爾則是一身帥氣的鎧甲戎裝，頭頂的卻敵冠分外華麗。

等到柳螢拐到一條比較偏僻的道路時，馬忠、廖會、高堂秉快步跟上前去，而阿社爾則落後他們三十步的距離。裴緒的計畫很簡單，馬忠、廖會、高堂秉會去騷擾柳螢，然後讓阿社爾出面解圍。

三個人越走越近，正當他們要加速超過柳螢的時候，在前面忽然出現了四個人。他們都穿著蜀軍軍服，走路踉蹌，顯然是剛剛喝醉了酒。這些蜀軍士兵一看到柳螢，都發出哄笑聲，四個人站成扇形朝柳螢走過來。

柳螢顯然注意到這四名士兵不懷好意，她下意識地站住腳，定了定心神，盡量不看那些士兵，繼續朝前走去。

「好漂亮的裙子呀，讓爺聞聞香。」其中一名士兵彎下腰去輕薄地撩起柳螢的裙子，醉醺醺地說道。柳螢大怒，反手就是一個耳光，喝道：「放肆！」

「哎呀！敢打本大爺！你反了！」

被打的士兵大怒，一把抓住柳螢的纖細胳膊，把她拽倒在地。旁邊三個士兵笑嘻嘻地圍過來，柳螢趴在地上驚恐萬分，肩頭不住地顫抖，只有一雙柳葉眼仍舊怒目以對。

「來，陪我們唱個小曲，就放你走。」

「哎，何必那麼急呢，唱完小曲再陪咱們喝兩杯。」

「不行不行，這個人宵禁時間還出來，違反律令了，不好好懲罰是不行的呀……」幾個人圍著柳螢越說越齷齪，柳螢縱然平時在男人之間周旋自如，但這種情境之下她也不過是個二十歲的弱女子罷了，全無反抗能力。

這一個意外變故卻是第五台的幾個人所沒預料到的。馬忠、廖會、高堂秉三個人你看看我，我看看你，都有些不知所措。他們身後的阿社爾不知什麼情況，也停下了腳步。就在他們遲疑的同時，那幾個士兵已經把柳螢腳上的鞋子扒了下來，少女一對玉足完全裸露在男人的貪婪目光之下。

「救……救命啊……」柳螢掙扎著高喊道，一個士兵撲上來，用腰間的髒布條塞住了她的嘴，還淫邪地說道：「大爺天天用這個抹嘴，你也嘗嘗吧。」喊不出聲音的柳螢只能徒勞地扭動著身軀，兩行清淚劃過白皙的臉龐。

「你們給我住手！」

忽然一個霹靂一般的聲音打斷了士兵們。其中一個士兵站起來極度不滿地回頭叫道：「是哪個不知死的敢打斷大爺的雅興？」

「我！」

高堂秉從陰影裡走出來站到他們面前，面色凜然。這並非是裴緒計畫中的後備方案，而是高堂秉實在不能容忍這種事發生在他面前。馬忠與廖會一見他挺身而出，也只得隨之站出來。不明就裡的阿社爾則站在遠處，有些莫名其妙。

士兵大怒，拿起刀鞘當做武器衝高堂秉砸下來，卻被這名靖安司的精英側身閃過。他利用那士兵側翼大空的破綻揮出一拳。只聽「哎喲」一聲慘叫，士兵被一拳打到了牆邊躺倒在地。其他三名士兵見狀不妙，都抽出刀圍上來，高堂秉面無表情地沉著應戰，出招不多，但每一拳出去都必然會有人倒下。沒過一會兒，四名士兵全被打倒在地不能起來。

馬忠和廖會沒有上前幫忙，高堂秉是靖安司乃至整個司聞曹的第一格擊高手，他的師傅就是華陀的弟子吳普，擅使五禽戲。與他對拳是那幾名士兵的不幸。

擊倒了那四名士兵以後，高堂秉走到柳螢身前，將她口中的髒布取出來扔掉，從懷裡取出一個皮囊，冷冰冰地說：「給，漱漱口吧。」

柳螢開始似乎沒反應過來，直到高堂秉重複了一遍，她才接過皮囊將嘴洗了洗，把它遞還給高堂秉，後者。高堂秉伸手將皮囊取回來掛到腰間，他不小心碰到她的手，讓少女一瞬間臉紅了。

「你能站起來自己走嗎？」高堂秉也不攙扶她起來，只是低頭對她說。

「能……」柳螢點點頭。聽到柳螢的回答，高堂秉淡淡說了一句：「請多保重」，然後轉身要離去。柳螢「哎」了一聲，伸手將他喊住。

「還有什麼事嗎？」

「不，沒有了……」柳螢半撐起身體，欲言又止。高堂秉看了她一眼，面無表情地轉身朝巷子的另外一側走去，馬忠、廖會跟在後面好像是跟班一樣。

回到「道觀」，等候多時的荀詡和裴緒問他們進展如何。馬忠將整個事情的經過講了一遍，荀詡低頭沉思沒發表意見，裴緒則咬著腮幫子，一臉說不上是憤怒還是想笑的表情。

高堂秉站出來，目視著前方說：「這一次行動的失敗，責任全在我。是我貿然出手導致阿社爾無法接近目標，無法與其拉攏關係，我願意承擔責任。」

荀詡抬起頭，拿指頭敲敲案几，半是認真半是玩笑地回答：「你真願意負起責任來嗎？」

「當然！大丈夫絕不會推卸。」高堂秉挺直了胸膛。

「你弄砸了計畫，那麼就該由你來彌補。那麼……就由你取代阿社爾的位置，去接近柳螢吧。」

荀詡的這句話讓屋子裡所有的人都大吃一驚。高堂秉個性古板耿直，不苟言笑，除了工作以外沒有其他任何娛樂——至少他的同僚們從來沒發現他有任何娛樂——是一個嚴肅到有些過分的傢伙。而現在荀詡卻要派這個最不可能與女性調情的人去使用美男計勾引柳螢。

「我們的目的是讓目標對我們的人產生好感，不一定是阿社爾，任何一個人都可以。現在既然是高堂秉英雄救美，已經有了感情基礎，派他去是順理成章。」

荀詡試圖給他們解釋，但其他人包括高堂秉自己都露出無奈的表情。這個人事安排實在是太過匪夷所思了。

第九章　意外與愛情

三月二日，馮膺一大早就來到了「道觀」。他身為這件案子的主管，一直不大放心，惟恐已經惹出大亂子的荀詡又會生出別的風波。到時候不只是荀詡的失敗，就連馮膺也會被人質疑他的領導能力。他必須牢牢地把這頭愛四處亂跑的野馬套住，確保牠按自己的路子前進。

軍謀司的從事狐忠也跟隨前往。荀詡從他的司裡借了兩個人，調令上的截止日期是今天，按規定狐忠必須親自前往銷令。

兩個人抵達靖安司的時候，荀詡已經等候多時。他一見馮膺和狐忠，立刻帶著笑臉迎上去，露出一切順利的表情。

「調查的進度可有什麼線索嗎？」馮膺例行公事地問道。荀詡將一份早就寫好的報告交到他手中，然後回答：「目前還沒有任何顯著線索表明魏國間諜的身分，我們甚至無法確定是否真有這麼個人存在。」

「哦？」馮膺抬起頭，帶著嘲諷的口氣問：「你是說你比開始調查時知道得更少？」

荀詡抓抓頭，尷尬地辯解道：「並不完全是……」

馮膺看到他狼狽的模樣，心裡不知道為什麼好受多了，但口頭上還是把他訓斥了一番。荀詡唯唯諾諾，表現得頗為恭順。馮膺滿意地想：「看來自從楊參軍受辱以後，這傢伙是收斂多了。」

接著馮膺又詢問了一下具體調查細節，荀詡說因為無法確定間諜的身分，目前只能對圖紙、工匠與實物進行有針對性的保護。問題是這三樣東西都與軍方牽扯很深，靖安司很難插得進腳。

「我給你派的那兩個人呢？」狐忠忽然在旁邊問道。

「他們剛從第六弩機作坊返回，現在在後屋撰寫調查報告。他們似乎是發現了些什麼，希望這一次是好消息。」

一般來說，沒有消息就是好消息；但對於從事情報工作的靖安司來說，沒有消息就等於是壞消息。

「很好，這次軍謀司和靖安司合作得很好。」馮膺滿意地點了點頭，踱進屋去視察工作。等到他離開以後，狐忠才湊到荀詡跟前，細聲道：「喂，對上司撒謊可不是個好習慣吶。」

「這叫做有側重地進行彙報。」荀詡裝作面無表情的樣子回答。狐忠嘿嘿一笑，拍拍他肩膀，又問道：「去年九月的那條消息好看嗎？」

「非常精彩。」

兩個人對視一眼，彼此心知肚明。狐忠沒有繼續問下去。兩個人在這方面很有默契，這種默契在以前很多次行動中起了決定性的作用。

很快那兩名軍謀司的分析員走出來，分析報告剛剛完成。這份報告篇幅很大，是那兩個人花了整個通宵搞出來的，他們眼睛都紅紅地佈滿了血絲。馮膺這時也回到了外屋，三名司聞曹的高級官員一邊傳閱報告，一邊聽分析人員做簡報。

分析人員將所有工匠的戶籍與個人資料進行清查與歸類，將可能會產生叛逃的工匠類型按照機率大小進行排列，並詳細附加了說明。他們認為可能性最高的是原籍為秦嶺以北、年紀在三十到四十歲之間、擔任冶煉與組裝兩個環節的單身工匠。分析人員表示這種類型的工匠缺乏一個穩固的心理基礎，容易對周遭環境產生焦慮，而繁重的勞動會讓焦慮成倍增加。由於作坊的封閉式管理體制，單身工匠又缺乏家庭作為壓力的緩解劑，叛逃的機率最高。

「這樣的人在作坊有多少個？」馮膺問。

「有十六名，這裡是他們的名單。」分析人員將一片竹簡遞給他，上面密密麻麻用蠅頭小楷寫著工匠的名字與檔案編號。

馮膺接過名單掃了一眼，把他交給荀詡，問道：「接下來你打算怎麼辦？」荀詡為難地說：「最好的辦法當然是對他們實施十二時辰監控，不過軍方的人不會允許我們這麼幹……只能提醒軍方，叫他們自己當心了。」

馮膺斷然否決：「不行，若是被楊參軍知道，誰負得起這個責？」荀詡沒吱聲，這時候一直在旁邊埋頭看報告的狐忠接口道：「我想，不一定要透過軍方吧。南鄭安疫館的所司跟我很熟，可以請他出面，以防治疫病為理由安排一次對工匠的身體檢查。屆時所有工匠都必須離開作坊前往安疫館的隔離區，我們可以在那時候對可疑目標進行聆訊。必要時可以藉口其有疑似疫病予以隔離，再怎麼處置就是我們的自由了。」

「這個辦法好！唔，狐從事，你就去聯絡一下安疫館吧。」馮膺對自己器重的部下很滿意，他拍拍膝蓋表示讚賞，轉過頭換了另外一副語調對荀詡說：「雖然目前還沒什麼收穫，但其他方面的調查不能鬆懈，有勞孝和你繼續督辦。」

「是，目前靖安司的人正在全力以赴。」

荀詡說得不錯，靖安司的人確實是在全力以赴，尤其是其中那個馮膺所不知道的單位。

就在馮膺視察靖安司工作的時候，高堂秉和其他幾個第五台的組員已經抵達了柳吉酒肆，隨便找了個地方坐定。這時候還是清晨時分，酒肆裡根本沒有人，他們幾個人看起來格外醒目。

柳螢從後堂走出來，她沒想到這麼早就有客人，來不及挽髻，只用一根竹掐子把頭髮盤起，然後匆忙走來。

「幾位這麼早就來了？」柳螢熱情地招呼道，同時拿塊抹布殷勤地把榆木案几擦了擦。幾個人訕訕而笑，只有高堂秉還是板著臉，視線平伸，看得出他也頗為緊張。

「我們這早上剛開，灶才熱上，有些菜肴不及準備，還請見……」話還沒說完，柳螢職業性的表情有點凝固，因為她已經認出在周圍幾個熟客之間坐著昨天她的救命恩人。顯然這一刻的沉默讓尷尬的氛圍上升到了頂點，無論是在柳螢心裡還是在高堂秉的心裡，都在飛似地想著問題。

高堂秉其實並非不通人情世故，不過相比自己的其他同僚，他更加喜歡自己的工作。男女之事早已在進入靖安司的時候就規定過：不反對、不主張、不勉強。這三條原則擺在面前，高堂秉對於本職的熱忱幾乎高於一切。

所以，他沒有任何經驗。平日裡其他同僚私下傳閱的春宮圖譜他根本不聞不問。對身體的磨練、古板的脾氣和避而不談的態度，總是帶給人一種產生遐想的空間。高堂秉更願意和那些同是為蜀漢效忠的朋友們接觸，過多地考慮異性會讓自己本就繁雜的日程更加混亂，他是這樣理解的。但是這回讓此次的行動增添了完全不必要的麻煩。

而柳螢又在想什麼呢？這從她有些急促的呼吸和些許泛紅的臉頰上能清晰地感覺到，她扭捏了起來。對於一個昨天剛剛經歷到齷齪之徒非禮的少女，換做普通人乍一見自己的英雄出現在面前，很可能已經被羞得躲進裡屋。可柳螢偏偏不是尋常的少女，她是個很冷靜的人，多年的信仰造就出靜若堅冰的處事態度。可惜，柳螢或許可以坦然對待侵犯，對待掩飾身分的生意，把笑容和內心分得有條不紊，但是她一樣年輕懵懂……如果換作是阿社爾那樣的熟客來當這個英雄，那柳螢也許會猜忌什麼，雖然未必想到他們就是靖安司，也會提高自己的警惕。偏偏高堂秉一時的衝動打破了這潛在的危險。

他們四人就這樣一直和柳螢對峙著，每個人似乎都沒有可以打破局面的話題。假如就這樣一直沉默下去的話，別說任務難以完成，對於高堂秉的懷疑大概也會滋生出來。時間在流逝著，柳螢在很慢很慢地擦桌子，身體微微前傾，左手扶著自己每天要擦不知多少次的桌子，右手緊緊抓著抹布，四方桌的面積不大，但是她擦了許久。藉著每次擦到遠處的時候，柳螢會偷偷向高堂秉望去，她在確認自己沒有認錯人。

高堂秉呢？他也一樣在偷偷看柳螢。作為並沒太多機會接觸到異性的安全部門精英或者非精英，他們能享受到的樂趣無非是看看周圍附近酒肆的姑娘；給自己時刻繃緊的神經一點緩衝，而靖安司的幾個同僚很偏愛柳螢，或許是因為她還沒出嫁的緣故吧，總保留著一點對她的幻想，明知道很不現實卻無法阻止這樣的想法徘徊在腦海裡。

柳螢在十里八鄉也是略有薄名的孝女，正因為如此，她對於掩飾隱藏自己的幕後活動更有心得，待人接物上非常有心思。但是就在剛才，她最冷靜的心理防線幾乎處於崩潰，彷彿全身的血液都奔湧到了心口上……高堂秉，這個在別人眼裡木訥的老實人，在雙方抱持不同目的但是又不約而同各自偷看的時候，目光接觸上的一剎那，他對柳螢笑了一下，僅僅一下而已，足夠讓這位方寸已亂的姑娘徹底遠離清醒。

「請……請問……是柳姑娘嗎……」

可惜此時荀詡沒有在現場觀看，不然他定會為高堂秉擊節叫好。就是這樣，誰也沒想到，首先打破沉寂的人居然是高堂秉。阿社爾、馬忠、廖會都吃驚不小，就連柳螢也是，對於她來講，已經不僅是吃驚的範疇了。別看平時裡她打點上下聰明伶俐，但是她和靖安司的人有著一樣的弱點，沒有真正交過異性朋友。這就好像在饑腸轆轆的人面前擺上美味珍饈，卻把他們捆綁在座椅上只給他們看和聞，當然這是種被動的折磨。換到今天的兩個主角身上，可以說高堂秉的動機很不純潔，柳螢被蒙在鼓裡。但是他們的前提卻一樣——沒有經驗。誰先出手，誰就占據主動，與沙場爭雄的分野就在於，從任何角度來看，它們之間沒有分別。同樣會有生離死別，同樣會有刀光血影，同樣給人帶來痛苦和幸福，同樣是一方不徹底征服一方前永不會停歇。現在，高堂秉給了柳螢無法招架的一招。

「哎……啊……我，我是……」

柳螢的粉臉現在變成了紅臉，由於聽見問話，她猛地起身，帶倒了筷子桶。一時間安靜的鋪面裡又開始彌漫著尷尬。與其說是陪客，是荀詡派來看著高堂秉不讓他出岔子的和事佬，倒不如說是礙事的閒人。

他們現在在撿滿地的筷子，臉上滿是無法表達的笑容。不過正好給高堂秉和柳螢留出了一個短暫狹小的單獨空間。姑娘現在神情扭捏，雙手抓住抹布，全然忘記那不是自己的香帕來回揉搓著。高堂秉的觀察力不錯，這跟他的工作有很大關係，現在柳螢的種種樣貌很明顯。她眼神游移，不敢直視高堂秉，就連隔著一個桌子的人恐怕也能感覺到她的身體在發燙、發抖，不壞的身材在自己略顯加快的喘息中顛簸。

高堂秉其實也很緊張，他不是情聖，也沒什麼人教給過他辦法，這時候大概是本能在作祟。好在他是個男人，哪怕左手抓住自己的褲子，右手緊緊攥成拳頭，手心裡的汗水不斷湧出。他也還是努力抬頭看著柳螢，這使得柳螢更沒有還手之力，想走也不是，想留也不是。

高堂秉並不難看，當然和偶像級別的阿社爾比起來有差距。但是氣質上他要好得多。

五禽戲的用處其實不只在強身健體上，就像昨天高堂秉所演示的一樣，五禽戲動以制敵，靜以養身，別有用心的人還會把它用在為人所不齒的事情上。柳螢面前的男人雖然動機不純，至少心地是好的。高堂秉的眼睛裡閃爍著精光，與常人並不太一樣。阿社爾因為是南蠻血統，給人一種很奔放狂野的感覺。不過在相對封閉的蜀漢地區，高堂秉這樣的老實人要更受歡迎一些。

「那……在下沒有認錯人……」

柳螢含糊地回答著，從聲音上她已經確認這個就是昨天的男人沒錯，不過在白天看上去他好像比昨天的冷漠換了個人，至少她僅存的理智還在思考，他就是恩人，他身邊的人都是我這裡的常客，以前怎麼從沒見過他也沒聽他們提起過，他來幹什麼？我該怎麼辦？昨天爹爹讓我去好好謝謝恩公，我還想去找找，現在我該怎麼辦？恩公就在眼前，我卻什麼也說不出來。

高堂秉繼續說道：「那……那個……昨日在下……路遇姑娘，恰好替姑娘解圍……放……放心不下姑娘受傷，特……特來探望……」

柳螢現在幾乎聽不到高堂秉說話了，高堂秉也很扭捏，她鼓出全身的勇氣小聲說了一句

「恩公你們稍等」，就跑去後廚，這時候她才發覺自己拿著抹布，匆匆去洗了下手，把凌亂的頭髮整理了一下重新紮好。按著劇烈跳動的胸口。

她喘著粗氣，想平復自己慌亂的心情。反手背摸了滾燙的臉頰，暗自告訴自己要鎮定，千萬可別是真的喜歡上了這個男人。但是當柳螢偷偷向外看去，阿社爾他們在交頭接耳，高堂秉還是端坐在那裡，看得出他也有點局促，剛緩和了一丁點的心又開始猛烈地揪了起來，一股衝動從心口噴薄而出，擴散到全身。柳螢幾乎坐到了灶台上，她沒什麼力氣了，綿軟無力的身軀勉強支撐在門框附近。

這個可憐的姑娘她確實對「平常得不能再平常」的高堂秉一見鍾情了。高堂秉並沒有用什麼複雜的攻勢，柳螢也並非是對「恩人」的報恩才愛上他，命運就是這樣幽默，大概過了一炷香的時間，柳螢才逐漸好一些。

柳螢按捺住自己的情緒，拿著一壺熱茶回到他們四個人的桌子旁，筷子已經拾起來了。他們正襟危坐在那裡，反倒是高堂秉的表情最自然一些。

「幾位客官……用點什麼小菜……」柳螢能用平常的語氣說話了，不過她內心還是激動不已。她在後廚的時候，前面發生了什麼事情她並不清楚，不過高堂秉現在輕輕站起身來，說：「姑娘看來並無大礙，那在下就告辭了。」說罷他自己沒動，其他幾個人卻紛紛先跑了出去。這突如其來的過程打亂了柳螢本來的計畫，她本想給高堂秉深施一禮，至少讓她能稍微占據點主動。結果她現在連恩人的名字都不知道，自己又動了性情，如果高堂秉這一走，今天自己就什麼都別想做好了。

「恩公留步！」柳螢的舉動讓雙方的隔閡愈加消弭了。「敢問姑娘何事？」高堂秉的氣勢瞬間蓋過了柳螢，把她那小小的計畫打得煙消雲散。「小……小女子請教恩公貴姓大名……」緊張似乎不復存在了，他們逐漸開始自然了起來。「姑娘客氣了，在下姓高堂，名秉，現在軍中任職。」

「哦……高堂恩公……小女子在此謝過恩公了。」說罷她深施一禮，高堂秉中計了，他沒多想，就習慣性地去扶柳螢，觸手溫軟的女兒身軀讓他的臉「騰」地紅了起來。

高堂秉趕緊鬆開了柳螢的胳膊，又開始有點結巴地說道：「姑……姑娘……在下還有事……先……先告辭了……」他現在也不知道該如何下去，而很近距離接觸到男人的柳螢又何嘗不是很緊張呢！「恩……恩公……小女子這裡有香囊一個，可否請恩公收下……算是謝禮吧！」說到最後，柳螢的聲音幾乎已經聽不見了，把頭埋下去，讓高堂秉看不見她的表情。那這位現在不知所措的男人該幹什麼，躲去暗處偷看的阿社爾他們攥著拳頭，互相按著對方的頭想看得更清楚一些，卻又怕暴露在偷看的行為。不過當他們看到高堂秉拿走了柳螢手裡的東西，就知道他已經接近成功了，高興得捂著自己的嘴，邊互相點頭邊互相打身邊的同僚，現在誰也不覺得疼，反而覺得更高興。

高堂秉走了過來，廖會一把把他抓了過來。「好小子，真有你的！」「沒看出來啊，平時深藏不露，想不到還挺有一手的！」

「這就算是成功了嗎？」

高堂秉有點疑惑，他比這些兄弟們明顯欠缺經驗。

「差不多了差不多了，下一步把她約出來就算成了！」看得出其他人比他自己更興奮。

「約出來？她今天約我後天陪她一起去取酒，我答應了，這算約出來了嗎？」

阿社爾大叫道：「你這個笨蛋，遲鈍到如此地步！」周圍三個人一陣轟笑。高堂秉為了避免尷尬，立刻換回到嚴肅的表情說道：「我們快回去向荀大人覆命。」

就在一個偽裝的愛情故事茁壯成長的同時，距此十幾里外，一個挑著柴火的樵夫緩步走過南鄭青龍衛所的門前。

這條路靠近離山的北部山麓，所以偶爾會有去打柴或者打獵的樵夫與獵戶取道這裡返回南鄭城中。他的兩挑柴禁得特別大，交錯的柴棍構成兩個長滿刺的圓塔，上面用藤條簡單地捆住，將扁擔的兩頭壓得彎彎的，不過這個健壯的樵夫看起來並不怎麼吃力。

他挑著擔子晃晃悠悠地走到衛所前面，忽然發現前面簇擁了好多人。他走過去一看，才發現往常暢通無阻的道路今天被封鎖了。衛所的巡吏們在路面上橫起了兩排木柵，一個一個地對過往行人進行查驗。在路旁還豎起來一塊木牌，上面貼著丞相府的告示，寫著從即日起臨時設立關卡云云，但公文中對為什麼設立關卡卻語焉不詳。

這是丞相府應靖安司的要求所做的一項舉措，荀詡希望能在南鄭城周圍形成一條由靖安司、丞相府下轄衛所構成的過濾網，以便能有效控制人員流動。

這位樵夫乖乖地排在隊伍中等待著巡吏的查驗。隊伍前進速度很快，因為巡吏們只是看看名刺，再隨便問上幾個問題就放行了，很快就輪到了他。樵夫把柴擔挑到木欄前擱下，揉了揉肩膀，從懷裡掏出名刺恭敬地遞了過去。

兩個巡吏拿著名刺端詳了一下他，沒看出什麼破綻。其中比較年輕的那個巡吏把名刺還給他，隨口問道：「你是要去南鄭城裡賣柴嗎？」

「是的，是的。」

年輕巡吏踢了踢那堆柴火，隨口開了個玩笑：「呵呵，不簡單，這麼一大擔柴也扛得動，不是擱了什麼別的東西吧。」

樵夫的臉色唰地一下變白，下意識地朝柴堆緊張地看了一眼。他很快意識到了自己的失態，連忙用手擦擦額頭來掩飾。這一個細微的動作被年長的巡吏看在眼裡，他瞇起眼睛，疑惑地看了看這傢伙，走上前去招了招手。

「你，過來一下。」

樵夫沒有動。

「聽到沒有，過來一下！」

老巡吏喝道，樵夫這才百般不情願地挪動腳步。老巡吏指著他身邊的柴擔命令道：「把它給我拆開。」

「都是柴，大人，沒什麼可看的……」樵夫懇求道。

「我讓你拆開它！」老巡吏重複了一次。可那樵夫面色煞白地呆在原地，就是一動不動。年輕巡吏見狀，警惕地從腰間抽出漆成黑色的硬木棒朝樵夫走去，而老巡吏則走到柴堆前蹲下身體，開始解藤條。

就在柴堆被拆散的一瞬間，樵夫大叫一聲，猛然推開年輕巡吏，轉身朝相反方向狂奔。現場一下大亂，幾名等待查驗的女性尖叫起來，男性們則惶恐地躲到了一旁。五、六名巡吏從衛所裡迅速衝出來，沿著樵夫逃去的方向追去。還有人爬到衛所頂上吹響號角，召喚遠處的巡邏隊。

這一帶山路雖然崎嶇，但山坡上沒有什麼樹木，一目了然，樵夫根本無處藏身，只能沿著陡峭的山脊玩命地跑著，後面衛所巡吏窮追不捨。就在此時，右側又出現了三名騎馬的巡邏隊士兵，他們一看到樵夫，立刻喝斥著坐騎圍了過去。他們的坐騎都接受過特殊的訓練，能在這樣的山路上如履平地。樵夫見山頂方向被封住了，慌不擇路，轉身朝左邊逃去。結果他十分不幸地發現自己前方是一處懸崖，而隨後趕上來的追兵站成了扇形朝他逼來，退路已經完全被封鎖。

樵夫見已經走投無路，只能驚恐地朝懸崖邊緣一點一點地蹭去。幾粒小石子被他的腳踢下崖底，半天才發出聲音。巡吏們抽出棍棒，小心翼翼地接近他，站得最近的年輕巡吏喝令他立刻乖乖束手就擒。

這個樵夫絕望地仰首望天，高喊一聲：「師君賜福！！」然後轉身從懸崖上跳了下去……

靖安司接到這一事件的報告是在當天晚上，負責初審情報的人本來認為這不過是一起普通的走私潛逃案，打算直接送資料；後來裴緒無意中看到，就將這件事說給了荀詡。荀詡聽到青龍衛所這個名字，覺得有必要去深入瞭解一下，因為軍器諸坊的總務就在那附近。他本人正在為柳螢與籌備工匠體檢的事情忙得不可開交，於是就指派阿社爾前去調查。

阿社爾本想繼續跟著高堂秉看熱鬧，忽然被抽調來做這樣的工作，心中有些不願意。不過命令就是命令，於是他連夜趕往青龍衛所。

今日入夜後的青龍衛所與往常不同，在衛所門外掛起了兩盞燈籠，而巡吏長則站在門口焦急地眺望著南鄭方向的大路。巡吏長是個謹慎的老官僚，他急切盼望著靖安司的調查人員到來，到時候那個麻煩的樵夫就可以交給他們，自己就不必負責什麼了。

很快，黑夜中傳來一陣馬蹄聲，巡吏長鬆了一口氣，整了整衣襟，走下台階拱手相迎。等到阿社爾走近，巡吏長忽然才注意到這個靖安司的「道士」居然是個南蠻人，不禁投來一束疑惑的目光。

「你覺得我像是南蠻人嗎？」阿社爾故意問道。

「啊……」巡吏長沒料到他會這麼問，一時間不知道回答什麼好。

「放心好了，我不會渾身散發出瘴氣，因為季節還沒到呢。」阿社爾覺察到了巡吏長的心思，於是開了個玩笑。後者把這誤讀為是一種憤怒，嚇得擺了擺手，連連說：「沒有的事，沒有的事。」

阿社爾嚇唬完巡吏長，徑直進了衛所。衛所大堂中有七、八名巡吏，他們是今日參與追捕行動的人；他們被告知在靖安司的人抵達之前都不能離開，於是只好饑腸轆轆地耐心等候著。阿社爾心裡很同情這些基層人員，於是省略掉了寒暄，直接開門見山地問道：「當時檢查犯人的時候你們誰在場，我希望聽到親臨者的描述。」

那一老一小兩名巡吏站出來，把整個事情經過講了一遍。阿社爾聽完之後，皺了皺眉頭，問道：「他的身分清楚了嗎？」

「他是遼陽縣裡的一個農民，叫于程，本地民籍，至少名刺上是這麼寫的。」

「那麼現在他人呢？」

「死了。屍體我們已經從懸崖底下找到，現在就擱在地窖裡。」

「帶我去看看。」

於是由老巡吏擎著一柄燭台帶路，阿社爾、巡吏長和那名年輕巡吏緊跟在後面。一行人沿著狹窄的陰暗台階來到了衛所的地窖。

在三月的漢中，地窖相當陰暗，而且乾冷，牆壁上都掛著一絲一絲的白霜。老巡吏把燭台高高懸起，光芒也只能照到周圍一點地方而已。屍體就停放在地窖的正中央，扭曲的身體僵硬地橫臥在一塊門板上面，上面被一張草蓆潦草地蓋著，在忽明忽暗的燭光照耀下顯得格外恐怖。阿社爾走近屍體，叫老巡吏把燭台放低，然後俯下身子掀開竹蓆。于程的屍體摔得血肉模糊，腹腔內的內臟被擠壓得粉碎；由於他是面部著地，所以五官完全變形扭曲，有一隻眼球稍微脫出了眼眶，兀自空洞地望著天花板。

阿社爾厭惡地抽了抽鼻子，用手指將于程的眼球推回眼眶內，合上他的雙眼，然後抬起身體示意可以離開了。回到樓上以後，巡吏長指著地上說：「我們還在這個人的柴堆裡找到些東西。」

在旁邊地板上扔的是于程的遺物。擱在最上面的是一盤異常結實的麻繩、兩把抓鉤與一袋滑粉，還有一個布包。阿社爾把它打開，發現裡面是三根製作精良的銅針，兩寸見長，針上有倒鉤與凸刺，不知道做什麼用的。

「這是做什麼用的？」阿社爾指著銅針問。周圍的人面面相覷，都搖了搖頭。阿社爾沒辦法，只好將盛放著銅針的布包小心地折好，揣到懷裡，在竹簡上敲了一個「物證已取」的印鑑。

「屍體你們就地燒了吧，骨灰回頭叫他們鄉里的人來取。其他遺留物先存放到你們這裡。」

阿社爾交代完以後，轉身離開了衛所。他在門口把自己的坐騎從柱子上解開轠繩，翻身夾夾馬肚子剛要離開。忽然那名年輕巡吏從門裡追了出來，叫著請他留步。阿社爾牽住轠繩，就在馬上問道：「你還有什麼事嗎？」

年輕巡吏把吏帽捏在手裡，有點猶豫地說：「我不知道這算不算得上線索……其實只是個小細節……可能無關緊要。」

「要緊與否，這個由我們來判斷。」

「唔，是這樣……」年輕巡吏呼出一口氣。「那個樵夫被我們逼到跳崖的時候，我站的位置離他最近，我聽到他臨跳下去之前喊了一聲『師君賜福』。」

「師君賜福？你確定沒有聽錯嗎？」

「絕對沒有，我那時候離他也就十幾步的距離吧。」

阿社爾點點頭，掏出馬匹挎袋裡的筆墨，把這句話寫在袖口，然後策馬離開。

回到靖安司，阿社爾將在衛所看到的情形彙報了一遍，並把那三枚銅針拿給荀詡看。荀詡接過銅針和裴緒在燈下看了半天，也看不出個究竟。這時候又有好幾份報告送到荀詡桌前，荀詡看看這些堆積如山的報告，按按太陽穴，歎了口氣，對阿社爾說：「你也看到了，我這已經快忙得像丞相府了……這樣吧，軍技司的譙從事今天在南鄭公幹，你叫靖安司開封信給你，去問問他看。技術方面他是最權威的。」

「不過……」阿社爾看看外面天色，有些為難，現在已經接近午夜了，正常人都已經歇息很久了。

荀詡沒有回答，只是揮了揮手，叫他快去辦理，然後又埋到了案几前。阿社爾沒奈何，重新將布包揣進懷裡，找裴緒開了一封信，然後前去找譙峻。

譙峻今天到南鄭的目的是向諸葛丞相彙報軍器研發進度，晚上就下榻在丞相府附近特別為他安排的館驛之中。阿社爾騎馬從「道觀」一口氣飛奔到館驛之前，只花了四分之一個時辰不到。他一到目的地，就直接跑到館驛大門口，砰砰地大聲拍門。

等了半天，才見一個老驛卒把門「吱呀」打開一條縫，不耐煩地嚷道：「誰啊，這麼晚了還拍門。」

阿社爾擺出一副嚴肅的表情對老卒喝道：「靖安司，緊急公務。」

「唔？」老卒似乎有些耳背。阿社爾把信從門縫塞進去給他，老卒哆哆嗦嗦拿起火鐮啪啪地打火。阿社爾等得不耐煩了，一掌把門推開，直接喝問道：「譙從事住在哪間屋？」

「住在左邊第三……喂，你不能進去，現在大人正在休息呢！」

「這是緊急公務！」

阿社爾甩脫老卒，大步走到左邊第三間房。譙峻畢竟是一司之長，阿社爾也不敢太過粗暴，先是輕輕地叩了叩門，見沒動靜，又加重了力度。一會兒從屋內傳來一個老人憤怒的咳嗽聲。

「咳……咳……誰在外面搗亂?!」

「請問是軍技司譙從事嗎？」

「現在是什麼時候！滾！」

「在下是靖安司的人，找您有緊急公務。」

屋子裡的聲音忽然沉寂下來，忽然門唰地一聲被拉開，只披著一件羊皮襖的譙峻出現在門口。這個老人兩團眉毛糾在一起，咆哮道：「深更半夜把老夫從被子拉起來，到底你們靖安司有何貴幹？」

阿社爾把布包拿出來開門見山地說：「我們是想請您鑑定一樣器具。」

譙峻一聽，怒氣在一瞬間消失。他從阿社爾手裡接過布包打開瞥了一眼，一言不發，快步轉身到館驛中的案几之前，將燈點燃，跪下來全神貫注地擺弄起那三枚銅針，不再理睬阿社爾。

「真是個典型的技術官僚。」阿社爾站在他背後感歎道。

大約過了三炷香的工夫，譙峻把手裡的銅針放下，轉過頭來問道：「你們是從哪裡弄到這些玩意的？」

「是從一個樵夫手裡得到的。」

「樵夫？」

「對，準確地說是在他的隨身柴火裡搜查出來的。」

「這不可能。」譙峻斷然說，舉起其中的一根銅針。「要製成這麼精細的銅器，從冶煉到打磨是需要很高的技術能力和必要工具，絕不是個人所能擁有的。」

「可事實就是如此。」阿社爾禮貌地回答。「您知道這是做什麼用的嗎？」

「唔……」譙峻抿著嘴唇想了想，說道：「我以前從來沒有見過這種東西。從它的形狀和大小考慮，應該不會是某一件機械的零件，更像是一把工具。你看，銅針尾部正適合一個人用拇指與食指夾住，而這個倒鉤明顯是用來做拔、帶之用的。」

「難道是掏耳勺？」阿社爾話一出口就後悔了，生怕自己信口胡說惹惱了這個性格古怪的老頭子。出乎他的意料，譙峻沒有發作，反而陷入沉思。忽然，老人啪地一拍案几，桌上的燭光猛地顫悠了一下。

「對了！你說得對！」

「啊……難道真的是掏耳勺……」

「不，你提醒我了。」譙峻一涉及到機械就會變得健談，興奮得像孩子。「這東西與掏耳勺差不多大小，形狀也很接近。也就是說，這件工具是用於類似於耳洞之類的細長空間，進行精密的調校作業。」

「也就是說……」

「是鎖孔。」譙峻嚴肅地說道：「而且是專用於金屬簧片構造的鎖。」

阿社爾聽到這個結論，有點發愣。老人站起身來，叫老卒拿一把鎖頭過來。很快老卒顫巍巍地捧來一把雙拳大小的蝶翅鐵鎖遞給譙峻。譙峻將鐵鎖鎖住，然後把三枚銅針依次插入鎖孔之中，互相支撐；然後他輕輕地以一種奇妙的韻律擺動其中的一根，只聽「喀」的一聲，鎖應聲而開。

譙峻回過頭來，衝阿社爾頗有深意地點了點頭。

阿社爾帶著這一發現回到「道觀」，恰好趕上靖安司的忙碌告一段落，值班的各人都歪歪斜斜地靠著柱子或者伏在案上昏睡。他徑直走過這一群人，來到荀詡的房間前。荀詡還沒有睡，他與裴緒兩個人正埋在無數的卷宗與竹簡裡，提神用的亢神香悠然自屋角的香爐裡飄揚而出。

「荀從事，我回來了。」

「哦，你回來了？」荀詡繼續在翻著竹簡檔案。「怎麼樣？譙峻看出來什麼嗎？」

「是的，根據他的判斷，這三枚銅針是用來開鎖的。」

一聽阿社爾的話，荀詡猛地把頭抬起來，神色訝異。「你說這是開鎖用的？」

「不錯，而且是專用於金屬簧片結構的鎖。」阿社爾又補充道。

荀詡把這三枚銅針掂在手裡，感覺到有一絲模糊不清的頭緒若隱若現，但又說不清是什麼。裴緒在一旁將兩卷竹簡攏好，撥了撥燭光，也湊過來。他提醒荀詡和阿社爾說：「南鄭普通民家用的多是竹鎖或是木鎖，像這種複雜簧片結構的鐵鎖，一般只有府司之類的官方機構才會使用。」

他說得不錯，現在靖安司就用的是這種鎖。荀詡立刻從後房的木箱上取來一枚，阿社爾學著譙峻的手法用三枚銅針插進鎖孔，然後緩緩撥動。開始的時候失敗了好幾次，不過很快他掌握到訣竅，順利地把鎖弄開了。

荀詡盯著被三根小銅針輕易征服的大鎖，不禁歎息道：「裴都尉，記得提醒我，這件事一結束就把這個傢伙調到其他司去，太危險了。」

阿社爾嘻嘻一笑，想伸手去拿那鎖頭。一抬袖子，他猛然看到自己寫在袖口的那四個墨字，一下子想起來那年輕巡吏所說的話，連忙對荀詡說：「哦，該死，我忘了那樵夫的事情還有一個細節。」

「唔？怎麼？」荀詡一邊隨口應道，一邊也學著阿社爾的手法，將銅針伸入鎖孔捅來捅去。

「據追擊的巡吏說，于程在跳崖之前大喊了一聲『師君賜福』。」

一聽到這裡，荀詡的動作陡然停止，取而代之的是混雜著驚愕與激動的神情。他啪地把東西擱到一邊，站起來雙手扳住阿社爾的肩膀，大聲問道：「你確定是這四個字嗎？」

「……唔，因為那個人當時距離他才十幾步。」阿社爾被荀詡的反應嚇了一跳。

荀詡鬆開他肩膀，背著手在屋子裡急促地來回走動，嘴裡還念叨著什麼，這是他心情激動的表現。阿社爾有些莫名其妙，就問裴緒。裴緒大概猜出了八九分，但他只是丟給阿社爾一個眼色，讓他自己去問。

「荀大人，您想到了什麼嗎？」

荀詡聽到問話，這才停住腳步，勉強抑制住自己的興奮，說道：「你可知這四個字是什麼意思？」

「不知道……」阿社爾是南蠻人，雖然對中原文化頗多涉獵，可畢竟不很精熟。

「『師君』這個詞，是張魯創的五斗米教專用術語。他們的普通信徒被稱為『鬼卒』，中級領導者被稱為『祭酒』，而身為最高精神領袖的張魯則被信徒們稱為『師君』。他死以後，他的兒子張富繼承了這一名號，至今仍舊在被漢中的地下五斗米教徒所使用。」

「也就是說，這個于程是五斗米教的人？」

「不錯。」荀詡嚴肅地點了點頭。「五斗米教的人攜帶著專開府司專用鐵鎖的器具企圖穿越青龍衛所，這本身就足以讓人懷疑。要知道，在青龍衛所附近的正是軍器諸坊的總務所在，而弩機圖紙就恰好存放在那裡。再考慮到魏國間諜與五斗米教之間可能的合作關係……」

「那……我們必須立刻去通知軍器諸坊嚴加防範！」裴緒站起身來。

「且慢……這對我們其實也是個機會……」荀詡攔住了裴緒。這麼長時間以來，魏國間諜對於靖安司來說一直是個撲朔迷離的謎樣人物，靖安司連他到底存在不存在都無法掌握。現在終於讓荀詡觸摸到了一個切實的機會可以接近他，確認他，並且逮住他。

「總算有一縷陽光照到你這個黑影上了。」荀詡心想。

而此時在距離荀詡十幾里以外的神仙溝內，「燭龍」把一包東西遞到了糜沖手裡。

「這一次不要弄丟了。」

「我知道，那麼計畫是否按原來的進行？」

「為配合你的行動，我已經對他們發出了命令，擅自更改軍令會引起不必要的懷疑。只有今晚一次機會。」

「瞭解。」

「另外……我聽到一個有趣的消息。」

「與這次的東西有關嗎？」

「無關，但我認為你應該將它一起送回隴西給郭將軍。」

「是什麼？」

「諸葛丞相將會在這個月底對隴西又一次發動襲擊，目標是武都與陰平。」

「目標是武都與陰平，我知道了，我會帶給郭將軍的。」

然後兩個人趁著夜幕各自消失在不同方向的黑暗之中。

幾個時辰以後，太陽又一次自東方升起，無論蜀還是魏的日曆，都翻到了三月三日。

第十章 愛情與圈套

今天各個方面的人都在緊張地忙碌著。高堂秉與第五台的人繼續與柳螢周旋；裴緒親自前往南鄭北二十里的遼陽縣調查于程的戶籍以及社會聯繫；而荀詡則率領第三台的人祕密來到了位於青龍山半山腰的軍器諸坊總務。

總務和讓靖安司丟盡了臉面的軍器作坊不同，後者專司生產，而前者只負責行政事務，所以總務的主管記室一般由文職官員來充任。現任總務記室的名字叫霍弋。霍弋只有二十多歲，但背景深厚，其父霍峻生前是梓潼太守，是劉備入川時的功臣之一。而霍弋自己原本則是皇帝劉禪身邊的謁者，因能力出眾而被諸葛亮特意調來了漢中，被人視為是蜀漢第三代高級官員預備役中的一員。

荀詡與霍弋在成都有過數面之緣，彼此都很友善；加上霍弋本身出自行政系統，他治下的總務沒那麼多軍方味道；於是當荀詡提出要求在總務設置埋伏的時候，他沒有遭到像去弩機作坊那樣的重重阻力，霍弋聽到他的要求後立刻就答應了。

不過霍弋是一個耿直的人。荀詡將自己的計畫告訴他以後，他直言不諱地說道：「荀從事您如何肯定敵人一定會在這幾天活動？他們的器具已經被靖安司截獲，即使他們還有第二手準備，按照一般常理也會將計畫推遲才對。」

荀詡暗暗佩服霍弋的敏銳，他解釋說：「呵呵，他們的時間表和我們一樣緊湊，拖延會讓他們的處境更加危險；而且，為了降低他們的警惕，我耍了一個小花招。」

他擺了一個手勢，沒有繼續說下去，霍弋清楚他的工作性質，於是也沒有追問，只是淡淡地說了一句：「希望一切如公所料。」

荀詡的小花招很簡單，他將于程的所有遺留物都送交南鄭縣丞，由他們出面發布了一個公告：宣布前日有一名樵夫抗拒衛所查驗，最後跌落山崖而死；認識他或知其內情者請速報之於南鄭縣丞云云。這就等於告訴敵人，于程的死被南鄭當局當作是一次意外事件，並沒有引起靖安司的注意。

霍弋取來總務的平面圖和幾塊石頭鋪在案子上，對荀詡說：「荀從事，這是我們目前的佈防情況。」

總務設在青龍山半山腰的一處平地上，平面看起來像是一個面東背西的丁字形。正門進入後是一條長廊，兩側是書吏房；總務的記室——弩機圖紙就存放在這裡——位於長廊的末端；記室向左右兩邊各伸出兩排耳房，每一側大約有三、四十步長。在總務大院的南、北兩側院牆周邊還留有兩條空地，可供四個人並排而行。霍弋拿小石子代表衛兵依次擺在圖上，並做了講解。

「霍大人，為什麼這裡不安置些護衛呢？」荀詡忽然指著記室的西側。北、南、東三個方向都放置了石子，唯有此處留著空白。

「哦，因為記室背靠著的是一處峭壁。」

「峭壁？」

「是的，我們總務記室的後方依傍著一處懸崖，其下異常陡峭，莫說是人，就是猿猴也難以攀援。這一道險要就頂十萬雄兵了。」

荀詡將信將疑，他從記室裡走出來繞到後面一看。地形果然如霍弋所說，這間木製建築的後面下臨一段幾乎可以稱得上是峭壁的急坡，坡面幾乎與地面垂直，上面尖石嶙峋。

荀詡滿意地點點頭，回到屋子裡。兩個人圍在佈防圖前繼續你一言我一語地交換著意見，荀詡發現霍弋這個人與情報部門天然投契，無論思維方式還是行事風格都很接近，他幾乎有點想把這個人挖來靖安司了。

正在這時，一名總務的侍衛來到了房間門口，衝裡面張望。霍弋注意到了他，連忙對荀詡說了聲失陪，然後走出門去，與那侍衛交談。過了一陣，霍弋回到屋子裡來，手裡捏著一片謙帛，神色有些古怪。

「怎麼，霍大人是有公務要忙？」

「啊，怎麼說呢，這可真是趕巧了。」霍弋將謙帛遞給荀詡，後者注意到謙帛以赭絲繞邊，顯然這是一份丞相府發出的公文。這份公文說鑑於近日軍團調動，城防警衛人手不足，要求總務調撥一部分衛兵前往支援。

蜀國一直以來深受兵源不足的困擾，諸葛丞相不得不將有限的兵力盡量編列入野戰部隊，結果導致各地包括南鄭的地方守備部隊缺額現象嚴重。一旦主力軍團進入戰備狀態，南鄭就不得不在各職能部門抽調衛兵來填補留下來的城防空白。這也不是第一次了。

「看來，這幾天晚上就要全靠靖安司的人獨立行動了。」霍弋帶著歉意說，荀詡歎了口氣，這是丞相府的命令，不能違令；他又不能去申請取消這一調令——如果這次行動被楊儀或者魏延知道，誰知道會鬧出什麼事來。

荀詡從佈防圖上取下幾枚小石子，看了看地圖上所剩無幾的石子，重新開始擺佈起來。

他們兩個都不知道，此時糜沖和黃預正伏在總務鄰近一片高處的岩石之間，透過岩石交錯之間的縫隙窺視著總務大院的動靜。他們從早上開始就潛伏在這裡，現在終於看到大院中有了動靜。

二十幾名蜀軍士兵在長官的喝令下迅速跑到了院中的空白場地集合，然後站成兩列縱隊，在霍弋的率領之下徐徐開出了總務，沿著山路朝南鄭城內走去。

「看來『燭龍』大人果然了得！」黃預興奮地低聲說道。「燭龍」對蜀軍的警衛部隊簡直就是如臂使指。

糜沖盯著已經變得冷清寥落的總務，面無表情地說道：「他這也是冒了極大風險的，我們可不能浪費這個機會。」

「那麼我們今天晚上按原計劃行動？」黃預問道：「雖然于程兄弟不幸身死，但我已經找了合適的人接替他的位置。」

「沒人發現于程的真實身分？」

「有人在衛所前發現了于程兄弟的認屍通告，看來是沒有覺察，否則靖安司的人早就介入了。」

「唔，既然這樣，事不宜遲，我們今天晚上動手。」

糜沖說完從岩石坑裡爬出來，拍拍身上的土，轉身走下山去。黃預緊緊跟在後面。

為防萬一，他們留下了一名五斗米教徒繼續瞭望。兩個時辰以後，這名監視者注意到有兩台頂端綴著孔雀翎的幕車來到了總務，它們停在了門廊附近，恰好被翹起的飛簷擋住了視角。

兩名文官大搖大擺地出現在了總務的本館門口，他們與守衛交談了一會兒，就回到轎子裡。十六名轎夫抬著轎子按原路返回，很快消失在山路盡頭。

「這兩個當官的真是愛講排場……」監視者打了個呵欠，不無嫉妒地想到。

他不知道，這兩台轎子裡擠在一起的是十名靖安司行動組的成員，他們已經悄無聲息地潛入了總務院內。諷刺的是，荀詡以這種祕密方式運送靖安司「道士」進來，不是為了防備魏國間諜，卻是為了防軍方與司聞曹本身的耳目。

三月三日的白天平靜地過去了，入夜以後，實行宵禁的南鄭城變得分外安靜，而位於青龍山荒僻山嶺之上的總務則更顯得寂寥無比。

就在這一片貌似平靜的夜幕之下，一個黑影悄悄地接近總務大院，他巧妙地利用山脊起伏的曲線，將自己的身影在大部分時間內都隱藏著黑暗中。

軍器諸坊的總務按照編制一共有三十五名衛兵，其中二十五名在任，十名流休。現在被南鄭城防調走了二十名，於是今晚實際上負責巡邏的只有十人。由十個人負責二十五個人的巡邏區域，實在是十分勉強。於是總務大院四個角樓只有兩個前樓各派了一人駐守，正門看守兩人，餘下的六人則分為兩人一組來回在丁字走廊巡迴。無論巡邏間隔和密度都差強人意。

黑影遊走到北側耳房的外牆，貼著牆根朝角樓張望。這位置的角樓今天沒人看守，也沒有點起火把。黑影確認自己不會被看到以後，從懷裡掏出一把飛鉤，在鉤上繫上麻繩，然後用力朝牆另一邊扔去。飛鉤唰地飛過牆頭，特製的回鉤鐵頭，啪地一聲吃住了泥磚砌成的總務外牆內側。

黑影拽了拽繩子，確認第一個鉤已經牢固，然後又取出第二個鉤如法炮製。接下來，他在手裡沾了些滑石粉，雙手以兩根麻繩為支撐，手腳並用朝上爬去。只一會兒工夫就攀上了牆頭。他第一個動作就是伏下身子，因為巡邏隊恰好從牆內側走過來。兩名衛兵懶散地用目光掃視了一圈院子，就回轉過去。

黑影立刻抓緊這個空檔把兩根繩子從另外一邊拽過來，垂到牆壁內側，這是為突發情況準備退路。接下來他借助繩子溜下牆頭，在耳房走廊的柱子旁蹲下來。在這樣的夜色下，除非走到柱子旁邊，否則不可能會發現這個穿著黑衣服的人。

幾乎就在同時，守衛在大門的警衛發現了一件奇怪的事——在遠處的黑暗中似乎有什麼東西正朝這裡移動，夜幕中看到星星點點的綠色。他急忙叫醒另外一個同事，兩個人盯著看了半天才覺察到這是野狼。

「野狼?!」

雖然漢中多山，經常可見豺、狼、獾之類的野獸，但在靠近南鄭的總務附近看到狼還是第一次。而且不只一隻，而是七、八條狼，牠們皮毛枯黃、精神委靡，在總務門前慢慢地踱著步。

「喂，你們快看，有狼！」前角樓上的士兵大喊道，聲音裡興奮大過警示。這裡有十名全副武裝的士兵，對付七、八條野狼不成問題，狼肉對於這些貧苦士兵來說是不可多得的牙祭。

三支巡邏隊聽到叫喊以後，紛紛從兩側耳房與長廊趕到大門口。這一群士兵望著狼群七嘴八舌地議論著。有的說現在應該把十個人集中起來一起衝出去打狼；有的說應該留下來看守，不能擅離崗位，一時之間莫衷一是。在漫長乏味的夜間巡邏期間，這多少也算得上是一種消遣。

而黑影就趁這三支巡邏隊全部離開了巡邏區域的機會，從北側耳房貓著腰飛快地跑到了記室之前。記室門前掛著一把小鎖。黑影很輕易地用銅針捅開，然後屏息凝氣地推開木門走進去，轉身把門從裡面關住。

現在黑影距離他此行的目的只有五步之遠了。

他先回頭透過窗格朝外看去，那一群士兵還在門口興高采烈地爭論著，看來一時半會兒是結束不了了。於是黑影放心地從懷裡取出銅針，直接走到記室正中央的一排木箱前，蹲下去努力在黑暗中分辨上面的字樣。

這些桐木箱子造得很厚實，外層刷著紅漆，四角還用鐵皮包裹著。十幾個箱子一字排開，有大有小，大的能裝下兩個人，小的則只有一捧的尺寸。他從右邊開始一個一個看來，很快發現其中一個小木箱的封皮上寫著「內府存錄甲」五個字。黑影伸出手慢慢摩挲了一陣箱前的鐵鎖，然後將銅針慢慢探進去，熟練地鼓搗了幾下，只聽「啪」的一聲，鎖應聲而開。

黑影掀開箱子，看到裡面整齊地擺放著數卷絹製文書。他一卷一卷地拿起來看，終於看到其中一卷上面的封條寫著「元戎製法」與「蜀都製法」；他如獲至寶，立刻將這一卷封條撕開，展開絹紙細細端詳。

就在這時，一個冷冷的聲音在他背後突然響起。「圖紙好看嗎？」

黑影悚然一驚，急忙回頭看去，只見記室外面腳步紛亂，突然間湧出了許多人影，其中為首者正隔著窗格向裡面的他望過來。

埋伏在總務的荀詡已經等候多時，現在他終於與這個魏國的間諜直面相對。

面對這一突如其來的危機，黑影的第一反應令人咋舌，他以極快的速度衝到門口。兩名士兵正要推門進來，被他在裡面突然一推，竟將那兩扇大門硬生生地重新關上了。緊接著，他用身體頂住大門，掏出鐵鎖從裡面把門鎖住，閃身朝記室的後堂跑去。

荀詡冷笑了一聲，記室中並沒有其他的出口，對方將門鎖上實際就等於是自己被甕中捉鱉。於是他命令手下人強行砸門。總務的木門並不很堅固，很快便被砸開。荀詡帶著人呼拉拉地衝入漆黑的屋子中，卻發現裡面空無一人。

「搜！」

荀詡下令，記室並不算特別大，那個傢伙一定就在其中的某個角落裡。幾個人舉起火將整個屋子照得燈火通明，前堂後堂搜了一個遍，結果還是一無所獲，黑影就像是憑空蒸發了一般。看著迷惑不解的手下們，荀詡沉穩地做了個鎮定的手勢。「他一定就在屋子裡，仔細搜！」記室除了文書箱子與必要的屏風、案几、燭台、香爐以外，並沒有其他的物件。如果在這裡沒有的話，那麼只有一種可能了。荀詡想到這裡，把頭向上抬去，看到屋頂那根粗壯的大樑。記室是一棟獨體建築，雖然它的內部分隔成了前、後兩部分，但頂棚結構卻是一體的。一道大樑自上方貫穿著前後兩室。

「快守住門口！」

荀詡急忙回頭大喊，在門口附近的兩名靖安司「道士」聽到長官聲音，連忙左右張望，卻什麼都看不到。猛然之見，這兩個人感覺到頭頂一陣古怪的聲音，一抬頭，卻見到一團黑影從天而降，一下子砸到了他們身上。只聽兩聲慘呼，那兩個人被重重砸倒在地。大樑距離地面有幾丈高，一個百十斤的人跳下來，其去勢之沉重，足以要人命了。

因為有他們兩個倒楣鬼當墊子緩衝，黑影反而沒有摔傷。他從兩個人身體上爬起來，飛也似的衝出了門口。

荀詡立刻呼叫屋子裡所有人出門去追，同時心裡暗暗驚佩。從記室地面到屋頂大樑有三丈多高，這個傢伙居然可以在這麼短的時間內攀緣上去，然後順大樑爬到門口上方，巧妙地利用高度砸倒兩個人然後逃走，無論其敏捷程度還是急智都相當驚人。

不過這對於形勢並無多大改善，原本在討論捉狼的那些總務衛士現在全在門口守著，一見黑影衝出屋子，都拿起武器逼上去。黑影見無路可逃，情急之下甩出一枚銅針扎中了旁邊衝過來的一名衛兵，然後趁那名士兵倒下的空檔，朝北側耳房走廊方向衝去。

這時另外兩名衛兵從左右兩個方向撲過來，黑影腳不鬆勁，在奔跑途中以巧妙的角度閃過他們的攻擊，一拳一腳，乾脆俐落地把這兩個人打翻在地，儼然也是一位搏擊的高手！荀詡剛好看到這一幕，心裡懊悔應該將高堂秉帶來，他的五禽戲一定可以制服得了這個傢伙。

黑影這時候已經逃到了牆下，他飛快地順著剛才預備好的繩子爬上牆頭，跳去了另外一側。尾追他到圍牆底下的士兵們一籌莫展，他們沒辦法爬上去。荀詡見他的身影消失在牆頭，也不著急，只是揮揮手，率領靖安司的「道士」與總務衛兵朝大門跑去。

黑影跳過高牆落在地上，他顧不上揉一下發麻的腳面，扭身要跑。這時只聽一陣震耳欲聾的鑼聲陡然響起，在北牆東邊一下子衝出來七、八名全副武裝手持長矛的士兵，他們站成兩排，「喝」的一聲將長矛挺直，組成一道尖利的牆壁，將黑影唯一的逃脫路線完全堵死。

這是荀詡預先埋下的一手，他在衝入記室的同時也派了兩隊人馬前往南北兩側高牆周邊警戒，以備萬一。結果北側的警戒果然起了關鍵性作用。

即使黑影搏擊能力再強，也無法與七名全副武裝的士兵對抗，他遲疑地停住了腳步，似乎被震懾住了。這時荀詡又帶著大隊人馬從正門繞到北牆東頭，讓原本就堅不可摧的人牆更加厚實。而北牆的西邊盡頭則是一片陡峭懸崖。

前有追兵，後無退路，看起來黑影已經是逃無可逃，走投無路了。

「快快束手就擒，可以保你一條活路！」

一名士兵大喊道，其他士兵齊聲應和，氣勢驚人，聲音在空曠的夜裡空山迴響了很久。唯一沒出聲的是荀詡，他在一旁盯著這個仍舊不肯取下面罩的黑影，他終於有機會在這麼近的距離仔細端詳他的對手了。

這個人的身材不是很高，甚至有些偏瘦小，但黑衣緊裹住的四肢勻稱精悍。雖然臉孔因戴著黑色的面罩而無法看清，一雙露在外面的眼睛卻射出銳利的光芒。對品評人物略有心得的荀詡知道，這個人絕不簡單。

這時黑影慢慢晃了晃身體，看起來舉止十分猶豫。荀詡示意士兵們不要動，給他點時間思考。

大約僵持了三分之二炷香的時間，黑影做了一個投降的手勢，然後慢慢解開上衣，主動將插在腰間的圖紙、銅針和其他一些小器具一件一件地丟在地上。看起來他已經完全絕望，打算放棄抵抗了。

將這些東西扔完以後，黑影高舉起雙手，荀詡見狀鬆了一口氣。不料黑影舉著雙手並沒有朝前走，而是面朝著荀詡，一步一步地向後退去。每一步走異常謹慎，卻又堅定不移。

荀詡忽然覺得有些不妙，他讓身邊的人立刻過去拿住他。於是四名士兵和一名靖安司的「道士」捲起袖子，對著黑影走過去。黑影雖然仍舊高舉雙手，後退的速度卻又快了幾分。荀詡見狀，知道他必然是另有圖謀，急命那五個人盡快上前。

五個人腳步加快，在下一個瞬間卻突然全蹲在地上，抱住腳發出痛苦的呻吟聲。

黑影趁這個空隙猛地轉過身去快跑，幾步衝到了北牆西側盡頭的懸崖邊緣，毫不猶豫地縱身翻入那漆黑一片的險峻峭壁之下……

「可惡！」

荀詡這才反應過來，他氣得大叫一聲，一把搶過身邊人的火把衝過去。可是已經太晚了。他衝到峭壁邊緣，卻只來得及看到眼前深不見底的深淵和谷底隱約傳來的隆隆聲，想來那是隨魏國間諜一起掉下去的石頭撞擊岩壁的聲音。

荀詡悻悻離開峭壁邊緣，回到北牆外側，看到那五個人兀自坐在地上各自捂著腳呻吟。他走過去俯下身子一看，發現他們的腳板上各扎了一個四角棨馬釘，這比一般的棨馬釘要小，顯然是特製來對付人類用的。

剛才黑影故意裝作繳械的樣子將這些東西拋在地上，是早就打算用它們來阻礙追兵行動。因為天黑光線差，荀詡他們竟然都沒有注意到這一點。

「你們先回屋子養傷。」荀詡懷著惱怒命令道：「其他人跟我去山崖下找屍體，現在！」

「可是，這麼晚了……」其中一名士兵想說什麼，但他一接觸到荀詡怒氣沖沖的眼神，就把後半截話咽下去了。荀詡事先對各種可能性都做了估計，唯獨沒有估計到這個間諜會跳崖自殺，他沒想到這個人會絕到這種程度。

「魏國居然有這麼堅貞的間諜嗎？」

荀詡一邊這樣感慨著，一邊帶著二十個人連夜從半山腰走下山麓，然後轉到山邊另外一側的峭壁底部去搜尋屍體。

山路崎嶇，搜索隊光是走到那裡就花了一半個時辰。峭壁底部是一大片寬闊的亂石堆，雜草叢生，在黑暗中搜索工作進展得相當艱苦。一直到了黎明時分，才有人在一處草窠中發現了一件沾了一些血跡的黑色布衣。

「不會吧……從這麼高的地方跳下來還能活著？」

荀詡抬頭朝著峭壁頂上望去，那裡似乎高不可及。這時候旁邊一個士兵說：「我看這峭壁雖然陡峭，但還是有些緩坡，是不是他藉著山勢滾落下山，所以只是受傷而已？」

「別說不像話的事情！」旁邊一個人斥道：「這可能嗎？這麼陡的地方，只要哪塊凸石沒避開，他就死定了。」那士兵趕緊縮了縮脖子，怯懦地表示也只是隨口一說。

「可是，難道屍體自己會走？」第三個士兵提出疑問。

荀詡沒發表自己的看法，他只是皺著眉頭、仰望著峭壁默不作聲。雖然從哪個角度看，從峭壁上滾下來都是必死無疑，但沒有找到間諜的屍體卻也是一個鐵一般的事實。難道真的有人可以從這麼險要的地方滾落下來而不死的嗎？

荀詡沒有穿越時空的眼光，他不會知道，三十四年以後，魏國將會有一位將軍率領他的部隊在陰平做了同樣的事情，他們非但沒有摔死，反而一直攻至成都，蜀漢因此而滅亡。

「荀從事！」

忽然一個士兵跑過來喊道，荀詡注意到他的手裡捏的是一片布片。

「怎麼了？」

「您看這個！這是在那件黑衣服裡襯發現的。」

士兵將布片遞過去，荀詡接過去一看，渾身一震。這布片上畫的是一道簡單的符令，荀詡認出來這個是天師保心符，是每一個五斗米教教徒縫在內衣襯裡用來卻邪防災的。在那件黑衣服上發現這樣的符令，其意義可以說是不言自明的……

……在五里以外的山坳之中，黃預和手下的教徒們趕著幾輛大車，悄無聲息地朝山裡走去。大車上擱著幾個大籠子，昨天的野狼就是從這些籠子裡放出去的。在最後一輛大車上還躺著一個人，這人身上蓋著張蓆子，面色蒼白，彷彿剛剛遭逢了一場大難一樣。

黃預吩咐了領頭的車夫幾句，然後登上最後一輛馬車，關切地拿出一個盛滿水的皮囊送到那人唇邊。

「糜先生，糜先生，你可好些了嗎？」

糜沖睜開眼睛，抬起右手對黃預做了一個無事的手勢。他雖然受了一點傷，但神智仍舊十分清醒。

昨天晚上他從峭壁上滾落下來之前就已經做好了心理準備，置於死地而後生。那段山壁雖然陡峭，坡勢卻沒有想像中那麼陡，凸起的岩角和枯樹相當多。糜沖掉落了十幾丈後，掙扎著用雙手摳住了一塊石頭，勉強阻住了落勢。荀詡聽到的隆隆聲，其實是他故意踢下山去的石子。等荀詡離開懸崖邊緣以後，糜沖調整了一下姿勢，攀著樹枝與石頭一點一點朝谷底降下去。

他知道荀詡一定會前往谷底查看，於是動作不得不加快。距離地面大約還有十丈的時候，糜沖實在支持不住，手中一鬆，整個人直直摔到了地面上。所幸落下去的地點是個草窠，比較柔軟，沒有要了他的命——儘管如此，糜沖的腰部仍舊被尖利的石塊劃傷，鮮血浸透了他的黑衣。

糜沖沒有做任何停留，他忍住傷痛，大概判別了一下方位，把礙事的衣服脫掉，踉蹌著朝事先約定好的接頭地點走去。當他見到黃預的時候，身體差不多已經到達極限了。又驚又佩的黃預趕緊將他扶上車，然後催著馬車離開。

黃預看糜沖精神無恙，替他稍微號了一下脈，將皮囊留在他的身邊，重新坐回到打頭的馬車上去。車夫問道：「糜先生怎麼樣了？」

「精神很好哩。」黃預長舒了一口氣。

「糜先生還真是不得了，從那麼高的山上摔下來居然都安然無恙。」車夫覺得很不可思議。

黃預嚴肅地點了點頭，將手放到胸口，他的衣服裡襯也有一片天師保命符。「這是張天師在天之靈保佑啊。吉兆，看來我們的計畫和理想一定會成功的。」

「可那份圖紙不是還沒得到嗎？」

「這只不過是個小挫折罷了。」黃預的語氣裡充滿了信任與自信。「糜先生最終一定會成功的。他是個天才，而天師站在我們這邊。」

黃預的預言，糜沖並沒有聽見，他正一動不動地躺在車上凝望著碧藍的天空，眼神中流瀉著難以名狀的思考。

第十一章　圈套與對弈

三月四日，荀詡在軍器諸坊的總務一無所獲，他唯一能聊以自慰的是，他畢竟成功阻止了魏國間諜偷竊圖紙，雙方算是打了個平手。但是在如此周密的部署之下仍舊被對方逃掉，這讓荀詡有著揮之不去的挫折感。

所幸他的部下之一並沒有讓他失望。

高堂秉今天按照約定和柳螢前往城外的官營酒窯取酒，名義上是保護她不再被人糾纏，但實際意義兩個人卻都心知肚明。柳螢今天穿的仍舊是素色長裙，唯一不同的是她特意在裙上綴了兩條粉帶，頭上還挽了一朵珍藏的茶花。少女身上散發出類似花蕊香氣的味道，高堂秉緊張地屏住呼吸，不敢去想這是源自柳螢肌膚的香味還是從她腰間的香囊。

三月和煦的陽光灑到大路之上，周圍都沒什麼行人。這兩個人並肩在路上走著，開始時候彼此有些拘謹，都沉默不語。高堂秉在腦海裡回想他的同僚教他的一些技巧，但似乎都不切合現在的氣氛；而柳螢只顧垂頭走著，不時偏過臉來瞥一眼在她身邊的男子，雙手絞著裙帶不作聲。她見慣了巧舌如簧的登徒子，反而覺得眼前這個木訥寡言的人更有魅力。

可兩個人一直停留在心情水面之上，劃出幾道若有若無的痕跡，卻誰也不肯先探入水底。

「高堂將軍……在軍中很忙嗎？」

最後還是柳螢先開了口。高堂秉「唔」了一聲，心裡一陣輕鬆，這個問題對他來說比較容易。「我可不是什麼將軍，只是一名小小的屯長罷了。」

「可看你的樣子，卻像是將軍的氣勢呢。」柳螢咯咯地笑道，高堂秉認真地回答道：「假如我能夠立下戰功的話，或許能在幾年內當上偏將吧。」

「以您這麼好的武功，不當將軍還真是可惜了。」柳螢知道眼前這個人對軍事以外的事都很難有興趣，於是故意圍著這一話題轉。她都為自己這種心態感覺到驚訝，以往在酒肆裡多少男性都為能和她多搭幾句訕而苦苦尋找著話題，而她現在卻是想拚命迎合這個人。只是為了能和他多說幾句話嗎？她自己也無法回答。

「將軍嗎……」高堂秉皺起眉頭，輕輕地歎了口氣。這個小細節被柳螢敏銳地捕捉到了，她好奇地問道：「怎麼？不喜歡當軍人嗎？」

高堂秉知道柳螢已經進入靖安司事先設計好的圈套了。他本質並不擅長做偽，尤其是在這樣的女性面前，因此只能保持一成不變的嚴肅表情。

「怎麼說呢，軍人本非我願，我只想能與雙親相依為命……」

「那您的雙親呢？也在南鄭？」柳螢問。

「已經過世了……」高堂秉的聲音一如既往地沉穩，這反而讓柳螢更加深信不疑，她輕輕「哦」了一聲，眼神裡充滿了同情。高堂秉目光平視前方繼續說道：「……他們是以信奉邪教的名義被處死的。」

聽到這裡，柳螢雙肩微微顫了一下，呼吸一瞬間急促起來，原本紅潤的臉上似乎變得蒼白。她努力裝成若無其事的樣子，但嗓音卻蘊涵著遮掩不住的震驚。

「您的意思是，您的雙親是五斗米教教徒？」

高堂秉默默地點了一下頭，然後左右看了看周圍，做了一個停止的手勢，示意這個話題到此為止。柳螢知趣地閉上了嘴，內心卻如同翻騰的漢水一樣，數千個念頭來回撞擊著，在心中發出鏗鏘的雜亂聲音。「他的雙親是五斗米教教徒，和我與爹爹一樣……他不願當軍人……」柳螢一直以來懷著隱約的擔心，她身為地下五斗米教教徒，與身為軍人的高堂秉從身分上來說是不可調和；這次意外地窺到了高堂秉內心深處一瞬間地綻露。柳螢似乎從蛛絲馬跡中觸摸到了些不確定的希望——只有一點很確定，高堂秉在她眼中更加親近了，他們都來自同樣的家庭。

她所不知道的是，這一切全部都出自裴緒的策劃，高堂秉只是忠實的執行者。裴緒知道處於戀愛心情的女性內心世界充滿著幻想，她們會從一些極小的細節去猜度對方的心理，然後自我豐富成為故事，並且篤信不疑。於是他就為高堂秉編造了一個五斗米教徒的家庭背景，並指示說點到為止即可，剩下的柳螢會用自己的想像補完，這比直接告訴她能取得更好效果。

高堂秉嚴格遵循著這一原則，同時內心湧現出一股歉疚感。

「柳……」高堂秉再度開口，卻一下子不知道該如何稱呼她才好。柳螢看穿了他的窘迫，揚起纖纖玉手在他肩上拍了拍。「叫我螢兒就好，我爹就這麼叫我的。」

高堂秉覺得自己的肩膀一瞬間也散發出幽香，他笨拙地假裝隨口問道：「螢兒你在酒肆裡好像很受歡迎啊。」

「嘿嘿，那當然嘍，怎麼？是不是覺得有些不舒服？」柳螢的話很直露，她饒有興趣地望著高堂秉，後者拚命裝出若無其事但實際上卻十分在意的表情讓她覺得很開心。

「不，不會，我又怎麼會不舒服……螢兒你這麼漂亮，肯定追求者不少吧？」

柳螢停下腳步，叉起腰轉身直視著高堂秉的眼睛，反問道：「不少呢，不過高堂將軍，為什麼你想問這個問題呢？」

「隨便問問，隨便問問……」高堂秉尷尬地搔了搔頭，繼續往前走去。柳螢看到他窘迫的樣子，心裡有些不忍，於是寬慰道：「請放心吧，高堂將軍，雖然平時那裡客人不少，不過他們都只是客人罷了。我柳螢可不是那種隨便的女子。」

「這是螢兒你的私事，何須說讓我放心呢……」高堂秉話一出口，兩個人都頓時面色一紅。柳螢把頭低下去，幽幽道：「是呀，你又何必掛心於這些事呢……」

這不是計畫中的一部分，而是高堂秉自己與女性交往經驗不足所致。尷尬的沉默持續了一會兒，柳螢有心想刺激刺激這個榆木疙瘩，有意無意地擺動一下頭，幾根頭髮甩到高堂秉臉上，一絲清香在他臉頰邊散發開來。夾雜著髮絲的急促喘息氣流癢癢地從耳邊掠過，那種溫潤的感覺讓他心裡一陣蕩漾。

「不過呢，真正意義上的追求者也不能說沒有……」

高堂秉抬起頭，眼睛比平時瞪得大了些。柳螢對他的反應很滿意，繼續說道：「那個人也是一位官員呢……可比高堂將軍你的職位高多了……」

「哦？他是誰呢？」

「我只悄悄告訴你一個人哦，千萬可別說出去……」

柳螢掂起腳尖，伏在高堂秉耳邊輕輕地說了兩個字。高堂秉聽到後表情一下子僵住了——不是因為嫉妒，而是單純的震驚……

……裴緒疲憊地在「道觀」前勒住了韁繩，旁邊的小吏趕緊走過來牽住馬，把下馬踏擱到側面，將這位滿身塵土的都尉扶下來。裴緒雙腳著地，拍了拍發酸的大腿，徑直朝「道觀」內走去。

他剛剛從遼陽縣趕回來，前一天裴緒一直在那裡調查于程的身分背景。這是一件繁雜的工作，不僅需要清查于程本人的戶籍資料，就連他的親屬、朋友、同伴等社會聯繫都要一併調查。裴緒居然可以在一天一夜內完成，這不能不說是一個小小的奇蹟。

荀詡這時正坐在自己的房間裡起草昨天晚上行動的報告書，這次行動對於靖安司來說可以算得上是一個失敗。他正提筆猶豫該如何措辭，裴緒推門走了進來。

「喲，回來了？」荀詡氣色裡有遮掩不住的疲累，昨天畢竟折騰了一宿沒睡。

「唔，回來了。」裴緒看荀詡氣色不佳，就知道當晚行動肯定是失敗了。「……荀從事你要不要休息一下再聽我的彙報？」

荀詡無奈地擺擺手。「反正現在根本睡不著，聽聽報告也許瞌睡就來了，你說吧。」

裴緒知道現在不是客套的時候，於是問僕役要了一杯茶潤了潤喉嚨，然後從懷裡掏出幾張紙說道：「透過針對于程的調查，我發現了很多有趣的東西。」

「哦？」

「首先一點，他本人是一名地下五斗米教徒。」

「意料之中，然後呢？」

「于程有一名遠房親戚，就在第六弩機作坊擔任工匠。只可惜因為戶籍不全，無法知道那名工匠的姓名。」

「這個巧合還真值得玩味……」荀詡拿起毛筆桿敲敲腦子，讓自己盡量保持著清醒。「狐忠的人已經圈定了最有可能叛逃的工匠名單，到時候我們可以對照一下。」

「還有比這更巧的，在二月二十八日和三月二日兩天，于程所在的遼陽縣向第六弩機作坊輸送了兩次物資，于程以傜役身分參加了運輸。」

荀詡把頭抬了起來，露出迷惑的神情。

「兩次？怎麼兩次物資輸送間隔這麼短？」

「據遼陽縣縣丞說，第二次運輸是當地保甲黃預提議的，說是為了犒勞大軍；縣令見都是那些農民自願的，也不用破費縣裡什麼庫存，於是就同意了。」裴緒又補充了一句。「黃預也參與了這兩次運輸。」

荀詡雙手抱在胸前，指頭有節奏地彈著肩窩。「居然還有這麼自覺的農民……哼哼……這個黃預的背景你也調查了嗎？」

「是的，這個人是遼陽縣人，交際廣泛，在當地頗有人望。有傳言說他經常組織一批人在自己家裡進行祭祀活動。這傢伙極有可能是一名地下五斗米教徒，而且級別不低。」

荀詡陷入沉思。

「我已經圈出了與他平時聯繫比較緊密的人，一共有二十多人，他們都有五斗米教教徒的嫌疑——事實上，當年遼陽縣就是五斗米教最興盛的地方之一。」

「結論是？」

「聯繫到五斗米教最近的小動作，遼陽縣的這些人很可能是一個策劃核心。我們必須針對這二十多人以及他們的親屬來一次大搜捕。」裴緒說到這裡，面色有些為難。「荀從事，這麼大規模的搜捕行動，不是靖安司獨力能夠完成的，馮大人能同意嗎？」

荀詡的頂頭上司馮膺一直反對他們針對五斗米教徒展開行動，理由是穩定壓倒一切。聽到裴緒提出這個問題，荀詡忍不住笑了起來。裴緒莫名其妙地看著自己的長官，不明白這有什麼好笑的。荀詡笑夠了，這才端正了身子說道：「若是一天之前，我也會為這個問題犯愁，不過現在不會了。」

「哦？」裴緒不知道荀詡葫蘆裡賣的什麼藥。

荀詡拿起佩鉤敲了敲旁邊的香爐，一個人立刻走進了屋子。裴緒回頭一看，發現是高堂秉。他送柳螢回家以後，在她依依不捨的眼神送別之下離開，然後立刻返回「道觀」。

「今天我們從『鳳凰』那裡得到了一些有趣的情報。」

荀詡示意高堂秉接下去說。「鳳凰」是第五台稱呼柳螢的代號，整個計畫的名字就叫做「鳳求凰」。

高堂秉看看荀詡，猶豫了一下，保持著立正的姿勢用純粹事務性的語氣說道：「今天柳螢提到過有一位高級官員一直在追求她，這個人就是馮膺。」

「什麼？」裴緒驚訝得差點仰面朝天倒下去。「居然是馮膺，他不是已經有妻室了嗎？」

「不錯，所以整個追求一直是地下。據柳螢自己說，馮膺在一年半之前看中了她，還去過柳吉酒肆幾次；後來礙於身分怕被人認出來，馮膺就沒有再去，但一直託人偷偷送禮物給她。曾經有民官要求已經到了適婚年齡的柳螢嫁人，柳螢去求馮膺，於是馮膺向民官施壓，結果這件事不了了之，還為柳螢博得一個孝女的名聲。」

「我們的馮大人倒真是一片癡心。」裴緒帶著一絲嘲弄感慨。

「馮膺看來早就覺察到『鳳凰』五斗米教徒的身分，他死活不讓我們調查五斗米教，恐怕是怕影響到他的夢中情人。」

荀詡想到那份關於馬岱的監視記錄，那份記錄記載了柳螢前往遊說馬岱的過程，但被馮膺批閱為：「閱，不上」，將其封存掉了。現在看來，他的批閱是別有深意的。

「這是馮膺送給柳螢的其中一件禮物。」

高堂秉從懷裡拿出一根金鑲玉步搖，這是一件製作相當精美的首飾，釵體黃金，上面鐫刻著梅花，連接著兩片用銀片與銀絲製成的折枝花，上鑲玉片，兩粒小玉珠懸在左右。荀詡和裴緒見了，心中都是一漾；荀詡想到自從成婚以來，荀夫人只有一件銅簪首飾，不禁暗自歎息。

裴緒盯著這件步搖，對高堂秉不勝欣慰地說：「她肯把這個東西都給你，看來已經完全信任你了啊。」柳螢送這件東西給高堂秉，毫無疑問是向他表明自己與馮膺並無瓜葛，以消除他可能的疑心。身為這個計畫的策劃人，裴緒很高興能取得這麼多成果。

高堂秉聽到裴緒的話，面色一紅，旋即板著臉回答道：「一切都為了漢室的復興。」

「你做得很好，這情報相當寶貴。不過這只是『鳳求凰』的意外收穫，『鳳凰』身後肯定還隱藏著其他重要資訊，你不要鬆懈。」

荀詡覺得很欣慰，失之東隅收之桑榆，雖然昨天總務的行動遭到了失敗，但今天又有了新的突破。他希望這是靖安司轉運的一個預兆。

高堂秉向兩位長官一抱拳，用堅定的語氣道：「屬下一定竭盡全力，以不負期望。」

裴緒和高堂秉離開以後，荀詡先美美地睡了一個午覺，一直到下午方才爬起來。他洗了把臉，換上正式的朝服，拿上寫好的報告前去馮膺那裡彙報工作。

究竟該怎麼應付這個上司，他心裡已經有數了。

他進入馮膺的房間時，馮膺正在訓斥一名軍謀司的小吏，因為後者把軍謀司的資料擅自給了王平，惹得楊儀十分不滿。現在軍方與司聞曹之間的對立絲毫沒有緩解的跡象。

狐忠身為軍謀司的從事，也站在聲色俱厲的馮膺身邊旁聽。他一見荀詡進來，沒有說話，只是衝他丟了個眼色。荀詡衝他擺了個手勢，意思是不妨事。馮膺瞥了一眼荀詡，轉回頭去又罵了那小吏幾句，讓他們先離開。狐忠和那小吏衝馮膺鞠了一躬，然後退出房間去。

荀詡把門關上，將報告畢恭畢敬地遞給了馮膺。

馮膺也不打開那卷軸，只是用兩隻手來回掂量，荀詡安靜地看著他輕佻地擺弄，一言不發。馮膺覺得時機差不多了，輕輕挑起眉毛，帶著明顯嘲諷的語氣說道：「荀從事，聽說你的人昨天在軍器諸坊的總務有一次行動？」

「是的，我們研判魏國間諜會潛入總務竊取圖紙，因此我們做了埋伏。」

「哦？那麼結果如何呢？」

「很遺憾，設伏失敗，被他逃掉了。」

「就是說，你們在事先知道敵人會來，並調集二十倍人力設圍的情況下，還是被他逃掉了？」

「是的……」荀詡黯然回答到，這確實沒有任何藉口。

馮膺對荀詡的回答很滿意，他把身體稍微前傾了一點，俯視著荀詡。他的房間裡主客之位的高度差刻意被弄得很大，這樣只消身體前傾，就很容易變成居高臨下俯視著別人的姿勢，他很享受這一點。

「荀從事，你接替王大人工作的時候，我一直對你抱有很大希望，相信你的能力必然會對我國情報工作有所裨益。不過從目前這一系列工作的成果來看，我不得不說，很不能令人滿意。」

馮膺慢條斯理地拿著官腔。

「對不起，我會改進的。」荀詡簡短地回答。

「從接到情報到今天，已經十天了。靖安司非但沒有獲得任何有價值的線索，反而坐失了一次絕好的機會。你們任由那個魏國間諜在我國的要害地區來去自如，卻束手無策。你知道軍方怎麼笑話我們嗎？他們說我們司聞曹是個除了敵人以外什麼人都要懷疑的迫害狂團體。」

面對馮膺的訓斥，荀詡坦然受之，絲毫沒有表示出有一絲打算抗辯的跡象，這讓馮膺多少有點意外。

「荀從事，你對靖安司如此糟糕的成績有什麼要解釋的嗎？」

「唔……沒有，不過我認為我們應該拓寬情報管道，試著從各個方面去獲取資訊——不帶任何前提性的限制。」

馮膺雙手交叉墊在自己下頜，饒有興趣地注視這個說話有些棉裡藏針的部下。

「看起來荀從事你似乎有什麼話想說？」

「是的。」荀詡抬起頭直視著馮膺。「我希望馮大人您能批准靖安司對五斗米教展開調查和搜捕行動。根據調查，我們有充分的理由相信它與魏國間諜之間有密切聯繫。」

馮膺聽到這一句話，像是被踩中了尾巴一樣猛地站起身，大喊道：「你說什麼？難道你未經允許就鹵莽地去挑釁五斗米教？」

「不，我只是謹慎地做了一些周邊的調查。」

「究竟是我記憶有誤還是你膽大妄為，我應該強調不准自作主張擅自行動！」馮膺的額頭似乎都被怒火漲紅。

「我認為這是必要的……」

荀詡的話被馮膺的咆哮攔腰截斷。「必要？荀從事，你認為大局是和你們靖安司前一階段工作一樣是可有可無的嗎？」

「如果您所謂的『大局』是指這個的話，那麼我得承認，鄙司的工作相對比較重要。」

荀詡平靜地回答，然後從懷裡取出那支金鑲玉步搖，輕輕擱到案几之上。馮膺一看到這支步搖，原本熊熊燃燒的怒火戛然而止，漲紅的表情急遽褪色，最後殘留在臉上的唯有一團蒼白。他怔怔地看著這個東西，一動不動悄無聲息，彷彿一尊被西涼朔風凍結的石像。

荀詡沒有做進一步說明，這支步搖就足以說明一切了。

「你，你想要怎麼樣……」

馮膺頹然跪回到自己的毯子上，方才盛氣凌人的氣勢煙消雲散，取而代之的是一副被人完全窺破了祕密的惶恐表情，還帶有一點點討好的味道。這一支小小的步搖讓他的心理優勢轟然倒塌。

「我希望您能批准靖安司對五斗米教教徒進行搜捕，具體名單和理由就在那份報告裡。」

荀詡提出了要求。

「我知道了……」

馮膺覺得自己沒什麼選擇，無力地點了點頭，顫抖著拿起一支毛筆簽出一支令箭，把它交給荀詡。馮膺還想把那支步搖拿回來，可手剛伸過去，荀詡已經先行一步，很自然地將那東西揣回到自己懷裡。

「孝和……」馮膺顧不得許多，拉下臉皮來討好地說道：「下次我會為你在姚曹掾和楊參軍面前多說幾次好話的。」

荀詡咧開嘴露出微笑。「那多謝馮大人提攜了。」說完他拿著令箭頭也不回地走出屋子，只留下馮膺一個人抱著腦袋沮喪地趴在案几上，徒然心驚膽戰。

大獲全勝的荀詡走出屋子，恰好看見狐忠站在走廊另外一端衝他招手。荀詡走過去，狐忠越過他的肩膀看了眼馮膺的房間，笑道：「孝和，看來你是釣到了大魚。」

「全托了你的福。」荀詡的話頗有深意，事實上如果不是狐忠提醒他去調閱去年的監視記錄，他不會懷疑柳螢，也就沒辦法找到柳螢與馮膺之間的關係了。荀詡忽然想到，當時狐忠說了一句話：「那可是一個充滿了含沙射影和閒話的世界，正等著我們去挖掘呢。」

最早荀詡以為這是指馬岱的事，但現在看來這句話似乎是別有深意。軍謀司的人一向眼光都很毒，狐忠又整天跟著馮膺，恐怕這件事他早就心知肚明。想到這裡，荀詡不禁心裡嘀咕道：「這傢伙不會早就覺察到，只是一直不說，等著我來出手吧……」

「哎，怎麼了？怎麼忽然發呆？」狐忠問道。荀詡這才如夢初醒，抱歉地笑了笑，對他說：「最近事情太多了，千頭萬緒的。」

「呵呵，不要忘了，後天就是讓那些工匠去安疫館體檢的日子了，你要做好審詢的準備，我們可沒多少時間。」

「哎呀，我真差點忘了……」荀詡拍拍自己腦袋。

根據三月二日馮膺、荀詡與狐忠的會議決議，由於軍方拒絕讓靖安司進入第六弩機作坊盤問工匠，他們會請安疫館出面以檢查虜瘡（即今之天花）的名義將弩機工匠調出來，然後突擊審訊。

「那麼，你那邊聯繫好了嗎？」荀詡問。狐忠跟安疫館的人很熟，這方面的聯絡工作是由他負責。

「唔，已經跟安疫館的人說妥了，通告已經發給了軍方。」

「唉，若不是軍方作梗，何必繞這麼大的圈子。」

「呵呵，別抱怨了，咱們很久沒喝一杯了。對了，叫上成藩，他最近老婆病了，他又開始逍遙起來了。」狐忠拍拍他的肩膀，似乎對荀詡剛才的內心活動毫無察覺。

「等這些事解決以後再說吧……」荀詡苦笑道，同時自嘲地摸了摸臉。「……如果真能解決的話。」

同一天下午，拿到馮膺批准的荀詡回到靖安司，立刻發動了對遼陽縣五斗米教教徒的大搜捕。為了配合行動，荀詡還特意去找了掌管衛戍部隊的成藩，要求他調撥部隊來協助。後者接到公文時正在看歌伎表演，聽到荀詡的要求後不解地瞪大了眼睛。

「你們要抓南蠻大象啊？動員這麼多人。」

「比那個可怕，是五斗米教徒。」荀詡故意板起臉。「那些偏激的傢伙可不是那麼容易束手就擒的。」

成藩一聽，面部肌肉抽動了一下。他揮揮手，叫那些歌伎退去，然後盤著腿轉過身來嚴肅地說道：「孝和啊，我不是不借你士卒，不過你可得想清楚嘍。這若是引起民變，你我可都吃罪不起。」

「這個自然由我一人承擔責任。」

「哎哎，我也不是這個意思……」成藩尷尬地抓了抓頭。「借肯定還是要借給你的，公事嘛。不過要在倉促之間集結這麼多人，也挺費時間。我還得重新安排南鄭的防衛配置。你也知道，我軍的主力兵團已經開始集結，現在城裡士兵不太夠用。」

「那你盡快，這種事拖延不得。」荀詡把公文擲到他懷裡。「總之今天晚上酉時，我要見到兩百名士兵在城北門集合，不然丞相和嫂夫人都不會饒了你的。」說完他拿眼睛瞄了瞄歌伎們消失的側門，成藩只能氣哼哼地應允，一句反駁的話也說不出來。

晚上一直到了酉時又半個時辰，兩百名衛戍部隊才集結完畢。荀詡顧不上去罵成藩慢吞吞的效率，他騎上馬，率領著這兩百名士兵以及三十餘名靖安司行動組的人直奔遼陽縣而去。他還派了快馬先去通知遼陽縣縣尉，讓他調動可靠的人先控制住整個縣的各處要道，以免有人逃脫。

當荀詡的大部隊抵達遼陽的時候，已經是三月五日的丑寅之交了。遼陽縣尉早已經等在城邊，一見到荀詡就迎上來，報告說他一接到命令就立刻派人封鎖遼陽全縣。荀詡拿出裴緒圈定的那二十幾人的五斗米教徒名單交給縣尉，讓他派熟悉道路與居民情況的士卒做嚮導，帶著搜捕部隊前往緝拿。

於是二百三十人的搜捕部隊在當地嚮導的帶領下分成二十餘個單位，向名單上開列的二十餘名目標人物住所同時急速衝去。荀詡則在縣治所坐鎮，等候消息。大約過了一個時辰左右，搜捕支隊紛紛報告說已經控制住了目標，荀詡聽到以後十分滿意，心中暗想我們靖安司總算開始順風了。

但隨著各搜捕支隊的回報越來越多，荀詡卻覺得有些不對勁。因為目前送來縣治所的教徒都是些「鬼卒」級別的教徒，在治所的台階下跪了黑壓壓的一片，「祭酒」級別的卻一個也沒有。大約又等了半個時辰，最後三支搜捕支隊空手而回，向荀詡報告說黃預與其他兩名「祭酒」級的教徒不知所蹤。

荀詡恨恨地拍了一下案子，心中十分惱火。想不到這些傢伙的嗅覺這麼靈敏，這一回又被他們從指頭縫裡跑掉了。這時負責去搜捕黃預的隊長走過來，對荀詡說：「我們在黃預的家中搜到了一些藥材殘渣和帶血的布帶。他家的床上很明顯有受傷過的人躺過的痕跡。」

「還有一套黑色直襠褲與一個面罩。」隊長說完，將這些東西都搬到了荀詡面前。荀詡拿起這兩件衣物看了看，立刻分辨出這是那個黑影在總務偷圖紙時所穿的衣服。

「去問問那些教徒，黃預到底逃去哪裡了。」荀詡拿著衣服站起身來，冷冷地下了命令。

隊長領命而出，很快外面響起了慘叫，很明顯靖安司的人在使用「非仁義」的手段來詢問這些教徒。在法家門徒姚柚統治的司聞曹中，並沒有給儒家留出一席之地。姚柚最喜歡說的一句話就是：「現在並不是奢談仁德的時候」。因此這種作風在司聞曹——尤其是靖安司——內蔚然成風。

大約過了三炷香的工夫，隊長回到治所屋子裡，手裡攥的皮鞭已有斑斑血跡。

「報告，他們一個都不肯說。」

荀詡「唔」了一聲，這些地下五斗米教教徒都是些極虔誠堅定的人，不是嚴刑拷打所能屈服的。隊長問他該怎麼辦，荀詡把衣服丟回到地上，站起身來，大聲命令道：「立刻回城，宣布南鄭全城戒嚴！」

雖然荀詡與這些隱藏在暗處的對手素昧平生，但透過前天在總務的跳崖事件他開始瞭解到，這是一群不達目的誓不甘休的頑強之徒，他們會用盡一切手段去達成目標，即使環境再如何惡劣也不會輕言放棄。

因此，荀詡判斷，他們不會向北逃向曹魏控制的隴西地區，而是向南進入南鄭城中，伺機對圖紙、工匠或者弩機實物其中的一樣下手——他們目前一樣也沒有得到。

雖然三月的凌晨依然是春意料峭，但荀詡感覺到自己體內的血液開始沸騰了。他望著東方隱約出現的魚肚白，喃喃地說了一句完全不符合祕密情報部門風格的話。

「終於要開始正面的對決了……」

第十二章　對弈與對決

南鄭城的居民一大早起來以後驚訝地發現，今天城中的氣氛格外凝重。街道上巡邏的士兵數量大大增加，各處里弄關卡盤查的也比往常嚴格許多，還不時有身穿絳色袍子的靖安司「道士」挨家挨戶地拍門檢查。居民們紛紛心驚膽戰地把門戶關好，不知道發生了什麼事，膽子小的商家索性插上門板，暫停營業。

一名「道士」來到玄武池旁的柳吉酒肆，拍拍大門。過不多時，柳螢從裡面「吱呀」一聲將門打開。

左手緩慢橫放在腰間，右手扶著門框，有意無意地略向前傾了一步。她臉上還帶著幾滴晶瑩的水珠，烏黑的長髮用一支髮釵潦草地紮起來，但仍舊有幾縷垂落在半敞半遮的胸襟之前，顯然她是剛剛起床還未事梳洗。

「道士」乍見這一幅容色嬌媚的美女朝起圖，臉先紅了半截。他雖然沒來過柳吉酒肆，但柳螢的豔名多少是聽過的。望著少女半露的白嫩粉頸，他呼吸一下子急促起來。

「這麼早請問有什麼事嗎？我們要到下午才營業。大人？」

這一聲「大人」叫得那「道士」渾身酥軟，一時間竟忘了回答。直到柳螢又問了一遍，他才狼狽地裝作左顧右盼，以掩飾自己的尷尬表情。

「請問這幾天你這裡可曾見過什麼可疑的人嗎？」

柳螢側過頭想了想，柔聲答道：「啊……好像沒有，酒肆裡最近來的都是熟客，生客也有那麼幾個，不過他們坐坐就走，都不記得了。」她半濕半乾的頭髮披垂在香肩，陣陣幽香飄向「道士」。

「道士」有些心醉，生怕自己把持不住，連忙掏出一片竹簡，拿炭筆在上面畫了一個叉，然後好心地提醒道：「柳姑娘你要小心吶，最近城裡出了幾個五斗米教徒，上面正到處抓他們呢。」

整個靖安司參與「鳳求凰」計畫的唯有第五台的幾個人以及荀詡、裴緒，所以這名普通工作人員並不知道柳螢的真實身分。

柳螢一聽，輕聲「呀」了一聲，嬌軀微縮，似是十分驚恐。「道士」見了，大起了憐香惜玉之心，寬慰道：「不過放心好了，現在全城都已經戒嚴，他們被抓只是早晚的事，柳姑娘也不必如此擔心。」柳螢這才眉頭稍解，轉驚為喜。「真是有勞諸位了，改日小女子一定送去幾罈好酒，犒勞你們。」「道士」哈哈一笑，抱了抱拳，又轉去下一家了。

見「道士」終於走遠了，柳螢這才小心地把門板合好；一轉身，她原本嬌媚的神情變得嚴峻異常。柳螢確認周圍無人以後，穿過中院走到後面廚房，小心地將灶台旁的一個榆木蓋子掀開，地上露出一個地窖的入口，一截軟梯從入口垂下去。

柳螢沿著軟梯下到地窖底部，習慣性地環顧了一圈。這間地窖比一般的地窖大上一倍以上，頭頂用五塊木板撐住了土質頂棚，牆壁上還挖著幾個凹洞，裡面各自擱著一盞搖曳著火光的燭台。而糜沖、黃預、柳螢的父親柳敏以及其他幾名漏網的五斗米教徒就全部躲在這狹小的空間裡。

「螢兒，外面情形如何？」柳敏急促地問道。

柳螢搖搖頭。「現在外面盤查相當嚴，陌生人走在街上一定會被盤問。」

「靖安司的傢伙好厲害，居然能把咱們逼到這地步。」黃預恨恨地說道，昨天晚上他們只來得及通知有限的幾個人撤出，其他人全部被擒，整個遼陽縣的五斗米教網絡為之一空。糜沖靠著牆壁，陰沉著臉一言不發，他的面色還是有些蒼白。

另外一名祭酒大聲問道：「那我們如今怎麼辦才好？」他的腳上纏著繃帶，這是昨天匆忙撤離時不小心留下的傷。

「自然是繼續按計劃行事。」黃預斬釘截鐵地回答道：「只是這樣的小挫折，如果輕言放棄，怎麼對得起師尊？」

「可是……」柳敏瞥了一眼糜沖，後者仍舊一言不發。「雖然還有幾個在城內的聯絡點可以動用，但我們的行動已經被限制得很死，很難再盡情發揮了。」

黃預搖了搖頭，豎起一根指頭。「一次，只要我們能順利行動一次就夠了。第六弩機作坊的工匠將於明天前往安疫館體檢，工匠老何那邊也已經通知了詳細的逃跑計畫。這是我們唯一的機會。」

「可然後呢，我們會在這次行動中全部暴露，即使工匠順利被運走，我們也別想在漢中立足了。」另一名祭酒憂心忡忡地質疑道。

這時候一直沒出聲的糜沖忽然開口說道：「這一點請不必擔心，這件事了結以後，幾位可以隨我一同返回關中。我可以把你們安排到張富張天師身邊，他一定也會很高興的。」

黃預幾個人聽到他的允諾都面露喜色，只有柳敏仍舊滿臉憂慮。這個五十多歲的老頭子搖搖頭，說道：「咳，我擔心的不是這個，而是擔心我們這一次行動的難度。現在的形勢，咳，光靠我們幾個，難啊。」

「爹爹……」

「唔？」柳敏循聲望去，看到他的女兒站在一旁面露猶豫，似乎有什麼話要說。柳螢膽怯地望望四周的人，小聲道：「……我有個提議，只是不知當講不當講……」

「但說無妨。」糜沖示意她繼續說，然後饒有興趣地把頭轉過來，其他人也把視線集中在柳螢身上，這讓這名少女有些不安。她把手放到胸口深吸了一口氣，鼓足了勇氣說：「我想推薦一個人，他也許能給予我們幫助。」

「是誰？」黃預急切地問道。

「高堂秉，他是南鄭衛戍部隊成藩將軍手下的一名屯長。」柳螢一提到這個名字，就覺得心中砰砰地跳。雖然他們兩個根本還不曾談及感情之事，但柳螢卻有一種可以全部託付給他的信賴，所以當柳敏提到現在面臨窘境時，她立刻想到了這個名字。

「高堂秉？就是前幾天救你的那個年輕人？」柳敏聽女兒提到過，但所知不多，語氣裡還是充滿了疑惑。

柳螢雖處於會議中，也不禁面飛紅霞。「正是，他與女兒還算熟識。」黃預懷疑地看了她一眼，似乎很不信任她的判斷，他質疑道：「才認識幾天就這麼信任他？在這個節骨眼上，他不是來故意接近你另有企圖吧？女人在這方面往往很盲目。」

「怎麼會呢?!」柳螢有些惱火地反擊。

「你憑什麼會如此信任他？就因為他救過你的命？那說明不了什麼，他並不知道你的真實身分。」

「我之所以推薦這個人，是因為他與我們一樣。他的雙親都是五斗米教徒，後來被處死。他因此而一直對蜀漢懷有不滿。我有把握把他拉到我們這一邊。」

「這你怎麼知道的？」

「我怎麼會不知道，這幾天我們一直在一起。」柳螢情急之下，說話也大膽起來。

這時糜沖歪著肩膀緩步走過來，站到了柳螢與黃預之間。他的蒼白臉色看起來依然有些衰弱，但無形的威嚴氣勢讓柳螢和黃預都不由自主地閉上了嘴。他抬起一個指頭，示意黃預暫時先不要作聲，然後轉過頭去，兩道疲憊但銳利的目光直直射向柳螢。柳螢覺得這個人的目光總是帶著一種異樣的壓力，朝後面退後了兩步。

「柳姑娘……」糜沖的聲音帶著一絲沙啞的磁性，他從懷裡掏出一把精緻的小匕首遞給柳螢。「我相信你，自然也相信你所帶來的人。不過如果這個高堂秉不值得信任，我希望你能親自處理。」

柳螢猶豫了一下，最後還是把匕首接了過去。

三月五日中午，高堂秉來到了柳吉酒肆。他最近天天都來，不是他陪柳螢去城外拿酒，就是柳螢為他特意做幾樣小菜，儼然關係親密。不過他今天還有一項特別的任務，荀詡懷疑逃走的黃預等人與柳吉酒肆有著密切聯繫，讓他設法查明這一點。

柳吉酒肆和其他一些商家一樣，今天並沒有開門，所以一個客人也沒有。高堂秉走到門前，拍了拍門，柳螢從門縫裡看到是他，趕緊把門打開來。

「螢兒，怎麼今天沒開業？」

高堂秉問道，柳螢看看左右，將門打開半扇，低聲道：「你先進來再說吧。」高堂秉進了門，看到案子上已經放了三碟精緻的小菜，一盤熟煮下水，還有一壺燙好的酒，顯然是柳螢特意為他準備的。

「餓了吧？」柳螢拿了副筷子給高堂秉，最初結識他的激情現在已經慢慢沉澱成為感情，那種心跳加速的迷亂感覺不再出現，取而代之的是舒心的甜蜜。她看著高堂秉夾起一筷油蜜蕨菜一口吃掉，這才露出欣慰的笑容。

「今天一大早就有人來巡查，好像是說城裡潛入了幾個危險的五斗米教教徒，我爹說今天還是不開業的好。」柳螢說完以後，偷偷觀察高堂秉的反應。高堂秉皺起眉頭，啪地把筷子擱到案面上，輕聲歎道：「是啊，今天早上我們接到命令，要嚴格檢查一切可疑人物。不知這次又有多少五斗米教徒要被……呃，不提也罷。」

「您的雙親，好像也是五斗米教徒吧？」柳螢試探著問。高堂秉點了點頭，柳螢又大著膽子朝前試探了一步。「您有沒有想過為他們報仇？」高堂秉聽這話，目光一凜，柳螢趕緊擺擺手，表示自己只是隨便問問。高堂秉苦笑一聲，說：「報什麼仇，處刑的可是我蜀漢有司。我一個小小的漢軍屯長，找誰去報仇？」

「那如果有機會呢？您想嗎？」

高堂秉慢慢扭過頭去，嚴厲地看著柳螢。柳螢心中有些害怕，不知道這句明顯的暗示會對這名古板的軍人產生什麼樣的效果，但她沒有後退，反而迎著高堂秉的目光。過了半晌，高堂秉才徐徐吐出一句話來：「螢兒，可不要亂說，這要殺頭的。」

「若是連父母之仇都尚不能報，哪裡能算得上是大丈夫呢？」柳螢反駁道。高堂秉悶聲不語，只是拿起酒杯一飲而盡。柳螢看見高堂秉的反應，感覺在他堅固的外殼逐漸產生了龜裂。於是她做了一個大膽的決定。

「實話跟您說，逃跑的那幾名五斗米教教徒，全部都藏在我家中。」

聽到柳螢突然這麼說，高堂秉大吃一驚，酒杯匡噹一聲被碰翻在地。「螢兒你在胡說什麼？」

「螢兒說的，句句都是實話。不光他們，就連螢兒和爹爹，也都是五斗米教的教徒，和您的父母一樣。」柳螢鎮靜地扶起酒杯，神情嚴肅地對高堂秉說：「高堂將軍您現在就可以把我們抓去見官了。」

「……怎麼會這樣。」高堂秉把頭低下喃喃自語，似乎完全不相信這是真的。柳螢見高堂秉留在原地沒動，知道自己這一次賭贏了。

「我和爹爹一直都是五斗米教在南鄭城中的祕密成員。昨天靖安司突襲了我們在遼陽的據點，黃祭酒和魏國來的糜先生僥倖逃脫，躲來了我們家。現在蜀軍滿城在找的，就是他們。」

「還有魏國人？」高堂秉對此早就知道，但聽到柳螢親口說出，還是難免有些吃驚。

「是的，張富——您知道，就是繼承了張魯大人師尊的人——委派我們配合糜先生的行動，設法弄到蜀國最新型弩機的相關資料。」柳螢索性將事情和盤托出，她相信要說服高堂秉，必須要主動出擊。

「高堂將軍，加入我們吧，這也是為了你的父母。」

柳螢最後提出了要求，高堂秉聞言猛然抬頭，聲音提高了八度：「你叫我叛國？」

「不是叛國，而是離開一個與你有父母之仇的國家。」柳螢急切地說道：「我們現在需要你在軍中的配合，如果你肯加入，我們就能順利獲取弩機資料，帶著它前往魏國。糜先生已經承諾會給我們優厚的酬勞與棲身之地。我們可以在師尊身邊開始新的生活。」

說到「我們」時，柳螢面色發紅，說不清是因為激動還是因為終於把心事說了出來。她相信，除了「父母之仇」以外，這也是一個說服高堂秉相當重要的籌碼。聽完柳螢的說辭，高堂秉一言不發，表情凝重。他的猶豫被柳螢視為一個動心的徵兆。而高堂秉的心裡卻在思考著截然不同的東西。

現在如果通知靖安司的人來圍捕，顯然可以將他們一網打盡；但從柳螢的話裡，似乎他們仍舊在策劃什麼計畫，且與弩機技術密切相關，這一點必須要弄清楚才行。現在荀詡和裴緒都不在身邊，他只能自己做出判斷了。

「螢兒……」高堂秉下了決心。「我知道了，我考慮一下……」

柳螢聽到他這麼說，長長地出了一口氣；她的後襟已經快被冷汗溻透，背握著匕首的左手手心一片潮濕。

……高堂秉的腳底接觸到地窖的地面時，他不由得深深地呼吸了一下，一股冰冷的空氣衝入肺部，讓整個人精神為之一凜。現在，讓整個靖安司寢食難安十幾天的敵人們即將出現在他的面前，這叫他下頜的肌肉有些異樣地緊繃。高堂秉沒有餘裕去通知荀詡目前情勢的變化，只能祈禱尾隨著他做支援工作的阿社爾與廖會能夠有些默契。如果他們誤判了局面，貿然衝進柳吉酒肆搜捕，那麼深入敵人陣地的他將會被第一個幹掉。

柳螢在旁邊牽住了他的手，高堂秉的眼睛還沒適應地窖的黑暗環境，但他能感受到少女綿軟溫潤的玉手。不過他現在內心翻騰的不是喜悅，而是歉疚——雖然這並不妨害他履行職責。

「這個人就是高堂秉？」一個粗壯的中年人用食指指著高堂秉說，語氣裡滿含著不信任。高堂秉同時覺得有兩個人夾在了自己左右。

「正是在下。」高堂秉挺直身體，不卑不亢地回答。黃預走上前去，湊到高堂秉面前像獵狗一樣上下仔細打量，彷彿要嗅出他身上每一絲可疑的氣味。柳敏和柳螢在一旁不安地看著，糜沖則把自己隱藏在地窖角落的黑暗中。黃預轉了幾圈，盯住高堂秉的眼睛忽然問道：「何謂『三業六通訣』？」

「在下不知。」

「那麼何謂『黃書合氣』？」

聽到這個問題，柳螢面頰有些發燙。「黃書合氣」是五斗米教中男女雙修的祕要，她心已有所屬，於是懷疑黃預是否意有所指。

高堂秉這時候回答說：「在下也不知道。」黃預仰面乾笑了幾聲，突然目光一凜，厲聲道：「連這些教義都不知！還敢說你不是混入我教的奸細?!」面對他突如其來的指責，高堂秉不動聲色，把雙手背到背後，以平常的語調回答：「在下父母是五斗米教教徒，在下卻不是，又怎麼會瞭解這些東西。」

「你在撒謊！」黃預大喝。「蜀漢鎮壓五斗米教是在章武二年才正式開始的，距今不過九年。就算你的父母在那時被處死，你在那之前也早就懂事成人，又怎能不瞭解？」

高堂秉抬起右手揑揑太陽穴，彷彿對黃預的指責覺得很無奈。「黃祭酒，我想有一件事你有所誤解。我從來不曾是五斗米教教徒，對它也並沒有興趣。」

黃預從鼻孔裡冷冷哼出一聲。

「也許螢兒對你們的解釋和我的動機有所偏差。」高堂秉鎮定地回答。「我之所以決定加入你們，不是因為我對張天師的忠誠，而是為了我父母的死亡……當然，還有另外一個原因。」說到這裡，他看了一眼柳螢，後者羞澀地低下頭。

「為了女人？」黃預枯黃的臉上浮現出不屑的神情。「今天你會為女人加入我們，我怎麼知道明天你不會因為另外一個女人背叛我們。」

高堂秉指指天花板。「如果我是為了抓到你們，我在地面上時就已經示警了。這地窨再大也終究是個地窨，一旦被包圍，你們怎麼也逃不掉的。」柳敏聽到這番話，臉色變得有些蒼白，柳螢捏了捏爹爹的手，讓他不必如此緊張。

「花言巧語！我告訴你，我根本不會信任一個蜀漢的軍人！」

「我也是。」高堂秉簡短地回道。

黃預的喉嚨裡發出一陣低沉的威脅聲，自從遼陽五斗米教幾乎全軍覆沒以後，他一直處於一種不太安定的精神狀態。高堂秉毫不畏懼地與他對視，黃預感覺到自己就像是碣石前的海浪，儘管每一次都洶湧地撲過去，但對方仍舊屹然不動。

這時隱藏在黑暗中的糜沖發話了。「黃祭酒，不要如此衝動。孟子曾經說過：存乎人者，莫良於眸子。眸子不能掩其惡。胸中正，則眸子瞭焉；胸中不正，則眸子眊焉。我看高堂將軍的眼神明亮，專注不移，不像是說謊的樣子。」

「那可不一定，萬一他是靖安司派來的間諜呢？」黃預仍舊不甘心地辯解道：「那些傢伙是受過專業訓練，撒謊時連眼睛都不會眨一下。」

「黃祭酒，如果高堂將軍主動提出加入，那您的懷疑是可以理解的。但事實上人是我找來的，要求是我主動提出來的，靖安司再神通廣大，怎麼會算到這一步？」

柳螢見心上人受到了懷疑，禁不住發言辯駁。她的話也沒錯，荀詡在一開始設計「鳳求凰」計畫的時候，沒有想到會演變到今天這個形勢。高堂秉給她送過去一個眼神，右手朝下擺了擺，叫她稍安勿躁。

這時糜沖站起身來，踱著步走到高堂秉跟前，瞇起眼睛端詳起他來。高堂秉比他高出一頭，不得不低下頭去與這個略顯瘦小的精悍男子對視，同時心裡在想，這個人就是我們一直在找的魏國間諜。他比想像中要矮，長相極平凡，五官比一般的農民還要「農民」，混雜在人群裡絕不會引人注目，也不會給人留下什麼印象。唯一醒目的是他的眼睛，那是一雙鷹隼般銳利的眼睛，彷彿一把被泥土裹住的青銅劍偶爾露出的鋒芒。

不知道為什麼，高堂秉覺得糜沖銳利的眼神背後還隱藏著其他一些東西。這時糜沖忽然開口，像私塾裡循循善誘的講經博士一樣問道：「我很想聽聽，高堂將軍，你對我們有什麼好的建議？」

「最起碼，你們現在該派一個人上去守著酒肆，而不是所有人都擠在地窖裡。」

高堂秉立刻回答，糜沖先是一愣，然後哈哈大笑起來。他轉頭對柳螢說：「我覺得高堂將軍可以信任，和柳姑娘你一樣。」

柳螢喜出望外，跳到高堂秉面前拉住他的手，心裡充滿無限喜悅。得到糜沖的首肯，這就等於是承認了高堂秉的加入。只有黃預惡狠狠地橫了一眼高堂秉，悻悻退到一旁，從懷裡掏出一本粗黃封皮的《老子想爾注》，恭敬地放至高處，並在兩側各擺了一支香燭。

「師尊，希望是我錯了。」他默默想著，同時兩隻手掌與額頭平貼在土地上，向著那本書大聲祈禱道：「願師尊與我們同在，保佑我們諸事亨通。」隨著他的聲音，柳敏、柳螢和其他教徒也都紛紛伏在地上，加入到祈禱中來。

只有兩個人沒有加入祈禱的行列，他們站在原地一動不動，各自懷著心事。

次日，也就是三月六日。第六弩機作坊一大早就通知全體工匠中止工作，集中前往安疫館進行身體檢查。安疫館的通知是三月四日下達的，第六作坊的主管黃襲雖然覺得這多少有些突然，但也沒有往別的地方聯想。這幾天弩機的產量指標基本達成，而工匠們也幾乎快達到極限了，於是黃襲想趁這個機會給他們一天休息也好。

安疫館位於南鄭城北部梁山山區的一處盆地之中，四周為半土半石質地的荒僻山嶺所環繞，只有一條崎嶇小路與外界聯絡——這個選址是為了隔離可能出現的傳染疫病。建興三年，諸葛丞相在蜀漢南部地區採取了一系列針對南蠻邊境民族的軍事行動，結果漢軍在進攻南中四郡時遭遇了傳染性很強的瘧疾，許多野戰部隊幾乎喪失了戰鬥力。這一事件給蜀漢軍方留下了深刻印象，諸葛丞相返回成都後立刻指示在各大軍區設立安疫館，以免疫病再度流行。

第六弩機作坊一共有兩百三十七名工匠，加上護衛的人數一共接近三百人。安疫館雖然地處偏遠，但畢竟還是在蜀軍控制範圍之內，因此黃襲也沒有派遣過多的護衛部隊。這一支長長的隊伍從第六弩機作坊出發後，先沿著官道到達南鄭城郊區，然後轉頭折上北邊，渡過漢水後進入梁山。

隊伍進入梁山以後，視野一下子變窄變陡，坡度起伏極大，隨處可見土嶺天坑，而通往安疫館的小路就在溝壑斷崖之間崎嶇而上，頗為險峻。原本騎馬的護衛兵們都不得不在山麓下馬，和工匠們一樣徒步朝山上走去。

兩百多名工匠排成縱隊，三人一排，低著頭朝山上走去，相對數量較少的護衛們則稀疏地走在工匠隊伍兩側。押隊的軍官拖在隊伍的最後面，他是唯一騎馬上山的人。不過現在他有些後悔自己的這項特權，因為馬蹄經常踩到鬆動的石頭，石頭發著巨大的隆隆聲滾下山去，他幾乎不敢往下看。

隊伍在半山腰行進了一個多時辰，來到了一處被稱為「參商橋」的地方。這裡名字叫做橋，實際上卻是兩個相對而峙的斷崖，左邊叫參崖、右邊叫商崖。兩邊崖面相距約有五、六丈寬。行人必須沿著參崖旁一處木製棧道下去，然後沿著下方峭壁繞一大圈才能爬到商崖。

帶路的副將謹慎地喝令整個隊伍停止前進，然後先派了兩名士兵下去探路。過了一會兒，那兩名士兵出現在對面的商崖，做了個一切平安的手勢。副將鬆了一口氣，看來棧道目前的狀況良好。於是他命令隊伍變成兩人一排，然後每排間隔兩尺，一排一排地慢慢扶著棧道內壁走下去。護衛兵們也被編成幾個小隊，將短刀收入鞘中——這是為了防止在狹窄空間裡造成意外傷害——夾在工匠的隊伍中慢慢朝前走去。

忽然，隊伍中的一名工匠痛苦地叫了一聲，然後彎下了腰。

「怎麼了？」一名護衛兵走過來問道，這個工匠他認識，叫老何。

老何抱住右邊小腿，一臉難受地說道：「剛才一下子沒小心，被石頭絆到了。」

「能站起來走嗎？」

「能是能，不過傷到筋，半條腿全麻了，得停一下。」

護衛兵抬起頭看看後面被迫停頓的隊伍，皺了皺眉頭。他把老何攙扶到路旁的砂地上擱下，讓隊伍繼續前進，然後對老何說：「你先在這裡歇著，一會跟著隊伍尾巴走。」

「多謝多謝。」老何忙不迭地點點頭，躺在地上繼續揉小腿肚子。

經過這麼一個小插曲後，隊伍繼續通過參商崖的棧道。大約用了四分之一個時辰，大部分工匠和護衛都已經順利抵達了商崖，最後在參崖的只剩下押隊軍官、兩名護衛兵與老何。

押隊軍官此時正牽著馬戰戰慄慄地邁上棧道，這可是一件危險的工作，如果馬匹忽然發起性子來，那恐怕這個用木樁和藤條搭建起的棧道就會連人帶馬掉到山澗裡去了。押隊軍官走了幾步，然後又退了回來，將韁繩交給其中一名護衛兵。那個倒楣的衛兵沒辦法，只好極端小心地牽著馬匹再次走進棧道。

「喂，你現在能走了吧？」剩在參崖的衛兵對老何喝道。老何一邊含糊不清地繼續揉著小腿，一邊緊張地左右來回地看。

就在這時，押隊軍官忽然看到旁邊的草叢裡發出窸窸窣窣的聲響，他以為是野兔或者山雞，於是走過去張望。忽然，一團黑影從草叢裡一下子衝出來，撲到軍官身上對準太陽穴就是三拳，軍官登時暈倒在地。旁邊的護衛兵一時間竟然呆在原地沒反應。這一短暫的遲疑要了他的命；另外一個人從他背後出現，用手臂扼住他的咽喉，抽出了他的短刀從背後刺了進去。

「老何？」

黃預鬆開護衛兵的屍體，捏著滴著血的短刀朝老何走過去。老何有些害怕地朝後縮了縮，膽怯地問道：「是于程兄弟的人嗎？」

「是的，快走吧。」黃預把老何從地上拽起來，斜眼瞥了瞥高堂秉，後者抬腿將暈倒的軍官踢到了一邊。

已經抵達商崖的士兵們看到這一幕，全都大吃一驚。他們能清楚地看到這邊的情形，但是卻鞭長莫及，參、商兩崖之間隔著五、六丈寬的山澗。急瘋了的副將大吼著命令全體回轉趕回參崖，但這根本無濟於事；棧道上現在全是人，在這種狹窄的地方，無論是繼續前進還是立刻回轉，都不是一下子就能做到的事。

最麻煩的是，棧道上最靠近參崖的是那個牽著馬匹的護衛兵，他心裡不管多急也只能慢慢移動，否則就會連人帶馬一起掉下去。前面的人即使想回頭折返到參崖，也必須得跟在他後面蹭——這時候又有三、四個匪徒出現在棧道口，誰想過來都少不得要挨上一刀。

黃預看了看亂成一鍋粥的對面，冷冷說道：「任務完成了，我們快走！」

於是黃預、高堂秉、老何以及其他幾名配合的五斗米教徒迅速消失在參崖旁邊的山谷中，只留下一個暈倒的軍官、一具屍體、一個牽著馬匹滿頭大汗的士兵和其他一大群不知所措的人。

順利救出老何的隊伍，輕車熟路地沿著一條不為人知的小路來到一處山坳中。在那裡，柳敏、柳螢父女和其他人已經焦急地等候多時了。當他們看到隊伍裡多出一個人的時候，就知道已經事情成了。

「成了嗎？」柳敏還是想問上一句。

「成了。」黃預點點頭，看了一眼仍舊有點惶惑不安的老何。柳敏喜不自勝地牽著高堂秉的手說：「若不是高堂將軍你暗中出力，我們怕是連南鄭城都出不來呀。這一次你算是立下大功了！」

「爹爹！」柳螢嗔怪地看了柳敏一眼，轉頭抱住高堂秉的雙臂，關切地問道：「你有沒有受傷？」高堂秉只是低聲說了句：「還好。」

「現在還不是閒聊的時候，還沒脫離危險呢！」黃預提醒他們，同時叫人把事先藏好的馬匹牽出來。這些馬匹都是高堂秉弄來的，備做逃亡之用。

按照計畫，他們將騎馬從一條名叫褒秦道的小路穿越梁山，在山麓路口與聯絡接應部隊的糜沖會合。糜沖說只要朝西北方向走，不出一天就可進入褒水流域，接著一路北上至綏陽小谷，曹魏的陳倉駐防部隊就會前來接應。現在蜀軍正打算在隴西西南部用兵，這裡邊境是不敢鬧出太大軍事衝突的。

各人各自上馬，朝著褒秦道急馳而去。黃預在馬上忽然問了高堂秉一句：「你剛才為什麼不殺了他？」

「何必，你們五斗米教徒不也講究太平之道嗎？」高堂秉回答，黃預陷入了沉默。

到了中午，逃亡隊伍接近了褒秦道，道路越變越狹窄，兩邊山勢逐漸升高，地勢十分險要。隊伍放慢了速度，徐徐而行，眼見著前面兩側山嶺高高拔起，將中間道路擠得只剩一條線寬，彷彿函谷關口一般。旁邊一塊半埋在土中的石碑上寫著：褒秦道。

「糜先生來接應我們了……」為首的教徒看到道口有一個人影，不禁興奮地高喊道，但他喊到一半，整個人僵在了那裡。

負手站在道口的不是糜沖，而是荀詡。

第十三章　對決與結局

這支隊伍中除了高堂秉，沒有人認識荀詡，但當他們看到前來接應的不是麋沖時，就已經意識到事情不妙了。

「快撤！」

最先反應過來的黃預立刻撥轉馬頭，大聲叫道。這時已經太晚了，早就埋伏好的靖安司直屬部隊從小路的後面和兩側山林湧出來，一下子將他們前後的退路圍得水泄不通。

眾人一見這樣的陣勢，都意識到今天是絕不可能逃脫了。黃預捏住轡繩鐵青著臉一言不發，柳敏與老何只嚇得伏在馬背上瑟瑟發抖。柳螢雖然面色蒼白，神情卻堅毅非常；她縱馬來到高堂秉身邊，一雙眸子深情款款地望著身邊的心上人淒然說道：「秉郎，今日能與你死在一起，我也心甘了。」

高堂秉聽到這番言語，眉宇間露出不忍神色，他只能垂頭閉眼，牙齒拚命咬住嘴唇，隱然有一道血絲滲出；直到荀詡在遠處發出一聲呼號，他才極不情願地睜開眼睛，深深吸入一口氣，伸出右臂攬住柳螢的纖腰，一用力，一把將她從馬上抱到自己身邊。

柳螢初時還以為他要在這臨訣之時向她表示親暱，又驚又喜；但很快她就發現不對勁了，高堂秉夾著她朝著荀詡的方向走去，而兩側的靖安司士兵一動不動。

「秉郎，你這是做什麼？」柳螢在他懷裡掙扎著，花容失色。高堂秉也不回答，只是悶著頭朝前走去。身後黃預、柳敏等人不知發生了什麼事，都呆立在原地。

一直到了荀詡跟前，高堂秉這才翻身下馬，將柳螢雙手背過去攥住，衝荀詡微一鞠躬。

「你辛苦了。」

荀詡欣慰地拍拍他的肩膀，高堂秉淡淡回答道：「一切為了漢室的復興。」

原本還拚命掙扎的柳螢一下子凍結住了，這簡單的一問一答說明了一切問題。這個衝擊實在太突然，柳螢的世界一下子完全坍塌下來。「黃祭酒是對的，這一開始就是一個圈套，我完全就是被利用了。」

聽到她喃喃自語的高堂秉輕輕把手鬆開，顫聲道：「螢兒……我……我……」

柳螢此前想到過無數種後果。幸福地與父親和情郎生活在魏國的鄉村，繼續開著酒肆，為一日三餐奔波，給他生幾個孩子，晚年的時候回憶此時，當作童謠講給兒孫，被當作吹牛；被魏國利用完之後祕密處決，自己心愛的人死在一起；沒有逃出靖安司的搜捕，面對刀劍從容赴死，哪怕沒能盡最後的孝道，也一定要跟這個傻大個一起死。因為柳螢愛他啊，愛人不就是那種無論怎樣也會為了對方著想，不會背叛不會自私的人嗎？至少柳螢自己到醒悟前的瞬間一直是這樣認為的。

「事實又怎麼樣了呢，這個人從頭把我騙到了尾，若有來生我恐怕不會再相信男人。可是……到現在，我恨他，卻也無法停止去喜歡他……到底為什麼，他不是我的仇人嗎。不對，他還是我的愛人……他害得我父親和大家都被抓捕，都會被蜀漢當作間諜罪處死。他利用我，利用我對他的好感來坑害無辜的大家。為什麼我還是，還是無法去討厭他……」

柳螢身邊的時間彷彿再沒有流逝過，她的目光停留在面前的這個笨蛋上。

「醒醒吧，柳螢。你被騙了啊，從始至終這都是騙局，他也沒有喜歡過你，一切都是場可怕的惡夢。去親手結束它吧……就算今天大家逃不脫天羅地網，也要讓這個騙子死在你手裡。」

柳螢只能這樣告訴自己，麻醉自己，因為她明明知道，高堂秉的確是真的來欺騙她的，可這個笨傢伙和自己並非沒有相愛的感覺。或許一個女孩子家，提及到愛情總應該矜持，但她卻無力否認什麼，也不想去改變什麼了。

「既然我們的愛無法長久，那就讓它從現在起銘刻在你我心中好了。」

柳螢突然之間笑了起來，她的笑容永遠是如此美麗，可是現在卻無法阻擋她這笑聲中帶著的些許淒涼，聽得讓人從內心深出冒出寒意，這聲音穿透了高堂秉和荀詡，甚至讓他們感到局促不安。高堂秉囁嚅著還想說些什麼，柳螢止住了笑聲。用手指擺了擺，示意他什麼都不用說，然後整個人一下子撲到他懷裡，將自己的嘴唇重重地印在了高堂秉的唇上。對他，柳螢從來都是溫柔到令人嫉妒。此時的柳螢在阿社爾等人看來，就和在酒肆裡那個惹人憐愛的夢中情人一般無二，這場景幾乎自然到讓人覺得只是尋常情侶在暗處的私會。高堂秉順從地閉上眼睛，任由這個親吻進行下去，一向務實的他在一瞬間也希望此刻能變成永遠……

親吻在持續著，荀詡不知道該做些什麼，五斗米的教眾也不知道該幹什麼。柳敏更是尷尬得要死，在性命攸關的時刻，女兒竟然還和細作在搞兒女私情，難道她也想出賣父親和教眾投靠蜀漢？不會的，自己的女兒絕不是那樣的人。柳敏的把握其實並不大，他的女兒對他來說才更像是被欺騙和玩弄的工具，自己沒有再多的給過她父愛，而自己的身分又註定了自己的家人永遠無法得到正常的生活。此時就算女兒真的陣前倒戈，怕是他也不能有什麼怨言吧。一炷香時分，柳螢慢慢離開高堂秉的懷抱，蒼白的臉上浮現出奇妙的滿足感。離他們距離最近的荀詡覺得事情有些不對，走近了兩步，赫然發現一柄精緻的匕首正插在高堂秉的胸膛，柳螢的兩隻手正緊緊握著刀柄。

這一下，可以說是橫生驚變，在場所有的人都驚呆了。

「快！把他們分開！」

荀詡揮舞著雙手，趕緊大聲喊道，阿社爾與廖會飛快地撲上去。柳螢「唰」地抽出匕首，二人登時停下腳步抽出兵刃，臉上滿是一種難以言喻的表情，也不敢去正視柳螢的眼睛。柳螢回首深情地望瞭望高堂秉，嘴角動動，不知道說了些什麼。後者任由胸前鮮血汩汩噴湧卻一動不動，一雙凝視著她的眼睛表明神智仍舊清醒。柳螢閉上雙眼，俊秀的面龐流下兩行淚水，甚至已經把前襟都打得濕透。臉上始終是笑，再沒有半分怨恨。高高舉起匕首「噗」地一聲插入了自己的胸膛，嬌弱的身軀倒在了地上。沒有看自己的父親和任何其他人。

「螢兒！」

遠處柳敏見女兒自盡，不禁在馬上放聲大哭。他此刻絕不好受，甚至可能比一般的喪子之痛還要難過許多，但是這又能改變結果嗎？

阿社爾與廖會這才衝到高堂秉身前。廖會撕下自己衣服上的一塊布襟捂住他胸口潺潺流出的鮮血，阿社爾手忙腳亂地從懷裡掏出止血用的創藥，一瓶全倒在了高堂秉胸前。一直到這時，高堂秉才緩緩合上眼睛，彷彿如釋重任……

荀詡屏著呼吸問道：「傷勢如何？」

阿社爾帶著哭腔回答：「怕是沒救了……」

荀詡望著已經陷入昏迷的高堂秉，難過地閉上眼睛，恨自己為什麼不早早將那二人分開。他再扭過頭去看柳螢，馬忠蹲在她身邊，衝荀詡搖了搖頭，表示她已經氣絕身亡了。

「你們三個，留下來看護高堂秉。」荀詡攥緊拳頭，低聲對他們下了命令，然後轉身走開。現在還不是悲痛的時候，眼下還有更重要的公務要處理，荀詡相信唯有完美地將這件事情了結，才對得起高堂秉所付出的犧牲。

此時剩餘的幾名五斗米教徒已經全部被靖安司控制住了，那些教徒知道已經是絕望之境，索性沒有抵抗。士兵把他們一個個五花大綁，排成一排。荀詡踱著步子挨個審視了一遍，柳敏已經哭得不成樣子；黃預仰首朝天，一臉的桀驁不馴；而老何則蜷縮成一團，如篩糠一般顫抖著。

荀詡來回了兩遍，最後站到了黃預面前，厲聲問道：「那個叫糜沖的人，他在哪裡？」

黃預聞言先是一愣，然後立即沉下臉來，朝地上啐了一口痰，裝作沒聽到荀詡的問話。

荀詡也愣住了。黃預儘管沒有說話，但他的表情沒有逃過荀詡的觀察——黃預對於糜沖的失蹤毫不知情。

高堂秉昨天離開柳吉酒肆後，立刻趕回了靖安司彙報了行動細節——黃預等人計畫在三月六日的參商崖劫出工匠，然後在褒秦道口與糜沖會合，逃往魏境。荀詡大喜過望，他立刻指示靖安司全力配合高堂秉。今天早上，荀詡從府庫內調了一批馬給高堂秉，並暗中放鬆了靖安司對南鄭城的檢查，好讓黃預等人順利潛出城去。接下來荀詡親自率領大隊人馬來到褒秦道埋伏，打算將這些人一網打盡。結果黃預等人如期出現，而糜沖自始至終都沒有露面。

「難道他覺察到了我們的埋伏，於是先跑了？」

一個令人懊惱的念頭進入荀詡的腦海，這不是不可能，糜沖這個人的能力是絕對不容低估的。想到這裡，荀詡蹲下身來，隨手拽下一根青草，心裡又是沮喪，又是欣慰。沮喪的是他兩次都敗在了這個人的手下；欣慰的是，他總算讓糜沖一無所獲，他想要的工匠也被靖安司成功截獲了。

就在這時，遠處傳來一陣急促的馬蹄聲。荀詡見到一騎白馬飛馳而來，騎士背後插著三面紅旗，這是靖安司信傳使的標記，三面紅旗意味著「至急」。

騎士一直飛奔到荀詡身前，這才急急拉住韁繩。他翻身下馬，將一份書信交給了荀詡。

「荀大人！裴都尉急報！」

荀詡急忙拆開信紙，上面只潦草地寫了一行字：「軍技司被盜，圖紙丟失，速歸。」荀詡讀到這裡，腦袋「嗡」的一聲，一股惡氣在胸中炸開，他幾乎要當場暈倒。

完全上當了……看來高堂秉的偽裝根本沒有逃過糜沖的眼睛。這個可怕的人將計就計，讓靖安司誤以為他的目標是第六弩機作坊的工匠；而實際上，劫持工匠的計畫只是用來吸引荀詡注意力的煙幕彈，他的真正目標卻是戒備鬆懈的軍技司。甚至連黃預、柳敏父女等五斗米教教徒都被他蒙在鼓裡，成了他手裡的幾枚棄子。

「這……實在是……」

意識到自己完敗的荀詡無暇多想，他匆忙交代了部下幾句，然後心急火燎地隻身趕回「道觀」。在返城的一路上，他一直在想：這個糜沖竟然如此神通廣大，可以把整個靖安司在自己的地盤上玩弄於股掌之中，屢次占得先機；這究竟是他的能力無邊，還是說蜀軍內部有老鼠協助他……

但無論如何，圖紙現在已經被盜，靖安司以往的一切辛苦都付之東流。荀詡一想到這裡就懊喪無比，只能拚命鞭打著坐騎，企圖透過狂奔來排遣心中的鬱悶。

當他抵達「道觀」的時候，看到門口站著兩個人。一個是靖安司的裴緒，還有一個是軍技司的從事譙峻——這個曾經誇口軍技司的保安措施最為完善的技術官僚一下子蒼老了許多，彷彿秋季梧桐樹下的落葉一樣瑟瑟發抖。

「怎麼回事?!」

荀詡顧不上客套，他翻身下馬看了一眼譙峻，直接問裴緒。裴緒告訴他，今天早上軍技司對司局所在的山洞內部進行例行清掃，並打開了三個排氣通道進行換氣。

「換氣？」

「是的，軍技司因為安置在山洞中，每隔三天就必須要通兩個時辰的風。軍技司的山洞有三處天然的石穴通道與外界相聯，平時裡面用石丸填住。山洞需要換氣的時候，會把石丸移開暢通風道。」

「然後糜沖就趁這個機會從其中一個通道潛入軍技司，偷走了圖紙？」

荀詡說，裴緒沉痛地點了點頭。這時候譙峻在一旁兀自難以置信地嘟囔著：「那三個通道每一個都有百步之長，而且裡面寬窄不一，崎嶇彎曲，內壁上又滿布嶙峋突石，一個普通人怎麼可能爬進爬出……」

「他可不是什麼普通人……」荀詡冷冷地糾正了他的錯誤。

裴緒繼續說：「目前確定丟失的圖紙是『蜀都』與『元戎』兩份設計圖。這兩份圖紙昨天才剛剛被諸葛丞相調閱過，所以單獨擱在了一起，沒有立刻歸檔封存，結果就出了這樣的麻煩。」

荀詡點了點頭，這一切他都在接到裴緒急報的時候就已經預料到了。最壞的結果。

「譙從事，難道當時在圖紙旁邊的一個人都沒有？」

譙峻木然地搖了搖頭。「半數守衛都被調出去參與南鄭的封鎖工作了，剩餘的一半……可誰能想到，會有人從通風口爬進來拿走圖紙呢……」

「我們現在怎麼辦？」裴緒問。他看到荀詡滿面塵土，勾手叫旁邊的士兵立刻送來一條毛巾。荀詡「唔唔」謝了一聲，用手接過浸過涼水的毛巾拚命搓了搓臉，努力讓自己冷靜下來。

「我們還沒輸……現在五斗米教已經完全崩潰，沒有他們的協助，僅憑糜沖一個人不可能在南鄭城立足，也不可能突破我軍的封鎖從南鄭長途跋涉返回魏國境內。」荀詡說到這裡，頓了一下，把毛巾遞還給裴緒，拿起瓷碗喝了一大口水，然後接著說道：「他只能去找那個隱藏在我軍內部的老鼠尋求協助，這是他唯一的選擇。」

「那隻老鼠是誰？」裴緒緊張地問。荀詡搖了搖頭。「不知道。」他仰頭看了看天色，擱下瓷碗匆忙又上了馬。裴緒一愣，連忙問道：「您這是要去哪裡？」

「去問問那些被背叛的人，這是我們唯一的希望了。」

荀詡在馬上偏過頭疲憊地回答，然後雙腿一夾馬肚，絕塵而去。裴緒望著他的身影徹底消失以後，才攙扶著譙峻回到「道觀」，他還有很多善後的事要作。

此時已經是日頭偏西，荀詡一個人策馬按原路朝著褒秦道狂奔。靖安司的人現在應該正押著黃預等五斗米教徒返回「道觀」，他希望能在半路截到他們，越快越好。

到了太陽完全沉入西邊地平線，黑暗徹底籠罩了漢中大地的時候。荀詡幸運地碰到了剛剛拐上大路的押送五斗米教徒的隊伍。他們點起了火把，所以在黑夜中反而比在黃昏時候更加醒目。

荀詡衝到隊伍跟前，喝令他們停止前進。藉著火光，他看到站在隊伍最前面的是阿社爾，在他身後是一副用樹枝搭起來的擔架，裡面鋪著軟草，高堂秉就躺在上面一動不動，身上蓋著廖會的衣服；他的後面是另外一副擔架，上面的人用布蒙住了面部，從身形看似乎是個女子；而黃預、柳敏、老何等人則被押在隊伍中後部，他們每個人都五花大綁，幾十名士兵圍在四周。

「高堂秉現在怎麼樣？」

荀詡有些驚訝地問道，他以為高堂秉已經殉職了。阿社爾半是高興、半是憂愁地回答：「還算幸運，那個女人扎偏了，避開了心臟，我們已經給他幫傷口包紮起來了。目前似乎還有氣息，但很微弱，不知道能不能撐到南鄭。」

這個消息多少讓荀詡的情緒舒緩了一些。他顧不上多說，徑直驅馬來到黃預跟前。黃預雖然雙手被縛，卻仍舊是一副倨傲神情，對荀詡不理不睬。

荀詡知道正面強攻無法撬開這個人的嘴，唯一的辦法是讓他的內心產生裂隙。荀詡站到他跟前，開始用一種平淡的語調對黃預說道，那口氣就好像是與老朋友傾談一般。

「我知道糜沖帶來了你們的師尊張富的符令，要求你們全力協助他。」

黃預理都不理他。

「我猜他允諾你的是等到魏軍滅了蜀國，會給予你們五斗米教傳教的自由，對嗎？」

「哼。」

「所以你們就發動了全部教徒，利用一切資源幫他，以至落到今日的境地。」

「呸！」

「今天白天。」荀詡換了一個口氣，聲調略微提高了一些。「蜀軍軍技司被盜，兩份涉及到軍事機密的圖紙被人偷走。」

「這太好了。」黃預冷冷回答。

荀詡沒有生氣，而是繼續說道：「經過調查，有充分的證據表明，這是你們的朋友糜沖所為。」

黃預聽到這一句，眼睛陡然睜大，一下子想到了什麼。荀詡微微一笑，替他說出了他心中的話。「你們的朋友糜沖把你們當做誘敵的餌，吸引了我們的注意，然後自己前往守備空虛的軍技司，得到了他想得到的東西。」

黃預重新陷入沉默，但這一次的沉默與剛才已經有所不同。

「你們付出了人命的代價。」荀詡看了一眼柳螢的屍體。「和整個五斗米教在漢中的生存空間，結果換來的卻是背叛。現在魏國得到了他們想要的東西，他們可以心滿意足地回去慶功了，而你們得到了什麼？唔？」

「哼，全是無恥的汙蔑與造謠……」

「我們在褒秦道從凌晨就開始埋伏，一直等到你們出現，期間一個人都沒有出現。為什麼？糜沖壓根沒打算與你們會合，他早就知道高堂秉是臥底，只是沒有說。他騙過了我們，也騙過了你們。」

「……」

「我相信他不是故意陷害你們，他沒必要。你們之於糜沖，不過是些棋子罷了，用的時候拿起來，不用的時候丟掉，如此而已。」

聽著荀詡的話，黃預眼睛滲出一根根的血絲，荀詡同情地拍了拍他的肩膀，加了最後一擊。「現在你們面臨死罪，而他正在策劃返回魏國。這是你們的信任換回來的全部東西。」

「嗚……」黃預表情扭曲地彎下腰去，嘴裡發出痛苦至極的呻吟聲。這並不是因為荀詡的口才，而是荀詡證實了他一直以來懷有的疑問。

當糜沖提出分開行動的方案時，黃預心中就有了一點疑問，因為他看不出有什麼理由必須要分開行動。但糜沖堅持這樣做，出於信任，黃預沒有堅持。現在回想起來，那就已經是背叛的開始。

一陣清冷的夜風吹過，遠處漆黑的密林之中傳來幾聲淒厲的烏鴉叫聲。這個一心重建五斗米教的漢子把身子慢慢蹲在地上，頭埋在兩腿之間哽咽起來。開始只是小聲的嗚咽，接著聲音越變越大，最後變成了號啕大哭。這讓在場的所有人都不禁有些惻然。

荀詡也蹲下身子，充滿憐憫地望著這個人，俯在他耳邊小聲道：「我們來做個交易吧。你告訴我糜沖有可能的藏身地點，我將保證不對你們剩餘的五斗米教徒進行搜捕。」荀詡還特別一字一頓地強調：「外加糜沖的一條命。」

黃預聽到這些話，蹲在地上開始沒有作聲。過了好長一段時間，他才仰起頭深深吸了一口氣，又把頭埋回雙腿之間，頹喪地吐出兩個含糊的字來。

「燭龍。」

「什麼？你說什麼？」荀詡沒聽清楚，急忙側過耳朵去聽。

「燭龍，糜沖肯定會去找他。他是你們南鄭的高官，一直在幫我們。」

「你知道他的名字和職位嗎？長相也行？」荀詡拚命按捺住心中的激動。

「我……我不記得了……」黃預迷茫地抬起頭看了看四周，眼神沒有了一絲活力。「我只在神仙溝見過他一次，而且他們會面的時候我在放風，沒有看到他的臉。」

「神仙溝？」

「是的，那裡似乎是他們接頭的其中一個地點。」

黃預有氣無力地說，伸出一條胳膊指了指遠方，荀詡順著他手指朝著那方向望去，卻只能看到一片如墨的夜色……

……在超越荀詡視線的遠方延長線上，糜沖正置身於神仙溝的黑暗之中，安靜地等候著。穿行於廢棄軍營殘垣之間的夜風，發出詭祕的嗚咽，站在神仙溝低凹盆地的人，在這樣的夜裡仰望天空，會有一種被四周吞噬的錯覺。

他並沒有等待多久，很快從廢墟周邊傳來一陣從容不迫的腳步聲，然後燭龍從黑暗中走了出來。兩個人見面簡單地拱了拱手，燭龍開門見山地問道：「都辦妥了？」

「一切都按照既定計劃。」

「圖紙現在哪裡？」

「已經和諸葛亮進攻武都、陰平的情報一併送到了中繼點，現在應該已經出發了。」

「很好。」燭龍露出欣慰的笑容。「你這一次幹得非常出色。」

「天佑我大魏。」糜沖簡單地回答道，表情並沒有顯得有多麼興奮，似乎他剛剛只是完成了一項簡單的例行任務。他身上的粗布青衣上沾滿了塵土與白色的擦痕，還有數處磨破的痕跡，很明顯這是在軍技司通風管道中留下的紀念。糜沖說：「當時我在總務失手的時候一度以為沒有希望了，幸虧閣下及時調整了策略。」

「呵呵，只可惜了黃預，不過為了皇帝陛下，這些犧牲是必要的。」

「唔。」

燭龍走到糜沖跟前，望了望天上遮住了月色與星光的陰雲，不勝感慨地說：「你在漢中的使命也差不多結束了，我這就安排送你回家，為這次行動收尾。」

糜沖「唔」了一聲，面無表情的臉稍稍鬆弛了一點。他自從二月二十日進入蜀國境內以來，到今天已經足足十四天，預定任務已經完成，是時候撤離了。

燭龍拍拍糜沖的肩膀，示意帶他去做最後的撤退準備工作，於是兩個人並肩朝著廢墟外面走去。燭龍一邊走一邊對糜沖說：「你的撤退路線是從南鄭東側沿沔水途經城固、洋縣一直到達安陽，在那裡會有人接應你回到魏興郡。然後你就可以到琅琊、穎川或者你想去的任何地方安心度上幾個月假。」糜沖聽到這句話，笑了笑，什麼也沒說。

當兩個人繞過一堵坍塌了一半的磚牆時，燭龍忽然放慢腳步。他從懷裡悄悄地掏出了一把特製的青銅匕首，從背後猛地勒住毫無防備的糜沖，乾淨俐落地割斷了他的喉嚨。糜沖掙扎了幾下，不再動彈。燭龍這才慢慢將糜沖的身體放倒在地，背面朝上。

「對不起了，這是郭將軍的最後指示。」

燭龍將匕首重新揣回到懷裡，對著糜沖的屍體淡淡說了一句，轉身離開，很快就消失在黑暗中。

半個時辰以後，荀詡才帶著一隊士兵趕到神仙溝。他命令士兵們把守住盆地的各個出口，然後親自率領著五、六名精悍士卒，進入溝中的軍營廢墟搜尋。

「難道這一次又晚了不成？」

荀詡望著眼前的斷垣殘壁，心中暗想。這片廢墟在墨色夜幕的渲染之下顯得格外蒼涼死寂，空洞的安靜洋溢在每一個角落，完全不像是有一絲人的氣息在裡面。

忽然，他鼻子裡聞到一股血腥的味道。荀詡立刻像隻刺蝟一樣豎起了全身的刺，精神高度戒備起來。他和幾名手下循著這股味道，謹慎地在廢墟裡轉來轉去。血腥的味道越來越濃烈，最終他們在一堵牆壁的旁邊發現了麋沖的屍體。

屍體原本呈俯臥的姿勢，荀詡將它翻過來，發現在屍體的喉嚨上有一道很深的傷口。死者的氣管被割斷，地面和死者的前頸部都沾有大量已經凝固了的暗紅色血跡。從血液凝固的程度判斷，死者死亡應該是不久前的事。

荀詡叫人提一個燈籠過來照到屍體臉部。死者的表情還保持在臨死前那一剎那的驚愕，這張臉荀詡從來沒有見過。荀詡上下打量了一番這具屍體，俯下身子，叫旁邊士兵把燈籠放低一點。他注意到死者的衣服有些蹊蹺，在雙臂和後背的位置都有數道醒目的灰白色擦痕。荀詡用拇指和食指從擦痕上捏了一些細微的粉末，用指尖輕輕搓動，最終得出了一個結論。

這個死者是麋沖。那些粉末是軍技司山洞特有的石質，而能在身上沾滿這種擦痕粉末的人，唯有今天從通風口爬進去盜竊圖紙的麋沖。

這個結論讓荀詡感覺如有被天雷劈中，他一瞬間很想一拳捶到屍體上，好發洩一下心中極度的憤怒。他費盡辛苦，好不容易才有機會再次接近這名間諜，卻沒想到又一次被這個人逃掉了，而且是永遠地逃掉。

如果這是糜沖的話，那麼殺死他的人只能是燭龍。荀詡想到這裡，急忙去搜檢糜沖的衣服，結果裡面除了幾根青稞麥穗以外什麼也沒有。

毫無疑問，圖紙已經被糜沖傳送出去了，然後喪失了價值的他則被燭龍幹掉滅口，以免在返回途中被捕，洩露出燭龍的真實身分。魏國情報部門的這種冷血手法令荀詡不寒而慄。

荀詡沮喪地從屍體旁邊站起來，神情有些恍惚。他一直以來都在努力地向真相邁進，但最後還是差了最後一步。死屍躺在地上一動不動，彷彿是在嘲弄他的無能。荀詡懊惱地用腳狠狠地踢了踢糜沖，當他想踢第二腳的時候，腦子裡電光火石之間爆出了一個念頭。

「青稞麥穗？」

他看到屍體上的那幾根青稞麥穗，不禁「啊」的大叫出來，把周圍的士兵嚇了一跳。

傳統上來說，蜀漢用於戰馬、運輸畜力的飼料主要由燕麥、黑豆、麥秸以及打來的雜色野草為主。其中燕麥和黑豆主要供應戰馬以及勤務期間的畜力，後兩種則為後方牲畜日常飼養時的主要口糧。但是當蜀軍在漢中西北靠近涼州的地區採取軍事行動時，考慮到當地氣候以及環境，蜀軍會特別配給青稞草料給騎兵部隊，以保證其戰鬥力。

漢中本地並不出產青稞，但為了讓戰馬能夠適應，所以蜀軍也設立了幾個特別草料場囤積青稞穀物。這些儲備在和平時期用於戰馬的適應性訓練；而一旦在涼州或者漢中西北靠近羌境地區爆發戰事，這些穀物則作為蜀軍的先期補給運送到前線。

換句話說，糜沖身上的青稞麥穗只能是來自於一個地方，就是蜀軍的特別草料場。目前諸葛丞相正打算要對漢中西北地方用兵，這些特別草料場的青稞將會與蜀軍先頭部隊一起首先運抵魏蜀兩國的邊境地區。

荀詡彷彿又看到了黑暗中的一道光芒。他猜到了，糜沖前往特別草料場的目的一定是為了交接圖紙，然後由另外的人攜帶圖紙跟隨運輸青稞的車隊前往前線，然後伺機潛回到魏國。這個計畫很完美，圖紙攜帶者可以大搖大擺地穿過蜀國國土前往邊境地帶而不受任何阻攔——誰會去攔截軍方的補給部隊進行檢查呢？

想到這裡，荀詡騰地一下子跳起來，全然不顧自己因長時間騎馬而造成的雙髀酸疼，命令除了留下兩個人看守糜沖的屍體以外，其他人全部立刻撤出神仙溝，火速趕往特別草料場。

蜀軍在南鄭附近設立的青稞草料場一共有三處，荀詡分別派遣了四名靖安司的「道士」前往其中的兩處分場，而他則徑直趕去最大的青稞草料場。

這是靖安司攔截圖紙最後的機會了。

此時已經接近午夜，南鄭附近的大路上漆黑一片，空曠的路面只聽到靖安司急促的馬蹄聲與騎士的喝叫聲。讓人不禁有些同情這些疲於奔命了整整一天的人們。神仙溝在南鄭西側、褒秦道在南鄭偏東，安疫館在南鄭北面，而這個草料場則位於南鄭正南，今天荀詡可以說是足足圍著漢中中心繞了一大圈。

當荀詡抵達了草料場大門的時候，他的心忽地沉了下去。草料場裡面那幾十個高高堆起的穀垛消失了，兩扇大門敞開著，門前的路面上星星點點灑著許多的馬糞與麥穗顆粒，還有縱橫交錯雜亂無章的車轍印。

很明顯，運送青稞的車隊已經出發了。

荀詡衝進草料場的看守室，把裡面兩個睡得正香的老卒搖起來，問他們穀料到底被送去哪裡了。其中一個老卒揉揉惺忪的睡眼，回答說：「昨天午後開拔的，這會兒恐怕已經到勉縣地界了。」

「還好，不算太遲……」荀詡心中一寬，勉縣距離南鄭不算太遠，如果快馬趕過去的話，可以追得上。

但棘手的是，草料場是軍方單位，如果不預先知會軍方的後勤部門而擅自攔阻補給車隊，那搞不好會是殺頭的罪名。荀詡知道讓軍方批准這件事絕非易事，但事到如今只能硬著頭皮上了。

於是荀詡離開草料場，直奔回南鄭。丞相府日夜都有諸曹屬的值班官吏，如果夠幸運從他們手裡得到批條，荀詡就可以連夜趕到略陽去對補給車隊進行檢查，阻止圖紙離境。

糧田曹今天值班的是一個二十多歲的青年官吏，荀詡趕到的時候，他正百無聊賴地捧著本《春秋》打瞌睡。青年官吏一聽荀詡報上身分，臉上露出一半惶恐一半猶豫的神情，惶恐是因為對方比自己級別高許多，猶豫則是因為軍方與靖安司勢同水火。

「請問您有什麼事？」青年官吏謹慎地問道，同時兩隻手在案上四處找毛筆。

荀詡氣喘吁吁地嚷道：「我們懷疑昨天中午從青稞草料場發出的補給車隊裡，被人夾帶了重要的圖紙，希望貴曹能盡快發出調令讓他們折返南鄭，接受檢查。」

「哎呀，這可是件大事！」

「是啊是啊，您明白就好。」荀詡看到青年官吏驚訝的表情，覺得應該有希望。青年官吏鋪好一張麻紙，拿起毛筆問道：

「那到底是哪一輛車，或者是哪一個人涉嫌挾帶圖紙？」

荀詡愣了一下，然後回答：「現在還不清楚，所以我希望能讓整個車隊返回，以免有所遺漏。」

青年官吏聽到這裡，把毛筆擱下，做了一個無能為力的手勢。「荀從事，那實在是抱歉了，我沒有這個許可權調回整支車隊。您知道，這支車隊是我軍的先發糧隊，關係到我軍戰略部署能否順利展開。若想讓整個車隊返回，必須得有諸葛丞相、魏延或陳式將軍至少兩個人的簽字。」

荀詡心急火燎地叫道：「那根本來不及，這件事必須立刻進行！」諸葛丞相和陳式兩個人目前不在南鄭，想得到魏延的准許比讓蜀軍打到洛陽還難。

「這就不是小人能決定的了，或者等到明天早上我給您請示一下魏延將軍？」

「這可是關係到我軍軍事機密是否洩露！」

「可這也關係到我軍此次軍事行動的成敗。」青年官吏軟中帶硬地回擊道，雙手抱在胸前，顯然是沒得商量。

「燭龍或者糜沖真是可怕的傢伙……」荀詡心想暗自罵道：「他們算準了這隊補給部隊沒有人敢攔截，這才放心地將圖紙夾在其中。」

糧草的及時輸送是贏得整個戰役的重要基石，尤其是對於要跨越秦嶺作戰的蜀軍來說，補給至關重要。因此蜀軍歷來極為重視糧草的運輸問題，法令也相當嚴峻，即使遲到一日，押糧官也會被以「延誤軍事」的罪名處以軍法。像這種要求整支先發補給部隊返回的舉動，就等於推遲了整個戰役的發起時間，就算荀詡有十個腦袋也都砍光了。

更何況荀詡除了手裡的青稞麥穗以外，沒有其他任何確鑿證據。

「沒有別的解決辦法嗎？」

「最起碼，您要有楊參軍與魏將軍的批准。他們明天一早就會上班。」

「好吧，我等。」

不甘心的荀詡立刻要來紙筆，寫了一份措辭嚴厲的申請書。到了早上，糧田曹的主管剛剛上班就被這個急得發瘋的靖安司從事攔住；這名主管也不敢做主，於是就把荀詡的申請同時上呈給了楊儀與魏延兩個人。

申請書遞上去以後，荀詡心急如焚地在糧田曹裡轉來轉去；有好心的小吏給他送來一碗肉羹做早點，他也不吃，只是神經質似的望著門外。現在每耽擱一個時辰，補給車隊就向著西北開進數十里，圖紙被送去魏境的可能性也就多了幾分。這是他最後的最後的機會，十幾天的艱苦調查已經到了這一步，荀詡不希望在快要邁到終點的時候被人截住。

一直到了中午，負責傳送文書的書吏才匆忙地跑回來。荀詡甚至沒等糧田曹主管接過文書，就一把搶過來撕開看。

荀詡儘管早就預料到了文書的結果，但當他親眼見到時還是臉色煞白，強烈的挫折感讓他幾乎站立不住。

這一次楊儀魏延兩個人的意見倒是難得的一致：楊儀批示說前線補給本來就很緊張，不能為一件未經確認的懷疑就妨害整個補給線的運作；而魏延的批示比荀詡的措詞還要嚴厲，不僅一口拒絕了他的請求，而且指責荀詡糟糕的工作是導致軍技司失竊的主要原因。

最後一扇大門在荀詡眼前轟然關閉了。

荀詡一言不發地把公文揉成一團丟進桶裡，然後推開了站在一旁的糧田曹主管，精神恍惚地離開了糧田曹。屋外陽光明媚無比，他渾然不覺，只是失魂落魄地走在路上，喃喃地念著兩個字給自己聽。

輸了。

即使他成功地在總務阻止了敵人的陰謀；即使他成功地瓦解了漢中的五斗米教網絡；即使他成功地抓出了企圖潛逃的弩機工匠；即使他最終促成了——間接地——糜沖的死亡，仍舊是完敗。圖紙的洩露讓這一切勝利變得毫無意義。他還是倒在了距離勝利最近的地方。

一股失望與失落的情緒從荀詡心裡流淌出來，逐漸延伸到四肢百骸，讓他忽然之間感覺到疲憊像山一樣壓下來。不僅是那種連續奔波數日的肉體上的疲憊，更是心理上源自於挫折感與鬱悶的心力交瘁。

荀詡拖著沉重的步伐返回「道觀」，對所有湊上來問候的同事與部屬都沒有理睬，徑直返回了自己的屋子，把門重重地關上。

「道觀」外面的陽光依然明媚，太陽金黃色的溫暖光線普照南鄭城，普照整個漢中，也毫無偏頗地普照著秦嶺以北的隴西大地……

建興七年三月七日，蜀漢司聞曹靖安司阻止弩機技術流失的行動宣告失敗；自二月二十四日立項開始到失敗，一共是十一天。

間奏　一個益州人在武昌

第十四章　結局與開始

建興七年三月十五日，諸葛亮對魏國武都、陰平兩郡正式展開了軍事行動。蜀漢將其稱之為「第三次北討戰爭」，而魏國輿論則稱之為「第三次衛國戰爭」。

武都、陰平兩郡位於秦嶺西翼南麓、漢中西北，曾經是蜀國領地，後來街亭打敗以後歸附了曹魏，是魏國控制地區延伸至漢中盆地的一個突出部。只要這兩個郡還在魏國手中，蜀軍北上進攻隴西時就會面臨來自左翼的壓力。

當蜀軍負責主攻的陳式軍團在三月十五日進入武都地區時，郭淮在同一天亦從上邽率援軍南下，飛速馳援武都的治所下辯，其反應速度之快，令人不禁懷疑他是否事先就得知了蜀軍的作戰計畫。但是在三月十六日下午，魏軍卻不得不停止了前進，因為斥候在南下魏軍的右翼方向發現了一支數量龐大的蜀軍部隊。這支部隊有三萬到四萬人，指揮官是諸葛亮本人，他們在郭淮部隊以東二十里的地方逆向急行，突擊方向直指位於郭淮後方的祁山南側出口建威。

這時候如果魏軍繼續南下，將會面臨後路被切斷的窘境；屆時不僅郭淮所部會全軍覆沒，就連上邽等軍事重鎮也可能會被趁虛而入，隴西大門搞不好會因此而洞開。權衡了利弊之後，郭淮明智地放棄了武都、陰平兩郡，率軍先退回祁山堡，再退回到上邽大本營。而陳式則利用這個機會迅速占領了孤立無援的二郡。最後一座堅守的城市下辯在三月二十一日開城投降，第三次北伐（衛國）戰爭只持續了十天不到即告結束。

武都、陰平二郡原本是羌族、氐族的聚集地，地廣人稀，土地貧瘠，又處於易攻難守之地，對於魏國來說二郡有如雞肋，食之無味，棄之可惜。因此兩郡的失陷並沒有在魏國國內引起很大關注，包括大將軍曹真在內的軍方反而很讚賞郭淮及時撤退的英明決策。

而在蜀國，這一次局部戰爭的勝利卻掀起了一陣歡慶的熱潮。第一次、第二次北伐戰爭籠罩在蜀漢人心中的陰霾，被這一次的勝利一掃而空。從漢中到南中的益州全境都沉浸在興奮之中，大家都視這一勝利為漢室復興的預兆。尤其是南鄭，南鄭的居民和官吏們所感興趣的事現在只有一個，那就是如何籌備一場凱旋的入城式。用成藩的話說就是：「這將是一場不折不扣的慶典。」

不過在這一片狂歡的氣氛之中，唯有一個人沒心情也沒時間歡呼，這個人就是荀詡。

荀詡這幾天一直在忙於為「弩機失竊」收尾：審訊五斗米教徒、清理工匠檔案、搜捕南鄭城內漏網的魏國情報站，排查一切與柳氏父女以及黃預接觸過的人，還有——這是最令人頭疼的——撰寫整個事件的工作報告。唯一讓荀詡感到欣慰的是，高堂秉奇蹟般地活了下來，醫生說這全得益於他平時勤於健身的關係。不過高堂秉的情緒不是很高，荀詡特意派了阿社爾與廖會去陪著他。

在這期間馮膺和姚柚都找他談過話。前者態度表現得很曖昧，大概還是怕他與柳螢的關係被揭發出來。要知道，司聞曹高級官員和五斗米教女性的曖昧關係，這已經不是僅僅「桃色事件」四個字可以概括的了。

而姚柚在談話的時候首先嚴厲地批評了荀詡一頓，然後私下裡對他的遭遇表示理解，並暗示會在適當的時候，把軍方的不合作態度向諸葛丞相申訴。當然，荀詡自己把這視為一種安慰而不是一個承諾。

到了三月二十五日，仍舊忙碌著的荀詡收到了一封公函。公函用玄色套邊，這不是什麼好兆頭；按照蜀漢官僚機構的習慣，朱色套邊的公文多是值得公開宣揚的好消息，而玄色套邊的公文裡面往往是一些負面的東西。

荀詡平靜地拿起公函，發現寄件者是丞相府軍正司——這是蜀軍的憲兵機構，不過其許可權並不局限於軍隊，而是擴展到漢中全部政府部門，這種軍政一體化是蜀漢官僚體系的一個特色——收件人則寫的是荀詡本人的名字，名字前面還用朱筆標有籍貫。玄色套邊，發自軍正司，而且是給荀詡個人的。這三點足以說明這封公函的嚴重性。

荀詡挑了挑眉毛，拿起一把剪刀剪開了封口，從裡面取出公文，展開來看：

〔自：漢丞相府軍正司

至：漢丞相府司聞曹靖安司從事荀詡孝和（長沙）

題：通令評議

令漢丞相府司聞曹靖安司從事荀詡孝和（長沙）於漢建興七年三月二十六乙酉日辰時正前往軍正司參加評議審查，在此期間暫停一切職務。

即日。

附：評議官員名錄

右護軍偏將軍劉敏（零陵）

護軍征南將軍陽亭侯姜維（天水）

軍祭酒輔軍將軍來敏（新野）

南鄭太守府中正杜庸（襄陽）〕

看完這份公文，荀詡偏過頭用手中毛筆的另外一端挖了挖耳朵，臉上浮現出奇怪的笑容，自言自語道：「該來的果然來了。」

「評議」最早源自於漢末年的許劭，最初是用來評價人物優劣。後來蜀漢官僚機構將這一概念引入到內部秩序管理中來，名詞還保留著，但內涵已經完全不同了。根據律令的解釋，評議是針對被評議者的不當行為進行討論商榷，以期使被評議者改善工作。不過大部分人都談「評議」而變色，因為參加評議的人往往在審查過程中會被百般刁難，那種精神上的折磨不啻於嚴刑拷打。甚至還有人說出「寧可杖責三千，不可評議一日」的話。

荀詡對此心知肚明，他也曾經以評議官員的身分參加過評議，對其流程和手段都很熟悉。他擱下毛筆，再次拿起公文瞥了一眼評議官員的名單，不僅脫口而出：「噢，他們真棒。」名單上參加評議的官員一共四名，其中三名都有軍方的背景。很明顯，這一次的評議是軍方在幕後指使的，他們甚至沒打算掩飾這一點。荀詡在調查期間讓軍方積怨不少，現在他們看來是打算報復了。

「我就知道，人的倒楣程度是沒有底限的。」

荀詡自嘲地想著，站起身來開始整理自己在靖安司的東西。他把各種謙帛、麻紙與竹簡質地的檔案分門別類放回到書架上，將毛筆在涮筆缸裡洗乾淨重新掛回筆架；他又拿出一個豬皮口袋，把所有的私人物品裝進去——一方石鎮、一尊貔貅木雕、圓邊銅鏡、盛著西域熏香的檀木盒、還有一張印著他兒子掌印的紙板。當這些工作完成以後，他把裴緒叫了進來。

裴緒一進來，看到荀詡的屋子整潔得像是要搬家一樣，不禁一愣。荀詡衝他笑了笑，把那份公文遞給了他。裴緒看完以後，驚訝地揮舞著右手叫道：「這不公平，荀從事，他們不能這麼對待一名靖安司的官員。」

「他們一直就是這麼對待的。」荀詡不以為然地回答：「不用驚訝，總得有人為這次的失敗負起責任。」

「可是……」

「我走以後，在新的任命下來之前，你就是靖安司的最高負責人，這裡是相關文件的交接，以後這裡的工作就麻煩你了。」

裴緒有些不知所措，荀詡異乎尋常的平靜讓他覺得很害怕。

「千萬不要忘記燭龍，這是埋在我漢軍中最大的毒瘤。」荀詡說到這裡的時候，目光一凜。「不把他除掉，我軍始終就會處於被動。」

「我知道了。」裴緒點點頭，不知道自己還該說些什麼。荀詡欣慰地拍了拍他的肩膀，抱起豬皮袋子朝屋外走去。靖安司的人聽到消息，都紛紛駐足，注視著這位從事邁出靖安司的大門，頭也不回地緩步離開。

到了晚上，荀詡叫了狐忠與成藩一起到自己的宅子裡喝酒。在席間，兩個人聽到荀詡被暫停了職務被召去評議，都吃驚不小，憂心忡忡。唯有荀詡像是想開了一樣，一杯接一杯地暢飲。

狐忠好不容易抓到一個間隙，按住他舉起酒杯的手，問道：「孝和你除了第六弩機作坊那次，不是還做了什麼得罪軍方的事吧？」荀詡坦然回答：「靖安司天生就是為了得罪軍方而存在的，我有什麼辦法。」

狐忠懷疑地瞪了他半天，荀詡笑道：「我說，不要拿你們軍謀司的眼神盯著我，我可不是情報素材啊。」

「你沒對馬岱將軍做過什麼？」

「……呃……這個嘛……」荀詡嘟囔了一句，又端起酒杯掩飾自己的表情。成藩盤腿坐在旁邊拿刀撕下一大塊羊肉擱到嘴裡，然後含糊不清地嚷道：「孝和你就是太衝動了，軍方的那些傢伙都是些睚眥必報的傢伙。」

「你不也是軍方的嗎？」狐忠在一旁插道。成藩被抓到話柄，尷尬地抓了抓頭。「我不一樣，我是地方的，不是中軍編制吶。」

狐忠沒繼續挑他毛病，轉過頭對荀詡有些擔憂地說：「這次評議，看來軍方是憋足了勁打算整你啊，你有沒有與姚大人溝通過？他也許能施加影響，取消這次評議。」荀詡搖搖頭：「姚大人估計是幫不上什麼忙，對方在背後撐腰的可是魏延啊。」

成藩拍拍胸脯說：「孝和你若是恭順一點，也許他們能下手輕一點，要不要我去幫你打聽一下評議官員的背景？」荀詡撇撇嘴，做了個堅決否定的手勢。「免了，我雖然是個小官，可也不想像楊儀那樣……」說到這裡，荀詡酒意大盛，高舉杯子不禁慷慨大聲道：「他們想評就讓他們評好了，自古死於口舌的官員我不是第一個，也不會是最後一個！」

狐忠和成藩怕他酒後說出什麼，趕緊把他勸住，攙回屋子裡去。一直到荀詡沉沉睡去，狐忠和成藩兩個人才離開荀詡家。

一出門，成藩擔憂地小聲對狐忠說：「這一次孝和怕是凶多吉少啊。」

「是啊，如果沒有出現奇蹟的話……」狐忠望著張燈結綵打算歡慶勝利的南鄭城，把兩隻手籠到袖子裡。

三月二十六日，荀詡早早洗漱乾淨，換上正式的官服前往軍正司。軍正司位於南鄭東部的古城樓中，城樓是劉邦時代的建築，建築主體用六指厚的大青磚砌成，結構厚重宏大，但樓內卻陰暗寒冷。

「古人云，人如其名；這也可以說是官如其屋了。」

荀詡走在寬闊空曠的走廊裡，不無惡意地想。走廊兩側是厚厚的青磚牆，沒有窗戶，唯有通過入口處透進的陽光，才讓通道裡多了幾分光亮。荀詡背朝著入口，朝逐漸變暗的走廊深處走去，雙腳踏在青石地板上，發出渾濁的響聲。冰冷的空氣呼吸到肺裡，讓荀詡感覺到一陣痙攣。

走廊的盡頭是一扇漆成灰色的木門，荀詡推開門走進去，發現裡面已經有一名身穿軍正司制服的士兵在等候。那名士兵站得筆直，他看到荀詡，面無表情地問道：「是靖安司的荀詡從事嗎？」

「正是。」

「請跟我來。」

荀詡跟隨著那名士兵在軍正司的城樓裡轉了幾個彎，感覺自己差不多迷路了。根據走下台階的數量，他估計評議間會是在地下的某一個房間。上一次荀詡以評議官員的身分參加時，就是在一個封閉的山洞裡。軍正司的人顯然認為，一個良好的「環境」是控制被評議者心理的重要因素。

很快，士兵來到一個房間，拉開房門請荀詡進去。荀詡走進去以後，發現這間屋子並不大，但經過了精心的設計：牆壁用白灰粉刷過，單調且耀眼；整間屋子被有意識地分成高低不同的兩個部分，荀詡所在的地方是屋子的最低處，只擺放了一把胡床；而屋子對面的地板則高出一、二丈，一字排開了四張冷灰色的木製案几，居高臨下地俯瞰著胡床。

「請在這裡稍候。」

士兵指了指胡床，然後關上門出去了。荀詡拉開胡床坐了下去，百無聊賴地盯著那四張案几發呆。

不知過了多久，房間對面的門忽然響了一下，然後被人吱呀一聲推開，一共四個人魚貫走進來，也不看荀詡，依次在案几前坐好。旁邊還有小吏端上四杯水，然後很快退出房間去。

荀詡仔細端詳這四個人。坐在中間靠左的是右護軍劉敏，他是今天評議官員裡級別最高的；按照評議慣例，級別最高的官員不負責評議的主要議程，他們的出席往往是代表評議的級別與立場；中間靠右是軍祭酒來敏，這個五十多歲的老頭子是漢中有名的經學博士，可惜人品狂悖，倚老賣老，哪個後輩若是質疑他的權威，就會惹得他暴跳如雷，沒多少人喜歡他；最右邊是南鄭太守府中正杜庸，是屬於荀詡最討厭的那種許靖式的名士，極喜歡清談與玄學，好逞口舌之利。選了這麼兩個人來，軍正司顯然是存心的。

值得注意的是最後一個人，護軍征南將軍姜維。按照級別來分，姜維應該坐在中間的位置，但他卻選了最靠左的位子，這一般是旁聽者的席位。姜維是諸葛丞相的親信，雖然職位不高，但卻被人視為是諸葛丞相的接班人之一；他的出席與位置，暗示了諸葛丞相本人對這件事的關注態度。

荀詡想到這裡，抬眼望去，姜維正好與他目光相接，於是衝他友好地笑了笑，和其他三個人的冷若冰霜大為不同。當姜維初次歸降蜀漢的時候，靖安司曾經對他進行過一段時間的監視，所以荀詡知道這個人行事謹慎，待人接物頗有分寸，大家對他評價都還不錯。

他正在想著，來敏在上面忽然一拍桌子，嚴厲地喝道：「請注意，針對靖安司從事荀詡的評議現在開始。」

「哦。」荀詡冷淡地正襟危坐。

「姓名？」來敏威嚴地拿起毛筆問道，看來今天的審查他將會是主力。

「荀詡，字孝和，長沙人，三十五歲，現供職於司聞曹靖安司任從事，已婚，有一個老婆和一個孩子，我很愛他們。」

荀詡一口氣把接下來的三、四個問題全都答了出來，這一套例行的程序他都很熟。來敏聽到他喧賓奪主的回答，覺得自己受到嘲弄了，氣得鼻子有些發紅，大喝道：「嚴肅，這裡是軍正司！」

「我知道。」荀詡眨眨眼睛。

來敏大怒，剛想要咆哮。劉敏在旁邊輕聲咳了一聲，來敏悻悻閉上嘴，重新拿起毛筆，端起官腔說道：「你是……」

「我是建安二十四年加入先帝麾下，章武元年轉入司聞曹，次年分配到靖安司一直到今天。」

荀詡知道下面的程序是確認他本人的履歷，於是再次先聲奪人地說了出來。從技術上他的行為無可挑剔，只不過是回答得稍微有那麼早了一點，無形中掌握了局面的主動，這讓來敏有苦說不出，只能咬著牙暗暗發怒。這時一旁的杜庯見事不妙，急忙把來敏叫過去交頭接耳了一番，來敏又小聲徵詢了劉敏與姜維的意見，正過身子來再度對台下的荀詡說道：「荀從事，請不要有什麼情緒，我們只是想與你談一談前一階段你的工作情況。」

「哪裡，我怎麼會有情緒呢？我不是一直積極配合著嗎？」荀詡擺出一個笑臉。

「希望你能一直保持這樣的態度。」來敏語帶威脅地說：「鑑於荀從事您開誠布公的態度，我們覺得可以省略掉例行程序，直接進入實質性問題了。」

「求之不得。」荀詡在胡床上變換了一下姿勢。姜維跪坐在最邊緣，一言不發地看著他。

來敏看了一眼杜庸，後者趕緊拿起一張麻紙，緩慢有致地唸道：「建興七年二月二十四日，司聞曹接到間諜情報；經過司聞曹高層分析，證實魏國派遣了間諜潛入我國企圖盜竊重要弩機圖紙。當時是由你負責處理這件事，沒錯吧？」

「不錯，王全長官才於前不久去世，我是負責內務安全的第一線主管。」

「在二月二十五日，你申請進入軍技司考察，並得到魏延將軍簽字批准，在馬岱將軍的陪同下前往軍技司。沒錯吧？」

「唔，譙大人和馬大人都是好客之人。」

「你在進入軍技司的時候，曾經問過負責檢查的軍士，如果是皇帝陛下親自來，是否也需要全身檢查。有說過嗎？」

「唔，但我只是開個玩笑。」荀詡沒想到他們連這點事情也調查到了。

「放肆！皇帝陛下豈是拿來做玩笑之談的！」來敏盛氣凌人地訓斥道：「你對皇帝陛下缺乏起碼的尊重，這本身就是大罪！」

來敏見荀詡沒有言語，覺得很得意，認為已經控制住局面了，於是繼續慢條斯理地問道：

「這件事姑且不說，我們來談談別的。三月二十六日，你與第六弩機作坊的黃襲將軍發生過衝突。能詳細談談嗎？」

「哦，那場架我們打輸了，真抱歉。」

「沒問你這個，我們想知道為什麼會起衝突。」來敏壓著怒氣糾正荀詡。

「因為他在二十五日非法扣押了我們前去調查的兩名人員。」

杜庸聽到這句話，一下子來了精神；他拿出一封公文遞給荀詡看了一眼。「魏延將軍的批文是不是這一張？」

荀詡端詳了一下，點點頭。這張不是原件，而是手抄件，但內容一字不差。

「這上面說在日常期間特許進入軍技司及軍器諸坊，而二月二十五日第六弩機作坊已經轉為戰備生產軌道，這一點你在派遣部下之前確認過了嗎？」

「沒有，這不過是文字遊戲。」

杜庸的頭立刻大搖特搖。「荀從事你此言就差了，孔子有云：『沒有規矩，不成方圓』，公文格式都是古有定制，用來匡扶綱紀，荀從事是不是太輕視了？」

沒等荀詡回答，來敏又接上來一句：「你是否承認你沒有注意到批文上的這一點？」

「好吧，是的。」

「就是說，你因為對公文理解的錯誤，在不恰當的時候派人強行進入作坊，結果導致了司聞曹與軍方的誤會，一度引發了混亂。」

「哦，你指的混亂是什麼？」荀詡狡黠地盯著來敏。來敏被荀詡的反問噎住了，在這樣的場合下，他當然不能提楊儀被嚇哭的事，只好含糊地說了一句：「總之，因為你的疏忽，讓兩個部門產生了敵對情緒。」

「嗤！」荀詡不屑的冷哼聲劃破屋子裡沉滯的空氣，他懶得回答這個問題。

大概是覺得這個話題繼續下去，怎麼也繞不過去「楊儀失態」這件事，很難把握；來敏和杜庸不約而同地朝劉敏與姜維望去，劉敏側耳聽了聽姜維的意見，然後衝來敏搖了搖頭。於是來、杜二人沒敢繼續追究，直接進入下一個問題。

「二月二十八日，你曾經拜訪過馬岱將軍，對不對？」來敏這一次顯得胸有成竹。

「是的。」

「為什麼要拜訪他？」

「因為我希望從他那裡獲取一些關於五斗米教的情報，這對我們的調查工作至關重要。」

「你得到了嗎？」

「是的，我還請了馬岱將軍協助調查，誘出教徒。」然後荀詡把柳吉酒肆的前因後果講述了一遍。來敏覺得時機差不多到了，將身體前傾，盯著荀詡的眼睛問道：「你在諮詢馬岱將軍的過程中，是否有使用不合適的手段？」

「我不明白您指的不合適手段是什麼意思？」

「馬岱將軍是自願協助你們的嗎？」

「是的。」

來敏露出「我早洞察了你的謊言」的笑容，他大喝一聲：「但據我們所知，他是被你脅迫的！」這一聲完全沒有震懾到荀詡，他只是彈了彈衣袖，從容答道：「我只是根據靖安司的監視記錄去找他，也許他與五斗米教徒之間有聯繫，我能用得上。」

「結果呢，你是否確認馬岱將軍與五斗米教徒之間有無瓜葛？」

「沒有瓜葛，馬岱將軍是清白的。」

「根據記錄，那份監視記錄，是在去年就已經被司聞曹右曹掾馮膺歸檔封存，你認為這麼做的理由是什麼？」

「我想，大概是他認為這份記錄並無參考價值吧。」荀詡心想目前還是不要把馮膺的風流豔事說出去比較好。

「很好，換句話說，你在二月二十八日使用毫無價值的封存檔案去脅迫我軍的高級將領，威脅他與你合作。而事實上他卻是無辜的。是這樣嗎？」來敏得意洋洋地追問。

「我想您弄混了『有瓜葛』和『有聯繫』的概念，馬岱將軍與五斗米教沒勾結，並不代表沒聯繫，我認為……」

「是，或者不是！」

「事實不錯，但我不認為這種表述是正確的。」

「如果馬岱將軍不從，你是否就要利用那份記錄捏造一個罪名給他？你們靖安司不是經常這麼幹嗎？」

「我反對這個指控。」荀詡猛地抬起頭，目光銳利地射向來敏，讓他不由得往後一靠。

「您要知道，您剛才的發言是對整個靖安司的侮辱。」

劉敏大概也覺得這個口無遮攔的老頭子說得有點過分了，不禁皺了皺眉頭，大聲地咳了一聲。來敏尷尬地中止了剛才那番慷慨激昂的演說，杜庸見來敏一下子不方便說話，於是主動對荀詡說：「荀從事，無論如何，你確實為了一己之私而去脅迫馬岱將軍吧？我這裡有馬岱將軍提供的證詞，他說你承諾如果他肯跟你合作，就不再追究他那份檔案的事。」

「左右是逃不掉的。」荀詡心想，於是點點頭。「不錯，我是這樣說過。」

「君子事人以誠，詭道非道。就算是普通人，也該以誠為本，以直待人；你與馬岱將軍同為朝廷重臣，蜀漢棟樑，本應精誠協作；現在同僚之間竟然發生這等監視脅迫之事，荀從事你不覺得自己所作所為，是有悖禮法的嗎？」

「哦，您可能不瞭解我們靖安司的工作性質，我們工作的前提就是一切人都是不可信任的。」

「連我軍高級將領你都敢威脅，你還有什麼不敢做出來的？」來敏這時恢復了氣勢。荀詡本想回一句更為尖刻的話，但是他忽然看到姜維的眼神似乎在警告他不要輕舉妄動，於是把話頭縮了回去。

來敏以為荀詡退縮了，於是決定乘勝追擊，他拿出另外一張紙，指著荀詡說道：「三月六日，第六弩機作坊的工匠前往安疫館進行身體檢查，在參商崖附近遭到了敵人的襲擊，一名工匠被劫走。兩個時辰以後，這一股匪徒在褒秦道口被埋伏已久的靖安司部隊抓獲，沒錯吧？」

「是的。」

「你怎麼會想到去褒秦道附近設伏？」

「因為我們在敵人內部安插了內線。」

「即是說你事先已經知道敵人會偷襲工匠隊伍嘍？」

「不錯，而且精確到每一個細節。」

「為什麼你不當場阻止？」

「因為首腦人物和他們是在褒秦道會合，我們希望能把他們一網打盡。」

「那你為什麼不通知軍方？黃襲將軍說他對此毫不知情，沒有接到過任何來自靖安司的通知。」

荀詡聽到這一問題，暗自歎了口氣。在得知黃預要劫弩機作坊工匠隊伍以後，他的確沒有警告軍方。他擔心軍方一旦有所防範，或者打算甩開靖安司單獨處理——這在以前不是沒有發生過——那就會讓最後的機會付之東流。荀詡知道這是違反規定的嚴重錯誤，但他別無選擇，只能對軍方隱瞞這一情報，以防止黃預覺察。

「我是怕他們知情後會影響整個計畫的展開。」荀詡謹慎地措詞。

這時杜庸在一旁用譴責的口氣緩緩說道：「你知不知道，在工匠逃亡中，有一名年輕的士兵遭遇襲擊而死？」

「哦？是嗎？我對此很遺憾。」

「這全都是因為你固執地認為軍方的知情會影響你的計畫。」

「不，這一不幸的損失並不在我們的預估之內……」荀詡低聲回答，對於這一結果他確實有些歉疚。

「但是他卻因為你的知情不報而死！」

來敏把紙重重地拍在案子上，他看起來義憤填膺。「這是否意味著，為了方便你的工作，你寧願坐視我軍士兵的死亡？」

杜庸不失時機地補上一句：「荀從事，我幾乎不敢相信，在以仁德立國的漢國，竟然會有人這樣對待為復興漢室而奮鬥的士兵們。」停頓了一下，他揚了揚手裡的檔案，繼續悲天憫人。「那個孩子今年才十七歲，他為人和善，又孝順自己已經五十多歲的母親。他在軍隊蹴鞠隊裡打四分衛。他大概到死都沒有想到，他會因一名官員貪圖自己工作方便而死。」

面對來敏和杜庸的咄咄逼人，荀詡只是簡單地回答：「我所做的一切都是為了漢室復興。」

「哦？」來敏不懷好意地瞇起了眼睛。「荀從事，你說你強行進入弩機作坊是為了防止魏國間諜；脅迫馬岱將軍是為了獲得五斗米教情報；坐視一名蜀軍士兵的死亡是為了更好地捉住敵人，那麼你是否成功了？」

「基本上，從某種意義上來說……」

「我問你是還是不是。」

「不是，沒有成功。敵人順利把圖紙傳出去了。」

「就是說你消耗了我國大量的人力物力，對許多無辜的人造成了難以磨滅的傷害，而換來的結果是一個零？哦，不，不是一個零，至少曹魏還是有很大收穫的。對這一個可悲的結局，你有什麼評論嗎？」

「沒有，這是我的失職，我只顧對敵鬥爭，忘記了討好同僚比打擊敵人更加重要。我向您發誓，下次我一定首先拿熱誠的臉挨個去貼諸位將軍的冷屁股。」

荀詡冷冷地回答道，他面對這種無理指責有些忍不住了……

……評議一直持續到了深夜，期間荀詡只上了兩次廁所，吃了一碗糙米菜粥與兩塊炙豬肉。來敏與杜庸對於評議相當有興致，他們經常不厭其煩地反覆追問荀詡在執行任務時候的某一處細節；比如荀詡曾經調撥靖安司的馬匹給高堂秉，讓他送給黃預以取得其信任，光就這一細節，那兩個人就足足盤問了荀詡半個時辰，荀詡幾乎每一句回答都會被引申到瀆職與貪汙的程度。來敏嗜好冷諷熱嘲，而杜庸則長篇大論地引用經書，兩個人與其說是在評議荀詡，倒不如說是滿足自己的表現欲——這也許出自魏延的授意。

和他們相反，劉敏和姜維則一直保持著沉默，只是間或問一些無關痛癢的問題。

至於荀詡本人，他對此只是覺得厭煩，精神上倒確實沒感覺到什麼痛苦——自從知道這是軍方故意整他以後，荀詡就沒有什麼心理壓力，他早就想開了，最壞的結果也不過是貶為庶民遠徙外地，沒什麼大不了。於是荀詡在評議期間表現得很灑脫，很多時候會與來、杜兩個人唇槍舌戰地對著幹，累了的話就閉上眼睛消極地唔唔兩聲；面對連番苛酷且偏頗的攻擊，這位前從事連一絲委屈的表情都沒表露出來。

評議到了子丑之交的時候終於結束，來、杜兩個人心滿意足地帶著厚厚的記錄本站起身來。他們威脅荀詡說今天他的表現將會被記錄在案，成為品評他的一個重要依據，然後跟隨著劉敏離開了房間。

荀詡疲憊地從胡床上站起來，活動了一下因長時間不動而變麻的手腳，打了個小小的呵欠。忽然，他發現評議官員並沒有走光，屋子裡還有另外一個人在。他抬頭望去，赫然看到姜維仍舊在原地呆著，雙手交叉墊住下巴，饒有興趣地望著荀詡，瘦削的臉上掛著一絲琢磨不透的笑容。

「姜將軍？你還在這裡做什麼？」荀詡有點奇怪地問道。

姜維走下評議席，來到荀詡身邊拍了拍他的肩膀，說道：「今天辛苦你了。」

「還好，反正這種工作，腦子和手都不用動。」

面對荀詡的諷刺，姜維什麼也沒有表示，他已經在這一天的評議中領教過很多次了。屋子四角的蠟燭已經差不多燒到了盡頭，這時候房間內只剩下他們兩個人。姜維謹慎地看了看四周，然後低聲道：「荀從事，我知道現在很晚，你也很疲勞，但有一個人無論如何希望能在評議以後見一見你。」

「是誰？」

「諸葛丞相。」

第十五章　開始與遠行

一直到邁進丞相府之前，荀詡都不敢相信這是真的。

諸葛丞相居然會忽然召見他這個官秩只有兩百石的小吏，而且是在一場充滿了惡意的評議之後，這讓荀詡心中有些忐忑不安。對於蜀漢的官員來說，諸葛丞相是一個需要仰視的存在，他們或多或少對這位蜀漢的實際統治者有一種崇拜心理。諸葛丞相的超凡氣度、才華和人格魅力讓他不僅是一位強勢的領袖，還是一尊神祕的大眾偶像。

荀詡跟隨著姜維穿過丞相府的院子，沿著嚴整的桑樹林邊緣朝裡院行進。在軍正司的地下室憋了一整天，荀詡覺得現在丞相府的氣味格外清新；不時還有陣陣夜風吹過桑樹林，將桑樹葉的清香拂入過往行人的鼻子裡。

姜維在一間毫不起眼的屋子前停住了腳步，轉身對荀詡做了個手勢：「荀從事，丞相就在裡面，請進去吧。」

荀詡表情僵硬地看了姜維一眼，不安地深吸了一口氣，推門走了進去。以前他曾經在集會上見過諸葛丞相，不過那都是遠遠觀望，像今天這樣單獨一對一會面還是第一次，他有些緊張。

屋子裡比他想像中要簡樸，屋內的裝潢和荀詡的房間差不多；唯一不同的是，地上和書架上堆放的絹帛文書與竹卷比靖安司多出數倍，而且毫不凌亂，每一份檔案都擺放得十分整齊，一絲不苟。在這一大堆文書之間，一位頭髮花白的老人正披著素色袍子批閱著檔案，他身旁的燭台裡滿盈著燭油，說明已經燃燒了很長時間。

「諸葛丞相。」

荀詡屏住呼吸立在門口，恭敬地叫了一聲。老人抬起頭來看看荀詡，將手裡的毛筆擱下，抖抖袍子，和藹地笑道：「呵呵，是孝和呀，進來吧。」

諸葛丞相的聲音很低沉醇厚，像是一位寬厚長者，讓人很容易就產生親切感。荀詡原本緊張的情緒稍微放鬆了一點，他朝前走了幾步，在諸葛亮下首的一塊絨毯上跪好，雙手抱拳。

「謝丞相。」

「噢，不要叫我丞相，我現在只是右將軍。」諸葛亮伸出一個指頭，半是認真半是玩笑地提醒道。

自從去年第一次北伐失敗以後，諸葛丞相主動上表自貶三級，從丞相降到了右將軍，行丞相事。但蜀漢大部分人包括荀詡都固執地仍舊稱他為「諸葛丞相」，在他們心中，「丞相」這個詞已經從普通稱謂變成了一個特定稱謂，與「諸葛」是牢不可分的。大眾的這個習慣即使是諸葛亮本人也無法改變。

「是，丞相。」

荀詡恭順地低下頭，「諸葛將軍」這四個字他無論如何也叫不出口，實在太彆扭了。諸葛亮聽到以後，露出孩子般無奈的表情搖了搖頭。荀詡看到諸葛亮沒什麼架子，覺得自己心情多少有些放鬆了。

諸葛亮從案下取出一根乾淨的白蠟燭續接到燭台之上，屋子裡一下子亮堂了不少。他今天剛剛從戰情已經穩定的前線趕回南鄭，只比荀詡到達丞相府的時間早三、四個時辰左右。這位風塵僕僕的丞相絲毫不見倦意，他示意荀詡坐近一點，語氣親切，像是在閒聊一樣。

「今天的評議，真是辛苦你了。」

荀詡不知道諸葛丞相的用意，於是謹慎地回答：「接受評議是每個官員應盡的義務。」

「呵呵，他們是否對你諸多刁難？」

「有那麼一點吧，我想可能是誤會。」

諸葛丞相唔了一聲，習慣性地搧了搧鵝毛扇，隔了一段時間才繼續說道：「這一次的評議，是軍方的強烈請求，靖安司前一段時間的工作引起了軍方的反彈。就我個人而言並不希望輕易對高級官員進行評議，不過律令所在，我亦不能違反。我這一次叫你來，是希望你不要對這種例行程序存有太多芥蒂。」

「多謝丞相關心。」

「你知道，身為領導者，我必須尋求某種程度的內部安定，這種安定往往是需要付出犧牲的。」諸葛丞相的表情很安詳，他瞥了荀詡一眼。「這一次是你很不幸地成為了這種安定的犧牲品，你要怪就怪我吧。」

荀詡沒說話，他對諸葛丞相這樣的態度心存驚疑。這究竟是開誠布公的真誠，還是某種暗示？

「我對此感覺到很抱歉，因為我知道你是無辜的，但我必須批准他們這樣做。」這位蜀漢丞相的聲音轉為低鬱，臉上露出歉疚的神情。「你知道，一國的丞相不那麼好當，他沒法讓所有人都滿意，但必須得讓大部分人滿意。」

荀詡看到諸葛亮斑白的兩鬢與清臒的臉頰，知道他並沒有誇大任何事實。但荀詡沒有想到這一位一人之下萬人之上的大人物居然會向自己這麼一個小官員道歉，一時間有些不知所措。愣了好半天，他才結結巴巴地表示。

「諸葛丞相，我……我確實沒能阻止圖紙的洩露，這是我的失職，沒什麼可辯解的。我會對這一次的失敗負起責任。」

諸葛亮聽到這句話，欣慰地點了點頭。「孝和，事實上我一直在注意著你的調查工作。這一次的失敗是非戰之罪，你的實際能力我很清楚……或者說，我非常讚賞。這也是我把你找來的原因：我希望你能明白，評議對你的結論只是行政結論，並不代表我對你的真實評價。」

「……」荀詡一時不知道該怎麼回答才好，不知道為什麼，他一直以來所承受的壓力與委屈，一瞬間從內心底層翻騰出來，然後立刻被融化在一種激動中。

「有人認為你有青銅般的意志，我完全同意。有頭腦、有洞察力、能吃苦、富有熱情、寧可死也不放棄，靖安司正需要像你這樣的人才。」

諸葛亮誠懇地說道，同時平靜地注視著荀詡。每一句都是對荀詡心理防線的一次巨大衝擊，他甚至有點想哭。

「希望今天的評議不會動搖你對漢室的信心，漢室的復興仍舊需要你。」

這是今天第三次諸葛亮使用「希望」這個詞，對此荀詡一個字也說不出來，他只是拚命咬住嘴唇不讓自己落淚。真沒出息，他自己在心裡想。

諸葛亮輕輕歎了一口氣，手中的鵝毛扇仍舊不急不徐地搖動著。他不喜歡這種公開申斥、私下安慰的方式，但卻不得不有所妥協。荀詡是這樣，楊儀和魏延也是——為了能讓蜀漢有限的人才發揮最大效能，諸葛亮必須在錯綜複雜的人際關係與政治蛛網上保持平衡才行。

這時候外面的夜霧少許散去，萬籟俱寂，丞相府周圍一片幽靜，只有打梆巡更的聲音偶爾傳來。荀詡已經有十幾個時辰沒有睡覺了，但他絲毫不覺得睏。

這時諸葛丞相覺得氣氛有些沉重，於是便轉換了話題。

「為了給軍方一個交代，我會把你暫時調去東吳去擔任駐武昌的情報武官。」諸葛亮捋了捋鬍鬚，對荀詡做了個寬慰的手勢。「你別當這是左遷，就當是休假吧，江東的氣候比起漢中可好太多了。等事情平息以後，我會再把你調回來。」

「東吳啊……我知道了。」

荀詡很高興諸葛亮把話題轉到了實質性的問題上去，否則他不保證自己不會失態地哭出來。即使內涵不同，荀詡也不希望和他的上司楊儀做同樣的事。

「東吳那些人一向都不可靠，最喜歡搞小動作。你去了以後，可以協助管理一下那裡的情報網，不能指望那些自私的傢伙主動提供情報給我們。」

「明白。」荀詡深吸一口氣，努力讓自己的情緒恢復平靜。

「調令我已經叫伯約去處理了，你最早後天就可以起程。去之前先回成都看望一下你的家人。你兒子多大了？」

「才五歲，名字叫荀正。」

「呵呵，好名字，等這孩子長大，相信已經是太平盛世了。」

「一定會是的。」

「很好。如果沒有其他的事的話，你回去休息吧。」

諸葛丞相揮了揮鵝毛扇，把眼睛合上，示意他可以走了。但是荀詡沒有動，諸葛丞相再度睜開眼睛，略帶驚訝地問道：「孝和，你還有什麼事嗎？」

「是這樣，丞相。」荀詡站起身來望望屋外，神情嚴峻地說：「在我離職之前，我必須向您彙報一件事——我已經交代給我的部下了，不過我想還是當面跟您說一下比較好。」

諸葛丞相用雙手擠壓了一下兩邊太陽穴。「哦，你說吧。」

「這一次靖安司的失敗，很大程度上是因為我們漢中內部有一名高級臥底。」

「哦？」諸葛亮放開雙手，抬起頭來，原本有些倦意的眼睛又恢復了精神。

「敵人對南鄭內部相當熟悉，而且數次洞徹靖安司的行動，這全都是因為那名奸細的緣故。根據五斗米教徒的供認，那名奸細的代號叫做『燭龍』。關於他的一些疑點，我已經專門撰寫了一份報告，您可以去找靖安司裴緒調閱。」

「就是說，這個叫燭龍的人，你現在還不知道具體身分？」

「是的。本來我打算立刻著手調查這個人，但現在不可能了。希望丞相能提高警惕，以免讓他對我國造成更大損失。」

「我果然沒有看錯你，呵呵。」諸葛丞相站起身，滿意地拍了拍他的肩膀。「我知道了，我會派專人去處理這件事，你放心地去吧。」

荀詡這時才得以從近處端詳諸葛丞相，他清瘦的臉上浮現出淡淡的暗灰色，兩個眼袋懸在眼眶之下，眼角的皺紋一直延伸到兩鬢與白髮接壤。荀詡能看出在他容光煥發後的疲憊，這個瘦小的身軀承載著整個蜀漢，又怎麼會不疲憊。

「那我告退了，您多注意點身體。」

荀詡在內心歎息了一聲，深深地施了一禮，然後退出了諸葛丞相的房間。

三月二十七日，前司聞曹靖安司從事荀詡正式調職。

荀詡離開南鄭的當日，正是報捷的漢軍部隊入城之時，所有的人都湧到北門去觀看入城儀式。成藩負責城防，無法抽身；而狐忠又必須陪同姚柚與馮膺出席，結果到冷冷清清的南門來送荀詡的，只有裴緒和阿社爾兩個人。

「荀從事，想不到你竟然就這麼走了。」

裴緒有些難過地說道。而阿社爾在一旁憤憤不平地嚷著：「你們中原人真奇怪，肯幹活的人就是這樣的報應嗎？」荀詡伸手截住阿社爾的抱怨，搖頭示意他不要再說了。

「高堂秉現在怎麼樣了？」荀詡問，如果說這一次的行動有什麼和丟失圖紙一樣讓他懊悔的，就是高堂秉的受傷了。

阿社爾抓抓頭皮，回答說：「目前他病情穩定，不過身體還比較虛弱，我們第五台的人正輪流看護著他。」

「呵呵，我已經離職，現在可沒有第五台這個編制了。」

「不會不會，我們幾個都一直以在第五台為榮哩。」阿社爾拍拍胸脯。「要是哪一天您回來靖安司，我們第五台全體人員一定尾生抱柱、恭候大駕。」

旁邊裴緒聽了噗哧一樂，無可奈何地對阿社爾說道：「喂，你先搞清楚尾生抱柱的意思吧，不要亂用成語。」阿社爾趕緊哈哈大笑，說不清楚是解嘲還是掩飾自己的尷尬。荀詡對阿社爾說：「平時多讀讀中原典籍吧，我剩下的書你可以隨便拿去看，有什麼不懂的就問裴都尉。」

阿社爾悻悻地捏著兩隻大手的指關節，小聲道：「我更願意與高堂兄切磋搏擊之術啊，他的五禽戲我還沒學全呢。」

現場送別的感傷氣氛因這個小插曲而變得淡薄了一些。

「好了，時間差不多該起程了。」荀詡看看天色，將身上的包裹擱到旅車上。「你們兩位就送到這裡吧，靖安司的工作千萬不要鬆懈。」

「請從事放心。」兩個人異口同聲地答道。

荀詡衝他們抱了抱拳，轉身登上旅車。前面車夫一聲喝斥，鞭子在空中甩出一聲脆響，兩匹馬八足發力，車輪發出咯啦咯啦的聲音，整輛大車緩緩地駛出了南鄭南門。與此同時，在南鄭城的北邊發出一陣喧囂的歡呼聲，漢軍的第一波騎兵已經披紅掛綠地開進了城中……

……荀詡日夜兼程，從漢中南部翻過大巴山，取道嘉陵江南下劍閣，進入蜀中平原，在四月四日的時候抵達了成都，見到了已經闊別兩年多的妻子與兒子。

他在成都陪自己的家人一起享了一段時間的天倫之樂，每天就是和兒子一起讀讀書，釣釣魚；幫妻子修繕一下漏雨的屋頂，還用自己的俸祿給她買了一支銅簪與一套蜀錦裙。這一段時間可以算得上是荀詡擔任靖安司的工作以來難得的空暇時光。有時候，他坐在家中的門檻上望著自己的兒子嬉戲，甚至慵懶地想就這麼過一輩子也不是件壞事。

有一次，他兒子荀正舉著一個風車跑到他面前，抓著他的袖子問道：「爹爹，你去那麼遠的地方，到底是去做什麼呀？」

荀詡先是愣了一下，然後無限慈愛地摸摸荀正的腦袋，回答說：「爹爹是為了漢室的復興。」

「漢室復興？那是什麼？」小孩子似懂非懂。

「唔，就是大家生活變得比以前好了。」

「那，到那時候，爹爹你就能每天都陪我玩了嗎？」

「是呀。」聽到自己父親肯定的回答以後，小孩子歡喜地跑出院子，蹦蹦跳跳地大叫：「娘，娘，我要漢室復興！漢室復興以後爹爹就能天天回家了！」荀詡望著他的背影，唇邊露出一絲微妙的笑意。

五天的假期飛也似的過去，到了四月九日，荀詡不得不告別家人，踏上前往江東之路。

他首先從成都接受了新的官職，一共有兩個，公開身分是撫吳敦睦使張觀手下的主簿；另外一個不公開身分則是司聞曹江東分司的功曹。

蜀漢與吳兩國同為抗禦曹魏的盟友，都在對方首府設立了「敦睦使」這一常設職位，用以維持雙方的日常外交聯繫。而敦睦使所在的辦公機構敦睦館則成為雙方外交人員活動的基地。兩國的政策變化以及外交文書都是透過敦睦館來進行傳輸；當有高階級別的大臣互訪的時候，敦睦館也做為駐蹕之地，比如蜀國丞相府的參軍費禕每一次出訪東吳的時候，就都住在這裡。

而敦睦館的另外一個職能，就是以外交身分做掩護進行情報活動——這可以理解，蜀漢與吳都沒有天真到認為對方會將所有的事都告訴自己，於是他們喜歡自己動手搜集。這就是司聞曹江東分司的工作。

荀詡從成都出發以後，先從陸路趕至江州，然後乘坐「敦睦館」專用的外交木船沿長江一路東進，終於在四月十七日順利抵達了江東都城武昌。

這一天天氣晴朗，陽光燦爛，天上無一絲雲彩，江面能見度很高。懸掛著蜀漢旗幟的木船緩緩地駛入了位於武昌西側的牛津。這裡是外交船隻專用的港口，所以裡面毫不擁擠；木船輕鬆地穿過幾道水欄與灘壩，穩穩地停靠在一處板踏前面。

「荀大人，可以下船了。」船夫一邊抓著鎖鏈將鐵錨拋到水下去，一邊衝船艙裡喊道。很快從船艙裡走出來一位面色蒼白的中年人。荀詡從來沒暈得這麼慘過，雖然他是長沙人，但很小就去了益州，沒什麼機會坐長途的船運。這一次在長江裡幾天幾夜的漂流，讓他差不多吐完了胃裡所有的東西，那滋味簡直就是生不如死。

他晃晃悠悠地邁過踏板，身子一擺，差點掉進水裡，幸虧被迎面來的一個人攙住，這才倖免遇難。

「您就是荀主簿？」

來人問道，他說話帶一點成都口音，荀詡有氣無力地點了點頭。這個人將荀詡小心地攙扶到碼頭上來，荀詡兩腳踏到堅實的土地上，這才多少感覺到有些心安。他抬頭仔細打量來者，這是一位面色白皙的年輕人，兩條細眉平直而淡薄，看上去溫文儒雅；他身上的舊藍布袍已經洗得有些發白，但十分整潔。

「荀主簿，是張觀大人派我過來接您的。」年輕人對荀詡說，他的聲音不高也不低。「我叫郤正，字令先，目前在敦睦館擔任書令。」

荀詡想拱手作答，但腦子還是渾渾噩噩的。郤正從懷裡掏出一粒草綠色的小藥丸遞給荀詡，笑著說：「您別擔心，一般第一次坐船來東吳的人都得暈一次船，我給您預備了醒神丸，吃一粒，頭就不暈了。」

荀詡接過小藥丸吃下去，藥丸散發著清香，還沒來得及落入胃裡就在喉嚨中直接化掉了。不知是心理作用還是真的有效，他的頭疼果然減輕了。

「這是吳國的藥坊專門配的，他們的醫生水準不錯。當年如果曹操手裡有這個配方，赤壁之戰就不會輸得這麼慘了……您這邊走，馬車在這裡。」

郤正很健談，從一見面就開始喋喋不休地說起來。荀詡剛吐得稀裡嘩啦，沒力氣跟他聊，只能慢慢朝著車子走去。到了馬車前，郤正架住荀詡肩膀把他抬了上去。這時一名吳國的邊境小吏走了過來，指著荀詡對郤正說：「這位大人還沒登記呢。」

「外交人員，已經知會過你們上司了。」

郤正不耐煩地擺了擺手，潦草地接過毛筆在小吏的竹簡片上簽了字，然後也上了車，讓車夫往武昌城裡開。

一路上郤正興致勃勃地給荀詡介紹著沿途風景與吳國風土人情，荀詡斜靠在馬車上，右手抵住太陽穴，皺著眉頭向兩側勉強望去。與漢中貧瘠荒涼的山地不同，江東這裡一路放眼看過去全是綠色，路旁種植的全是垂柳，正逢四月，春意盎然。遠處水道縱橫，頭戴斗笠的漁夫撐著一葉扁舟縱橫其間，頗有情趣。就連呼吸入鼻的氣息都濕潤綿軟，比起漢中粗礪乾燥的寒風舒服許多。

大約跑了半個時辰，馬車來到了武昌城前。城門上方的兩個鎦金大字反著陽光，格外醒目。守城士兵遠遠看見馬車上高高懸起的蜀漢敦睦使旗號，連忙將城門打開，馬車毫不停頓地穿過城門，駛入城中。這是吳國對敦睦館的特別優待，以此來表示對蜀吳兩國友好關係的重視。

敦睦館位於武昌中央偏北，就在內宮城宣陽門側旁不到二里的地方，是一棟相當豪華的宮殿式建築。當年在彝陵之戰以後，諸葛丞相與吳主孫權有意重新結為同盟，於是彼此向對方派出了鄧芝與張溫兩名使節。孫權為了表示誠意，特意在武昌為鄧芝的來訪建了一所新居，後來這座建築就被當做敦睦館來使用，成為蜀人在江東的一處活動基地。

馬車抵達了敦睦館前面停住，荀詡已經恢復了幾分精神。郤正跳下車，指揮幾名僕役把行李搬運下來；荀詡自己扶著把手也下了車，恍惚中看到館中走出幾名身穿雜色錦官服的人。為首之人見到荀詡，立刻熱情地抱拳相迎。

「荀主簿是吧？我是撫吳敦睦使張觀。」

出乎荀詡的預料，張觀看起來年紀並不大，可能比自己還要小上幾歲，白淨圓潤的臉上看不到一絲皺紋，保養得相當好；郤正看上去也頗年輕，不知道是不是這江東氣候養人的關係。

「真是抱歉，失態了。」荀詡不好意思地說道，右手還是頂著太陽穴不敢鬆開。

「呵呵，我剛到這裡的時候，也是一樣。」張觀寬慰他說，然後指了指旁邊一個穿著黃袍子的長髯男子道：「這一位，是吳國朝廷專門負責與我們敦睦館聯絡的祕府中書郎薛瑩薛大人。」

「薛大人，幸會。」

「荀大人不必多禮，您初來鄙州，風土尚不習慣，應當多休息。我回頭去叫宮裡的太醫給您診治一下。」薛瑩說話聲音很細，帶有沛郡的口音，態度和藹。張觀在一旁不禁笑道：「薛大人，我的主簿才來了不到一天，你就急著把他送去醫館啊，這就是東吳待客之道麼。」

「蜀中多疫氣，不清掃一下怎麼行。」薛瑩毫不客氣地回擊，兩個人隨即哈哈大笑。

蜀吳兩國使臣素來有相互嘲諷的傳統，張溫訪蜀的時候與秦宓辯論過，張奉使吳的時候與諸葛瑾拿對方的國號開玩笑，鄧芝甚至當面嘲弄過孫權，這也算得上是兩國關係融洽的一個證明。從薛瑩與張觀剛才的對談就可以判斷出，蜀漢與吳關係仍舊處於黃金時代。荀詡想到這裡，心中一寬，衝薛瑩拱了拱手。

這時郤正已經將行李弄妥，張觀見狀對薛瑩說：「我晚上設下宴席為荀主簿接風，薛大人請務必出席呀。」薛瑩搖了搖頭，抬頭看看天色回答說：「最近朝廷裡比較忙，我恐怕是無法出席。我看就等荀主簿身體恢復一點，我再來盡盡地主之誼吧。」

薛瑩說完，走到荀詡前做了個抱歉的手勢，然後告辭離去。張觀、荀詡與郤正看著他離開以後，三個人走進了敦睦館的大門。

館裡一進門是一間寬闊的廳堂，兩邊各立著一隻銅製仙鶴香爐，鶴嘴中嫋嫋地飄著青煙；廳堂擺放著一尊青銅牛方鼎，鼎上方懸掛著用篆書寫的「敦睦和洽」四個字，落款的赫然就是東吳重臣兼書法名家張昭。

僕役們見三名官員已經進來了，於是走過去將大門「轟」地關上。張觀示意郤正等人離開，然後笑眯眯地對荀詡說：「荀功曹，蜀中一切安好？」

荀詡注意到了這個稱呼的變化。對外他是敦睦館的主簿，而實際上卻是司聞曹江東分司的功曹。張觀這樣稱呼他，意味著接下來就是涉及到情報領域的對話了。張觀在擔任撫吳敦睦使的同時，也是江東分司的從事，算是荀詡的上司。

荀詡簡單地彙報了一下成都和漢中的情況。張觀把右手搭到銅鼎上，忽然饒有興趣地問道。

「您以前是在漢中的靖安司工作吧？」

「正是。」荀詡聽到這個問題一愣，難道張觀也知道了漢中的那件事？

「呵呵，漢中靖安司是對內，而我們敦睦館是對外，兩者工作性質不同，要面對的麻煩也不盡相同。」張觀換了一副嚴肅的表情：「若是粗心大意，可是會引發外交上的大亂子。」

「唔，多謝提醒，我會格外留意的。」

「您也許早就知道，但我還想再強調一下。外交無小事，任何不當舉動都有可能對兩國關係造成損害。」張觀說到這裡，拿眼神瞟了一眼大門，問道：「剛才那位薛大人，你覺得人怎麼樣？」

荀詡想了想，謹慎地回答：「人還不錯，不過我總覺得似乎隔著一層什麼東西。」

「呵呵，不愧是諸葛丞相身邊的人，果然敏銳。」張觀讚許地點了點頭。「薛瑩這個人與我私交很好，是我在東吳最好的朋友，以前我們還是同學。但從外交和情報方面來說，他卻是我們敦睦館最麻煩的敵人，絕不可掉以輕心。」

荀詡點了點頭，外交無私交，這一點原則他是知道的。諸葛丞相有一位親生兄弟諸葛瑾就在東吳任高官，但他們兩個在代表兩國交涉的時候，也都是一切以自己國家利益為基本，絲毫不攙入兄弟感情因素。

「吳國人比較怪，他和我們、魏人的思維方式與行事風格都不太相同。你既然來這裡從事情報工作，就必須對此有所瞭解。」張觀說到這裡，忽然感慨道：「時間長了你就知道了，別看蜀、吳一團和氣，實際上武昌地下的情報戰不比漢中或者隴西輕鬆多少。要知道，有時候盟友比敵人更頭疼。」

「比敵人和盟友還難纏的大概只有自己人了。」

聽到荀詡的話，張觀理解地點了點頭，用手按住上翹的嘴角，笑道：「我大概知道為什麼荀功曹你會被調來江東了。」對此荀詡報以一個苦笑，什麼都沒說。

「至於這邊的基本情況，你可以去找郤正瞭解，他一直負責日常事務，不過……」張觀看看門口，用手掩在嘴邊低聲道：「這個傢伙正義感太強了，有點不知變通，跟情報部門格格不入。你要做好心理準備。」

「我明白了，我會盡快開始熟悉武昌的情報網絡……」這時荀詡忽然將眉頭擰成一團，表情也變得古怪起來。「只是……」

「只是什麼？」張觀露出好奇的表情。

荀詡慢慢地從肺裡吐出一口飽含江南水氣的氣息，用右手習慣性地捏了捏太陽穴，略帶狼狽地伸出左手：「能再給我一片醒神丸嗎？」

接下來的幾日，荀詡一直在郤正的幫助下對整個吳國國情、政局現狀、經濟政策、軍事體系、民計民生等諸方面進行考察，以試圖對這個位於長江南岸的國家建立起一個初步的印象。與此同時，荀詡還頻繁地出現在各個東吳大臣的宴會之間，與吳人進行交談，瞭解他們的第一手想法。期間他還受到了孫權的接見，並得到一塊玳瑁殼作為賞賜。

經過一段時間的觀察，荀詡心中原本抽象的東吳變得豐滿實在起來。他在一封寫給裴緒的信中這樣寫道——

〔……在經過兩次權力轉移與數十年相對安定的統治以後，江東政權自孫堅時代培養起的那種銳意進取的氣勢，已經被這種和平銷蝕得所剩無幾。歷史原因與地理原因的雙重影響，令東吳君臣滋生出一種從外人視角來看很矛盾的心態：

一方面他們很驕傲——從某種程度上來說也可以被稱為自大——從吳主到最基層的平民普遍認為，任何針對東吳的軍事行動都是不可想像的。他們的想法有其歷史淵源，孫權即位以來曾經遭受過來自曹魏與我國的數次大規模攻擊，但最終都成功地將其順利擊退，這些勝利都是間接或者直接得益於長江。在我與吳人的交談中可以發現，長江作為天塹的存在從地理上與心理上都對他們有著深刻的影響。長江的安全感削弱了他們對外界政治變化的敏感程度，使之對現狀很滿意，並相信這種狀況會一直持續下去。

諷刺的是，作為一枚銅錢的兩面，這種封閉式的苟安心態不僅帶給吳人優越的安全感，也成為了他們向外發展的障礙。與輝煌的防守戰相比，東吳對外用兵的記錄慘不忍睹，要麼是完全的失敗——比如建安十九年的合肥之戰；要麼是戰略意圖十分混亂——比如建興六年的石亭戰役，從戰術上來說陸遜將軍無懈可擊，但在戰略上東吳除了消耗了大量物資以外，絲毫沒有收益。我想這可能是肇始於東吳將領一個很不好的習慣：東吳的南部疆土與我國南部局勢類似，廣泛分佈著鬆散的蠻族部落，相當一部分東吳將領就是靠鎮壓蠻族來累積資歷。因此東吳的軍事行動呈現出鮮明的討蠻式特色：缺乏一個大的戰略構想，只確立無數短期戰略目標，而且他們樂此不疲。這與我國明確的戰略目標形成了鮮明的對比。

也正因為如此，東吳君臣很明顯抱有一種既自大又自卑的矛盾心態，這導致武昌在軍事上和政治上始終缺乏一個明晰的定位。他們將自己視作一個獨立政權，但又向曹魏與我國稱臣，暴露出武昌視自己是一個相對於中央王朝的地方割據政權的不自信；而每當稱臣這一議題進入到實質操作階段的時候，武昌又立刻退回了自己最初的立場——和他們的軍事行動一樣飄忽不定，沒有指導性的原則。讓所有人，甚至他們自己都無從捉摸。

這種對外消極、對內自大的心態，終究讓東吳的小圈子化更加嚴重，在我接觸過的吳國臣子當中，大多數人在表現出對蜀、魏兩國因不信任其過於強大而產生的恐懼以外，更多的是對東吳獨立意識的強烈自滿。究竟這會引導我們這個可敬的盟友走向一條什麼樣的軌道，接下來的發展趨勢實在是令人玩味……」

第十六章　遠行與暗流

四月二十四日，荀詡到任武昌的第七日。

荀詡在太陽剛升至天頂的時候從敦睦館走出來，朝著城裡最繁華的朱雀區步行而去。他今天穿了一身不起眼的淺黃色短袍，並按照吳人的習慣將胸襟解開一半，兩邊朝襯裡各折過去一寸；這是因為江東天氣已經轉暖，將胸襟解開保持風氣暢通，人不容易出汗。他用一條束在腰間的布帶將袍子的下擺紮起來，這樣行走起來更加靈活。

從一出門，荀詡就注意到敦睦館對面的槐樹下有兩個農夫裝束的人從地上站了起來，遠遠地在後面跟著。他知道這兩個人是東吳派來監視自己的，心中毫不驚訝，面色如常地繼續沿著大街緩步而行——針對敦睦館人員的監視，這早就是一個雙方心照不宣的祕密。張觀甚至告訴他萬一在武昌城裡迷了路，還可以找這些形影不離的跟蹤者問路。

張觀還告訴荀詡一件趣事——曾經有一次館內的一名書吏外出辦事，辦事地點與其中一名跟蹤者的家相鄰。那名不幸的跟蹤者在監視途中正好見到自己的老婆與別的男人偷情，一時沒控制住情緒衝進去捉姦，兩個人撕打起來，最後反而被那名書吏勸解並報了官。這件事一直讓吳國的情報機構面上無光。

從宣陽門附近的敦睦館向南走到武昌內河的朱雀門一共有五里路，這段街道被稱為御苑路。這條路兩側多為東吳官署與駐軍營地；當苑路到達朱雀門以後，依著內河的走勢左右伸出兩個分支，形成長貞與衢塘兩個商業區與居民區。那裡是武昌最繁華的地區。

荀詡順著御苑路不緊不慢地走著，越靠近朱雀門街上就越繁華，行人商販以及過往的車馬也越來越多。那兩名跟蹤者仍舊不遠不近地跟在後面，每次荀詡一回頭，他們立刻就轉過臉裝作朝兩側的店鋪看去。

「很拙劣。」荀詡暗自評價，同時覺得有些不耐煩，決定把這兩個討厭的傢伙甩掉。於是他加快了腳步，這讓跟蹤者有些驚慌，不由得也緊跟了上去，這一下讓他們的跟蹤徹底暴露。荀詡回過頭去，笑眯眯地衝他們揮了揮手，飛快地在前面路口向右轉去。

兩名追蹤者大吃一驚，連忙也緊跟上去。他們看到荀詡的背影在一家織錦鋪前晾著的錦衣之間閃了一下就消失了，急忙粗暴地推開身邊的行人，邁開大步窮追不捨。恰好這時候一名吳國官員的隊伍從街道的另外一頭馳道開了過來，整個隊伍長約六十步，兩名高舉五色木棍的儀仗兵走在前頭，兩側手持皮鞭的騎兵喝令行人讓開，官員的大轎子則在隊伍中間。

武昌的御苑路中央為青磚鋪就，是皇帝與官員出行時專用的馳道。道路兩旁種有槐樹，還有深兩三尺寬兩尺的兩排禦溝以分隔兩側平民通道與馳道。荀詡算準時機，趕在官員隊伍通過街口之前的一瞬間飛快躍過禦溝，衝到了街道對面，他靈活的裝束幫了大忙。跟蹤者發現了他，但是已經晚了，儀仗隊伍恰好開到了他們與荀詡之間。他們企圖也跳過禦溝順著馳道衝過去，但立刻就被護衛的騎兵用鞭子抽了回來，疼得呲牙咧嘴。

等官員的隊伍走過馳道以後，街道對面的荀詡已經消失了。兩個跟蹤者面面相覷，站在原地愣了一陣，然後悻悻地轉身離開。

「這不太正常……」

躲藏在對面酒家二樓的荀詡居高臨下地望著他們離去，覺得不可思議。在雙方都瞭解彼此存在的前提下，跟蹤者的目的不再是祕密追蹤目標，而是明白無誤地緊貼著目標，阻止目標進行任何情報交易或者祕密活動。換句話說，這類跟蹤者不會在意自己被發現與否，他們工作的重點就是緊跟目標，時刻給予其壓力。

而眼前這兩名跟蹤者卻在短暫的失利後就撤退了，這實在不正常。按照常理，他們應該立刻向街道的兩頭跑去以確認目標沒有跟丟，或者呼喚後援小組進入這一側街邊的店鋪尋找目標蹤跡。

是他們不夠專業，還是……

荀詡一邊想著一邊走下酒樓，從後門溜了出去。他看看周圍沒有可疑的人，輕車熟路地繼續朝前走去。在過去的幾天裡，他已經將武昌的地圖記得滾瓜爛熟，自己也親自實地趟過幾次，現在根本無須嚮導就可以行動自如。

他穿過兩條小巷，回到了御苑路主街之上，並向右邊的「衢塘」區轉去，和許多平民擠在一堆。一路上各式各樣的店鋪很多，荀詡饒有興趣地不時駐足觀望，有時候還與賣東西的小商販交談幾句，看起來他似乎真的只是來逛街罷了。他路過一家銅鏡鋪，鋪子老闆為了招徠生意，用絲線將幾面三尺多寬的銅鏡懸在鋪子外面當幌子，明晃晃地格外醒目。荀詡似乎對這些銅鏡十分有興趣，他停下腳步湊近這幾面銅鏡看了一陣，忽然笑了。

透過銅鏡，荀詡不須回頭就能發現後面人群中隱藏著另外一個追蹤者。這名追蹤者不知道荀詡正利用銅鏡看著他，視線毫不忌諱地盯著荀詡的背影。

很明顯這是東吳情報機構的一個小花招。跟蹤者使用了雙重跟蹤，首先派兩名並不專業的追蹤者去跟蹤目標；當他們被故意甩掉以後，目標就會放鬆警惕，放心地直接前往目的地，往往忽略到他其實一直還處於被另外一到兩組祕密跟蹤者的監視之下。

「這不過是吳人的一些小伎倆。」張觀這樣評價說，這樣的花樣沒有什麼實際價值，一個專業的情報人員不會因為甩脫了一兩個追蹤者就掉以輕心。

荀詡離開銅鏡鋪，繼續在街上漫無目的地閒逛，不知不覺中沿著御苑路逛到了武昌河的一處渡口。

江東以水鄉而著稱，除了長江以外還有不計其數的大小河流縱橫，武昌城區也被一條寬闊的水道貫穿其間，這條叫武昌內河的水道上只有幾座浮橋，所以大部分平民還是靠擺渡在河兩岸穿行。

荀詡走到渡口的時候，等船的人已經聚集了二十多名，都擠在岸邊望著從對面徐徐划過來的舢板。荀詡用餘光瞟了一眼後面，看到那名跟蹤者也如影隨至，躲在擁擠的人群裡。

這時候舢板快要靠岸了，渡口的船夫拿了一頂草帽開始挨個收錢。荀詡從懷裡摸出一枚大泉銅錢扔到草帽裡，船夫道了聲謝，掏出一個用白蘿蔔刻成的印章在他手腕上印了一個「水」字，並告訴他在上岸之前不要擦掉，以備查驗。追蹤者見他買了船票，也趕緊掏出錢來如法炮製。

舢板搖搖晃晃地靠了岸，岸上的人將一條木踏板橫在船與碼頭之間。舢板上的乘客轟轟地沿著踏板下了船，甚至有性急的人直接從船邊跳到岸上，然後揚長而去。當乘客全部都下完以後，船夫揮手示意等船的人可以上去了。一時間人聲鼎沸，雞飛鴨叫，兩名船夫用竹竿擺在踏板兩側，以免有人被擠下水去。

荀詡首先登上船去，後面的人越湧越多，逐漸把他擠到了舢板邊緣。那名跟蹤者也擠上了船，和他隔了大約有七、八個人。整條舢板上都擁擠不堪，他沒辦法再靠近一點。

船夫見人上得差不多了，讓岸邊的人拿掉踏板，然後將舢板頂部用一根細鐵鍊與橫貫河流兩岸的粗鐵鍊相連——這是為了防止舢板被水流衝開太遠——大手一撐竹篙，舢板緩緩地離開了岸邊，朝著對面開去。

就在舢板離開渡口三、四尺的時候，荀詡突然從船邊一下子跳回到了岸上。

這一變故讓所有人都嚇了一跳，那個追蹤者先是一愣，然後氣急敗壞地推開人群，但為時已晚。這時舢板離開渡口已經有將近兩丈的距離，他怎麼也不可能再跳回渡口。

舢板不能立即回頭，於是這個可憐的追蹤者只能無可奈何地望著站在渡口的荀詡慢慢遠去……

甩脫這三名追蹤者花了荀詡半個時辰。他看看天色，時候已經不早了，便返身離開渡口，快步朝著預定的接頭地點走去。

他真正的目的地是武昌城內東湖旁的青龍場。這本是東湖湖畔的一個寬闊的校場，今天在這裡有一個很大的集市，武昌平民和附近郡縣的人都紛紛趕來湊熱鬧。荀詡抵達的時候，集市已經開始半天了，到處人聲鼎沸，吆喝叫賣聲、叫喊聲、騾馬響鼻聲、小孩哭鬧聲響成一片。西側擺滿了小商販的雜貨攤，既有海南諸國的雜香、細葛、明珠，也有產自幽燕的人參、皮毛；東側是各式各樣的小吃，中間則有許多人聚在一起看西域藝人的雜耍，並不時發出驚歎聲。

荀詡走到賣小吃的地方看了一圈環境，徑直走到了一家賣銀耳湯圓的鋪子前。這家鋪子生意很興隆，外面一字排開七、八張方桌都坐滿了客人，個個捧著熱氣騰騰的湯圓吃得正歡。荀詡問老闆也要了一碗，老闆應和一聲，下了十幾個生湯圓下鍋，煮了一小會兒，用漏勺攪了攪，然後撈起來盛到一個粗瓷大碗裡，又澆了一勺糖蜜水上去。

碗很燙，荀詡用兩個袖口夾住碗走到一張木桌前說了聲「借光」，隨手拉了一張胡床坐下，慢慢吹碗裡的熱氣。

「你來了？」

一個聲音忽然從他背後傳來，荀詡下意識地回頭去看，聲音又低聲喝道：「不要轉過頭來！」

荀詡把頭扭回去，若無其事地繼續吹著碗裡的熱氣。

「張觀為什麼沒來？」

「他另有任務，我是新到任的司聞曹功曹。從今天起我負責與你聯絡。」

荀詡回答。現在坐在他背後的這個人是敦睦館在東吳官署內部發展的一名內線，經常為他們提供含金量很高的情報，以供蜀漢對吳決策的參考之用。更為難得的是，這名內線不是為了金錢而工作，他是個狂熱的漢室支持者，因此可靠程度很高。

這個人很謹慎，與荀詡交換了數個暗號，才對他完全放心。兩個人就這麼背對著背，各自對著自己的湯圓交談起來。從遠處望去，就好像是兩個毫不相干的人。

「最近有消息嗎？」

「最近吳國內部發生了一些事件，遲些時候這些事件會透過公開管道公佈，不過現階段卻只限於在江東官署內部流傳。」那個人一邊說著，一邊有條不紊地用筷子撥弄著湯圓。

「這些事件是什麼？」

「他們發現了黃龍。」

「黃龍？」

「是的，在四月六日的時候，夏口有人宣稱發現了黃龍；四月八日，在武昌有人宣稱看到了鳳凰。這兩起目擊事件都被當做正式記錄載入檔案，並彙報給孫權。」

「這聽起來很荒謬。」

「是，不過每件荒謬的事情背後總有一個原因，這兩起事件很可能出自孫權本人或其親信大臣的授意。事實上從年初開始，一直就有類似事件發生，頻率很大。」

荀詡沒吱聲，他嚥下一個湯圓，表情變得嚴肅起來。

「還有，從三月中旬開始，流入武昌的奢侈品和建材數量明顯增加了。上等織物從月平均三百匹上升到五百匹；珍珠與翡翠數量從二十件上升到四十件；棗木、檀木以及銅料也有不同程度的上升，而且這些物資全部都是由與孫氏家族關係密切的大商號出面訂購的……就在前天夜裡，有兩頭黑色公牛從會稽運抵了武昌，被祕密送入宮城內廄。」

「看起來似乎他們在醞釀什麼大行動。」

「你們敦睦館一點也沒得到消息嗎？」

「至少從合法管道一點也沒得到。」

「唔，按照協議，漢與吳兩國在進行重大行動前應該知會對方的。現在既然他們隱瞞著你們，顯然是有什麼與蜀國有關的事了。」

「吳人就是喜歡搞些自作聰明的小動作……」荀詡這幾天已經有了深刻體會。

「現在正式的通知還沒有傳達到我這裡，說明那件事保密級別還是很高……不過各級官員都接到通知要求暫時不要離開武昌。」

「瞭解了，那麼陸遜等軍方將領動向如何？」

「陸遜本人已經動身來武昌，不過一部分原駐屯柴桑的東吳水軍開始向巫、秭歸等蜀吳邊境地區調動。」

「真的是『小』動作呢……」荀詡一邊感慨、一邊吃下最後一個湯圓。

談話結束了，荀詡又問老闆要了一碗湯圓，狼吞虎嚥地吃掉。當他拍拍肚子滿意地站起身來時，發現背後的人已經消失不見。從頭到尾荀詡都恪守諾言沒有轉過頭去看，所以他現在無從知道那個人究竟是已經離開了，還是仍舊留在人群的某個角落注視著自己。

在荀詡返回敦睦館的途中，他很「巧合」地碰到了薛瑩，後者一直在敦睦館旁邊守候，一看到荀詡立刻就迎上去了。荀詡見他過來，先發制人地打了個招呼。

「喲，薛大人，別來無恙？」

薛瑩也露出微笑，不過看上去多少有些僵硬。「荀大人好雅興吶，今日在武昌城中遊玩得如何？」

「還好還好，只是沿著河邊轉了轉，看了幾處景色。」

「呵呵，聽說荀大人你本來想過河去逛逛，後來又變卦了？」薛瑩瞇起眼睛，顯然他已經得到了部下的報告。

「您知道的，我這個人經常是臨到最後還會突然改主意；若是有什麼給您帶來不方便的，還請多原諒。」荀詡一本正經地說，兩個人互相對視了一眼，彼此心照不宣。

薛瑩謹慎地伸出一個指頭在荀詡面前晃了晃，別有深意地說道：「荀大人，這武昌城有趣之處的確很多，不過若是自己隨便亂走，可是會迷路的喲，到時候會出什麼事就不是你我所能控制的了。」

荀詡拍拍身上的塵土，用一種略帶嘲諷的口氣反問：「不知道薛大人是以朋友的身分還是以祕府中書郎的身分來給我這麼個忠告的？」

「兩者都是。」

面對這個寓意無窮的答案，荀詡只是簡單地點了點頭。

「那麼，祝您在武昌城內玩得愉快。」薛瑩的臉上卻看不出一絲「祝福」的表情。

兩個人的交談到此為止，薛瑩拱手告辭，誰也沒有把話挑明。既然是盟友關係，那麼表面上的友好姿態還是要作一下的。荀詡知道只要沒什麼把柄落在薛瑩手裡，後者不敢對有外交官身分的他怎麼樣——任何對蜀漢敦睦使及其幕僚的不敬，都是對蜀漢政府的不敬。

荀詡忽然想到，敦睦館在武昌的情報活動也不是一天兩天了，何以這一次會讓薛瑩這種級別的官員親自來交涉呢？聯想到「那個人」的話，他心中的猜想又篤定了幾分。

回到敦睦館，他徑直去了張觀的署室。張觀正在和郤正商談一項關於要求東吳開放荊州南部四郡作為兩國自由貿易區的聲明草案，他見荀詡回來了，將毛筆擱下，問一切是否順利。

「接收情報很順利，不過情報本身就很糟糕了。」荀詡一邊說著，一邊隨手將門關上。張觀和郤正見他說得嚴重，連忙中斷手頭的工作，正襟危坐。郤正還想讓外面僕役給荀詡端杯茶過來，剛拿起喚鈴就被荀詡用眼神制止住——他今天已經喝了兩碗湯圓了。

「這一次的情報是什麼？」張觀習慣性地把兩隻手抄在袖子裡，沉穩地問道。

荀詡將從「那個人」得來的情報複述了一遍，聽完以後張觀和郤正對視了一眼，表情都陰沉了下來，看來他們大概都意識到了其中的暗示。隔了半天，張觀才緩緩開口。「荀功曹，以你的判斷，這意味著什麼？」

「我想……孫權大概是打算稱帝了吧。」

屋子裡的另外兩人聽到他的話，不約而同地點了點頭。

為了確認，張觀把詢問的目光轉向郤正。後者引經據典地解釋說歷代皇帝登基的時候，都會宣稱在各地發現了黃龍、鳳凰等祥瑞之物，這是為了論證帝位合法性的輿論準備；而黑色公牛顯然是用來祭天而用的「玄牡」，是登基儀式上必備的祭牲。

「就是說，它們同時出現在武昌，不可能意味著其他任何事情？」張觀皺起眉頭。

「從古禮制來講，正是如此。」郤正嚴肅地點了點頭，不過他又提出一個疑問。「這一次會不會又是虛驚？孫權想稱帝又不是一年兩年了，幾乎每年都有臣子上表勸進——包括今年年初——但每一次孫權都不置可否。」

荀詡搖了搖頭，用指頭敲了敲案面。「可這一次孫權並沒有將這些事情立刻公開，也沒有知會我們，顯然是做賊心虛；何況從這幾個月運入武昌的物資來看，稱帝甚至都已經到籌備登基大典的實質進程了——而我們卻對此一無所知——我看江東是鐵了心要造成一個既成事實給我們。」

屋子裡一下子陷入了不安的寂靜，孫權稱帝並不可怕，那只是個虛名，可怕的是由此引發的一連串政治大地震。

蜀漢和東吳雖然屬於對等的盟友關係，但從理論上來說，這個聯盟是在「復興漢室」的框架之下進行合作的：蜀漢號稱繼承漢室正統，而東吳不過是漢室下的一個割據勢力，比蜀漢低了一格；這一點吳國雖然有所不滿，但也沒有明確反對過。如果現在孫權稱帝的話，那麼就等於否認了漢室的合法統治資格，從一個漢朝的地方割據勢力升格為一個正式的國家，這無異於狠狠地抽了蜀漢一個耳光。

從蜀漢的角度來看，孫權稱帝實質上就和曹魏一樣是篡奪漢位、僭稱皇帝的非法舉動，是一次無法容忍的叛亂行為。孫權這種挑逗政治底線的行為，極有可能會引發兩國之間的第二次大規模軍事衝突，從而讓蜀吳聯盟徹底崩潰。事實上，柴桑的東吳水軍已經開始向巫、秭歸等蜀吳邊境地區移動，這表明吳國已經在積極備戰了。

一想到這裡，屋子裡的三個人面色都有些蒼白，這種事可不是小小的敦睦館所能解決的。

「這件事牽涉太大了，我們不能只憑一條情報管道就貿然相信，需要交叉確認……」張觀咽了咽口水，面色嚴峻地強調：「我們現在唯一能做的，就是把這件事搞清楚並盡快通知成都。」

「希望只是一場虛驚。」郤正低聲嘀咕，但三個人心裡都清楚這種機率實在太小了。

接下來，整個敦睦館緊急動員，開始動用所有的關係來確認。但這一行動從一開始就碰了釘子，薛瑩大概是嗅出了味道，派遣了幾十個人在敦睦館周圍監視。每一個從館內出來的人都會立刻被四到五名跟蹤者盯梢，他們也不躲藏，就大剌剌地跟在背後。這個時候已經接近天黑，街上的行人變少，再想擺脫他們相當困難。

這樣一來，敦睦館在武昌的暗線就無法使用了。無奈的張觀只能親自出馬，去拜訪幾名平時關係不錯的吳國高級官員，希望從他們的嘴裡撬出點東西來。他先後去了左將軍諸葛瑾、西曹掾闞澤、丞相顧雍和輔義中郎將張溫的宅邸，但闞澤與張溫面對張觀的問題含糊其辭；諸葛瑾不肯做正面回答，只是一遍又一遍地重複「吳國對於吳漢聯盟是非常重視的，並相信兩國的良好合作是推翻偽魏統治的基石」；至於顧雍則乾脆稱病閉門不出。

這些高級官員的曖昧態度，反而從另外一個側面證實了孫權稱帝的可能性。

敦睦館一直忙碌到了四月二十五日凌晨，館內的工作人員與外面的監視者都疲憊不堪。經過一系列公開與非公開、合法與不合法的接觸與會談，張觀、郤正和荀詡終於判斷孫權稱帝的機率超過九成。

「事不宜遲，荀功曹，你立刻和郤正起草一份報告，爭取在今天中午之前送去牛津，讓那裡的外交郵船即時啟程前往江州。」

張觀一夜沒睡，眼睛有些發紅。昨天整夜他都在武昌城內不停地見各式各樣的人，不停地說話。他吩咐完荀詡，叫人拿來一條熱毛巾擦擦臉，和著溫水吞了一粒醒神丸，然後又匆忙地離開了敦睦館。他要前往武昌內城，希望能夠在今天見到吳主孫權，並得到他的解釋。

荀詡在這個時候忽然很想念狐忠。如果狐忠在的話，他睿智的思維和犀利的目光一定可以將這些含糊不清的散碎情報統合成一份清晰簡潔的報告。可惜狐忠現在還在漢中，所以這份工作不得不讓荀詡自己來完成。荀詡並不喜歡文書工作，他所擅長的是帶領一群部下親自在外面跑來跑去。

所幸文字的修飾工作由郤正來承擔。荀詡發現這個年輕人雖然情報分析能力一般，但對於文學修辭卻十分在行。他能把荀詡乾枯乏味的文風變成四駢六驪的駢文，這樣報告看起來就好看多了。

報告中除了彙報「孫權稱帝」以外，還要針對當前情況進行分析，這也算是蜀漢情報部門的一項慣例。荀詡一邊在寫，一邊心裡想諸葛丞相不知道會如何處理這起外交事件。雖然東吳稱帝是件令蜀漢極沒面子的事，但事實上蜀漢卻又不能不忍，因為當前的國際局勢不容許蜀漢在兩條漫長的戰線同時開戰，這會令蜀漢的經濟徹底崩潰——何況北伐戰略還需要東吳在南線進行戰略配合。一貫務實的諸葛丞相不會只因一個名分而貿然採取實質軍事行動。東吳突破了蜀漢的政治底線，卻停留在國家利益底線之上，這就是孫權在利用這個政治空隙玩的小動作。

「吳人的小動作……哼。」荀詡想到這裡，輕蔑地從鼻子裡哼出一聲，提筆將自己的這些想法也寫入報告中。負責修飾的郤正拿過他的文稿來看過一遍，表情十分驚訝。郤正抖抖稿紙，語氣像是在質問荀詡。「荀大人，你怎麼可以這麼寫？我國怎麼會和這樣的反逆之徒繼續做盟友？名既不正，言則不順。他們根本就是僭越！」

「那郤令使，您覺得我國該如何處對？」荀詡反問。

「當然是立刻與偽吳斷交，詔告天下去斥責他們的這種行為，以彰顯我國的正義立場。」

「喂，你這樣是不行的……」荀詡搖搖頭，心裡暗想這個書呆子唯讀死書，對國際間政治的見解太膚淺了——不，不是膚淺，而是太理想化。若是真的凡事都依先哲之言去治國，怕是蜀國早就四面楚歌、窮途末路了。諸葛丞相雖外尊儒術，骨子裡可還是個腳踏實地的法家門徒呢！

聽到荀詡的話，郤正的眼睛睜得大大的。「怎麼會不行？難道讓我們繼續與這個背叛了理想的國家來往？」

「我們的首要敵人是曹魏，必須聯合一切可以聯合的力量。不然我國兩線作戰，國內怎麼受得了。」

「秉承正義，立足正統，順應天命的漢室又怎麼會敗？」

郤正說得正氣凜然，荀詡只好無可奈何地搖了搖頭，聲明這只是他的個人意見，同時心裡給郤正貼上一個「迂腐書生」的標籤。

報告趕在了中午之前完成，除了荀詡的分析，郤正還自己附上了一篇洋洋灑灑的見解，中心意思只有一句話：「交之無宜，名體弗順，宜顯明正義，絕其盟好。」

郤正寫完最後一句，在落款處蓋好敦睦使的印章。荀詡立刻將這份報告捲好，外面用絹裹住，拿蠟封入口，然後用一個鐫刻著「漢御郵封」的銅環箍在了文書卷軸上。這是外交公文專用封，帶有這個銅封的文書都被視為御覽文書，傳遞過程中禁止被任何人以任何理由拆閱檢查，視同皇帝本人一樣神聖不可侵犯。

荀詡將套好的文書攥在手裡，對郤正說：「你在這裡等張大人回來，我親自去把文書送出去。」郤正唔了一聲，顯然對剛才的爭論還存有芥蒂。荀詡沒時間理他，吩咐僕役備好馬匹，然後匆匆走出了敦睦館。報告越早送出去越好，哪怕只早一天抵達成都，都會對外交決策產生重大影響。

他到門口的時候，僕役已經牽了一匹馬過來，並插上了「敦睦使」的旗子。荀詡理也不理在一旁的監視者，雙腿一夾馬肚朝著牛津飛馳而去。

因為有敦睦使旗，一路上暢通無阻，很快荀詡就趕到了牛津外交專用碼頭。他翻身下馬，急步朝著碼頭走去，走到一半他心中忽然一沉，因為遠處的牛津碼頭泊位上空無一船。按照常理，這裡應該十二個時辰都有外交快船值班才對。

荀詡心急火燎地來到碼頭大門，叫醒正在打盹的看守軍士。「我是漢敦睦館的主簿，現在有一封緊急文書需要送出去，本館的專用快船呢？」

士兵揉揉惺忪的睡眼，回答說：「對不起，所有的船今天都被送去檢修了。」

「所有的船？」

「是的，今天早上運走的。」

「那什麼時候能送回來？」

「不知道，怎麼也得兩、三天吧。」士兵看荀詡急得滿頭大汗，好心地寬慰道：「修船就是這麼麻煩了，平時我軍檢修船隻也得花這麼多時間。」

荀詡心裡清楚，這絕對是薛瑩幹的好事。他不敢攔截御覽文書，於是就在運載工具上做文章，故意挑選在今天檢修全部船隻。

對於東吳來說，將這份文書攔截住有很重要的意義。如果蜀漢在孫權正式稱帝之前得到消息，並搶先一步反應，會在外交上占據更大主動。這也是為什麼孫權要對稱帝一事保密，不肯事先照會蜀漢。「稱帝前照會」與「稱帝後照會」在外交涵義上是不同的。前者意味著這一舉動徵求過了——儘管只是象徵性地徵求——盟友的意見，並得到了充分理解，這也暗示盟友在這一問題上的影響力；而後者則意味著稱帝是東吳的內政，不需要徵詢任何其他國家意見，他們只要接受既成事實就可以了。

所以照會時機的選擇事關東吳的自尊心，而對蜀漢封鎖消息卻又暴露出了他們的自卑心態。用荀詡的話說就是：「又是一個小動作。」

不過這個小動作現在卻把荀詡難住了。

第十七章 暗流與洪流

通常來說，敦睦館與成都之間的外交聯絡通道一共有三條：普通信件與文書一般交給有蜀漢官方背景的商船隊傳送；保密文書透過武昌西牛津碼頭的外交船隻送回蜀漢；而特別緊急文書則會使用吳國的陸路驛道由武昌直接送抵江州。

現在牛津碼頭的外交船隻已經無法使用，陸路驛道更不可靠，薛瑩完全可以隨便製造什麼藉口，讓文書在路上延遲幾天。荀詡看起來只有一種選擇。

他轉身上馬，抖動韁繩向著武昌東側的龜山碼頭奔去。

龜山碼頭是武昌最大的民用港，與武昌的方山港一東一西支撐起長江流域商業活動的水路樞紐網絡。龜山港口裡常年客商雲集，除了東吳與蜀漢的商旅以外，甚至連曹魏、西域、邪馬台、高句麗、身毒等地的商船也能見到，放眼望去一片五顏六色的商旗，十分熱鬧。碼頭旁邊還特意建有商棧、旅店以及其他服務型行業，以方便來往商人，儼然已經成為一個武昌的衛星鎮。

荀詡到了龜山碼頭以後，高舉著敦睦使的旗號喝斥路上的行人與牛車讓開，無視「禁止馬馳」的標誌牌，直接縱馬來到了蜀漢商船專用的停泊區。

作為東吳的重要盟友與交易夥伴，蜀漢商隊在吳國經濟中占有無可取代的重要地位。因此出於外交與經濟目的，吳國在龜山碼頭特意設置了一個漢商榷所，專門用來停放蜀漢籍的船隊。碼頭的守衛一看到荀詡舉的旗幟，也不敢攔阻，讓他一路暢通無阻地跑到了漢商榷所泊位之前。

此時停泊在這裡的商船足有二、三十條，每一條船上都掛著兩面旗子，一面是象徵著蜀漢船籍的炎漢黃旗，一面是自己的商號標旗。黃旗高掛正中桅杆，標旗則掛低一格。荀詡騎著馬在碼頭邊上轉了一圈，來到一艘標旗寫著「糜」字的青桐大船之前。

這是一艘屬於糜氏家族的商船，糜家在成都是赫赫有名的豪商，其家主就是昭烈皇帝麾下的老臣糜竺。糜竺早在徐州時就是身價億萬的商人，後來追隨劉備入川，被封為安漢將軍；因他弟弟糜芳投降了吳國，糜竺十分不安，最後竟病死於章武二年。他的家族從此不再參與政治，而是重新回到商業領域發揮糜家的特長，蜀漢朝廷也在政策上多加扶持。久而久之，糜家便成為了蜀國舉足輕重的豪商，麾下的商船隊有幾十艘之巨，比起糜竺當年的資產還要多。敦睦館的日常文書就經常透過糜家船隊送回益州。

「敦睦館急使！有人在嗎？」

荀詡衝著船艙裡大喊，很快一個商人打扮的老人走出來，用手遮住太陽光朝荀詡這邊望了望。一見敦睦使的旗幟，老人面容一凜，急忙走到船頭，雙手抱拳恭敬地鞠了一個揖：「不知大人到此，有失遠迎，小民糜範當面恕罪。」

荀詡也不跟他客套，從馬上跳下來直接走到糜範跟前，急切地問道：「你的船現在可以起錨嗎？」

「隨時可以……不過……」糜範面露猶豫神色。「這條船在等一批雞舌香進艙，恐怕要今天晚上才能裝完。」

「調別的船去裝，現在有緊急文書需要立刻送去成都。」荀詡的口氣裡沒有商量的餘地。

糜範看看荀詡的表情，商人的經驗告訴他與眼前這個人爭辯有害無益。於是他乖乖閉上了嘴，將荀詡請進船艙，備好上茶，然後叫身邊的小廝去把還在岸上逍遙的水手們盡快找回來。在等候的時候，糜範注意到這名敦睦館官員將手指交疊在一起，一直不安地向碼頭入口望去，心裡暗自猜度這一定是一份不得了的文書。

過了約三炷香的時間，水手們陸續回到了船上，糜範催促他們立刻扯帆拔錨，準備啟程，然後回到船艙討好地對荀詡說：「大人，這條船已經準備就緒了。」荀詡的表情稍微鬆懈了一點，糜範可以聽見他輕輕地鬆了一口氣。

就在這時，碼頭另外一側傳來一陣嘈雜的馬蹄聲。荀詡面色一變，急忙起身靠到船舷去看，只見薛瑩率領著一批騎士衝著這條船而來，顯然他是接到了追蹤荀詡者的報告。

薛瑩來到船邊勒住韁繩，喊船主出來。糜範心裡暗暗叫苦，心想怎麼今日連續招惹出這麼多麻煩的人，但也只能老老實實走出去，點頭哈腰地衝薛瑩諂媚笑道：「大人，不知來到鄙號有何貴幹？」

薛瑩一指桅杆上扯到一半的船帆，喝問道：「你這條船是打算出航？」

「正是，正是。」

「去哪裡？」

「是回益州。」糜範注意到薛瑩身邊還站著龜山碼頭的邊防長，連忙衝他擠了擠眼睛。平時糜家為了行商方便，在邊防長身上明的暗的使了不少錢，關係一直很融洽。但今天邊防長卻是一臉僵硬，彷彿沒有看到一樣。

「按照規定，出境船隻需要查驗。請把你的出關文書與相關資料拿出來。」邊防長板著臉說道。

糜範瞥了眼薛瑩，圓滑地應承了一句，然後溜回了船艙。一進船艙，糜範跑到荀詡身邊把外面的情形說了一遍，問他該怎麼辦。荀詡將文書往袖子深處塞了塞，鎮靜地吩咐他像平常一樣應付就行。

對這個回答很不滿意的糜範只能返回自己房間，將一疊通關資料取出來，雙手捧著送到了薛瑩和邊防長面前。兩個人拿起資料慢慢地翻閱起來，其速度之慢簡直就像是一個字一個字在讀。花了大半天時間才看完這薄薄的一疊資料。邊防長放下文書，搖搖頭，對糜範說：「對不起，這條船不能出境。」

「為……為什麼啊？」

「因為手續不全，裡面缺少船身穩固檢查的通許令。」

糜範聽到這句話，圓圓的臉上露出極為無奈的表情，張了半天嘴卻一句話也說不出來。

根據東吳律令，每一條出港的商船在出發前都必須接受船身穩固的木工檢查，以免在航行期間突然傾覆，造成航道堵塞。這條規定從理論上說很合理，但沒有多少人——包括東吳官方——認真執行，因為每一次船身穩固檢查都得花上半天到一天的功夫，實在太麻煩了。進出龜山港口的商船很少有人遵守這條規定，而港口邊防人員對此也是睜一隻眼閉一隻眼，只要船主保證下次來的時候補辦手續，就會放行。這也算是龜山港口的一種習慣。

邊防長忽然將這條規定提出來，顯然就是打算故意找碴，存心不放這條船走。

糜範沒辦法，只能衝船艙裡哀求似的喊道：「荀大人，請您出來跟這幾位大人解釋一下吧……」荀詡這時才慢慢走出船艙，裝作剛剛發現薛瑩的樣子，爽朗地笑道：「哎呀，薛大人，真巧，竟然在這裡看到您。」

「是啊，我也沒想到。」薛瑩同樣回以笑容。

「這艘船有什麼不妥之處？竟值得您親自來查驗？」

「噢，我們是怕萬一這船有隱患，一出港就沉了。我們也是為商家負責嘛。」薛瑩說到這裡，狡黠地盯著荀詡，嘲弄著問道：「怎麼荀主簿您就已經在江東住膩了嗎？這麼迫不及待地打算回國。」

「不，不，聽說江東風物美妙，我只是想坐船出去欣賞一下景致罷了。牛津的船今天不巧全送去檢修，我只好臨時來租條商船了。」

「呵呵，請放心，我國的船工技術都很熟練，只消三天時間就能全部檢查完畢。到時候無論是外交船還是商船，隨便您坐就是。」

薛瑩的話裡帶有遮掩不住的得意。敦睦館對外聯絡的三條通道全都已經被他控制住了，而且他找到的藉口全都合情合理，讓敦睦館有苦說不出，連抗議都無法提出來。

荀詡搔搔頭，無奈地對薛瑩說道：「薛大人不能通融一下嗎？」

「若是荀大人想在武昌附近江面賞景，那沒問題。我會親自陪同，略盡地主之誼；若是要離開吳境，那就必須等這條船拿到穩固通許令才可以。」

出乎薛瑩的意料，荀詡非但不怒，反而拍手笑道：「不才久慕江東景色，正愁沒一個知地理、通典故的嚮導帶領；既然薛大人有意，那再好沒有，不妨上船來我們同去遊玩如何？」

薛瑩前面話說得太滿，面對這一邀請無法拒絕。他疑惑地看了看荀詡，最終點了點頭，說：「好，自當奉陪，陪閣下玩得盡興。」說罷轉身吩咐手下的人暫且在此等候，然後也踏上了這條商船。

他雖然驚訝，但並不怎麼擔心。反正他自己就在船上，只要這條船敢離開武昌水域一步，薛瑩就立刻以「手續不全」的名義把它扣住。他相信荀詡是玩不出什麼花樣的。

糜範站在一旁掛著媚笑，心裡卻有些莫名其妙。但這兩個人身分都不低，他誰也得罪不起，也只得把薛瑩與荀詡請進船艙，好茶好點心招待，然後招呼水手們開船。巡視完一圈船舷，糜範返回到船艙中請示薛瑩與荀詡兩個人究竟該把船開去哪裡。

「不知荀大人想去哪裡遊玩呢？」薛瑩沉穩地抬起手來問荀詡，一副不急不躁的樣子。看起來他是決心與荀詡耗到底了。

「江東之地，觸目皆是景色，就不必特意去哪一處了。今日天清氣朗，不如就在江面徜徉一番，也不失為養性之道。」

「呵呵，看不出荀主簿還好清談。」

「哪裡，哪裡。」荀詡謙虛了一番，回頭對等在艙口的糜範做了個手勢，說：「船家，開去罷。」糜範看到荀詡手勢暗暗指向西方，也不敢多問，斂身鞠了一躬，退出了船艙。

隨著一聲號令，這條船先是將船帆半張，二十名水手吆喝著號子用槳慢慢划出龜山碼頭水道，而後調整航向，將船頭擺到西方，再將船帆升滿桅杆。正巧這時一陣西北風刮來，將風帆鼓滿，整條船開始朝著江水上游緩緩而去。

這一路上，荀詡和薛瑩兩個人都絲毫不露焦慮之色，時而對酌品酒，時而玩賞艙外江面風景，關係倒是十分融洽。遠遠望去，就好像是兩位舊友泛舟出行一般。談到天下時勢的時候，荀詡還能與薛瑩旗鼓相當；當話題轉到經學辭章時，荀詡就遠不如薛瑩了。他沒看出來一個情報官員居然也有這麼高的文藝素養，薛瑩引經據典，出口成章，完全是一副儒生與經學博士的派頭。荀詡只有點頭稱是的份兒，心想下次該派郤正來與其對抗。

船隻西行約過了半個時辰，荀詡忽然望望窗外，站起身來對薛瑩說：「薛大人，我們不如出去外面走走。」於是兩個人走出船艙朝四野望去，一陣江風清涼撲面，風吹水面碧波粼粼，叫人心曠神怡。薛瑩剛要開口再發一陣感慨，忽然感覺有些不對勁，他看到這船正在慢慢從江中向著江左岸邊靠去。

「這是去哪裡？」

薛瑩提高了警惕，他的儒生形象頓時收斂起來，取而代之的是情報官員的氣質。

「一處景色而已，薛大人不必如此緊張。」荀詡一臉輕鬆地回答，然後偏過頭去，命令糜範讓船工開得再快一些。

又開了約莫四分之一個時辰，船距離左岸已經只有十幾丈之遙。這通常是船隻靠港的標準離岸距離，薛瑩也注意到這一點了，他雙手抄在胸前，警惕地望著這艘船的動靜。又過了一會兒，船頭遠處可以看到出現一處建築，半在陸地半在水中。

「牛津碼頭！」

薛瑩忽然大叫道，他猛地推開荀詡，衝過去一把揪住糜範吼道：「立刻掉轉船頭，不准再繼續靠近！」

「可……可是大人，這是不可能的。現在北風正急，我們的船又是滿帆。就算現在落下帆來，船本身的速度也已經夠快了，沒法立刻停下來啊。」

「我不管！你給我立刻調頭！」

麋範慌張地從身旁拿出一個簿子、一個兩腳規範，結結巴巴地演算給薛瑩看。「您看，若我的演算沒錯，這條船在江中調頭的最短弧線長度是一百六十步，而牛津碼頭距離這船現在只有一百多步……」

薛瑩怒不可遏地搶過麋範的簿子撕個粉碎，再次強令他停船。

可這時候已經晚了，貨船龐大的身軀已經擺頭不及，它用木製船殼撞開江面漂浮的兩道竹閘，一頭扎進牛津碼頭的入港水道裡。四、五名水手匆忙跑到船頭用竹篙和木槳抵住江底，船兩舷各自拋出一個鐵錨入江，經過這麼一番折騰，貨船終於穩穩地停在了牛津港之中。

荀詡這時候才不動聲色地走到麋範面前，掏出自己的權杖，用足以讓薛瑩聽見的聲音大聲說道：「麋先生，我現在以蜀漢敦睦館主簿的名義，徵用你的船隻為臨時外交船。」

「是，是，能為皇帝陛下效勞是我們的榮幸。」麋範連連點頭。在一旁的薛瑩一改平時儒雅冷靜的形象，用極為惱怒的眼神死死盯住荀詡，扭曲的表情鮮明地傳達出一個訊息——他被耍了。

本來按照薛瑩的構想，外交碼頭所有可用的船隻都已經被送去「檢修」；而民用商船又因手續問題不能離開武昌地區，他認為這已經徹底堵死了荀詡的兩條傳輸通路。但是他沒有想到，荀詡巧妙地鑽了這兩者之間的漏洞，讓民用商船駛入武昌附近的牛津外交碼頭，並將其徵調為外交船舶。

這樣一來，荀詡既沒有違反民用商船不准出境的規定，也使牛津碼頭有了可用的外交船隻

——根據吳蜀兩國外交協定中一條並不醒目的補充條款，任何在牛津港口內的船舶只要有外交人員搭乘，將被自動視為具有外交船舶之身分。

結果，薛瑩苦心準備的兩個「小動作」被輕鬆地破解了。現在糜家商號的這條貨船已經具備了外交船舶的屬性，而外交船舶是不受出境手續限制的，薛瑩已經沒有辦法阻止其出航。

荀詡總算也對東吳耍了一次「小動作」。

已經升格為外交船舶的糜家商船，載著文書大搖大擺地再度離開了牛津港，荀詡和薛瑩兩個人懷著不同的心情目送它駛向江州，一直到大船的船帆在地平線上徹底消失。

敦睦館派來接荀詡的馬車先到，荀詡友好地邀請薛瑩一同回城，被後者禮貌地謝絕了。看薛瑩的表情，他寧可沉到長江水底也不願跟荀詡同一輛車回去。

於是荀詡單獨坐著馬車返回武昌。到達敦睦館以後，他看到張觀也已經回來了，一群人包括郤正圍在他身邊，議論紛紛。

郤正一見荀詡，問他怎麼這麼遲才回來。荀詡將整個事情說了一遍，張觀急切地打斷他的敘述，問道：「我不想知道你是怎麼做的，我只想知道你做到沒有。」

「文書已經被順利送出去了，不出意外的話，十天之內就可以抵達成都。」荀詡回答。

「那就好，雖然還是有些晚了……」

「你今天見到了孫權沒有？」荀詡問，從張觀的表情來看事情並不順利。

「沒有，連內城都沒進去，直接被擋在了宣陽門外。」

張觀搖搖頭，不過神色並不怎麼沮喪，這是在意料之中的事。孫權自己心裡有鬼，恐怕是不大願意見蜀漢敦睦使的。郤正氣憤地說孫權自己既然知道大節有虧，又怎麼敢一意孤行，可惜他的指責孫權聽不到。

大家又議論了一陣，但都沒有什麼建設性的東西。目前敦睦館能做到的事情就只有這麼多了，接下來只有等待成都發來下一步指示——究竟是繼續敦睦往來，還是趕在開戰前收拾行李連夜撤回益州，這誰心中都沒底。

張觀看天色已晚，就讓大家都各自回去休息。荀詡折騰了一天，也覺得乏了，於是拜別張觀與郤正，回到自己的房間裡去。這間房間在敦睦館裡不算大，但是地處偏僻，旁邊還有一角小院幾叢青竹，頗為幽靜。荀詡回到屋子裡，將沾著汗臭的衣服丟到門前竹筐中，直接躺到床上沉沉睡去。

不知道過了多久，荀詡忽然覺得有人在搖動他的身體，他不耐煩地揮了揮手，翻了個身繼續睡去。這一次搖動的幅度更大了，荀詡恍恍惚惚地睜開一隻眼睛，卻看到郤正一邊推他一邊急切地喊道：「荀功曹，荀功曹！」

出於一名情報官員的職業習慣，荀詡立刻恢復了神智。他飛快地從榻上爬起來搓了搓臉，一邊從衣櫃裡翻找衣服，一邊問郤正到底發生了什麼事。

「不要穿這件，把你的朝服找出來。」郤正見荀詡從櫃子裡拿出一件普通布衣，提醒他說。

「什麼？朝服？」荀詡動作一下子停止了。「到底發生了什麼事？」

「孫權的特使剛才來到敦睦館，說吳主緊急召見我們。」

「還好……我還以為是他派兵包圍了敦睦館，要抓了我們去祭旗呢……」

荀詡看起來沒有郤正那麼緊張。

兩個人很快來到敦睦館正堂，身著正式朝服的張觀和宮內特使已經等候在那裡了。荀詡暗自留意了一下時間，這時候恰是午夜時分。孫權白天拒絕接見，卻忽然在午夜緊急把敦睦使召進宮去，這不知道是什麼用意。

敦睦館外停留著四輛翠綠色的豬鼻車，張觀、荀詡、郤正三個人各上了一輛，由特使帶路朝著武昌內城疾馳而去。此時街道空曠冷清，周圍房屋在夜色籠罩下黑壓壓一片，只聽到這幾輛車馬蹄敲擊地面躂躂作響，回聲聽起來格外清晰。

很快車子穿過清溪橋、金鳳闕，最後停到了內城的右側端門之前。三個人走下車，一個早就在此等候多時的侍衛將端門打開，提著燈籠引三人向宮內走去。七轉八轉，不多時這支小小的隊伍便來到一間宮殿之前，這宮殿較之前面的宮廷建築樸素了不少，但仍舊透著威嚴之氣。旁邊建築群都是漆黑一片，惟有此處的燈火通明，十幾盞大燈籠吊在殿角，將整個殿內照得如白晝一般。

三個人進殿以後，發現吳主孫權已經安坐殿中了。只是他今天特意高高在上，與三個人相隔有二、三十步，那著名的碧眼與紫髯因為距離遙遠而有些看不清楚。張昭與顧雍兩名重臣分別站在兩側，表情不一。

大概是因為深夜緊急召見的緣故，所有繁文縟節都被省略掉了。孫權既沒有派人送上茶水來，也沒有像往常那樣親切地詢問他們在武昌的生活起居，而是直接切入了正題。荀詡從這個面目看不清楚的統治者聲音裡，努力分辨出了一絲自豪、一絲膽怯、一絲惱怒以及一絲焦躁不安。

「今日召見貴使，是因為吳國近日內會有一項重大的政治舉措。出於對盟友的尊重，我覺得有必要在這之前知會貴國，希望能得到貴國的理解和支持。」

「我會轉達給諸葛丞相的。」張觀低下頭，沒有多說。

孫權並沒有直接挑明「稱帝」，而是開始從他的父親孫堅開始談起，接著談到兄長孫策，將整個江東的歷史回顧一遍，語氣裡充滿了感慨。荀詡注意到在談話中孫權反覆強調「孫氏江東」這個詞。

接下來孫權話鋒一轉，喋喋不休地說起了昭烈皇帝劉備當年困居江夏時，江東施以的援手，以及兩方在抵抗曹魏侵略時的無間合作。荀詡注意到孫權的情緒似乎很激動，不時揮舞手臂來加強感染力，聲音時而高亢，時而低沉。就演說技術來說相當不錯，但在這一共只有六個人的大殿裡總給人一種奇怪的不協調感。

「演說」一直持續了兩炷香的時間，孫權最後談到了目前吳漢聯盟的必要性以及他個人對諸葛丞相的敬慕，他強調說：「我相信以諸葛丞相的智慧，一定能夠理解，吳漢兩國的同盟無論是從歷史的角度還是從現狀來看都是必須的，任何時候都是……」

「終於說到關鍵地方了……」荀詡心想。

「……鑑於以上考慮，舊的合作形式已經不適宜當前嚴峻的鬥爭形勢，我認為吳漢聯盟應該具備新的內涵。」說到這裡，孫權閉上了嘴。在他旁邊的顧雍則不失時機地介面對下面的三位元蜀使說：「我們東吳臣民一致認為，我主孫權應該登基稱帝，與貴國皇帝並肩而戰，才能在最大程度上鼓舞兩州士氣，震懾敵人。」

這個消息終於從東吳決策層的嘴裡親口說出來了，三名蜀使你看看我，我看看你，誰也沒有說話。其實郤正很想開口抗辯，但被張觀和荀詡的眼神壓了回去。辯駁不是他們的工作，他們的工作是將吳國的官樣聲明以及弦外之音一併帶回去，交給成都朝廷去處斷。

顧雍繼續說道：「等到兩國成功地恢復中原，豫、青、徐、幽四州歸屬東吳；兗、冀、並、涼四州歸屬漢，兩國以函谷關為界，共用天下。」

「這究竟是在向我國示好還是示威……」荀詡不明白為什麼東吳要在這時候提出這份政治地圖，這份地圖幾乎沒有實用價值，除了明確無誤地把東吳的野心表面化以外，沒有什麼用處。還是說，孫權其實是想要一個與他地位相稱的戰略目標？

「我主登基在即，這個消息一定會引起外界的種種猜測甚至負面謠傳，為避免盟友和天下人不必要的誤解，今天特意召見幾位澄清一下我方的立場，並希望能得到貴方的理解。」

對於這樣的外交辭令，荀詡只能冷笑。如果東吳真的有誠意，就該在決定稱帝前徵求成都的意見；最起碼應該在登基儀式前以正式的國書通知蜀漢。而事實上，若不是今天他成功地把這個情報送了出去，恐怕東吳會把稱帝的事一直捂到登基當天。

在得知敦睦館已經把稱帝的情報送出到成都以後，東吳君臣這才慌張地連夜緊急召見敦睦使，想淡化東吳在這件事上一意孤行的印象，反而暴露出他們惴惴不安的不自信心態。

「新的吳漢聯盟將成為埋葬偽魏的基石，希望你們能把我的心情轉達給諸葛丞相。」

孫權為這一次的會談做了總結，然後這位即將登基的皇帝起身離去，自始至終他的臉都沒有清晰地顯露在敦睦使面前。張昭也隨之而去，只有顧雍留了下來，看來他還有些話要說。「冠冕堂皇的話交給上級去說，具體細節交給下級去完成。」這是流行於靖安司裡的一句話，也同樣適用於外交場合。

顧雍走近張觀，臉上笑容可掬，還友好地向荀詡與郤正點頭示意。但三個人誰也沒有動，既然東吳的立場已經挑明了，那麼在成都做正式反應之前，他們不能有任何表示。

「張大人，我主對於新的吳漢同盟寄予的希望很大，為了更好地體現出兩國合作精神和我方的誠意……」顧雍一邊說著，一邊從袖子裡拿出一捲精緻的絲軸遞給張觀。張觀接過來展開一看，發現裡面是若干條吳國對蜀漢的政策調整，其中包括主動降低蜀吳貿易的關稅；增加對蜀錦、側竹弓、井鹽的進口量；削減兩國邊境駐軍；遣返在東吳境內的益州籍流民；兩國情報機構資源分享等等等等。

看來這是東吳為了減緩蜀漢對稱帝的強烈反應而做出的一些讓步，或者說，是抽了蜀漢一耳光以後給的幾粒棗子。

「我主還為貴國皇帝陛下的壽辰準備了一些個人微薄的禮品，這是禮單。」

「我確實收到了，顧丞相。我會將貴方的意見轉達給諸葛丞相。」張觀的回答滴水不漏，等於什麼都沒有承諾。顧雍的神情微微有些失望。

三個人從內城回到敦睦館以後，張觀立刻讓郤正將今天的會談寫成一份紀要。郤正領命而去，這類工作交給他再合適不過。荀詡則負責編輯相關背景資料，這將在成都討論這一問題時起到重要的參考作用。他們之間沒有交談，交談已經沒有意義，他們的意見並不能左右局勢。

到了四月二十六日凌晨，報告和資料彙編都全部完成了。郤正表現得很亢奮，這讓張觀不得不在他的報告裡刪掉諸如「狡黠地望著我們」、「厚顏無恥的條款」、「陰險地說道」等等充滿了強烈主觀色彩的詞彙。

這一次還是荀詡負責將文書運送至牛津碼頭。和昨天完全相反，本來要兩、三天才能「檢修」好的外交船舶，現在一艘不少地停泊在牛津港；薛瑩——當然，他本人看起來十分尷尬地——甚至表示願意開放吳國境內的陸路驛道，可以讓這份報告更加迅速地抵達成都。這個好意被荀詡婉言謝絕了，敦睦館可不希望這份東西在昨天的祕密報告之前送到諸葛丞相手中。

荀詡確認攜帶著報告的外交船隻離港以後，這才拖著疲憊的身軀回到敦睦館。

「荀功曹，這一次你可立了大功了。」張觀欣慰地對他說：「你昨天那一手耍得真漂亮。你看，那一份報告被你順利發出去以後，徹底打亂了孫權的外交部署，迫使他不得不提前通知我方，我國在外交上就能占據更多主動了。」

荀詡只是微弱地笑了笑。

「我會把你的功勞寫入報告的。」張觀拍拍他的肩膀。

「在那之前……我有一個請求。」

「是什麼？」

「讓我去睡一會兒，任何人都不要打擾。」

荀詡露出乞求的表情，從四月二十四日開始到現在，他已經將近十幾個時辰沒有闔眼了。

第十八章　間奏・尾聲

孫權的登基儀式在四月三十日開始，從此吳國由一方割據勢力升格成為一個正式的帝國。魏、漢、吳三「國」鼎立終於在這一天變得名副其實。

成都在五月五日接到了敦睦館的祕密報告；在五月六日接到了敦睦館轉發的第二份報告，裡面包括了孫權召見張觀的會談記錄、立場解釋以及武昌允諾給成都的補償條款；緊接著在五月十日接到了皇帝孫權特使正式送交的國書。

蜀漢朝廷對此表示十分震驚，許多大臣和郤正一樣認為應該立刻和東吳斷交，然後派兵討伐這個僭稱皇帝的亂臣賊子。但如荀詡所預料的，奉行務實政治的諸葛丞相最終說服了這些大臣，決定接受這一既成事實，默認東吳帝國的合法地位，以此來換取一個穩定的國際環境。

五月十五日，漢衛尉陳震作為特使前往東吳致賀。他於六月一日抵達了武昌，並受到了極為隆重的接待，孫權稱這將開啟兩國合作的新紀元……

五月二十日，武昌。

荀詡好奇地注視著眼前這間高腳大屋。這間屋子與南蠻建築的風格類似，房屋主體建築與地面被數十根直立的木樁相隔，整個屋子被柱子撐在半空，一側有斜坡形的木製樓梯。

「江東多雨，地面潮氣太重，這是為了保存絹、紙質地的檔案資料而專門設計的儲存室。」

站在他旁邊的薛瑩解釋道，荀詡點點頭，注意力仍舊集中在房屋底下的空隙。薛瑩的嘴角抽動了一下，對荀詡用刻意修飾過的冷淡語氣說：「荀主簿，我們可以進去了嗎？」

「哦，哦，好的。」荀詡摸摸鼻子，有些不好意思。

兩個人順著木梯走到屋門之前，薛瑩從腰間取出一枚鑰匙打開房間裡的鎖，推開兩扇門。荀詡剛要邁步進去，薛瑩伸手將他攔住了。

「荀主簿，在你進去之前我必須向你重申一下原則。」

「洗耳恭聽。」

「我個人並不想開放這些檔案，不過這是上頭的命令，我沒辦法。但是請您注意：第一，您只能在這間屋子裡翻閱，一片紙都不准帶出去；第二，您只能自己抄錄，不允許別的書吏進入這屋子；第三，您翻閱的時候，我必須在場，而且我有權警告您哪些檔案是不允許觸摸的。明白了嗎？」

「光是那些能『摸』的就已經夠我抄上一輩子了。」

荀詡的這個冷笑話只讓薛瑩的表情更加僵硬。

孫權登基已經有將近一個月，吳蜀兩國並沒有像一些觀察家預言得那樣陷入軍事對抗。蜀漢承認了孫權稱帝的合法性，而東吳則在其他領域對蜀漢做出了補償——兩國情報資源分享就是其中的一項。表面看這是一個公平的交易，但實際上卻對蜀漢十分有利，因為一直致力於西北戰略的蜀漢亟需曹魏在江淮一線的情報，以便瞭解其整體戰略部署；而對於北伐漫不經心的東吳來說，西北地方的曹魏情況沒什麼太大價值。

這項交易被官方描述為是兩國建立軍事互信體制的第一步。荀詡身為敦睦館的情報官員，他的工作就是前往東吳祕府的資料室，對東吳歷年來的情報資料進行甄選，然後將其中對蜀漢有價值的部分摘錄出來送往漢中。

薛瑩對這一舉動十分不贊成，尤其是上個月他還敗在過荀詡手裡。但君命如山，他不得不從，於是只好以消極的不合作態度對待荀詡，並在心裡暗罵那些高層的官僚。

兩個人邁進屋子，裡面擺放的資料檔案數量可以說是汗牛充棟。荀詡一想到自己必須要把這裡的東西全部翻閱一遍，就開始頭疼，他甚至希望薛瑩多警告幾卷檔案不能觸摸，好減少閱讀的數量。

「也罷，這總比《白虎通義》之類的有意思多了。」

荀詡一邊自我安慰道，一邊從背囊中取出筆墨紙硯擱到案几上。他搓搓手，深吸一口氣，從書架上的第一層最右側抽出一冊卷宗來，扭頭看看在一旁監視的薛瑩沒什麼反應，於是把它放到案几之上，開始翻閱。

這是一項很艱苦的差事，荀詡不僅要翻閱大量枯燥無味的報告與資料，還要動腦子考慮哪些對蜀漢有用；如果發現什麼有價值的資料，還得動筆抄錄。更麻煩的是薛瑩只允許他一個人進入這裡，沒人能幫他。唯一值得慶幸的是東吳的書吏普遍字都寫得比較好，工整好認。

就這樣過了一個月，荀詡天天要花上將近四個時辰在資料室，時間一長他覺得自己脊背、眼睛和手腕都開始酸疼。張觀和郤正雖然很同情他，但是愛莫能助。

六月二十日，荀詡如往常一樣踏進資料室內，薛瑩也如往常一樣靠在門口，雙手抄在胸前，盯著這個膽敢在東吳機密之處肆意翻閱資料的蜀漢官員。

「那今天也請您多辛苦了。」

「職責所在。」

兩個人交換完每天的例行寒暄，荀詡輕車熟路地從昨天中斷的地方取出一摞新檔案，攤開在案子上開始看起來。大約過了一個時辰，荀詡翻動資料的手突然僵住了，他的臉色因為激動而漲紅，心不由自主地砰砰跳了起來。

薛瑩注意到他的這一反常表情，連忙問道：「荀主簿，您哪不舒服嗎？」荀詡沒有回答他，而是取出那一冊中的一頁遞給薛瑩，拚命抑制住激動問道：「這一頁東西，您還記得嗎？」

薛瑩一愣，接過荀詡手中的麻紙。這是一份吳黃武六年——也即蜀漢建興五年，距今兩年以前——出使曹魏的報告，起草者正是薛瑩本人。薛瑩記得當時恰好是魏文帝曹丕駕崩，他的兒子曹睿新即皇位。東吳雖然官方已經與曹魏斷交，但私下裡仍舊保持著一定接觸。於是孫權就派了諸葛恪前往弔唁，薛瑩也以書記的身分隨之前往。回來以後，薛瑩將所見所聞寫成了一份報告，就是荀詡現在手裡拿著的這一份。

「這裡，您看這裡。」荀詡用指頭指到其中一段話。薛瑩看到自己這句話是這麼寫的：「或聞魏於蜀中固有內間，官爵甚高，未聞其詳。」

「這一段有什麼問題嗎？」薛瑩覺得很奇怪，這句話只是夾在報告中間一段插敘罷了，怎麼荀詡反應如此之大。

「您還記得當時的情景嗎？是從誰那裡聽說的？還知道些什麼？」

面對荀詡急切地詢問，薛瑩開始努力回憶當時的情形，他良好的記憶力這一次幫了大忙。那是在大將軍曹真舉辦的一次宴會上，坐在他身邊的是曹操的女婿夏侯楙。到現在他還記得夏侯楙胸前掛著的那條俗氣的純金掛鏈和粗俗的笑聲，這是一個典型的紈褲子弟。

「他可是一位軍方的高層人士。」荀詡補充道。

「那麼他就是一個高級的紈褲子弟。」薛瑩冷冷地修正了自己的發言，然後繼續回憶。

當時曹睿一直派人遊說諸葛恪，希望孫權能夠與曹魏復交。所以在宴會上，魏國人有意無意地總想顯露出自己的強勢。酒過三巡以後，夏侯楙酒酣耳熱之際，話也開始多了起來，一直扯住薛瑩的袖子不停地說；開始的時候是吹噓魏軍的強大，然後是嘲笑蜀國自劉備死了以後就什麼都不是。後來夏侯楙忽然湊到薛瑩面前得意地說：「我們在蜀漢早就有大號的眼睛，他們想幹什麼，燭龍都會知訴我們，他們在我國眼中是透明的……」

「那麼，他有沒有說其他關於這個的話題？」

「沒有，接著他就被兩名僕役給攙扶下去了，大概是曹真怕他說得太多吧。我一直以為這只是那傢伙的信口開河，也就沒有認真去想，只是捎帶著在報告裡提了一句。」薛瑩說到這裡，變了個語調。「這就是我所知道的一切了，這有幫助？」

荀詡沒有回答，他現在的心中被無數瞬間綻放的思緒所填滿。

毫無疑問，夏侯楙口中的「燭龍」，就是那一條潛藏在蜀軍內部、協助糜沖竊取了弩機資料，並在之後殺死了他的「燭龍」！

就是那一條徹底將荀詡擊垮的「燭龍」。

這個刻骨銘心的名字帶著荀詡的思緒一下子回到了蜀國，回到了漢中，回到那片他曾經戰鬥過的土地；他已經被撫平的失敗感現在又開始隱隱作疼……

第二部　秦嶺的忠誠

第十九章　洪流與危機

蜀漢建興九年，一月六日。魏雍州隴西地區，上邽城。

陳恭皺著眉頭摸了摸胸口，最近他總覺得心中很不安。

陳恭已經在隴西的土地上生活了十一年，這十一年裡他就像是一粒其貌不揚的沙礫，不動聲色地隱藏在隴西太守府之中，扮演著一名平凡、低調的中層官吏。一直以來，這種生活都很平靜，但最近周圍環境開始有了一些不同以往的改變。這些變動很微妙，稍不留意就會被一個粗心的人忽略掉——而陳恭卻不會，出於一名間諜的直覺，他從風中嗅到一絲飄散在上邽城中的不祥味道。

在過去一年裡，陳恭身邊有數名太守府的同僚以不同的理由被逐一調走，而他自己的職務也因太守府官僚結構的數次微調而有所變動。這些變化都很合乎情理，每一項人事變動或機構調整都有充足的理由，沒什麼可疑的地方。

然而陳恭卻感覺到，每一次的變動似乎都讓他獲取情報的難度比以前增加了；這些彼此看似孤立的事件連綴在一起，彷彿在暗示幕後有什麼人很小心、巧妙且不露痕跡地逐漸將他推離開核心情報領域。

「也許大限的日子終於到了吧……」

有時候陳恭也會如此不無悲觀地想。六年來，他目睹了許多次同伴因身分洩露而被捕——最近一次是「白帝」谷正的死亡——因此他早就已經有了覺悟。如果哪一天半夜突然有軍人敲他房間的門，並對他說「以皇帝陛下的名義，你被捕了」，他絲毫也不會覺得驚訝，也不會覺得遺憾。他的工作成果已經足夠豐碩了。

作為魏隴西郡太守府主記，他只是個循規蹈矩的官吏；而作為蜀漢司聞曹的間諜，陳恭可以說是功勳卓著。過去的一年裡，魏、蜀兩國先後發生過兩次規模較大的軍事衝突，蜀漢一勝一平。陳恭在其中發揮了關鍵性的作用。

在建興八年的八月，一直處於戰略防禦的魏國決定對蜀漢進行一次規模空前的反攻，根據大將軍曹真的設想，魏國十二萬大軍將分成四路，從西城、子午谷、斜谷以及祁山向漢中展開向心攻擊。

這一作戰計畫在處於廷議階段時就被在鄴城活動的「赤帝」獲知，而陳恭也在隴西根據軍隊調動判斷出魏軍即將要有一次大的作戰。結果在曹真從長安起程之前，這份作戰計畫的要點摘要就被送到了諸葛丞相的案頭。早有準備的漢軍在成固、赤阪兩地嚴陣以待。結果適逢雨季，道路泥濘，魏軍在子午谷完全無法前進，被迫全線撤退。

就在這時，陳恭敏銳地覺察到了魏軍因撤退而在隴西造成的暫時性真空，他在例行報告中指出——魏軍剛剛經歷過大規模行動，現在物資與士氣損耗都相當大。如果能趁這一機會在雍州西部發動一次攻勢，疲憊不堪的隴西守軍將無力阻擋。

這一意見最終得到了採納，諸葛丞相立刻派遣魏延對位於隴西西側的陽溪展開攻擊。負責隴西防務的雍州刺史郭淮與後將軍費曜得知以後，匆忙集結部隊前往救援。很不幸的是，他們起兵日期和具體部隊數量再一次洩露，陳恭將這些情報及時送到了魏延手裡。

魏延憑藉情報上的優勢，在陽溪附近打了一場堪稱教科書式的伏擊戰，讓郭淮與費曜的救援軍團傷亡慘重。陽溪和居住在那裡的諸羌部落盡歸蜀漢所有。這一役的失敗讓大部分羌族都倒向了蜀漢一側，曹魏在其後十幾年的時間裡都一直被這一失敗所導致的民族問題而困擾。

這對於蜀漢來說，這是一次值得慶賀的勝利；而對於陳恭來說，除了成就感還意味著其他一些東西。那一連串令人不安的人事調整與職務變動就是從陽溪戰役以後開始的，陳恭沒法不將這兩件事聯繫到一起。他意識到可能有人已經嗅出了他的蹤跡。

每次想到這裡，陳恭就會想到間軍司馬郭剛那雙如鷹隼一般銳利的雙眼。這個年輕人絕不簡單，他到任隴西以後給陳恭的工作帶來了很多麻煩，甚至逼死了白帝。這麼多次重大情報外洩，不可能不引起郭剛的注意。遲早這些巧合的片斷會被郭剛拼湊起來，那將會是陳恭的末日。

位於南鄭的司聞曹對此也心知肚明，因此東曹掾姚柚、司聞司丞陰輯以及隴西分司從事馬信都曾經表示，只要陳恭願意，司聞曹可以立刻把他接回漢中。陳恭一直在猶豫，一方面沒有確鑿證據表明自己已經被懷疑，也許一切只是錯覺與巧合；另外一方面，諸葛丞相今後在隴西的軍事行動會很頻繁，他多留一日，就能給蜀漢的成功多添一分可能。

於是他婉拒了這些關心，繼續留在了上邽。

「文禮兄，你在想什麼呢？」

站在他旁邊的同僚孫令好奇地問道。陳恭趕緊把思緒收回來，淡淡地答道：「沒什麼，昨天睡覺的時候可能受了點風寒。」

「那可得小心。」孫令好心地提醒道：「下個月鄴城的巡閱使就要到了，這節骨眼上可不能有什麼差池吶。」

陳恭衝他做了一個放心的手勢，繼續朝前方看去。在他們兩個的眼前是堆積如山的青條石塊與未切割好的原木，幾十名工人在木石之間來回走動吆喝，滿載著貨物的馬車與牛車一輛接一輛地開進料場，發出巨大的隆隆聲。

鑑於魏國近一年裡在隴西地區遭受的一連串挫折，大將軍曹真決心從根本上鞏固這一個地區的防守力量。作為計畫的一部分，大量優質建築材料從各地被調撥到上邽，用以鞏固祁山一線的城防。朝廷計畫於三月份派遣巡閱使前往隴西視察執行情況，雍州刺史郭淮希望在巡閱使到來之前能把工程做得好看一些，於是命令各地施工加班加點。這監工督促的職責，自然就壓在了太守府這些文吏身上了。

每開進來一輛車，孫令就在竹簡上劃上一筆，他的竹片上已經密密麻麻地有幾十道黑線。劃到後來，他晃晃有些酸疼的手腕，對陳恭抱怨道：「咱們怎麼也是清談的讀書人，那個郭刺史居然把我們當成小吏一樣使喚，做這樣粗鄙之事，真是叫天下士人寒心。」

陳恭好像沒聽見他在說話，頭也不抬地飛速登記著不斷增加的條石與原木庫存，過了半天才偏過頭對孫令說：「現在進入的車子數量有多少了？」

「噢，我看看，總共是四十三輛，青石車二十輛，原木車二十三輛。」

「城西乙段的施工預定今天晚上才會來提料，可照現在的運送速度，恐怕不到申時，料場就會爆滿了。你能不能去一趟太守府？讓他們盡快通知下一批次的運隊把材料改卸到城西。省下來的車次也好儘早調去運砂土，那邊已經等得不耐煩了。」

「可這跟規定不合吧？律令是說所有的石木都要透過這個料場登記，然後才能調撥。」孫令膽怯地說道：「若是認真追究起來，這可是侵吞物資的大罪阿。」

「所以才要去太守府報備……算了，我自己去吧，你幫我看著點庫存容量，若是超過八成，就別讓他們往裡運了。」

陳恭說完站起身來，暗自搖了搖頭，這些「士人」平日裡只會清談，一涉及到實務則束手無策。孫令前幾個月去了趟關中，回來以後對何晏、夏侯玄等清談名流崇拜得不得了，從此也開始放棄儒學，而迷起了老莊，整日裡搖頭晃腦說些和現實一點也不沾邊的東西。

不過這對陳恭反而是件好事。有這麼一個好清談的懶散同僚，他便可以接觸到更多的事務，獲得情報的機會也就更多。

於是陳恭又囑咐了孫令兩句，叫人套了一輛馬車，上車直奔太守府。

太守府在這個時間也是異常地繁忙，文吏與軍人進進出出，手裡捧的不是文書就是虎符。陳恭跟守衛打了聲招呼，輕車熟路地邁進太守府內院。這裡原本是上邽的縣治所，從格局和裝潢來看都顯得狹小寒磣，無法容納整個郡守的編制；所以許多功能部門都被剝離出去，如今在這裡的只剩幾個核心部門而已。

通往太守府度支曹的走廊很狹窄，當兩個人相向而行的話，必須要有一個人讓開才可以。在這種官僚世界裡，通行的優先權自然是以官秩來決定的。一名穿著素袍的小吏恭敬地側過身去騰出空間，陳恭衝他略一點頭，徑直朝著走廊盡頭的木門走去。

當他快接近木門的時候，門忽然吱呀一聲從裡面被推開。然後陳恭看到郭剛出現在自己面前。

其實第一眼陳恭根本沒有認出是郭剛，因為這個人今天破天荒地沒有穿戎裝，而是一身絳色便裝，這讓他的煞氣削減了不少，唯有那一雙銳利的眼神絲毫沒有變。看到最危險的敵人突然出現在自己面前，經驗老道的陳恭絲毫沒有把驚慌顯露在臉上，而是恭敬地把身子朝右側靠去，為郭剛讓出一條路來。

郭剛高傲的眼神只在陳恭身上停留了一瞬間，然後他一言不發地朝前走去，連謝也不謝，這名小小的主記看起來根本不值得他凝神關注——這也是陳恭所樂見的。等到郭剛與他擦肩而過，陳恭這才走過去邁進度支曹的房間，隨手把門關上。

陳恭不是神仙，背後也沒有長眼睛；他不知道就在他關門的一剎那，原本一直朝前走去的郭剛猛然停下了腳步，扭過頭來向陳恭消失的房門投以冷冷的一瞥。這一瞥就像是西涼冬季的朔風一樣，寒冷、鋒利而且穿透力極強。

在郭剛身後的人無法繼續移動，又不敢打擾這名間軍司馬，於是只能惶惑不安地站在原地。一直到郭剛把視線收回來，他們才慌忙躲到走廊一旁，給他讓出足夠的空間行走。郭剛毫不客氣地走出去，視線一直平視前方。

在太守府門口，一匹輕裝的西涼駿馬與兩名侍衛正立在府前的幡杆前等候。一見郭剛走出來，其中一名侍衛迎了上去。

郭剛一邊將皮製搭帶扣到馬匹上，一邊問那名侍衛。

「最近監視有什麼進展嗎？」

「沒有。從開始監視到現在，陳主記沒有什麼可疑的行動。」

「他沒有和什麼可疑的人接觸過？」

「沒有，平時與他來往的都是太守府的同僚。」侍衛說到這裡，遲疑了一下，說：「以小人的感覺，陳主記是蜀國間諜的可能性很低。」

「這說明他也許是個老手。」郭剛一手扶住馬鞍，絲毫不為所動。「監視不能放鬆，等到我從潁川回來再做定論。」

侍衛不再爭辯，兩個人各退兩步，抱拳齊聲道：「恭送郭大人。」郭剛翻身上馬，又叮囑了幾句，一揚鞭子，駿馬飛也似的絕塵而去。

郭剛對陳恭的懷疑始於建興八年。那一年魏軍在軍事上的屢屢失利讓郭剛懷疑蜀軍是否掌握著什麼王牌；當他的叔父郭淮在陽溪被伏擊而導致大敗以後，郭剛確信在上邽內部一定存在著一條向蜀國輸送情報的管道，這條管道的運作人很可能就是前年在搜捕「白帝」行動中逃脫的那名蜀國「夜梟」。

於是郭剛在郭淮的支持下，進行了一次針對上邽的祕密排查。這一次排查的範圍涵蓋了整個軍方與文官系統，每一道公文的傳閱記錄、每一個可能洩密的環節、每一個可能接觸到資料的人員都被一絲不苟地檢驗了數遍。這項行動持續了兩個月，郭剛鎖定了五名有可能是「夜梟」的官員，然後將範圍縮小到三名，其中陳恭的名字在名單最頂端。

郭剛發現，幾乎所有涉及到重大洩漏的情報，都與陳恭之間有著直接或者間接的聯繫，這種聯繫很模糊，孤立來看更像是一種巧合；但這種巧合反覆出現，就不能不讓人懷疑這其中是否有著某種內在聯繫了。

在沒有確證的情況下，郭剛不能貿然對陳恭採取行動——兩年以來的磨練讓這名年輕人變得比以前審慎得多。於是他一邊派人對陳恭進行隱蔽性的監視，一邊不動聲色地把他隔離；不是以一種明顯的方式，而是透過數次微妙的人事調整，逐漸剝奪他接觸機密資料的可能性。現階段他可不想讓這隻夜梟覺察到鳥籠已經編織好了。

郭剛發誓一定要把這隻夜梟抓到，這是他的職責所在，也是為了替他所尊敬的叔父挽回名譽。

現在郭剛還需要確認一件事——陳恭的身分背景。這就是他決定親自前往陳恭籍貫所在地穎川進行調查的目的。

穎川郡位於中原腹地，擁有將近三萬戶人口，相當富庶，是曹魏重要的糧食產地，其賦稅也是支撐龐大軍事開銷的支柱之一。再加上魏國早期的智囊團成員比如荀彧、荀攸叔侄、戲志才、郭嘉等，均是穎川出身，這讓穎川郡與其他郡縣相比有了卓然不同的地位。

根據陳恭的履歷，他出生於漢建安六年，出生地點是穎川郡的許縣。建安二十五年，十九歲的他隨父陳紀前往漢中。結果半路遭遇了山賊，隊伍中的同伴全部遇難，唯有年紀最小的他活了下來。後來他一直留在了隴西，因為讀過書，被天水太守府任命為書吏，從此一步一步升到現在主記的位置。

郭剛在一月二十日抵達了穎川的治所許昌。陳恭是來自於穎川許昌的陳氏一族。陳姓在許昌是大姓，現任司空的陳群籍貫就是穎川許昌，與陳恭算是大同宗。不過陳恭的檔案上並沒有寫明自己是屬於哪一支——這是可以理解的，中原地區經歷了相當長時間的戰亂，漢時期的戶籍已經所剩無幾。

他風塵僕僕地在太守府前下馬，向門衛通報了自己的身分。過不多時，一位官員迎了出來，這個人尖嘴猴腮，兩撇短髭在鼻子下面呈八字，一顆不討人喜歡的黑痣掛在右眼下方。

「郭大人是嗎？」

在得到郭剛肯定的答覆以後，那個人熱情地拱了拱手，自我介紹道：「我是穎川太守府的門下循行韓升，字伯先，常太守派我來接待您。」

郭剛只是簡單地點了點頭，表情僵硬。這一半原因是他本身的個性使然，一半原因則是因為長途跋涉的關係。

韓升見他一臉疲態，關切地問他要不要先去驛舍休息一下。郭剛擺擺手，表示先要去見太守。於是韓升吩咐兩名僕役牽走郭剛的坐騎，然後帶著他進入太守府。

相比起隴西寒酸的太守府，穎川太守府可以算得上相當奢華了。其主體建築底部，光台基就有將近一丈高，用大石砌成，上面還有凸起紋飾。台基上的走廊邊緣都安有漢白玉欄杆。正廳開間有六個之多，屋頂是雙坡結構，有一條正脊和四條垂脊，看上去相當恢宏。

兩個人在正廳裡等候了片刻，一名侍衛跑過來通報說常太守駕到。然後就看到一個五十多歲、體態臃腫的官員步入正廳，他就是穎川太守常儼。

常儼進廳以後，雙手垂在肚子上，抬起眼皮先打量了郭剛一番，見他一身塵土，表情就變得不太好看。

「你是從隴西來的？」

常儼的語氣裡充滿了輕蔑，對於穎川這樣中原大郡來說，隴西是一個偏僻落後而且缺乏教化的鄉下地方。

「是，這裡是協理文書，請您過目。」郭剛裝作沒有覺察到這種態度，起身立正，然後雙手把文書交給了常儼。

常儼接過文書打開一看，先注意到了這份文書的簽發人是雍州刺史郭淮，連忙問道：「郭刺史是你……」

「是叔父。」

聽到郭剛這麼說，常儼的表情變得稍微和藹一點。他拿起文書仔細看了一遍，唔了幾聲，然後用肥厚的手指擦了擦印鑑，好像怕這文書是偽造的。過了一會兒，他才慢條斯理地對郭淮說：「事情我大概瞭解了，我會派人協助你的工作。」

「謝謝大人。」

「不過……有件事你最好注意，陳姓是本郡的大族，陳群大人也是本郡出身。你可不要有什麼得罪他們的地方，不然就會鬧出大亂子了。」

「我會注意的。」

「伯先吶，那麼這件事就交給你去協助吧。」

韓升趕緊點頭稱是。郭剛心裡清楚，「門下循行」是太守府的一個虛銜，沒有實際職務，實際上只是納入官僚正式編制裡的食客罷了。常儼派了一個門下循行協助工作，明擺著沒把他放在眼裡。「也好，只要不給我找麻煩就夠了。」郭剛心想。

常儼說完以後就離開了正廳，韓升則帶著郭剛回到了專設的驛舍。郭剛在驛舍裡稍微洗了洗臉，將行囊裡必要的東西拿出來整理好，然後小憩了一會。一直到中午他才醒過來，覺得旅途的疲勞全消失了，現在他已經進入工作狀態。

韓升恰好也在這時候來到他的房間，這位食客笑瞇瞇地對郭剛說已經為他備下了酒菜與歌姬。

「下午若是大人有興趣，我們可去許昌城內轉轉，今天有個集市頗為熱鬧，你在隴西可是看不到這樣繁華的。」

「不必了。」郭剛冷淡地謝絕了這一邀請，他對這些東西絲毫沒有興趣。「我們開始調查吧。」韓升不太高興地扯了扯自己的短髭，只得表示同意。

韓升帶領郭剛來到太守府隔壁的戶部，這裡存放著穎川兩萬餘戶的戶籍資料，分成民籍、軍籍和士籍三種。

「那麼，您想從哪裡開始查起呢？」

「從士籍開始吧。」郭剛回答，士籍記載的是名門大族的資料。陳恭有很大可能是屬於士族其中的一支。

韓升吩咐書吏從書架上取來以朱色套封的戶籍檔案，這是士族的標記。郭剛翻開索引，很快找到了「許昌陳姓」的條目。首先開列的就是當朝司空陳群一支，接下來開列了旁支共計七家，各家代系都很詳盡。

但是裡面並沒有陳恭這個名字，也沒有他父親陳紀的名字。

郭剛忽然注意到，陳群的父親叫做陳紀，與陳恭的父親名字一樣。如果這兩個人是一族的話，重名這種事是不可想像的，其中一個必然要避諱。換句話說，陳恭的家族應該不大可能會是士族。

接著郭剛又叫人捧來民籍和軍籍的簿子，從頭查到尾。這是一項艱苦乏味的工作，郭剛、韓升與三名官吏花了差不多整個下午，一共查到了三個叫陳恭的人。但其中一個今年才六歲，另外一個已經於去年去世，第三個就在本郡任公職，這三個都與隴西的那個陳恭無關。而名字叫陳紀的人則只有一個，那就是陳群的父親。

「這份戶籍是哪一年做的？」郭剛問。旁邊一位老書吏回答是黃初二年造的冊。

「造冊的底本呢？」

「沒有底本，漢時戶籍已經全部散逸；黃初二年的造冊是以文帝陛下登基那年的戶口統計為基礎的。」

郭剛飛快地心算了一下。陳恭今年三十一歲，據他在檔案中的履歷記載，他離開許昌前往涼州是在建安二十五年，當時他十九歲。也就是說，黃初元年穎川郡重新進行人口普查，編造名冊的時候，二十歲的陳恭已經開始在隴西生活了。那麼穎川的戶籍沒有他的名字也不足為怪。

「那麼有可能查到他在穎川的族人親戚嗎？」郭剛皺起眉頭問道。老書吏面露難色說：「戶籍名冊上只記錄本家屬戶，如果想查找族人之間的聯繫，那還得去各家去查家譜。如果不知道具體人家的話……」

許昌一共有六千戶人，其中陳姓戶籍一共有七百戶，雖然其中九成源流都來自於齊田軫，但演至今日已經分化成二十幾個分支。如果將這些族譜拿來一一查驗，那工作量將會大到不可想像。

「天下平靖才不過十幾年，戶籍流離也是在所難免，郭大人也不必這麼失望嘛。」

韓升一臉輕鬆地勸道，郭剛扳扳自己的指關節，沉吟了一下，簡單而又不容置疑地說道：「那我們就一家一家查下來好了。」韓升以為這是一個玩笑，於是哈哈大笑起來，一直到他看到那個人的表情，才知道他是認真的。

從一月二十一日開始，郭剛與韓升開始了調查許昌陳氏族譜的漫長歷程。他們攜帶著太守府的公文前往每一個負責保存本家族譜的人家，要求家長開放族譜，然後大海撈針般地一代一代地查下來。戶籍名冊裡只記載了黃初以後生活在許昌的人口，若要想知道陳恭以前是否在穎川居住，唯一可靠的記錄就唯有族譜了。

有的人家很爽快地就答應了郭剛的要求；而有的人家則對外人查閱族譜十分抗拒，有的大戶人家還十分傲慢地要求郭剛在祠堂前向祖先告罪，才准許他瀏覽族譜。甚至有一戶陳姓不允許在存放族譜的屋子裡點火燭，又不允許把族譜帶出屋子去，郭剛只能在黑暗中拚命瞪著眼睛才能看清黃紙上的蠅頭小楷，一天下來眼睛疼得流淚不止。

這種艱苦的工作一直持續了十天。一直到二月二日，調查才初步有了頭緒。在一個名叫陳芳的許昌醫師家的族譜中，郭剛發現其中有了記載。根據這份族譜，陳芳的祖父叫陳東，陳東生有三子，大兒子是陳芳的父親陳耀；次子陳襄，早卒；第三個兒子名字就叫做陳紀，陳紀的下面則赫然寫著陳恭的名字。

「陳恭或陳紀，這兩個人你可曾見過嗎？」

郭剛指著這個記載問陳芳。這名醫師回憶了一陣，回答說自他父親那輩開始，就與其他兄弟分家，據說還為此大吵過一架，所以兩家並不經常來往。他只是依稀記得很小的時候見到過一次陳紀和他的堂兄弟陳恭，除此以外再沒什麼印象了。

「你聽說過他們在建安二十五年前往隴西的事嗎？」

「聽說過，不過也只限於知道這件事罷了。後來據說他們遭了山賊襲擊，全死了。」這名醫師茫然的表情表明他對陳紀一系的變遷漠不關心。目前為止，這與陳恭本人提供的履歷完全符合。

「那麼陳紀在許昌居住時的住所你知道嗎？」

「應該是在城西的老屋吧，我爺爺陳東去世的時候，我父親分得的是這間宅第，而城西的祖屋則給了我三叔。」

陳芳給郭剛畫了一張詳細的地圖，不過他說他也有許多年沒去過那間老屋了，不知道現在還在不在。

郭剛和韓升從陳芳家出來，立刻馬不停蹄地直奔城西。根據陳芳的地圖，這間老屋是在城西郊外一個叫澤丘的村子，大約半個時辰路程。這是一個典型中原特色的小村落，大多是土房，放眼望過去一片土黃色，黃土街道高低不平，遍地都是土坑與牲畜的糞便。在村子的入口處還有戰亂時期遺留下來的一個小型塢堡，算是村子裡最醒目的建築了。

兩個人進了村子之後，首先找到了村中的里長。里長聽過郭剛說明來意以後，瞇起了眼睛，指指遠處一棵大樹，道：「陳家祖屋就是在那裡，不過現在已經換了人家。」

目前居住在這裡的是一戶趙姓人家，戶主叫趙黑，是個老實本分的農民。郭剛找上門的時候，他正在餵豬。一看到里長陪著兩個面色嚴峻的陌生人進了自家大門，趙黑嚇得有點不知所措，兩隻手不知該擱到哪裡好，臉色煞白。

「老趙，別害怕，這兩位大人來只是想問你幾個問題。」里長安慰他道。趙黑這才稍微放鬆了點。郭剛左右環顧了一下，這間祖屋除了面積大一點，房頂多鋪了一層茅草以外，與普通的平民土房無異。

「你是什麼時候搬來這裡的？」

「大約是黃初二年吧。」

「那麼你是經誰的手買下這間房子的？」

「……呃……是縣裡分配的。」趙黑緊張地回答。郭剛露出疑惑的表情，里長看了一眼韓升，把郭剛拉到一旁小聲說道：「是這樣，黃初元年文帝陛下登基的時候，這裡曾經爆發過一場瘟疫，死了不少人。因為文帝陛下新登基，誰也不敢將這件事情上報，於是太守府就從并州招募了一些流民過來安置，以補齊戶籍差額。」

「就是說，現在這裡的人，都是黃初元年那場瘟疫以後才遷移來的嘍？」郭剛有些失望地問。

「差不多吧，我也是那時候過來的。」

「在這之前，這間屋子是誰居住的？」

里長搖搖頭回答：「不知道……」這時趙黑膽怯地把手舉了起來，郭剛示意他說話，趙黑說：「我想起一個人來，他大概是村子裡唯一一個在黃初之前就住在這裡的人了。」

「是誰？」

「喬老。」

喬老是個六十多歲的老人，鬚髮皆白，是那一場席捲整個澤丘村的瘟疫中唯一的倖存者。他的家人全部都死於瘟疫，縣裡安置他到村東墓地裡去看墳。這個煢煢孑立的老頭平時很少跟村子裡的新移民來往，只有趙黑見他可憐，經常給他送去一些食物和衣服。

郭剛、韓升、里長在趙黑的帶領下趕到村子東頭的墓地，遠遠看到一個披著破爛羊皮襖的老頭蹲在墓地邊緣的一塊大石上，手裡拿著根竹竿晃動，竹竿的頂端是三色的招魂彩帶。

眾人走到跟前，老人仍舊渾然不覺。趙黑走到喬老邊上，趴到老人耳朵邊大喊了幾聲，喬老這才緩緩地轉過頭來，兩隻眼睛渾濁不堪。

「你問問他，是否還記得居住在陳氏祖屋裡的陳紀、陳恭父子倆？」郭剛吩咐趙黑，趙黑又趴到老人耳邊喊了幾聲。老人含含糊糊嘟噥出幾句話來。

「他說了什麼？」韓升急切地問。

「他說好像記得。」

趙黑的話模棱兩可，郭剛焦躁地讓他叫喬老好好想想。喬老沉默了半天，忽然喉嚨裡呼嚕呼嚕，啐的一聲，一口濃痰直直飛到對面的墓碑上面，嘴裡咕噥了一下。

「他說那個陳紀還欠他兩吊零七個錢。」趙黑說。郭剛焦躁地問：「其他還能想起來什麼事情？」

喬老的記憶很零散，他對於一些細節記得相當清晰，對於其他一些細節則似乎完全忘記了。趙黑又問了他幾次，他回答得不是很含糊，就是特別清楚卻毫無用處。

郭剛看起來非常失望，他揮揮手，表示差不多可以離開。就在這時，喬老又吐出一口痰，嘴裡洶洶地罵了一句。趙黑側耳去聽，然後抬頭對郭剛說：「喬老說，陳家的生薑子燒過他的棉衣，足燒了三個大洞。」

郭剛停住了腳步。

「什麼？生薑子？這是什麼意思？」

韓升在一旁連忙給他解釋道：「這是鄙州的風俗，婦女懷孕的時候若是吃了生薑，便會生出六指；吃了野兔肉，便會生出豁唇。所以民間管六指的小孩子叫做生薑子。」

「趙黑，你再問問他，陳家的孩子，是否確實是六指。」

趙黑趕緊又俯下身子去問，這一次喬老的答覆非常堅定，並補充說是長在右手，接著開始數落這個生薑子捉弄他的惡行。

郭剛沒有再聽這些絮絮叨叨，他從懷裡掏出一個金餅遞給趙黑，讓他好好給這個老人送終，然後一言不發地轉身離去。

他此行的目的已經達到了。隴西那位「陳恭」的右手是正常的五指，而且沒有任何傷痕。

現在郭剛要做的事只有一件，那就是盡快返回隴西。

第二十章 危機與逃亡

二月十五日，上邽城。

陳恭比平時早起了半個時辰，不是因為睡眠不足，而是因為門外傳來了砰砰的猛烈敲門聲。陳恭在恢復清醒的一瞬間，以為敲門的是前來逮捕他的魏國間軍司馬，除此以外沒有人會在這時候訪問別人家。他下意識地從枕頭下摸出一枚紅色小藥丸，這是特製的毒藥，混雜著砒霜與川烏，專為在緊急情況下使用。陳恭捏著藥丸，側耳傾聽老僕人起身去開門的聲音。門吱呀一下子打開，陳恭預料中的紛亂腳步聲卻沒有傳來。

過不多時，老僕來到臥室前，畢恭畢敬地對陳恭說道：「老爺，門外有位叫徐永的人找您。」

「徐永？」陳恭皺著眉頭想了半天，不記得自己曾經和這麼一個人打過交道。不過他還是從榻上爬起來，朝門口走去，紅色藥丸仍舊攥在右手。

走到門口，陳恭看到一個四十歲上下的中年男子站在門外。他身材不高，體格卻很結實，狹長的臉上佈滿細小的皺紋，從右眼角還延伸出一道蚯蚓長短的傷疤。值得注意的是他的穿著是一套魏國軍人專用的絳色便裝。

「請問您找哪位？」陳恭警惕地問道。

「我找陳恭陳主記。」徐永的表情很著急。

「我就是。」

徐永沒有立刻說下去，他看了看陳恭身後的老僕人。陳恭猶豫了一下，如果他現在讓老僕人離開，這在以後也許會成為他做賊心虛的罪證之一。

「我需要和您單獨談談。」徐永堅持說，他的眼神證明他很認真。

於是陳恭揮手讓老僕人回到裡屋去，然後把雙手抄在胸前，等待著這個不速之客發話。現在是早春二月，隴西的天氣還非常冷，風從門外呼呼地吹進來，陳恭後悔剛才沒有順手拿一件皮襖披在身上。

徐永見老僕人離開了，這才緊張而迫切地說道：「我是魏中書省直屬間軍司馬的督官從事徐永，我希望能立刻前往蜀漢……」

聽到他的話，陳恭不由得大吃一驚。督官從事是間軍司馬的重要副手，在魏國內務部門中級別相當高。現在這樣一名督官從事居然大清早跑到他家門口，要求投奔蜀漢，這實在太突兀了。即使陳恭經驗再如何豐富，一瞬間也無法作出合適的判斷。

「您一定是弄錯了。如果您現在離開，我可以保證在中午之前不會把這件事報告郭剛將軍。」陳恭冷淡地回答。

「用不著等到中午，郭剛將軍在一個時辰之內就會親自來找你了。」徐永威脅道。

「什麼?!」

「郭剛將軍今天早上已經返回上邽，他在許昌查明你是假冒的陳恭，再過一會兒他就會帶人來抓你。」

陳恭仔細盯著徐永的眼睛，心中翻騰不已，看起來這個人知道相當多的事情。這時徐永繼續說：「我並不是要脅您，現在情況很緊急，你必須立刻作出決斷，是留在這裡束手待斃，還是帶我返回川中——我想您應該有一條用於緊急情況的後備撤退路線吧。」

「……我需要考慮一下。你為什麼要流亡到漢？」

「該死，我們在路上再討論這個話題可以嗎？郭剛的人隨時都可能出現。」徐永急躁地低聲咆哮道，他的額頭開始沁出汗水。「到那個時候，我們就完了。」

陳恭注意到他使用了「我們」這個詞。

「沒錯，我們。如果被他們發現，我的下場會比你更淒慘。我來找你，就已經沒有任何退路了。」徐永從腰間掏出一把尖刀，用威脅的口氣說：「如果你拒絕我的請求，不相信我，那麼我只能把你幹掉，這是唯一不讓他們發現我的辦法。」

「這個行為實在太魯莽了，簡直就是漏洞百出。」陳恭心想，不過這種粗糙草率的方式反而更接近一個臨時決定流亡者的作風，而不是一個精心策劃過的陰謀。長年的間諜經驗教會陳恭，完美的東西總是不自然的。

時間又過去了好一陣，陳恭明白現在必須由他自己來做決定了。眼前這位督軍從事究竟是真是假還不清楚，唯一可以確定的是自己的身分確實已經暴露，是時候撤退了。

陳恭長出了一口氣，意識到自己隴西的日子終於結束了。他對徐永點點頭。「好吧，請讓我回屋收拾一下東西。」

「沒時間了，郭剛隨時會出現，我瞭解他的作風。」

「只要一會兒。」

陳恭快步走回屋子，從書架上抽出全部情報的存稿，將它們丟進臥室榻頭正熊熊燃燒的壺狀暖爐中，然後把鐵鉤把蓋子蓋好。

這些工作做完以後，陳恭拿出一張紙，用毛筆在上面寫了幾個字，然後把紙揣到懷裡，回到門口。徐永正緊張地朝院子外面張望，不停地擦著汗水。

「我們走吧。」陳恭平靜地說。

兩個人快步離開陳恭家的院子，朝著右邊的一條小巷走去。徐永緊緊跟在陳恭後面，此時四周還是一片寂靜，沒有大隊人馬趕來的跡象。

「請快一點，如果我們不能在郭剛到達你家之前出城，那就徹底完蛋了。郭剛覺察到你逃走的話，第一個命令就會是放出哨箭，通知城守立即封鎖城門。」

對於徐永的警告，陳恭沒有回答。徐永說的這些他心裡都很清楚，腳下也不由得加快了幾步。很幸運的是，一直到兩個人抵達南側城門的時候，城內還沒什麼動靜。

「那麼，我們要怎麼出去？」徐永問道。眼前的城門緊閉，距離開城門的時間還有一個時辰。陳恭有些意外地反問道：「難道你去找我的時候，就沒有考慮過這個問題嗎？」

「我知道你一定有一條緊急撤退的通道……你們的人做事一向很穩妥。」

陳恭苦笑一聲，不知道該不該把這當成一種恭維。他從懷裡將那張紙拿出來，這是一份通關文書，左下角還蓋著太守府的大印。陳恭曾經利用職權之便，偷偷地用太守府的印鑑在空白文書上蓋好印記，然後收藏好；這樣他就可以在必要的時候偽造出一份「真正」的文書來，確實是真的，只不過文書內容和蓋章的次序顛倒了而已。

剛才在離開家之前，陳恭將這東西拿出來，在空白處填上「准予出關」的字樣，於是這就成了格式完全合乎標準的通關文書。陳恭甚至連「章印應蓋過字跡」這樣的細節都考慮到了。

兩個人走到城門前，將文書交給值更的守城士兵。這時候的衛兵剛剛值過了一夜的班，但還沒到接班的時候，所以精神都不大好，迷迷糊糊的。他們接過通關文書草草看了一遍，就交還給了陳恭。直到這時，徐永忐忑不安的表情才稍微鬆弛下來。

士兵叫來幾名同伴，將城門旁的端門槓木取下，打開一扇小門放二人出去。陳恭與徐永向士兵道過謝，不緊不慢地走出上邽城。

兩個人出城以後，徑直來到城郊一戶農家。這裡是一處「死點」，「死點」的意思是一經使用就會暴露的據點，也就是說只能使用一次，只有在非常緊急的情況下才能動用。這家農戶專為上邽騎兵看護馬匹，馬廄裡存放著八匹戰馬。陳恭從這裡取得了兩匹西涼駿馬，與徐永一人一匹匆匆朝上邽東南方向而去。而這家主人在兩人離去後，將剩餘的幾匹馬毒死，也從另外的路線潛逃回蜀漢。

陳恭和徐永策馬狂奔，當他們跑到一片小山坡的時候，猛然聽到身後一聲尖銳的哨響。兩個人勒住轠繩回首望去，只見從上邽城上空又連連飛起數聲哨箭，從去勢來看是從陳恭家所在的西城區發出來的。哨聲三短一長，意思是迅速封鎖城門，禁止任何人進出。

「如果是個圈套的話，現在他差不多就該收網了。」陳恭心想，但徐永只是擦了擦額頭的汗，說了一句：「還好我們及時離開了。」

這兩名逃亡者互相對視了一下，彼此心照不宣。

二月十六日，他們抵達了位於秦嶺中部的一處私鹽販子聚集點。在這裡陳恭聯繫上了另外一根線。他與徐永化裝成私鹽販子中的一員，混雜在這些販子的隊伍中返回漢中。沿途雖然遭遇了幾次魏軍的盤查，但全都以賄賂蒙混過去了。最危險的一次是他們與郭剛派出的特別搜捕隊遭遇，幸好被經驗豐富的陳恭化解。

在一路上，徐永向陳恭交待了自己的事情。他是魏中書省另外一位間軍司馬楊偉的下屬，而楊偉一向與大將軍曹真的兒子曹爽關係密切，於是徐永也一直被認為是曹爽派系的人。今年以來，大將軍曹真的身體一直不好，有意讓曹爽接替自己的位子。於是曹爽與朝廷的另外一位重臣司馬懿之間暗地裡互相較勁。在年初的一起「政治風波」中，徐永犯下了嚴重的失誤。司馬派系抓住這個把柄步步緊逼，而羽翼未豐的曹爽則打算把他當作棄子。

徐永當年曾經做過曹真的親隨，所以臥病在床的曹真有意維護他，建議他外出去避避風頭。徐永便以情報官員的身分加入了前往隴西巡閱的巡閱使團，前往上邽。

巡閱使的隊伍在半路恰好碰到了從許昌返回上邽的郭剛，於是一併同行。名義上徐永是朝廷派來檢閱情報工作的官員，所以途中郭剛就向他彙報了一下相關情況，其中包括了有關陳恭的調查。當隊伍行進到街亭時，徐永得到曹真病危的消息，心中十分不安，唯恐司馬懿會趁這個機會跟他算帳。在那個時候，徐永暗中下了決心要透過陳恭這條線投奔蜀國。

於是一待巡閱使的前隊到達上邽，他就立刻趕在了郭剛之前去找陳恭。這就是他倉促叛逃的前因後果。

對這個故事，陳恭並沒有發表自己的看法。從邏輯上來說，這個故事無懈可擊，但涉及到的事實還有待證實。

不過陳恭有時候也會禁不住來想，如果這個徐永真的是來投誠的話，該會是一個多麼豐富的情報寶庫——他本身就是間軍司馬的督軍從事，又是在朝廷中樞工作，可以接觸到相當級別的資料，其價值用「足金」來形容也不為過。

然而這個寶庫得來得未免太便宜了。情報世界裡雖然並不絕對不存在「僥倖」與「幸運」，但那畢竟是極少數的情況，九成以上的「幸運」往往都是「陰謀」喬裝打扮的。不過這份心思陳恭沒有對徐永表露，現在還不到時候。

他們在三月初的時候，平安無事地抵達了蜀軍控制區。陳恭很快找到了司聞曹設置在當地的情報站。情報站在聽完陳恭的報告以後，不敢怠慢，立刻派人飛馬趕去南鄭。而陳恭和徐永則被分別安置在彼此獨立的兩間小屋子裡，飲食都相當豐盛，甚至還有書籍提供，但不准外出，也不准和任何人講話。陳恭安慰忐忑不安的徐永，說這只是必要的預防措施，並不針對某一個特定的人。

兩天以後，陳恭和徐永被通知南鄭司聞曹派來迎接的專使即將抵達。兩個人換上整潔的新衣服，被士兵帶到了情報站門口等候。很快，陳恭聽到遠遠傳來一陣隆隆的車輪滾動聲，然後兩輛禮賓馬車出現在視野裡，每一輛車都撐起一頂五色華蓋，由兩匹純白色的轅馬牽引。

看到這種規格的馬車，徐永稍微放心了些，至少蜀漢不是把他當囚犯來看待的。陳恭看看他的表情，暗自笑了笑。

隨著兩位車夫的同聲喝斥，兩輛馬車在情報站前穩穩地停成了一條線。從第一輛馬車裡首先走出一位老人。這位老人一見到陳恭，激動地不顧馬車距離地面上尚有數尺之高，直接跳下車衝到他面前。

「輔國！你可回來了！」

陳恭一聽到這個名字，心中一熱，自己已經足有十一年沒有被人這麼叫過了。多年的間諜生涯讓他克制住了心頭的激動，冷靜地拱了拱手。「陰老師，您別來無恙。」

來的人正是蜀漢司聞曹司聞司的司丞陰輯。他親自來迎接陳恭，足見南鄭對於這位「黑帝」的回歸是何等的重視。而對於陰輯來說，還有個人的理由在裡面。十一年前，他親手訓練了這位當時才二十歲的少年，並把他送去了隴西那個凶險的地方；現在這名少年已經變成挺拔沉毅的成年人，並且活著回到了祖國，這沒法不讓陰輯興奮。

這位老人興奮得有些忘乎所以，不停地拍打陳恭的肩膀，呵呵大笑。

這時候，陳恭對面露疑惑之色的徐永微笑著說：「重新認識一下吧，鄙人姓杜，名弼，字輔國。」徐永若有所悟地點點頭，他早就知道「陳恭」只是一個假身分，但一直到現在他才得知眼前這個人的真名。

「那真正的陳恭呢？」徐永問道。

「十一年前，陳恭和他父親的隊伍因為迷路走到了我國邊境，他父親和其他人被山賊殺死，我國邊防軍只來得及救回陳恭一個人。司聞曹當時正在策劃打入隴西內部的計畫，於是就讓年紀與體形都差不多的我冒充他，攜帶著相關身分文件去了那邊。至於真正的陳恭，我想他現在仍舊被軟禁在成都吧？」

說到這裡，杜弼把尋求確認的視線投向陰輯，這個老頭子敲敲頭，回答說：「對，一直好好地被關在成都呢。現在你既然回來了，那他就可以被放出來了。」說完這些，陰輯瞇起眼睛，上下打量站在杜弼身旁的徐永。徐永被他的目光看得渾身不自在，但又不好說什麼，只能尷尬地站在原地。

「徐督軍，歡迎回到漢室的懷抱。諸葛丞相委託我向您表示最大程度的敬意。」陰輯說完，從懷裡取出一封蓋著丞相府大印的信函交給徐永。「這是丞相的親筆信。」

徐永畢恭畢敬地雙手接過，剛要稱謝，這時從馬車上又跳下來一個人。這個人一下車就衝杜弼與徐永抱了抱拳，滿面笑容，露出一口雪白的牙齒。

陰輯伸手一指，給他們介紹道：「這位是靖安司的從事荀詡，他也是專程來迎接你們兩位的。」

杜弼和徐永都很驚訝，杜弼驚訝是因為這個名字，他在隴西的時候與南鄭的情報流動是單向的，對於漢中人事變動瞭解並不多，只知道靖安司以前的負責人叫荀詡，後來因弩機失竊事件而被調走。現在這個人居然官復原職，這讓他有些吃驚。

而徐永則是對這一頭銜感到不安。他知道蜀漢的內務部門就是靖安司，現在靖安司的從事親自來接待他，其意義不言而喻。

荀詡似乎沒有覺察到兩個人的表情，他熱情地迎上來，先對杜弼說：「黑帝大人，久仰久仰，歡迎回國。」然後又轉向徐永。「徐督軍，您能棄暗投明，令我們都很欣慰，這真是漢室將興的預兆。」

這套外交辭令並不代表任何意義，但至少說明靖安司並沒懷有什麼敵意。

這時候天已近正午，四個人又寒暄了一陣，在情報站用了些酒飯。酒足飯飽以後，陰輯催促著上路，說回到漢中以後還有許多工作要做。於是四個人分乘兩輛馬車出發，出乎意料的是，陰輯沒有與他的學生杜弼一輛車，而是與徐永同乘，杜弼同車的卻是荀詡。

兩輛馬車的車夫見乘客都已經坐穩，掉轉車頭沿著官道隆隆地朝南鄭開去。一路上杜弼不時掀開車簾向外望去，表情無限感慨，畢竟他已經十幾年沒有看過益州的土地了。

「杜先生覺得這幾年來益州風光可有什麼變化嗎？」坐在一旁的荀詡忽然發問，語氣很隨便。

「呵呵，一言難盡吶。」杜弼搖搖頭，將車簾重新擱下，表情看起來有些滄桑。「比起景物，我倒覺得人恐怕變得更多。昭烈皇帝駕崩也有幾年了吧？」

「唔，都快九年了。」

「我離開益州的時候，陛下還正是意氣風發之時呢。」杜弼有些感傷地拍了拍車座的扶手，語調沉重，車子有節奏地顛簸著。荀詡唔了一聲，覺得氣氛有些沉重，於是轉了個話題。「杜先生，無論如何，這一次你能平安歸來，實在是我國之大幸。這幾年我軍對隴西的情報工作全繫於您一身，居功闕偉啊。」

「荀從事不必過獎了，歸根到底，我也是被人趕著倉皇逃出來罷了。」

「哪裡，若不依靠您的情報，只怕我們靖安司的工作真的是要盲人摸象。別的部門我不知道，靖安司可是給您立下生祠，一日三香，四時享祭呢。」

荀詡說完這個笑話，兩個人都笑起來，他們兩個雖然素未謀面，但卻是一直戰鬥在一起的同事。一想到這一點，杜弼和荀詡就覺得對方親近了不少。

杜弼把姿勢調整到更舒服的位置，雙手交錯疊在肚子上面，偏過頭問道：「說起來，我聽說您前一段時間調職來著？」荀詡不好意思地擦了擦鼻子，擺出一副無可奈何的表情嘟囔道：「怎麼……這種事都傳到隴西了嗎？還真是好事不出門，壞事……」

「是因為弩機圖紙那次的事情嗎？」杜弼關切地問，那件事跟他也是頗有關係。聽到這個問題，荀詡臉上劃過一道陰影，那是他一直揮之不去的挫折感。他把頭轉向車外望著向後移動的風景，慢慢回答道：「正是，因為那一次行動的失敗，我身為執行者必須要負擔起責任，於是就被降級外調了。」

「看起來荀從事你對這件事仍舊耿耿於懷。」

「不完全是為了我個人吧。」荀詡歎了口氣。「畢竟這對於我大漢來說是個巨大的損失，全都是我工作失誤的關係。」

聽到這句話，杜弼露出意味深長的笑容，他將眼睛閉上，仰起頭緩緩地說道：「荀從事，你想知道這件事後來怎麼樣了嗎？」

「怎麼？後來又發生了什麼事情嗎？」荀詡驚訝地望著表情從容的杜弼。自從弩機圖紙失竊以後，漢與魏軍只發生過一次大規模衝突，而且是漢軍主導的伏擊戰，因此靖安司無法判斷魏軍是否已經掌握了「元戎」或者「蜀都」的製造技術並大規模裝備部隊。

杜弼用指尖敲敲馬車邊緣，輕快地說道：「我也是最近才得知其詳情。那一份弩機圖紙確實在建興七年就送到了給事中馬鈞的手上，但是馬鈞經過研究以後得出結論，這份弩機圖紙的技術含量沒有想像中那麼高，他認為可以以此為基礎研發出五倍效率以上的連弩來。」

「嗤！是他們無法理解箇中精妙，所以找個藉口罷了。」荀詡的鼻子裡發出不屑的聲音。他對於蜀漢的技術優勢非常有信心。

「姑且認為馬鈞確實是個天才吧，但這也沒多大意義。你知道的，魏國現在的皇帝曹睿是個好事之徒，最喜歡就是修造園林宮殿。在建興七年末，他決定為曹騰、曹嵩、曹操與曹丕在洛陽設立宗廟。這是一筆浩大的開支，各地都不得不削減其他預算以供給中央。那個弩機作坊的建設費用實在是太過龐大，被負責預算審核的中書令孫資砍掉了。於是這件事不了了之，馬鈞也回到了鄴城。」

「這樣啊……」荀詡忍不住嘲諷了一句：「想不到魏國皇帝比大漢的同僚更可靠一些。」

「哦？荀從事何出此言？」

荀詡將燭龍的事情一五一十地講給杜弼聽。杜弼聽完以後，皺起眉頭想了半天，想不起來他所接觸到的資料或者官員曾經提及過「燭龍」這個名字。杜弼最後放棄似的搖搖頭，沮喪地說：「一定是一隻比我隱藏還深的老鼠。也許他是受曹魏中央直接控制的，根本不走雍州這條線吧。」

「至少我們現在還無法掌握到他的情報……就看那位仁兄是否能給我們帶來一些驚喜了。」

荀詡說完掀開車簾，杜弼和他一起把視線投向前面那輛在飛騰的黃沙中奔馳的馬車，兩個人同時陷入沉默。

自從荀詡在建興七年調去江東擔任敦睦使主簿兼司聞功曹以後，他在那裡一共工作了十四個月。這十四個月裡，荀詡的表現相當優異，多次取得對吳情報工作的重大勝利，敦睦使張觀對其讚譽有加，就連吳國官員也不得不承認他是個難對付的傢伙。薛瑩曾經如此評價過：「荀詡這個人我很討厭，因為從我的立場來說，一個好的情報官員就是一個討厭的情報官員」。

建興八年的六月份，漢中接到杜弼（陳恭）的情報，得知曹真正籌畫對漢中的大規模進攻。諸葛丞相一方面命令漢中駐留的軍團積極備戰以外，另一方面又讓在蜀漢東部防線的尚書令李平（原名李嚴）率領兩萬人增援漢中。為了確保漢中的內務安全，諸葛亮讓遠在東吳的荀詡也隨同李平部隊返回漢中，官復原職，繼續主管漢中的內務事務。

其實不獨荀詡，整個漢中的官僚體制都有了大的變動。尚書令李平的到來，讓官僚結構又多了一個重心，整個後勤部門全部劃歸他來統屬。荀詡的兩個好友、軍謀司的狐忠和軍方的成藩全都調撥到李平的麾下擔任參軍。而荀詡的上司馮膺則因為「柳螢事件」的敗露而被內部申飭，被撤銷了司聞曹西曹掾的職務，降到軍謀司司丞的位置。荀詡的手下中，高堂秉調去了南方，廖會因病去世，第五台只剩下裴緒和阿社爾還在編。

荀詡每次跟別人說起這些事的時候，都禁不住感歎道：「總之，世事無常吶。」

次日，也就是三月六日中午，這兩輛馬車進入南鄭地界。馬車前方的道路愈加平整寬闊，兩側雖然仍舊是土黃色的景色，但大塊麥田出現的次數逐漸頻繁起來。一個時辰以後，南鄭高聳的城牆已經可以用肉眼直接看到。

奇怪的是，兩輛馬車並沒有直接順著衢道進入南鄭城內，而是在城前的岔路向右拐去，繞過南鄭的城牆以後直接向東走。隨著車輪的轉動，原本富庶繁華的景色又開始變得荒涼起來。

杜弼注意到了這一問題，他有些奇怪地問道：「咱們這是去哪裡？」

「噢，別擔心，我們先去青龍山，就在南鄭東邊。那裡以前是軍器諸坊的總務，現在改成靖安司的一處工作地點了。」荀詡輕描淡寫地回答：「咱們先住上幾天，熟悉熟悉當地環境。」

杜弼洞悉了荀詡的心理，唇邊露出一抹奇妙的微笑。「在弄清楚我和徐永是否可靠以前，是不會讓我們進入南鄭的吧？你我都是司聞曹的人，就不必說外行話了。」

被說中了心事的荀詡尷尬地搔搔頭，努力讓語調聽起來更平常一些。「就我和陰大人個人來說，我們當然不可能懷疑一個已經為大漢工作了十幾年的間諜，可是……呃……您知道，這是規定。」

杜弼哈哈大笑，他拍了拍荀詡的肩膀。「我理解，這一次突然的撤退毫無徵兆，換了誰也會起疑。我被曹魏擒獲然後答應做雙面間諜，這種可能性也不是沒有。我到達漢中之前已經做好了被審查的準備。」

說完他擺了一個不以為然的手勢，表示荀詡大可不必為此事過意不去。

「關鍵是那個徐永，他的叛逃理由很充分，也合乎情理，但我始終覺得這還是太突兀了。」

「這就是接下來幾天我們要搞清楚的事。」荀詡看著前面那輛奔馳的馬車，若有所思。他心裡知道，這份工作並不輕鬆。

如果徐永是假叛逃，那麼他來蜀漢的目的是什麼？如果徐永是真叛逃，那麼從他身上能榨出多少有用的東西？

最關鍵的是，關於「燭龍」，徐永知道多少？

這才是荀詡最為關心的。

第二十一章　逃亡與回歸

李平慢慢啜了一口散發著清香的茶水，然後將茶杯放回到案几上去。從他這個位置順著窗戶向外望去，恰好可以看到丞相府周邊高大厚實的青灰色牆壁。

他每次看到這面牆壁，都會覺得心中一陣憋悶，彷彿被這牆壁壓得喘不過氣來。其實不光是這堵牆，整個丞相府都讓他感覺到一種無形的壓力，宛如重重藩籬擠壓著他的空間。原因很簡單，這是諸葛亮的丞相府，不是他的。

一想到「諸葛亮」這個名字，李平就有著難以名狀的鬱悶感。

原本他和諸葛亮同為先帝劉備的託孤之臣。但從建興三年諸葛亮南征開始，李平感覺自己逐漸被排擠出決策中樞，從統馭內外軍務的中央大員變成一名鎮守江州的地方長官。

去年諸葛亮又要求他帶領部屬離開經營多年的江州，前往漢中。李平迫於壓力，只能答應，但感覺自己像是一隻被人強行拽出樹洞的冬眠的熊，十分不情願。一到漢中，他率領的兩萬名士兵立刻被打散編制分配到各個營中去。而他自己則以中都護的頭銜署府事——這個府自然是指的是諸葛亮的丞相府。於是原本與諸葛亮平起平坐的李平，現在倒成了前者的副手。

這讓自尊心很強的他十分不滿，感覺自己被侮辱了一般，而這種情緒又不能發作出來的，於是只好漚爛在心中，慢慢發酵、變質。

「我好歹也是先帝親自託付的大臣，現在居然蝸居在這種地方給人當胥吏！」

李平想到這裡，狠狠地捏了捏茶壺，手指有些隱隱作疼。他不是沒有反抗過，他在江州曾經先後要求開府署事和劃江州附近五郡為巴州，這些要求都被理所當然地拒絕了，於是他也拒絕了諸葛亮兩次調他去漢中的要求。

李平總覺得，既然自己是託孤之臣，就該有與身分相符的地位才是。

這時候，門外傳來三聲不緊不慢的敲門聲。李平唔了一聲，重新端起茶杯，示意進來。參軍狐忠推門而入。

狐忠的相貌和兩年前相比幾乎沒變化，神態從容，只是兩個鬢角多了些白縷。他向李平恭敬地鞠了一躬，說道：「都護大人，一切都辦妥了。」

李平把怨恨的表情收起來，換上一副平淡的神色。「很好，沒有其他人看到嗎？」

狐忠用力點了一下頭，沒多說什麼。

「不愧是軍謀司的前任從事，果然沒讓人失望。」李平讚賞地拍拍膝蓋。

狐忠是李平特意從司聞曹挖來的人才，一是因為他能力出眾，二是因為狐忠是個土生的益州人，李平覺得這比那些荊州系出身的傢伙可靠多了。事實證明，狐忠的表現相當出色，李平對自己的眼光很得意。在諸葛亮羽翼環伺的漢中，他必須要有自己的親信。

這時狐忠繼續說道：「督軍成藩已經在外面等候，都護大人是否要交代一下？」李平瞇起眼睛擺了擺手。「不必了，叫他就按照事先商定的辦。」

「是。」

然後狐忠離開了房間。他走到走廊拐角，看到成藩正拿條陳等在那裡，於是輕輕搖了搖頭。

「不必等了，李都護指示說就按計劃行事。」

「也好。」成藩對這種冷遇滿不在乎，他伸出兩支粗壯的手臂伸了個長長的懶腰。「反正我也不願意看他那張臉，好像別人欠了他錢一樣。」

「背後議論上司可不是好行為啊。」狐忠暗自發笑，表面上卻板起臉來提醒他。成藩不以為然地把竹製條陳別到褲腰上。這條竹簡方方正正，在他的腰間掛著好像一片鎧甲的肥大鱗片。

「既然都護他都這麼說了，那這幾天咱們也沒什麼好忙的，晚上去不去喝酒？叫上孝和，有些日子沒見著他了。」

狐忠雙手一攤，說：「我也是，最近他好像又碰到什麼大事件，忙得見不到人影。」

「希望這次他可不要鬧得跟上回一樣，被遠遠貶到江東，都少了一個陪我喝酒的人。」成藩一副恨鐵不成鋼的口氣。狐忠微微一笑，用兩個指頭彈了彈成藩腰間的竹片，輕鬆地回答：

「這，就要看那傢伙的幽默感是否過剩了。」

兩位朋友的對話荀詡並沒感覺到，即使感覺到，他也已經忙碌得沒有打噴嚏的時間了。

三月六日，他和陰輯順利地把杜弼與徐永送到了青龍山的靖安司分部。在那裡，這兩個人被分別安置在兩間彼此隔絕的屋子裡。

不過兩個人的遭遇並不相同。首先接受審查的是杜弼，他連續三天都被靖安司、司聞司與軍方的聯合調查組仔細盤問。每一個細節、每一個理由、每一個動機都要被詳細詢問，並被交叉對比。另外還有軍謀司的數名成員不分晝夜地搜檢過去兩年內杜弼提供的所有情報，並試圖找出任何一處可疑或者矛盾之處。

荀詡和陰輯都參加了調查組，並且比其他任何人表現得都要苛刻。他們相信杜弼絕不會是雙面間諜，因此審查越嚴厲就越能儘早證明其清白。杜弼本人對日復一日的審查並沒有表現出厭倦或者煩躁，他的態度很合作，自始至終頭腦都很清晰，回答問題簡潔而富有邏輯性。這讓荀詡佩服不已。

相比起杜弼，徐永就相對輕鬆多了。他不必出席什麼審查會，每天可以睡到日上三竿才起床，一日三餐有菜有肉，每三天還可以得到一罈成都官窯釀造的蜀酒；偶爾會有一些官員前來拜訪，親切地與他聊些家常事；他甚至可以離開靖安司到周圍山區散步——當然，必須得有靖安司的人陪同。

這是根據陰輯的建議做出的安排。這個經驗豐富的老頭子指出，一個叛逃者在叛逃的初期會處於一種不確定的恐慌狀態，如果不能妥善處理的話，這將會造成無可避免的心理陰影，輕則導致叛逃者對他們產生不信任，進而令情報失真；重則會讓叛逃者無法承受壓力而選擇自殺。

「就是說我們要像伺候孕婦一樣伺候著他？」荀詡聽到這個指示後有些不滿地反問道。

「沒錯。」陰輯伸出一個指頭別有深意地擺了擺。「要知道，他也許會生個大胖小子給我們。」

司聞曹內部習慣將徐永這樣的逃亡者稱為「產婦」，盤問情報叫做「接生」；這很不雅，上頭多次批評過，不過這是司聞曹的部門文化之一，大家都很難改口。

到了三月八日，針對杜弼的審查終於完成。審查組發表了一項措辭謹慎的聲明，表示就目前的情況來看杜弼沒有敵方間諜的嫌疑，審查官員一致認為他仍舊忠誠於漢室。不過來自軍方的審查官堅持認為要暫時限制杜弼在漢中的任職範圍，以防止出現意外情況。

荀詡對此並沒有反對，他存了私心；如果限制杜弼的任職範圍，那他就無法在要害部門工作。而在軍方眼中，靖安司是個無事生非的多餘部門。這樣他便可以名正言順地把杜弼調到靖安司來。

接下來，就該到了為徐永「接生」的時候了。

三月九日清晨，荀詡早早就起了身。這幾天為了方便工作，他一直都住在青龍山上。這裡原本是軍器諸坊的總務，後來總務裁撤，於是空出的建築就被靖安司接收了。荀詡兩年以前就是在這裡與糜沖第一次會面，並在絕對優勢的情況下被對方逃脫。所以這裡對他來說，自有一番意義。

他打開房門，迎著清新的山風滿意地打了個呵欠。現在天色才濛濛亮，太陽尚在地平線以下蠕動。荀詡轉身從屋邊的大甕裡舀了一勺水先漱漱口，一口噴到窗下的花盆裡，然後把剩下的水倒進銅盆，認認真真把臉洗過一遍，末了再將銅盆裡的水倒去另外一個尺寸稍大的木盆中，留著晚上洗腳。這在缺乏水源的漢中是一種精簡的作風。

忽然，他看到對面有人影晃動，仔細一看，卻是杜弼。從杜弼身上的短窄裝束判斷，似乎是剛剛散步回來。

「輔國，這麼早就起身了？」荀詡提高嗓門打了個招呼。杜弼聽到以後，向這邊走過來。他的臉因長期居住在西北而顯得粗礪而黝黑，顴骨上還有兩團醒目的高原紅，剛剛三十出頭的他看上去像四十歲那麼蒼老；他的舉止也如四十歲的人一樣沉穩有致。「呵呵，習慣了，我在隴西就是這樣。不過孝和你起得也夠早，這會兒門崗的班還沒換呢。」

自從來青龍山以後，他們兩個人已經開始用字來親切地稱呼對方。在地下情報世界有一個很奇妙的現象，在別國擔任間諜的人往往更容易信任本國的內務部門，沒有人能夠解釋為什麼。有一種理論認為，身為一名間諜，對致力於反間諜的內務部門有著天敵般的敬畏。不過很少有人會贊同這一觀點……

荀詡拿出一根鈍頭的木棍輕輕地在牙齒上摩擦，一邊口齒不清地說：「我是睡不著，今天『臨盆』就要開始了嘛。」

「呵呵，生男生女，就看現在的了。」

杜弼會意地點點頭。他昨天剛剛解除嫌疑就被荀詡調到了靖安司，目前身分是靖安司的備諮。荀詡堅持要杜弼參與到對徐永的調查工作中來，理由是一則杜弼對於魏國內部事務比較熟悉，能夠甄別徐永的資料真實性；二則在逃亡過程中徐永已經對杜弼很信任，他的出席可以穩定逃亡者的情緒。

「不過，孝和你最好不要一開始就把『燭龍』的話題提出來，這個干係重大，牽涉到丞相府內部的官員。在確定徐永的話十成可靠之前，貿然提出這個問題會打亂節奏。根據我一路上的接觸，徐永這個人屬於容易緊張型的，逼得太緊可能會適得其反。」

對於杜弼的提醒，荀詡唔唔了兩聲表示贊同，一邊用水瓢又舀了瓢水將嘴裡的殘渣漱乾淨。他拿起毛巾擦了擦嘴，抬頭對杜弼說：「希望咱們能在諸葛丞相出兵前弄出些成果來。」

「諸葛丞相又要北伐了嗎？」杜弼剛從隴西撤回來，對於漢中軍情還不瞭解。

「對，四月份吧，具體日子還沒定，還有一個月左右的時間。」

「足夠了。」

杜弼信心十足地捏了捏下巴。

詢問徐永的屋子經過了精心的設計，靖安司特意請了宮中內侍幫忙裝潢，盡量讓房間顯得不那麼古板嚴肅。荀詡還特意叫來幾名官員的家眷，讓她們對細節進行修飾。總之，荀詡希望這個房間看起來讓人放鬆。

詢問正式開始於巳時，參與詢問的只有荀詡、杜弼還有一名負責紀錄的小書吏。在屋子另外一側的薄紗帳後，幾名樂工在演奏著七盤樂，音樂流洩出紗帳，讓屋子裡瀰漫著輕鬆的味調。荀詡抬眼看看跪坐在對面的徐永，他的眼皮有些發腫，顯然昨天也沒有睡好。

「我說壽成，別那麼緊張，這不是什麼審判，都是自己人嘛。」荀詡笑著直接以字稱呼徐永，盡量安撫他的情緒。

徐永勉強擠出一絲笑容，好像有刀架在他脖子上一樣。荀詡和杜弼對視一眼，不約而同地把手裡的文件都擱下。杜弼站起身來，示意負責紀錄的小吏先停筆，然後從一甕剛開啟的酒罈裡舀出一勺酒，分倒在三個木杯裡。

「來，來，壽成，你我先喝上幾杯。」杜弼親切地把杯子遞給徐永，不經意似的說道：「諸葛丞相昨天還遣專使來稱讚督軍忠心可鑑，漢室也絕不會辜負忠臣的。」

不知道是酒水的作用還是聽出了杜弼的暗示，徐永一杯酒下肚，面色紅潤起來，情緒鬆弛下來。荀詡則不失時機地開始了詢問。

詢問的問題都是經過精心設計的，首先問到的是徐永的家庭情況，這是為了沖淡審訊的味道，並讓他習慣於開口——一般人提到自己家庭的時候都會變得健談，這種健談的衝動會持續很久。然後問的問題是他的仕途履歷以及人際關係。靖安司在前一天已經準備好了相關的曹魏官場資料，如果徐永的話與資料有矛盾的話，就會被立刻發現；接下來徐永將會被要求詳細介紹他叛逃（當然，荀詡使用的是「回歸」這個詞）的原因和經過，這些將會與杜弼的供詞相對照。

詢問一直持續到下午，第一天就這麼結束了。荀詡不想把徐永逼得太緊。「我們要按節奏來。」杜弼反覆強調這一點。這一天沒出產什麼成果，這是荀詡和杜弼預期之內的，開頭只是一個引導，他們需要慢慢讓徐永進入自己的角色。

「接生婆的工作不是把孩子拽出來，而是告訴產婦怎麼生。」陰輯也這麼告誡荀詡。當然這一句不雅的話沒有被正式記錄下來。

詢問就在這樣的指導方針下平穩進行，氣氛始終很友好，荀詡精心準備了幾個小笑話都取得了不錯的回應，徐永也很配合。三個人每天工作三個時辰，不緊也不慢。

到了三月十一日晚間，結束了第三天詢問的荀詡第一次離開青龍山，返回南鄭「道觀」。

「孩子生出來了？」姚柚一看到荀詡出現在門口，劈頭就問道。徐永的「回歸」是件大事，身為司聞曹東曹掾，他對詢問工作一直保持著關注。現在西曹掾馮膺被降職去了軍謀司，於是他現在是荀詡的直屬上司。

荀詡走進屋子，將厚厚的一疊麻紙擱到姚柚面前的案几上：「這是頭一胎。」

「怎麼？沒有摘要嗎？」姚柚翻了翻紀錄，皺起眉頭說，語氣裡有些不滿。他手裡的記錄足有三寸多厚，而且字跡潦草不堪，一看就知道是未加整理的原始底本。

荀詡拍了拍身上的塵土，解釋說：「因為詢問剛剛結束，還沒來得及編寫。而且，謄寫的話就會有別人接觸到這份記錄，現階段我認為接觸到的人越少越好。」

姚柚聽他在暗示著一些東西，連忙問道：「那你們現在得到的成果到底是什麼？」

荀詡平靜地回答：「徐永交代出一隻潛伏在南鄭的老鼠。」

「是燭龍？」

「應該不是，這個人的級別並不高，與燭龍不符——當然，這一點我還沒有向徐永確認。」荀詡喝了一口水，繼續說：「但根據徐永提供的證詞，他已經為曹魏工作有四年了。」然後他說出了那個人的名字與職位。

姚柚聽完以後，緩慢地搓動著自己的指關節。熟知官場內幕的他知道，這個名字本身並不重要，重要的是這個名字背後相關聯的人。他沉吟了片刻，方才說道：「這件事目前還有誰知道？」

「除了我以外，還有杜弼、徐永和負責紀錄的書吏，他們都已經被隔離。詢問一結束，我就帶著原始記錄離開，沒有其他人碰過。」

「很好。」姚柚滿意地點點頭，隨即又露出疑惑的神色。「這個徐永的話，可信度有多少？」

「到目前為止，他交代的東西已經被驗證過了，沒有瑕疵。」

「也許他只在這件事上撒了謊。」

「這一點今天晚上就可以知道了。」

聽到荀詡這麼說，姚柚猛然把頭抬起來，他知道眼前這個人是個行動派。「你打算今天晚上就動手？」

「越快越好，拖得太久對方也許就會嗅到些什麼，老鼠的嗅覺一向很靈敏的。」

姚柚盯著荀詡的眼神看了半天，最後終於下了決心。「那麼就去做吧，但是要謹慎，動靜不要鬧得太大。」

「是。」

荀詡鞠了一躬，準備離去，姚柚忽然又把他叫住。

「等一下，你負責這次行動的話，青龍山那邊的詢問要怎麼辦？」

「我想先停一天，給徐永一段時間休息。實在不行的話，還有陰司丞和杜備諮可以接替我的工作。」

「那個杜弼，真的可以完全信賴？」姚柚並沒有見過杜弼，這個老頭子對一切沒見過的人都有不信任感——對見過的人也一樣。

聽到這個質疑，荀詡笑了，他的幽默感又不合時宜地冒了出來。

「至少他沒軍方那麼討厭就是了。」

當天晚上，荀詡與裴緒、阿社爾以及七、八名靖安司的「道士」悄無聲息地來到了位於南鄭城東的某一處民宅前面。此時天色已經漆黑，閉門鼓也已經敲過五響，除了巡夜的士兵以外，普通居民與官吏都已經早早回到了自己的家中，街上寂靜無比。

「是這一家沒錯吧？」荀詡問道。眼前的民宅規模並不大，宅門附近的牆皮老舊，兩扇木門已經有些褪色，宅門頂棚的滴雨簷似乎搖搖欲墜，顯示出主人的境況並不怎麼好。

裴緒從懷裡摸出一份地圖看了看，衝荀詡表示確實沒錯。荀詡當下安排兩個人去街後的後門守衛，然後用眼神示意阿社爾可以開始了。

阿社爾「嘿嘿」一笑，提起兩個拳頭對磕了一下，拍了拍大門。很快在門內傳來一陣腳步聲，然後一個女子的聲音從門縫裡傳來：「是誰在敲門？」

「請問這裡是鄧先鄧功曹家嗎？」

「正是，不過我家官人外出未歸，現只我一人在家，不便開門。」

「既然鄧功曹不在，能否請轉交一樣東西給他？」

聽到這個請求，門裡的女子遲疑了一下，將門打開半條縫，說道：「是什麼東西？」

「是一方玉石，還請勞煩把門打開一些，才好接過去。」

鄧夫人見阿社爾身材魁梧、一頭捲髮，臉上還帶著迷人的微笑，就不自覺地答應下來，將門又推開了五分。阿社爾立刻伸出右臂把住門邊，右腳往裡一別，半個身子就靠了進去。鄧夫人悚然一驚，再想關門已經來不及了。這時候在阿社爾身後的荀詡、裴緒和其他人也從陰影中走出來，一群人黑壓壓地聚到了宅門口。

鄧夫人沒料到一下子會湧出來這麼多人，以為是強盜，嚇得往後退了幾步，臉色唰地變成慘白。阿社爾一步向前把她嘴捂住，生怕她叫出聲來驚動了鄰居；鄧夫人開始還企圖反抗，後來拗不過阿社爾的力氣，只得放棄了掙扎，只是全身不住顫抖。

荀詡見鄧夫人已經被控制住了，就揮手示意所有人都進院子，然後把大門關上，免得被別人發現。他們將鄧夫人帶進屋子，只見正廳裡亮著一盞燭台，旁邊還擱著一段籀好的刺繡與針線，顯然鄧夫人在開門前正在做女紅。

這時阿社爾才將鄧夫人鬆開，她見屋子裡一下子多了七、八名來歷不明的男子，也不敢大聲叫嚷；阿社爾一鬆手，她便一屁股癱在了地上。

「我們家裡……沒值錢的東西……」

荀詡聽到這一句懇求，忍不住笑了。他走過去蹲下身，和顏悅色地說道：「不用害怕，我們是丞相府靖安司的人，不是稅吏。」

說完他從懷裡掏出印鑑在鄧夫人面前晃了晃，證明自己所言不虛。

「那……大人你想做什麼？」鄧夫人的緊張感絲毫沒有消退。

「我們想知道，你丈夫去哪裡了？」

「他去興勢辦事了，是李都護派去應差點庫……」

「他說過幾時回來嗎？」

「三日之前去的，應該就是明天回來吧。」

「很好，最後一個問題，你是否知道你丈夫平時都跟什麼人來往？」

鄧夫人挪動一下左足，顫聲回答：「不知……我夫妻二人才調來南鄭一年多，尚不是很熟悉；而且他外面的事很少跟我說……」

荀詡滿意地點點頭，站起身來饒有興趣地環顧了一下這間屋子，又垂頭問道：「你不介意我們檢查一下貴宅子吧？」

「什麼？這，這怎麼可以？」鄧夫人連忙爬起來，神色慌張。

「放心好了，如果損壞了什麼，靖安司會如數賠償給您的。」

荀詡一聲令下，手下人立刻開始在屋子裡翻箱倒櫃四處搜查，他則拉來一張胡床坐下，悠然自得地望著面色一陣紅一陣白的鄧夫人。過了大約四分之一的時辰不到，裴緒從裡屋捧著一摞絹緞走出來，絹緞發黃，還沾有泥土，上面密密麻麻寫的全是蠅頭小楷。

「哪裡弄來的？」荀詡問。

「裡屋牆壁夾層裡。」裴緒不以為然地說：「這麼舊的房子，居然牆壁的邊緣還是新土，太明顯了，隱藏得不夠專業，毫無挑戰性。」

「這個不在本司業務範圍，去找魏國皇帝抱怨吧。」

荀詡說完從他手裡接過絹緞，發現這些絹布都被裁成七寸見方，每一片上都寫著不同的主題，有關於軍隊配置的，也有關於政策動向的。不過以荀詡的專業眼光來看，這些情報都很粗糙，雖然題材廣泛但欠缺深入；唯一特別詳細的主題是關於漢中屯田的相關資料。

「看來徐永果然沒有說謊。」荀詡默默地點了點頭，這些情報的特徵與徐永提供的那個名字完全相符：鄧先，字拓之，建興八年以中都護李平的參軍身分來到漢中，被分配負責漢中屯田地區的統計工作；所以他才在情報中顯示出對屯田資料的瞭解，以及對其他領域的陌生。

「伏請上國魏諸大人鈞鑑……」荀詡瞥了一眼其中一張絹布的題頭，不禁從鼻子裡發出輕蔑的嗤聲。這不夠專業了，一個稱職的間諜是絕不會在機密文書上寫上題頭和問候的。看來鄧先此人並不是一個職業間諜，而只是一個與曹魏暗通款曲的酸腐文人罷了。

他們今天夜間的工作就到此為止，荀詡派了兩個人留下來監視鄧夫人，以防止她去通風報信。其他人則直接趕去南鄭的北城門埋伏，鄧先隨時可能返回南鄭。

三月十二日凌晨，太陽剛從東邊升起來半邊。借助著旭日的光線，城堞上的士兵可以清楚地看到城牆下等候進城的平民們。現在距離開北城門的時間還有大約半個時辰，所以這些平民三三兩兩地靠著城牆根，不緊不慢地整理著自己的行囊，不時還會傳來幾聲悠閒的牛叫或者雞鳴。

荀詡深吸了一口清晨的空氣，清新且冰冷的風衝入肺中，讓他疲憊的精神為之一振。他和裴緒正小心地靠在城垛邊緣向下面望去，希望能在等候的人群中找到鄧先的蹤跡。

「好像沒有，大概他還沒趕回來。」裴緒仔細地點數過人數以後，向荀詡彙報。他的視力非常好，可以毫不費力地看到北斗七星中開陽的那顆輔星。

荀詡什麼都沒說，他蹲在城垛裡側把雙手抄在懷裡，弓著身子好像一隻睡覺的鸕鷀。裴緒又往下張望了一下，湊近荀詡略帶擔憂地問道：「不過，荀大人，我們真的要抓他嗎？」

「唔？什麼意思？」荀詡保持著原來的姿勢反問道。

「您知道，鄧先是李平李都護從江州帶來的親隨，如果不知會李大人一聲，會不會鬧出什麼亂子？」

裴緒的擔心不是沒有理由，前年荀詡就是因為擅自對馬岱將軍採取了行動，引起了軍方的強烈不滿，以至於最後被迫調職。李平現在雖然在南鄭沒什麼勢力，但畢竟是中都護，從行政角度來說他的級別僅次於諸葛亮，是南鄭的第二號人物，那種任何人提他的名字前都要想一想的大人物。

荀詡面無表情地伸出一隻手，拍打了一下肩膀上並不存在的塵土，簡單地哦了一聲表示知道了。裴緒知趣地閉上嘴，轉過頭去繼續盯著城外喧嚷的人群。

荀詡有自己的心事。在他從江東回到漢中以後，諸葛丞相曾經祕密約見了他一次。在會談中，諸葛丞相表示，李平的調任漢中與荀詡復職時間上的重合並不是一個巧合，而是有某種隱晦的因果關係。在李平到來以後，他需要借重荀詡的能力加強漢中的內部監控。諸葛丞相的話就說到這裡，他相信荀詡能夠理解他的暗示，而荀詡也確實理解了。

而現在李平的一名親密助手涉嫌魏國間諜，這其中的深意可就值得玩味了……

荀詡與李平沒有直接打過交道，沒什麼直觀印象，不過他卻聽到過很多關於這位高級官員的傳聞。這些傳聞並沒有直接對李平的聲望和品德作評論，而是有意無意地洩漏出關於高層決策的一些內幕——人們往往最喜歡這些東西。比如在建興七年諸葛丞相曾經要求李平前往漢中，李平非但沒有同意，反而要求將自己經營多年的江州五郡地區提升至州一級，建立新的巴州，並由他擔任刺史；在建興八年，當諸葛亮再次要求他增援漢中時，李平則提出他要開府署事，在丞相府以外另設一個決策中心；最後諸葛丞相做出妥協，任命他兒子李豐接替他在江州的職務，他才肯北上。

對於這些傳聞的真假，荀詡無從評論，不過有一點用肉眼就能直接確認：自從建興五年以來，諸葛亮與李平的關係日益僵化，後者打定主意要消極對抗諸葛丞相。他的調任漢中在蜀漢內部被認為是一次大失敗。至於這次失敗究竟會令他的態度更加消極，還是向消極的反面轉化，就沒有人能知道了……至少現在沒人能知道。

一陣嘹亮的號角聲突然響起，荀詡猛然從深思中被驚醒。他的頭頂傳來震耳欲聾的啟門鼓聲，鼓聲將夜裡沉積在城堞旗杆上的塵土震落，那些塵土像雪花一樣紛紛揚揚地灑到了荀詡與裴緒的腦袋上。城下的平民都紛紛向大門湧過來。

「從事，快看那裡！」裴緒忽然壓低聲音喊道，荀詡順著他指頭的方向望去，看到一人一騎從遠處的大路飛馳而來，騎士身穿官服，馬臀上還搭著一條丞相府專用的布袋。

荀詡問道：「是他嗎？」裴緒點點頭，憑藉著驚人的記憶力，他記得曾經在歡迎李平的宴會上看到過這個人。

不需要再多說什麼，荀詡立刻站起身來，稍微活動了一下酸麻的雙腿，快步走下城牆而去，裴緒緊隨其後。

那名騎士接近城門衢道的時候勒住轠繩讓馬匹減速，一邊揮舞著馬鞭大聲喝斥。本來擠成一團的平民都紛紛朝兩邊靠去，讓出一條路來。騎士毫不客氣地穿越過人群，徑直來到了城門口。恰好這時候守城士兵從裡面慢慢將兩扇沉重的大門隆隆地推開。

騎士剛要縱馬進城，卻被一名士兵伸手攔住了。

「對不起，大人，請出示您的名刺。」

「什麼？我是丞相府的人，也要檢查？」騎士很不滿地質問道。士兵卻毫不示弱地挺直了胸膛，重複了一遍。「大人，請出示您的名刺。」

這時騎士的坐騎韁繩被另外一名士兵牽住了。騎士沒奈何，只好從身上摸出名刺，同時惡狠狠地瞪著那名士兵：「你們知道我是誰嗎？」

「你是鄧先鄧大人對吧？」

回答他的卻不是士兵，而是一名不知從哪裡冒出來的官吏。這名身材不高的官吏用兩根指頭從士兵手中拈過名刺，別有深意地翻弄了一下，將它又交還給了騎士。

「你又是誰？」鄧先警惕地問道。

「我是靖安司的從事，我叫荀詡。」荀詡恭敬地把自己的名刺雙手遞過去。「我想我們需要談談。」

鄧先臉上的色彩在下一個瞬間急遽消逝。

第二十二章　回歸與清理

就在荀詡與鄧先說話的時候，靖安司的數名成員已經從城門的兩側包抄而來。當鄧方覺察到自己被包圍的時候，他已經無處可逃了。

「鄧大人，請跟我回靖安司去聊聊吧。」荀詡客氣地說。

鄧先緊抿著嘴唇，在馬上一動不動。

荀詡示意手下將鄧先扶下馬，鄧先沒反抗，任由他們擺布，他的身體現在如同石頭一樣僵硬。靖安司早就備好了一輛馬車，荀詡把鄧先塞進馬車，派了兩個孔武有力的部下坐在他身邊，然後把車子兩側垂下幕簾，以免被人看到。在放下簾子之前荀詡又多看了一眼，鄧先默不作聲地坐在兩個人之間，兩隻手籠在袖子裡一動不動。

接著，荀詡和其他人簇擁著這輛車子向靖安司走去。如果不明就裡的人還會以為車子裡坐的是什麼大人物，竟勞動靖安司的從事徒步隨行。

最先發現不對的是裴緒，他一直跟在車子後面。當隊伍經過城南的玄武池時，他發現馬車的底下似乎滴著什麼東西，淅淅瀝瀝地在黃土路上留下一條散亂的紅線，彷彿一條血色的蜈蚣。他蹲下身子用指頭在地上蹭了些紅色，然後伸到鼻子前聞了聞，突然間大叫一聲：「快停車！」

走在隊伍最前面的荀詡猛然回頭，他看到裴緒跑到馬車前瘋狂地揮手讓車夫停下來，也連忙跑回去。裴緒一把將幕簾扯下來，車上坐在兩側的兩個人都莫名其妙地看著他，被兩個人夾在中間的鄧先卻仍舊僵坐在原地一動不動。

「你們兩個！他怎麼了？」裴緒氣急敗壞喝道。

「沒什麼啊？一上車他就一動不動，也不說話……」其中一個人緊張地說，同時轉過頭去看，這時他的同伴忽然驚呼一聲：「有血！」

裴緒一把把坐在車左的倒楣鬼拽下車來，驟然失去倚靠的鄧先軟綿綿地朝左邊倒了下來。這時候周圍的人全都看清楚了，鄧先的右手腕有一道深深的割傷，鮮血正從傷口潺潺地滴出來，順著擱在腹部的右手流到大腿，再從大腿流到腳下，在馬車的地板上悄無聲息地形成一個小小的血池。他的下身衣褲已經幾乎被血浸透。

裴緒用手抱起鄧先的腦袋，看到他的瞳孔已經放大失焦，再一探鼻息，知道為時已晚。這時荀詡也趕了過來，他看到這番景象後，一言不發地抬起了鄧先的左手，看到死者的左手捏著一片鋒利的刀片，刀片只有兩寸多長，但刀刃異常鋒利，足以割斷人類的經脈。

荀詡掃視了一圈死者全身，最後將注意力放在了他的左邊袖口，袖口邊緣有一處被刀子割開的口子，長約兩寸，襯裡用另外一塊小布縫起，形成一個隱藏在袖子裡的微型口袋。毫無疑問，刀片就藏在這個袖子裡。

很明顯，鄧先上車的時候用兩個寬袖將雙手籠起來，接著從袖子裡悄無聲息地取出刀片，然後切開自己的右手腕，一邊靜坐一邊等待著死亡的降臨。他肥大的袖子和一直蒼白的臉色完美地掩飾了自殺行動。

畏罪自殺，這一點毫無疑問。不過荀詡也只能到此為止了，他沒辦法再撬出更多東西，比如說鄧先究竟是如何與曹魏聯繫上的；他在南鄭是否還有同黨；他所洩漏的情報究竟危害性有多大——還有最重要的一點——他與「燭龍」之間是否有關係。這些問題已經永遠不可能有答案了。

兩名惶恐不安的衛士跪到荀詡面前，口稱死罪，鄧先的死完全是因為他們的疏忽大意而導致的，荀詡拂了拂衣袖，冷冷地說道：「回道觀再說，先把現場收拾一下。」

此時周圍好奇平民已經聚集了不少，他們都站得離現場遠遠的，三五成群交頭接耳。裴緒連忙命令手下人立刻將鄧先的屍體重新扶上車，然後找附近的店鋪借來幾個簸箕，撮起黃土把地面上的血跡蓋起來。

回到道觀以後，荀詡把善後工作交給裴緒，自己則直接去面見姚柚。姚柚已經等候多時了，自從昨天晚上突襲鄧先的住宅撲空以後，他就一直在道觀裡等候結果。

「如何？」姚柚直截了當問道。

荀詡也直截了當地回答：「從某種意義上來說，任務成功了。」

「從某種意義上來說？」

「對，這全看要從什麼心態去理解了，悲觀的或者是樂觀的。」

「樂觀的是什麼？」姚柚索性把手裡的工作放下，兩隻手墊住下巴，這是他表示不滿的一個動作。

「我們一下子就獲得了兩項成果：成功地抓出了一隻老鼠鄧先；而且進一步確認了徐永的可靠程度。」

「這聽起來不錯，那麼如果從悲觀心態去理解呢？」

「鄧先剛剛自盡了。」

姚柚的兩條眉毛像是被鞭子抽了一下，唰地揚了起來。他的紫棠色方臉現在看起來更加發紫了。

「到底是怎麼回事？」

荀詡把事情講了一遍，姚柚聽完他的彙報以後，閉上雙眼，用兩個食指頂住了太陽穴，半個身子伏在案几上。過了半天，他才緩緩說道：「我不是告訴過你，這件事不要鬧出太大的動靜嗎？」

「這是我的失職。」荀詡承認，不過他又辯解道：「但至少我們挖出了一隻老鼠。」

「問題不在這裡。」姚柚搖搖頭，「問題在於鄧先的身分。他是李都護從江州帶過來的部屬，李平那個人你也知道，對於這件事他絕不會善罷甘休的。」

「但是我們證據確鑿。」

「證據曾經確鑿。」姚柚糾正他。「但現在人證已經死了，剩下的是可以任意解釋的一堆死物證，而官階大的人顯然擁有更大的解釋權。」他不安地翻弄著手裡的玉佩。他知道在一個官僚的世界裡，哪些矛盾可以置之不理，哪些矛盾必須慎重對待。

荀詡並不贊同姚柚的觀點，他認為鄧先是一個突破口，不是一個麻煩。不過他沒有說出這個想法，只是小心地挪動一下腳步，讓自己站得更舒服。姚柚陰沉著臉，輕輕用指頭敲擊桌面，發出渾濁的咚咚聲，以此來強調他的情緒。

「總之，這件事暫時要絕對保密，我先去請示楊參軍和諸葛丞相，看他們是什麼意見。」

「好吧，我知道了。」荀詡只好表示贊同。姚柚的擔心也是不無道理，靖安司一向都處於一個尷尬的地位：如果他們懷疑某一部門的成員，而這名成員是清白的，部門主管就會憤怒地指責靖安司是妄想迫害狂；如果這名成員不是清白的，部門主管就會憤怒地指責無能的靖安司為什麼不儘早覺察。

「你先回青龍山繼續詢問工作，鄧先就交給裴緒來處理好了，讓他直接向我彙報。」

「我該怎麼跟徐永說？」

「實話實說，比如說：由於本司工作人員的可悲表現和無能，你揭發的那名間諜幸運地逃脫了懲罰，希望下次你能把有用的情報直接告訴有用的人，等等諸如此類……」

「這個回答不錯。」

交談中的兩個人都沒有注意到，這時候門外傳來了一聲極其輕微的響動。

荀詡從姚柚的屋子出來以後，並沒有馬上前往青龍山。他先把自己的衣服換下來，讓一名小廝送去漿洗，接著叫伙房烙了兩張乾餅，就著蕨菜葉子與茶水草草吃完，然後趴在靖安司值班用的木榻上打了個盹。

大約過了半個時辰，荀詡才悠悠醒過來。他用木桶裡的水洗了洗臉，然後走出值班室。這時外面還是如以往那麼熱鬧，人來人往，每個人都夾著薄厚不一的文件行色匆匆。荀詡正在想究竟是直接前往青龍山還是先坐下來喝杯熱茶，迎面正撞見一個人。

「孝和！」

那個人喊道，荀詡抬頭一看，赫然發現是狐忠。他和狐忠雖然生活在同一個城市，但已經有十幾天沒見到過了。荀詡也很高興，他剛要開口問候，猛然想到一件事——狐忠現在是李平的參軍，他在這個時候出現在靖安司，可不是什麼好事。

「我說，為什麼你會出現在這裡？」荀詡直截了當地問道：「如果是專程來探望我的話，我會很高興。如果不是的話……」

「那看來你要傷心了。」狐忠晃了晃手裡的文書。「我是奉命前來的，公事。」

「公事？奉誰的命令？」

「當然是李都護，那是我上司。」

荀詡一聽到這個名字，不由得用右手撐住低垂的額頭，深深歎了一口氣。「這麼說你全知道了？」

「是的。」狐忠點點頭。

「我是指鄧先這件事。」

「當然，難道你們還做了其他對不起李都護的事情？」

「目前就幹出了這一件。」荀詡回答。狐忠盯著這位前同事看了一陣，問道：「孝和，能跟我一起去見姚大人嗎？」

「為什麼是我？去姚大人房間的路你比我還熟。」

「你知道為什麼。」狐忠絲毫沒有退讓，語氣十分堅決。荀詡最後屈服了，他悻悻地舉起雙手嘟囔道：「好吧，好吧，我帶你去。真希望我們每次重逢都這麼激動人心。」

狐忠沒發表什麼評論，兩個人轉身朝著姚柚的辦公室走去。當他們路過其中一個人的房間時，從門縫裡閃出一道得意的目光。

姚柚這時正在考慮該如何向楊儀彙報。楊參軍最近的性情越加古怪，動輒就對下屬連發脾氣，這主要是因為他的死對頭魏延很是春風得意。一名侍衛出現在門口。

「大人，狐參軍求見。」

「哪個狐參軍？」姚柚不耐煩地問，他剛想到一句委婉精巧的話，現在思路被打斷了。

「狐忠參軍。」

聽到這個名字，姚柚立刻明白發生了什麼事，他的嘴無聲地嚅動了兩下，似乎是在罵人。

狐忠一進屋子，首先熱情地向他昔日的上司拱了拱手。姚柚回了禮，同時惡狠狠地瞪了一眼在狐忠身後出現的荀詡。略事寒暄之後，狐忠開門見山地說：「我此次前來，是奉了李都護的命令，來瞭解關於鄙署鄧先的事。」

「狐參軍，在我回答你的問題之前，我能否先問一句，李都護是從哪裡得到這個消息的？」姚柚臉上籠罩著寒霜。荀詡站在兩個人旁邊，一臉無辜沉默不語。

「我們有我們的管道。」狐忠避實就虛地回答。

荀詡這時候不滿地插話道：「我說守義，大家都是熟人，不妨直接說。你們是不是從姚大人身邊的某一個人那裡得到的情報？」

「我們的管道確實很廣泛。」狐忠答非所問，他什麼都沒說，但荀詡和姚柚已經聽出了潛臺詞。三個人相視一笑，氣氛稍微輕鬆了一些。

狐忠從懷裡掏出一疊文書，指頭沾了點唾沫，翻開其中一頁。姚柚的表情又嚴肅起來，他知道私人寒暄已經結束，接下來該是官方的發難了。狐忠抬頭看看姚柚，寬慰似的笑道：「姚大人，不必這麼緊張，我不是替李都護來找麻煩的。」

說完他將翻開的文書遞到姚柚面前，解釋說：「李都護得知鄧先的事情後非常震驚，特意派我來提供給你們他以往的履歷檔案以及相關資料，希望對於調查工作有所裨益。」

「什麼?!」姚柚和荀詡都大吃一驚，他們沒料到李平的反應居然和預料完全相反，非但沒有大吵大鬧，反而主動送來檔案配合。

「李都護也希望能儘早查明真相。」狐忠說完將目光投向老朋友荀詡，後者僅僅以用苦笑來回答。

文書交割完畢以後，狐忠謝絕了姚柚宴請他這個舊日部屬的邀請，表示要儘早趕回去彙報工作。荀詡主動提出送狐忠出門，於是兩個人並肩朝外面走去。一路上兩個老朋友愉快地聊著天，荀詡詢問成藩最近的情況，狐忠講了幾件他的風流韻事和那著名悍妻鬧出的事，讓荀詡哈哈大笑。

當他們走到一處靠山牆的僻靜走廊時，荀詡忽然強行轉移了話題。

「老實說，守義，李都護的這個舉動讓我很疑惑。」

狐忠絲毫沒覺得意外，他只是眨眨眼睛，示意荀詡繼續說下去。

「給我的感覺，李都護像是急於撇清自己與鄧先的關係，好像是怕被人覺察到什麼，這個反應有點不太自然。」

「那自然的反應該是什麼？」

「一般來說，得知自己的部下被靖安司調查，身為上司首先做的應該是先設法把他弄出來，再搞清真相；而李都護得到消息後一個時辰內就立刻送來了他的檔案，好像他老早就知道鄧先是間諜似的。」

「那是你吃的癟太多，偶爾一次別人肯合作，你反而受寵若驚了吧？」狐忠揶揄他。荀詡自嘲地攤開手。「也許吧。上一次靖安司跟別人合作愉快是在什麼時候來著？我記得先帝那時候還健在。」

「你總不能指望那些間諜在背後掛著塊『我是間諜』的牌子招搖過市。」

「我幹過。在我受培訓的時候。」

「結果呢？」

「結果被靖安司的人抓去了，他們真是一點幽默感都沒有。」

「這才是你加入靖安司的理由吧？教他們講冷笑話？」

「我本身已經快成為一個笑話了。」荀詡兩眼看天，語氣充滿了自嘲與無奈。

兩個人走到道觀的大門口，狐忠與荀詡道別，然後翻身上了馬。趁小廝在解拴在停馬柱上的轡繩的時候，荀詡仰起頭向狐忠嚷道：「到底是靖安司中的誰傳給你們消息？」

「我不能說，這不禮貌。」狐忠狡黠地回答，然後一甩轡繩，轉身離去。

荀詡笑了，他已經知道是誰了。一直以來他和狐忠都很有默契。

三月十二日傍晚之前，荀詡回到了闊別一日的青龍山。鄧先事件的善後工作交給裴緒去負責，有了李平那邊的配合，工作進展應該就會變得很順利。最遲到明日裴緒就可以初步建立起關於鄧先的調查檔案。

留在青龍山上的徐永情緒很正常，沒出現什麼不良情緒。他今天一天都在和陰輯下棋，下午的時候他甚至和衛兵們進行了一場蹴鞠比賽，杜弼也參加了，兩個人配合無間，最後以三比零的分數大勝。

荀詡連夜召來了杜弼和陰輯，把昨天發生的事情詳細跟他們介紹了一下。

「……究竟鄧先是家養的還是野生的，要等明天鑑定出來才能下結論，不過有一點可以肯定，鄧先絕對是隻老鼠。」

荀詡對他們說。在靖安司的術語裡，家養老鼠是指原本為蜀漢官員後來被敵人拉攏變節的間諜；而野生老鼠則是指一開始就是曹魏派遣滲透進來的間諜。一般來說後者比較狡猾；前者的危害性比較大。

「即是說，徐永提供的這份情報是值得信賴的嘍？」陰輯聽完荀詡的報告後，有些釋然地向後靠了靠身子。

荀詡輕鬆地說：「至少在鄧先這件事上他沒有撒謊。」

「可徐永提供的情報裡還存在一些細節矛盾，比如……」陰輯翻了翻紀錄。「……他提到鄧先在建興八年五月開始發揮作用，可那時候鄧先還隨同李都護待在江州，一直到七月才進入漢中任職。」

「小紕漏罷了，徐永他自己也承認他並不在這條線上工作。如果他是存心撒謊，本來是可以撒得更漂亮一些。」

「你認為這在多大程度上可以消除他的嫌疑？」

「七成，不，或許八成可能。我不想太樂觀。」

這時候一直沉默不語的杜弼這時候擺了一個猶豫的手勢。「理由還不太充分，但我認為差不多該進入『燭龍』的話題了。」

「英雄所見略同。」荀詡點點頭，把手裡的毛筆濾了濾墨，放回到筆架上。「看看這一次他能給我們帶來什麼故事。」

三月十三日，中斷了一天的詢問工作再度開始。

有了先前幾天的磨合，徐永已經慢慢習慣了這種形式的談話。他一進屋子就與荀詡、杜弼兩個人友好地打了個招呼，然後自己坐到了鋪著茵毯的坐榻上，表現得很自如。這幾天悠閒富足的生活讓這名魏國的督軍發福了，臉邊緣的曲線明顯向外擴張，面部皮膚開始反射出一層若有若無的油光。

「徐督軍昨天過得可好？」荀詡和氣地問道。

「還好，還好，托您的福。」徐永盯著荀詡的眼睛，意味深長地說道：「荀大人昨天過得一定很忙吧？一天都沒看到您。」

「唔，是啊。」

寒暄到這裡就結束了，荀詡和杜弼決定先不向他透露鄧先的詳情。這可以讓徐永因為不知道自己的情報是否已經得到證實而覺得惶惑不安；急於獲得信賴的他也許會主動提供出更多東西。這也算是一個小花招。

杜弼和荀詡對視一眼，彼此略微點了一下頭。杜弼將毛筆拿起來，取掉套子握在手裡，荀詡則開口問道：「徐督軍，你能談談曹魏安插在蜀國內部間諜的事情嗎？」

「我不是已經談過了嗎？那個鄧先，你們還沒有去確認？」徐永詫異地反問。

「我們仍舊在確認，明天也許就會有結果。」荀詡從容地回答：「現在我們想知道的是，你還知道其他間諜的名字嗎？」

徐永想了想，搖搖頭說：「我負責的不是這個領域，除了鄧先我想不到其他的人名了。」

「你從來沒聽過你的同僚談論過，或者在某一份資料中看到過類似的蛛絲馬跡？」杜弼問。

「我那時候又沒打算要逃亡，即使有看過恐怕也已經忘記了。下次我會注意的。」徐永的話讓屋子裡的人發出一陣小小的笑聲。

「我們現在的工作就是要讓你想起來，這對我們相當重要，對你也是。」荀詡和顏悅色地施加著壓力。徐永感受到這種壓力，於是尷尬地垂下頭去想了很久，最後還是抬起頭用力搖了搖。

「我所能想起來的另外一個人名是黃預，不過我記得那個人早在兩年前就已經被捕了。」

杜弼下意識地看了荀詡一眼，那件事和荀詡有著很大關係。荀詡對此卻沒表現出任何反應，他平靜地捏了捏下巴，問道：「你說得不錯，黃預已經在兩年前被處斬了。不過那起事件的背後還隱藏著另外一個人；你既然知道黃預，那麼應該也可能聽到他的名字才對。」

「有這樣的事？那是誰？」徐永有些驚訝，杜弼仔細注視著他的表情，但無法分辨這驚訝是真的還是演技。

「我們不知道，只知道這個人隱藏在南鄭內部，並且極端危險。」荀詡說到了關鍵之處，語速開始放慢。「我們唯一掌握的只有他的別稱。」

徐永等待著荀詡說出來，他的眼神變得嚴肅起來。

「燭龍，這是他的別稱。你能回想起來什麼嗎？」荀詡說出來的時候，全身像是釋下了很重的擔子，一陣輕鬆。

這個名字沒有給徐永帶來任何情緒上的波動，至少杜弼沒有觀察到任何波動，似乎這是一個完全無關的路人名字。徐永雙手十指交叉擱在腿上，皺著眉頭拚命回想了半天，最後還是搖了搖頭，表示從來沒有聽說過「燭龍」。

「事實上……」徐永還補充道：「魏國間軍司馬對於間諜的命名有自己的一套規則，多是以天干加州名來稱呼，比如鄧先的別稱就是『丁兗』。至少在我接觸到的人裡，沒有用古代神獸取名的。間軍司中很少有人看過《山海經》。」

荀詡失望地朝杜弼擺了個手勢，詢問暫時告一段落。從門口走進兩名衛士，客氣地把徐永帶去了隔壁屋子裡去，那裡有備好的酒肉水果，甚至還有兩名歌姬，她們是特意被借調過來的，荀詡自己掏的腰包。

等到徐永離開以後，荀詡啪地一聲將毛筆丟在案几上，煩躁地吸了幾口氣，對在一旁默默整理著記錄的杜弼說道：「輔國，你覺得怎麼樣？」

「不好說，但至少他的話完全可以自圓其說。」杜弼不緊不慢地說道：「我沒發現什麼矛盾之處。」

「這才真是讓人感到厭惡。」荀詡恨恨地咬著牙。「我不怕那些把真相藏起來的說謊老手，我有的是辦法撬開他們的嘴；最討厭的莫過於那些確實毫不知情的傢伙。」

「呵呵，不過現在就下結論還為時過早。」

「我們還能怎麼辦？總不能寫信去鄴城直接問曹睿吧？」

杜弼沉穩地拍拍荀詡的肩膀，然後把自己的水杯遞過去，示意他冷靜下來。荀詡咕咚咕咚一飲而盡，他渾身的燥熱總算壓下去一點了。

「別著急，時間是在我們這邊。」杜弼淡淡地說。

「希望運氣也是。」

下午詢問工作再度展開，話題仍舊集中在「燭龍」的身分上。荀詡和杜弼反覆盤問徐永，甚至暗示如果他在這個問題上不能給出滿意答覆，將不能指望得到丞相府的信任。詢問持續了一個半時辰，最後被問急了的徐永忽地站起身來，絕望地大叫道：「你們不如給我一份南鄭官員的名單，挑出你們最不喜歡的傢伙，我來供認他就是燭龍好了。」

杜弼見徐永的情緒有些失控，連忙宣布詢問中止，派人把他帶回到臥房裡去。

到了第二天，三月十四日。裴緒從南鄭趕到了青龍山，他帶來了關於鄧先的鑑定報告。報告指出鄧先很有可能是在江州任職期間就與曹魏有所勾結，軍謀司已經針對他在過去幾年中可能洩露的情報數量以及危害性做了評估；在報告的最後還特意強調說，從在鄧先家搜到的情報級別來看，如果沒有擁有更高許可權者的默許或者疏失，他很難獨立完成這一系列行動。荀詡知道這暗示著什麼。

荀詡看完這份報告，滿意地彈了彈封套。「不錯，這份報告分析得很精闢。」

「這是出自馮大人的手筆。」裴緒回答。

「馮膺？這是他寫的嗎？」荀詡有些驚訝，在得到肯定的答覆以後，他嘿嘿一笑。「這個傢伙的嗅覺還真是靈敏……」

「什麼意思？」裴緒聽得有些糊塗。

荀詡故作神祕地擺了擺指頭。「你以為昨天是誰如此殷勤地將鄧先的事通報給李都護的？」裴緒撇撇嘴，哦了一聲，他也一直懷疑是馮膺。荀詡搖搖頭，有些好笑地繼續說道：「馮大人原本打算偷偷告訴李平都護，好叫我吃個癟；沒想到李平本人先服了軟，他就立刻揣摩出了上峰的意思，見風使舵，轉而設法在報告裡把鄧先與李平扯上關係……馮大人的敏感性倒真是不低。」

裴緒鄙夷地「嗤」了一聲，沒有發表更多言論。他拿出自己的印鑑在文件上敲了個印，一邊隨口問道：「徐永這條線有什麼新成果嗎？比如說燭龍。」

「目前還沒有，徐永矢口否認他知道任何關於燭龍的事——當然，也許是他真的不知道。總之現在陷入僵局了。」

裴緒聽完荀詡的話，立刻接口問道：「要不要我來幫忙？」

「唔？你想參加詢問工作？」

「有些興趣，也許換一個人詢問，會有意外的驚喜。」

荀詡雙手抱臂，揚起眉毛端詳了一陣這名部下，似乎對他的毛遂自薦有些出乎意料。考慮了半天，他終於點了點頭，說了兩個字：「好吧。」

今天詢問開始的時候，徐永發覺詢問室的環境與以往有些不同，平時坐在自己對面的只有杜弼和荀詡兩個人，今天卻多了一個白淨的年輕人，他坐在最右邊，看起來溫文儒雅。荀詡只是簡單地介紹說這是司聞曹的明日之星，是前來旁聽的。

徐永不明白他們的用意，於是沒有說話，只是謹慎地點頭示好。

大概是考慮到昨天氣氛太僵的關係，今天的話題幾乎沒涉及到「燭龍」，詢問方把注意力放在了曹魏軍情上面。徐永看起來鬆了一口氣，他很配合，有問必答，把自己所瞭解到的曹魏內部情況如數道來。詢問的主力照例是荀詡和杜弼，裴緒全程很少作聲，偶爾問的幾個問題也都不牽涉重大，更多時候是若有所思地注視著徐永，用自己的右手不停地轉著毛筆。

這一天的詢問異常順利，雙方合作都很愉快。等到快到傍晚的時候，杜弼表示今天的工作到此為止，荀詡、杜弼和裴緒三個人收拾起資料，起身離開。

裴緒走在最後。當他路過徐永身邊時，忽然伸出手去拍徐永的肩膀，想去讚揚這位逃亡者今天表現得不錯。徐永先是一愣，然後冷淡地用右手撫了撫肩頭，藉故推開裴緒的手。裴緒只好把手縮回來，有些尷尬地摸了摸鼻子，一言不發地跟著荀詡走了出去。

接下來兩名一直負責徐永安全的侍從走進屋子，徐永這時才從毯子上站起來，將杯中的酒一飲而盡，然後跟隨他們返回到自己的臥房去。

一進臥房，徐永不緊不慢地把房門關好；確認四周無人以後，他低下頭去，謹慎地將一直握緊的右拳舒張開來。他的掌心是一片揉成一團的紙頭，上面寫著四個字——午夜北牆。

三月的漢中入夜後天氣仍舊寒冷，尤其是在山裡，夾雜著岩石氣味的山風更顯得刺骨凜冽。徐永一直沒有睡，他穿戴整齊躺在床上，雙手交叉擱在胸口，一動不動。等到外面打更的梆子連響了三聲，他從床上一躍而起，輕手輕腳地走到門口，慢慢打開房門。

為了表示信任，荀詡並沒有安排衛兵在徐永門口宿衛，他可以在整個院子裡隨意走動，只有離開大院的時候才會有人跟隨。現在夜深人靜，萬籟俱寂，除了幾個值更的衛兵以外，其他人早已經睡著了。徐永將房門打開一條縫隙，看到遠處哨塔上的士兵正披著麻布斗篷烤火，昏昏欲睡；於是他飛快地閃身而出，貼著走廊朝北牆走去。

高達三、四丈的北牆下半截為青磚砌就，上半截為土夯，亦青亦黃的冰冷色調在月光下顯得異常堅實厚重。兩年之前，糜沖就在這裡越牆而逃。當然，這件事徐永並不知道的。他到達北牆以後，惴惴不安地四下望去，看到一個人在圍牆角落的陰影裡衝他招手。

「徐督軍，你來了。」

「你是誰？」徐永壓低了聲音問，表情有些驚疑。

「銜燭而行，以照幽明。」

隨著一聲長吟，那個人從陰影裡走出來，徐永現在可以看清了，他是裴緒。

第二十三章　清理與盤問

「徐督軍，這幾日詢問可真是辛苦你了。」裴緒的語調很輕鬆，在月光下他的臉輪廓分明。

徐永繃緊了臉色，謹慎地問道：「……呃，大人這麼晚把我找出來，不知有什麼事？」

「呵呵，為皇帝陛下盡忠的時候到了。」

「哪位皇帝陛下？」徐永問道。聽到這個反問，裴緒的眼神閃過一絲詭祕，他沒說話，只是指了指北方。徐永將雙手籠在袖子裡，將脖子縮了縮，好像受不了山中夜裡的寒冷。

裴緒繼續說道：「雖然暫時他們沒有追究，但荀詡絕不會放棄關於燭龍身分的追查，他根本不信任你。早晚有一天他們會設下圈套誘你說出真相——事實上，今天詢問結束後，我已經聽到他與杜弼在策劃相關事宜……」

「裴大人……」徐永慢吞吞地說道：「您的話裡，我只贊同其中的一句。」

「唔？」

「荀詡荀大人他根本不信任我。」徐永抬起頭，言辭裡帶著沉痛與惱怒。

裴緒走近他一步，說：「不錯，你對他只是一個裝滿了財寶的木箱。當他取光箱子裡的財寶，就會把箱子棄之如履。我與他共事這麼多年，知道得很清楚。」

聽到這裡，徐永居然笑了，笑容稍現即逝，然後他對裴緒冷冷說道：「你根本不是燭龍。」說完這一句，徐永後退幾步退到院子當中，縱聲高叫道：「荀大人、杜大人，你們的把戲究竟要玩到何時？」

他的聲音實在突然，一下子把圍牆邊老槐樹上的幾隻烏鴉驚起，拍打著翅膀啞啞地飛向夜空。

過了一小會兒，開始有人從各個方向走出來，其中最為醒目的兩個人正是荀詡和杜弼，他們在這裡已經潛伏多時了。

「荀從事，我尊重你的幽默感，但這個笑話實在很拙劣。」徐永盯著荀詡冷冷地說，後者的表情很難說得上來是尷尬還是沮喪。

「其實……唔……這可不是笑話。」

「那麼更糟。」

杜弼走過去，想要說些什麼。徐永傷心地搖了搖頭，衝他伸出手掌作了一個阻止的手勢。「輔國，不必說了，你們什麼都不必說了。」

這時候荀詡提著一個燈籠慢悠悠地站到徐永面前，他用燈籠晃了晃徐永的臉，說：「我們自然什麼都不必說，需要說些什麼的是你啊，徐督軍。」

徐永的臉色在燈籠照拂下愈加陰沉起來。「你們如此對待流亡者，豈不叫天下之人都寒心。」

「我們相信徐督軍你的誠意，也感激你提供給我們的資訊，不過你顯然對我們有所隱瞞。而坦誠是我們雙方都該具備的美德，對不對？」荀詡說。

「我隱瞞了什麼？」

「燭龍，這很明顯。」

「我已經反覆重申過多少次了，我不知道。」徐永惱怒地一指裴緒。「即使你們用這麼拙劣的手段來試探……」

話說到一半，他的怒火突然在半空中止，整個人僵在那裡不動。荀詡唇邊露出一抹計謀得逞的微笑。「然後呢，徐督軍？」

徐永的怒火變成了窘迫，他漲紅了臉，嘴唇囁嚅著說不出話來。荀詡把燈籠交給身旁的人，和顏悅色地說道：「我承認我們的計謀很拙劣，不過既然你宣稱從來沒聽過燭龍的事，又是因何判斷裴緒他不是燭龍呢？」

「那是因為他才二十多歲，燭龍在蜀漢身居高位，不可能這麼年輕！」徐永還在試圖辯解。

荀詡禮貌地提醒了一句：「是大漢，不是蜀漢。」

意識到自己失言的徐永面色一紅，急忙改口道：「對，對，是大漢。」

「呵呵，我們繼續，你又是怎麼知道燭龍在我大漢身居高位？」

「我是在你們的詢問過程中聽到的。」徐永感覺總算抓到一根稻草。

「這就奇怪了。」荀詡從身邊的布袋中取出厚厚的一疊紙來，在手裡揚了揚。「這裡是這幾天的詢問全記錄，您可以找找看，我們沒有一個字提到『燭龍』在南鄭是否身居高位。如果你對燭龍全無瞭解的話，你從詢問記錄裡只能知道到有這麼一個間諜存在，不可能知道細節——除非你早就知道燭龍。」

「可，可是如果我知道燭龍是誰，從接到紙條的時候我就會識破你們的圈套了……」徐永撇了一眼裴緒，結結巴巴地小聲說。杜弼注意到他在寬大袍袖外面的手在微微顫抖著，彷彿深秋瑟瑟發抖的枯葉。

於是他走到徐永身邊，替他披上了一件外袍，寬和地說道：「我們相信你確實不在燭龍這條線上工作；但我們也確信，你肯定知道關於他的一些事情。你不想說，是什麼顧慮吧？」

徐永終於窮途末路，他垂下頭來，艱難地長歎出一口氣，雙手惶惑不安地交錯在一起。「是的，我確實知道一些關於燭龍的事，但是我不清楚他的真面目。我害怕如果輕易說出來，會被他滅口……誰知道他是不是你們其中的一個。」說完他警惕地掃視了一眼在場的人。

「這你放心，在青龍山上的人全部都是經過嚴格審查的，而且我們會嚴加保護你的。」荀詡抬頭看了看天色。「好了，時候也差不多了，大家早點回去歇息。等到天亮我們再來討論這件事。」他看了一眼徐永，又補充道：「裴緒，你和阿社爾去徐督軍的屋子裡保護他的安全，另外指示伙房，從今天起所有的餐飲檢查級別要提高一級。」

於是南牆下短暫的喧囂又再度恢復成安靜，一直到太陽再度升起自東方，時間進入到建興九年的三月十五日。

因為昨天晚上的折騰，今天的詢問工作推遲了一個時辰。而且與以往不同的是，歌姬和薄紗後的樂班全部都被撤掉了；案几上的酒肉也被搬走，取而代之的是一杯清水；原本花花綠綠的裝潢，能拆的也都被拆下來，留下的都是灰白色牆壁、窗棱與柱子。

這是特意為了增加徐永的危機感而安排的，目的是讓他瞭解靖安司已經開始不信任他，如果繼續不合作的話將會產生嚴重後果。用陰輯的話說，一張一馳是文武之道，現在該到了張的時候了。

今天負責詢問的人除了荀詡、杜弼還有裴緒。昨天的計畫出自他的手筆，荀詡覺得可以讓他繼續參與審訊，效果會更好。

徐永進來的時候，和以前輕鬆的表情大不一樣；他每走一步都顫巍巍的，不時還謹慎地抬起眼睛朝坐成一排的三個人看過來，舌頭不停地舔著嘴唇。

「坐下吧。」荀詡威嚴地說，故意略掉了「請」字。這一次沒給徐永提供茵毯，只有一張小胡床，款式和荀詡參加評議會時候的一樣。徐永忙不迭地坐下去，調整了一下不太習慣的坐姿，然後將前面的那杯水端起來一飲而盡。護送他過來的阿社爾從外面把門關上。

「徐督軍昨天睡得還好嗎？」這是一個明知故問的問題。

昨晚被識破說了謊話的徐永只能膽怯地回答：「還好，還好。」

「很好，那我們開始吧。」荀詡用嘴潤了潤手裡凝結在一起的毛筆尖。「關於燭龍，你瞭解多少？」

徐永拿起空杯子，懇求似的說：「能不能先給我加些水？」裴緒用手指點了點案面，毫不客氣地拒絕了。「等談完這問題，我們會給你加水的。」徐永只能悻悻地把杯子擱回去，不甘心地用手指來回摩擦了一下乾燥的嘴唇。

「關於燭龍，你瞭解多少？」杜弼又將荀詡的問題重複了一遍。

徐永再猶豫了兩三次以後，終於開始慢慢地交待出來：他第一次接觸到「燭龍」這個名字是在太和元年（裴緒立刻糾正他說是漢建興五年）的鄴城。當時他被要求隨同間軍司馬楊偉參與一場面試，面試的內容是對另外一名有望升任間軍司馬的官員進行考核。

曹魏的情報機構與蜀漢、吳兩國不同。相比起蜀漢的司聞曹和吳國的祕府，曹魏並沒有一個專事情報工作的統一結構，其情報職能由中書省直轄的數名間軍司馬負責。每一位間軍司馬都有自己的幕僚群和負責的特定地區，彼此獨立不統屬。可以說每一位間軍司馬就是一個流動的小型情報局。比如楊偉就是鄴城及周邊地區情報工作的間軍司馬，他擁有包括徐永在內的二十幾名幕僚。

這一次被考核的官員是一位年輕人，他是郭淮將軍的族侄，名字叫郭剛。郭剛申請的是雍涼地區的間軍司馬之職。間軍司馬雖然官秩不是很高，但權力很大，以前從來沒有讓這麼一位年輕人擔當過，因此無論是楊偉還是徐永都心存疑惑。在面試過程中，楊偉問郭剛對於隴西的情報工作有什麼想法，郭剛用一種直言不諱的尖刻態度批評了朝廷在西北地方防務上的漫不經心，說這一地區遲早會成為蜀漢覬覦的目標，必須未雨綢繆，他已經為此做了一些準備工作。

然後郭剛遞呈了一份絕密的工作列表給楊偉。恪於許可權，徐永只看到了這份列表的標題，他注意到在一長列項目之間，有一條用朱色標記，名字叫「蜀漢燭龍專案進度及預估價值」。這是他第一次接觸到燭龍這個名字。徐永猜測這可能是一名間諜，並同時為郭剛的大膽而驚訝。他居然在未報經中書省批准的情況下擅自發展間諜，而且連代號也不按照曹魏慣例起名。這背後或許有郭淮的支持。

出於被刺痛的自尊心，楊偉在面試後否定了郭剛的申請。他認為應當將注意力和資源更多地投入到東南一帶，至於蜀漢，自從劉備去世以後西北地方就不具威脅了。朝廷的大部分官員都贊同這一觀點，於是在雍涼地區設立間軍司馬的事就被擱置了。

徐永和一名同事在太和元年的四月曾經短暫地被調去過長安，目的是協助夏侯楙將軍在長安建立起一套內務控制網絡。在長安工作期間，徐永注意到有一條蜀漢內部的情報管道不斷向魏國輸送情報，中繼站就設在長安，而且主管的長官就是夏侯楙。出於紀律，他沒有做深入調查，後來還是夏侯懋在一次閒談中透露這一條管道的另外一端正是燭龍。（荀詡聽到這裡，不禁微微點了下頭，在記錄上劃了一個醒目的勾。徐永的這段話可以被吳國情報官員薛瑩的遭遇所證實。薛瑩在魏太和元年出使鄴城的時候，也從夏侯懋口中得知了燭龍的存在，與徐永的話完全一致。）

然而燭龍在這一階段一直不被重視，只屬於乙級內線，曹魏對它的態度可以用「聊勝於無」來形容。徐永回憶說這種狀況一直持續到蜀漢建興六年諸葛亮第一次北伐；魏國震驚於蜀漢突然的軍事威脅，這才意識到西北防務的重要性；第一次戰爭剛一結束，郭剛就立刻被拔擢為間軍司馬，負責整個雍涼地區的情報工作，而燭龍則一躍成為頭號重要的情報來源。

不過負責燭龍這條線的人一直是郭剛，郭剛的直屬上司就是中書監劉放，因此保密程度極高。別說徐永，就連他的上司楊偉都無從得知燭龍的真實身分。

「其他的事情呢？你還能回憶起什麼？」荀詡急切地問，目前關於燭龍的情報雖然略微豐富些，但還沒有什麼實質性的東西。

徐永沉思了一會兒，再度猶豫地開口道：「在我來大漢的前四個月，郭剛曾經發函給楊偉，要求借調鄧先的關係給他。」

荀詡迅速和杜弼、裴緒交換了一下視線，裴緒問道：「能詳細談談這件事嗎？」

「好，好，不過這全都是我的推測了。你們知道，鄧先是江陵地區間軍司馬幾年前在江州發展的內線，後來鄧先隨同李嚴來到漢中，江陵和他的聯繫開始變得困難。因此郭剛希望能將這條線也併入他的工作範圍，畢竟隴西與漢中的聯繫要相對緊密。」

裴緒俯過頭悄聲對荀詡和杜弼說：「他說的是實情。根據李都護提供的檔案，軍謀司判斷鄧先早在江州任職的時候已經涉嫌洩露機密。」荀詡點了點頭，親自起身給徐永續上一杯水，然後示意他繼續說。

「郭剛發給楊偉的函件我看到了，裡面提到鄧先在漢中可以得到當地協助，這將在疏浚子慶的工程中起到更大作用。我想這個『當地協助』指的就是燭龍。」

「疏浚子慶？」荀詡不太明白這句話的意思。

「疏浚是曹魏的情報術語，意為針對敵方高級官員的拉攏。」杜弼沉著臉說，他若有所思。裴緒隨即補充道：「我想起來了，『子慶』應該是孟達的字。」

「孟達早在建興六年就死了……這裡的疏浚顯然不是指他。」荀詡也覺察到了其中的一絲異味，他追問徐永。「那封信中還說了什麼？」

「唔……我記得郭剛還提過，李嚴到達漢中以後，蜀漢整個官僚機構進行了調整，其結果是向著疏浚工程有利的一面發展，這會讓當地協助更加有效率。」徐永說完以後，將杯子裡的水再度一飲而盡，似是想起來了什麼，瞪大眼睛道：「你們應該已經抓到鄧先了吧，可以直接去問他啊。」

荀詡無奈地放下毛筆。「鄧先已經在被捕後不久自盡了。」

「噢，原來是這樣，那太遺憾了。」徐永的表情也隨即灰暗下去。「但我說的確實都是真的，除此以外我確實不知道別的了。」

詢問到此結束，阿社爾走進門來把徐永帶回到他的臥室。

徐永走了以後，留在屋子裡的三個人誰也沒有說話，面色鐵青。他們都精於情報工作，都從徐永這些模糊不清的證言裡嗅出一絲危險的味道。

孟達孟子慶是蜀漢初期的一名將領，以反覆無常而廣為人知；他曾經背蜀降魏，然後又意圖背魏投蜀漢，結果叛變前夕被司馬懿殺死。郭剛以他的字來命名「疏浚」工程，顯然是暗有所指。眾所周知，孟達在蜀漢高層有一位最為親密的朋友，就是李平。

軍謀司的報告也指出——雖然其中可能摻雜著馮膺的偏見——如果沒有擁有更高許可權者的默許或者疏失，很難相信鄧先會洩漏這麼多的情報而不被發覺。鄧先的直屬上司，就是李平。

李平到達漢中的時間和郭剛接手鄧先與「疏浚」工程的時間幾乎一致，這幾乎不可能是一個巧合。至於李平本身，他對於諸葛亮的不滿也早已經流於表面，大小官員都心知肚明，動機很充分。

種種跡象都指向李平，他很有可能就是那個正在接受「疏浚」的高級將領。荀詡心中有數，諸葛丞相早已經提醒過他這一點——實際上荀詡被調回漢中的主要目的正是為了防範李平。

「那麼，還是老問題，究竟誰是燭龍？」

杜弼首先開了腔。「從徐永最後的供詞來看，燭龍在李嚴到達漢中後被調整到了一個更加有利於『疏浚』的位置。我想燭龍現在的職務一定與李平聯繫密切，這是一條線索，我們應該從這方面入手去查一查……你們兩個怎麼了？」

杜弼只顧闡發自己的看法，沒注意裴緒和荀詡的臉色變得越來越難看了。其實他的看法也是荀詡和裴緒此時腦海中所想的，但杜弼並不瞭解荀詡的人際關係，他不知道這一推測會把荀詡的兩名好友推上嫌疑名單的首位。

狐忠和成藩。

他們兩個人在李平到達漢中後分別擔任他的參軍與督軍，完全符合這個條件。

荀詡心緒煩亂地搓動手指，彷彿想要把這些東西在指縫裡擠碎。他從事內務工作已有數年，期間逮捕了無數人，但自己的好友變成嫌疑犯還是第一次。他忽然想起自己前任的一句話：「在靖安司眼中，只有敵人和偽裝成自己人的敵人」，不禁有些心慌意亂。

這間屋子裡他的級別最高，裴緒和杜弼都一言不發地看著他，等他發表自己的看法。荀詡猶豫再三，最終艱難地下了一個結論。

「這件事牽涉到高級官員，不能只偏聽徐永的一面之辭。無論是李平還是燭龍，都得謹慎對待。」

杜弼對荀詡的反應有些驚訝，這種論調與他一貫行動派的風格不符合。杜弼提醒這位有點心不在焉的靖安司主管：「……可是，如果不盡快行動的話，恐怕會貽誤時機。鄧先的死可能會進一步刺激到李都護，讓他接受燭龍的『疏浚』，到那時候……」

接下來的話杜弼沒有說下去，蜀漢丞相的副手叛逃，其嚴重性不需要他來提醒。

「我會提請諸葛丞相，看他們如何裁處；李都護的地位太高了，無論這一次『疏浚』是真是假，都勢必會引發大亂子……」

荀詡乾巴巴地駁回了杜弼的請求，他也不知道為什麼。裴緒見狀，把杜弼拉到一旁小聲說了幾句，杜弼聽了先是一愣，然後會意地點了點頭；他放慢腳步走到荀詡跟前，雙臂撐在案几上，用混雜著嚴厲與信賴的眼神看著他，一字一頓地說：「我能理解你的心情，荀從事，但我也相信你能秉公處理。」

「我知道。」

這是荀詡此時唯一能想到的回答。

就在靖安司的三個人處於惶惑不安的心情中時，距離他們十幾里以外的南鄭城外卻是一片肅然景象。

大約兩千名中虎步兵營士兵與三百名青羌騎兵，整齊地分列在南鄭北門前的衢道兩側，盔明甲亮。第一排的士兵將牛皮木盾貼在腹部右側，底部觸地，與左右的盾牌邊緣相接，形成兩條連綿不斷的灰黃盾牆；在他們身後，弩兵們將卸掉箭頭的空膛「元戎」弩直立朝上，雙手環抱；再後面則是刀兵與戟兵，一面寫著「漢」字的金邊大纛在隊伍最前頭迎風飄揚。

這麼多士兵肅立於此，卻是悄無聲息，整個城外只能聽見大纛翻捲的呼呼聲，氣氛凝重，似乎醞釀著殺機與戰意。細心的人可以發現，這儼然是一副即將開拔的態勢，但卻少了儀幡、司戈鼎以及祭案等出征儀式必要的器具，甚至連香燭都沒有預備。

忽然，一聲嘹亮的鼓響自城頭傳來，兩側隊伍彷彿受到激勵似的同時揚起號角，兩扇厚重的城門隨即隆隆地緩慢開啟。諸葛丞相、李平中都護和丞相府的其他幾名重要官員從城內步行而出。除了諸葛亮以外，其他官員的朝服都穿得不甚整齊，許多人還帶著驚訝的表情，似乎對這一次出征完全沒有準備。

一輛幾乎沒有經過裝飾的雙轅馬車開到了諸位官員身邊，車夫一拉韁繩，兩匹轅馬乖巧地停住了腳步，絲毫不忙亂。諸葛亮來到馬車邊，拍了拍車邊的棗木扶手，緊緊抿住嘴唇，神情肅然。數縷遮掩不住的銀絲從頭頂的羅巾下披下來，給這位老人增添了幾分憔悴。

「丞相……」李平走上前一步，先正了正自己的冠子，然後代表他身後的官員問道：「您為何突然決定提前出兵？按預定計劃，不是四月初方才正式出發嗎？」

諸葛亮接過旁邊侍衛遞過來的鶴氅，一邊披在身上一邊從容回答：「曹魏大將軍曹真剛剛在幾天以前病死，魏國軍方必然會產生一段時間的混亂，機不可失啊。」

「那丞相也該多等幾日，現在糧草的運輸調配計畫還沒做完，從漢中到祁山沿途的補給站也沒齊備。」

「呵呵，這一次木牛流馬已經列裝部隊，差額很快就可以補齊；何況以正方你的統籌能力，我相信補給不會出問題的。」諸葛亮淡淡一笑。

李平連忙垂下頭，連稱「謬讚謬讚」，然後又不甘心似的抬起頭來。「即便如此，丞相您也決定得委實太急了。我們這些後勤官員今天早上才接到通知，連出征儀式的諸項祭器都沒準備好……」他的語氣裡含有稀薄但十分清晰的不滿；好歹他也是堂堂一位中都護，漢中一人之下萬人之下的第二號人物，現在居然在大軍出征的當天早上才接到消息。李平感覺自己又被忽視了，方方正正的臉膛有些漲紅。

諸葛亮似乎並沒覺察到李平的神情變化，只是親切地拍了拍他的肩膀，說道：「軍情要緊，早行一步，制得先機，儀式什麼的能省則省吧。」

「丞相，可您總該跟我……」李平忍不住提高了聲調。

這時諸葛亮打斷他的抱怨。「正方，總之補給之事還請多勞煩心，我走以後，南鄭和漢中就交給你了。」說完這些，他抬腿登上馬車，探出半個身子來，衝車外的官員們一抱拳，朗聲說道：「諸位，大軍在前，後方之事，就全託付給你們與李都護了。」

「定不辜負丞相與皇帝陛下所託！」

在場的官員一起躬身而拜，齊聲說道。為首的李平率先鞠躬，卻沒吭聲，只是敷衍了事地挪了挪嘴唇；沒人看到他彎下腰時候的表情如何，只是他的一雙大手緊緊抓著長袍兩側的下擺，似乎要把它們攥碎一樣。

諸葛亮滿意地扇了扇那把從來不離手的鵝毛扇，回身坐進車中。兩名士卒飛快地跑去城前，拔下大纛，把它插到馬車的後面，用鐵箍固定好。等到這一切準備停當以後，城頭又是一聲鼓響，載著諸葛亮的馬車緩緩調轉了方向，隨後車夫一聲清脆的鞭響響徹半空，兩匹駿馬放開四足，馬車朝著儻道的北方飛馳而去，十幾騎護衛緊緊尾隨車後。

諸葛亮離開以後，兩側隊伍中的中層軍官們紛紛上馬，飛馳到自己部下的方陣前喝令開拔。號角聲此起彼伏，南鄭城前的中虎步兵營就踏著這種特有的節奏，開始一隊一隊井然有序地邁上儻道，順著丞相座車消失的方向開去。

在更遠的地方，駐紮在南山、漢城等地的漢軍主力軍團也在魏延、高翔、吳班等人的率領下向著預定的集結地域前進。將近十萬的蜀漢軍團迅速且有效率地彙聚在一起，逐漸形成一道鋒芒畢露的劍頭，直直指向綿延秦嶺的西段，曹魏隴西防線的核心要塞——祁山。

蜀漢第四次北伐就以這樣突然的前奏正式拉開帷幕，時為建興九年三月十五日。

第二十四章 盤問與疑團

荀詡是在趕往「道觀」的路上聽到漢軍緊急出動的消息，他的第一個反應是勒緊轡繩，騰出一隻手來拚命抓了抓自己的頭皮，嘴裡發出極其苦悶的喘息。

諸葛丞相親自率領大軍出發，意味著整個丞相府署的幕僚群也隨之而去。這樣一來，司聞曹的兩級上司——諸葛丞相與長史楊儀——全都離開了南鄭城。荀詡一時間陷入了沒有上級可以彙報的尷尬境地。在李平這件事上，司聞曹東曹掾姚柚是做不了主的。

更為嚴重的是，諸葛亮離開以後，南鄭最高管理權順理成章地轉到中都護李平手裡。在這樣的情況之下，靖安司根本沒有辦法對他採取任何可能的行動。

「在現階段，我們沒什麼能做的。這種行動必須要報請上級批准的，我們現在懷疑的可就是上級啊。」姚柚在聽完荀詡的報告後無奈地說：「難道讓司聞曹走到李平面前說：『對不起，我需要您下達一個拘捕您自己的命令』？」

「可是……我們就這麼什麼都不做？現在可是有一名高級官員有叛逃的嫌疑。」

「我知道，我知道……」

看得出，姚柚現在也很為難，他的雙手惶惶悚悚地靠在一處，像兩隻受到驚嚇的獵犬一樣，不甘心地蜷縮在桌面上，其中一兩個指頭偶爾抬起來晃動了一下，然後還是悻悻地放了下去。最嚴重的事件在最壞的時間發生了，這是司聞曹從來沒有遭遇過的危機。

考慮了良久，姚柚終於下達了一個命令。

「好吧，你派人去監視丞相府和四個城門，密切注意這三個人的進出。另外重新審查狐忠與成藩的履歷以及交友範圍……」說到這裡姚柚有些想笑，荀詡卻一點也笑不出來。「總之，盡量透過間接手段謹慎地調查他們兩個，但絕對禁止接近他們，跟蹤也不行，我們不能冒這個險。」

「我知道了。」荀詡神情嚴肅地點了點頭。如果燭龍或者李平覺察到靖安司的舉動，也許會採取過激行動，這勢必會引發蜀漢的內亂。尤其現在諸葛丞相大軍在外，負責後勤主管的李平若是有什麼問題，搞不好整個漢軍都會因為而陷入困境。

姚柚盯著荀詡，又加了一句：「還有，我禁止你去找狐忠還有成藩兩個人。」

「為什麼？」荀詡的心思被看穿了，他幾乎壓抑不住直接找他們兩個人對質的衝動。

「你有自信在試探他們的時候不會暴露自己的真實意圖嗎？」

面對姚柚的逼視，荀詡只好承認。「……對於狐忠，我沒有。」但他又不甘心地爭辯道：「但我可以去找成藩，反正燭龍只有一個人，只要確定成藩不是，那就一定是……」說到這裡，荀詡停住了，這種猜想是他最不想做的。

姚柚毫不留情地反問：「萬一成藩是燭龍呢？」

「呃……」

「我知道他是你的好朋友，也聽過他的風評，是個怕老婆的粗線條男人。但假如他是燭龍，那說明這個人的偽裝極其可怕，恐怕比狐忠頭腦還要好。你面對狐忠都沒有自信，又怎麼去試探成藩？」

姚柚的一番話讓荀詡啞口無言。

「當然，這也不是說我們什麼都不做。」姚柚換了稍微緩和一點的口氣。「你去查一下狐忠和成藩的個人履歷，再跟徐永的供詞和兩年前的弩機圖紙事件對照一下，看能不能查出些什麼。」

「是。」

「唉，說實話，我寧可希望成藩是燭龍……如果守義，哦，不，狐忠是燭龍的話，這太可怕了……他在軍謀司的時候經手過多少絕密情報啊……」姚柚說到這裡，聲音逐漸低沉下去，荀詡也是同感。於公於私，狐忠是燭龍對荀詡來說都是最為可怕的結果。

姚柚忽然想起來另外一件事：「對了，徐永現在人呢？」

「仍舊在青龍山。」

「把他祕密轉移到成都去，留在漢中早晚會被李平的人知道……現在瞭解燭龍這件事的還有誰？」

「裴緒和杜弼，他們都是信得過的人。」

姚柚雙手一攤，不是太高興地說：「你我，還有他們兩個，一共四個，知情人已經多得足夠開一個宴會了。」他忽然嚴厲地提高了調門：「這件事絕對不能像鄧先事件一樣洩露出去！你知道嗎！」

「也許還會有第五個人，這才是我們目前最大的問題。」荀詡說到這裡，將嘴湊到姚柚耳邊說了一句，姚柚一愣，然後疲憊地搖了搖頭，呻吟似的喃喃道：「為什麼每個人都不讓我省心……」

「我倒是有一個兩全其美的辦法。」荀詡一直到這時候，才算露出些許惡作劇般的爽朗笑容。

三月十七日，司聞曹以東曹掾姚柚的名義發布了一則通告，通告稱軍謀司丞馮膺將前往成都司聞正曹進行檔案歸查工作，為期半年，其職務由副職從事暫代。這一消息沒有引起任何猜測，只有當事人馮膺表現得十分不滿；有人看見他怒氣沖沖地走進姚柚的屋子，但出來的時候卻是臉色蒼白。

等到了三月二十日正式出發的時候，馮膺的隊伍裡除了馮膺本人與幾名隨從以外，還多了一駕車子。車子的外面都用厚厚的布簾蓋住，看不清裡面坐的是誰；車子周圍還有數名強健的士兵護衛。這輛馬車從青龍山出發以後，直接到達南鄭成南門與馮膺會合，沒人知道車子裡載的是誰。

前來送行的只有姚柚一個人，他交給馮膺一封信，讓他連同那輛馬車一併送至司聞正曹，然後撫慰他說半年時間並不算長。馮膺鐵青著臉接過信，一言不發地上馬離去。他知道自己在漢中的仕途已經結束了。

在這幾天裡荀詡身邊又發生了幾件事。首先是杜弼的去留問題。自從杜弼回來以後，一直就待在青龍山上掛著靖安司「備諮」的臨時頭銜，行政上始終還沒有給他的身分定性。現在徐永已經被送走了，是時候正式報答杜弼這幾年來在隴西為蜀漢所作出的貢獻了。

鑑於他的祕密身分，表彰儀式並沒有公開，參加者只有司聞曹的幾名官員。姚柚首先讚揚了杜弼傑出的情報工作，然後轉達了諸葛丞相的關切。這個儀式本該是由諸葛亮主持的，但他現在不在，而漢中第二號人物李平因某些原因沒有得到邀請。

在安排杜弼去留的問題上，司聞曹內部出現了分歧。司聞司司丞陰輯強烈要求杜弼能夠在司聞司，他的副手馬信也支持；荀詡則以杜弼審訊徐永時的優異表現為理由，希望他能來靖安司。最後姚柚作了一個不偏不倚的決定，杜弼分配去軍謀司頂替馮膺的位置任司丞。這一決定讓所有的人都閉上了嘴。他絕對夠得上這個資格。

另外一件事則是關於荀詡個人。經過一番折騰，成都終於批准他的妻子與兒子遷來漢中，這樣他們一家終於得以團聚。雖然距離正式搬遷的日子還有兩個多月，但荀詡已經急不可待地開始尋找新房。更讓他費心的是，他兒子荀正今年已經六歲，需要找一位老師來為他開蒙。成都的宿儒很多，漢中則更接近一個軍事基地，很少有合適的老師。不過最終荀詡還是找到了一位，就是杜弼。杜弼在去隴西之前就是個好學生，在隴西擔任主記期間也沒有荒廢過經學；再加上他性格沉穩毅定，當老師再合適不過了。

等到這些事情結束以後，荀詡不得不再次面對那個他最不想面對的問題。出於個人感情，他絕不相信狐忠或者成藩會是魏國的間諜；但從理性出發，他卻不得不承認他們兩個的嫌疑是最大的。這種矛盾的心情讓荀詡變得很沮喪，他感覺到自己有一種超越挫折感的負面情緒。狐忠和成藩後來又找了荀詡幾次喝酒，都被他以工作為藉口婉拒了。荀詡的專業是如何發掘別人隱藏的祕密，而不是隱藏自己的祕密。他可沒有自信將這件事隱藏在情緒之後，然後泰然自若地與可能是「燭龍」的好朋友飲酒作樂。

姚柚禁止他對李平、狐忠和成藩進行直接調查，荀詡只能派裴緒針對他們近期來的舉動與接觸到的人進行間接調查，派人長期監視丞相府和四個城門，並盡量搜集任何來自於這三個人的公開信件、通告、訓令等，並把這些交給新任軍謀司司丞杜弼進行分析。

杜弼曾經與狐忠接觸過。身為軍謀司的前任從事，狐忠在禮節上得為新任司丞道賀。於是杜弼被狐忠邀請去吃了一頓飯，暢談了一夜。杜弼回來以後對荀詡表示，如果狐忠是燭龍的話，那他幾乎可以說是全無破綻——至少杜弼沒有覺察到任何可疑的跡象。

荀詡聽到以後，只是苦笑著搖了搖頭。他也曾經跟成藩的一個朋友旁敲側擊地問了幾句，結果除了一大堆醋罈子成夫人的花邊新聞以外，也一無所獲。

在一次例行會議上，裴緒提出了這樣的疑問：「有沒有這樣的可能，徐永其實是一個偽裝的間諜，是魏國故意派來提供假情報給我們，企圖以此來使我軍高層陷入內亂？」

「那徐永本人呢？如果他的目的達到，我們也就會發現他的謊言。」

「他也許是個死士。」

「坦率地說，這是我最希望見到的結果。」荀詡回答。這樣一來無論狐忠還是成藩就都是清白的了。他看看杜弼。後者搖了搖頭，表示對他的輕率發言有些不滿。一名優秀的內務人員不該有這種先入為主的念頭。

「不要因為你的人際關係而導致無謂的偏見。徐永已經被證明過是可信的了。」

「我知道，我只是說這是最希望見到的結果，可沒說這是最讓人信服的結果。」

杜弼這才露出一絲笑意，短短幾天工夫，他已經把自己的角色從間諜順利轉成了軍謀司司丞，而且做得要比前任要好的多。

在這一段時間裡，荀詡的主要工作就是調來狐忠與成藩的履歷逐一審閱，看其中是否有存在可懷疑之處。這不是件容易的工作，荀詡與他們認識已久，回顧這些履歷等於是在回顧與他們的友情發展史，這總讓荀詡感覺到心痛。他不得不強迫自己用完全客觀的第三者眼光去審視，經常搞得精疲力盡。

狐忠今年三十五歲，生於漢建安元年，籍貫是巴西閬中，父母皆為平民。建安十八年，他在雒城擔任劉璋之子劉循的近侍書吏，恰好趕上了劉備入川攻打雒城。等到次年雒城被攻破以後，狐忠隨一大批低級幕僚投降，被收編入時任荊州從事的馬謖麾下。建興三年諸葛亮南征，馬謖受命將舊情報機構「軍情督館」改組為「司聞曹」，補充了大量人才，其中就有狐忠。狐忠首先擔任的職務是司聞曹軍謀司的成都留守。兩年後，丞相府的工作重心轉移到了漢中，於是狐忠隨同整個司聞副曹也來到了南鄭，後因表現優異而逐漸升任到軍謀司從事；建興八年，中都護李平進駐南鄭，狐忠被丞相府抽調去擔任李平參軍一職至今。

成藩今年四十一歲，生於漢初平元年，籍貫是巴郡江州，出身是當地大族。建安十年他擔任劉璋部下梓潼令王連的親兵伍長，歷任曲長、屯長。建安十八年劉備入川時，王連閉城堅守不出，當時成藩擔任的是梓潼城西門城尉。益州平定以後，成藩則一直以王連部曲身分隨侍其左右。建安二年王連病卒，其丞相長史的職務被向朗接替，成藩也被分配到向朗手下任裨將軍。建興五年，丞相府遷往漢中，成藩隨同向朗來到南鄭；建興六年，向郎因為包庇馬謖逃亡被貶回成都，成藩也被株連，降職為南鄭戍城尉；建興八年，中都護李平進駐南鄭，成藩被丞相府抽調去擔任李平督軍一職至今。

核對這兩份簡歷花掉了荀詡整整一天時間。看完以後，荀詡覺察這兩個人的履歷有兩個共同點：他們都是益州人；而且都曾經在劉璋的手下任職，並以降人身分歸附昭烈皇帝劉備。

荀詡知道，雖然如今蜀漢官僚機構內部並無顯著的地域偏見，但「前劉璋降官」和「昭烈舊部屬」的官員之間總有那麼點隔閡，這種隔閡甚至有時候會影響到人際關係和升遷仕途。李平（嚴）儘管是南陽人，但他是以劉璋的護軍身分投降的劉備，對同為劉璋舊部的益州人應該更有親近感。

還有一件事始終讓荀詡覺得很奇怪，那就是狐忠與成藩調任為李平幕僚的理由。檔案上只是簡單地寫著「補闕」，不能說明什麼。根據徐永的供詞，郭剛在得知李平調入漢中以後就立刻讓「燭龍」接近李平，配合鄧先進行疏浚工作。換句話說，如果他們其中之一是燭龍的話，那麼一定曾經主動要求——最起碼表現出過姿態——調去李平身邊充當幕僚。

他按照這個想法去調查了一番，結果一無所獲。至少在官方文書上，狐忠與成藩都是被動接受調令，沒有表現出任何主觀意願，看上去好像是被隨意挑選出來的一樣。

「不行，我得去丞相府核實一下。」

荀詡想到這裡，忽地站起身來。他手裡的人事檔案只是抄本，所以只有文字紀錄而無印鑑痕跡。調令既然是從丞相府發出，那麼在丞相府的輔官台內一定收藏著檔案原本，上面有每一次人事變動時各相關部門的印鑑，能清楚地反映出行政運作過程。

於是荀詡把兩本檔案擱回到書架上，揉了揉酸疼的眼睛，長長地打了一個呵欠。此時夜色已深，荀詡從旁邊的櫃子裡取出一件黑色布袍披在身上，隨手用銅帽壓滅蠟燭，轉身離開屋子。

今晚月色很好，天空沒有一絲雜雲，清冷的月光毫不保留地投射下來，整個南鄭城像是被罩上了一片雪色，人走在大道上可以清楚地看到遠處百步以外的景色。全城此時已經陷入了沉睡般的安靜，唯有丞相府前還懸掛著兩盞醒目的八角燈籠，自從諸葛丞相搬來漢中以來，這兩盞燈籠從來不曾在夜裡熄滅過，幾乎成為南鄭城最為醒目的標誌。

荀詡到達丞相府門口以後，首先注意到的是拴在府門右側拴馬柱前的一匹馬。藉著月光，他可以看到這是一匹良種青驄馬，鬃毛梳理得整整齊齊，從青皮質地的轡頭與滾金馬鞍來看，馬主人是屬於相當有地位的人。

「這麼晚居然還有人來？」荀詡一邊側過頭去端詳著那匹馬，一邊走進丞相府。

輔官台位於丞相府大院的深處，這裡是存放各級官員人事檔案的地方，安靜無聲。只有漢軍大勝或者打敗的時候，這裡才會熱鬧那麼一陣子，平時則是人跡罕至，連通往入口的小徑兩側的野草都比別處高出半分。

輔官台值班的是一個在戰爭中殘廢的士兵，他只有一隻手和一隻眼。荀詡進來的時候，他正站在門口站崗，雖然周圍一個人也沒有，他的站姿仍舊無懈可擊，荀詡還沒靠近，這名士兵已經覺察到了他，伸出手來橫在那裡，大聲叫了一聲：「口令！」

「光武。」荀詡報出口令，然後說出自己的身分。士兵這才把他僅有的一隻手放下，恭敬地說道：「得罪了，大人。」

荀詡唔了一聲，然後開門見山地說：「我需要查閱一下檔案。」

「您的批文，大人。」這名士兵在行伍中顯然受到過很好的訓練，每一句話後面都帶著一句響亮的「大人」。

「靖安司的官員有特權隨時查閱檔案。」荀詡不太高興地晃了晃自己的令符，這名士兵顯然是新來的，還不太懂規矩。

士兵接過令符來仔細看了一下，才意識到自己弄錯了。他有些發窘，紅著臉把令符交還給荀詡。

「對不起，我弄混了，大人。」

「呵呵，難道還有別人來過這裡？」

「是的，就在剛才不一會兒。大人。」

荀詡一聽，目光一凜，他立刻聯想到丞相府門口拴的那匹馬。

「是誰？你還記得嗎？」

「中都護李平的參軍狐忠。大人。」

士兵的話讓荀詡的神經一下子像被鞭子猛抽了一下，原先那點睏倦全沒了。狐忠在這深更半夜來到輔官台做什麼？難道是要掩蓋他檔案上的線索？

想到這裡，荀詡命令士兵立刻把門打開。士兵有些迷惑地掏出鑰匙打開門，荀詡衝進屋子裡去直接撲向名錄簿。他讓士兵點起一根蠟燭，然後從名錄簿找到狐忠的名字與歸類號，再按照歸類號從其中一個書架上找到了狐忠的檔案原件。

他顫抖著雙手把檔案打開，發現裡面沒有塗改的痕跡，頁碼也沒有缺少。荀詡這才如釋重任地鬆開口氣，他心中感覺到很慶幸，至少現在不能證明狐忠是燭龍了。荀詡現在的心態很矛盾，一方面他努力想弄清楚他們兩個人之中到底誰是燭龍，另一方面卻又不希望答案過早出現……

「狐大人進來的時候，你知道他查的是哪一份資料嗎？」

「唔……」士兵皺著眉頭努力回憶，不太確定地指向其中一堆。「大概就在那一堆裡吧。」荀詡快步走過去抱起那堆資料一一翻看，這是新晉官員的檔案群，所以單獨歸為一類。如果說這裡有狐忠感興趣的東西，那應該只有一份。

新任司聞曹軍謀司司丞杜弼的人事檔案。

荀詡想了半天，也想不出狐忠對杜弼為什麼有這樣的興趣。他決定先行擱置，把此行的正事做完。他轉身查出成藩的檔案原件，和狐忠的一起攤到一處平坦的地方，就著一盞小燭燈艱苦地一字一字讀起來。

在狐忠的調任都護參軍令上，荀詡發現了一枚私印。這印鑑並不大，在一群碩大鮮紅的官印之中並不顯眼，上面是兩個古樸凝重的篆字「諸葛」。但荀詡知道這個印的分量，這實際上代表著諸葛丞相的意見，比一萬枚司聞曹的官印都管用。看起來狐忠的調動是由諸葛丞相親自點派，目的大概是用優秀人才來安撫李平的不滿情緒吧。

而成藩的調任都護參軍令就沒有諸葛丞相的私印。不僅如此，他的檔案裡還出現了一些其他值得玩味的東西。荀詡在檢查調令上的官印時，發覺考課曹的印痕蓋過了中都護印；這是一件相當奇怪的事情：按照一般程序，被調動者的調令要先經過掌管人事的考課曹蓋印入冊，然後才由接收部門蓋印接收。而現在成藩的調令居然先蓋李平的中都護印，然後才蓋上考課曹印。這雖然不能說明成藩主動要求調動，至少證明這其中有什麼不為人知的奧祕。

荀詡示意士兵可以將燈移開了，然後他站起身來，拍了拍有些酸麻的大腿，將兩份檔案擱回到書架上。

現在看來，成藩的嫌疑陡然增大了許多。

荀詡一點也高興不起來，兩個朋友無論誰是潛藏的老鼠，對他都將是一次打擊。

從輔官台走出來以後，荀詡看看天色也已經相當晚了，差不多該回去睡覺了，明天還有許多瑣碎的會要開。根據姚柚的指示，李平與燭龍的事只限他、杜弼與裴緒三個人知道；因此荀詡在給部下分派任務的時候，都得絞盡腦汁斟字酌句，既要讓他們領會任務意圖，還不能讓他們明白任務真相。

他沿著來時的小路走出去，一邊走一邊低頭沉思，對拂身而過的夜風與桑樹葉的淡薄香氣渾然不覺。不知不覺中，荀詡已經走到了丞相府的大門口，門外兩個八角大燈籠明亮依舊。

「孝和！」

忽然一個熟悉的聲音從背後響起來，荀詡連忙回過頭去，卻赫然發現成藩從另外一個方向走來，正衝他高興地揮舞著手臂。

荀詡全身的血液驟然凝固，他沒想到在這個時間這個地點碰到這個人。所幸荀詡是一名訓練有素的靖安司人員，他很快調整了一下呼吸，把自己的微妙表情隱藏起來。

成藩沒有——或者裝作沒有——覺察到荀詡異樣，樂呵呵地走到跟前，親熱地伸出大手拍了拍他肩膀。

「這麼晚了，孝和你跑到丞相府做什麼？」

「噢，忙些司裡的事情……好久不見了。」

「就是，就是。我們都多長時間沒一起喝酒了。你那個靖安司好像天天加班，漢中最近『老鼠』成災了嗎？」

面對成藩的這個很「應景」的笑話，荀詡只能尷尬地笑了笑，把話題岔開：「別說我，你這麼晚到這裡來又是做什麼？你老婆不會罵你嗎？」

「嘿嘿，我也是有正事……這事明天才會正式公布，現在我偷偷告訴你，可別先洩漏喲……哎，反正你就是管這個，不妨事。」成藩瞇起眼睛，擺出一幅神祕的表情。荀詡知道他很享受告訴別人祕密的樂趣，於是就配合著問道：「是什麼？」

成藩興致勃勃地說：「剛從前線來的戰報，我軍在隴西打了一個漂亮仗！」

「哦？怎麼回事？」荀詡聞言一喜。今天是四月二十日，距離大軍出征已經月餘。他一直忙於調查，沒有刻意留心過前線的戰況。

「嘿，上個月曹真不是死了嗎？魏國從南邊調來司馬懿當統帥。這傢伙是個廢物。丞相先是佯攻祁山，結果司馬懿中計，率領主力部隊前往救援；丞相聲東擊西，轉過頭來偷襲守備空虛的上邽城，在四月九日大敗郭淮與費曜的上邽守軍。趁司馬懿回軍之前，咱們漢軍把上邽城周圍的麥子差不多都割完了，哈哈哈。」

「沒拿下上邽嗎？」荀詡問。

「這孝和你就不懂了。郭淮在上邽城經營了那麼多年，哪兒那麼容易打下來，何況司馬懿的部隊也差不多趕回來了，若是輕易攻城，只怕是兩邊都不討好。」成藩得意洋洋地教訓了一番荀詡，然後繼續說：「現在兩軍都正依著秦嶺天險對峙，估計會演變成持久戰。李都護連夜召我們過來，就是為了討論如何為持久戰做好後勤準備。」

「我們？狐忠也來了嗎？」

「對，不過他已經先行離開，趕去軍技司了。裝備了木牛流馬的運補隊已經進入最後的調試階段，他得去盯著點，這可關係到我軍補給的成敗吶。」

聽成藩這麼一說，荀詡有點想起來了。前兩天裴緒也交給過他一份公文，是軍技司譙峻發出來的，要求靖安司派人參加「木牛流馬」的列裝審核工作。自從弩機失竊事件發生以後，軍技司比以前合作了不少，每一項新成果都會主動要求靖安司進行審查，以免再次出現洩密。荀詡自己沒時間，就讓裴緒去處理這事。

成藩看看天色，忽然不太好意思地抓抓頭，道：「哎呀，時候也不早了，我得回去，不然老婆又要那什麼了……等各自忙完這段時間吧，我弄到一罈上好的青稞酒，是一個羌人酋長送我的，就等著跟你與守義喝呢。」

「事情結束以後，希望到時候咱們三個能湊到一起，好好喝上一杯。」荀詡一語雙關地回答，同時心裡一陣酸楚，不知是否真的還有此機會。

成藩用力揮動了一下手臂，轉身離去。剛走出去幾步，他忽然又扭過頭來，像是忽然想到了什麼，皺起眉頭歪著腦袋說：「我說孝和，你今天看起來很怪吶。」

「錯覺吧？」荀詡勉強擠出幾絲笑容，反而更顯得奇怪。成藩瞇起眼睛端詳了他一番，一拍巴掌：「一定是加班加得太多了！我早說過，工作和酒不一樣，工作會傷身。」

「難道酒不傷身嗎？」

「酒雖然也傷身，可喝的時候高興。你工作時候有這麼開心嗎？」

「沒……我目前的工作並不讓人感到開心。」荀詡表情一下子變得黯淡。

「呵呵，所以，多注意點身體！」

成藩似乎什麼都沒注意到，他習慣性地捋了捋自己濃密的鬍子，然後大搖大擺地走出了丞相府的大門。荀詡自己在原地孤單地靜立了一會，然後一言不發地離開。大門前那匹青驄馬已經不見了。回到道觀之後，他找到正在值班的裴緒，說明天的軍技司審核他會親自去。裴緒問他為什麼，荀詡笑了笑，回答道：「我需要一次『巧遇』。」

現在成藩的嫌疑上升，就意味著狐忠的嫌疑下降，荀詡覺得這是一個機會去接近狐忠一探虛實。當然，名義上他是去「參加」軍技司的技術審查，會『巧遇』到狐忠，並不算違反姚柚的禁令。

荀詡還順便將成藩調任督軍的資料疑點告訴裴緒，讓他去設法接觸一下當時負責這件事的官員，看能不能探談聽出什麼。

到了第二天，荀詡早早就趕去了南鄭「順天」糧草場。那裡是南鄭最大的一處糧草儲存基地，漢軍從南鄭到祁山的漫長補給線就是從這裡起始。每天都有大量補給物資從各地集中於此，然後編成車隊運往前線。

一進場子，首先映入他眼簾的是兩百多輛木輪推車，它們整齊地擺列在寬闊的晒穀場上，密密麻麻。這些木車造型與普通推車迥異。每一輛車旁邊都站著幾個穿著素袍的民夫；還有幾十名穿著黑袍的軍技司技術人員在車隊之間來回走動，並不時停下來用隨身攜帶的工具敲打木車。

忽然在他頭頂傳來一個並不怎麼熱情的聲音。「荀大人，怎麼今天您親自來了？」荀詡循著聲音抬頭去看，看到軍技司的司丞譙峻站在一個木架搭起來的高臺上朝下看來，右手拿著好幾片竹簡，左耳上還夾著一支狼毫毛筆。

雖然荀詡和譙峻同在南鄭，但彼此有一年多沒有見過面了。後者像鼴鼠一樣把大部分時間都花在了軍技司的那個山洞裡，很少走出來，長期不見陽光的皮膚看起來有些蒼白。而且近兩年這位老人還多了一個怪癖，就是絕對禁止將山洞的通風口打開，以至於渾身散發著發黴的味道。

「譙大人，別來無恙？」荀詡拱了拱手，然後順著階梯也爬上高臺。高臺上只有譙峻一個人，狐忠還沒來。

「嗯哼。」譙峻從鼻子裡哼了一聲，也不看荀詡，自顧取下左耳的毛筆在竹簡上畫了幾道，然後提高嗓門衝下面的部下喝罵幾句。

荀詡看著台下這些造型特異的木車，好奇地問道：「這玩意兒就是軍技司的新成果？」

「是木牛流馬。」譙峻嚴厲地糾正荀詡的話。

「好，好，木牛流馬……它們跟一般的車子比，有什麼突出之處嗎？」荀詡第一句話就惹怒了這個古怪的老頭子，於是趕緊投其所好地問了一個技術性問題。

看得出，譙峻對這個問題很滿意，他的臉色稍微緩和了一點，轉過臉來反問荀詡。「我軍北伐面臨的最大困難是什麼？」

「補給。」

「不錯，我軍以往北伐一直被糧草的運輸問題困擾，因為一般人力車和畜力車無法適應山地地形，效率太低。」說到這裡，譙峻遙空一拜，表情變得頗為恭敬。「在諸葛丞相的指導下，我們軍技司在兩年之內研發出了為適應西北險峻山地而設計的特種車輛，這就是『木牛』與『流馬』。」

「他們能改善運輸效率？」荀詡小心翼翼地問。

「不是改善，是大幅改善！」譙峻叫道，飛快地從旁邊拿起一捲素絹攤開給他看。

「你看，這是『木牛』的設計圖。它以普通雙輪架車為底盤，創造性地加裝了一個牛頭形前轅，可以在險峻山路和棧道行走時有效地保持平衡；一輛木牛的載重量達到了十石，且只需三名操作者，比起傳統雙輪架車效率提高了三成多。」

然後他又展開另外一幅絹圖。「而『流馬』在設計上則強調速度，一般用於緊急運輸的場合；它前置單輪，輪上托板與兩支前推手柄經過了優化，以巧妙地連接在一起，既減輕了車子本身重量，又加強了平衡感，只需要一個人即可推走，載重量最高達到八石。」

譙峻說完把圖紙捲起來，把荀詡拽下高臺。兩個人走到一架木牛跟前，用筆桿敲了敲把手與托面之間的關節。荀詡注意到那關節處被一圈鐵圈套住，外表擦得鋥亮。譙峻拍拍車身，得意洋洋地說：「我們在木牛流馬的關鍵部位以鐵製樞節代替木製樞節，並簡化了車身結構，這讓『木牛』與『流馬』在滿負荷的狀態下每兩百里、一百五十里才需要檢修一次；舊式輪車往往每走五十里就不得不停下來修理。跟木牛、流馬相比，那些車子就好像紙糊的一樣。」

譙峻興致勃勃地一邊左指右點，一邊從嘴裡吐出一大堆數據和專業術語。他旁邊的荀詡只有點頭的份兒，一點都插不上嘴。等到他停止說話，荀詡才用外行人的口吻總結說：「總之，會比以前運送得更快更多，對吧？」

「那當然。比起那些只知尋章摘句的書蟲們，我們才是漢室的基石。」

譙峻神氣地點了點頭，看得出他對此十分自豪。他有一位族侄譙周，在朝廷內擔任勸學從事，是益州有名的經學大儒；叔侄兩個彼此都看不順眼，互相指責對方是搞奇技淫巧的工匠和腐儒，這故事在蜀漢內部流傳很廣。

荀詡耐著性子聽譙峻說了好長時間，才從這個老人強烈的技術表現欲下解脫出來。他左顧右盼，發現已經過了差不多半個時辰，現在木牛方陣已經完成了出發前的檢修工作，開始裝運糧食了。許多赤裸著上身的民夫扛出一袋袋糧食、蔬菜與醃製好的肉條，把它們擱到木牛車上，再用麻繩捆縛好。

可狐忠到現在還是沒有出現。

「譙大人，狐參軍呢？我記得他今天也應該到場的吧？」

「噢，他已經出發了。」

荀詡大吃一驚。「出發？他出發去哪裡？」

「當然是前線。」譙峻漫不經心地回答，他很少關心技術以外的事。「昨天晚上第一批兩百五十台木牛的運補隊已經上路了，軍情緊急啊。這是木牛首次投入實戰，李都護特意派了狐參軍隨隊押糧。」

「那他什麼時候能回來？」

「理論上一個月就可以回來了，但前線情勢瞬息萬變，誰能說得準。也許明天諸葛丞相就打進了天水，到時候補給線更長。」

荀詡呆呆地看著一輛一輛滿載的木牛車被民夫推出校場，掀起陣陣煙塵，心裡說不清楚是慶幸還是遺憾，或者兩者兼有之吧。突然之間，一個念頭電光石火般地閃入他的腦海。

「李平為什麼特意要把狐忠調出去？」

第二十五章 疑團與疑竇

儘管剛進四月，漢中的正午已經開始顯示出夏日的威力。鐘澤率領著手下的十六名漢軍士兵排成兩列縱隊，沿著塵土飛揚的土路向東緩緩而行。烈日之下，他們口乾舌燥，而且士氣低落，垂頭喪氣，彷彿打蔫的麥穗一樣。

其實鐘澤和他們一樣無精打采，但不能表露出來。他是一名都伯，他的工作就是帶領這支小分隊完成上頭交代下來的每一項任務。因此鐘澤不得不強打起精神，喝斥那些情緒低落的士兵，督促他們加快速度前進。

鐘澤原本只是一名什長，手下有十個人。他認為差不多這就是自己領導能力的極限了。不過在戰爭年代，沒有什麼極限可言。鐘澤所在的小隊作為高翔將軍的直屬部曲參加了第四次北伐戰爭，並一直在最前線戰鬥。在四月十一日的大戰中，蜀軍徹底擊潰了司馬懿的中軍，獲得前所未有的大勝。這場勝利讓整個祁山戰局轉入戰略相持階段。在這場戰鬥中，鐘澤所屬的小隊是最先與敵人接觸的，損失相當慘重，傷亡超過了八成。

按照蜀軍編制，一隊編有五十人，分屬五個什，每什十人。戰鬥結束時，指揮小隊的都伯以及其他四名什長全部陣亡，於是鐘澤作為整個小隊倖存下來的最高長官，臨時接手了這個只剩下十六個人的隊伍。

後方新補充的兵力還沒有到，於是富有同情心的指揮官將這支已經喪失戰鬥力的隊伍撤出了前線，臨時編成負責糧道暢通的巡邏隊並分配到了武都附近。

「再快一點！不要讓我的腳踢到你們的屁股！！」

「別走得像個娘們兒！你們這些死猴子！」

鐘澤高聲喊道，長官的喝斥促使這些疲憊的士兵加快了腳步。他們負責的巡邏區域一共有三十里長，每天在這條線上要折返好幾次。鐘澤知道，等到新的兵員補充入建制以後，整個隊伍會重新被派往前線，而這十六名老兵將會起到骨幹作用；所以他得能讓這些傢伙隨時保持良好狀態，既要勇敢又要有運氣。

那些勇敢但運氣太壞的人都已經死了。

這時候，鐘澤看到遠處傳來一串急促的馬蹄聲。他立刻下令士兵們散開隊形，以便應付可能的突發事件。很快馬蹄聲接近了，鐘澤眯起眼睛手搭涼蓬，看到來者只有一匹馬和一名騎士，騎士穿的是便裝，但馬匹的額頭掛著一個醒目的銅束。

「一名信使。」鐘澤心想，同時伸直右臂揮動幾次，示意來人停下來。他有權檢查除了御用信使以外任何從這條路上經過的人。

騎士乖乖地拉住了韁繩，馬匹精確地停在了距離鐘澤五步開外的地方，鐘澤甚至能感覺到馬噴出來的熱氣。

「請出示你的名刺。」

騎士從懷裡掏出自己的名刺，還順帶交給他一份公文。鐘澤接過來仔細看了看，眉毛不禁挑了起來。名刺和公文顯示，這是一位來自漢中丞相府的高級官員。

「可是……您的車隊……」鐘澤朝他的身後望瞭望，疑惑地問道。根據公文內容，他應該是押運著一隊糧草車輛前往前線的。

「哦，是這樣。」騎士解釋說：「我有緊急公務要去大營。於是就先行離開了。我的車隊大概在後面二十里，他們有妥善的護衛。」

鐘澤摘下沉重的頭盔，這樣視野會好一點。他朝騎士來的方向望了望，遠處的路被灰黃色的山坡遮住了視線，但他仍舊可以分辨出浮在半空的一層浮塵，浮沉底下應該就是運糧車隊的所在。於是他點了點頭，將文書與名刺交還給騎士。

「祝你好運，大人。」

騎士接過文書，卻沒有立刻抖抖轡繩離開。他在馬上居高臨下饒有興趣地端詳了一下鐘澤，忽然開口問道：「你之前是在哪個部隊？」

鐘澤雖然覺得有些詫異，仍舊毫不含糊地回答道：「隸屬高翔將軍部曲，大人！」

「在那之前呢？」

鐘澤皺了一下眉頭：「黃忠將軍，大人！」

「果然我沒有猜錯，呵呵。」騎士指了指他的脖子，鐘澤一下子就明白了。

提到蜀漢的精銳部隊，人們往往會想到中虎步兵營、無當飛軍。但在這兩支部隊產生之前，已故的黃忠將軍手下曾經有一支名聲赫赫的部隊，叫作推鋒營。推鋒營的編制共計有三百人，其成員都是經過層層選拔的驍勇之士；他們全部在脖頸右側刺以三條虎紋，以示與其他部隊的區別。這支部隊一直追隨著黃忠參加了入蜀與漢中爭奪戰的一連串作戰，擔任中堅突擊力量。他們最輝煌的戰績是在定軍山擊斃了曹軍大將夏侯淵，並因此贏得了廣泛的讚譽……以及猜忌——推鋒營的強烈個性以及過於團結的精神都不招人喜歡。

建安二十五年黃忠將軍去世，軍方終於找到了合適的藉口。於是作為一個建制的推鋒營不復存在，所有的成員都被強行拆散分配到了諸軍之中，鐘澤就在那個時候以伍長身分調來了高翔將軍麾下至今。這名騎士居然能從他的紋身推測出他的身分，相當不簡單。

「沒想到居然會在這裡看到前推鋒營的勇士，真是沒想到啊。」騎士笑道。

鐘澤沒想到還有人記得推鋒營，心裡不禁有些感動。他當時只是推鋒營的一名普通士兵，但始終以此為榮，推鋒營的人都有著強烈的自豪感。他現在右側肩頭還留有一條傷疤，是作為推鋒營戰士在定軍山上留下來的。

「現在推鋒營的人還有多少？」

「就我所知，應該只有五十人不到。」

「唔，你身後那些傢伙呢？」

「他們不是，但是他們和推鋒營一樣棒。」鐘澤對騎士的這種盤問有些不耐煩，這實在不像是一名緊急信使的風格。騎士大概也注意到了，他笑了笑，把身體挺直，雙腿再度夾緊了馬肚子。

「你的名字，什長。」

「鐘澤，我現在是都伯，大人。」

「很好，鐘都伯，那麼我告辭了。」

說完這句話，騎士一抖韁繩，馬匹嘶鳴一聲，從鐘澤旁邊一尺遠的地方與他擦身而過，朝北方奔去。馬蹄掀起來的煙塵有一半都落在了鐘澤灰棕色的皮甲上面。等到馬匹遠去，莫名其妙的鐘澤拍了拍甲冑上的土，重新把頭盔戴起來。

他轉過身去，示意整個隊伍繼續出發，遠處二十里有蜀軍的運糧隊，他們必須趕過去加入到護衛行列。鐘澤並不是一個心思縝密的人，這個奇怪的騎士只在他的腦海裡停留了一小會兒，隨後就被其他事務淹沒了。鐘澤完全沒有意識到在後來的某一個特定日子裡，他指揮的這支小隊會成為漩渦中的關鍵棋子。

鐘澤知道得太少，而靖安司知道得則太多，所以後者比前者要痛苦得多。

狐忠的突然離開讓荀詡有些手忙腳亂，不知道該如何處理才好，他第一時間找來了杜弼和裴緒。目前在整個司聞曹中，除了姚柚，知情者只有他們三個。

荀詡將最新的情況簡要地彙報了一下，然後從懷裡掏出一張公文的抄件，拿給杜弼和裴緒傳閱，並加以說明：「這是我今天從糧田曹那裡弄來的調令抄件。命令狐忠提前一天押送糧草出發的人確實是李平。」

「這意味著什麼？」杜弼問。

荀詡回答得很坦率。「我不知道。」

「這是否意味著狐忠就是燭龍？」裴緒聽完荀詡的講述，不太自信地發表自己的看法。「他的匆忙離去也許是李平即將叛逃的一個信號。」

荀詡斷然否定了這個推測。

「這個理論說不通。策反敵國高官是一件難度極高的事情。一般來說，被策反者只信任與他長期接觸過的策反者，並建立起一種無可取代的緊密關係，任何更換或者變動都會導致前者心理上的失衡，以致策反工作前功盡棄。在李平叛逃前夕把『燭龍』派出到外地去，這不可想像。策反者始終要在被策反者側近，給予其安全感，這是策反的一條基本原則。」

「那麼只剩下另外一種解釋。李平想把狐忠調開，是認為他妨害到整個叛逃計畫的展開……呃……難道說，燭龍其實是成藩？」裴緒搔搔腦袋。

荀詡搖了搖頭，嘴唇抿得很緊，右手緩慢地搓著下巴。

「在缺乏確鑿證據的時候，還是不要亂下輕率結論得好，免得讓我們先入為主。」杜弼提醒了一下裴緒，然後把視線投向荀詡。「那麼成藩和李平的動靜如何？」

「兩個人目前都還在南鄭城中，沒有特別顯著的動靜。」

杜弼忽然想到了些什麼，他對裴緒說：「聽說你對地圖頗有研究是嗎？」裴緒謙遜地點了點頭，對自己的這一專長毫不隱瞞。

「這麼說，漢中地區的地圖你全部都很熟悉嘍？」

「不錯。」

「那麼以你的看法，李都護如果要叛逃，他會選擇哪一條路線前往魏國？」

裴緒用手指按住太陽穴思考了一下，起身說：「請稍等一下。」隨後他從鄰屋書架上取來一張畫在絹紙上的地圖，三尺見方。裴緒把地圖平攤在一個銅盤上，拿兩尊燭台壓住兩個角，用毛筆的筆桿在上面一邊比劃一邊說：

「唔……基本上一共有三條路徑可以選擇：一是從褒秦道北上走綏陽小谷，但這條路比較險峻，而且靠近戰區，實在危險。再者說，兩年之前糜沖逃亡選擇的就是這一條路，魏國不大可能再冒一次風險。」

杜弼看了一眼荀詡，那是他的傑作。

「第二條路是從斜谷、大散關入陳倉。這條路的優點是路途短，陳倉的魏國守軍可以隨時進行接應。不過這兩處地方屬於軍事要地，我軍佈防十分嚴密，不大容易通過。現在接近雨季，斜谷也可能會變得難以通行；我想你們都知道一年前曹真在子午谷的窘境。」

「那豈不是說，整個北部都……」杜弼曾經從天水逃亡回來過，對於秦嶺兩側的地理環境很熟悉。

「不錯，以我的估計，李都護的逃亡——我是說如果——很可能會選擇西南方向。」

「西南？」荀詡趴到地圖上一看，指著紙上的一塊說道：「難道是這裡？」

「沿漢水向西南方向走，繞過防衛嚴密的城固，循西鄉一線進入位於魏國邊境的石泉。這從目前來看是最有可能的逃亡路線了。路途短，比較好走；更重要的是，我軍在漢中的佈防北密南疏，利於鑽空子。等到他們抵達石泉，可選擇的路線就很多了，可以繼續東進去上庸，也可以北上循子午谷直接去長安，無論哪條路線都在魏軍控制之下。」

他們三個都不知道，當年麋沖就是沿著這一條路線潛入蜀國的。

「看來我們對南鄭南門與東門的監視要格外重視才行，周邊的西鄉等關隘也要提高警衛級別。」荀詡很快得出結論。

杜弼表示贊同。「目前雖然仍舊無法確認燭龍的身分，也不知道李都護是否真的打算叛逃，但預防萬一吶。」

「最頭疼的是，這些行動不能搞得動靜太大。既得讓底層執行者切實執行，又不能被李都護發覺我們的真實意圖——他現在可是南鄭的最高行政長官——訓令和公文該怎麼起草，就有勞軍謀司的人了。」

荀詡一邊說著一邊拍了拍杜弼的肩膀，文辭修飾上的花樣他一向不在行。他很樂意在這方面暴露自己的無能，然後把工作甩給適當的人。

就在這個時候，門外忽然傳來了一陣謹慎的敲門聲。荀詡站起身，示意其他兩個人將所有相關文書倒扣在桌面上，然後繞過一扇石製的隔音屏，把門打開。

站在門外的是靖安司的一名近侍，他的手裡捏著一張銅製的腰牌。

「發生什麼事了？我不是說過開會期間不允許任何人來打攪嗎？」

「是的，大人。但是有人找你。我無法拒絕他的命令。」近侍說道。

「哦？」

荀詡接過銅牌看了一眼，把它隨手別到了腰帶上面。他揮手讓近侍退下，轉回屋子裡來對杜弼與裴緒說：「會議不得不中斷了，緊急召見，我非去不可。」

「是誰？」

「就是剛才咱們說的話題人物，李平李都護。」荀詡似笑非笑地回答。

房間裡的其他兩個人都帶著不同的表情沉默下來。

這究竟是第幾次進入丞相府接受南鄭最高行政長官的接見，荀詡自己也說不清楚。以往拜訪丞相府，他有一種回到家裡的歸屬感和安心——如果蜀漢是家的話，那麼南鄭丞相府就是一位嚴厲而可靠的家長；但這一次當荀詡邁入丞相府大門的一瞬間，他感覺自己身處敵境。

「也許燭龍就在附近某個角落裡看著我。」

這樣的想法在荀詡腦海裡揮之不去，他不時不由自主地轉動脖子，朝兩邊綠色桑樹掩映下的窗戶縫隙望去，這幾乎成了強迫症。大軍出征後的丞相府格外靜謐，一半人員都與諸葛丞相隨行，所以一路上荀詡幾乎沒有碰到什麼人，只偶爾可見到身穿黑服的僕役抬著雜物低頭匆匆走過。

第二十六章　疑竇與謀殺

李平的政室距離諸葛丞相的房間並不遠，這是一間青磚灰瓦式的建築，絕對面積甚至要比諸葛丞相的還要大。門口掛著一把束著黃色綢帶的魚紋銅劍，劍未開刃，但紋理與造型透著無比的尊貴，提醒路過的每一個人，房子的主人雖然目前只負責丞相府的後勤事務，但仍舊是一名皇帝親自委任並掌管中軍大權的「中都護」——這是李平在能力範圍之內對諸葛亮做出的無聲抗議。

荀詡一進政室的門，就看到李平端坐在房間正中。他身前的几案一塵不染，只擺著一副精緻的茶具。各類文書與卷宗都拾掇得整整齊齊，與諸葛丞相雜亂的房間形成鮮明的對比。他的身旁還擱著一個煮水的小袖爐。

「荀從事，別來無恙？」

李平站起身來，客氣地打了個招呼。荀詡從江東返回漢中的時候，就是與李平的軍隊隨行，兩人也算相熟。荀詡恭敬地還了禮，在李平的下首坐定。

李平本人的相貌就和他的字「正方」一樣，一張國字臉敦實厚重，初次見面的人能油然生出一股好感；他的語調和動作也都相當持重謹慎，給人一種強烈的內斂印象。荀詡兩年前在江州初次見到李平的時候，對其第一眼印象也頗有好感。不過現在荀詡能夠從這些刻意修飾過的表面形象，覺察到一些值得玩味的東西。

「不知都護大人找我來，所為何事？」

荀詡開門見山地問道。李平呵呵一笑，舉起身前的茶杯緩緩地啜了一口，這才悠然說道：「這次叫荀從事您過來，不為別的，是想知道一下關於那個內間鄧先的事。」

他在撒謊。

荀詡看得出來，李平今天找他來肯定不會是為了這種事情——至少不完全是——關於鄧先叛國的詳細報告早在五天前就被送交了李平，就算是荀詡本人也不可能知道得比那份報告更多。

「大人是對那份報告的某些細節不太明白嗎？」荀詡謹慎地做了一個防守性的回答，他還摸不清李平到底想要做什麼。

李平露出一副痛惜的表情，攤開雙手。

「在我的管轄範圍之下居然出了這樣的事情，真是令人遺憾。我自己也難辭其咎。所以我希望能多瞭解一下，好防止這樣的悲劇再度發生。」

於是荀詡將報告複述了一遍，沒有省略任何重要細節，也沒有增添任何內容。

李平眯著眼睛聚精會神地聽著荀詡的敘說，儘管他早已經知道內容，可絲毫沒露出不耐煩的神色。等到荀詡講完，他親手將荀詡茶杯裡的水續滿。

「就是這樣了，大人您還有什麼不明白的？」

「您的報告很清晰，不愧是靖安司從事。」李平先是恭維了他幾句，然後語氣一轉。「不過我對其中的一段還想瞭解得多一些。」

「是哪一部分呢？」

「就是關於靖安司發覺鄧先叛國的方式。」李平看似漫不經心地說，用右手大拇指輕輕地摩挲著陶茶碗的邊緣。

聽到這句話，荀詡心裡突地一跳，暗想「果然問到這方面來了」。鄧先的被捕是因為魏國流亡者徐永的舉發，但徐永的存在屬於高度機密，知情者只限於幾個人。所以在遞交給李平的報告中，荀詡進行了有意識地掩飾，將懷疑鄧先的理由模糊籠統地解釋為「靖安司相關人員的不懈調查」。

荀詡迅速調整一下思緒，這個問題很難回答。憑空杜撰的話就等於是欺騙上級，這個罪名是相當嚴重的；而如果說實話的話，將不可避免地刺激到李平和隱藏在暗處的「燭龍」，其後果不堪設想。

「都護大人，靖安司懷疑鄧先並非源於一個管道，而是對數個獨立情報來源綜合考察後得出的結論，所以很難用兩、三句話解釋清楚。」

李平見荀詡表情猶豫了一下，很理解地說道：「我知道，靖安司的情報制度很嚴格，這對你們來說很為難。畢竟有些管道是不能對非高層人士公開的。」

荀詡從李平和藹的語調裡品嘗出了不滿，情報管道當然是不能向非高層人士公開的，而李平是目前南鄭的最高長官。這無疑是在暗示——荀詡如果拒絕回答，就會得罪一名位高權重的上司。

雖然屋子兩面的雕花窗戶都敞開著，空氣還是開始變得稍微有些黏滯。荀詡慢慢地舉起茶杯，優雅地品了口茶，好爭取時間思考。當他把茶杯重新放在案面的時候，心裡已經打定了主意。

「是這樣，都護大人。靖安司在調查鄧先的最主要的一個情報來源，是來自於一名魏國情報部門的流亡者。」

「哦？流亡者？」李平聽到這三個字後，身體不由自主地前傾，一直撫摩著茶碗的手停止了動作。來自魏國情報部門的流亡者，他知道這其中蘊涵的價值。

「這可真是個大收穫，現在他就在你們靖安司的手裡？」

「原本是的，不過現在這個人已經移交給了朝廷。」

荀詡的這句回答可以說是煞費苦心。從技術上來說，他回答了李平的問題，沒有撒謊，但是實際上什麼也沒說；更重要的是，這句話還暗示流亡者已經歸成都中央所有，身為丞相府代理的李平已經沒有介入的許可權；他不能繼續追問流亡者的姓名、所在地以及靖安司到底從他嘴裡撬出多少情報——那已經屬於中央事務了。

宦海沉浮多年的李平準確地捕捉到了這句話背後隱藏的寓意，他白皙的臉上平靜如水，緩慢地將兩隻手掌在合攏在一起，淡淡地說道：「原來是這樣，貴司的效率確實值得欽佩。」

「都護，請您放心。鄧先只是魏國發展的一條單線，靖安司相信您和您其他幕僚在這件事上都是清白的。」

「哦。呵呵，我也得負起失察之責。」

「請都護大人不必如此自責，鄧先能洩露的機密很有限，我軍損失沒想像那麼大。」

「這全是貴司不懈努力的結果，諸葛丞相手下果然盡是蜀中的精英。」

荀詡抬起眼直視著李平，在對方眼睛裡他看不出什麼波動。他想試探一下，但最後還是和著口水咽了下去。現在還不是試探的時候，不能讓李平覺察到一絲靖安司對他的懷疑。事實上，靖安司處於一個很弱勢的地位，他們面對的敵人是目前漢中的統治者，而手裡的武器就只有一則未經證實的證詞。

接下來的話題輕鬆了不少，基本可以歸為閒聊一類。李平向荀詡介紹了他對飲茶的心得，還推薦他去品嘗一下屏山與蒙頂茶葉的區別。荀詡謙遜地聆聽了這位上司的講解，還欣然接受了一封茶葉作為禮物。大約過了半個時辰，荀詡帶著茶葉起身告辭，李平熱情地把他送到了丞相府的門口。

荀詡回到「道觀」以後，杜弼和裴緒都急忙趕過來問他究竟與李平談了些什麼。荀詡將茶葉丟在書架上，洗乾淨手，這才悠然轉身回答道：「喝茶，還聊了其他一些事情。」

四月二十日，荀詡照例前往靖安司在南鄭城周邊的暗哨巡視。

會見完李平以後，他和杜弼都認為這從一定程度上暴露出了李平的焦慮——鄧先已經暴露的訊息源也會把他自己暴露——如果這位都護大人真的有什麼不可告人祕密的話。結論是，靖安司必須進一步加強對李平、成藩以及狐忠三人的監視，一直維持到諸葛丞相返回漢中。

不過目前來看，這個目標還是遙遙無期。祁山戰線目前陷入了膠著狀態。司馬懿自從四月十一日遭遇到慘敗後，一直龜縮在上邽城內；諸葛丞相雖然占據了優勢，但一時也無法撼動上邽堅硬的牆壁。郭淮在前一年的戰備工作現在顯出了效果。（諷刺的是，這些戰備成果部分要歸功於主記「陳恭」。）

靖安司在南鄭城周邊的暗哨一共有二十六處，全部設置在南鄭城周圍十里以內的各處交通要衝與隱祕小路，日夜監視。這是一件艱苦且乏味的工作，而且靖安司沒有那麼多人手，不得不延長換班間隔，所以監視者的士氣十分成問題。荀詡不得不經常親自出去巡視，以保證南鄭附近不出現盲區。

現在荀詡前往的這一個哨所位於南鄭西北部的一個山丘之上。山丘南側的坡勢平緩，被一些暗黃暗綠色的苔蘚和灌木覆蓋，坡下就是通往祁山前線的一條要道，土黃色的路面一直延伸到遠方的秦嶺。哨所就設在坡頂一處石凹坑裡，視野非常開闊，天氣好的時候能監視到大路前後三里多的動靜；但是坑地凹凸不平，滿布堅硬石塊，讓藏身於此的監視者很難受。

現在在此地執勤的是一個年近五十的老人，是從前線退役下來的傷殘老兵。根據裴緒的判斷，最有可能的逃亡路線是在東南一側，所以在北方靖安司並沒有安排太多人力資源。

荀詡繞到了山丘的另外一側，將坐騎繫到了一處樹樁上，然後拿著兩塊臘好的豬肉與一皮囊米酒朝哨所走去。對於這些監視者來說，這些犒賞比領導的鼓勵更加親切。

「大人。」

監視者聽到荀詡上來的聲音，從凹坑裡費力地扭動身體要轉過來。荀詡做了個手勢讓他別動，貓著腰也跳進坑裡，把酒肉擱到一副破舊的淺藍包袱皮上。那包袱皮上灑著幾片乾糧殘渣，顯然這是監視者賴以生存的口糧。根據監視條例，監視期間禁止使用爐灶，於是他們只能吃冷食。

「監視情況如何？」荀詡問道。

「一切正常，沒發現任何可疑的人。」

這回答早在荀詡預料之中，這條線是重點糧道，一路上巡邏隊極多，並不受祕密行動者的青睞。他又問了幾個例行問題，撫慰了監視者一番，然後起身離開。今天他還有六個哨所要巡視。

就在這時，監視者的眉頭一皺，頭猛然甩向左側。荀詡連忙循著他的視線朝著路的南邊望去，看到一隊車隊正從遠方緩緩蠕動而來，車隊前方懸掛著一面黃色鑲黑的三角軍旗，顯然是運補車隊。

現在漢魏兩軍在前線處於對峙狀態，後方補給的壓力陡然增大。每天都有大批裝載著糧草的糧車從南鄭開往祁山前線，這沒什麼好值得注意的。真正讓荀詡吃驚的是，那糧草車隊前除了糧旗以外，還懸掛著一面長方標旗。

標旗是用來標出隊伍指揮官的旗幟，旗上通常會寫有該指揮官的姓氏；蜀漢通例，一般只有裨將軍以上的軍官才有資格使用標旗。這支運糧隊既然懸掛著標旗，顯然隊伍中有一名身分不低的軍官。

「你能看得見那旗上的字嗎？」荀詡指著那迎風飄揚的標旗對監視者說。他自己因為常年趴在光線很差的房間裡看報告、查檔案，視力已經不行了。

監視者瞇起眼睛凝神注視了片刻，回答說：「是成字，大人。」

「成字……」

荀詡想了一下，想不起來除了成藩以外，南鄭城還有哪名高級軍官姓成。他滿腹狐疑地趴在岩坑裡，注視著車隊逐漸開近。

這是一支由三十輛木牛與三十輛普通木車組成的運糧車隊。木牛流馬雖然運輸效率很高，但限於漢中的生產能力，產量並不高，所以更多時候是採取與普通車輛混編的形式。在車隊兩側是十名騎兵與二十名步卒。在隊伍的最前方是一位身穿熟皮鎧的軍官，這位軍官身材魁梧，相貌粗獷，荀詡在看到他的第一眼時就認出他是成藩！這可真是個巧遇。

成藩絲毫沒覺察到他的朋友在附近的丘陵上注視著自己，他一手握著韁繩，一手捏著烏梢馬鞭，一臉輕鬆地在馬背上隨著顛簸的路面晃悠。兩名親兵緊隨其後。

整個隊伍的行進速度不快，大約過了四分之一個時辰才通過哨所小丘。荀詡幾次都想跳出來去問問成藩到底是怎麼回事，但是他不能。貿然出現會將這個哨所完全暴露出去——如果成藩是燭龍，那麼更糟，暴露出去的將會是靖安司的全部計畫。

所以荀詡只能憑自己所看到的一切去猜測。毫無疑問，成藩的這次出行是李平的命令，只有他才有權調動身為都護督軍的成藩。荀詡心中最大的疑竇是，先是狐忠，後是成藩，這兩個人一前一後都被李平派出去向前線押運糧草。這個任命頗為奇怪，押運糧草雖重要，終究也不是什麼大事，李平為什麼要派自己手下堂堂參軍與督軍去做這些無關緊要的工作？

「難道說李平打算調開身邊礙事之人，以方便其逃亡？」荀詡很快否定了這個猜想，燭龍一定要跟李平在一起，否則後者不可能逃亡。而現在兩名燭龍的嫌疑人都被外派，不在南鄭城內了。

一直到隊伍徹底消失在遠方的路上，荀詡還是沒有想明白李平的用意何在。他沮喪地敲了敲自己的腦袋，從坑裡爬了出來，渾然沒有注意身上的短袍被磨出了幾個洞。荀詡決定其他六個哨所暫時先不去了，他必須立刻趕回城去，將成藩的事情彙報給司聞曹以及杜弼、裴緒。

他又找到了拼圖中的一角碎片，只是事情的全貌非但沒有因此而清晰，反而更加紛亂起來。

「如果徐永說謊就好了。」在返回去的路上，荀詡忍不住在心裡像小孩子一樣地抱怨：「如果他說的全是謊言，我們就不必如此辛苦了。」

距離南鄭幾百里路以外的徐永沒有聽到這番任性的話。他此時正身處岷江河畔青城山麓的一處草廬中，可以依稀看到都江堰寶瓶口，看岷江江水洶湧地從這個前朝李冰的遺跡兩側洶湧流過，發出轟然的聲音。

自從他被司聞曹祕密地送到成都以後，司聞曹正司把他安置在了都江堰附近的一處安全房子內。這處房子是司聞曹的產業，專門用來安置身分特殊的人員。附近的農民和漁民只知道這棟草廬與官府頗有關係，於是也都很少接近，更不要說對裡面的人產生興趣了。

陪同徐永一起的有兩個人，他們負責這位流亡者的安全；另外一方面，他們也負責監視徐永。一旦徐永有逃走的行為——這種事經常發生在流亡者身上——他們可以不經請示直接格殺。

成都司聞曹的負責人郭攸之曾經非公開地接見了徐永。郭攸之首先對徐永棄暗投明的行為表示讚賞，然後說目前朝廷還不能公開對他予以褒獎；等到這一次的戰事結束以後，諸葛丞相會向朝廷進一份獎懲升遷表，到那時候徐永會和那些戰爭中立下功勞的人一併進行封賞。

於是在現階段，徐永只能蟄伏於江邊的草廬中，每日無所事事地翻閱著經書，要麼就在院子裡打打拳。原則上司聞曹並不禁止他外出，但每次出去總會有兩個人緊跟著，所以徐永每天只在快接近傍晚的時候去江邊散散步。

這一天傍晚，徐永如平常一樣，在兩位「跟班」的陪同下沿著山間小路前往江邊散步。這一條小路依山勢而行，原本只是樵夫和放羊的農民踩出來的一條痕跡，後來被官府整修拓寬過。路面尚算平整，只是有些地方蜿蜒曲折，走起來十分驚險。小路兩側均是鬱鬱蔥蔥的密林，植被茂盛。松樹、柏樹伸展出的樹枝往往交錯過小路上空，將路面掩映成一條綠色甬道。行人與江水之間相隔只有幾丈，甚至能呼吸到那種江水的潮濕氣息。

徐永穿的是一身短袖束口的絲布衫，袖口和褲管都用繩子縛緊，腳上是一雙藤草平底鞋，這樣方便在山中穿行。他身後的兩個人也都是同樣的裝束，只是比徐永在腰間多懸了一把短刀。

三個人輕車熟路地行走於小路上，不時扶一下兩邊的樹杈，以免被地面的苔蘚滑倒。昨天剛剛下過一陣雨，地面相當潮濕。徐永走在最前面，兩位陪同者則在他身後三尺緊緊地跟隨。

徐永一邊走一邊做著深呼吸，雨後的氣息聞起來十分愜意。小路在前面突然急速轉向右側，徐永放慢了腳步。一是防止速度太快衝出懸崖去，二是為了讓後面的人放心：那兩個陪同者一旦視野裡看不到徐永，就會變得十分緊張。他感覺到了自己的大腿因運動而微微發酸。

當那兩個陪同者也轉過彎來的時候，他們驚訝地發現徐永沒有往前走，而是蹲在地上。陪同者之一問道：「徐先生，怎麼了？」

徐永皺起眉頭，用手指了指他身前的地面。陪同者們循著他的指尖望去，看到混雜著泥巴與樹葉的路面上有一個腳印，在濕土上顯示得十分清晰。

「這是什麼？」陪同者問道。

「一個腳印。」

「那又怎麼樣？」

「一個不同尋常的腳印。」徐永說，他畢竟是一名專業的情報官員，對於危險有著天然的嗅覺。

陪同者想問問這個腳印究竟為什麼如此不尋常，但是這個問題沒有機會問出口。在突然間，五個黑影從兩側的灌木叢裡跳出來，兩名陪同者甚至連呻吟都沒來得及發出來就倒在了地上。

徐永僥倖躲過了第一次襲擊，他立刻貓起腰抱住其中一個黑影的腿，拚命向前推去。在狹窄的小路上這個攻擊策略很有效，黑影無法攻擊到位置比較低的徐永，又施展不開手腳，結果被狼狽地推倒在地。徐永一見得手，立刻跳起來朝前跑去。這條路他已經走過了十幾遍，前方有一處通往山頂的岔路，那裡有一處守林人的屋子。

徐永拚命地跑，兩條腿交替在泥地上快速移動。他跑得十分狼狽，連滾帶爬，但畢竟已經與身後的黑影拉開了一段距離。他沒有餘暇思考那些黑影到底是誰派來的，他現在只是感覺到了死亡的威脅。

越過一片隆起的山包，徐永看到岔路就在眼前十幾丈以外。就在這時，他陡然看到另外兩名黑影出現在前方，擋住了去路。徐永喘著粗氣，感覺大腿的酸勁兒愈發強烈。

他認為自己還有一線生機，如果運氣夠好的話。前方的兩名黑影逐漸逼近，徐永注意到他們雖然蒙住面部，但雙眼仍舊裸露在外面。他裝作摔倒在地，雙手各自抓了一把泥攥在拳心。等到黑影靠近以後，徐永猛然把手裡的泥土灑出去。

猝不及防的黑影被泥土擊中了眼睛，慌張地用手去抹。徐永趁這個空檔從兩個人間隙衝了過去。這個詭計幾乎就要實現了，但下一個瞬間他的後腦傳來一陣劇烈的疼痛，彷彿烈火一般燃遍了全身……

第二十七章　謀殺與家庭

荀詡接到徐永的死訊是在五月初，他幾乎想把這份報告揉碎。

這份公文來自於成都司聞曹正司，發給漢中司聞曹姚柚曹掾。姚柚隨即將其轉發給了荀詡。

報告稱徐永於四月二十一日傍晚在安全屋附近的小路散步途中被殺害，死因是被人從背後用鈍物砸碎顱骨，整個腦袋都裂了；那兩名負責其安全的司聞曹工作人員也遭到襲擊，受到不同程度的損傷。據現場勘察，除了徐永和那兩名安全人員以外，還發現了至少六人的腳印。由於兩名安全人員在一開始就遭到了攻擊而昏迷，所以他們對襲擊者的印象也只限於黑衣。

最先發現的人是附近的一名樵夫。他看到凶案現場後，立刻跑去附近的守林人屋。守林人馬上向都江堰守備部隊報告了情況。結果首先趕到現場的不是司聞曹，而是成都衛戍營的人。成都衛戍營並不知道徐永的身分，還以為他只是一名普通蜀漢國民，於是僅僅當成一般兇殺案來處理。司聞曹一直到第二天上午才得悉這一變故，儘管他們立刻封鎖了成都城及附近區域，但那時候一切都已經太晚了。兇手有一整夜的時間脫離成都盆地，他們現在可能在任何地方。

在報告的結尾，成都司聞曹認為這是魏國針對叛逃者所做的報復行動，要求漢中方面加強對可疑人物的搜捕。

荀詡為自己成都同行的無能而感到羞愧，他對裴緒惱怒地大喊道：「六個人！六個人！用腦子想想啊！這怎麼可能是魏國幹的！如果魏國能在成都集結一大夥人公然殺掉司聞曹重點保護對象然後全身而退，他們幹嘛不去直接襲擊內城皇宮！」

裴緒用眼神提醒自己的上司說話要謹慎，以免又被人當成日後評議的把柄。荀詡從鼻子裡冷冷哼了一聲，語氣變得尖酸。

「一個情報機構，居然要等別人來通知說：『嘿，你們重點保護的對象昨天死了。』天吶，我開始懷疑我國境內是否有真正意義上的安全場所。」

裴緒把荀詡丟在地上的報告撿起來，略帶同情地說道：「別埋怨他們了，這已經在成都引起了不小的風波，那些傢伙現在是焦頭爛額。」

由於最先趕到現場的是成都衛戍營，司聞曹無法繼續保守祕密。他們不得不告訴軍方徐永的真實身分，這才換回了徐永的屍體和那兩名安全人員。結果這一消息不脛而走，成都各界的反應都很強烈。一部分朝廷官員認為司聞曹居然窩藏一個與漢室不共戴天的曹魏官員，大為憤慨；另外一部分朝廷官員則譴責司聞曹對棄暗投明者漫不經心的怠慢，他們說這本來是一次絕佳的政治宣傳機會；而軍方也十分不滿，因為司聞曹抓了條情報大魚在手上卻不肯與他們分享……總之，成都司聞曹的曹掾將是這段時間內蜀漢最不幸的人了。

這個消息對漢中的衝擊也是巨大的。誰也沒有想到徐永居然在成都遇害，尤其還是在這一敏感時期。姚柚緊急召見了荀詡、杜弼、陰輯、馬信等司聞曹官員，商討該如何應對。

討論並沒有產生什麼有建設性的成果，畢竟事情發生在成都，漢中的司聞曹鞭長莫及。與會的官員中很少有人真正覺得悲傷——畢竟徐永不過是一個魏國來的流亡者，而且他的價值已經差不多榨乾了。官員們的憤怒只是因為他們感覺自己被冒犯了。

唯一對徐永的死感覺到傷感的只有杜弼一個人，畢竟徐永曾經救過他一條命。

會議最後沒有得出什麼結論，姚柚只是叮囑各部門要嚴加防範漢中的可疑人物，然後宣布散會。陰輯和馬信和他們的隨從先後離開，而荀詡與杜弼則被姚柚用眼神留了下來。

姚柚見屋子裡只剩下他們三個，這才長歎一口氣，用刻意控制過的低沉嗓音朝他們兩個人問道：「你們覺得徐永的死和你們正在調查的事之間有聯繫嗎？」

「您想聽我的個人意見？」荀詡反問。

「是的。」

「我沒有任何證據，只是一個推斷。」

「但說無妨。這是非正式的會議，不會留下記錄的。」

荀詡簡單地回答道：「我認為徐永的死和李平有著千絲萬縷的聯繫。」

姚柚和杜弼聽到他的大膽發言以後，臉上的表情沒顯示出任何驚訝，顯然他們也這樣認為。姚柚慢條斯理地用右手把玩著一方銅獸硯，瞇起了眼睛。「理由呢？沒有證據，但總該有些理由吧。」

「四月十六日，我被李平召見。他希望知道究竟靖安司是如何查出鄧先是間諜。」

姚柚點點頭。「唔，你的報告我看到了，你回答得很得體，什麼也沒洩露。」

荀詡輕微地擺了擺手。「的確，我沒有向他透露徐永的具體情況，但他至少知道了兩點。一，司聞曹掌握著一名價值極高的魏國流亡者；二，這名流亡者已經被送往成都。」

「那又如何？即使在成都，徐永的存在也是嚴格保密的。」

聽到姚柚這麼說，荀詡露出諷刺的微笑。「我可不這麼認為，現在我對我們成都同事的能力深表懷疑。」頓了一頓，他繼續說道：「李平熟知我國機構運作，他很容易就能推斷出徐永是在成都司聞曹的保護之下。接下來，只要設法從司聞曹那裡探聽徐永具體的安置地點就可以了。」

「他能做到嗎？」

「他已經做到了。想想看，襲擊徐永的兇手至少有六個人，而且對受害者的居住地點和每日作息瞭解得都非常精確。無論規模還是策劃的精細程度，都不是一兩個魏國間諜就能策動起的。恕我直言，這背後必然隱藏著一個內部人士，而且級別相當高。」

「確實是非常大膽的猜想。」姚柚把銅獸硯放回到桌子上。一直沒說話的杜弼忽然插話道：「即是說，你認為李平在得知徐永的存在後，惟恐他會洩露出燭龍的身分進而對自己造成威脅，於是暗中利用在成都的勢力策劃了這起暗殺？」

「不錯，可惜我沒有任何證據來證明這一點。」荀詡說得很坦然，語氣裡帶著一絲遺憾。姚柚和杜弼臉上都露出了理解的表情，這也是無可奈何的事。會議就這樣結束了，姚柚要求靖安司繼續保持目前的工作態勢，他也答應會派遣一個人去成都旁聽對徐永謀殺案的調查進展，並把進度及時回饋給漢中。

從會議室出來以後，杜弼和荀詡並肩而行，這一段暗灰色的磚石結構走廊，此時只有他們兩個人，腳步聲的迴音顯得很清晰。

忽然，荀詡側過頭去，對杜弼低聲說道：「我對徐永的事很遺憾。」

後者將複雜的眼神投向頭頂伸展至北方的青色簷角，表情有些哀傷。「……他認為我國能給予他一個更好的人生，所以才對我投諸信任。我讓他失望了。」

「這件事不是你能控制的，你已經盡力。」

「也許把他送去成都是一個錯誤。」

「聽著，輔國，徐永的死是一個悲劇。但是，身為情報官員，我們有時候必須要顯得冷漠無情，因為還有更重要的事情要幹。」荀詡試圖說服杜弼。他想起來以前陰輯說過他這位學生唯一的缺點就是有些多愁善感。

杜弼伸出手拍拍荀詡的肩膀，露出一絲感激的笑容。「不必擔心，孝和，這我知道，這又不是第一次了。」

兩個人沉默地朝前走了幾步。荀詡想轉換一下氣氛，於是再度開口問道：「對了，你那邊進度如何？」

靖安司負責內務偵察與行動，而杜弼執掌的軍謀司則負責將各地遞交上來的情報彙總、整理、分析。兩個部門對彼此都是不可或缺的。由於目前針對李平與「燭龍」的調查只有四個人知情，所以關於這方面的情報，杜弼不得不親自把關。他的工作就是仔細排查過去五年內漢中一切情報流動和可能洩密的環節，希望藉此將「燭龍」分離出來。這不是件容易的差事。

「唔，最近我在重新審議兩年之前的那次行動，那是你和燭龍的初次交手吧？」

聽到杜弼這麼說，荀詡神色黯然了一下。那是一次刻骨銘心的失敗，他倒在了距離勝利最近的地方。不過荀詡隨即恢復了爽朗的表情。「糜沖那次？你可曾發現什麼有價值的東西？」

「目前還沒有，工作量太大了。數以百記的文書、會議記錄、信函、供詞和出自靖安司的冗長報告要閱讀、比較，這些只能我一個人來做。」杜弼語氣似是在揶揄荀詡。

荀詡聳聳肩膀：「能者多勞嘛。」

兩個人來到走廊的一個轉角處，迎面恰好走來一名急匆忙的侍從。這個冒失的傢伙腳步急促，險些跟兩個人迎頭相撞。他狼狽地停穩腳步，抬頭一看居然是荀詡，慌忙敬了一個禮，然後急切地說：「荀從事，裴大人剛剛捎來口信，請您立刻返回靖安司。」

荀詡和杜弼對視了一眼。荀詡問道：「他在口信裡提到過發生了什麼事嗎？」

「是的，大人。」侍從回答得毫不含糊。

「是什麼？」荀詡的口氣變得緊張嚴厲起來，如果不是特別重大的事，裴緒不會這麼急著找他。

「您的妻小已經安全抵達南鄭，他們目前都在靖安司專屬的驛館裡等候您，大人。」

荀詡抬抬眉毛，努力想裝出一副處事不驚的平靜表情，不過他失敗了。

荀詡是在建安二十四年結的婚，那年他二十五歲。妻子是一位同僚的女兒，姓趙，相貌很普通，但性格溫柔賢淑。結婚以後，夫妻二人關係一直非常融洽，並在建興二年有了一個孩子，名字叫荀正。建興五年，丞相府北移漢中，開始籌備北伐事宜。荀詡也隨整個靖安司副司遷入漢中。按照規定，低階官吏不允許攜帶家眷同往，於是荀夫人和荀正留在了成都，和她父親居住在一起。

由於靖安司事務繁雜，從建興五年到建興八年整整三年期間，荀詡只回了成都一次，而且那次還是調職到江東前順便去探望一下，平時夫妻兩個人就以書信來往。這種兩地分居的狀況一直持續到了建興九年初，荀詡的官秩升了一級，由原來的「比三百石」升到了「三百石」，夠資格將家眷遷來漢中了。於是荀詡提交了申請，並於三月份得到了批准。荀夫人和荀正得到許可後立刻動身，終於在五月初風塵僕僕地抵達南鄭。

荀詡離開「道觀」拜別杜弼以後，二話不說，直接趕往靖安司專屬驛館。到達時他注意到館門前停放著數輛馬車。從馬車篷側的赤烏角旗來看，他們是每月往返於南鄭與成都之間的固定信使車隊。荀夫人顯然就是搭這些馬車過來的。

他站在驛館門口，用雙手潦草地撫了撫髮髻，然後才邁進館門。一進去，就聽到廳裡傳來一聲響亮的叫聲：「爹爹！」然後一個七歲大小的男孩跳出來，興奮地一下子撲到荀詡懷裡，又叫又跳。

荀詡把自己的兒子摟在懷裡，輕輕地摩挲著他的頭，喃喃地說道：「長高了，正兒，你長高了……」

「正兒好想爹爹。」

「爹也可想你了呢。」荀詡愛憐地拍了拍他的臉，小孩子雖然才七歲，眉宇間已經依稀有了他父親的模樣。這時一陣腳步聲傳來，荀詡再次抬起頭來，看到自己的妻子笑盈盈地站在面前。長途跋涉的疲憊仍舊殘留在荀夫人的臉上，但她笑得還是那麼溫柔，與新婚時相比一點沒變。

「阿緹，你們來了？」

「我們來了，相公。」

「一路都還順利吧？」

「嗯，還好，就是正兒不太喜歡坐馬車。」

兩個人簡短地寒暄了兩句，沒有多說什麼，他們把心情留給彼此的眼神去表達。荀詡蹲下身去，用一隻手把荀正抱起來摟在懷裡，然後起身牽住了妻子的左手，手很粗糙，那是長年累月勞作的結果。荀詡略帶歉疚地用大拇指蹭了蹭她指肚上的老繭，說：「阿緹你們累了吧？房子已經都給你們預備好了，行李回頭叫驛館的人送過去。」

「相公，那咱們先回家去吧。」

荀夫人輕聲回答。聽到「回家」這兩個字從老婆唇邊輕輕滑出，荀詡在一瞬間感覺到一陣溫馨的震顫，幸福感如同長江的潮水一樣湧入身體。燭龍也罷、李平也罷，這些煩心的事在這一時刻都變得無關緊要、微不足道。自從三月以來累積的疲憊、焦慮與沮喪彷彿秦嶺山頭的積雪一樣消融，被這一聲「回家」的呼喚洗滌一空。

荀詡以前回的是一間磚石結構的獨院空曠民房，而現在他終於有了回「家」的感覺。

一家人辦理完手續，一起走出驛館。荀詡一手抱著兒子，一手牽著老婆，樂呵呵地登上事先預備好的一輛簡易馬車，朝著自己家的方向而去。

「有家室的人真好啊……」

在驛館門口站著的裴緒目送著那三個人離去，用羨慕的口氣感歎道。剛才他一直站在旁邊，而荀詡居然沒顧得上理他。一旁的阿社爾揶揄他道：「羨慕了吧？漢中又不是沒有女性，裴大人，勇敢一點。」

「算了吧，這兒的……我寧可去你們南蠻找一個。」

「嘖，口味倒還很重。其實也沒什麼差別，吹了燈都一樣的嘛。」

裴緒瞪了他一眼，悻悻地閉上嘴，這個話題他可不是阿社爾的對手。他們兩個走進驛館，命令驛館卒套一輛車，把荀夫人從成都帶來的行李送到荀詡府上去，又派人給荀詡去送了一罈好酒和一些新鮮蔬果，算是靖安司同仁一起送的賀禮。

這些事做完以後，裴緒又對阿社爾說：「你去靖安司一趟，替荀從事請個假。就讓他好好歇上一天吧。」

「唔，好的，讓荀大人好生歇息一下吧。反正最近沒什麼大事。」阿社爾拍了拍手掌，表示贊同。

阿社爾沒有想到的是，他這句話的有效期僅僅持續了十二個時辰。

輕柔的夏風吹過秦嶺的崇山峻嶺，然後逐漸消融在兩軍營帳之間。現在已經是涼爽的夏季，但在這一段秦嶺的山坡上，依舊湧動著宛如冬日的肅殺氛圍。

兩支軍隊的營地相隔並不遠，他們之間是一片微微隆起的山坡，構成天然的界限。山坡的兩翼都鋪滿了牛皮或者毛氈的灰白色帳篷，彷彿雨後一瞬間生長出來的蘑菇。現在已經接近黃昏，十幾處篝火已經點燃，黑煙緩緩升向陰鬱的天空。附近稍高的丘陵豎起零星的木製瞭望塔，寫著「大漢」、「諸葛」或者「大魏」、「司馬」的旗幟飄揚其上。在更周邊，兩圈以鹿角、石塊和木頭所組成的圍欄，標出了雙方所控制的區域。

自從三月份司馬懿遭遇了慘敗以來，蜀漢與魏軍的對峙已經持續了兩個多月。

「丞相。」姜維從諸葛亮的身後出現。諸葛亮頭也沒有回，視線仍舊固定在遠處的魏軍大纛。司馬懿就像一隻該死的烏龜，把自己完全縮進殼裡，任憑漢軍如何挑戰也不為所動。

「丞相，有些東西我需要給您看一下。」

「哦？」

姜維從懷裡取出兩封信，用雙手恭敬地交給諸葛亮。諸葛亮接過信，看完之後，淡淡說道：「是時候回漢中了。」

老人的語氣裡充滿了遺憾和疲憊，他將兩封信都擱到身旁的木盒之中，擺了擺手。

第二十八章　家庭與友情

五月五日下午，荀正站在自己新家門前，高高仰起頭盯著門外一棵白楊樹樹頂的麻雀窩，窩裡的四隻雛鳥正探出頭嗷嗷地叫著。荀夫人頭裹藍布，手持掃帚裡裡外外地做著大掃除；而他的爸爸則坐在門檻上，用一把小刀費力地削著木棍，腳邊擱著一片牛皮和幾枚銅釘。

蜀漢丞相府司聞曹靖安司從事荀詡荀孝和，現在的任務是為他兒子做一把能打鳥的彈弓，他覺得這不比捉拿燭龍容易多少。

彈弓的做法他很清楚，但「知道」跟「會做」是兩碼事。荀正每隔一會兒就把頭探進院子，問爹爹你到底做好沒有。荀詡一邊安慰他說再等一下，一邊後悔自己參加的是靖安司而不是軍技司。他幾乎想把譙峻叫過來幫忙了。

只聽「啪」的一聲，荀詡又一次把木棍削壞了。他絕望地抓了抓頭，重新拿起一根新的樹杈。在他腳下已經散落了十幾根削壞了的殘渣。

就在這時，院外傳來一陣急促的馬蹄聲。荀詡聞聲抬起了頭，停下手中的活計，表情變得嚴肅起來。很快馬蹄聲由遠及近，然後停在了院外。荀詡放下小刀，站起身來。他看到阿社爾出現在門口，荀正好奇地看著這個南蠻漢子。

阿社爾的表情很嚴肅，顯然有了什麼大事發生。於是荀詡的眼神立刻從一位慈父變成了嚴厲的靖安司從事。

「發生什麼事了？」

「杜大人希望您立即到他那裡去，越快越好。」

「他說了是什麼事情嗎？」

「沒有。」

荀詡唔了一聲，他大概猜到一定是跟李平或者燭龍有關係的事，所以才要對阿社爾保密。於是荀詡轉身跟老婆叮囑了兩句，然後快步走到門口，忽然又停住了腳步。

「對了，阿社爾啊……」荀詡一指地下的那攤零件。「你既然來了，就索性多待一會兒吧，幫我做個彈弓。」

「彈……彈弓？」阿社爾大吃一驚。

「不錯，彈弓。」

荀詡很高興能擺脫這個差事，據說南蠻人對做彈弓頗有一套，曾經讓南征的漢軍吃盡苦頭。他拍拍阿社爾的肩膀，走出門去。

門外的小荀正失望地望著他，孩子的直覺告訴他他爹爹又要出門了。荀詡摸摸他的頭，蹲下身子說：「爹爹還有工作要做，很快就回來；就讓這位叔叔幫你做彈弓好了，他可厲害了，做的彈弓能打下天上飛的鴿子。」荀正驚訝地瞪大了眼睛，轉過頭去糾纏莫名其妙的阿社爾。

荀詡出了院門，跨上馬背，飛快地朝著靖安司而去。從他家到靖安司之間的路他不知道走過多少次了，但從來沒有像這一次這麼緊張。杜弼知道他正在休假陪老婆孩子，所以如非是有異常緊急的事態，他是不會輕易打攪荀詡的。

「燭龍還是李平？」

這是荀詡見到杜弼後的第一句話。杜弼沒有正面回答，也沒有問候荀詡的家庭生活，而是揮揮手讓他隨自己來。

兩人並肩走到杜弼的屋子裡，荀詡注意到杜弼的几案上鋪滿了竹簡、素絹和麻紙。他認出這些資料全部都是建興七年的，毫無疑問它們都與糜沖事件相關。

杜弼關好門後，從案子上拿出一枚暗青色的竹簡，遞給荀詡，然後說道：「我已經審完了糜沖事件的全部相關文書，發現了若干疑點，所以我希望找你這個當事人確認一下。如果這些疑點得到證實的話，我們必須立刻採取行動。」

「我知道了。」

「建興七年三月五日凌晨，靖安司會同南鄭衛戍部隊對遼陽縣的五斗米教徒進行了一次大搜捕，沒錯吧？」

「是的，那一次行動我們拘捕了一百多名教徒，不過糜沖、黃預和其他幾名主腦人物都逃脫了。」

「根據報告，你收到這份情報的時間是在三月四日的下午，而展開搜捕行動是在三月五日凌晨丑寅之交，為什麼這麼遲緩？」

荀詡皺起眉毛回憶了一下，然後說道：「我們預定是在三月四日酉時出發的，預定在三月五日子丑時到。不過因為有南鄭的城戍守部隊參與，所以遲了大約一個時辰。」

「唔，我也查到了城戍部隊調動的文令，簽發者是成藩。」

「不錯，那時候他是擔任南鄭的戍城尉。」

「他事後有跟你解釋部隊遲到的原因嗎？」

荀詡被杜弼步步緊逼弄得有些不舒服，感覺像回到了自己被評議的時候，而杜弼的問題要比那些評議官員尖銳多了。

「他說衛戍部隊的人手並不夠，為了能支援靖安司，必須重新規劃南鄭的佈防，所以才多花了一些時間。」

杜弼一下子又跳到另外一個話題。「這次搜捕的目標人物是在你們進行突襲的前一刻逃跑的，你確實是在報告上這麼寫的吧？」

「對，各種跡象都顯示目標是臨時接到警報然後倉皇撤退的。」

「很好……」杜弼的臉上浮現出一絲琢磨不透的笑容，荀詡模糊地感覺到了這笑容背後的寓意，但又不願承認，於是安靜地站在原地，等待著下一個問題。

杜弼拿起另外一份文書，將它在荀詡面前打開，荀詡認出這是自己親手寫的報告。杜弼念道：「三月六日，黃預等人襲擊了工匠隊伍，並裹挾其中一名工匠打算循褒秦小道逃到魏國境內。靖安司在道口做了埋伏，結果反而中了敵人調虎離山之計。結果糜沖藉這個機會潛入軍技司，竊取了弩機的圖紙。沒錯吧？」

荀詡不情願地點了點頭。

「我很久不在漢中，不太瞭解。不過軍技司的守備工作也是由南鄭的衛戍部隊負責嗎？」

「對，軍技司的警衛算衛戍部隊編制，只是比較獨立，不與其他部隊混編。」他又加了一句：「不過行政上仍舊歸成藩統屬。」

「這就是了。」杜弼似乎就在等著荀詡這句話，他從案几上拿出一片竹簡，這枚竹簡長約五寸，一端削尖，顏色暗黃。「這是三月六日當天上午以戍城尉的名義發出的一份調令，調令要求軍技司分撥三分之一的守衛前往南鄭北部山區進行臨時警戒。」

「哦，我在三月五日確實請求他派遣衛戍部隊對靖安司進行支援。」

杜弼不以為然地搖了搖頭。「但有必要連軍技司那種要害部門的守備都調派出來嗎？這太不合乎常理了。我查閱了一下三月五日的城防部署，發現當時城內還有五十名負責警戒馬廄與武器庫的士兵。為什麼戍藩他要捨近求遠，放著這五十名士兵不用，專程從軍技司調人過來呢？」

「難道你……」荀詡盯著杜弼，心跳開始有些加速。

「不錯！」杜弼肯定了荀詡的眼神。「我不知道是不是巧合。靖安司的每一次成功，都是在衛戍部隊不知情的情況下完成的：比如在青龍山對麋沖的伏擊以及高堂秉臥底；而靖安司先後兩次的功敗垂成，卻都很『巧合』地與戍城尉的反常行動有關係。第一次戍城尉的遲緩動作導致了麋沖、黃預等人的逃脫；第二次，戍城尉的調令讓軍技司的防衛力量削弱了一半，以致敵人乘虛而入並最終得手。現在這位戍城尉就很『巧合』地成為了李平的幕僚。很抱歉，孝和。」

杜弼分析完以後並沒有說出結論，他相信荀詡能清楚地覺察到暗示。荀詡不安地舔了舔嘴唇，一時間不知道說什麼才好。杜弼的犀利分析就如同漢軍引以為豪的利弩，輕易就刺破了荀詡的心理甲冑，強迫他面對他最不想面對的兩個事實中的一個。

「那麼……戍藩現在在哪裡？」

「據負責監視的人稱，今天他剛剛返回漢中。這也是我急忙把你叫來的原因。狐忠也回來了。」

荀詡心算了一下，狐忠姑且不論，戍藩在四月二十日才押送糧草出發，今天才五月五日他居然就回來了，速度快得令人生疑。想到成藩突然上前線的突兀，荀詡不得不傾向於相信杜弼所點破的事實。

「必須立刻採取點什麼行動才行！」一直是屬於行動派的荀詡脫口而出。而這一次杜弼比他更快一步，已經走到了門口。「不錯，我們快走吧。」

荀詡迷惑不解地問道：「去哪裡？」

「糧田曹。」

午後令人昏昏欲睡的熱風吹動了青色窗簾，金黃色的陽光從布幔縫隙悠閒地流進屋子。羅石看著窗外太陽的高度，心算了一下時間，再有一個時辰他就可以下班回家了。想到這裡，他不禁長長伸了一個懶腰，這種倦怠情緒傳染了整個屋子裡的人，一時間呵欠聲此起彼伏。自從與魏國開戰以來，糧田曹難得有像今天下午這樣的清閒時光。

說實話，羅石並不喜歡他自己的這份工作，枯燥、乏味而且薪俸菲薄。作為糧田曹的一名書吏，他每天的工作就是清點糧倉庫存，計算出入，然後把一連串數字抄錄在帳簿上，日復一日。羅石甚至偶爾會羨慕起前線的士兵來，他們的工作雖然危險但卻不缺少激情。

「也許當年班超也是懷著這樣的心情去西域的吧。」他有時候這樣感慨。不過羅石自己也清楚，自己永遠也做不出「投筆從戎」這種事情來，其實年輕時候他是想做一個詩人的……羅石把雙手緩緩伸向几案，開始饒有興致地把毛筆、刻刀、墨水匣、硯臺、算籌以及幾本竹簡帳簿按不同次序排列，這是蜀漢書吏們消磨時間的一種方式。

這時門外傳來一陣腳步聲，書吏們紛紛低下頭去裝成很忙碌的樣子。一名同事手裡拿著一疊文書推門進來，一進屋就嚷道：「丞相府來的押糧回執，你們誰處理一下？」屋子裡的人都陷入了沉默，誰也不願意讓這份突如其來的工作破壞自己的愜意心情，於是彼此張望，希望能有一個人站出來自告奮勇。

「押糧回執」是開赴前線的運輸部隊隨身所攜帶的文書，裡面寫有本次運糧的數量、半途損耗、後方庫存狀況等；等到運輸部隊返回南鄭的時候，押糧回執上還會多出前線存糧狀況、消耗速度等記錄。糧田曹的書吏需要將這些數字記錄與南鄭本身的庫存以及以往出糧率做對比，看數字是否相符。回執的作用一是給予前線指揮官和後勤部門一個量化直觀的補給狀況；二是防止發現私吞貪汙等行為。這項工作並不難，但是很煩瑣，書吏們往往需要跑到郊區的糧倉親自去挨個稽核。

「那麼還是我來處理吧。」

羅石懶洋洋地拿毛筆桿搔了搔耳朵，舉起了手。前一陣子他剛剛對南鄭糧草庫存做過一次普查，正好報告還擱在他的案頭，資料是現成的。

他從同事手裡將押糧回執接過來，熟練地拆開封繩，將一片片竹簡攤開在案面上。然後他從另外一側的竹簡裡挑出南鄭四月份糧草庫存情況報告，並把一把算籌擺在了兩堆竹簡之間。

工作的程序其實非常簡單，羅石先看了一眼回執的數字，擺出若干根算籌在面前；然後再看一眼庫存的數字，依照特定的公式對算籌再做一些增減；最後統計算籌的數目並把結果刻在一枚新的竹簡上。羅石期望能在下班前把這件事弄完。

忽然，他掃過一眼回執的某一處數字，感覺到有些地方不大對勁。羅石已經在這個職位幹了七年，憑直覺就能覺察到統計數字中的不協調感。

「一定是什麼地方出了問題……」

羅石喃喃自語，俯下身子又仔細地查看了一遍文書，數字沒什麼破綻，但違和感依舊。這可能只是他的錯覺，不過現在是戰爭時期，任何一個疏漏都可能導致大麻煩。出於責任感，羅石覺得還是有必要確認一下。他站起身，對坐在屋子對角線的一個書吏喊道：「喂，老彭，三月份的糧草庫存數據還在嗎？」

「哦，就擱在那兒呢，後頭右邊起第三個櫃子。」

羅石起身從屋後櫃子裡取出自己想要的資料，快步走回自己的案几，展卷細讀。他的眼神不斷在這三份資料之間來回巡梭，文書上的資料像投入池塘的石頭一樣，在他臉上震出一圈圈驚疑的漣漪。到了最後，他不禁按住胸口，輕聲驚歎道：「天哪，這究竟是怎麼回事……」

荀詡和杜弼到達糧田曹的時候日已西斜，曹內官吏都紛紛準備下班回家。這兩個不合時宜的訪客，理所當然地遭到了冷遇和白眼。

「對不起，荀從事。根據規定，糧草相關的文書都是機密。您需要填寫三份申請表格，我們會盡快審議。」一名主管用純粹事務性的冷漠腔調對荀詡說，並不時偏過頭去看窗下的日晷，表現得很不耐煩。

荀詡強壓住怒氣說：「大概要多久？」

「快的話大約三日，不過您知道，現在軍情緊急，我們的事務也很龐雜……」官吏瞇起眼睛慢條斯理地回答道，兩隻手抄在袖子裡，同時心裡催促這兩個討厭的傢伙趕緊離開。

荀詡曾經與糧田曹打過一次交道。那是在麋沖事件的尾聲，荀詡要求截留懷疑藏有弩機圖紙的運糧車隊，卻被糧田曹以「軍情緊急」為由拒絕，結果導致圖紙在最後一刻流入魏國。荀詡一直對糧田曹的這種官僚態度耿耿於懷。而現在，這種惡劣印象顯然更深了。

荀詡猛然上前一步，兩隻眼睛怒氣沖沖地瞪著那官吏。即使是東吳也曾經對他完全開放過情報資源，現在居然被自己國家裡的小小機構吃個閉門羹，荀詡的自尊心感覺受到了傷害。他用食指指著主管，一字一頓地威脅道：「現在是緊急事態！我以靖安司的名義要求開放檔案讓我們調查！」

「糧田曹是南鄭的要害部門，任何調查都必須以不損害其正常工作秩序為前提。」官吏絲毫沒有退讓。他明白丞相府內微妙的權力平衡，知道哪些摩擦必須予以重視，哪些摩擦可以置之不理。靖安司的後台是楊儀，而糧田曹是魏延將軍的勢力範圍；楊儀斷不會為了靖安司而去主動挑釁的。

看到對方這種惡劣態度，荀詡勃然大怒。他猛然頂到官吏面前，鼻子幾乎貼到了對方的鼻子；官吏嚇了一跳，顫著聲音說：「你要幹嘛？」荀詡也不理睬他，一把揪住對方衣襟，揮拳作勢要打。站在一旁的杜弼連忙擋住荀詡的去勢，沉聲道：「孝和……小不忍則亂大謀，現在不是鬧事的時候。」荀詡這才勉強抑制住自己怒氣，悻悻鬆開已經嚇得面如土色的官吏。

這番小衝突吸引了好幾名書吏的視線，包括門口的衛兵也都朝裡面張望。杜弼見狀，拉住荀詡的胳膊悄聲道：「既然已經跟對方撕破了臉皮，想來今天是不會有什麼成果了，我們先走吧……」荀詡惡狠狠地扔下一句「啐，胥吏！」，然後和杜弼一同離開了糧田曹。

出了糧田曹的大院，兩個人站在大門口等小廝牽馬匹來。荀詡鼓起腮幫子，氣哼哼地望著天空的晚霞不說話，兩隻腳輪流敲打著地面。杜弼籠起袖子睥睨著他，也不作聲。過了一會兒小廝遠遠地牽著馬走過來，杜弼這才輕咳了一聲，側過頭去對荀詡說：「孝和，我知道你在想什麼。」

「唔？」荀詡翻了翻眼皮。

「你是想派阿社爾半夜潛入糧田曹去偷吧？」

「……」

「我明確告訴你，不可以。那會惹下大亂子的。」

荀詡冷哼了一聲，露出被人說中心事的不舒服表情。就在這時候，一名書吏從他們兩個人身旁走過，在擦肩而過的一瞬間，他偏過頭小聲說道：「兩位大人，請借一步說話。」說完這名書吏作了個手勢，然後匆匆離去。

荀詡和杜弼對視一眼，二話沒說，立刻緊跟上那個人。他們兩個尾隨著他走出糧田曹，一路七轉八轉到了城郊一處荒僻之地（糧田曹的辦公地點本來就在城外）。這裡是一處廢棄的小廟，年久失修，顯得破敗不堪。廟的內部綴滿了蜘蛛網，神像被幾寸厚的塵土覆蓋，看不清楚本來樣貌；牆壁上的土坯裂開很大的縫隙，看起來整個建築結構岌岌可危。

三個人都進了廟以後，那人示意他們不要說話，先仔細看看周圍，再小心地把兩扇糟朽不堪的木門掩上，這才轉過身來面對著荀詡與杜弼。藉著窗外落日的餘光，荀詡看到這是一個四十多歲的枯瘦中年人，身穿著書吏特有的褐色短袍，右手食指有明顯的墨跡與刀傷，這是一名老資格書吏典型的特徵。他長著一張循規蹈矩的方臉，但現在的表情卻混雜著不安與興奮。荀詡注意到他的袖管形狀怪異，裡面顯然藏著一些硬東西。

「兩位大人，請問你們是軍正司的嗎？」書吏怯生生地問了一句，荀詡毫不遲疑地點了點頭。書吏露出如釋重任的表情，但接下來卻又欲言又止，左手不時摩挲著右邊的袖管。

「不必緊張，慢慢說，我們洗耳恭聽。」荀詡知道這時候需要軟性誘導，否則對方可能會臨時反悔。

「我不知道該不該說，也許只是一些無關緊要的東西……可是……」

「說出來吧，也許在我們眼中那是些有價值的東西。」

聽到荀詡的鼓勵，書吏這才猶猶豫豫地從袖管裡抽出幾根竹簡，握在手裡，正面朝上。

「我是糧田曹的書吏羅石，我懷疑……呃……只是懷疑……糧田曹內部——或許是押糧部隊內部——有人在非法侵吞南鄭的儲備糧草。」

荀詡不動聲色，示意他繼續說下去。軍正司是漢中的紀律檢查部門，官員的瀆職、貪汙以及濫用職權都歸他們管。羅石顯然把他們誤認成是軍正司的人，於是來舉報腐敗事件。但荀詡沒有說破自己的身分，而是繼續聽下去。

「我今天檢查了一遍三月份、四月份的糧草庫存與押糧回執，發現了一些奇怪的事情。三月底的時候，南鄭的糧草庫存官方記錄跟前線存糧比例是五比一；這一比例在四月初升到了七比一。」

「這個比例說明了什麼？」

「是這樣的。」羅石一涉及到專業問題，說話就流暢起來。「這是後方糧草庫存和前方糧草庫存的一個比值，比值的高低說明了我軍補給力的持續能力以及補給線的運輸效率。比例越高，說明運補效率越低。一般來說，這個比例應該是在四比一，戰時可能會升到六比一或者七比一，超過七比一就意味著前線出現了糧草不足的狀況。」

「明白了，繼續。」

「這個情況持續到四月中旬仍舊沒有好轉，與前線存糧比例攀升到了八比一；但四月底的時候，這一比例突然回落到了六比一。我查閱了相關記錄，發現這個比例的下降並非因為運輸效率的改善，而是帳面上的數字被人調整……」

荀詡揮了揮手，頗為無奈地說道：「技術細節可以略過，直接說結論吧。」

「哦……好……」羅石有些尷尬。「簡單來說，有人篡改了四月份的南鄭糧草庫存絕對數，以致從帳面數字上來看，前線補給很充裕；而根據真實庫存量，前線從三月底一直持續的補給危機實際上依然存在，沒有好轉。」

「你又是怎麼知道的，有什麼證據嗎？」

「我手裡恰好有一份四月份的庫存統計表，這是我在四月十九日親自去核實過的；而那份被篡改過的統計表則是在四月二十日公布出來的。兩者之間的庫存量相差了將近五十萬斛，據此計算出的前線糧草狀況當然也就截然不同。」羅石說完把那幾根竹簡交到了荀詡手裡。

「換句話說，有人試圖透過修改庫存資料來掩蓋前線的補給問題？」

「是的，前線的糧官是參考那份篡改的資料來做調配的。只要它還沒被糾正，前線就會誤以為後方正源源不斷地運送糧草上來，而實際上我們並沒有那麼多糧食。篡改者就可以利用差額中飽私囊了。」

「唔，我們明白了。」杜弼說，荀詡若有所思地將那幾枚竹簡反覆觀看，沒動聲色。

「希望你們能夠盡快採取行動，不然時間長了對我軍是一個極大的損害。」羅石咽了咽唾沫，又緊張地補充道：「還有，你們能不能不告訴別人是我舉報的？我聽說軍正司有這樣的規定……」

杜弼寬慰他道：「放心好了，整個調查過程都不會提及到你的存在。」

「那就好，那就好。」羅石這才如釋重任，剛才他一直不安地揪著袖管，現在終於鬆開了手。他衝兩人鞠了個躬，抬起頭小心翼翼地問道：「那兩位大人，我能走了嗎？」在得到了肯定的答覆以後，羅石轉身推開廟門，左右看看沒人在附近，一溜煙跑了出去，身形很快隱沒在夜幕之中。

等到羅石離開以後，杜弼這才重新將門掩上，他回到廟中問荀詡。「你覺得怎樣？有價值嗎？」

荀詡用手指靈活地把玩著那幾枚竹簡，臉上浮現出一種奇妙的表情。「這件事的內幕我還沒調查過，不好下什麼結論，不過……我倒可以看出誰能得到最大利益。」

「哦？」杜弼眉頭一挑。

「如果後勤部門宣布補給不成問題——不管是不是真的——那麼前線軍隊就不會輕易撤退，諸葛丞相也就會一直待在軍中……」荀詡說到這裡，眼神陡然變得銳利起來，語氣也浸滿了惡意的揣測。

「……然後漢中的某個人就可以悠哉遊哉地做任何他喜歡做的事情了，沒人能妨礙他。」

第二十九章　友情與仇恨

夜已二更，這間位於丞相府西翼的房間仍舊不曾舉燭。稀薄的月光從窗格縫隙流瀉而入，略微稀釋掉幾絲黏滯的黑暗，成為屋子裡唯一的清冷光源。一縷輕煙從牆角一尊蟠虺狀的紅銅香爐嫋嫋升起，在空中勾畫出逶迤盤旋的軌跡，宛如一條解脫了束縛的飛龍，久久不散。

李平平靜地端坐在茵毯之上，兩隻手擱在微微凸起的小腹，右手食指緩慢地摩挲著左手手背，目光凝固於案前茶碗釉青色的弧線。一位僕役走上前來，掀開蓋子，將剛煮好的茶水倒進茶甕；深褐色的水激入甕底，一股淡雅的茶香飄然湧出。李平的表情在升騰的霧氣中變得有些模糊不清。

「大人，茶已經煮好了。」

李平沒有說話，只是揮手讓下人退下，然後為自己倒了一杯，慢慢地啜了一口。略帶苦澀的香氣在舌尖繾綣，讓他在一剎那沉醉在莫名的感動之中，不由得雙目微闔，身體微微顫動，四肢百骸說不出的愜意。他一直不太確定，品茶的樂趣究竟在於茶水本身還是那種一瞬間超離俗塵、忘卻世故的輕鬆感。

窗外的月光清澈依舊，李平擱下杯子，捋了捋自己斑白的鬍鬚，唇邊不經意地滑出一聲微弱歎息，鬍鬚是一個男人的年輪，裡面承載著一個人一生的際遇沉浮，也記錄著時光洪流一去不回的感傷，逝者如斯夫……自己已經四十九歲，還差一年就是夫子所言知天命的年紀了。右手輕輕朝下捋去，指肚輕柔地滑過每一縷髫鬚，每一縷都讓他思緒翻捲不已，彷彿翻閱著已然泛黃的史書，懷舊的思緒宛如靜謐潮水般將這位蜀漢中都護逐漸淹沒……

認識孔明有多少年了？

李平至今還清楚地記得，他與孔明的初次會面是在建安十九年的成都。那時候他叫李嚴，只是個川中的降將，而孔明則是先帝麾下的軍師中郎將。李嚴當時和其他劉璋舊部一樣心中惴惴不安，不知在新政權下自己的位置究竟會是如何。所以當聽說孔明將以劉備特使的身分前來安撫他的時候，李嚴第一個反應是緊張，以及由緊張而生的惶恐。

出乎意料，孔明一進府邸就主動趨前，微笑著攙起拜倒在地的李嚴，親切地稱呼他的字「正方」。這位三十四歲的中郎將有一種溫軟的親和力，輕易就化解了他的不安。此前李嚴從未見過一個人的雙眸如此生動地表達出這個人的心意與胸襟。孟子有一句名言：「存乎人者，莫良於眸子。眸子不能掩其惡。胸中正，則眸子瞭焉。」實在是最佳不過的注腳。

孔明對李嚴說，劉備希望李嚴和其他舊部能夠明白，他對於川中舊將是異常重視的，沒有任何猜疑，也不會採取什麼抑壓措施；正相反，新政權的鞏固還需要倚重他們這些老臣，他們將是劉備政權的基石。孔明的聲音如風吹浮砂，細膩緩慢，彷彿每一個字都經過深思熟慮。這番話最終解除了李嚴的緊張，他不知道這是因為劉備的保證還是孔明的聲音本身具有的魅力，不知不覺間自己就被說服了。

公事談完，孔明又與李嚴暢談了半日。他們發現彼此之間有很多共同點，尤其是在治國理念上：兩個人都堅信儒家德治只是宣傳上的花哨；真正能夠匡扶綱紀、整肅國政的惟有法家。

當談到新劉政權何以自持的時候，兩人不約而同地齊聲說道：「律科！」然後彼此相視大笑。

後來李嚴聽說，孔明回去以後對他的評價是：「人如其名，人如其字。」很快，李嚴被封為興業將軍，並被孔明指名參與蜀科律條的編撰工作。那一段時間的共事真是讓人難以忘記……

……李平強行把自己從懷舊的思緒中拉出來，卻忘記了自己唇邊那一絲天然的笑意。手中的茶碗邊緣依然發燙，熱氣兀自蒸騰，茶香嫋嫋散出碗口，撲入鼻中。李嚴深深吸了一口氣，把自己再度沉浸在這沁人心脾的氤氳氛圍之中……

……章武三年，永安宮。李嚴垂手站在寢宮門前，雙肩低垂，面沉如水，目光卻注視著宮前的衢道。在他身後的大門內，蜀漢開國之君劉備正安靜地渡過他生命的最後一刻。

李嚴是在章武二年的十月被召到白帝城勤王的。在出發之前，他還是犍為太守，到達白帝城後，他卻意外地被劉備任命為尚書令。這個任命讓李嚴既興奮又驚訝：興奮的是「尚書令」位卑權重，能夠擔當此任者莫不是皇帝的親信之人，乃是極大的殊榮；驚訝的是，李嚴一直覺得自己雖然備受重用，但畢竟是降將，無論資歷還是政治面貌都不夠資格擔當此任。

尤其讓他掛心的是，身為丞相的孔明知道此事後又該做何想？要知道，朝野都認為「尚書令」這個位置孔明該是實至名歸的，對此李嚴一直有種歉疚感。而在嗣後的幾個月時間裡，孔明與他之間全是公函來往，李嚴也無從揣摩他的態度。

到了章武三年初，劉備病情日漸沉重，孔明立刻趕往白帝城。李嚴一想到即將要以「尚書令」的身分面對他，就有些忐忑不安。他曾經問過自己是否會主動讓賢，答案是否定的；在自己當「尚書令」的這幾個月裡，李嚴感覺到周圍人看自己的眼神都截然不同了，他從中感受到了一種成就感的滿足。

這時候從遠處的黑暗傳來一陣急促的馬蹄聲，李嚴急忙抬起頭去，只見一輛輕便馬車從西方疾馳而來，馬車的一角高高豎起一面金邊紫底龍旗，這是最緊急的通行標旗。馬車直接開到宮前，然後孔明從車中匆忙地走了出來。李嚴注意到孔明滿身的灰塵，紛亂的鬢髮以及那雙急切、疲憊的眼睛，顯然他是一口氣從成都飛奔而來，換車不換人。

「孔明……」李嚴迎了上去，欲言又止。孔明第一句話就急切地問道：「主公何在？」李嚴把要說的話嚥了回去，無聲地指了指身後的大門。孔明低聲說道：「多謝正方。」然後急步邁進宮去，李嚴感覺到稍鬆了一口氣，也隨著孔明而去。

劉備吃力地抬起頭，看了看垂頭在榻前的孔明，又看了看跪得更遠一點的李嚴；大約是意識到自己大限將至了，這位梟雄眼神異乎尋常地平靜。他輕微地咳了一聲，枯槁的右手蜷縮起來，把視線轉向陰冷的天花板，緩緩說道：「君的才能，比起曹丕要強十倍，一定能夠成就一番大事……」劉備說到這裡，停頓了一下，語調如常。「如果我那兒子成器，就請盡心輔佐他；若他不成器，那就還不如讓你來統治這個國家得好……」

劉備聲音雖低，聽在孔明和李嚴耳中卻有如霹靂雷霆。跪在旁邊的李嚴清楚地看到孔明全身一震，撲通一聲全身伏在地上，顫聲泣道：「微臣怎麼敢不盡效犬馬之勞，盡心輔佐少主，至死方休。」

李嚴這時心中猛然突地一下，他注意到，劉備的眼神越過孔明的肩頭朝自己看了一眼。雖然只是短短的一瞥，其傳達的意義卻再明顯不過。李嚴只覺得自己的背上也被汗水濕透了，全身僵硬在原地動彈不得。

「正方。」

劉備又輕聲呼喚道。李嚴趕緊趨向榻前，與孔明並肩而跪。劉備徐徐道：「朕封你為中都護，都督中外諸軍事。從此以後，你和孔明二人就是我託孤之臣，漢室復興的大業，就著落在你們肩上了……」

李嚴口稱遵旨，卻不敢轉過頭去看孔明的表情。他現在已經是掌管中軍與外軍的中都護了，控制著整個軍隊大權，儼然成為整個蜀漢唯一能與孔明分庭抗禮的實權人物。劉備的用意不言自明，不愧是一代梟雄，臨終前也要下如此的心機。李嚴感覺到一種極為矛盾的情感在心中滋生開來。

次日清晨，劉備駕崩。李嚴找到孔明，對他說自己資歷與能力皆不能勝任中都護之職，情願交給孔明，自己回去繼續做太守。孔明嚴厲地盯著他看了半天，才大聲斥道：「正方，你怎麼能說這樣的話！先帝新死不過一日，怎麼你就把他臨終遺言拋諸腦後了？現在天下局勢未定，你我同為託孤之臣，此時若你甩手而去，我獨木豈能支撐漢室大業？這是該精誠合作，軍政兩道並行戮力的時候才對啊正方！」

李嚴發覺，他第一次對孔明的眼神感覺到了迷惑，以往那對透徹的眸子如今卻不那麼容易看透了……

「軍政兩道，並行戮力，呵呵。」

李平喃喃地念著這幾個字，不由得挑動眉頭，自嘲地笑了笑。那次談話三年以後，孔明赫然以丞相之身率軍南征，而身為中都護的他卻仍舊留在永安，從此再沒有進入過成都權力中樞。軍政兩權從此集於一人之身。儘管兩人之間的關係仍舊相當密切，但這種友情的政治成分卻越來越濃厚了。

此時夜色更深，窗外夜風習習，給屋中帶來幾縷清涼，碗中的茶水已由熱轉溫。李平將已不燙手的茶碗在手裡轉了轉，歪著頭玩賞片刻，再次送到唇邊輕輕啜了一口。這一次的溫茶卻不如第一口口感醇厚，香氣漸淡，澀味反盛。李平只覺得舌尖一陣尖銳的苦澀蔓延開來，心中一陣悸動，彷彿被這口茶帶出了萬般的委屈與不平……

……李嚴負手站在窗前，心不在焉地欣賞著廊下那盆茶花，不時朝門口看去。終於從走廊的盡頭傳來腳步聲，李嚴趕緊把目光收回去，好像並不焦急。這位都督中外諸軍事的中都護已經在江州蝸居了數年，其職能範圍只略超過一介太守而已。

他的兒子李豐手執一卷文書走到背後，恭敬地遞上前去，道：「父親，成都有回函了。」李嚴唔了一聲，只是淡淡接過文書，隨手擱到一旁，然後示意李豐退下。

等自己兒子離開以後，李嚴這才飛快地扯開絲繩，把文書打開來瞪大雙眼逐行閱讀。他越讀越失望，氣憤之情幾乎溢於言表，到了最後幾乎是重重把文書拍到案面上，發出渾濁的咚咚聲。

「孔明，你怎麼可以如此！」

李嚴一直固執地稱呼諸葛亮為孔明。這在最初純粹是因為兩人關係親密，而到了後來，這卻成了李平發洩的途徑，他一直認為自己是蜀漢舉足輕重的人物，是僅次於孔明的要臣。而現在他也只能在言辭上稍微找回一些安慰了。

上個月，恰逢諸葛亮開府署事三周年紀念，李嚴決定上書朝廷，將自己醞釀已久的要求提出來。既然孔明能開府，那麼同為託孤之臣的他即使無法做同樣的事，也該在自己的權力範圍之內有所提升才對。李嚴希望能夠將蜀漢東部與東吳毗鄰的江州五個郡劃出來獨立作為一州，而他則出任州刺史，在新州之內開府。這總算能滿足一下自己的自尊心。

李嚴覺得這個要求並不過分，孔明多少也該考慮到兩個人的交情，但現在這個申請卻被朝廷——也就是孔明——冷淡地拒絕了，而且口氣完全沒有轉圜餘地。朝廷的理由是——目前北方大敵當前，需要保持後方穩定，沒有必要在行政上多此一舉。李嚴感覺到自己的矜持被孔明又一次踐踏了。

「我是託孤大臣，不是小小地方守將。你不過是怕我藉此危及你威權罷了！孔明啊孔明，難道這大漢就是你諸葛一家的不成！先帝遺言到底是被誰拋諸腦後！？」

李嚴越想越氣，先帝臨終之前刻意把自己拔擢到中都護的位置上，無非就是想制衡孔明。這一番用心在如今政治大環境下卻不能說出來，他只得鬱積胸中，眼見孔明坐大，自己卻束手無策。李嚴只覺得心中煩悶無比，突然一個念頭閃過，他快步走到案前，鋪紙研墨，提筆寫道：

〔……明公治達通變，明暢百略，才溢四野，文武並臻，素為國所倚重。屈蜀中千里，魏吳十州，未嘗見高士若君者也。方今赤縣輻裂，凶獠蜂起，昭烈之基，賴明公得安；曹謬惶惶，孫虜噤噤，蓋皆畏于君之盛威而不敢側覷本朝也；而明公身奉仁術，懷憫下情，使黎庶樂業，閭閻無慝，風化肅訓，遠濟南蠻。其功其德，天下寧不知邪？雖古之姜尚、張良，比之蔑如也。

明公既弘發赤德，居功闕偉；朝廷尊崇，益州率俾，萬千之望，一繫公身。弗如奏請今上，乞乘大輅，敬仰袞冕，收授九錫，分藩樹屏；前襲周公德望，後格先帝夙願。此三代令典，漢帝明制。明公脫誤從此，則冠帶莫不歡欣，匹夫莫不踴躍，民心可用，大計可圖矣……〕

李嚴憑著一口惡氣奮筆疾書，明裡這份書信極盡溢美之辭，實際上卻是暗諷諸葛亮早已實權在握，不過只差九錫一個名分罷了。寫完之後，他立刻把信封了，派人即刻送往諸葛亮府邸。一個月以後，諸葛亮回了一封信，信中痛斥李嚴有非分之想，國家大業未成豈可貪圖富貴云云。

對此，李嚴只能認為諸葛亮沒什麼幽默感，不過他想到孔明看到這封信時那張尷尬的臉孔，就覺得心裡舒服多了。其實他並不認為孔明會作權臣，不過是想借此嘲弄一下這個不大喜歡別人說閒話的丞相罷了……

……李平想到這裡，不禁笑出聲來。無論如何，他心底還是很為這個惡作劇而感到得意，右手食指得意地在半空劃了一個圈。他拂了拂寬大的袍袖，將碗口飛舞的幾隻小蟲驅走，又端起碗來飲了一口；放下茶碗，李平臉上的笑容頓止，彷彿突然想到什麼痛心之事。屋內依然沒有舉燭，透入的月光將李平勾勒成一尊翁仲般的黑影。這黑影靜靜地怔了一陣，在黑暗中發出一聲長長的歎息，這歎息聽起來是那麼地蒼老，那麼地無奈。

茶碗內的茶已去了半杯，水也已經半涼。該是添水的時候了，李平卻無意如此，只是將身體向後倚到牆壁上，閉上眼睛，雙手垂在膝前，似是疲憊不堪……

……建興九年三月十五日，諸葛亮突然決定提前出兵北伐，在這之前他卻在李平面前隻字未提。李平和其他下級官員一樣，一直到了最後一刻才被通知，結果只趕得上為諸葛丞相送行而已。

臨走之前，諸葛亮只是用一些官樣辭藻來勉勵留守漢中的官員，卻沒有單獨與李平說些什麼，甚至連一個手勢、一個眼神都沒有。好像李平並非一個相知多年的好友，而只是一名普通的官吏罷了。

對此李平沒有發作，他返回南鄭丞相府後，吩咐了幾句糧草調度的事，就把自己關在屋子裡自斟自飲。飲的不是茶，是酒，烈酒。自尊心極強的他感覺自己像是被揪到大庭廣眾之中，然後被人狠抽耳光；堂堂的一個都鄉侯假節前將軍領中都護，被人硬生生從江州調來漢中為丞相府打雜，管的是區區糧草；他名義上僅次於諸葛丞相，實際上卻連出兵決策都無法參與，只能像個傻瓜似的去送別。還有比這還要過分的羞辱嗎？

「我也是託孤大臣，是先帝御口親封的中都護！我們本該聯合秉政，孔明，是你竊取了我的國家！」

李平在心裡瘋狂地吶喊，他甚至想把這種瘋狂換成實際的衝動。但是他沒有，多年的宦海沉浮讓他知道這樣的衝動全無意義。他只是一碗又一碗地大口喝酒，讓酒精燒灼自己的肺部和神經。在這瘋狂的麻醉中，惟有一件事李平仍舊保持著清醒的認知：他與孔明之間的交情從此蕩然無存了……

杯中的水已盡，惟有幾片褐色的茶葉殘渣蜷縮在杯底，它們已被洗吮一空，就如同秋日落葉一般，精華殆盡，碗面恢復了清冷。李平將這碗喝了半宿的茶擱回到案几，倒空茶葉，愛惜地用一塊絲絹把茶碗仔細擦拭過一遍。

接下來，他從茵毯上站起身，高高擎起茶碗朝地上摔下去。只聽「嘩啦」一聲，茶碗化作數十片碎片，散落在青磚地面。李平的眼神變得堅毅起來，他已經做出了決定。

一片烏雲悄然遮掩住了月亮，整個屋子裡陷入了真正的黑暗。恰好在這時，另外一個人推門步入了房間，黑暗中的臉模糊不清。

「我準備好了。」李平平靜地對他說。

「那我們上路吧。」燭龍也以同樣冷靜的語調回答。

第三十章 仇恨與戒嚴

荀詡得到羅石的舉報以後，並沒有立即採取行動。羅石提供的證據雖然重要卻不夠充分，還無法證實究竟這是一起單純的貪汙案，還是某個陰謀中的一環。若想釐清這件事，就必須要知道所有可能接觸到庫存文書並有機會修改的人。

這個問題是不可能立即得到解答的，因為包括糧田曹在內的所有部門都已經下班了。荀詡和杜弼只好等到明天，也就是五月六日再著手進行調查。

原本他還想連夜直接去找成藩對質，但是卻被杜弼攔住了。

「如果發現被修改的庫存文書與成藩或者李平有關係，那麼結論就昭然若是了。到那個時候握著確鑿證據再去找他，豈不更好？」

聽到杜弼的話，荀詡面色一暗，不情願地點了點頭，承認他說得有道理。

「耐心等明天吧。」杜弼撫撫荀詡的背。「我們會有收穫的。」

然而到了五月六日的清晨，事態卻突然急轉直下，遠遠超過了靖安司所能想像的地步。

「全城戒嚴令？」

荀詡迷惑不解地問道。他和杜弼攜帶著由姚柚親自簽署的正式資料，正準備前往糧田曹進行調查，卻被剛從外面回來的阿社爾攔住。

阿社爾顧不上擦汗，氣喘吁吁地說道：「不錯，是今天早上丞相府發出的緊急戒嚴令，現在各個城門都已經被關閉了。」

「理由是什麼？」

「不知道，只知道緊急級別是甲級！」

原本嘈雜的屋子裡一下子陷入了一片死寂，每一個人都僵在原地，彷彿被阿社爾的話凍結了視線。本來已經走到房間門口的荀詡停住了腳步，絲毫不掩飾自己震驚的表情。蜀漢的城防警戒等級分為甲乙丙丁四級，甲級警戒只意味著一件事：敵人兵臨城下。而南鄭城即使在建興八年魏軍自子午谷入侵期間，也只是達到了乙級警戒罷了。

在一旁的裴緒詫異地問道：「難道魏軍繞過我軍在祁山的主力，企圖偷襲南鄭？」荀詡斷然否定。「這不可能，南鄭的警戒圈一直擴展到成固、赤阪，有兩到三天的預警時間，不可能一直到敵人兵臨城下才覺察……」說到這裡，荀詡把目光轉向阿社爾。「丞相府有沒有提及這方面的訊息？」

阿社爾搖了搖頭。「丞相府的戒嚴令沒有作任何附加說明，我特意去找了在衛戍部隊的朋友打聽，他們也只是接到了命令，外面局勢也不瞭解。」

「那麼，軍械房有沒有動靜？」

「沒有。」

荀詡皺起眉頭，這實在是太奇怪了。假如真的有外敵逼近，那麼丞相府就應該向衛戍部隊說明情況，並且打開軍械房把守城用器械準備好。現在丞相府卻只是發布了一個單純的戒嚴令，卻沒採取其他任何措施，實在令人生疑。

想到這裡，荀詡抬眼看了看杜弼，後者的表情同樣嚴峻。「你也認為這與燭龍和李平有關係？」

「命令發自丞相府，執行命令的是衛戍部隊，很難想像有其他可能……」荀詡說到這裡，揮手作了一個決斷的手勢，用很快的語速說道：「輔國，糧田曹那裡，就麻煩你一個人去吧。我要去丞相府看看李平究竟在搞什麼鬼。」

不知道內情的阿社爾看荀詡居然這麼稱呼李都護，驚訝地張大了嘴巴。還沒等他發問，荀詡又對他說：「昨天的南鄭周邊監視報告呢？拿到沒有？」

「我剛才出去就是為了這個，但所有的城門都已經關閉了，送報告的人進不來，我也出不去。」

「告訴他們你是靖安司的人，無論如何也要取到這份報告。」荀詡說完又轉向裴緒，語速很快：「你就留在『道觀』，一有什麼重要的新情報進來，立刻派人去通知我。」

「明白了，荀從事。」

「要快，去幹吧！」

荀詡乾淨俐落地交代完，拍了拍手，用力將罩袍兩邊一拉，快步走出「道觀」。這道莫名其妙的戒嚴令背後一定蘊藏著什麼深刻的動機，這種壓迫感讓荀詡一直低落的鬥志不覺重新昂揚起來，他隱隱覺得差不多要到了與敵人正面交鋒的時候了。

一進入南鄭，荀詡立刻就感覺到一陣緊張氣氛撲面而來。街上行人很少，為數不多的老百姓個個行色匆匆，顯然已經接到了警告。不時還有一隊隊的漢軍衛戍部隊來回跑過，紛亂的腳步聲在黃土地面上踏出低沉的隆隆聲，掀起一層煙塵。遠處用於戒嚴的朱雀信旗已經高高升起，宣聞鼓聲此起彼伏。

衛戍部隊儘管對丞相府的命令不明就裡，可還是以最快的速度對南鄭城進行了佈防和管制，顯示出了極高的效率。

從靖安司到丞相府的一路上，荀詡不斷在想，李平這麼做，究竟目的是什麼。還有成藩，他在這裡面究竟扮演著什麼樣的角色？而狐忠就真的全無嫌疑了嗎？荀詡這兩個朋友最近一直都沒有出現，似乎非常忙碌；荀詡固然盡量避免與他們接觸，他們也極少主動來找荀詡，這在他們三個以前的交往史中是極罕見的。

荀詡一路快馬，沿途士兵見他身穿官服也沒有多加阻攔，很快他就轉到了南鄭中區，丞相府青色的屋頂已經遙遙在目。在這時候，他卻猛然勒住了韁繩，胯下的馬匹晃了晃腦袋，打了一個表示不滿的響鼻。

在丞相府大門之前，十幾名身著灰褐色重鎧的漢軍士兵持矛而立，站成一個半圓將丞相府大門圍了個水泄不通，擺出拒人於千里之外的姿態。荀詡認出他們是丞相府直屬的近衛隊，專門負責丞相府的防務。

但問題是，他們為什麼要擺出這麼一副架勢，好像丞相府即將要被敵人攻擊一樣？荀詡輕輕捏了一下下巴，搖搖頭，扯了扯韁繩，讓馬慢慢地趟過去。

當荀詡快接近丞相府的時候，佇列中的一名守衛站出來，粗壯的胳膊一下子將馬頭攔住，甕聲甕氣地嚷道：「什麼人！不許上前！」

荀詡心中有氣，從懷裡掏出名刺一晃，冷冷說道：「我是靖安司的從事荀詡，現在有緊急事情要見李都護。」聽到荀詡報出官銜，守衛一愣，旋即臉上表情略有改觀，人卻仍舊擋在前面不動。他抱拳施過一禮，然後用恭敬的口氣說道：「荀從事，很抱歉，李都護正在府內商討要事，他命令任何人都不許進入。」

「我的是緊急軍情。」荀詡上前一步，幾乎跟守衛鼻子貼鼻子。

「李都護下的是死命令，任何人不能以任何藉口打擾。」

荀詡心中越發起疑，他瞪起眼睛大聲斥道：「讓開！如果貽誤軍機，你擔得起責任嗎?!」守衛卻絲毫不為荀詡的言辭所動，他只是重複先前說過的話。這些守衛都只對丞相府的最高負責人效忠，對於這樣的威脅並不害怕。

「李都護特意叮囑過，除非是諸葛丞相，其他人都一概不許進入。」

聽到守衛這句話，荀詡腦子裡忽然閃過什麼念頭，目光一凜，他立刻問道：「這句話可是李都護親口告訴你的？」

守衛疑惑地看了看這位從事，回答說：「當然是隊長下達的命令。」

「你們的隊長是親自聽李都護下達的命令嗎？」

「唔……是凌晨接到的公文。」

荀詡的臉色越加陰沉了。「就是說，你們誰也沒有親眼見過李都護？」守衛轉頭把探詢的目光投向他的同僚，其他守衛都搖了搖頭，其中一個說：「我們到崗的時候，丞相府大門已經閉鎖，沒有人進去。」

「你們知道李都護和誰在一起議事？」荀詡不甘心地追問。

守衛不耐煩地搖搖頭，把手中的長矛橫過來，不再說話。荀詡沒有繼續死纏爛打，他騎在馬上，向著丞相府院內凝視了一小會兒，隨即撥轉馬頭，朝著南鄭南門飛快地奔去。

此時城裡已經比平時清淨了不少，平民都躲回了屋子裡，而士兵們多集中在四側的城牆，空蕩的街道只迴響著鼓聲與馬蹄聲。荀詡身體平伏在馬上，口中不停地喊著「駕駕」，飛快地朝著南門跑去。他表情雖然平靜，牙齒卻緊緊咬著腮肉。突然荀詡藉著右眼的餘光看到了什麼，猛地拉緊韁繩，向主街平行的右側街道轉去，同時大聲呼喊道：「阿社爾！」

原來阿社爾正在右側街道朝著與荀詡相反的方向跑去。他聽到身後叫聲，立刻回頭去看，一看是荀詡，他急忙轉過馬迎了上去。

兩人碰面以後，荀詡劈頭就問：「報告可拿到了？」阿社爾慚愧地搖了搖頭，沮喪地說道：「我就差沒跟他們打起來了，守城的士兵說上頭下了死命令，開門就是死罪，我怎麼說他們都不允許出去。」

「你沒說你是靖安司的人，正在執行任務？」荀詡握著韁繩，語氣裡有壓抑不住的焦慮。

「我就差說我是諸葛丞相了，毫無辦法……」阿社爾攤開雙手，無奈地說：「要不等明天再一起拿？我估計戒嚴令不會持續很久。」

「到明天就來不及了！」

荀詡衝著阿社爾吼道，這是他第一次對下屬發脾氣。阿社爾盯著荀詡大惑不解，不知道這監視記錄到底有多重要，竟然讓自己的上司如此失態。他囁嚅著想說些什麼，卻不知道說什麼好。荀詡擺擺手，又絕望地狠抓了一下頭，對阿社爾大聲說：「你，立刻回靖安司，叫裴緒召集所有能動員的人，還有最好的馬，要快！」

「那，那您呢？」

「我去把輔國找回來。記住，我要在我回『道觀』的時候讓所有人都準備好出發！絕對不許耽擱！」

「是，明白。」

阿社爾不敢再多說什麼，回馬就是一鞭子，馬匹負痛，一聲長嘶朝前飛快地衝去。荀詡見他離開，自己也催馬朝著糧田曹飛馳而去。

一到糧田曹外院，荀詡看到杜弼的那匹棗紅馬還栓在樹下，心中稍定。他到了院門口飛身下馬，連韁繩都來不及拴，一腳就踏進糧田曹大門。

「您找哪位？」一名官吏走過來問。荀詡急促地嚷道：「今天靖安司來的人呢？他在哪裡？」官吏見荀詡凶巴巴的樣子，嚇得一縮脖子，說話都有些結巴：「他，他在帳庫……」荀詡一把推開他，徑直朝著帳庫跑去。

還沒到帳庫，荀詡就在走廊裡大聲衝裡面喊道：「輔國！輔國！」待荀詡到了門口，恰好杜弼聞聲探頭出來看。他一見是荀詡，不由一愣。

「孝和，你不是去丞相府那裡了嗎？」

荀詡沒有回答，直接問道：「輔國，你得出結論了嗎？」杜弼從來沒見荀詡這麼著急過，他遲疑了一下，回答說：「已經初步有結果了，但不夠嚴謹，我正在橫向比較……」

「直接說結論，是李平還是成藩？」荀詡粗魯地打斷他的話。

杜弼驚訝地看著荀詡，他居然在這裡公開談論這麼機密的事情？但荀詡那銳利和不容爭辯的眼神讓杜弼沒有質疑的餘地。

「是李平。」杜弼長長吐了口氣，把毛筆從手中擱下。「我檢查了所有的庫存手續，他是最高一級的審批者，也只有他有許可權修改資料並不被旁人發覺。我查到了四月十九日的庫存文書調閱記錄，看到了李平的名字——那一天早些時候，羅石剛剛將正確資料歸檔，而第二天公佈出來的資料就已經是篡改過的了。

「我明白了，果然是這樣！李平這個小人！」荀詡握緊拳頭旁若無人地嚷著，讓一旁的文吏們露出怯懦的驚恐表情，與同僚交頭接耳竊竊私語。

「你明白什麼了？」杜弼被荀詡的舉動徹底弄糊塗了。

「你跟我來，我們路上說！」荀詡拽著杜弼的袖子朝門口跑去。

兩個人連走帶跑衝到糧田曹門口，騎上馬朝著靖安司方向狂奔。一路上馬蹄飛舞，杜弼不大擅長騎這麼快的馬，只能伏下身抱住馬頸，略顯狼狽地衝荀詡問道：「究竟發生了什麼，你怎麼看起來如此緊張。」

「我剛才去了丞相府，發現那裡已經被士兵封鎖。據守衛說，他們是奉了李平的命令在那裡死守，絕不允許任何人進入府邸打擾李平。」荀詡眼睛緊盯著前方，飛快地把自己的想法講給杜弼。「有意思的是，他們誰都不知道丞相府內部發生了什麼事情；他們到崗的時候，丞相府已經大門緊閉了。」

「這說明什麼？」

「單純這一件事並不能說明什麼，但結合那個倉促的戒嚴令，以及你剛才的調查結果來看，就能看出來李平到底是什麼用心了。」

杜弼握韁繩的手一緊，他立刻也猜到了。而荀詡搶先一步說了出來。

「我估計，李平事實上已經離開了南鄭，而且極可能是與燭龍同行。他下達戒嚴令和封鎖丞相府的目的，就是用自己手中的權力故意在南鄭造成混亂，遲滯任何可能擾亂他們逃亡計畫的行動。這樣一來，在整個南鄭還在為並不存在的敵人而困守城中的時候，李平和燭龍已經優哉游哉地踏上去魏國的路上。那些忠心的丞相府衛兵守著一處空府邸，這樣所有人會以為李平仍舊在丞相府內議事，戒嚴令的花招效果也就能更持久……」

「看來，他在糧草上玩的花樣也是同樣的動機。」

「不錯，只不過針對的人不同。那份經過修改的資料可能只是冰山一角，李平也許在整個運補流程中都動了手腳，以此來向諸葛丞相證明糧草無虞，盡可放心在前線對峙。這樣他就可以保有漢中最高負責人的身分，並利用這一許可權來為自己的逃亡創造條件了——比如那個戒嚴令。」

「真是個絲絲入扣的縝密計畫，這絕對是經過長期謀劃的。」

「也許這是燭龍的傑作，他真是個深知內情的人。」荀詡感歎道。

杜弼問道：「你現在能確定他的身分了嗎？成蕃還是狐忠？」荀詡擺了擺手，用一種非常苦澀的語氣回答：「還沒，其實現在只要去他們各自家裡看一眼就會知道，不在家的那個肯定是。可惜我現在沒時間去查這件事——何況燭龍的身分現在其實已經無關緊要，我們現在首要任務是盡快阻止李平的出逃。」

「這倒是，那麼你知道他會走哪一條路線嗎？」

「這就是我為什麼急於拿到昨天南鄭周邊監視記錄的原因了，李平如果逃走的話，一定會路過其中的一個哨所……」荀詡又甩鞭催了一下胯下的馬匹。「我們現在回道觀，裴緒應該已經動員好了全部人手。我們盡快出城取得報告，確認李平的逃亡路線，追上去！」

杜弼回首看了看遠處城門頂樓飄揚的旗幟，不無憂慮地說道：「現在的問題是，要如何突破城門的封鎖。」

「不錯，這是我們目前最大的問題……」

很快荀詡就知道，他這句話大錯特錯了。

當他們兩個人即將進入「道觀」所在城區的時候，看到阿社爾迎面飛騎而來。荀詡一愣，快馬一步，衝過去大聲喊住他，問他是否通知了裴緒。

阿社爾寬闊的額頭沾滿了汗水，眼睛中還留存著極度的震驚。他看到荀詡，大喊一聲：「荀從事！」聲音裡滿是惶然。

「發生什麼事了？」杜弼這時候也從後面趕了過來。

「道觀……道觀……」阿社爾結巴了幾次，才組織起通順的語言。「道觀被一批衛戍部隊士兵包圍了！！」

一陣堪比朔漠冬夜的冷風吹入荀詡身體，像元戎弩箭一樣釘入他的胸膛。荀詡按住胸口忍著心臟抽搐的疼痛，強作鎮定地問道：「究竟是怎麼回事？你見到裴緒了嗎？」

阿社爾擦擦額頭的汗，回答道：「我返回靖安司後，跟裴大人轉達了您的交代。還沒等我們有所行動，忽然外面就衝來一大批衛戍部隊的士兵，將道觀團團包圍。為首的隊長跟裴大人認識，他說這是上頭的命令：今天早上從丞相府發給他們一封公函，說靖安司內部隱藏有敵人內奸。在奸細身分確認之前，禁止任何人離開靖安司。」

「這封公函自然也是李平簽署的嘍？」

「是的，而且授權級別相當高，連姚大人都束手無策。隊長雖然表示同情，但他說這是公務，不能通融。我是趁包圍圈還沒形成，從一個後門跑出來的。您可千萬不能回去！」

荀詡聽完阿社爾的話，在馬上保持著沉默，一種混雜著憤怒、懊惱、沮喪與昂揚鬥志的情緒流遍了他的全身。毫無疑問，這是李平在逃亡前特意為荀詡準備的一步棋，一步令靖安司癱瘓的狠棋。

那些士兵不知道自己的最高上司已經逃亡了，他們仍舊忠誠不渝地執行著命令。這是蜀漢軍隊最大的優點，而現在卻變成了一個最為棘手的麻煩。儘管李平已經不在，他的權力仍舊發揮著效果。丞相府與靖安司之間陷入全面對抗，而靖安司毫無勝算可言。

荀詡緩緩地環顧四周，心中忽然意識到，靖安司在南鄭城內突然之間被徹底孤立了，現在四周全都是敵人。

一直以來，靖安司從事的是組織內的清潔工作，他們活躍在自己人中間，努力尋找隱藏其中的敵人。但是今天，荀詡第一次真切地感覺到，整個靖安司置身於敵人環伺之中。

「我們現在該怎麼辦？」

阿社爾的語調失去了彈性，他看起來非常不適應這種狀況。在他身旁，杜弼捏住韁繩保持著沉默，但他的表情顯示他與阿社爾有同樣的問題。

目前整個靖安司都被衛戍部隊監控起來，而且有理由相信司聞曹的其他分司也遭到了控制；李平和燭龍很可能已經踏上了前往魏國的路，而荀詡等人卻仍舊被困在南鄭城中進退兩難。這種瀕臨失敗的感覺荀詡似曾相識，讓他無法不回想起兩年前那次刻骨銘心的失敗。但是，面對著這一次的極端劣勢，荀詡反而迫發出一種超越了挫折感的氣勢，他捏了捏下巴，眼神中除了銳利，還多了些別的什麼東西。

杜弼注意到了這一細微的變化，他不失時機地問道：「現在，整個南鄭城中唯一能夠自由活動的情報人員恐怕只剩下我們三個了，你打算怎麼辦？」

「……不，也許是四個。」荀詡用右手食指頂著自己的太陽穴，偏過頭若有所思地回答。相比起剛才的急躁，他現在顯出異乎尋常的冷靜。

在杜弼和阿社爾繼續追問之前，他撥轉馬頭，說了一句：「我們走。」然後策馬朝著城裡的某一個地方而去。其他兩個人對視一眼，也抖動韁繩緊跟上去，現在他們沒什麼別的選擇。

靖安司在南鄭城中的正式編制有六十二人，他們為蜀漢朝廷工作，拿蜀漢朝廷的俸祿。但在城中還存在著另外一些人，他們也為朝廷工作，但卻不拿冠冕堂皇的俸祿；靖安司為他們支付名叫「知信錢」的酬勞，用來獎勵他們提供一些從正規途徑無法獲知的民間情報。李譚即是其中之一。

他是個陶器商人，身材瘦小，還留著兩撇鼠鬚，一看就是個典型的商人。他的生意經常來往於漢魏吳三國之間，陶器不算戰略物資，李譚又擅於跟政府官員打交道，所以至今也沒引起什麼麻煩。這個人消息靈通得很，靖安司經常從他手裡購買關於其他兩國的一些情報，甚至還包括蜀漢國內民間祕密社團的活動，雙方合作一直很愉快。

這一天李譚正在自己南鄭的住所外清點陶器，二十多個江陽燒製的圓口豬環甕堆放在屋子外面，這些貨物是南鄭庖房和軍器坊訂購的，剛從川中運抵漢中。

忽然籬笆外傳來急促的馬蹄聲，李譚沒理睬，仍舊埋頭點數著自己的貨物。從今天早上開始外面就在折騰，總有大隊士兵跑來跑去，沒什麼好驚訝的。不過這一次有所不同，馬蹄聲一直持續到了住所院門，隨即院門被重重拍響，發出沉重渾濁的咚咚聲。

「來了來了，不要急……」李譚擱下毛筆，走到門前打開，一愣。「喲，荀從事，哪陣風把您給吹來了？」

「聽著，我現在急需你的幫助。」荀詡開門見山地說道。

「成，成，荀從事的忙豈有不幫的道理，您儘管吩咐。」

「你放心，事成以後，靖安司會多派發你一些蜀錦用度。」

荀詡未說事情之前先給他一筆重利，這是與商人之間交易的原則。蜀漢各政府部門每年都會有固定的蜀錦用度預算，如果將這些用度提出來運去魏國或者吳國出售，將是筆利潤豐厚的買賣。

「哎，荀從事您見外了不是，您的忙就算白幫我也情願，上刀山下火海在所不辭！」

李譚拍著胸脯慷慨地說道。荀詡滿意地拍了拍他的肩膀，將自己的來意告訴了他。李譚聽完一驚，手裡的帳簿啪嗒一聲掉在地上，他開始後悔自己不該把話說得如此之滿了。

第三十一章　戒嚴與追擊

南鄭的南城門戍長今天早上一接到命令，就將城門關閉，並且調集了所有的人手守在門內。雖然他自己也對這次莫名其妙的命令感到奇怪，但軍令如山，他仍舊不折不扣地執行貫徹了下去。從早上開始有好幾波人央求他通融一下放人出去，理由什麼都有，但結局只有一個，那就是毫無轉圜餘地的拒絕；有個自稱靖安司的小夥子甚至來過兩次，也全都悻悻而退。

眼見日上三竿，門戍長百無聊賴地一手握住長槍，一手按在嘴邊打了一個長長的呵欠。受到警告的老百姓都躲回了家，街道上空蕩蕩的，城門前一個人也沒有。

就在這時，門戍長看到一輛牛車朝南門走來。牛車的黑牛很健壯，兩個黑犄角隱隱發亮；車後拉著的貨物用一片粗氈布蓋住了看不清楚，但從形狀判斷是大瓦罐之類的東西。

「站住！你們要去哪裡！」門戍長大喝一聲。

牛車戛然停止，李譚從車上跳下來，滿臉堆笑地湊到門戍長跟前說道：「姚爺，這是小的的車。」

「哦，是你呀。」門戍長認識李譚，後者經常往返此間，他跟衛兵基本上都比較熟悉。

「你這車上運的是什麼？」

「哎，前幾天我訂購了一批甕，裡面有好幾個破損了，這個心疼啊，但也沒辦法，得去江陽的作坊退貨，不然我虧死了。」

門戍長同情地看了他一眼，用寬慰的語氣說：「這可得好大一筆開銷呢。」

李譚忙不迭地點頭稱是，然後小心翼翼地低聲問道：「能不能通融一下讓我出去，這事耽擱不得。」門戍長早料到他的用意，大手一揮斷然拒絕，只說等戒嚴令解除以後第一個放他走。李譚仍不死心，拿出商人死纏爛打的功夫軟磨硬泡，門戍長卻毫不口軟。

兩個人正在僵持的當兒，又有兩名騎士從另外一側靠近了城門，在牛車跟前停住了馬。為首之人皮膚白淨，身穿文官絳袍，面相頗有威嚴。他看了一眼牛車，拿起馬鞭朝門戍長問道：「我是丞相府的親隨主記，這裡發生了什麼事？」

門戍長看他的臉似曾相識，卻又想不起來姓名，不過從氣度和穿著上判斷肯定是位高官，於是也不敢怠慢，將事情一五一十地稟報。那文官下了馬，背著手走到牛車跟前，拿眼睛上下打量李譚，李譚不自在地笑了笑，不經意地挪動了一下雙腳。

「今天早上，是否有一個自稱靖安司屬員的人企圖強行通過這裡？」文官問。

門戍長立刻挺直了腰桿，大聲回答：「是的！但是我們沒有放行。」

「你們做得很好，今天早上李都護剛下的命令，靖安司內隱藏著叛賊，需要全部軟禁起來，切不可放走一個。」

門戍長從路過的巡邏兵那裡聽到過這個命令，現在從文官口中得到了證實，心中慶幸自己沒有一時心軟放那個人出去。

「不過……你的警惕性還是不夠……」文官走近牛車，猛地一掀苫布，露出牛車上的幾個土棕色大甕。

「這，這是怎麼回事？」門戍長迷惑不解地問道，同時注意到李譚的臉色變成慘白。文官冷笑著指了指大甕之間的某一處，門戍長轉頭過去看，赫然發現有一角衣布露在外面，再一仔細看，發現大甕之間竟然藏著一個人！

這個人隱藏得可謂用心良苦。他將兩個並排擺放的大甕相鄰的下側打出兩個洞，然後整個身子鑽進去，半屈的上半身在一個甕中，雙腿折過去伸到另外一個甕中。兩個甕相距很近，不仔細看根本看不出破綻。

門戍長悚然一驚，立刻握緊長槍對大甕大喝道：「你！快出來！」其他士兵也跑過來把牛車團團圍住。大甕晃動了一下，一名士兵取來一柄大錘將其錘破。只聽嘩啦一聲，大甕裂成數塊碎片，無處可藏的阿社爾尷尬地把腳從另外一個甕裡縮回來，然後站起身。

「賊子，果然又是你！」門戍長惱怒地指著他罵道，轉頭狠狠瞪了李譚一眼，喝令將兩人全綁了。文官滿意地捋了捋鬍鬚，對門衛的效率表示滿意。

「這次多虧了大人，不然就出大亂子了……」門戍長恭敬地對文官說，躬身一拜，直起身來吩咐道：「將這兩個奸細押到軍正司去！」

「且慢。」文官伸手示意他們先不要動。「李都護有命，一旦發現奸細，要立刻送到特別地點由專人審理。」

門戍長連連點頭，這是可以理解的。

「那麼，就請您把城門打開一下吧。」

「啊？」門戍長一愣。「您不是要去丞相府……」

文官牽著馬靠近城門一步，露出掌管機密官僚特有的得意微笑。「這你就有所不知了，為了保證不洩密，李都護專門指定城西青龍山作為審問地點。我們會直接把這兩個奸細押去那裡。這你知道就好，千萬莫說給別人聽。」

門戍長舔舔嘴唇，仍舊有些躑躅：「可……軍令……」

「戒嚴令的目的就是為了不讓奸細逃脫，現在奸細已經被你捉到了，戒嚴的目的已經達到。閣下又擔心什麼呢？」文官故意將「被你捉到」四個字咬得很清晰，表明自己無意居功，暗示門戍長立下了一大功。

門戍長抓抓頭皮，文官的暗示確實是個不小的誘惑，而且對方的理由也完全合乎邏輯。於是他轉身高舉右手，喝令門兵把橫檔摘下，搬走阻馬檻，將右側城門推開一條可容兩匹馬進出的通道。兩名士兵分別押送著阿社爾和李譚魚貫而出，緊接著是文官和他的隨從。

當文官即將通過大門的一瞬間，門戍長忽然驚叫道：「等，等一下，我記起你了！」

文官聽到這聲呼喊，一抖韁繩，剛要硬闖，卻被門戍長用槍頭一把挑住馬匹側扣，硬生生拽停住了文官。

門戍長大吼：「你，我想起來了！你不是丞相府的主記！你是司聞曹的人！」

他的話音剛落，就感覺到耳側一陣疾風擦過。門戍長連忙偏頭去看，只見一直保持著安靜的文官隨從在後面突然策馬發力，猛地衝開門戍長和文官，飛奔城外。剛才門戍長一直沒留意那個隨從的相貌，現在他總算想起來了，那似乎是靖安司的從事，姓荀。

「孝和，你快走，別管我們了！」杜弼衝著荀詡的背影大喊了一聲，同時硬逼著馬匹橫過身子來，把本來就不寬的城門縫隙堵了個嚴實。阿社爾一振手臂，甩開按住自己胳膊的士兵，撲到門口一拳打在門戍長鼻子上，企圖把槍頭從杜弼坐騎的側扣上取下來。

南鄭南城門霎時亂成一鍋粥，叫嚷聲和嘶鳴聲混成一團，連城樓的鼓聲都「咚咚」地響了起來。杜弼和阿社爾拚命抵抗，無奈衛兵畢竟太多，經過短時間的掙扎以後，還是雙雙被擒，而李譚早不知跑去了哪裡。門戍長揉著自己被揍出血的鼻子，滿腹怨氣地盯著眼前的這幾個俘虜。

「要不要派人去追那個逃走的？」部下小心地問道，盡量不去觸怒上司。

「禁止任何人進出城門的戒嚴令仍舊有效，不能輕易派人出去。你立刻去丞相府稟報，等李都護的命令再說。」這一次門戍長變得謹慎多了，他可不想再違背一次軍令。

當然，門戍長永遠不可能從丞相府那裡得到答覆。這一次李平的戒嚴令反而幫了荀詡一個大忙。

離開南鄭城後，荀詡沒有時間感傷同伴的遭遇，他驅馬沿著城外的連綿丘陵邊緣奔馳。南鄭城南郊相對於其他三個區來說比較荒涼，樹木稀少，滿眼黃沙，只有一圈人工栽種的灌木叢標記出了城市的邊界。荀詡並沒有騎出多遠，很快他看到了一個穿著藏青色粗布袍的年輕人蹲在一簇灌木叢底下，百無聊賴地望著南鄭城丟石頭。

荀詡直接策馬衝到他跟前，俯下身子大吼道：「快給我報告！」那個人本來在烈日下有些昏昏欲睡，猛然聽到這一聲吼，身體一下失去平衡，從土丘上嘰裡咕嚕地滾了下去。當他狼狽地在坑底爬起來抬頭去尋找聲音的來源，他看到了靖安司最高長官的臉。

「荀……荀從事……」他結結巴巴地說道。顯然對於城裡的事態這個年輕人一無所知，他只是納悶為什麼沒人在規定時間內來拿報告，所以一直等在門口。

「報告！快！」荀詡的聲音比第一次更大。

他從懷裡掏出一疊麻紙，戰戰兢兢地遞給荀詡。後者一把搶過去。立刻在馬上粗暴地翻閱著，發出嘩嘩的聲音。

「……這是截至到今天早上卯時的監視報告，全部二十六處哨所都提交了……」年輕人有些緊張地加了些說明。但荀詡壓根沒聽，他剛剛翻到南鄭東區監視哨所的報告。報告顯示，有五個哨所提及他們在今晨寅時看到有兩名騎士通過監視區域，那兩個人披著軍用錦袍，行進速度不算快，不過臉被巧妙地遮擋起來了。

更重要的是，這五個哨所地點處於同一條道路，而這條路是裴緒推測李平逃亡路線的必經之所。

這已經說明了一切，荀詡把手裡的紙片丟到地上，把視線固定在那個仍舊惶恐不安的年輕人臉上。

「你有馬嗎？」

「啊……有，有……就拴在後面……它是匹……」

荀詡冷冷地打斷他的介紹：「數十個數之內準備好，然後緊跟著我，能有多快就多快，明白嗎？」

「明白了……哦，對了，屬下叫楊義……」

「快去！」荀詡怒斥道，他沒有閒情瞭解這些事。

十個數以後，荀詡和楊義兩個人騎馬上路，飛也似地朝著南鄭城的東面跑去。荀詡在前面拚命鞭打坐騎，彷彿要榨乾這可憐牲畜的全部力量，楊義則莫名其妙地緊隨其後，完全摸不清楚狀況。只見這兩匹馬四蹄翻飛，風馳電掣般在南鄭城東南周邊劃了一個半圓，再一路向東折去，沿途掀起一連串翻滾的煙塵。

根據監視報告，顯然只有李平和燭龍兩個人參與了逃亡——這符合常識，逃亡行動參與者越少越安全——這對於荀詡來說是不幸中的萬幸，他沒時間去組織起一支規模龐大的追擊隊伍，杜弼和阿社爾又失陷在城門，現在只能自己孤身上陣，敵人數量越少越好。

現在是二對二，不過從戰術上來說，這和一對二沒有什麼本質區別。理論上，兩個人很難有效阻止同等數量的逃亡者，最起碼要五倍以上；如果發生了正面衝突，很難講誰會獲勝：荀詡是個文官，楊義還年輕；而對方則是久經沙場的老將和一位完全謎樣的人物。

想到這裡，荀詡略帶悲觀地偏過頭去瞥了眼楊義，後者正伏在馬背上，拚命與自己拙劣的騎術和顛簸路面做鬥爭。他窘迫的表情讓荀詡的悲觀情緒又重了一些。

「也罷，既然已經踏上了這條路，就得一直走下去……」

荀詡心想，兩隻揑住韁繩的手更加用力。無論如何他也要阻止李平和燭龍，這既是職責，也關係到自尊。他已經失敗過一次，那種深刻的挫折感是支撐他一直鍥而不捨追蹤燭龍的根本動力——哪怕李平帶了五百人而他只有一個，他也一樣會義無反顧地孤身追上去。

這件事看起來很快就會有一個結果了，要麼荀詡抓到燭龍，要麼死在阻止燭龍的行動中，他自己不想有第三種結局——這就是所謂「靖安司式的偏執」。一位情報界的前輩曾經說過，只有偏執狂才能勝任靖安司的工作。

兩邊的山林不斷高速向後退去，風聲從荀詡的耳邊呼嘯而過，讓他不得不瞇起眼睛。他們已經飛馳了一個半時辰，剛剛離開南鄭地區進入西鄉。荀詡一直在腦子裡緊張地計算著，現在李平和燭龍恐怕已經抵達了南鄉或者沔水下游的某一處，無論如何要在他們到石泉之前了結，否則萬事休矣。

「無論他們走哪一條路線，都必須要從南邊繞過位於漢魏邊境的雲霧山，再折回向東。如果我們抄近路翻過雲霧山，也許能趕得及。」

荀詡不太自信地想，畢竟他們已經落後將近半日的路程，走大路絕對無法追上了；抄近路固然可行，但那是一條山路，沿途沒有可更換馬匹的驛館，他們必須確保自己可憐的坐騎連續奔馳十幾個時辰並且不出問題。總之，若想趕到李平前頭，荀詡必須得非常非常幸運才行。

不過想歸想，他胯下的坐騎速度絲毫不減。到了傍晚，荀詡和楊義抵達了西鄉某處的小驛站，他們在那裡更換了自己疲憊不堪的馬匹，並得知在下午有兩名持有丞相府文書的人也在這裡換過馬，向南而去。兩個人片刻都沒有停留，揣上幾塊粗饃後立刻又上了路。

他們沿著大道跑了兩個時辰，然後荀詡作了一個決定，他們將離開大道冒險進入東部山區，這是唯一可能成功的方式。

「荀從事，我們必須要這麼做嗎？」楊義膽怯地望瞭望遠處漆黑的山形，畏縮地問道。截至到今天早上他還只是個南鄭城的小小信使，現在他卻跟靖安司從事站在漢中東部險峻的大山邊緣。

荀詡平靜地回答。

「我們必須這麼做。」

山區的夜裡相當地寒冷，荀詡和楊義不得不披上氈袍，並用羊皮綁在腿上以抵禦無處不在的潮濕寒氣。周圍漆黑一片，茂密枝葉朝四面八方伸展開來，有如遮蔽了月色與星光的陰暗蜘蛛網，濃墨般的氣息讓絕望在人的內心緩緩滋生，彷彿他們永遠走不出這片黑暗林子。兩個人只能靠馬脖子上的纓鈴和呼喊來確認彼此的位置。

馬匹行進的速度很慢，在夜裡這樣的路面異常艱險難行，有時候根本無法分辨哪邊是懸崖，哪邊是山脊。到了一些可怕的路段，他們甚至得下馬牽著轡繩一步一步謹慎地向前且探且行，經常可以聽到腳下石子滾落山崖的隆隆聲。

荀詡對這樣的艱苦行進沒有發表任何評論，他只是悶頭朝前走著。現在不知道南鄭城的局勢變得如何，整個軍政系統是否已經發覺最高首腦逃亡的事實？杜弼他們是否平安無事？這些念頭只在荀詡的腦子裡閃過了一下，隨即被更重要的事情取代。

「荀從事，我們到底要去追誰？」楊義小心翼翼地問道。兩個人這時拽著馬匹正通過一片長滿了高大松樹的陡峭斜坡，這裡沒有路，他們只能利用樹林的間隙穿過去，還得小心不要滾到坡底去，天曉得那有多深。

荀詡皺皺眉頭，他不喜歡這問題，不過總得給這個跟隨自己跑了大半天的年輕人一點鼓勵，於是他將整件事簡略地說給楊義聽。楊義聽完以後張大了嘴巴，幾乎不相信這是真的，他舞動右手，絲毫不掩飾自己的驚訝。

「您是說，李都護他真的……」

「小心！」

荀詡突然大叫道。楊義的揮舞動作一下子讓腳下失去平衡，整個人拽著坐騎的轡繩朝坡下摔去。荀詡鬆開自己的馬匹，飛撲過去。「鬆開轡繩！」荀詡大吼，楊義立刻鬆開了手，他的後襟被荀詡一把揪住，而那頭畜生卻因為那一拽的力道而朝著坡底滾下去，發出一陣哀鳴。很快坡底傳來樹枝被壓斷的「劈啪」聲，隨即回復了死寂。

荀詡把驚魂未定的楊義拉起來，讓他抱住一棵松樹，以免悲劇再度發生；這個年輕人兩股戰慄，驚恐地朝著馬匹跌落的黑暗望去喘息不已。荀詡冷冷地對他說：「回去記得提醒我，以後你別想從我這裡聽到任何故事。」

當他們翻過這片陡坡後，山勢明顯緩和起來，山麓陰影間可以看到一條痕跡不很明顯的崎嶇小路。不幸的是，荀詡發現自己的坐騎也在剛才的突發事故中扭傷了前腿，雖然還可以勉強行進，但已不能奔跑。

這對荀詡不啻是一個極其沉重的打擊，說實在的，他寧可剛才掉下去的是楊義。沒有了坐騎，他們根本不可能追上李平，這裡距離最近的驛站起碼也有四十多里路。

荀詡蹣跚著走到路中間，面向東方一言不發地蹲下，脊背彎得很厲害。楊義從背後看不到他的表情，但又不敢過去說話，只能忐忑不安地搓著雙手遠遠站開，面色慘白——他清楚自己犯的錯誤有多麼大。

就在這時，突然從路的另外一側傳來馬蹄聲，錯落而不紛亂。荀詡和楊義都是一驚，同時抬起頭循聲音去看，很快他們看到一隊人數在十五到二十名的騎馬者從遠處的陰影裡出現，朝著這個方向緩緩而來。

騎士們也注意到了這兩個人，為首的騎士在距離他們二十步的地方停住，舉起右手做了一個手勢。其他騎兵立刻分成兩隊熟練地繞到荀詡兩翼，形成一個完美的包圍圈把他圍在中間。荀詡透過他們的裝束和馬具類型認出他們是蜀漢軍方，但具體隸屬哪一部分就不知道了。

「你們是誰，這麼晚了跑來這裡做什麼？」騎兵首領在馬上嚴厲地問道，他的聲音低沉有力。

「我是南鄭司聞曹靖安司的從事荀詡，現在執行公務中。你是哪個單位的？」荀詡反問，他注意到騎兵首領脖子右側上有三條明顯的虎紋。

騎兵首領沒想到眼前這個其貌不揚的傢伙居然是名丞相府的中層官員，不禁聳動一下眉毛，口氣稍微緩和了一點。「在下名叫鐘澤，隸屬高翔將軍麾下巡糧軍都伯，目前也正在執行任務。」

「巡糧軍？巡糧軍為什麼會跑來漢中南部？」

「執行任務。」

鐘澤簡短地說了四個字，他沒必要多說什麼。荀詡理解地點了點頭，然後從懷裡亮出靖安司的銅制權杖。「鐘都伯，我不清楚你的任務是什麼，但現在請你中止。我需要你協助我來完成另外一項緊急任務，這是最優先的。」

「很抱歉，荀從事，但我們接到的命令也是最優先的。」

就著微弱的月光，荀詡看到眼前這位都伯的下巴結實而尖削，這應該是一個倔強頑固的人，不會輕易改變自己的想法。他抬起頭看看天色，每一分流逝的時間都是異常珍貴的。

荀詡走近一步，決定把整件事和盤托出。「好吧，鐘都伯，是這樣的……」

聽完荀詡的陳述以後，鐘澤仍舊不為所動，他的表情似乎沒什麼改變，好像在聽一件完全無關的事情。

「很抱歉，荀從事，我不能因為一個無法驗證的事件而隨便中止任務。」

「即使這有可能對大漢造成無可挽回的巨大損失？」荀詡咄咄逼人地質問道。

面對這個問題，鐘澤沉吟了一下，徐徐答道：「這樣吧，荀從事，我可以借給你兩匹馬，然後你我就都可以繼續彼此的任務，這樣如何？」

「這是不夠的！」

荀詡不甘心地叫道，他的聲調隨著時間的推移越來越焦灼。鐘澤對他的貪得無厭顯得很不滿，他鬆了鬆自己的領口，不耐煩地說道：「那麼你想要什麼？荀從事。」

「你們全部。」荀詡毫不猶豫地回答：「我必須盡快趕到雲霧山的東谷道口，在那裡截住燭龍和李平。」說完以後他踏前一步，幾乎頂著鐘澤的馬頭，雙臂伸開擋在前面。

「要麼跟我去東谷道口，要麼就直接在這裡把我踏死然後去繼續執行你們的任務。」

荀詡這種近乎無賴的舉動把鐘澤嚇了一跳，他不由自主地拉動韁繩讓馬匹退後了一點，彷彿無法承受對方的氣勢。楊義和鐘澤麾下的騎兵目瞪口呆地注視著他們兩個人，一句話也不敢說，整個場合異常安靜。

「請快做決定吧！」荀詡催促道。

鐘澤猶豫了片刻，雙肩微聳，終於長長呼出一口氣，似是接受了荀詡的提議。「好吧，荀從事，就依你的意思，我們去東谷道口。畢竟那裡距離我的目的地也不算遠。」最後一句聽起來像是他在說服自己。

於是荀詡和楊義加入到鐘澤的隊伍裡來，鐘澤讓兩名部下把馬匹讓給他們，一行人繼續上路。

荀詡應該為自己碰到鐘澤而感到幸運。這支隊伍是相當出色的山地騎兵，馬匹顯然經受過專業的訓練，騎手們的控制也很精準，他們在險峻的山中如履平地，而且速度不慢。如果荀詡能夠瞭解鐘澤等人當年屬於黃忠將軍麾下的推鋒營，並且在定軍山上大顯神威的話，就不會對此感覺到奇怪了。

到了五月七日正午，荀詡終於到達了東谷道口，這樣的行進速度堪稱傑作。

東谷道口是一條山谷中天然形成的狹長甬道，只能勉強容納三、四匹馬並行，兩側全都是灰黃色的嶙峋岩石，稀疏的淺綠植被覆蓋其上，卻遮掩不住被雨水沖刷過的道道溝渠。這條甬道的出口東連魏國石泉，另外一側出口卻要南折到雲霧山南麓連接漢中的米倉山，幾乎沒有什麼軍事價值，所以魏漢雙方不曾派人在此把守，形如荒廢。

荀詡不知道李平和燭龍是否已經通過這裡，他只能寄希望於自己的計算無誤。他讓鐘澤的部下分別埋伏在谷口兩側，自己則與鐘澤選了半山腰一塊凸起的盾狀大石後面，這裡既可以隱藏身形，又能觀察到谷口的情形。

「太陽落山之後如果還沒有動靜的話，我就必須要撤出人手，繼續去執行我們的任務。」鐘澤提醒荀詡，後者緊盯著下面山谷的動靜，頭也不回，漫不經心地點了點頭。如果太陽落山前兩名逃亡者還沒出現，那麼他們肯定早在設伏之前就通過谷口，那樣的話也就不再需要什麼人手。

「靖安司的霉運到底會持續到幾時呢……」荀詡蹲在岩石後面喃喃自語道，同時用雙手拚命摩挲了幾下臉，從昨天早上到現在他根本沒有闔過眼。鐘澤這時候才有機會仔細打量這位靖安司的從事。連夜的奔波讓這個人看起來滿身塵土，疲憊不堪，頭上還有幾根不知何時出現的白髮；不過他的神情卻絲毫沒有委頓，好像被什麼動力鞭策著一樣，全身洋溢著一種奇妙的活力。

以前鐘澤只有在背水一戰的士兵眼中見到過如此的光澤，那是純粹精神力量的推動。鐘澤看看天色，太陽掛在中天氣勢十足地散射著熱量，周圍為數不多的植物被晒得蔫垂下去，連岩石都微微發燙。他把行囊墊在腦袋下躺倒，隨手抓起一根青草，叼在嘴裡細細咀嚼，混雜著苦澀與甘甜的味道襲上舌尖，看來距離落日還有一段時間呢。

兩個時辰以後，也就是未申相交的時候，在谷道口出現了兩個人影，這個消息讓所有的人都精神一振。荀詡雙手摳住岩石邊緣，謹慎地探頭去看，他的手微微有些顫抖。

「是你要找的那兩個人嗎？」鐘澤湊過去悄聲問。

荀詡保持著原有的姿勢，過了半天才慢慢回答：「是的。」鐘澤之前從來沒聽人把這兩個字咬得如此清晰，如此有力。

決定性的時刻終於到了。

那兩個人完全沒覺察到自己的處境，仍舊保持著普通速度朝谷口跑去。他們都身穿軍方特有的灰褐行軍錦袍，一側袍角被挑起來擋住臉部以抵禦沿途的沙塵。胯下的坐騎是兩匹栗色馬，兩個半空的牛皮水囊懸在鞍子後晃動，為首騎士的馬上還插著一面玄色號旗。這是丞相府特有的標誌，只要有這面旗任何人都可以在蜀漢境內暢通無阻。

「動手吧。」

鐘澤見他們已經進入到包圍圈，提議道。荀詡點了點頭。他們的包圍圈是無懈可擊的，各有五個人截住目標前後；另外還有六名弩兵埋伏在幾個制高點，一旦目標企圖逃脫，他們就會立刻射殺馬匹；在更周邊是四名騎兵，他們速度足以阻截住任何漏網之魚。

兩名騎士又朝前移動了十幾步，鐘澤霍地站起身來，用力揮舞右手，同時大叫道：「動手！」

包圍圈內的士兵一起發出大吼，突如其來的巨大聲響讓兩名騎士一下子不知所措，僵直在原地。十名負責截擊的士兵隨即從兩側的山上撲出來，揮舞著短刀衝向他們。其中一名騎士唰地拔出刀來，拚命踢著馬肚子朝前跑去；另外一名則驚惶地勒緊韁繩，讓馬匹在原地如無頭蒼蠅一樣地打轉，幾名士兵衝上去一個人拉住馬嚼子，其他兩個人把他從馬上拽下來，撲通一聲按倒在地。

衝到前面的騎士憑藉馬匹的衝擊力幾乎要突破攔截者的包圍，就在這時，一枚弩鏃破空而至，準確地釘在了馬脖子上。坐騎發出一聲哀鳴，朝著一側倒去；騎士猝然不及調整姿態，也跌落在地，被轟然倒下的馬匹重重地壓住，動彈不得。

在大約五十步開外，荀詡將弩機垂下，冷冷地注視著自己的傑作。他也是一名射擊好手，這是誰都沒留意過的。

第三十二章　追擊與坦白

逮捕過程前後只持續了五分之一炷香不到的時間，兩名騎士均被制伏，各有兩名士兵緊緊地抓住他們的胳膊，另外還有兩把鋒利的短刀架在他們的脖子上。

「終於……結束了嗎？」

荀詡心裡一陣激動的震顫，兩隻腿走起路來如同踩在了棉花上一般。這本是他一直追求的結局，但現在反而讓他感覺缺乏真切的實在感，像一個易醒的夢一般。

他走到第一個騎士面前，伸出手揭開他臉上的袍角，然後微微衝他鞠了一躬。「李都護，我們又見面了。」李平原本方正嚴謹的臉現在看起來既驚恐又痛苦，豆大的汗滴從寬闊的額頭流下來；他剛才被馬匹壓折了腿，現在靠兩邊的人攙扶著才能勉強站起身來。

荀詡從他的眼神裡讀出來「絕望」，他拿自己的生涯做了一個大賭注，現在輸了，將自己的一切都輸了進去。昨天他還是蜀漢堂堂中都護，現在卻淪落成一介階下囚。李平呼吸粗重，他望著荀詡嘴唇翕張，卻終究什麼話也沒說出來。

「來人，給李都護治療一下他的腿。」荀詡吩咐道，然後把注意力轉向另外一個人。

這個人以袍角掩面，一言不發地站在原地，任由士兵們壓著他的胳膊，絲毫也不反抗。

荀詡深深吸了一口氣，有些想笑，又有些想哭，沒有一種表情能夠準確無誤地描繪出他此時的心潮。

從建興七年開始一直到建興九年，整整三年，將近三年的爭鬥，將近三年的追蹤，到今天這一切走到了終幕。荀詡看著與他只有一層薄薄錦袍相隔的對手，不禁咽了咽唾沫，用左手按在胸口，他發現自己脆弱的胸腔似乎已無法禁錮心臟的躍動。只需輕輕一振臂，蜀漢就能夠除去有史以來最大的一塊心病，而他也將失去一位最好的朋友。在這個時候，荀詡會猶豫嗎？

答案是不會，他毫不猶豫地伸出右手，將遮擋的袍角拉了下來。

荀詡與燭龍終於直面相對。

荀詡在東吳任職的時候曾經請教過郤正，得知「燭龍」乃是傳說中一種人面龍身的神獸，口中銜燭，在西北無日的幽陰之處。這一稱謂典出自《山海經》，郤正還特別熱心地找來《山海經．大荒經》的原文，上面寫道：「西北海之外，赤水之北，有章尾山。有神，人面蛇身而赤，直目正乘，其瞑乃晦，其視乃明。不食不寢不息，風雨是謁。是燭九陰，是謂燭龍。」

荀詡當時就想，傳說中的燭龍和「燭龍」唯一的共同點，大概只有兩者都生活在黑暗中了。諷刺的是，燭龍靠口中的蠟燭為黑暗帶來些許光明，而「燭龍」則一直致力讓黑暗更加混沌，更加混亂。這個代號的創作者——燭龍或者郭剛——還真是有些冷幽默。

從建興七年開始，一直隱藏在暗處的「燭龍」為靖安司帶來了無盡的煩惱與麻煩，把他稱為蜀漢有史以來最具破壞性的魏國間諜一點也不為過。荀詡為了這個傢伙可以說是殫精竭慮、寢食難安，歷經無數次的失望與失敗。所幸這一切在今日，也就是蜀漢建興九年五月七日即將徹底結束。

燭龍在臨近終幕的最後一步從黑暗中被揪到了光天化日之下，現在他就站在荀詡前面，毫無遮掩。

荀詡一手握著扯下來的袍角，一手用弩箭對準燭龍的胸口，手指勾在扳機上，輕輕地說道：「原來是你。」縈繞了三年多的疑問得到解答，他的表情卻看不到興奮，反而湧現出一種難以名狀的微妙平靜。

燭龍儘管被兩名士兵緊緊夾住胳膊，可他仍舊保持著安詳的態度，安詳得簡直不像是一個正在經歷慘重失敗的間諜，更接近一位正在享受弈棋之樂的隱士。

「呵呵，孝和，你居然能追查到這種地步，真是讓人佩服啊。」燭龍說。

「你居然現在才被我捉到，也真叫人佩服。」荀詡冷冷地回敬道，手中的弩機仍舊筆直地對準他的胸膛。在這個場合之下，多愁善感的個人情懷與牽絆被完全抽離，現在荀詡是一名純粹的靖安司從事，他的腔調也變成了純粹事務性的單調冰冷。

「不得不承認，孝和你真是一位出色的從事。我從來沒預計到你竟然到在如此局限的環境下幹得這麼好。」

「想表現出失敗者的大度嗎？」荀詡冷笑一聲，嘲諷地說道：「這些恭維話你還是留到南鄭再說吧朋友，到時候我們有很多東西要談，我保證那會是一次深刻細緻的談話。」

燭龍的語調還是不急不躁。「為什麼不是現在呢？孝和？」

聽到他這句話，荀詡晃動的手停住了。燭龍唇邊那一抹溫和的笑意讓荀詡感到很焦躁，這個該死的間諜已經被控制住了，為什麼還是會讓人產生無法捉摸的不確定感？那種笑容背後究竟隱藏著何種的自信，抑或只是單純的虛張聲勢罷了？

「你是說你現在就想跟我談談？」荀詡以退為進了一步，同時感覺到很惱火，因為現在明明是他占據著絕對優勢。

「我想這對於你我都很重要。」

荀詡抬頭看看天色，此時正是下午時分，中天偏西一點的太陽光芒正炙，放眼望去四周皆是燥熱不堪的土黃色調的岩山，道路兩端的荒僻景象讓人窒息，全無生氣。但是，這裡畢竟是靠近敵境的地帶，假如他和燭龍在此地悠然相談，而此時恰好魏軍有接應部隊趕來的話，那局勢可就會完全逆轉。

「如果孝和你擔心會有魏人的接應部隊，那麼我們不妨往回走一走，找一個你可以放心無虞的地方。」燭龍看穿了荀詡的心思，搶先說道。

荀詡的表情有些尷尬，不知不覺間燭龍在談話上占據了主導，這讓他處處受制。他不由自主地抓了抓頭，突然想起來這不夠嚴肅，於是連忙把右手放下，用冰冷掩蓋自己的窘態。「我自然會選擇適合地點，這一點不需要你提醒。」

燭龍沒再說話，僅僅露出一個荀詡熟悉的笑容。這多少讓荀詡有些感傷。於是他把身子轉過去，以免被其他人看到自己面部表情的微妙震顫。

這支小分隊隨即在荀詡的催促下踏上了來時之路，隊伍離開時比抵達時多了兩個人。這兩個人都用藤皮繩捆縛住四肢，分別被一名騎手押在坐騎上動彈不得；在他們四面還各有四名護衛騎兵，封鎖了全部可能的逃跑路線。一路上荀詡遠遠地觀察著那兩名俘虜，兩個人都保持著平靜，只不過其中一個是喪失一切後的極度頹喪，而另外一個則是無可捉摸的神祕安詳。

這支隊伍沿著原來的路走了大約一個半時辰，來到了一片茂密的巴山松林邊緣。這裡有一處溪水匯聚成的深塘，正好可以作為人馬補充水源的落腳點。

鐘澤命令先把兩名俘虜綁在樹上，派了專人看守，然後喝令解散。疲憊的士兵們一聽到命令，發出一陣小小的歡呼；他們高興地解下前襟，跪在池塘邊用雙手捧水痛飲，馬匹也俯下身子去大口大口地舔食，一時間林中熱鬧非凡。

荀詡用羊皮囊裝滿清水，走到李平面前，把囊口對準了他的嘴。「李都護，請喝一口水吧。」李平看了他一眼，一言不發，張開嘴咕咚咕咚痛飲一番。他喝得太快了，以至於一條水線順著下巴流到了胸前，把華美的錦衣濡濕。

「很抱歉這裡沒辦法煮茶，委屈都護的口味了。」

聽到荀詡這麼說，李平呵呵一聲苦笑，伸出舌頭舔了舔嘴邊殘留的水跡。這位中都護自從被捕以來，還沒有說過話。荀詡收起皮囊，從李平身旁離開，來到了燭龍跟前。

「要喝嗎？」

「作為懇談前的潤喉是必要的，謝謝了。」燭龍居然還有心情打趣，並喝了一大口水。

「懇談嗎？我更喜歡稱之為『一個叛徒最後徒勞的辯解』。」

荀詡丟下這句話，轉身叫來幾名士兵解下燭龍，把他帶到樹林深處的某一棵松樹旁，將其重新捆好。這裡距離池塘約有二三十步，中間隔著一塊屏風般的青條大石與幾簇綠竹林，十分蔭涼幽靜，偶爾還會有散發著松樹清香的山風吹過。荀詡見燭龍已經綁定，揮手讓士兵們分散到附近巡邏——無論談話內容是什麼，他都不希望旁聽的人太多，這是情報人員的天性。

士兵們順從地離開了，很快現在這裡只剩下荀詡和燭龍兩個人。荀詡搬起一塊平整的石頭放在燭龍對面，掀起衣袍坐下，直直盯視住燭龍的眼睛。

「為你自己辯護吧，然後我來裁決。」

燭龍的表情一下子變得坦然，他毫不避開荀詡的目光，從容說道：「孝和，如果拋開細節不談的話，結論其實很簡單，我從未真正背叛過大漢。」

「哦……」荀詡笑了笑，「這就是你要向我說的話？你知道的，我們靖安司只關心細節，這很重要。」

燭龍點了點頭：「這確實很難讓人相信，釐清事實總是得花上點時間。」

「我不知道你的自信是從哪裡來的，恕我看不出任何對你有利的東西。」荀詡不動聲色地說。

「有時候事情並不像表面看起來那樣。」

「這就要看你如何解釋了。」荀詡不容燭龍出聲，立刻接著說道：「建興七年的弩機圖紙失竊事件，你是否在其中扮演了重要角色？」

「這我不否認。」

「二月二十六日，糜沖第一次與你會面，你向他提供了南鄭的防務構成與圖紙存放位置，並交換了初步的行動計畫；而在三月一日，你利用自己的關係祕密製造了兩套開鎖用器具，並派于程運送其中一套給糜沖──于程失敗之後，你在三月二日又親自冒險把另外一套備用的交到糜沖手裡，授意他去軍器諸坊總務偷竊；三月五日，你設法遲滯了我們對遼陽縣的搜捕，並和糜沖確定了調虎離山的計策；三月六日，在黃預等人和我們前往褒秦道的時候，你故意調開軍技司的衛兵，讓糜沖得手；同一天晚上，你又親手殺死糜沖，並把圖紙按照預定管道送去魏國……」

荀詡一口氣說了下去，這些細節一半是來自於黃預和其他五斗米教徒的供詞，另外一半則是他自己的推斷。三年來他一直時時思考著那一次的失敗，所以對這些資料與細節可以說是爛熟於胸。

「對於以上指控，你是否承認呢？」荀詡逼問。

出乎他的意料，燭龍立刻毫不猶豫地——在荀詡看來甚至有些得意——回答：「不錯，你的推測雖不夠嚴謹，但與事實基本一致。」

「既然你承認，那麼好吧，那麼請問哪一件事能夠證明你的忠誠？哪一件事又給我國帶來過利益？」

「我可以反問一下嗎？我國在這次事件中究竟損失了什麼？而曹魏又得到了什麼呢？」

「我國損失了貴重的技術兵器資料，這會讓漢軍在隴西流出更多的鮮血！」

燭龍不以為然地搖了搖頭，這叫荀詡很惱火。「孝和，我剛才已經說過了，事情往往不是我們在表面看到的那樣。仔細分析這件事的結果我們就會發現，大漢表面上似乎失敗，但卻是最大的贏家。」

「荒謬！」

「首先，我國成功地剷除了五斗米教在漢中最後的殘餘勢力，這既減少了社會不安定因素，也削弱了魏國間諜的生存土壤；其次，魏國最優秀的諜報人才之一死在了南鄭，這對魏國情報工作是一個很大的損失。」

荀詡忍不住插嘴大聲說道：「你這是本末倒置，不錯，這兩點確實是曹魏的損失，但他們卻藉此獲得了夢寐以求的弩機技術。」

「這正是我正要說的第三點了。孝和你應該也知道的，魏國軍械製造負責人馬鈞曾經表示，這兩項產品的技術含量很低，甚至連他都可以將其效率提高五倍到十倍。這讓期待很高的軍方十分失望，成為導致天水弩機作坊計畫流產的直接原因。你知道這意味著什麼？」

這件事荀詡曾經聽杜弼說起過，當時他只是覺得曹魏的人不識貨，沒加多想，現在仔細回味起來確實蹊蹺。面對燭龍的問題，荀詡遲疑起來。

燭龍並沒有期望荀詡回答，他自己繼續說道：「原因就只有一個，魏國從來沒有獲得『元戎』與『蜀都』兩項技術。」

「這怎麼可能?!」

「如果圖紙是假的，那麼就是可能的。」

「你是說圖紙被調過包？」

「不錯，糜沖送回魏國的實際上是兩款三年前的過時型號。」

荀詡一直緊繃著的眉毛鬆弛了下來，他又恢復了談話開始時那種略帶嘲諷與冰冷的表情：「你的辯解確實很有說服力，可惜你卻暴露出了一個極為致命的矛盾。」

「願聞其詳。」燭龍回答，同時扭動一下身體，讓緊縛的藤繩鬆弛一些。

「你說圖紙被調過包，那麼請問是在什麼時候？糜沖在軍技司偷到圖紙以後，直接送去了前往隴西的糧草車隊，然後才去見你，這期間你根本沒有餘裕把圖紙調換過來。當然，你可以說你一早就在軍技司調好了包，但我善意地告訴你，那是絕對不可能的。」

「為什麼不可能？既然我都有本事把軍技司的衛兵調開。」

「當然不可能，弩機圖紙的保管與守衛是獨立的兩套系統；調閱圖紙要通過繁瑣的手續，我查過調閱記錄，並沒有你的名字。」

「你的眼光果然相當敏銳。」面對這打擊，燭龍絲毫沒有顯出慌張，從容不迫地說道：

「事實上，我確實沒有能力在軍技司給圖紙調包，甚至我連衛兵都沒權力支開。」

「這麼說你承認你的失敗嘍？」

「你的分析非常精準，但我不能不代表別人不能。」

聽到這番話，荀詡不由得瞪大了眼睛，從石板上騰地站了起來，燭龍在南鄭內部還有同夥？燭龍沉著地看了看附近的動靜，徐徐說道：「事實上，配合糜沖行動去支開守衛並將圖紙調包，這些事只有一個人能做到。」

「他是誰？」

「諸葛丞相。」

荀詡這一生經歷過很多次突如其來的驚訝，但從來沒有一次衝擊有這麼大。他彷彿被決堤的洪水撲倒，兩條腿幾乎支撐不住，甚至連呼吸都倍感艱辛。燭龍略帶憐憫地看著荀詡，沒有作聲，給這位從事一些緩衝時間來接受這個事實。

「這太荒謬了！」荀詡結巴地囁嚅著，但猶豫不決的腔調掩蓋不住內心惶恐。

「如果你確實看過圖紙的調閱記錄，就該記得最後接觸過圖紙的人正是諸葛丞相。」

「即是說，糜沖在南鄭得到的協助其實是丞相授意的？」

「不錯，這樣魏國才會深信不疑，一步一步按照我們的規劃來走。」說到這裡，燭龍的表情開始變得嚴肅，聲音放低。「接下來我要說的話未經授權，但我認為孝和你現在有權知道。」

荀詡抬起頭，看得出他仍舊未從震驚中恢復。

「事實上，這是一個從建興四年就開始的計畫。諸葛丞相在那個時候就預見到，南鄭遲早有一天會成為魏國間諜的目標，為了應對這種情況，他除了強化你們靖安司以外，還準備了另外一套計畫。」

「那就是你？」

「不錯。丞相的觀點是：與其坐等敵人發展內線，不如主動為他們安排一個。這樣一來，一旦內線成功取得魏國情報部門的信任，那麼我們既可以利用他來防範敵間諜的滲入，又可以透過他來向魏國傳送假情報，具有雙向的價值。」

稍微停了一下，燭龍繼續說道：「這個計畫沒有名字，事實上除了丞相與我以外沒有人知道它的存在，這是計畫的性質所決定的。從建興四年開始，我在丞相的安排之下開始異常謹慎地與魏國接觸──我不僅要留意敵人，更要防範自己人──到了建興五年，我終於成功地與一名叫郭剛的魏國軍官聯繫上。郭剛少年得志野心勃勃，亟需建立一些功績來證明自己的能力，我無疑是他手中重要的籌碼，而我也利用他的這種心態逐步建立起與魏國的聯絡通道。我給他送了許多情報，有真有假，偶爾甚至會稍微犧牲一下我軍利益，回報就是他們對我信賴的不斷加深。」

「建興八年初，郭剛代表魏國中書省通知我，他們即將執行一個針對蜀漢弩機技術的方案，要求我的協助。諸葛丞相與我詳細商議以後，遂決定用假圖紙將計就計。於是我向郭剛提出一些細節的修改計畫，比如說我建議要充分動員地下五斗米教徒的力量，還有建議在計畫完成後除掉麋沖以確保我的身分不被洩漏，總之都是貌似合理實際上卻對我方有利的提議。這些要求郭剛都答應了。」

說到這裡，燭龍銜臉色依舊蒼白的荀詡笑了笑：「接下來的事情你也知道，麋沖順利潛入南鄭，我跟他見了面，開始實施計畫。不過我和丞相都漏算了一著，那就是你。孝和，你的追查能力遠遠超出了我們的想像，我們又不能把真相告訴你；結果我被迫兩線作戰，一方面努力促成糜沖，一方面盡力防備你；在青龍山的軍器諸坊總務，你的出色表現幾乎就將整個計畫全毀了。」

荀詡這時候才第一次發問。「你是說你們原本是將假圖紙藏在青龍山上的嗎？」

「不錯，因為你意外的埋伏，迫使我們不得不更換計畫。」

「那你在一開始為何又故意提醒我去調查柳氏父女？」

「這是我犯的一個錯誤。」燭龍很坦白地說：「我當時只知道馮膺跟柳螢的關係，想藉此來轉移你的注意力，但沒想到柳氏父女居然真的跟黃預有瓜葛，並且窩藏了糜沖。更可怕的是，你甚至已經打入了一名臥底在他們身邊，這個計畫又一次瀕臨失敗。」

「該說是運氣太好還是太壞呢……」荀詡不由得喃喃自語。

「幸虧諸葛丞相針對這一情況及時制訂了新計畫。接下來的事情你也知道──我授意糜沖將計就計調虎離山，把黃預、臥底高堂秉以及你們所有人都騙去褒秦道，糜沖則趁這空當潛入軍技司去偷圖紙──那份圖紙在頭一天已經被諸葛丞相緊急調閱並調包──等到渾然不知實情的糜沖成功把假圖紙送了出去以後，我殺死了他。」

荀詡的面色說不上是好還是壞，他微微晃動頭部，不得不感歎道：「真是個完美的計畫。」

燭龍連連點頭表示贊同：「諸葛丞相是一個天才，在那樣的局勢下連我都幾乎絕望了，他卻還能從容行事，最後一舉逆轉。」停了停，他換了相對比較輕鬆的口氣：「無論如何，這起事件以我國在幕後大獲全勝而告終。魏國損失了一名出色的間諜和幾乎全部五斗米教徒，天水弩機作坊也在浪費了大量資源後被廢棄，他們一無所得；而我們則成功地肅清了漢中內部的不安定因素，並讓魏國對我的信賴進一步加深。」

荀詡看著仍舊被綁在樹上的燭龍，心潮翻騰，實在不知道該說什麼才好。他那十一天玩了命般的追查原來都全無意義，高堂秉也罷，那名被黃預殺死的護衛兵也罷，他們只是一個完美計畫中的多餘角色……但是他又能抱怨些什麼呢？大家都是為了漢室復興。

「說實話，整件事裡，我最覺得過意不去的就是你，諸葛丞相也一樣。尤其是你還被迫要當做替罪羊承擔責任外調東吳，諸葛丞相一直對此愧疚不已。」燭龍的聲音轉為柔和，眼神閃過一陣抱歉的神色，這讓荀詡有些感動，他能感覺到那是發自內心的真誠，不是作偽。

此時松林中靜謐依舊，山風稍息，若非有側旁潺潺的溪水流淌而過，幾乎讓人感覺不到時間的流逝。荀詡想上前去把燭龍解下來，他站起身來走前幾步。忽然從林子另外一側傳來士兵們的說笑聲，他雙手一顫，不由得倒退了兩步，猛然想到眼下的這一事件還未得到廓清。

「那麼，李都護呢？這一切又是怎麼回事？」

荀詡再一次走近燭龍，右手按在藤繩上，雙目平視。弩機事件雖然干係重大，但畢竟只是一起技術竊密，未曾涉及中層以上人士；而李平出走卻是震動蜀漢高層的大事，兩者嚴重程度不可同日而語。其實荀詡已經模糊猜到了箇中情由，但終究得向燭龍確證才能放心。

燭龍聽到荀詡這麼問，歎了口氣，說道：「你放心，孝和，今天我會對你和盤托出的。不過你得發誓絕不向第二個人說起，因為這件事還沒有完結。」

「好。」荀詡朝後站了站，四處張望一番確認沒人在一旁偷聽，接著抱臂站定。燭龍這才緩緩講道：「最初的起因是在建興八年的六月。眾所周知，曹真在那一年進襲我國。作為防禦措施之一，諸葛丞相命令李嚴率軍北上漢中支援，我記得孝和你也是跟隨那支隊伍回南鄭的吧？」

「不錯。」荀詡一點頭。

「郭剛也注意到了這一調動，他那個時候就向我提出了一個極為大膽的建議，希望我能說服李平叛逃到魏國來，就好像他的好友孟達一樣。我當時覺得很荒謬，打算一口回絕，但諸葛丞相卻另有想法……」

燭龍在這裡停住了，荀詡沒有急切地追問，而是保持著沉默耐心傾聽。

「……於是諸葛丞相就安排我調去了李平的身邊。最開始的時候，李平表現得很正常，我也不認為堂堂一個大漢中都護會做出叛逃這樣的事情來。但後來李平的部曲被逐漸分配到其他部隊，而他本人則被委任分管後勤糧草督運，李平整個人從此變得焦躁不安，容易發脾氣。經過一段時間的試探後，我向他冒險表露我魏國間諜的身分，他最初的反應很曖昧，沒有喝令軍士把我拿下，只是警告我不要出去亂說。從那時候起，我就知道這件看似不可能完成的任務其實還有希望。」

「諸葛丞相給我的指示是，一切按照郭剛的意思去做。於是我就盡力扮演著魏國間諜的角色，不斷遊說著李平，從若隱若現的暗示逐漸到直截了當地勸誘。國內政局形勢你也是知道的，李平一直處於一個尷尬的地位，所以我一直在用這一事實從反面刺激他，謹慎小心地瓦解他的心防，不能太快也不能太慢。」

荀詡這時候卻皺起了眉頭，他思考了一下，問道：「可是諸葛丞相在我回到漢中時，曾經警告過我李平有不穩舉動，讓我多加留心。如果你說的是真的，那他豈不是自相矛盾嗎？」

「一點也不矛盾，有時候適度的外部壓力反而能促使一個人更快地轉變。歷史上很多例子可以證明，當一名企圖叛逃者猶豫不決的時候，安全部門的壓力往往會產生反效果。」

荀詡聽了燭龍的話，安慰自己說這是為了蜀漢的利益所必須的，但「被當做工具使用」的嫌惡感始終揮之不去。燭龍沒有注意到這一細微的變化，繼續說道：「不過這時候發生了一件誰也沒有預料到的事情，那就是徐永的叛逃。必須承認，這對於我國來說是一個相當寶貴的情報礦脈，但對於我遊說李平的計畫卻是個極大的威脅。」

「你指的是鄧先？他在這件事上扮演著什麼角色？」荀詡插嘴問道。

「完全無關，他在魏國的連絡人是楊偉，不在郭剛這條線上，我們彼此孤立。他既不知道我的真實身分，也不曾試圖拉攏李平，一個單純試圖隱瞞上司販賣情報的小內奸罷了。所以當你們捉到他的時候，李平非常乾脆地把他甩脫，以此表明自己的清白。我所說的威脅是：他居然知道我遊說李平逃亡的計畫，並告知了你們靖安司。」

荀詡簡短地加了一句評論：「這全怪我。」

「按照最初的構想，靖安司只需保持適度的懷疑讓李平產生不安情緒就好，但徐永的出現卻讓靖安司的反應大大超出預期強度。」

「於是你們就殺人滅口，幹掉了徐永？」荀詡冷冷地反問道。燭龍搖搖頭：「那還不至於，只是李平已經起了疑心，必須要採取一些手段來控制。於是諸葛丞相祕密安排了一批人在成都綁走徐永，並偽造成刺殺事件，騙過了所有人，連成都司聞曹都蒙在鼓裡。現在徐永大概是在朱提的某一處密林裡療養吧。」

「那麼，究竟什麼時候李平確立了叛逃的決心？」

燭龍說：「是在今年三月十五日。諸葛丞相突然決定提前出兵北伐，李平一直到最後一刻才接到通知。這個舉動顯然激怒了他，他回到丞相府以後大發了一通脾氣。我就在那時候取得了重大突破，李平親口說出了叛逃曹魏的決定。」

「那他為什麼沒有立即行動，一直拖到了昨天才出發？」

「呵呵，李平畢竟在官場摸爬滾打了幾十年，他不會魯莽行事。」燭龍侃侃而談，彷彿是在廳堂之上宣講。「第一，他必須要得到魏國高級官員——比如司馬懿或曹爽——的親筆保證；第二，逃亡是件很複雜的事，策劃起來相當耗費時日；第三，也是最重要的，李平摸不透諸葛丞相的心思，生怕他突然返回南鄭，打亂自己的計畫。」

「所以他就派了你去前線一探虛實。」

「孝和你果然夠敏銳。李平派我去前線有兩個目的：取得魏國高級官員的親筆保證書，以及探聽諸葛丞相的動靜。這兩個目的我都圓滿『達到』，然後李平開始放心大膽地著手準備逃亡。這期間你們靖安司也給他造成了不小的麻煩，不過他不太在意——那時候李平是南鄭最高長官，他料想你們是不敢碰他的。」

「哼，被他猜中了。」

「不過這一計畫在四月初的時候，又差點夭折。在祁山前線，諸葛丞相與司馬懿的長時間對峙導致我軍補給發生問題。李平一時疏忽，將庫存的實情發給了諸葛丞相，諸葛丞相當即回信表示打算收兵回營。李平聽到這個消息以後重新陷入了惶恐，那時候他的流亡準備還沒做完。我便向他提出了一個建議。」

「篡改糧草庫存記錄嗎？」荀詡心裡的拼圖越來越清晰了。

「對，李平身為兼管後勤的南鄭最高長官，有足夠的許可權做這件事。四月二十日晚上，他親自將糧田曹的記錄修改，並親自修書一封給諸葛丞相說補給絕無問題，漢軍切不可貿然退軍錯失良機云云。」

「然後在五月六日，你們終於準備停當了一切，開始了逃亡？」

「是的，而且為了不致讓靖安司阻礙這次行動，李平還特意發出了全城戒嚴令。不過即使如此，也沒能阻止住你的追蹤，以至演變成現在這個局面。容我讚賞一句，孝和你真是太可怕了。」

對於這一恭維，荀詡沒有表現出什麼欣喜的表情。他仍舊是眉頭緊鎖，顯然還有許多疑團。燭龍停止說話以後，荀詡用右手手指敲敲自己的頭，徐徐問道：「假如我沒有及時趕來呢？你們就這樣逃去曹魏？」

「哦，當然不，我已經暗中安排了人在半路攔截。即使你趕不及，他們一樣也會發揮作用。」

「他們在哪裡？」

「就是鐘澤他們，推鋒營的精英們。」燭龍把視線朝著林子另外一側望去，一臉輕鬆。

荀詡幾乎要吼出來：「這怎麼可能！他們是我在半路偶然遇見，並被強行拉到東谷道口的，這一切只是巧合！而且我注意觀察過，鐘澤和他的手下完全沒表現出認識你的樣子。」

「他們碰到你，這是個巧合；但他們出現在東谷道口，卻不是。你覺得一隊陰平糧道巡糧部隊為什麼會突然出現在漢中東南的大山中？那是出自於我的命令。這一批部隊剛從前線退下來，調動起來不會引人注目；而且他們又曾經在推鋒營服役過，擅長山地騎術，從哪方面講都很適合這次任務。」

「你的命令？難道說剛才他們抓你只是演戲嘍？」

「不，不，我沒和他們直接接觸過。鐘澤接到的只是一封蓋著丞相府大印的密函，讓他們在五月七日之前到達東谷道口並截擊任何路過的行人。事實上他既不知道發令人是誰，也不知道這命令的目的，他只是單純地奉命行事。」

「可是……既然目的一致，為何鐘澤他不曾對我提起過，反而表現得好像他另有任務？」

「這很簡單，出於保密目的，那封密函裡特意強調絕對不允許將此行的目的洩漏給任何人知道。鐘澤是一名稱職的古板軍人，自然會嚴格遵守這一命令——即使你和他目標其實是相同的。」

「可我不明白，諸葛丞相這次發動北伐，難道只是為了誘使李平逃亡？」

這個有些幼稚的問題讓燭龍發出一陣笑聲，讓荀詡有些尷尬。燭龍回答說：「丞相怎麼可能會如此不分輕重，李平的逃亡最多只算是這次北伐的副產品。要知道，丞相最初並沒有『篡改糧草庫存』的計畫，一直到前線確實發生了補給危機，丞相才想到利用這一形勢來更好地影響李平。」

燭龍說完以後，兩人之間一下子陷入了突然的沉默，這次長談一直到現在才第一次間斷。隔了好久，荀詡才舔舔有些乾燥的嘴唇，問了一個從一開始就縈繞在心中的疑問。

「那麼究竟為什麼諸葛丞相一直縱容李平從不滿到背叛，甚至派你千方百計勸誘他出逃，然後又安排人在最後一刻阻止他？為何如此大費周章？丞相的目的究竟是什麼？」

燭龍聽到這個問題，不禁發出一陣長長的歎息。他四肢動彈不得，所以只能用眼神注視著這位同僚一言不發，微微顫動的面部肌肉蘊藏著無限的寓意。

荀詡以同樣的眼神回應，他們之間一直存在著微妙的默契。過了良久，荀詡伸出手放在對方的肩膀上，平靜地說：「我明白了。謝謝你這麼詳細的解說，守義。」

「唔，你明白了就好。」

狐忠再度露出了那種溫和的笑容。

第三十三章　坦白與真相

張郃似乎不太相信眼前的景象，他吃力地半支起身體，看到自己的右膝上牢牢地釘著一支精巧的弩箭。弩箭的箭頭已經深深沒入膝內，只留下淺黑色的尾杆留在外面。赤紅色的鮮血正順著箭身的四條凹下去的放血槽潺潺流出來。他知道箭頭上有倒鉤，光憑手是不可能將其拔出來的。

「這就是元戎弩的威力吧……」張郃心想，同時感覺到全身有些綿軟，視線也因為血液的迅速流失而變得模糊起來。在隴西這幾年的戰爭中，他已經無數次地見識過這種弩箭的威力，無數次地見到魏軍士兵被洞穿並發出淒厲的慘叫，死者名單中甚至包括他的同僚王雙；而現在，終於輪到他自己切身體驗這種恐怖了。

張郃緩緩吐了一口氣，驚訝地發現到自己居然一點也不覺得恐懼。也許是在沙場上的時間實在太久的緣故吧，這位年屆六十的老人甚至對自己的死亡都變得麻木起來。在他周圍橫七豎八地躺著幾十具魏軍士兵和戰馬的屍體，每一個人身上都至少插著三根弩箭；大魏的旗子折倒在塵土之中，一角已經被掌旗兵的鮮血濡濕。

「如果我軍能夠擁有這樣的武器……我記得似乎……」張郃的腦海中跳出一絲疑問，不過這念頭沒持續多久便被更多的思緒所淹沒。人死之前，一切往事都會在瞬間湧入，即使是戎馬一生的耆宿老將也不例外。他抬起頭來，遠處高坡上隱約可見蜀軍的弩士人頭聳動，這是最後一次與敵人直面相對了。

張郃唇邊似乎微微露出微笑，他的眼前掀起一陣煙塵，視線更加模糊起來，隴西的風真冷啊……

蜀漢建興九年，魏太和五年，漢丞相諸葛亮因糧草將盡而主動結束對峙，全面撤出戰場。魏左將軍張郃追至木門遭到元戎弩箭伏擊，陣亡。漢軍旋即從祁山撤回漢中。

第四次北伐戰爭就這樣落下了帷幕。

五月十日，荀詡一行押解著李平和狐忠返回南鄭城。一路上狐忠仍舊保持著被綁縛的狀態，時刻都有人看守。同行的人裡，李平當他是同病相憐的難友，鐘澤當他是叛逃未遂的官吏，唯一知道真相的荀詡則一直保持著沉默，遠遠跟在隊伍後面，盡量遠離那兩名囚徒。

當他們抵達南鄭城的時候，發現城內已經亂成了一鍋粥。李平在離開前下達的那幾個命令造成了極大的混亂，因為長時間的封鎖，南鄭與外界的聯繫完全中斷，行政系統基本陷入癱瘓，各個部門都陷入惶恐與焦慮之中。很多官吏強烈要求解除戒嚴令，但衛戍部隊仍舊堅持原有的命令，事實上他們也對丞相府遲遲沒有下文而迷惑不已。幾乎每天都會有暴力闖關的事件發生。

而丞相府則在直屬衛隊的環伺之下一直保持著沉默，無人能進，也沒人出來。不知道自己守護的其實是空城的近衛隊長雖然心中和別人一樣疑惑不解，但命令始終是第一位的。這期間無數官員要求與李都護見面，也有許多信使拿著公文要求遞入丞相府內，都被他毫不通融地拒絕了。

至於靖安司，針對它的包圍已經名存實亡。丞相府沒有後續指示發出，包圍部隊只好原地待命，士氣下降很快，對靖安司人員的潛逃也就睜一隻眼閉一隻眼——反正他們出不了城。唯一仍舊被羈押的人只有杜弼和阿社爾，他們在荀詡逃脫以後就被捕了，並被投入監獄嚴密監視。不過隨著以闖關罪名被捕的人數增加，這種監視也就不了了之。

荀詡等人進城沒費什麼周折，他們將李平抬了出來。失魂落魄的李平沒有做出任何出格的動作，他順從地按照荀詡的吩咐，以中都護的身分命令守城士兵開門。已經被戒嚴令弄得焦頭爛額的士兵們一見李都護終於現身，無不大喜，也沒多想原本該待在丞相府的李平怎麼會出現在城外，連忙把大門打開。

一行人進城後直接來到丞相府，李平簡短地指示直屬衛隊戒嚴令解除，然後沒做任何解釋直接進了丞相府。一直到這時候，荀詡才鬆了一口氣，原本他還擔心李平會突然發難反讓衛隊把他們幾個人抓起來，現在看來李平還不至於蠢到那種程度。

在鐘澤的嚴密監控下，李平暫時恢復了在南鄭城的領導地位，這是為了盡快恢復城內秩序的權宜之計。他對外解釋說自己前幾日是去江陽視察了，這雖不能服眾，總算也是丞相府這些天來第一個正式聲明。狐忠則稱病被軟禁在家中，由數名推鋒營士兵日夜監管。

荀詡把這一切安頓好以後，立刻前往南鄭的監牢，杜弼和阿社爾已經在裡面待了足足四天。一放出來，杜弼就急切地問荀詡事情發展如何。荀詡無法告訴他們真相，只好含糊地說自己恰好碰到一隊巡邏的軍人，在他們的協助下成功攔截到了李平。

「那燭龍到底是誰？」杜弼問道。

聽到這個問題，荀詡愣住了。這是一個已經知道答案的艱巨問題，他實在不知道該怎麼回答才好。別說燭龍的真實身分，就連徐永仍舊在世的消息都不能洩漏給杜弼。在沉默了好長一段時間後，他選擇了一個最拙劣的回答，帶著愧疚說：「目前這仍舊是個祕密，輔國，對不起。」

聽到這個回答，杜弼的眉毛只是輕微地挑動了一下，然後他露出理解的笑容，拍拍荀詡的肩膀說：「不必為難，大家都是幹這一行的，我明白你的難處。」

荀詡感激地瞥了他一眼，心中卻絲毫也高興不起來。其實無論從哪一個角度來說，這一次的結局都很完滿：他的朋友並沒有真正背叛蜀漢，蜀漢也在與曹魏的情報戰中占據了優勢，於公於私都值得讓人歡喜，但荀詡心中始終鬱積著一塊陰雲，讓他的心情無法舒展。這不再是關於友情，而是一些涉及到忠誠的東西……

「孝和？你想什麼呢？」杜弼看荀詡怔怔地望著遠處發呆，伸出指頭在他面前晃了晃，「你是太累了吧？也難怪，自從回來以後，你就一直在忙碌，也該休息一下了。」

「唔，也許是該休息一陣子了。」

荀詡勉強擠出一絲笑容，同時讓雙肩垂下。他現在確實感覺到疲憊，非常地疲憊。

當天晚上，荀詡去拜訪了成藩。成藩對這位久未謀面的好友的突然造訪很驚喜，拉著他一起出去喝酒。在席間，成藩驚訝地發現荀詡的酒量暴漲，他什麼也不說，只是拉著成藩一碗一碗地乾，直至酩酊大醉……

五月十五日，諸葛丞相返回南鄭。和第二次北伐後一樣，人們為蜀漢在戰略上的徒勞無功而感到沮喪，但又為在撤退時成功擊殺一員大將而歡欣鼓舞。大部分人就是懷著這樣的心情目送丞相的車仗緩緩開入城中。

荀詡並沒有參加入城式，他被要求等候在軍正司的一間密室之前，狐忠也是，而李平則被安置在密室之內。那房間沒有窗戶，所以荀詡無從知道這位中都護的表情究竟為何。

「孝和，這幾日過得如何？」狐忠忽然偏過頭來問，他這幾天一直被軟禁，直到今天才被放出來。

荀詡唔了一聲，雙手垂下，繼續保持著恭敬等候的姿勢。對於狐忠他沒有什麼恨意，兩個人都是以自己的方式效忠祖國，但這不代表他會因此而釋然。狐忠看到他的反應，微微一笑，心中明白荀詡的心境波動，於是也閉上了嘴。兩個人就如同石俑一樣肅立在密室兩側，好像是不曾相識的陌生人。

這裡位於地下，氣味有些陰冷與發黴，走廊兩側都鑲嵌著銅製掛台，上面點著蠟燭。過了大約半個時辰，通道裡忽然傳來了一陣腳步聲。狐忠和荀詡同時抬起頭，看到諸葛丞相和姜維兩個人走過來，面沉如水。遠處站著幾名軍正司的軍人，但他們顯然接到了不許靠近的命令。

諸葛丞相走到門口，停住了腳步，把兩道目光從荀詡臉上掃到狐忠，又從狐忠臉上掃到荀詡。兩個人垂頭拱手，叫了一聲：「丞相」。丞相這時嚴肅的臉上才稍微綻出一絲笑容。「孝和，守義，你們兩個做得很好。」

「一切為了漢室復興。」

丞相滿意地點了點頭，重新把目光固定在荀詡身上，荀詡發現他比出征前又憔悴了幾分。

「孝和，想來你也都知道了。」丞相的聲音依舊低沉。對於這一突如其來的問題，荀詡只能簡短地回答道：「是的，丞相。」

丞相瞇起眼睛，用感懷的口氣問道：「唔，你是否還記得我們兩年前的那次會面？」

「是的，丞相。」荀詡的詞彙量變得十分貧乏。兩年以前，荀詡在接受了軍方苛刻的評議審查之後，曾經被諸葛丞相祕密召見，荀詡一直認為那次談話是自己撐過低潮期的關鍵。

「我記得我曾對你說過，身為領導者，我必須尋求某種程度的內部安定，這種安定往往是需要付出犧牲的。」丞相說，隨手將脫下來的布袍交給姜維。

荀詡沒有直接回答這個問題，而是巧妙地把話題的重心轉移開。「您說的每一句話，小人都一直銘記在心。」對於這個曖昧的回答，諸葛丞相沒露出任何不悅，他捋了捋自己的鬍鬚，衝荀詡略一頷首，說道：「你理解就好，漢室的復興還需要你的能力。」

荀詡又作了一個揖，謙遜了幾句，然後回復成最初的站姿。

諸葛丞相沒有多說什麼，他推門走進密室，然後姜維從外面把門關好，站到了狐忠與荀詡之間。三個人彼此對視了一眼，誰也不說話。姜維比兩年以前老成了許多，年輕人的稚氣已經逐漸為沉穩持重的氣質所取代。他好奇地看了一眼荀詡，舉止既沒表現出高人一等的傲氣，也沒有過分親熱。

「你們做得很出色。儘管外面的人不會記住你們的功績，但是我會。」

姜維只說了這麼一句話。

和外面相比，屋子裡此時的氣氛更加叫人抑鬱。這間石室沒有窗戶，裡面只鋪陳著一張木製方案和數根蠟燭，方案上還擱著一壺酒與兩個酒碗，坐在一側的李平了無生氣。諸葛丞相坐到他的對首，先一言不發地為他斟滿一碗酒。李平的目光極力躲避，雙手不安地揪著衣襟，原本一條大漢現在卻畏縮得有如一隻受驚的山雞。

「正方，來，為先帝乾上一杯。」丞相端起酒碗，嚴肅地說道。

李平沒有勇氣舉起碗，他認為諸葛亮是在嘲弄他。諸葛丞相也不以為意，將碗中的酒一飲而盡，突然將酒碗摔在地上，只聽嘩啦一聲，屋中沉滯的空氣被突如其來的碎裂聲切裂。李平像是被針扎了一樣，全身嚇得一激靈，顫抖不已。

「李平，你不敢為先帝敬酒嗎?!」丞相的怒氣突然爆發了出來。

「孔……丞相，我……」

「我真不敢相信，一位受先帝託孤之重的老臣，居然會選擇這樣一條讓大漢二十五帝蒙羞的路！」

在李平的印象裡，諸葛丞相從來沒有發過這麼大脾氣——即使兩年前馬謖失了街亭他也不曾如此憤怒。他惶恐地跪伏在地，雙手撐在地上，頭低低垂下，說：「我知罪，我願意承擔一切責罰，只求丞相善待在下的遺族。」

「承擔一切罪責？」丞相冷笑道，用手點著李平。「你以為你承擔得了嗎！處斬一名企圖逃亡的中都護？這消息若是傳了出去，東吳曹魏那些人會怎麼笑話我們？天下人是否仍舊相信我大漢以仁德治國？」

李平覺察到丞相話中有話，他抬起頭，眼神迷惑不解。

「正方啊，你知不知道你給我出了一個多麼大的難題……」丞相的口氣重新轉緩。「於公，我不能叫國家成為別人的笑柄；於私，你以為我真願意親手下令處斬一名舊日的同僚？一次就夠了，我不想做第二次。」

李平知道他指的是兩年前的事。那時候第一次北伐剛剛失敗，諸葛丞相親手下令處死失守街亭的馬謖，一個深得他賞識的年輕人。那件事籠罩在諸葛丞相心頭的陰影，看來到現在仍舊沒有消除。李平看到了一絲生存的希望。

通風口吹來一陣微風，屋子裡的氣息略微清新了一點，燭火也隨之跳動，兩個人的表情在燭影裡看起來都有了變化。諸葛丞相忽然轉變了話題。「李平，你是否承認自己篡改補給資料，掩蓋補給不足的真實狀況，謊稱糧草充足，以致我軍作戰失敗？」

李平有些驚訝地望著諸葛丞相，後者的眼神裡有些超越責備的東西。於是他點了點頭。

「你恐怕事情敗露，便在我軍歸還之前就逃出南鄭，企圖通過沮、漳回到江陽，並上書皇帝陛下進行狡辯，想以此來逃避責任，對不對？」

「是……」

「幸虧你的參軍狐忠大力勸阻，最後你回心轉意，返回南鄭自首。你承認吧？」

李平忽然明白了諸葛丞相的用意，他是在為李平的叛逃行為尋找另外一種合理解釋，一種比叛逃要體面的解釋。李平眼角有些濕潤，覺得兩個人昔日的那種友誼似乎又回來了。

「在接下來幾天的審判中，你將會以瀆職罪而被判決，最嚴重可至流徙之刑，你可有心理準備？」

「多謝丞相……」李平感激地再度趴伏在地上。瀆職罪和流徙之刑雖不是好事，但對於一個原本犯下叛國死罪的人來說，可是幸運太多了。

丞相欣慰地將李平攙扶起來。「你放心吧，正方，你兒子李豐不會被這個判決影響仕途，我會照顧他的。」李平只是連連稱謝，卻不知道該說什麼才好。

「我國正值用人之際，正方若非你犯下如此大錯，本該成為我左臂右膀……」說到這裡，丞相刻意壓低了聲音。「……你可要好自為知，數年之後，當還有起復的機會。」

「這……這是真的？」李平不敢相信地瞪大了眼睛。

「我以先帝的名義保證。但你要配合我，讓自己活下來，這是最重要的。」

「罪人李平知道。」

李平沒有多說別的，他再度深深拜伏，聲音有些哽咽。丞相這時再次把酒碗斟滿，推到他面前。「來吧，正方，為了漢室復興。」

這一次李平沒有猶豫，他舉起碗來一飲而盡……

會談並沒有持續很久，只半個時辰不到，諸葛丞相就打開門走出來。姜維連忙迎上去攙住。荀詡注意到丞相雙眉之間上的皺紋略顯平伏，看來他很滿意這一次會談的成果。

諸葛丞相錯過狐忠與荀詡身旁時，衝兩個人做了一個讚賞的手勢，轉身離開，很快這位老人的身影就消失在通道盡頭。陰暗的走廊昏黃明滅，只有兩側的蠟燭兀自燃燒著，那鑲在牆壁上的曲形燭台，就彷彿《山海經》中給那西方幽陰帶來光明的燭龍一般……

五月十六日，丞相府發布了一則布告，宣布中都護李平因涉嫌瀆職而被羈押。到了五月二十日，詳細的調查報告公布。調查報告說李平在四月初曾宣稱糧草不繼，等到大軍即將撤回之際，李平又在四月中旬改口說前線說補給並無問題，這一舉動給作戰帶來極大混亂，最後導致蜀軍不得不撤回漢中。根據針對糧田曹帳簿的審計以及糧田曹一名證人的證詞，證明李平確實有篡改帳目的行為。為了逃避自己的罪責，李平在五月六日從南鄭城離開，企圖逃回自己在江陽的府邸；經由靖安司的追捕以及參軍狐忠的勸說，李平不得不回到南鄭聽候發落。這一切李平本人已經供認不諱。

具體的懲罰措施公告裡沒有說，這要等諸葛丞相上奏朝廷才能定奪。畢竟李平是一位中都護，唯有得到皇帝劉禪的首肯才能施以刑罰。

荀詡對這份報告並不感到驚訝。「李平叛逃」這種事是不能公開的，那會讓朝廷顏面大失，也會暴露出狐忠的「燭龍」身分。據荀詡自己猜測，諸葛丞相之所以苦心孤詣促成李平叛逃，就是想以此事為籌碼，迫使李平在其他方面作出讓步。

但這就不是他所能關心到的範圍了。

一個月以後，荀詡接到升任靖安司司丞的通知，他正式成為靖安司的最高領導者。三年以後荀詡染病身故，與遠在五丈原的諸葛亮同一天去世。

杜弼則謝絕了正式出任軍謀司司丞的建議，調回了成都任諫議一職，低調地過著日子；以至於日後蜀漢著名的文人楊戲在作《季漢輔臣贊》的時候，還特意提到「少府修慎，鴻臚明真，諫議隱行，儒林天文。宣班大化，或首或林——贊王元泰、何彥英、杜輔國、周仲直」。沒有人知道這位深出簡居的諫議曾經穿梭於敵人腹心，於無聲處引導著蜀漢的勝利。

李平承認了一切對自己的指控，然後官職被褫奪，以庶民的身分流放到梓潼郡。當他聽到諸葛亮病死隴西前線的消息後，對自己復職的希望徹底破滅，也鬱悶而死。

至於狐忠，他只在漢中多待了三個月，然後就神祕地消失了。在幾年後魏國的高平陵政變中，有一名低階官吏在內亂中被殺害，在他家中搜出了一些關於曹魏的絕密情報。當然，在當時那種混亂的局面之下，沒有人留意到這一點，關於那次搜查的報告很快就被淹沒在故紙堆裡，徹底湮沒無聞……

唯一不變的，只有吹拂在秦嶺山頭那來自隴西清冷的風，它就這麼在崇山峻嶺之間流轉著，冷冷地注視著時代與人世的變遷。

第三十四章　尾聲

建興九年七月二十日，距離李平事件已經過去了兩個多月。

「荀司丞，判決下來了，李平被廢為庶人，徙梓潼郡。」裴緒快步走進屋子，「啪」的一聲將公文擱在荀詡案上。「這裡是丞相上尚書的公文抄件，請您過目。」

荀詡展開文書，上面寫道：「……平為大臣，受恩過量，不思忠報，橫造無端，危恥不辦，迷罔上下，論獄棄科，導人為奸，情狹志狂，若無天地。自度奸露，嫌心遂生，聞軍臨至，西鄉託疾還沮、漳，軍臨至沮，復還江陽，平參軍狐忠勤諫乃止。今篡賊未滅，社稷多難，國事惟和，可以克捷，不可苞含，以危大業……」

「呵呵。」荀詡笑了笑，掩上文卷望望窗外的殘陽，心緒不知怎地湧出幾許唏噓，幾許感慨。

（全文完）

後記

終於寫完了。儘管二十七萬字的數量對於很多強者不過是滄海一粟，只夠鋪陳完開頭，但對於天性慵懶的我來說，已經是生平極限中的極限了。用田中大神的一句話就是：「我預支完了下半生的勤勉」。阿彌陀佛，幸虧以後我就是死上班族，再也不用幹這傷筋動骨的營生了。

如果把我稱做《風起隴西》親生父母的話，那麼它的祖父是克里斯提昂．賈克，祖母則是弗．福塞斯（Frederick Forsyth）。外祖父是羅貫中與陳壽，外祖母是丹．布朗。

克里斯提昂．賈克的《謀殺金字塔》三部曲是我靈感的最早起源。當年在大學宿舍裡一口氣看完他的小說後，彷彿發現了一片新大陸，驚訝地沒想到歷史小說也可以這麼寫。賈克大爺以埃及的歷史為脈絡，在真實歷史大勢的縫隙之間填夾進了無數貌似真實的細節，營造出一個富有現代氣息的古代世界。和一般故意顛倒現代古代的惡搞不同，賈克老爺是以一種十分嚴謹的態度去寫這部小說，他沒有生硬地將現代玩意強行塞到古代，而是不動聲色地把細節融到文章的每一個角落，逐漸讓讀者潛移默化，不知不覺中接受這一嶄新的世界觀，並享受其中。

我必須得承認，也許是出於天生的惡趣味，我太喜歡這種古怪的東西了；這比考據詳盡的歷史小說更有魅力——起碼對於我來說。在《風起隴西》中，我也在不停地試圖追尋前輩的足跡，創造出一個擁有現代感的三國時代，還不能露出斧鑿之痕。很遺憾的是，我做到了前者，卻沒做到後者。比起《謀殺金字塔》的渾然天成，《風起》刻意的痕跡太重了。

《風起》中的很多名稱，比如靖安司、司聞曹、軍正司，以及繁瑣冗長的蜀漢行政程序，全部都是我毫無考據的憑空杜撰，這都是為了增加文章真實性而創造出來的古代機構。所以，嚴格來說，《風起》並非是一部三國歷史小說，而是一部借用了三國歷史的架空小說。如果有人指責我到底看沒看過三國歷史，我也只能撓著頭回答：「唔，其實這發生在不同的次元……」

克里斯提昂．賈克造就了《風起》的靈，而弗．福塞斯則生成了《風起》的肉，英法兩大強國伺候著我一個人兒，這日子過得多美氣……好吧，後記應該嚴肅點。最早看弗．福塞斯老爺的作品就是赫赫有名的《豺狼的日子》，今年年初購到了其作品集，一口氣看完，如飲醇酒。這位大爺的文筆風格極端冷靜簡潔，無論描述什麼事都不動聲色，毫不拖泥帶水，全無小資式的呻吟與感慨，就如同一名真正的間諜行事；另外一方面，他的文筆又十分細緻，即使是一件小事也要鉅細靡遺地詳細描寫其細節，甚至具體到飛機的航班號以及購買物品的商店名稱。比如《戰爭猛犬》中，最後突擊總統府的過程只花了不到二十頁，前面煌煌幾百頁都是在事無巨細地描寫主角如何籌畫這一次進攻。一般來說，這是冗筆贅肉，但在福塞斯的小說裡卻顯示出無比真實的現實質感，讓人肅然信服。

《風起》是一部間諜小說，欠缺獨創性的我毫不猶豫地追隨福塞斯，刻意模仿這種文字風格，甚至情節。熟悉福塞斯的人很容易就能在《風起》中找到似曾相識的影子：徐永的叛逃我幾乎寫成了《新娘的代價》，而糜沖的死亡顯然是在模仿《第四祕密議定書》彼得羅夫斯基殺掉瓦西里葉夫的橋段。至於文字痕跡，則更是比比皆是。就我個人感覺，間諜小說就要如福塞斯這樣寫才夠帥氣。

很多讀者批評說這本書的西式翻譯腔實在是太重了，以至於有人說把名字和地名全部替換掉的話，就是一部典型的蘇美間諜小說。對於這一點，我只能抱歉地回答：「我是故意的，哇哈哈哈哈！」沒有什麼深層次的心理原因，只是單純覺得將兩樣完全不相干的東西結合在一起，會有別樣的美感。換句話說，這是一部二十七萬字的惡搞，我真閒。

關於羅貫中和陳壽對我的影響，就無須贅言了。我和所有喜歡三國的讀者一樣——自羅開蒙，從陳漸深。我之所以選擇三國作為背景，也是出於對這個時代深深喜愛的關係。只不過，金戈鐵馬四方征戰的體裁寫得實在太多，有無數珠玉在前，我也只得另闢蹊徑，希望能從另外一個角度去觀看這段歷史。不管怎麼說，描寫三國間諜的小說我應該是頭一個，能占了「最早」我就滿足了。

至於丹．布朗，則完全是因為他的陰謀史觀和我臭味相同。身為一個陰謀論者，我的信條是——歷史上每一件事都有一個內幕，如果沒有，那麼就製造一個出來。對於小說來說，其實歷史的真實性並不怎麼重要，重要的是要有意思。我喜歡陰謀史觀，不是因為那更接近於歷史的真實，也不是因為那更能反映出人性的暗面，單純是對於這種體制式的詭計與內幕有著葉公好龍式的興趣罷了。陰謀對我來說，有著一種別樣的美感與質感，流光溢彩的政治殿堂中隱藏的黑暗，才是最富魅力的寶藏。

這一次的《風起》就是一個例證。書中所描寫的那種陰謀當然在歷史上是不存在的，只是一個基於真實人物的戲說。我只是試圖將不同時間點的事實用可能性連綴在一起並加以居心叵測的解釋。這種可能性未必是史實，但很好玩。或者這樣說，史實的事件是固定的，但是事件彼此之間的內在聯繫卻存在著諸多的可能。就好像《達文西密碼》煞有其事地把名畫中的種種細節敷衍成一篇隱藏了千年的傳奇，大家都知道是胡說八道，但同樣看得津津有味。

另外要感謝禽獸大那顏和林公笑雪在三國史方面的指導，更要感謝一個叫 DA 的大胖子，他在失業賦閒的時候，用纖細的筆觸代我寫了柳螢與高堂秉的愛情悲劇，現在大家明白為什麼第二部裡毫無感情戲了吧？因為他找到工作了。

至於一直追著連載的讀者們，辛苦了，以後要多多宣揚我後清威名，因為這是一個沒有太監與坑的偉大國家。

馬伯庸

附錄㈠《風起隴西》人物表

【蜀】

荀詡，字孝和。漢丞相府司聞曹靖安司從事。

狐忠，字守義。漢丞相府司聞曹軍謀司從事。

杜弼，字輔國。漢丞相府司聞曹司聞司隴西地區司聞校尉，代號「黑帝」。

谷正，字中則。漢丞相府司聞曹司聞司隴西地區司聞校尉，代號「白帝」。

諸葛亮，字孔明。漢丞相。

李嚴（平），字正方。漢都鄉侯中都護驃騎大將軍。

成藩，漢丞相府南鄭城戍城尉。

姚柚，漢丞相府司聞曹曹掾。

馮膺，字少敬。漢丞相府司聞曹右曹掾兼軍謀司司丞。

譙峻，漢丞相府軍技司司丞。

陰輯，漢丞相府司聞曹司聞司司丞。

裴緒，漢丞相府司聞曹靖安司都尉。

阿社爾，漢丞相府司聞曹靖安司屬員。

高堂秉，漢丞相府司聞曹靖安司屬員。

魏延，字文長。漢南鄭侯前軍事征西大將軍涼州刺史。
楊儀，字威公。漢長史綏軍將軍。
馬岱，漢平北將軍。
霍弋，漢丞相府軍器諸坊總務記室。
黃襲，漢丞相府軍器諸坊第六作坊主管。
張觀，漢撫吳敦睦使。
郤正，字令先。漢撫吳敦睦館書令。
黃預，五斗米教祭酒。
柳敏，南鄭柳吉酒肆店主，五斗米教鬼卒。
柳螢，南鄭柳吉酒肆店主之女，五斗米教鬼卒。

【魏】

郭淮，字伯濟。魏射陽亭侯建威將軍雍州刺史。
郭剛，字毅定。郭淮之侄，魏中書省直屬間軍司馬。
徐永，魏中書省直屬間軍司馬楊偉從屬督官從事。
糜沖，魏國間諜。
馬遵，魏天水太守。

【吳】

孫權，吳主。
薛瑩，吳祕府中書郎。

附錄(二)　三國群星閃耀之時——塔羅牌中的三國英雄

塔羅牌者，西夷祕術之根本。計有牌廿二，各具爻名，分隱寓意。卜者持若蓍草，交復翻收，迺後覘其序位，可決陰陽，斷吉凶，蓋其能概覽天地萬物，窮盡數理命道也。今以三國英物比附之，據從演義，雜以正史，而後知中西一體，古今皆然也。

【第零位 愚者】劉禪

「愚者」的寓意並非愚蠢，它是一種忘懷一切，坦蕩自在的自由。「愚者」並不執著於某種特定的信念，也很少在乎周圍人的眼光。「別人笑我太瘋癲，我笑他人看不穿」，這份灑脫有時候來自於天然的隨性，有的時候則是經歷了悲歡離合後的徹悟——看穿了人世間的本質，從而回歸了質樸的本我境界，一如這張牌本身的數字：零。

愚者是劉禪。

毫無疑問，他是個辜負了劉備、諸葛亮甚至姜維的窩囊廢。但誰都不能否認，他是一個很幸福的人。細細推究的話，就會發現劉禪的人生是平淡的：除去童年時代的跌宕，他在位四十年，然後又以亡國之君的身分活了八年，太太平平地死去。劉禪的昏庸之於蜀漢，這是一個災難；之於後世，這是個反面教材；而之於劉禪本人呢？

國家的興衰，漢室的光復，這些對於他來說也許只是過眼浮雲。亡國之君中，再沒第二個如他一般恬然安靜，悠然自得的了。比起勾踐和李昱，劉禪是真正看開了的人。不知道他在對司馬昭說「此間樂，不思蜀」的時候是一種什麼心情，也許是為了逃避猜疑的掩飾，也許是發自肺腑的天性。對於愚者來說，歷史的評判根本就不重要，聽天由命，隨遇而安吧。至於死後之詈，枯骨在塚裡是聽不到的。

也許我們可以曲解荀子的那句名言來送給劉禪：「生於憂患，死於安樂」。安樂公這個名號，實在是再適合他不過了。

〔從明天起，做一個幸福的人
餵馬，劈柴，周遊世界
從明天起，關心糧食和蔬菜
我有一所房子
面朝大海，春暖花開〕

【第一位魔術師】郭嘉

魔術師是神祕的，他擅長無中生有，能從最平凡的東西中變出絢麗，也能把腐朽點化成神奇，指端千變萬化。在他們面前，我們只能當驚歎的觀眾，一次又一次折服於那翻飛的雙手中的無窮花樣。這張牌代表的是智慧，那種閃耀著光芒的理性。

很少有人能像郭嘉這樣給人一種純粹的感覺，那種純淨透明不羼一絲雜質的智慧，就好像一位面對著亂世微笑的年輕魔術師。魔術師的牌面有冷靜判斷和巧妙手腕的寓意，這是為郭嘉完美度身而造的。

他不像荀彧一樣參與曹操的政治構想，也不像程昱一樣身兼軍政之職。他的責任，就是用自己的才能引導軍隊走向勝利。一次又一次向世人展現魔術師般奇妙，讓人瞠目驚舌。無論史書還是演義，我們都能覺察到郭嘉唇邊那一抹自得的微笑，歷經千年而毫不褪色。

這位天才只活了三十八歲就告別了塵世，宛如天空一閃而過的流星。我們寧願相信演義中的遺計定遼東，那就像天才魔術師的最後演出，他向觀眾再度展示出光芒四射的才華，深鞠一躬，然後悄然退場，不再回來。

在郭嘉身後，同時代的人們強烈地感覺到了天才離去的真空。赤壁之後，曹操哀歎：「倘若奉孝尚在，不致有此大敗。」其痛其情，發自肺腑。在還未被毛宗崗刪改過的羅本三國中，曾為他詠過這樣一首詩：「三分雖然天數定，神機妙算亦刻圖；倘若當年奉孝在，豈容西蜀與東吳。」詩雖粗陋，但卻折射出人們對他英年早逝的落寞與遺憾。

「只要郭嘉在就一定沒問題了，他是一位神奇的魔術師啊。」這是同時代者對這位天才的最後憑弔。

【第二位 女祭司】貂蟬

女祭司象徵著溫柔，也象徵著智慧女性。這張牌充滿著知性美，兼具了冷靜與理性，有著深邃的洞察力。

貂蟬的美貌人盡皆知，無論呂布、董卓還是後世的讀者，無不被她的風華絕代所眩惑。然則，卻很少有人注意到這位女性隱藏在容貌下的智慧與膽識。仔細翻閱演義，這連環計雖掛著王允的名號，從策劃到實施卻是貂蟬一力親為。

先是牡丹亭畔一聲長歎，引來司徒關注，這才有了連環計。關於連環計本身，王允只說了「汝於中取便，諜間他父子反顏」輕飄飄十二字，又豈知其中千難萬難。董卓、呂布皆是虎狼之徒，旁側又有李儒近在肘腋；稍有不慎，即會招來殺身之禍。

但貂蟬就這樣奇蹟般地完成了任務。表面看，貂蟬不過是一個被男人爭來奪去的可憐玩具；實際上她卻巧妙地掀動醋海風潮，輾轉二強之間，憑藉著身體與女性特有的聰慧把兩名亂世風雲兒玩弄於股掌之間。三國用間也多，但使之極致者無出貂蟬之右，這又豈是簡單「美人」二字所能做到的。無怪演義到此，亦要歎息道：「三戰虎牢突費力，凱歌卻奏鳳儀亭。」

演義中並沒有提及貂蟬是否真心愛著呂布，因為自從下邳城內略現了半面後，貂蟬這個人就徹底消失於人們的視野之內了，一代奇女子揮一揮衣袖，沒帶走半分雲彩，如羚羊掛角，了無痕跡。根據民間傳說，貂蟬出家當了尼姑，後來還想誘惑關羽，反被那紅臉漢子月下斬了。這個故事我寧願只相信前一段，貂蟬是個通透人，她知道，在這亂世對她這樣的紅顏來說，出家是最好的歸宿。

這也是我選擇貂蟬做女祭司的最後一點原因：女祭司和尼姑一樣，他們都是神職人員。

【第三位 女皇】甄妃

女皇是代表了成熟女性的一切特徵，母性，憐憫，豐裕以及雍容。這張牌代表的是寬和的力量，能夠包容一切。

說實話，這一張牌的選擇很難。三國中的女性實在太少了，有個性的就更少。最後思慮再三，我終於找到了最適合這張牌的人選，她是甄妃。

從《三國志．文昭甄皇后傳》中，我們看到的是一位正妃娘娘的端莊、持重，標準的后妃之德。另一方面，甄妃同樣擁有「女皇」的感性，《古詩源》裡曾收錄了她的一首《塘上行》：

蒲生我池中，其葉何離離；果能行仁義，莫若妾自知。眾品鑠黃金，使君生別離；念君去我時，獨愁常苦悲。想見君顏色，感結傷脾；念君常苦悲，夜夜不能寐。莫以賢豪故，捐棄素所愛，莫以魚肉賤，捐棄蔥與薤；莫以麻枲賤，捐棄菅與蒯；出亦複愁苦，人亦更苦愁。邊地多悲風，樹木何蓊蓊；從軍致獨樂，延年壽千秋。

其情其感，即便是與建安七子相比，亦不遑多讓。詞句細膩婉轉，字裡行間流轉著一位女性的抑鬱與苦悶。在充斥著男性陽剛的三國時代，女性情感如此豐沛的作品僅此一例，直追後世李易安。

甄妃比她的丈夫曹丕大出五歲，比她的愛慕者曹植大出十歲，而這兄弟二人偏偏都被這位比自己年長許多的女性所吸引。從《洛神賦》中我們可以看到，甄妃的成熟丰韻讓人心馳目眩。這是一種高貴的美，雍容而溫雅，讓人頓生仰慕，卻不會有什麼狎昵之心。戀母情結也罷，戀姐情結也罷，總之讓曹氏兄弟為之迷戀的，一定是這種兼具了感性與性感的迷人氣質吧。

我們要感謝具有藝術家氣質的曹植，沒有他對甄妃強烈的暗戀和精彩筆觸，我們是不會知道在那亂世之中還曾經存在過這樣一位女性。而我們也要感謝曹丕，如果不是他先獨占了甄妃，曹植也不會把自己一腔難以排遣的思慕用文字發洩出來的。

【第四位 皇帝】曹操

「皇帝」在塔羅牌中代表著父性，以及陽性，富有堅強的意志，無上的權威，反面亦有任性、暴虐和殘忍。

曹操沒有稱帝，但這「皇帝」二字的霸王之氣，也只有他能當得起。三國人物眾多，想面南背北的少說也有十幾號，但孫權失之幼齒，劉備失之柔弱，餘者碌碌不足為道，惟有曹操真正擁有那種睥睨天下，氣吞萬里的霸者氣概。諷刺的是，這位寫出「萬姓以死亡千里無雞鳴」的詩人，卻也是一位嗜殺的暴君。「皇帝」的正反兩面，都在這位霸者身上得到了體現。

本該稱帝的他並沒有篡位。是赤壁和漢中的兩次慘敗磨蝕了這位老人的雄心？還是說他心中仍舊殘留著一絲對漢的忠誠抑或對荀彧的歉疚？這個不得而知，但有一點卻是明確無誤的：「若非有孤，天下不知幾人稱帝，幾人稱王。」誠哉斯言。

【第五位 法皇】劉備

法皇充滿了憐憫與慈悲，他是正義力量的源泉，深厚寬容，對人來說很值得信賴。

這張牌的選擇我猶豫了很久，儘管劉備是不二的人選。

按三國志來說，先主乃是一位梟雄；即使按演義來說，也是「狀劉備之善而近偽」。關於他的仁德，真的沒什麼好說的，大家心裡明白就可以了。志且不說，當年我看演義的時候看到那段劉安殺妻，就看得毛骨悚然，無法想像這傳說中那仁慈的皇叔大人居然還笑嘻嘻的，從此對大耳賊的印象大打折扣。

後來讀了正史，對劉備的反感少減，印象卻更加明晰起來，用周瑜的話說就是「劉備寄寓，有如養虎」，根本就是一個逮哪兒吃哪兒，吃哪兒滅哪兒的梟雄啊。也罷，畢竟三國人物已經臉譜化了，就隨他去吧。

曾經和幾個朋友開玩笑，說三國名人雖多，但擁有能令少女們尖叫的偶像潛質的人，唯有周瑜而已。

【第六位戀人】周瑜

這是理所當然的，周大都督具備了幾乎全部偶像的特質：英俊，浪漫，年少得志，風流儒雅。輕輕一句「曲有誤，周郎顧」，撩動了多少古今女性的心，大有「玉指冰弦，未動宮商意已傳」的曼妙境界，何等羅曼蒂克。說不定那句民謠是錯誤的，實在該是「周郎顧，曲有誤」，又有哪位妙齡少女能經得住周大都督一瞥而不心慌意亂的呢？

記不得哪裡看來的詩句：「憶當年，三尺青鋒懷天下，一騎白馬開吳疆」，少年雄姿英發，羽扇綸巾，說不盡意氣風流。拿新新人類的話說，真是酷斃了。

以前作過一個測試，讓朋友們以一字概括三國人物，諸如曹操之奸、劉備之仁、關羽之義、張飛之猛、龐德之忠、諸葛亮之智等等，當提及周瑜之時，大家卻異口同聲地說道：「帥」。真怪，周瑜一生功績彪炳，但大家卻認為他最突出特點是帥，帥到連他的功績也要為之遜色的地步。這帥當然不是指相貌——周都督在正史裡不過是「壯有姿貌」——而是氣質，那種優雅華麗的氣質。

莫說周瑜是演義造出來的明星。就連陳壽寫完《三國志周瑜傳》後，都覺得意猶未盡，於是也情不自禁地八卦了一下，把周瑜精於音樂的逸事增補其後。這對一貫惜墨如金的陳壽來說，實在是難得一見，也許他覺得這等妙事不記下來委實可惜吧。

周都督的風采，大概真的如裴注所云：「若飲醇醪，不覺自醉。」

逆位的戀人代表著敏感，善嫉，而且小肚雞腸——當然，那就是演義中的他了。

【第七位 戰車】關羽

戰車銳利，鋒芒畢露，以最直接的方式展現出無以倫比的強勢與主動。這種自信可以肆意飛馳，掃平一切障礙；然而若不加以收斂，便會失去控制，跌落深淵，最終而致傾覆。

白馬，殘陽如血。

「吾觀顏良，如插標賣首耳。」

其聲洪洪，隨後一騎絕塵。偃月刀寒光一閃，已然人頭落地，三軍震惶。

張遼道：「沒有人能打敗他。」

曹操道：「為什麼？」

張遼道：「因為沒人比他更自信。」

＊＊＊

洛陽，殘陽如血。

盒內首級，鬚髮戟張。

曹操道：「他本不該死，沒有人能打敗他。」

司馬懿：「是的，他敗給了自己。」

曹操：「為什麼？」

司馬懿：「因為沒人比他更驕傲。」

【第八位力】張飛

力並非只是強硬之力，牌面的另外一層含義是柔軟之力，剛中帶柔，陰陽相濟。

張三爺算得上是三國第一妙人，大鬍子，丈八蛇矛，動輒喜歡哇呀呀瞪眼怪叫。他大哥得一「仁」字，二哥稱一「義」字，三爺也只能占了一個「猛」字。是啊，張飛多猛哇，虎牢關前群雄束手，偏他頭一個衝過去與呂布單挑，幾十個回合下來雖沒勝可也沒敗；長坂橋前只一聲「燕人張翼德在此」，喝退曹軍百萬之眾，震得張遼、夏侯淵、夏侯敦、許褚、曹仁等曹營名將不敢近前，這又是何等勇猛。

然而這一個「猛」字，卻不知害了多少三國名將。大家的習慣性思維沒法相信：這虯髯大漢心裡，卻藏著不知有多細密的心思。人人都道三爺莽撞，可誰也沒想到長坂橋遮天蔽日的灰塵後是二十匹馬和二十條樹枝；人人都道三爺好吃酒愛誤事，結果一番吃醉，生擒了劉岱；二番吃醉，賺了巴郡老嚴顏；三番吃醉，戰跑了威風八面的張郃。若天下粗人都是如此，只怕聰明人都要羞愧死了。

據說張飛擅書法，擅畫美人，還曾在八朦山上立馬勒銘（據說是贗品，不過沒關係），好生豪氣。粗中有細，剛中帶柔的這套內家功夫，不知是不是三爺在描摹美人的時候練出來的心性？

【第九位隱者】徐庶

隱者代表的，並非僅僅只是字面意義上的隱居。它也有暗示著困窘的環境，以及難以伸張的心向。這種束縛是內在的，源自於隱者本身消極的態度。

身在曹營心在漢，這對於關羽只是暫時，對於徐庶卻是永恆。

沒有人比徐庶的立場更為尷尬。他背棄了賞識自己的明主，轉投了殺母仇人麾下；他有滿腹韜略，卻發誓不設一計一謀。忠誠與孝義之間，徐庶首先選擇了後者，於是北歸曹操；而當徐母死後，他卻又選擇了前者，唯恐天下人恥笑。這是一個矛盾的人，當命運降臨的時候，他親手作了最不情願的選擇，把自己封鎖在一個兩難困境之中，並且越纏越深。

於是，他變成了一位隱者，完全隱沒在時代洪流之中，悄無聲息。從此再沒人見到過那曾經狂蕩的單福，也再沒人領略過徐庶哪怕一星半點的智略火花。在其他明星交相輝映於亂世天空時，這一顆星星卻黯然隱沒，讓人扼腕歎息不已。

有才難伸，這是一齣正劇；而當這局面是自己造成的時候，正劇就變成了悲劇。

徐庶的結局演義中沒有交代，只有在正史中略有提及。當諸葛亮兵出隴右之時，無意中得知自己的老友僅僅只是一名右中郎將、御史中丞的時候，不禁感慨道：「魏殊多士邪！何彼二人不見用乎？」

不知道那時候的徐庶，究竟會是什麼樣的心境。

【第十位 命運之輪】孔明

命運如輪，不需要任何多餘的解釋，只此比喻就足以言盡，多一分都是贅言。

對於丞相來說，命運確實是一味奇妙的東西。

每個人身上都背負著自己的命運，但這位漢丞相身上的宿命感格外地強烈。水鏡先生一句：「臥龍適得其主，不得其時」，已然在他初出茅廬時就奠定了冥冥之中命運的輪跡。

初出茅廬的諸葛亮並不可愛，他太完美了，足智多謀，算無遺策，談笑間強虜灰飛煙滅，簡直不可思議。如魯迅先生所言：「狀諸葛之智而近妖」。我們看到的是一個神一般的存在，欠缺真實感，只可膜拜，卻不能親近。

一直到北伐開始，我們才真切地感受到他身上那種沉重的宿命。跟隨宿命而來的，往往是不幸；而當人們明知結果而仍舊不屈不撓地與之抗爭時，不幸就變成了悲壯。也只有在這個時候，才能真正讓我們覺察到諸葛亮身上那超越了智慧的偉大。這是一個人用一生來燃燒的命運，目的只有一個，他要逆天。

諸葛亮最常說的一句話是「此天數也」，可惜他不是貝多芬，無法緊緊扼住天數的咽喉，於是只能在五丈原默默地禳星，拖著老病的殘軀面對命運之輪的轉動……

出師未捷身先死，長使英雄淚滿襟。

秦嶺兩側的人們，或許都能聽到丞相那命運之輪轉動的沉重隆隆聲吧。

【第十一位 正義】趙雲

正義的牌面是一位手持劍與天平的嚴肅女性，天平辨識善惡，利劍懲惡除奸。這張牌說的其實就是道德和正義的均衡，有一種強烈的進取勢頭，卻有別於戰車的冒進。因為正義行事秉持信念，而非個人情感。

趙雲是三國時代的另外一種完美。

他武勇不輸關羽，卻行事謙遜；他智略不下孔明，卻武藝高強；他重義輕利，懷忠不移；他方臉淨面，白馬白袍……想找出對趙雲的褒義詞，可以說上三天三夜；想找出形容他的貶義詞呢？一部《三國演義》翻來翻去，卻找不出一星半點。

「趙雲有什麼缺點？」這問題想必會難倒好多人吧。大家心目中的子龍是一個完美的人，如他手中那柄長槍一般：凌厲、精悍、而且坦坦蕩蕩，全無矯飾。說來也怪，諸葛亮的完美讓人覺得反而不夠完美；趙雲的完美，卻絲毫不透著矯情與做作，一切自然而然，沒有人會覺得不妥。

至於正史裡的子龍究竟地位如何，那都無所謂了。

【第十二位倒吊男】姜維

這是我最喜歡的一張塔羅牌，它象徵的是堅忍與自我犧牲。

姜維的老師是諸葛亮，於是他也同樣繼承了老師身上那沉重的宿命。

殫精竭慮，慘澹經營，苦苦維持著蜀漢的生存，姜維面臨的環境比他老師更為艱苦，但他一直堅持到了最後一刻。命運對姜維是殘酷的，我總覺得「出師未捷身先死，長使英雄淚滿襟」這兩句詩，既是說諸葛亮，也是說姜維。

魏延踢翻長命燈，諸葛亮緩緩放下寶劍，長歎一聲，說：「此天意也。」幾十年後，姜維在成都面對著蜂擁而來的魏兵，同樣大叫道：「吾計不成，乃天意也。」兩番天意，訴說著這師徒二人的奇妙宿命。

前幾天我玩《三國無雙（四）》，打到五丈原一役。魏軍勢猛，蜀軍前鋒紛紛潰敗。到了中盤，蜀軍又遭遇了新的打擊，諸葛亮終於抗不住天命，長歎一聲撒手人寰。

就在這時，突然一條訊息閃過螢幕，姜維接替諸葛亮出任蜀軍總大將。緊接著姜維頭像閃出，帶著悲傷與決然地說道：「丞相，就讓我暫且借用您的名義來守護蜀國吧！」

恰好我那時奔馬路過中央高地附近，遠遠望見姜維一個人拿著三刃刀奮力搏殺，被潮水般的魏軍士兵團團圍住，他的背後就是蜀軍的大纛。

蜀漢最後的主帥。

那一瞬間我確實是被感動了。

【第十三位 死神】司馬懿

死神意味著終結，是一切事情的結尾，就象《駭客帝國》的那句廣告詞：everything that has a beginning has an end.（萬事有始必有終，又譯：出來混，早晚要還的）。終結並不意味著結束，往往還隱含著新的開始。

三分歸晉，儘管司馬宣王沒等到孫皓來降的一天，但他是真正意義上的三國終結者，其餘司馬家的小輩不過拾其餘蔭，不足為論。

三國既沒，晉朝初興，暗合了死神牌面。不過說實在的，我對晉朝實在沒什麼好感，這個從一開始就暮氣沉沉的國家毫無新朝氣象，無怪很快就被北方少數民族兄弟趕到了長江南邊，然後被一個號稱漢室宗親的劉裕捏掉了，不過那就是另外一個故事了。

【第十四位 節制】荀彧

節制意味著自我約束，平淡，也充滿了對承諾的期望。

荀彧是個沉靜內斂的人，時人評價他「持心平正」、「謙沖節儉」、「德行周備」，在他身上幾乎感覺不到身處亂世的激情，所餘的惟有淡泊與持成。他不像郭嘉、賈詡等人一樣光芒四射，但那種「非正道不用心」的恢弘氣度卻是別人所無法比擬的。

他不留財，俸祿賞賜都散給族人；他也不居功，曹操先後十幾次要授予他三公之位、封給食邑，都被謝絕了。功名利祿對荀彧來說，全無意義，他只是在作自己認為是正道的事，如此而已。這位曹操幕僚中不可或缺的人物每次建言之後，即退至幕後，悄然無聲。

然而誰也沒料到，這個當初提議奉天子於許都的荀彧，最後卻成了曹操授九錫的反對者。原來在他心中，一直默默地懷著對漢室的忠誠，並真心期待曹操能成為匡扶之臣。這份理想深藏在荀彧心裡，竟然連曹操都沒有發覺。

兩人之間的矛盾最終以一種帶著濃重墨色的默契解決了。曹操送給荀彧一個空盒，荀彧服藥自盡。整個過程沒有激烈的辯論，也沒有轟轟烈烈的抗爭，甚至沒有一個悲壯的自殺方式，荀彧承襲慣常的低調，安靜地結束了自己的人生。

臨終之前，他將自己以往的文稿條陳一一焚毀，不打算讓這些流傳於世。這個一生內斂的人，在生命的最後一刻也未曾留下一句臧否的話語。

不知道為什麼，每次看到這一段，我總是聯想到周總理，想到那疊未著一字的白紙。

【第十五位 惡魔】賈詡

「惡魔」缺乏道德觀念，也沒有原則，它意味著隨性的放蕩、個人主義以及狡黠。它往往誘惑人們，激發出他們內心陰暗面的欲望。

賈詡這個人沒什麼道德上的束縛，也沒有理想或信念的鞭策，連命運似乎都與他無關。他是亂世之中一個無拘無束的人，憑藉著自己的才智在險惡的政治漩渦裡飄來飄去，卻片葉不沾身，最後悠然做到了三公之位，活了七十多歲，還得以善終。

不得不承認，賈詡的智謀是驚人的，那是一種惡魔般的智慧。苟活於亂世對於普通人來說，不算難事；但對於一個時刻處於政治大潮的高位者，卻需要無比的狡黠才行。

只因他一句話，李傕、郭汜反攻長安，敗布殺允，萬千民眾復陷兵燹，天下由是大亂；也因他一句話，天子得以逃出生天，成全了「挾天子以令諸侯」的曹孟德。眾謂曹軍不能追，詡謂可追，結果曹軍大敗；眾議袁氏強盛，唯獨詡勸投曹，數月以後，遂有官渡之戰。那種直指人心的可怕洞察力簡直就如同惡魔賜予的一般。

有意思的是從賈詡的仕途履歷中，我們看不出他有什麼抱負，也不知道他有何信念；他由董至李，由李至段，由段至張，再由張至曹，輾轉之間所求的不過是「家與身必俱全」，所行的不過是「救命之計」。即便是在後期，他也不跟高官顯貴來往，低調生活；連曹操諮詢他繼承人選的時候，賈詡也不肯直接了當地表達意見。或許這就是他苟活於亂世的祕訣所在吧。

賈詡的這種風格後人多有惡評，連時人都對此不屑；甚至在賈詡位列三公以後，孫權還嘲笑魏國舉人不當。

「闔家平安，大小團圓，此生足矣。」

這個擁有惡魔般智慧的男人也許會這樣回答。

【第十六位塔】董卓

塔的牌面上畫著一位國王，他被雷擊中，正從高塔上摔下來。這是一張不吉利的牌，象徵著過於極端而導致的毀滅。

董卓無論在正史還是演義裡，都是個十足的暴君，他的殘暴行徑令所有同時代的人都為之震驚。這個體形肥碩的傢伙似乎完全不知道何謂節制，把人性殘酷的一面表露得酣暢淋漓。最終這種暴虐讓他眾叛親離，走向毀滅。呂布的叛變雖說是有美人計的緣故，董卓扔出去的那一戟可也起了不小的影響。

但是，莊姜曾經這麼評價董卓：「他可以說是三國裡最幸福的人了。天下第一美女被他睡了，天下第一名馬被他騎了，天下第一高手被他收了。」仔細想想，確實也是，董卓這一輩子完全由著自己性子暴虐胡來，想殺誰就殺誰，痛痛快快，最後作孽作到了頭，也是一刀剁下，死得痛快。

老天真是何厚董卓，何薄孔明吶。

【第十七位星】陸遜

星星是清新的希望之光，對未來充滿了希望和憧憬，是天生的樂天派。

希望之星永遠出現在危難之間，受命於敗軍之際，挽波瀾於既倒，扶大廈於將傾。諸葛亮是這樣，陸遜也是。《三國志》裡，身為人臣而單獨立傳者唯有二人：一個是諸葛亮，一個就是陸伯言。兩個人是蜀吳山嶽之鎮，維繫著一國興衰。

不知道為什麼，陸遜在我心目中始終是一個二十出頭的大男孩，瘦弱但是聰明，戴著一副厚厚的眼鏡，彷彿哈利波特一般——儘管他在成名的彝陵之戰時已經三十九歲，並且活到了六十二。大概是陸遜的遭遇實在太富有戲劇性了，讓人情不自禁地朝著最有趣的方向去想像。

其實不光我這樣想，關羽也是這樣想的，劉備也是。在他們這些人眼中，陸遜這樣的年輕人根本不值得一提。結果他們錯了，兩員沙場老將以自己的性命、荊州以及數萬蜀漢精銳，成就了這個不顯山露水的年輕人的威名。

強大的敵人、命懸一線的國脈、臨危受命的年輕將軍、奇蹟般的反擊以及漂亮的大逆轉，彝陵之戰幾乎囊括了一切能打動人心的要素。一場壯麗大火托起來的是一顆冉冉升起的東吳之星。幾乎在一瞬間，陸遜成為了一個傳奇。

諷刺的是，這位東吳之星也如同逆位「星星」所預示的那樣，在隨後的歲月裡空有理想卻經常遭遇打擊，在反覆的猶豫與拖拖拉拉中走完了自己的一生。這位晉升為大都督的星星在彝陵之戰以後，就陷入了與曹魏在江東的漫長拉鋸戰中，儘管勝多敗少，可惜都了無價值，一直在原地踏步；而在東吳內部，孫權也逐漸變得多疑殘忍，可憐陸遜沒張昭直言的膽子，只好私下裡與潘睿抱頭痛哭。希望之星的風采，已經是黯淡之極了。可惜。

【第十八位月】魏延

「月」象徵著源自於內心的不安，不安定，亦隱藏著虛偽與背叛的可能。

魏延是個苦人，他這一輩子就是在被人懷疑和猜忌中度過的。

他初次登場荊州城，砍死守門守衛要獻城給劉皇叔，誰知道人家不領情，撥馬去了江夏，魏延只好灰溜溜地逃去了長沙。他二次登場如法炮製，一刀砍翻韓旋，救了黃忠，開城投降。這次劉備倒沒拂他的意，把長沙接管了。可這位大功臣卻被諸葛亮一把拿下，喝令要斬，理由不過一個「事主不忠」的藉口和腦袋後面的一塊反骨。

從此以後，魏延雖然成了蜀漢軍中一員大將，可這員將卻從來不受重用。粗粗算來，蜀軍名將裡，屬他被派去使詐敗之計的次數最多，這擱誰的頭上，都是一件添堵的悶事。嗣後蜀中大將相繼凋零，馬超、趙雲相繼辭世，魏延還是沒迎來他的出頭之日。諸葛亮高高在上，還是不待見他。細讀北伐一段，「氣苦」二字幾乎成了魏延的專屬形容詞。

傳說上方谷一戰中，諸葛亮本來打算連魏延帶司馬懿一併燒死。只是這招實在太過陰損，後來被毛氏父子給刪了。我對毛本腹誹頗多，唯獨這一段覺得處置得當。不為孔明名譽計，實在是為文長鳴不平啊。

當日諸葛亮說魏延腦後有反骨，日後必叛。這「日後」一下子就拖到了二十幾年。南鄭城前那三聲「誰敢殺我」，想來是魏延壓抑一生的委屈終於得以舒張……然後他就被馬岱砍去了腦袋。當叛不叛，不叛卻叛，落得個身首異處，真是個苦人，苦也苦也。

【第十九位 太陽】孫策

「太陽」是生命之本源，牌面洋溢著青春活力，充滿熱情的進取精神，一如太陽本身。

為了配這張牌，我想了很久。三國之中，名將有之，謀臣亦有之，但他們大多身懷心機思慮深重，對陣單挑的時候莫不是怒眼圓睜牙關緊咬，實在不夠陽光。仔細想來，能配得上這張牌的人實在是鳳毛麟角。

唯有一個人，小霸王。

別的不提，單就孫策與太史慈一戰，就足堪「陽光」二字。兩個人都是意氣風發，從一開始就顯出陽光少年本色。這邊眾將苦勸不住，孫策偏要去觀覘劉繇營寨；那邊劉繇嚴令不聽，太史慈偏偏要跳將出來去擒孫策。

於是兩個虎頭虎腦的彆扭小孩各自甩脫同夥，迎頭便來戰。兩人正值年輕，精神頭十足，於是這一戰打得當真是神采飛揚。一邊兵器相磕，一邊嘴裡還互鬥。這罵既不是諸葛亮罵王朗式的直白，也不及張飛罵呂布式的狠毒，而是全然屬於少年人式的楞頭與好勝。

「哪個是孫策？」

「你是何人？」

「我便是東萊太史慈也，特來捉孫策！」

「只我便是。你兩個一齊來並我一個，我不懼你！我若怕你，非孫信符也！」

「你便眾人都來，我亦不怕！」

何等直爽，何等坦蕩，哪裡是生死搏殺，分明是天真爛漫。

甚至到了第二日，兩個人還各執彼此的小戟兜鍪，列陣叫罵：「太史慈若不是走得快，已經被刺死啦！」「孫策的頭在這裡哦！」活脫脫兩個孩子神氣。

恐怕在場諸將見了此情此景，都已忘記了勝負之爭，而是俱各搖頭歎息，心中暗道：「年輕真好啊……」

【第二十位 審判】羅貫中

「審判」源自於聖經中的最終審判，意思是當世界末日來臨的時候，將會有一個審判之日，屆時所有在地球上生存過的人，都將在這一天接受公正的判決與評價。

適合這張牌的人，也只有羅貫中一個人了……

雖然羅貫中一貫擁劉反曹，但若沒有他的如椽大筆，只怕三國也會如其他時代——比如五代十國——一樣，被歷史的塵埃逐漸淹沒，不為人知，這世界上也就少了許多的樂趣。

總之，還得謝謝羅貫中，為他在這塔羅牌中安排一席之地。

【第二十一位 世界】所有三國的愛好者們

「世界」意味著完滿、圓融，一切事情都得到了合適的解決，達到一個調和的境界。

每次看罷三國，掩卷卻難掩心潮澎湃。分久必合，合久必分，我們這些身處一千多年後的讀者審視奔騰洶湧的時光洪流，已能俯瞰英雄一生沉浮，古國幾朝興衰。也許，《三國演義》電視劇的片尾曲更能準確地表達出這種心情：

暗淡了刀光劍影，遠去了鼓角爭鳴。

眼前飛揚著一個個鮮活的面容。

湮沒了荒城古道，荒蕪了烽火邊城。

歲月啊，你帶不走那一串串熟悉的姓名。

興亡誰人定，盛衰豈無憑。

一夜風雲散哪，變幻了時空。

聚散皆是緣，離合總關情。

擔當生前事，何計身後評。

長江有意化作淚，長江有情起歌聲。

歷史的天空閃爍幾顆星，人間一股英雄氣在馳騁縱橫。

謹以是文獻給所有三國的愛好者們，三國與我們同在。

高寶書版集團
gobooks.com.tw

DN 226
風起隴西

作　　者　馬伯庸
責任編輯　林婉君
助理編輯　陳柔含
封面設計　林政嘉
內頁排版　趙小芳
企　　劃　鐘惠鈞

發 行 人　朱凱蕾
出　　版　英屬維京群島商高寶國際有限公司台灣分公司
　　　　　Global Group Holdings, Ltd.
地　　址　台北市內湖區洲子街88號3樓
網　　址　gobooks.com.tw
電　　話　(02) 27992788
電　　郵　readers@gobooks.com.tw（讀者服務部）
　　　　　pr@gobooks.com.tw（公關諮詢部）
傳　　真　出版部　(02) 27990909　行銷部 (02) 27993088
郵政劃撥　19394552
戶　　名　英屬維京群島商高寶國際有限公司台灣分公司
發　　行　英屬維京群島商高寶國際有限公司台灣分公司
初版日期　2018年 10 月

國家圖書館出版品預行編目(CIP)資料

風起隴西／馬伯庸著 -- 初版. -- 臺北市：
高寶國際出版：高寶國際發行, 2018.10
　面；　公分. --（戲非戲；DN226）

ISBN 978-986-361-583-5（平裝）

857.7　　　　107013765